이문열 세계명작산책

사랑의 여러 빛깔

사랑의 여러 빛깔

이문열 엮음

바실리 악쇼노프, 다니자키 준이치로, 프랑수아 샤토브리앙,
테오도르 슈토름, 안톤 체호프, 윌리엄 포크너, 토머스 하디,
알퐁스 도데, 아르투어 슈니츨러, 스탕달, 오 헨리

일러두기

1. 옮긴이 주는 괄호로 묶어 따로 표기했으며, 그 외의 괄호 안 설명은 모두 지은이가 단 것이다.
2. 단행본 가운데 장편소설 및 소설집은 겹낫표(『 』), 단편소설과 논문, 기사에는 낫표(「 」), 신문과 잡지에는 겹화살괄호(《 》), 노래와 영화 제목에는 홑화살괄호(〈 〉)를 썼다.
3. 맞춤법과 외래어 표기는 국립국어원의 용례를 따랐다. 국내에 소개된 책은 출간된 제목과 저자명을 그대로 썼고, 필요에 따라 원제를 밝혔다.

『세계명작산책』개정판을 내며

—

『세계명작(단편)산책』개정판을 다시 낸다. 1996년 살림출판사에서 초판을 내고 삼 년 반 뒤인 1999년에 15쇄 발행 기록이 확인되더니 2000년대 초에 하드커버로 나온 2판은 2017년 연말에 저자와 출판사의 합의로 절판되었다. 한 쇄에 몇 부씩 찍어내었는지 밝혀져 있지는 않으나 지나간 이십여 년 세월이나 그간에 들어온 인세로 어림잡아도 수십만 부는 될 듯싶다. 그것도 아직 한 해에 한두 쇄는 찍는 책을 갑작스레 절판시킨 것이라 더러 찾는 사람이 있었는데, 이번에 무불(無不)출판사의 요청으로 개정신판을 다시 내게 되었다.

내가 이십오 년 전 처음으로『세계명작산책』열 권을 엮은 목적이나 희망한 효용, 그리고 해외 중단편 명품 백 편을 주제별로 열 편씩 엮은 전집으로 펴낸 과정의 구구한 경위에 대해서는 초판 서문에 잘 나와 있다. 궁금한 독자는 그 쪽을 들춰

보면 대강은 알 수 있을 것이다.

그 책을 엮기 두어 해 전 나는 팔자에도 없는 대학교 국문과 정교수가 되어 어울리지도 않게 한 학기에 9학점이나 좌지우지하며 보냈다. 그 가운데 교양 과정 3학점을 두 학기에 걸쳐 이어진 〈현대문학 특강—해외명작 단편산책〉에 주었는데, 그 강의안이 초판 『세계명작산책』을 엮는 데 아주 요긴하게 쓰였다.

이제 와서 돌이켜보면 좀 황당하고 무모한 강좌로 보였을 수도 있는 그 특강을 그때 대학당국이 무얼 믿고 개설을 허락해주었는지 나도 잘 모르겠다. 어쨌든 정색을 한 대학 국문과 교수님들을 아연하게 만들었을 수도 있는 그 강의를 두 학기로 그만두고, 큰맘 먹고 나를 교수로 불러준 대학당국에 미안해하며 교수 노릇을 그만둘 구실만 찾고 있던 이듬해 가을, 이번에는 어떤 출판사가 그 별난 강좌 소문을 듣고 내가 제풀에 지쳐 때려치운 그 강의안을 책으로 꾸며보자는 제안을 해왔다.

처음부터 그걸 책으로 엮어보겠다는 생각을 해본 적이 없었고, 그때는 내가 쓴 것만도 책으로 어지간히 쏟아낸 뒤라 썩 내키지도 않았지만, 그전 한 해 그 강좌에 쏟은 골몰이 그대로 흔적 없이 지워지는 것도 한편으로는 서운해 나는 못 이긴 척 따랐다. 그리하여 그게 책으로 바뀌는 과정 또한 초판 서문에 대강은 나와 있다.

세월에 따라 몸이 늙어가듯이 사람의 기호나 지향도 변한다. 시대와 세상 사람들도 사반세기 전과 같을 수가 없다. 그래서 변한 이쪽저쪽을 살펴가며 바꾼 것이 기왕에 선정된 중단편 백 편 가운데 열두 편을 다른 작가 혹은 같은 작가의 다른 작품으로 교체하고, 일본어 중역이 포함된 낡은 번역도 새로운 세대들이 원어에서 바로 한 번역으로 바꾸었다. 그렇게 바뀌거나 더해진 것이 전체의 삼 할은 된다. 출간 이십오 년 만에 명색 개판을 한다면서 많은 것이 바뀌고 달라진 그 세월을 그냥 못 본 체할 수는 없었다. 그 바뀌고 달라진 것의 세목에 대해서는 각권 서문에서 다시 그 세목과 간략한 해설을 덧붙이기로 한다.

2020년 가을 負岳기슭 蒼友崗에서
이문열

『세계명작산책』 초판 서문

—

좋은 소설을 쓰기 위해서는 먼저 마음속에 다양하면서도 잘 정리된 전범典範이 있어야 한다. 소설을 학문적으로 연구하는 일에서도 좋은 전범을 가지는 것은 원리의 탐구를 위해서건 가치 판단의 기준으로서건 매우 중요하다. 학문적으로 인정받은 논리에 따라 소설을 쓸 수도 있지만, 그것은 문법만으로 회화를 배우는 것보다 더 비효율적이며 풍부한 전범에 바탕을 두지 않은 이론 중심의 연구는 소설을 화석화시킬 우려가 있다.

이런저런 이름으로 문학, 특히 소설을 가르치는 자리에 서게 되면서 내가 늘 아쉽게 생각해온 것 중 하나는 소설 연구와 창작에서 아울러 전범이 될 만한 좋은 단편 선집이었다. 여기서 장편보다 단편을 앞세운 것은 우리 문단에서 아직은 지배적인 창작 및 비평의 풍토 때문이다. 요즘에는 조금씩 달라지고 있지만, 우리 문단의 등단 절차는 대개 단편 중심으로 되어 있다. 평론도 사정은 비슷하다. 간혹 장편만으로 대중적인 이름을 얻는 수도 있긴 하지만 단편으로 검증받지 않은 작가의 장편에 대해 진지한 평론을 대체로 의심하는 경향을 보여왔다.

그 이유는 여러 가지겠지만, 가장 강하게 추측되는 것은 전일적全日的인 습작 기간이 허용될 수 없는 우리의 문학 환경 때문이 아닌가 한다. 이른바 문학청년의 괴로운 성장 과정은 최근 몇 년까지의 각박했던 사회 여건을 감안하면 일 없는 빈둥거림으로 여겨지기 십상이었다. 사회는 그런 젊은이들에게 관대할 수 없었고, 많이 나아졌다는 지금도 그들을 격려하거나 그들의 미래에 투자할 여유까지는 기르지 못했다.

따라서 이 땅의 문학작가 지망생이 고통스럽지 않게 글을 쓸 수 있는 습작 기간은 대개 학창시절의 자투리 시간과 졸업 후 한두 해가 전부가 되고, 더 있어봤자 따로 생업을 가진 일요작가로서의 몇 년이 보태질 뿐이다. 그 경우 손쉬운 습작의 대상은 아무래도 장편보다는 짧은 시간에 완결을 볼 수 있는 단편이 될 수밖에 없다.

하지만 경험으로 미루어볼 때 그런 습작 방식도 반드시 나쁜 것 같지는 않다. 장편이든 단편이든 크게는 같은 소설이라는 점에서 습작의 많은 부분은 겹쳐지기 마련이다. 더구나 단편에서의 철저함과 정확함을 익혀두는 것은 자칫 느슨해지기

쉬운 장편의 형식미를 다잡아주는 데 아주 유용하다. 장편 작가와 단편 작가를 구분하는 듯한 서양에서도 대부분의 위대한 작가들은 그 둘을 겸하고 있는데, 그 또한 단편 습작의 유용성을 보여주는 예가 될 수 있을 것이다.

이런 관점에서 찾아보면 전범으로 쓸 만한 국내 작가들의 단편은 작가별 시대별에, 때로는 주제별로까지 비교적 잘 정리되어 있는 듯하다. 수고스럽게 이 책 저 책 뒤적이지 않고도 그대로 교재가 될 만한 단편 선집도 여러 종류가 있다. 학자들이나 출판사의 노력도 있었지만, 달리 보면 결국은 국문학 안에서의 문제라 선별 대상이 한정되어 있다는 점도 도움이 되었을 것이다.

하지만 적어도 현대소설의 전범을 찾는 일이라면 국내 작품만으로는 부족하다. 어떤 논리로도 우리 현대소설이 서구의 현대소설을 전범으로 삼아 성장해왔다는 사실만은 부인하지 못한다. 설령 그것을 우리 전통소설에 가해진 '서구의 충격'이란 말로 바꾼다고 해도 세계문학, 특히 서구의 현대문학이 지닌 전범으로서의 중요성은 조금도 줄어들지 않는다.

그런데 외국 단편들을 전범으로 가르치려 들면 가장 먼저 빠지게 되는 것은 그 소재所在를 찾는 어려움이다. 작가별로 단편집이 몇 나와 있기는 하지만, 기준이 무엇인지 짐작 가지 않을 만큼 작가와 작품의 선정은 혼란스럽고 묶는 방식은 한 권을 다 읽어내기에도 따분할 지경이다. 그래도 마음먹고 고른 흔적이 보이는 것은 윌리엄 서머싯 몸(1874~1965년)의 『세계의 문학 백선』인데 그와 동시대로 접근할수록 난조를 보이고, 다음이 국가별로 묶은 『세계단편선』류인데 그것은 또 천편일률적인 체제에다 대부분 이십 년 이상 묵은 전집들이라 도서관이 아니면 찾기 어렵다. 나머지는 구닥다리 세계문학전집 속에 흩어져 있거나 잡지사들이 생각난 듯 끼워 넣는 해외 명작 소개란에 반짝 보이고는 자취를 감춘 것들이었다. 어떤 작품은 끝내 번역되지 않아 해당 언어를 전공하지 않은 사람은 읽어볼 수 없기도 하다.

그 바람에 나는 여러 해 전부터 전범으로 쓸 만한 세계명작 단편 선집을 내가 직접 엮어보았으면 하는 분에 넘치는 야심을 품게 되었다. 그러나 좀체 여유가 나지 않다가 1993년 말에야 출판사의 격려와 협조에 힘입어 본격적인 작품 수합에 들어갔다. 먼저 젊은 시절 내게 강한 인상을 주었던 작품들의 목록을 작성하고 이어 기존의 여러 선집과 출판사 직원들이 복사해온 문학잡지의 해외 특집란을 검토해 부실한 기억을 보충했다. 그리하여 1994년에는 대략 지금 이 선집에 실린 작품 수의 두 배 정도로 목록이 압축되었다.

하지만 그 목록이 한 번 더 걸러지고 책의 편제가 지금과 같이 확정된 것은 1995년 들어서가 된다. 마침 재직하는 대학에서 '현대문학 특강'을 맡게 되어, 나는 그 시간을 작품 선택과 해설의 객관성을 검증하는 기회로 삼았다. 특별히 내용이 결정되어 있지 않은 강의인 데다 그 작업이 학생들에게도 유익할 거라 믿어 겁 없이 시작한 일이었다.

처음 내 강의안은 비교문학과 연관 지어 나라별로 몇 주를 할당하고 그 나라 단편 중에서 전범이 될 만한 것을 골라 읽는 것으로 짜였다. 하지만 그 강의안은 곧 철회되고 말았다. 그렇게 골라지는 작품들은 기존의 국가별 명작 선집과 다를 바 없어 개별적인 감동의 기억을 주는지 몰라도 머릿속에 정리된 효과적인 전범으로는 기능할 수 없을 것 같았다. 그래서 수정한 강의안이 바로 지금 이 선집의 편제이다.

나는 학생들에게 매주 한 주제로 전범이 될 만한 단편 열 편씩을 골라주고 각자 찾아보게 한 뒤 그중 가장 인상 깊은 작품 한 편씩을 골라 독후감을 작성하게 했다. 강의는 바로 그 독후감의 발표와 토의였고, 시험은 학생들이 그렇게 제출한 독후감에 대한 평점을 집계하는 것으로 대신했다. 물론 기존의 대학교 국문학과 교과과정에 대해서도 나름으로는 용의주도하게 배려했다. 국내 작품의 전범집으로 쓸 만한 단편 선집을 하나 골라 주 교재로 삼고 내가 선정한 외국 작품들은 부교재란 명칭을 닮음으로써 대학교 국문학과 교과과정에 대한 경의는 충분히 표했다. 다만 주 교재는 각자 집에서 읽어보는 것으로 하고 부교재만 함께 토의해 나가기로 했을 뿐이었다.

처음 한두 주일은 그럭저럭 지나갔다. 그러나 시간이 지나면서 나는 내가 얼마나 엄청난 일을 벌였는지 실감하기 시작했다. 수천수만 편이 넘을 세계 각국의 단편 중에서 어떤 주제로 전범이 될 만한 작품 열 편을 고른다는 것은 엄청남을 넘어 불가능한 일일 수밖에 없었다. 나의 용기는 무지에서 비롯된 무모함일 뿐이었다.

선정의 객관성도 나를 몹시 괴롭힌 문제였다. 그것이 바로 문학에 대한 내 안목을 드러낸다는 데 생각이 미치자 갑자기 모든 게 자신 없어졌다. 그때 다시 유혹된 게 기존의 선집들이었다. 특히 브룩스와 워렌, 혹은 노튼 같은 이들이 선정한 영문판 선집의 체제가 강렬한 유혹이 되었다.

그렇지만 양쪽 모두 선정 기준에서도 많은 부분 동의하기 어렵거니와 주제별로 뽑는 데는 거의 참고가 되지 못했다. 그 같은 어려움을 해결하는 길은 결국 선정 범위를 나의 독서 체험으로 축소하고 기준을 주관적인 감동으로 삼는 것밖에는 없었다. 네 번째 주로 접어들면서 나는 학생들에게 처음의 자신만만함과는 달리 풀 죽은 목소리로 그와 같은 선정 범위와 기준의 축소를 밝히지 않을 수 없었다.

이 글을 읽는 이들에게도 솔직히 고백한다. 내 희망은 틀림없이 전 세계를 망라하는 객관적인 전범의 선정이었으나, 이루어진 것은 내 대단찮은 독서 범위 안에서 주관적으로 고른 작품들의 집합일 뿐이라고. 그런데도 나는 이 선집의 유용함에 대해서는 한 가닥 믿음을 가지고 있다. 이 선집에 적용된 범위와 기준은 거칠나마 사십 년이 넘는 내 문학 체험의 한

결산이며, 나의 소설도 결국은 이 범위와 기준에 바탕을 두고 있다. 내가 쓴 모든 것이 한 점 남김없이 문학사의 쓰레기더미에 묻혀버리지 않을 것이라면 이 선집도 단편소설의 창작에서든 연구에서든 약간의 유용함은 있을 것이다. 특히 주제별로 세계 각국의 단편들을 정리한 것을 이 선집의 한 자랑이 될 만하다.

써놓고 보니 딱딱한 교재의 서문 같은 데가 있어 한마디 덧붙인다. 틀림없이 이 선집을 엮은 의도는 소설을 공부하는 사람들을 위해서였지만, 어쩌면 실제적인 효용은 교양으로 접근하는 쪽에 더 높게 나타날지도 모르겠다. 우리 삶의 다양한 주제들이 세계 각국의 거장들에 의해 어떻게 소설로 표현되고 있는지를 비교하여 읽을 수 있다는 것도 지금의 추세에서도 청소년들에게 활용도 높은 문학 교재가 될 수 있으리라 믿는다.

아울러 밝혀두고 싶은 것은 이 무모한 시도를 도와준 사람들이다. 시작은 혼자였지만 이 선집이 책으로 묶여 나오는 데는 여러 분의 도움이 있었다. 1993년부터 내가 준 목록을 들고 이 도서관 저 도서관 뛰어다니며 작품을 복사하느라 애쓴 살림출판사 편집부 직원들은 그만큼 내 노고와 시간을 절약해주었다. 장경렬 서울대 교수를 비롯한 여러 편집위원은 나의 천학과 단견에 좋은 거름 장치가 되어주었으며 세종대의 강자모, 박유하 교수도 작품 선정과 번역에서 귀한 시간을 쪼

개준 분들이다. 한 학기 내내 작품 조사와 보고서 작성으로 고생한 현대문학 특강 수강생들에게도 이 자리를 빌려 감사의 뜻을 전한다.

2003년 겨울

이문열

차례
—

머리말

—

문학의 기원을 설명하는 데 흡인본능설吸引本能說은 그리 많은
지지자를 갖지 못했다. 실제로도 단지 다른 사람, 특히 이성의
주의를 끌기 위해서 창작하는 시인이나 작가는 드물다. 어떤
이는 고대의 문학작품들이 자주 작자를 모르거나 가명 또는
차명을 쓰는 것을 예로 들어 그런 학설을 부인하기도 한다.

하지만 독자가 없는 문학을 생각할 수 있는가. 자신만을 유
일한 독자로 상정하는 문학이 존재할 수 있는가. 현실에서 간
혹 그런 문학의 존재를 강변하는 사람도 있지만 한 작가로서
그 진실성은 솔직히 의심스럽다. 그 경우에도 그들은 대부분
어떤 초월적 존재나 아직 태어나지 않은 독자를 염두에 두고
있기 마련이다. 자신을 이해하지 못하는 현재의 독자에 대한
불만을 그런 식으로 표현하고 있을 뿐이다.

잘라 말해 독자를 상정하지 않는 문학은 없다. 처음부터 자

신만을 독자로 상정하고 있는 일기조차도 쓰다 보면 자신 이외의 또 다른 독자를 느끼게 된다. 따라서 흡인본능설은 문학의 기원을 온전히 설명하기에는 부족하다 해도 부분적인 동기부여에는 여전히 유효한 것으로 믿어진다.

그런데 공작새의 화려한 꼬리 치장이나 꾀꼬리의 아름다운 울음이 주의를 끌려는 대상처럼 사람도 가장, 자주 그리고 절실하게 자신을 알리고 이해받고 싶은 대상은 아마도 이성일 것이다. 문학 고전의 태반이 사랑을 주제로 삼고 있고 현대소설에서도 사랑 이야기가 언제나 중요한 배경 혹은 주제 전달 장치로 기능하는 것은 그 같은 흡인본능의 속성을 잘 드러내 준다. 아무리 문학을 진지하고 엄격하게 해석하는 이들이라도 그와 같은 현상은 불쾌하지만 승인하지 않을 수가 없다.

사랑의 본질에 대해서는 구구한 논의가 있어 왔지만, 아직까지 우리 모두의 동의를 얻어낸 정설은 없다. 생식 본능 혹은 욕정의 인간적인 표현 방식에 불과하다는 설명에서 초월을 지향하는 인간만의 어떤 정신력이란 관념적인 주장에 이르기까지 논자에 따라 실로 다양한 편차를 보여준다. 비록 완벽하게 사랑의 본질을 파악한 것은 못 되어도 나름으로는 근거를 가진 견해들이다.

하지만 한 가지, 어떤 견해로도 다른 동물들의 욕정과 인간의 사랑을 그대로 동일시할 수 없다는 점만은 확실하다. 그것은 생물학적 근거로서도 힘들이지 않고 확인할 수 있다. 그중에서도 욕구의 상시성常時性과 그 해소의 쌍방행위적雙方行爲的 성격 그리고 상대의 특화는 동물의 성性과 인간의 사랑을 가장 뚜렷하게 구분해주는 지표가 될 것이다.

일반적으로 동물들이 성적 욕구를 느끼는 것은 번식기뿐이다. 다시 말해 수태와 생식의 목적 이외에 성이 남용되는 경우는 드물다. 거기에 비해 인간은 번식기가 아니어도 성욕을 느낄 수 있다. 이와 같이 생식과 분리된 성은 인간만이 가지는 사랑이란 감정을 이해하는 데 주요한 열쇠가 될지도 모른다.

또 하나 인간의 사랑을 특징짓는 요소가 있다. 바로 인간의 사랑은 동물의 성과 달리 쌍방적이라는 것이다. 알려진 바에 의하면 동물의 암컷 가운데 성적 접촉을 통해 희열을 느끼는 것은 거의 없다. 인간과 가장 가깝다는 침팬지나 고릴라의 암컷들까지도 수컷과의 교접에서 성적 희열을 느끼는 기미는 관찰되지 않았다. 암컷은 다만 생식의 본능이 시키는 대로 수컷의 욕구를 참고 수용할 뿐이다. 하지만 인간은 남녀 쌍방의 교감에 의해 성적 희열을 느끼므로 분명 동물들의 그것과 차이가 있다.

부주의한 관찰에 의하면 상대방의 특화는 다른 동물에서도 흔히 발견되는 것으로 알려져 있다. 특히 원앙새 같은 조류는 그 특화 때문에 인간에게 상찬받기까지 했다. 그러나 조류학자들의 면밀한 관찰은 그 같은 특화가 한 번식기에 지나지 않음을 보고하고 있다. 인간처럼 한 상대와 일생을 함께하며 서로의 성을 독점하는(적어도 형식적으로는) 경우는 거의 없다고 한다. 이러한 상대방의 특화도 인간의 사랑을 동물의 성과 다른 어떤 것으로 키워 나갔을 것이다.

요컨대 어떤 면에서는 가장 속되고 비정한 자연과학적 논리로도 인간의 사랑과 동물의 욕정은 구분된다. 게다가 감정과 주관을 온전히 배제하기 어려운 인문과학적 설명으로 접근하면 사랑은 어쩔 수 없이 과장된 미화나 비하를 입게 되며 예술의 프리즘을 통하면 그 분광은 더욱 현란해진다. 이 책에서 보고자 하는 것은 바로 문학의 프리즘을 통해 드러나는 사랑의 여러 빛깔이다.

이번 개정 신판 1권에 다니자키 준이치로의 「슌킨 이야기春琴抄」가 들어간다. 「슌킨 이야기」는 대학 강의안에 있던 것이고, 초판 때부터 게재하려 했으나 저작권 문제에 걸려 결국 싣지 못했는데, 2019년이 다니자키 준이치로가 죽은 지 칠십 년이 되어 실을 수 있게 되었다. 초판 때 묘한 의무감이 들어 「슌킨 이야기」에 갈음해 넣었던 가와바타 야스나리의 「서정가抒情歌」를 빼고 그 자리에 넣는다.

그 밖에 오 헨리의 「잊힌 결혼식」을 하나 더 보탠다. 자본주의 발흥기의 미국 증권시장 가운데서도 가장 정신없이 돌아가던 뉴욕 증권 거래소가 빚어낸 별난 사랑의 빛깔인데, 우리가 어릴 때 체호프, 모파상과 더불어 세계 3대 단편작가로 외운 오 헨리에 대한 예우다. 원래는 아르투어 슈니츨러의 「라이젠보그 남작의 운명」을 빼고 그 자리에 넣으려 했으나 다시 검토해보니 슈니츨러에게는 슈니츨러의 몫이 있어야겠다 싶어 그냥 1권에 한 편 더 보태기로 한다.

재번역된 것은 슈트롬의 「임멘 호수」와 체호프의 「사랑스러운 여인」이다. 초판이 중역이거나 이미 작고한 분의 번역이라 새로 번역했다는 게 편집자의 설명이다.

달로 가는 도중에

На полпути к Луне

바실리 악쇼노프 지음

장경렬 옮김

바실리 악쇼노프

러시아 소설가. 1932~2009년. 러시아 카잔 출생. 스탈린 시대에 부
모가 체포되어 불우한 유년기를 보냈다. 카잔 의과대학, 페테르부르
크의과대학을 졸업하였다. 1960년에 중편 「동기생」을 발표하여 일
약 유명해졌으며, 그 후 장편 『별나라로 가는 차표』와 단편 「달로 가
는 도중에」 등의 작품을 연이어 발표, 1960년대 소련문학의 새로운
기수가 되었다. 하지만 보수 세력에게 비난을 받는 것에 지친 나머지
1980년 소련을 떠나 주로 미국에서 생활하게 된다. 현대 러시아 문학
속의 '서유럽파'라고도 불린다. 주요 작품으로 『친구여, 지금이 때다』,
『체화된 나무통』, 『언제나 팝니다』, 『강철새』, 『화상』, 『크리미아섬』 등
을 썼다.

1

"커피 드릴까요?"

"그럽시다."

"터키식으로 할래요?"

"뭐요?"

"터키식 커피 말이에요." 웨이트리스는 이렇게 소리친 다음 식탁 사이를 비집고 서둘러 가버렸다.

"치마만 두르면 다 여잔가." 서둘러 가버리는 그녀의 모습을 지켜보며 키르피첸코는 이런 말로 스스로를 달랬다.

'아무것도 아닌 걸 갖고 난리를 치긴'. 지끈거리는 머리 때문에 얼굴을 찌푸리며 그는 속으로 중얼거렸다. '이제 오십 분밖에 남지 않았군. 머지않아 탑승하라는 안내방송이 나올 테지. 이런 곳엔 아예 얼굴을 내밀지 않는 게 좋을 걸 그랬어. 참, 이런 곳도 명색이 도시라고! 이건 완전히 촌구석 아냐! 모스크바하고는 달라! 이런 곳을 좋아하는 녀석들도 있겠지만, 나야 이따위 촌구석에는 눈곱만큼도 관심이 없어. 빌어먹을 놈의 동네 같으니라고! 혹시 다시 한 번 오면 좋아하게 될지도 모르겠지만.'

그는 정말로 대단한 폭음을 했었다. 흔히들 말하는 멋진 술판에 끼었다가 나온 것이 아니라 완전히 술독에 빠졌다가 나왔던 것이다. 그것도 어제저녁, 그저께 저녁, 그끄저께 저녁, 사흘 동안이나 내내. 모든 것이 다 야비하기 짝이 없는 바닌 녀석과 그의 알량한 누이 덕분이었다. 그들의 꾐에 빠져 그는 정말로 엉망이 되었었고, 그것도 처음부터 끝까지 그가 힘들게 모은 돈을 써가며 그렇게 되었던 것이다!

키르피첸코가 유즈니에 있는 공항에서 바닌과 우연히 마주쳤던 것은 사흘 전의 일이다. 그는 바닌과 자기가 같은 때 휴가를 떠나게 되었다는 사실조차 모르고 있었다. 사실 그가 바닌을 안중에 두었던 적은 없었다. 벌목장에서는 항상 그를 놓고 사람들이 야단법석을 떨었으며, 어느 때고 "바닌, 바닌을 본받으라고! 바닌을 본받아야 해!"라는 소리가 드높았었다. 그러나 발레리 키르피첸코가 그에게 단 한 번도 이렇다 할 만큼 주의를 기울인 적은 없었던 것이다. 물론 그도 바닌의 이름을 익히 알고 있었고, 전기 기술자인 그와 안면도 있었다. 어쨌든 작업이 없는 날이면 사람들이 그를 놓고 그리도 야단법석을 떨었지만, 바닌은 대체로 사람들 사이에 묻혀 눈에 띄지 않도록 처신을 했었다.

"아, 저 친구가 바닌이군! 이봐, 저 친구가 바닌이란 말일세!"

벌목장에는 바닌만큼 일을 잘하는 친구들이 없는 것은 아니었다. 아니, 모든 분야에서 그보다 갑절이나 나은 친구들도 있었다. 하지만 그렇다고 해서 윗사람들의 생각이 바뀌는 것은 아니다. 한 사람을 지목해서 찬사를 늘어놓기 시작하면 그들은 언제나 그를 감싸고 돌기 마련인 것이다. 물론 그런 녀석들을 시기할 하등의 이유도 없다. 오히려 동정해야 마땅할 것이다. 바유클리에 시니친이라는 친구가 있었는데, 그도 키르피첸코처럼 트럭 운전기사였다. 그런데 신문 기자들이 그를 좋게 보아서 더할 수 없을 만큼의 찬사를 늘어놓았다. 처음에 그는 자신에 관한 신문 기사를 모두 오려서 보관할 정도였지만, 이윽고 더 이상 견딜 수 없게 되자 오히려 내빼고 말았던 것이다. 그러나 바닌은 사람들의 시선을 개의치 않고 당당하게 대처해나갔다. 왜소한 체구의 바닌은 자제력을 잃지 않고 깔끔하고 빈틈없이 처신해나갔을 뿐만 아니라, 소리 없이 사람들의 눈에 띄지 않게 자신을 잘 꾸려나갔던 것이다. 작년 봄 통조림 공장에서 생선 내장을 제거하는 일을 맡아 하도록 본토에서 200명의 처녀를 계절 노동자로 데려왔을 때의 일이다. 처녀들이 왔다는 소식을 듣고 총각 녀석들이 이들과 만날 요량으로 몰려 나가서는 소리를 지르고 법석을 떨면서 트럭으로 기어올라갔었다. 트럭에 올라선 그들은 바닌이 한쪽 구석에 앉아 있는 것을 보았다. 그는 눈에 띄지 않도록 몸을 숨긴 채 숨죽이고 앉아 있었던 것이다.

"아니, 이게 누구야? 이거 바닌 아냐!" 사람들이 놀라서 소리쳤다.

유즈니 공항에서 바닌은 둘도 없는 친구라도 만난 양 키르피첸코에게 허겁지겁 달려왔다. 그는 문자 그대로 숨이 막힐 정도로 즐거워하며, 말할 수 없이 반갑다고 떠들어댔다. 그러고는 하바롭스크에 누이가 살고 있으며, 자기 누이의 친구들 가운데 정말로 삼삼한 여자아이들이 있다고 떠벌렸다. 그는 갖은 미사여구를 다 동원하여 아주 세밀하게 누이와 누이의 친구에 대해 이야기하기 시작했으며, 키르피첸코는 곧 그의 말에 눈이 돌 정도로 혹하지 않을 수 없게 되었다. 처녀들이 떼 지어 통조림 공장을 떠난 이후로 발레리 키르피첸코는 겨우내 단 두 명의 여자만을 보았을 뿐이었다. 하나는 출퇴근 장부를 관리하는 여자였고 다른 하나는 요리사였는데, 이들은 사실 여자라고 하기엔 문제가 있는 늙다리 할망구들이었다.

"바닌, 자네 정말 끝내주는군."

비행기 안에서 바닌은 승무원들에게 계속 이렇게 소리쳤다.

"여보쇼, 조종사 양반들! 화통에 석탄 좀 더 퍼 넣으쇼!"

재치 넘치는 그의 말을 듣다 보면, 이 친구가 바로 그 친구라는 사실을 인정하기 힘들 지경이었다.

"바닌, 자네한테 진작 기회를 좀 줬어야 하는 건데."

2

바닌의 누이가 사는 집은 바람에 날려온 눈더미에 파묻혀 있는 것이나 다름없었다. 울퉁불퉁한 도로에는 특수 장비로

제설 작업을 한 흔적이 역력했으나, 길가에는 치우지 않은 눈더미들이 그대로 쌓여 있었다. 그 때문에 길가의 자그마한 오두막집들이 눈더미들에 가려진 채 거의 보이질 않았다. 마치 참호 속에 처박혀 있는 것 같아 보였다. 파삭파삭하게 얼어붙은 대기를 가르고 굴뚝에서 푸른색 연기가 피어오르고 있었고, 새 둥지가 달린 안테나와 전신주들이 하늘을 향해 사방팔방으로 삐져나와 있었다. 마치 시골 거리의 풍경을 바라보는 듯했다. 저 멀리 언덕 위의 대로를 따라 전차가 다니는 궤도가 있다는 사실이 믿어지지 않을 정도였다.

공항에는 유리 벽으로 뒤덮인 식당 건물이 있었는데, 키르피첸코는 그 식당 건물과 그 앞에 줄지어 길게 늘어선 녹색 불빛의 자동차들을 보았을 때부터 이미 약간 얼이 빠져 있었다. 서리가 앉은 유리창을 통해 재즈곡을 연주하는 깔끔한 차림의 악단이 어렴풋하게 눈에 들어오기도 했다. 중심가에 있는 고급 식료품 가게에서 그는 완전히 자제력을 잃고 말았다. 그는 주머니에서 푸른색의 50루블짜리 지폐 다발을 꺼낸 다음 호탕하게 웃으면서 술병들을 주머니에 쑤셔 넣기도 하고 통조림을 한 아름이나 쓸어모으기도 했다. 바닌도 신이 나서 키르피첸코보다 더 큰 소리로 웃어대고는, 역시 이것저것 치즈와 통조림을 골라잡았다. 바닌이 담당 지배인을 구워삶은 덕택에 소시지도 하나 살 수 있었다. 바닌과 키르피첸코는 택시에 온갖 종류의 식료품과 체첸-인구시 지방산의 코냑 술병들을 가득 신고서 오두막으로 왔다. 누가 감히 그들이 빈손으로 바닌의 누이 집을 찾아갔다고 말할 수 있겠는가.

키르피첸코가 방에 들어서서 보니, 그의 덥수룩한 모자가 거의 닿을 정도로 천장이 낮았다. 그는 하얀 면직물 침대보로 뒤덮인 침대 위에 사온 식료품들을 내려놓았다. 옷매무새를 가다듬은 다음 키르피첸코는 거울에 비친 시무룩한 표정의 붉고 메마른 자기 얼굴을 흘끗 들여다보았다.

바닌의 누이인 라리사는 키가 작고 통통한 여자로, 마치 보모 같아 보였다. 그녀는 벌써부터 키르피첸코의 외투 단추를 풀어주고 있었다. 그녀는 되풀이해서 말했다.

"오빠 친구라면 제 친구이기도 해요."

그러고는 외투를 걸치고 장화를 신은 다음 밖으로 나갔다.

바닌이 코냑 병의 코르크 마개를 따고 칼로 통조림통을 따느라 정신이 없는 동안, 키르피첸코는 여기저기 방 안을 둘러보았다. 거울이 달린 장식장, 서랍장, 라디오가 달린 전축 등등 방 안에는 가구들이 상당히 잘 갖추어져 있었다. 서랍장 위에는 전쟁 전의 시절에 찍은 클리멘트 보로실로프 원수의 사진이 걸려 있었는데, 사진 속의 보로실로프는 견장을 착용하지 않은 채 접은 옷깃에 원수를 상징하는 별 계급장을 달고 있었다. 또한 사진 옆에는 수료증이 담긴 액자가 걸려 있었다. 그 수료증에는 다음과 같은 글귀가 있었다. '군사 및 정치 훈련을 성공리에 마친 경비대 특등 사수에게. 동북 지구 노동자

수용소 당국.'

"우리 부친 것이라네." 바닌이 키르피첸코에게 말했다.

"부친께선 무얼 하셨나? 수용소 경비대에 계셨던 것 같군."

"그러셨다네. 그러고는 세상을 뜨셨지." 바닌이 한숨을 쉬며 말했다. "돌아가셨단 말일세."

그러나 그의 슬픔은 그리 오래가지 않았다. 곧 쾌활해져서 이것저것 레코드판을 골라 음악을 틀기 시작했던 것이다. 〈리오-리타〉, 〈검은 바다 갈매기〉, 온 세상을 두루두루 여행하면서 아무도 본 적이 없는 것을 다 본 사람들인 양 세 명의 가수가 화음을 이루어가며 아주 멋들어지게 뽑아대는 상송 등 모두 익히 듣던 곡일 뿐 새로운 것이라곤 없었다. 라리사가 토마라는 이름의 자기 친구를 데리고 돌아왔다. 오자마자 그녀는 식사 준비를 하기 시작했는데, 오이절임과 버섯을 가져오는 등 부엌에서 식탁 사이를 분주하게 오갔다. 그동안 토마는 무릎 위에 손을 올려놓은 채 돌부처처럼 꼼짝도 하지 않고 한쪽 구석에 앉아 있었다. 저 여자를 불러서 어쩌자는 것인지 키르피첸코는 알 수 없었다. 그는 그녀한테 눈길이 가지 않도록 애썼으나, 어쩌다 그녀를 흘깃 쳐다본 순간 그는 눈앞이 아찔해지는 것을 느끼지 않을 수 없었다.

"손도 꽁꽁 발도 꽁꽁 얼었으니, 이제는 한잔 즐길 때가 아닌가!"

바닌이 쾌활한 목소리로 이렇게 말했지만, 안절부절못하기는 그도 마찬가지였다.

"신사 숙녀 여러분, 식사 준비가 되었으니 식탁으로 모여주시기 바랍니다."

키르피첸코는 '소비에트 우크라이나의 40년'이라는 상표명의 기다란 담배를 피우고 있었다. 종이를 말아서 파이프 모양으로 담배 앞에 붙여놓은 그런 담배였다. 그는 담배 연기를 고리 모양으로 만들어 뿜어내고 있었으며, 라리사는 키득키득 웃으면서 고리 모양의 담배 연기를 새끼손가락에 끼우려고 했다. 천장이 낮은 방 안의 공기가 후덥지근하게 느껴졌다. 가죽 장화를 신고 있던 키르피첸코의 발이 점점 더 축축해졌고, 장화에서는 분명히 김이 올라오고 있었다. 바닌은 토마와 춤을 추고 있었다. 그녀는 그날 저녁 한마디도 하지 않았는데, 바닌이 그녀의 귀에 대고 무언가 속삭이자 굳게 다문 그녀의 입술이 실쭉 움직이며 웃음이 새어 나왔다. 토마는 몸매가 아주 뛰어난 여자였는데, 나일론 천으로 된 그녀의 블라우스 안쪽으로 장밋빛의 붉은 속옷이 비쳐 보였다. 이윽고 키르피첸코의 눈앞에서 벽이, 보로실로프의 초상이, 서랍장 위에 놓여 있는 조그마한 코끼리 조각상이 짙은 오렌지빛의 둥근 원을 그리며 맴돌기 시작했다. 그가 내뿜는 고리 모양의 담배 연기는 주위를 이리저리 돌아다니고 있었으며, 라리사의 손가락은 무언가 글자를 쓰듯 담배 연기를 따라 공중에서 움직이고 있었다.

바닌과 토마가 옆방으로 사라졌다. 그러고는 그의 뒤편으로 용수철 자물쇠가 조용히 걸렸다.

라리사가 소리 내어 웃더니 이렇게 말했다. "발레리, 당신은 왜 춤을 추지 않으셨죠? 춤을 좀 추셨어야 했는데."

레코드판에서 흘러나오던 음악이 끝나고 정적이 감돌았다. 라리사는 갈색의 사팔눈을 가늘게 뜨고서 그를 바라보았다. 옆방에서는 희미하게 신음이 새어 나오고 있었다.

"발레리, 먹을 것만 잔뜩 가져오면 다인가요? 사람이 좀 재미가 있어야죠." 라리사가 키득거리며 말했다. 그녀가 서른 살 가까이 되었다는 사실과 경험이 많은 여자라는 사실이 갑자기 키르피첸코의 뇌리를 스쳤다.

그녀는 미끄러지듯이 그에게 다가와서 속삭였다.

"우리 함께 춤춰요."

"하지만 난 가죽 장화를 신고 있는데."

"그러면 어때요. 자, 이리 와요."

그가 자리에서 일어섰다. 그녀가 레코드판 위에 바늘을 올려놓자 토마토 냄새와 체첸-인구시 지방산 코냑 냄새로 가득 찬 방 안에 다시금 프랑스 친구들의 삼중창 곡이 흘러나왔다. 그들은 온 세상을 두루두루 여행하면서 아무도 본 적이 없는 것을 다 보았다는 듯이 노래하고 있었다.

"저 곡은 안 되겠는데." 키르피첸코가 거친 목소리로 말했다.

"왜요?" 라리사가 큰 소리로 물었다. "정말로 이건 특별한 레코드판이에요! 분위기가 있잖아요!"

그녀가 방 주위를 맴돌기 시작하자, 치마가 그녀의 종아리
에 부딪히면서 소리를 냈다. 키르피첸코는 전축 위의 레코드
판을 바꿔 올려놓고 〈리오-리타〉를 틀었다. 그러고는 라리사
에게 다가가서 그녀의 어깨를 잡았다.

3

항상 그렇듯이 어둠 속에서 여자의 손가락이 당신의 목을
어루만지면, 아무리 비싼 창녀가 옆에 누워 있더라도 달의 손
가락이 당신을 어루만진다는 착각이 들기 마련이다…… 당
신의 목을 어루만지는 여자의 손가락을 손으로 쳐서 치워버
리지 않을 수 없을 때라도 결국에는 마찬가지 착각이 들기 마
련인 것이다…… 따지고 보면 달이 높이 떠 있고 그 달이 서
리가 낀 창문을 통해 일그러진 달걀노른자처럼 보일 때, 무슨
착각인들 들지 않겠는가? 그러나 그런 일은 실제로 일어나지
않으며, 자신을 속여 그런 일이 일어날 수 있다고 생각하지도
말아야 한다. 당신은 벌써 스물아홉 살이고, 변변치 못한 당신
의 삶이 정돈되어 있건 엉망이건, 당신의 삶이 아름답건 화끈
하건 차디차건, 여자의 손가락이 어둠 속에서 당신의 목을 어
루만지면 마치 달의 손가락이…….

"몇 년생이세요?" 여자가 물었다.

"32년생."

"트럭 운전기사죠? 그렇죠?"

"그래서?"

"월급은 많이 받나요?"

성냥불을 켜니, 불빛에 비친 그녀의 둥근 얼굴과 갈색의 사팔눈이 발레리의 눈에 들어왔다.

"그건 알아서 뭐하게?" 그는 담배에 불을 붙이며 이렇게 대꾸했다.

4

다음 날 아침, 바닌은 따뜻한 중국풍 내의 바람으로 방 안을 이리저리 돌아다니기도 하고, 절인 오이 껍질을 접시에 집어 던지기도 했다. 토마는 전날 저녁처럼 단정한 차림으로 방 한 구석에 조용히 앉아 있었다. 아침식사가 끝난 다음 그녀와 라리사는 일을 하러 나갔다.

"발레리, 어떤가? 재미 좀 봤나?" 바닌이 웃음을 띤 채 호의에 넘친 표정으로 키르피첸코에게 말을 건넸다. "그건 그렇고…… 자, 그럼 우리 이제 영화 구경이나 가세."

그들은 내리 세 편의 영화를 본 다음 식료품 가게로 갔다. 그 자리에서 키르피첸코는 다시 한 번 자제력을 잃고 말았다. 그는 주머니에서 붉은색의 루블화 지폐 다발을 꺼낸 다음, 바닌의 팔에 치즈와 통조림을 한 아름 안겼다. 이런 식으로 내리 사흘 낮과 사흘 밤을 보내고 난 다음 날 아침이었다. 여자들이 일을 하러 나간 다음 바닌이 느닷없이 말했다.

"자, 이제 자넨 우리 집안 사람이 된 셈이네. 안 그런가, 발레리?"

키르피첸코는 숙취에서 벗어나기 위해 절인 오이에서 짠 오이즙을 마시고 있었는데, 그것이 그만 목에 걸리고 말았다.

"뭐, 뭐라고?"

"'뭐라고'라니? 그게 무슨 말인가?" 바닌이 소리를 질렀다. "자네, 내 누이하고 잠자리를 같이하지 않았나? 안 그런가? 자, 그러지 말고 언제 결혼식을 올릴 건지 말해보게나. 그러지 않으면 자넬 고발하겠네. 자네의 비도덕적 처신을 묵과하지 않겠단 말일세. 내 말 알아듣겠나?"

키르피첸코는 식탁 맞은편에 앉아 있던 바닌에게 주먹을 뻗어서 광대뼈를 냅다 후려쳤다. 방 한구석으로 나가떨어졌던 바닌이 발딱 일어서더니 의자를 움켜쥐었다.

"이런, 개자식이!" 키르피첸코가 으르렁거리면서 그에게 다가갔다. "어쩌다가 얻어걸린 창녀 같은 년하고 결혼까지 하란 말이냐?"

"수용소 출신의 인간쓰레기 같은 놈이 내뱉으면 다 말인 줄 아나." 바닌이 악을 썼다. "야, 이 상습범 자식아!" 이렇게 소리를 지르며 키르피첸코에게 의자를 집어 던졌다.

그러자 키르피첸코가 그에게 정말로 본때를 보여주었다. 바닌은 양가죽 외투를 얼른 잡아챈 뒤 잽싸게 밖으로 달아나는 수밖에 없었다. 키르피첸코는 치가 떨릴 정도로 엄청난 분노감과 심적 동요, 고독감에 휩싸이게 되었다. 그는 자신의 여행 가방을 끌어내 그 안에 소지품을 집어 담고, 외투를 입은 다음 그 위에 양가죽 외투를 겹쳐 입었다. 그러고는 주머니에서 사진 한 장을 꺼냈다. 그가 가장 아끼는 야외용 셔츠를 입고 넥타이까지 맨 채 찍은 사진이었다. 그는 재빠르게 사진 뒤에다 이렇게 썼다. '정다운 추억을 간직한 채, 라리사에게.' 라리사의 방으로 들어가서 그녀의 베개 위에 사진을 올려놓은 후 키르피첸코는 집을 나섰다. 마당에서 침을 튀기며 갖은 욕설과 저주를 퍼붓고 있던 바닌이 사나운 개를 풀어 키르피첸코에게 달려들게 했다. 키르피첸코는 개를 발로 차서 쫓아내고는 대문 밖으로 나가버렸다.

5

"괜찮았어요, 커피 맛이?" 웨이트리스가 키르피첸코에게 물었다.

"나쁘지 않았소. 효과가 있는걸." 키르피첸코가 한숨을 쉬면서 그녀의 손을 가볍게 토닥거렸다.

"또 오세요." 웨이트리스가 미소를 지으며 이렇게 말했다.

그때 비행기에 탑승하라는 안내 방송이 나왔다.

가벼운 마음으로 키르피첸코는 성큼성큼 힘차게 걸어서 비행장을 향해 갔다. "앞으로, 앞으로, 앞으로 나가는 것이다!" 그는 이렇게 혼잣말을 했다. 시골구석에 있는 숨 막히는 오두막에 처박혀서 버섯과 치즈 조각이나 집어 먹고 있어야 한다면, 어쩌다가 오랜만에 떠나는 금쪽같은 휴가의 의의를 도대체 어디에서 찾을 수 있겠는가? 그따위 오두막에 처박혀서 아까운 휴가를 전부 날려버리는 녀석들도 있지만, 그는 그런 종류의 멍청한 인간은 아니었다. 그는 모스크바에 갈 계획이었다. 모스크바에 있는 중앙 국영 백화점에 들러 새 옷 세 벌과 멋진 신발 한 켤레를 살 예정이었다. 그러고는 앞으로 앞으로 나가서 멀리 흑해까지 갈 예정이었다. "갈매기야, 나의 꿈인 흑해의 갈매기야." 그는 혼자서 이렇게 중얼거리기도 했다. 흑해에 가서 그는 크림 지방산의 과자를 먹고 외투를 벗어 던진 채 짧은 옷을 입고 바닷가를 따라 어슬렁거릴 생각이었다.

바로 그 순간 그는 다른 사람의 눈을 통해 자신의 모습을 보는 듯했다. 우람하고 강인한 체구에 두 벌의 외투를 겹쳐 입고, 사향쥐 가죽으로 된 모자를 쓰고 털 장화를 신은 채, 보무도 당당하게 거리낌 없이 걸어 나가는 자신의 모습이 눈에 선했다. 몇 년 전 그와 함께 사랑을 나누었던 여자의 말이 생각났다. 그의 얼굴이 아메리카 인디언 추장의 얼굴 같다고 그녀가 말한 적이 있었던 것이다. 무엇보다 먼저 내세울 것은 그 여자가 지질 탐사대의 대장이었다는 사실이다. 게다가 안나 페트로브나라는 이름의 그 여자는 괜찮은 여자였다. 심지어 학위까지 가진 여자였다. 그녀는 그에게 편지를 썼고, 그도 그녀에게 답장을 했다. "친애하는 안나 페트로브나, 어떻게 지내고 있소. 발레리 키르피첸코가 당신에게 편지를 올리고 있소……." 그 밖에 말도 안 되는 온갖 것들을 편지에 썼던 것이다.

수많은 승객이 벌써부터 회전식 출입구에 몰려들어 법석대고 있었다. 멀지 않은 곳에서 라리사가 장화를 신은 채 발을 동동 구르고 있는 모습이 보였다. 창백하다 못해 푸른 기운까지 감도는 그녀의 얼굴과 새빨간 그녀의 입술이 눈에 띄었던 것이다. 옷깃에 달리는 사슴 모양의 브로치를 달고 있었는데, 그 브로치가 몹시 어색해 보였다.

"무엇 때문에 왔소?" 키르피첸코가 물었다.

"작, 작별 인사를 하려고요." 라리사가 떨어지지 않는 입을 열고 간신히 대답했다.

"자, 이젠 다 그만둡시다." 그가 손을 들어 그녀의 말문을 막았다. "당신하고 당신의 알량한 오빠가 사흘 동안이나 나를 엉망으로 만들었소. 다 좋소. 그렇지만 이걸 가지고 사랑이니 뭐니 말도 안 되는 소리를 떠들어대지는 맙시다."

라리사는 울음을 터뜨렸고, 이에 발레리는 움찔하지 않을 수 없었다.

"자, 자, 알았소, 알았다니깐."

"그래요, 우리가 당신을 갖고 놀았어요." 그녀가 훌쩍이며 말했다. "우리가 당신을 갖고 놀았단 말이에요……. 좋아요……. 당신이 저에 대해 어떻게 생각하는지도 다 알아요……. 당신 말이 맞아요. 그게 바로 저예요……. 그래서 전 당신을 사랑할 수 없다는 거죠? 그 말인가요?"

"그만두라니깐."

"안 돼요. 전 그만둘 수 없어요. 그만둘 수 없단 말이에요." 라리사는 목소리를 높인 채 울부짖다시피 했다. "발레리, 당신은…… 당신만큼은 여느 사람들하고는 달라요." 그녀가 그에게 가까이 다가가면서 말을 이었다.

"나도 여느 사람들과 다를 데가 없는 똑같은 사람이오. 다만 다른 점이 있다면……." 이렇게 말하는 동안 키르피첸코는 입가에 슬며시 미소가 떠올랐다.

라리사는 등을 돌리고 더욱더 슬피 울었다. 그녀의 가녀린 몸이 온통 슬픔에 떨고 있었다.

"자, 자, 알았소, 알았다니깐." 키르피첸코는 당황해서 그녀의 어깨를 토닥거렸다.

이윽고 승객들이 비행장을 향해 움직이기 시작했다. 키르피첸코는 뒤를 돌아보지 않은 채 자리를 떴다. 라리사에게 미안하다는 생각이 들었으며, 그녀와 함께 있는 동안 정말로 마음이 편했다는 생각도 들었다. 사실 그의 멍청한 성격 때문에 키르피첸코는 어떤 여자와 함께 있어도 항상 마음이 편했다. 그러나 시간이 지나면 그는 항상 전에 만나던 여자를 잊게 되고, 그리하여 모든 것이 다시 정상으로 돌아가곤 했다. 일단 정상으로 돌아가면 그것으로 끝이었던 것이다.

그는 햇빛에 반짝이는 거대한 비행기를 바라보면서 무리 지어 가는 승객을 따라 앞으로 걸어갔다. 그러고는 곧 모든 것을 잊었다. 끔찍하게도 사흘 동안이나 이곳에서 머물렀다는 사실도, 그의 목을 어루만지던 여자의 손가락도 모두 잊었다. 그는 그처럼 형편없는 가격에 자신을 팔 인물이 아니었다. 여느 때도 항상 그랬다. 그는 쉽게 사들일 수 있는 사람도 아니었고 쉽게 망가질 수 있는 사람도 아니었다. 그리고 그가 창녀 같은 여자들하고만 관계를 맺었던 것은 아니다. 그는 정말로 괜찮은 여자들과도 관계를 맺기도 했다. 예를 들면 과학자인 안나 페트로브나가 그런 여자였다. 그녀는 정말로 괜찮은 여자였다. 그런 여자들과 발레리는 사랑에 빠졌던 것이고, 그런 일이 있을 수 있었던 건 그가 야성적이었기 때문이 아니라 무언가 다른 이유가 있다는 사실을 그는 잘 알고 있었다. 어쩌면 그가 말수가 적어서일 수도 있고, 모든 여자가 그에게 무언가 특별한 존재가 되기를 원했기 때문인지도 모른다. 또는 어쩌면 그가 어둠 속에서 길을 찾아 헤매는 장님과 같은 사람이라는 점을 그 여자들이 분명하게 감지할 수 있었기 때문인지도 모른다. 그러나 그는 항상 자신에게 이렇게 중얼거린다.

"당신이 그런 잔꾀를 써서 나를 잡을 수는 없을걸. 나를 쉽게 망가뜨릴 수도 없지. 일은 이미 일어난 것이고 이제는 다 끝난 것이 아닌가. 그리고 이젠 모든 것이 다시 정상으로 돌아왔는 걸. 정상을 되찾은 거지."

6

비행기는 엄청나게 컸다. 전함만큼이나 크고 무거워 보였다. 키르피첸코는 그토록 대단한 비행기를 타본 적이 없었으며, 그런 비행기를 타게 된다는 사실만으로도 즐거워서 숨이 넘어갈 지경이었다. 정말로 그의 마음에 들었던 것은 그 비행기로 상징되는 첨단기술이었다. 그는 승강대를 거쳐 비행기에 올라탔다. 푸른 제복을 입고 푸른 모자를 쓴 스튜어디스가 그의 탑승권을 검사하더니 그의 자리가 있는 곳을 일러주었다. 그의 좌석은 맨 앞쪽에 있었는데, 어떤 친구가 벌써 그의 자리를 차지하고 있었다. 안경을 끼고 천으로 된 모자를 쓴 친구였다.

"비키쇼." 키르피첸코가 조용하게 말하면서 안경잡이에게 자기의 탑승권을 보여주었다.

"내 자리에 가서 앉을 수 없겠소?" 안경잡이가 이렇게 말했다. "뒤에 가서 앉으면 멀미가 나서 그래요."

"비키라고 하지 않았소." 키르피첸코가 호통을 쳤다.

"좀 점잖게 말할 순 없소?" 안경잡이가 기분이 상한 듯 말했다. 무슨 이유 때문인지 모르지만, 그는 자리에서 일어나지 않았다.

키르피첸코가 그의 모자를 홱 낚아채서는 그가 마땅히 가서 앉아야 할 자리가 있는 비행기 뒤쪽에다 던져버렸다. 아주 간단하고 확실한 방법으로 다음부터는 탑승권에 명시된 좌석에 가서 앉으라는 뜻을 전한 것이다.

"여기 웬 소란이죠?" 스튜어디스가 와서 물었다.

"아무것도 아니오." 키르피첸코가 말했다.

안경잡이는 완전히 머쓱해진 얼굴로 모자를 찾으러 뒤쪽으로 가버렸다. 키르피첸코는 응당 자기 것이어야 할 자리를 차지하고 앉았다. 그리고 그는 외투를 벗어 자신의 발치에다 놓았다. 이는 말하자면 자기 자리에 대한 권리를 확고하게 밝히려는 방편이었다.

승객들이 차례차례 비행기에 오르고 있었는데, 끝이 없어 보였다. 기내에서는 경음악이 울리고 있었고, 승강구를 통해서는 차가운 햇빛이 흘러들어오고 있었다. 스튜어디스들이 통로를 따라 분주하게 왔다 갔다 하고 있었는데, 그들은 모두 똑같은 종류의 푸른 제복을 입고 있었으며 늘씬한 다리에 굽이 높은 구두를 신고 있었다. 키르피첸코는 신문을 들여다보았다. 군비 축소와 베를린 사태에 관한 기사가 있었고, 칠레에서 거행되는 축구선수권대회 준비에 관한 기사도 있었다. 그리고 겨울 농사를 위해 쌓인 눈을 어떻게 보존할 것인가에 관한 기사도 그의 눈에 띄었다.

숄을 어깨에 걸친 나이 든 시골 아낙네 하나가 창가의 자리에 가서 앉았고, 뺨에 홍조를 띤 젊은 선원 하나가 키르피첸코의 옆자리에 앉았다. 옆자리에 앉아서 그는 계속 익살을 떨었다.

"아주머니, 유언장은 작성하셨나요?" 그러고는 스튜어디스에게 이렇게 소리쳤다.

"아가씨, 유언장은 누구한테 제출해야 하지?"

항상 이런 익살꾼들과 함께 여행을 해야 한다니, 알다가도 모를 일이었다!

마침내 승강구의 문이 닫히고, 경보판에 붉은색 글자로 된 다음과 같은 안내문이 나타났다. '금연. 안전띠를 착용하시오.' 무언가 영어로 된 글귀도 함께 나왔는데, 아마도 똑같은 뜻의 안내문이거나 그렇지 않거나 둘 중 하나였을 것이다. 어쩌면 전혀 반대의 뜻을 전하는 안내문인지도 모를 일이었다. '끽연. 안전띠를 착용하지 마시오.' 키르피첸코는 영어를 몰랐다.

어떤 아가씨의 목소리가 확성기를 통해 흘러나왔다.

"안녕하십니까! 기장 이하 저희 승무원은 소비에트 항공 소속 TU-114호에 탑승하시게 된 승객 여러분을 진심으로 환영합니다. 저희 대형 항공기는 하바롭스크를 떠나 모스크바로 승객 여러분을 모실 것입니다. 현재 저희 항공기는 고도 9,000미터 상공에서 시속 700킬로미터로 운항하고 있으며, 예정

비행 시간은 여덟 시간 삼십 분입니다. 감사합니다."

그러고 나서 영어로 횡설수설 지껄이는 소리가 들렸다. "쏼라, 쏼라, 쏼라…… 땡큐."

"아무렴, 그래야지." 키르피첸코는 만족해서 이렇게 말하고는 옆자리의 선원에게 눈을 찡긋해 보였다. "모든 게 틀림없군."

"틀림없지 않으면 자넨 어떨 거라고 생각했나?" 선원은 마치 비행기가 자기 것이고, 2개 국어로 하는 안내 방송이라든가 그 밖에 모든 것을 다 자기가 주관하여 진행한 듯한 말투로 키르피첸코에게 물었다. 이윽고 비행기가 이륙을 위해 활주로를 달리기 시작했다. 시골 아낙네는 바짝 긴장한 채 자리에 앉아 있었다. 공항의 건물들이 창문을 빠르게 스치고 지나갔다.

"외투 좀 치워도 될까요?" 스튜어디스가 물었다.

소란을 떤다고 해서 키르피첸코에게 왔던 바로 그 아가씨였다. 그녀를 쳐다보는 순간 그는 얼어붙고 말았다. 그녀가 미소를 짓고 있었던 것이다. 얼굴에 미소를 담고 그녀가 그를 향해 몸을 숙였다. 그러자 그녀의 검은 머리가 그의 눈에 들어왔다. 아니, 검은 머리라기보다는 칠흑 같은 머리였다. 칠흑 같은 그녀의 머리는 매우 부드러워 보였다. 단정하게 손질이 되어 있는 그녀의 머리는 모피든 양털 가죽이든 나일론이든 세상 사람들이 소중히 여기는 어떤 귀중품과도 견주어볼 만큼 아름다워 보였다. 그녀의 손가락이 키르피첸코의 양가죽 외투 깃에 닿았다. 이 세상 어디에서도 결코 본 적이 없는 그런 손가락이었다. 아니, 그렇게 섬세한 손가락을 잡지에서 본 적은 있다. 그러나 그리도 섬세한 손가락, 그리도 멋진 미소, 그리도 매혹적인 목소리가 한데 어우러져 이처럼 아름다운 여자, 이 세상 어디에서도 찾아볼 수 없는 아름다운 여자의 모습이 되어 그의 눈앞에 나타나다니, 그런 일은 있을 수 없었다. 정녕코 그런 일은 있을 수 없었던 것이다.

"아가씨가 내 양가죽 외투 가져가는 거, 자네도 보았지?" 키르피첸코가 선원에게 멍청한 웃음을 흘리면서 말했다. 그러자 선원이 그에게 눈을 찡긋하면서 다 안다는 투로 말했다.

"일하는 게 맘에 들지, 안 그런가?"

아가씨가 돌아오더니 시골 아낙네의 짧은 털외투와 선원의 가죽 상의, 키르피첸코가 벗어놓았던 또 한 벌의 외투를 집어 들었다. 그러고는 모든 옷가지를 그 멋진 몸으로 껴안으면서 말했다.

"동무들, 안전띠를 착용하세요."

7

엔진에서 요란한 소리가 났다. 창가에 앉아 있던 시골 아낙네가 두려움에 몸을 움츠린 채 남몰래 성호를 그었다. 선원이 놀리기라도 하는 듯이 그녀의 흉내를 냈고, 그러는 동안 내내 곁눈질로 키르피첸코가 웃고 있는지 어떤지를 살펴보았다.

그러나 키르피첸코는 목을 길게 뺀 채 옷가지를 어딘가로 나르고 있는 그 아가씨에게만 눈길을 주고 있었다. 이윽고 그녀가 사탕을 쟁반에 담아 갖고 와서는 승객들에게 권했다. 그녀가 승객들에게 권하는 것은 사탕이 아니라 심장약인지도 모를 일이었고, 아니면 금덩어리인지도 모를 일이었다. 비행기가 일단 이륙하자 그녀는 곧이어 음료수와 광천수, 이 세상에서 가장 높고 가장 깨끗한 폭포에서만 흐르는 그런 종류의 천연수를 가져다가 사람들에게 나누어주었다. 그러고 나서 그녀는 사라졌다.

"카드 한 판 치지 않겠나?" 선원이 제안했다. "어떤가, 심심풀이로 한 판 치지."

붉은색 경보판 신호등이 꺼졌고, 키르피첸코는 이제 담배를 피워도 괜찮다는 사실을 알았다. 그는 일어서서 앞쪽으로 나가 커튼 뒤쪽에 마련된 좁은 공간으로 들어갔다. 그곳에서는 이미 담배 연기가 새어 나오고 있었다.

"승객 여러분, 잠깐 주목해주시기 바랍니다." 이때 스피커에서 어떤 사람의 목소리가 흘러나왔다. "현재 저희는 고도 9,000미터를 유지하면서 시속 750킬로미터로 운항하고 있습니다. 바깥쪽 대기의 온도는 섭씨 영하 58도입니다. 감사합니다."

저 멀리 아래쪽으로 바위투성이의 황무지가 지나갔다. 거칠고 황량한 대지 위로 얼음같이 차가운 대기를 헤치고 비행기가 날아가고 있는 것이다. 여송연처럼 생긴 몸통 안에 인간의 체온과 품위, 담배 연기, 잔잔하게 들리는 말소리와 웃음소리, 집안 식구에게라면 감히 건넬 수도 없는 농지거리, 광천수, 비옥한 땅을 가르고 흘러내리던 폭포수의 물방울을 가득 담은 채 비행기가 대기 속을 날고 있다는 생각을 하니 키르피첸코의 몸은 움츠러들지 않을 수 없었다. 바로 그 비행기의 기내 앞쪽 어딘가에서 키르피첸코가 앉아 담배를 피우는 동안 뒤쪽 아니면 가운데 쪽에서 이 세상 사람이라고 할 수 없는 그 여자가, 당신에게는 저 하늘 위의 달만큼이나 멀고도 멀게 느껴지는 그 여자가 걸어 다니고 있는 것이다.

8

키르피첸코는 자신의 삶에 대해 생각하고 지나온 과거를 회상하기 시작했다. 친구들한테 이것저것 허풍을 섞어가며 자신의 시시한 모험담을 풀어놓을 때를 빼놓고는 한 번도 그래 본 적이 없었다. 그런데 그는 갑자기 이런 생각을 하게 된 것이다. '이번이 네 번째 대륙 횡단 여행이로구나. 그렇지만 내 돈을 들여 대륙 횡단 여행을 하는 건 이번이 처음이지. 얼마나 멋진가!'

이전의 대륙 횡단 여행은 모두 정부의 지원 아래 이루어졌었다. 발레리가 아직 어린아이였던 1939년의 일이었다. 스타브로폴 지역의 집단 농장에 소속되어 있던 모든 사람이 자신들의 의사에 따라 갑자기 극동 해안 지역으로 이주하게 되었다. 길고도 먼 여행이었다. 그때의 여행과 관련하여 그가 기억하고 있는 것은 별로 없었다. 맛이 간 우유라든가 시큼한 양배 춧국, 불을 지핀 화물차 한쪽 구석에서 빨랫감을 말리기 위해 창밖에 걸어놓던 어머니, 창밖에서 깃발처럼 휘날리다가 추위 때문에 꽁꽁 얼어붙은 빨랫감들이 화물차의 벽을 치면서 내던 덜그럭 소리 그리고 그런 와중에 어린 그가 부르던 노래, 이런 것들이 그가 기억하는 전부였다.

하늘에는 비행기가 높이, 높이 날고요,

조종사는 하늘에서 우릴 내려다보지요.

그의 어머니는 전쟁이 한창일 때 돌아가셨고, 아버지는 전쟁이 끝날 무렵인 1945년 어느 날 쿠릴열도에서 벌어진 전투에 참전했다가 장렬하게 전사하셨다. 발레리는 고아원에서 자라면서 칠 년간 학교를 다닌 다음 직업학교에 가서 견습공 훈련을 받았다. 그러고는 탄광에 가서 일했다. 사람들이 흔히 말하듯 그는 '사랑하는 조국을 위해 석탄 덩이를, 조그만 석탄 덩이를, 그러나 헤아릴 수 없이 많은 석탄 덩이를 파내는 일'을 했던 것이다. 1950년에 그는 징집 명령을 받고 다시 한번 대륙 횡단 여행을 하게 되었다. 다만 이번에 간 곳은 발트 해안 지방이라는 점이 다르다면 다른 점이었다. 군대에서 그는 트럭 운전병 교육을 받고 근무하다가, 제대한 다음 친구와 함께 흑해 연안에 있는 노보로시스크에 정착했다. 그리고 일 년이 지났을 때쯤 그는 경찰에 체포되었다. 몇 놈의 개자식들이 그가 일하던 정비 공장에서 상습적으로 예비 부품을 훔쳤던 것이다. 그러나 경찰관 나리들은 누구에게 죄를 뒤집어 씌울 것인가에 대해 고민하느라 오랜 시간을 낭비하지 않고, 키르피첸코를 '재산상 손실에 책임이 있는 자'로 지목하여 체포해버렸다. 삼 년 징역형을 언도받은 그는 사할린에 있는 노동자 수용소로 보내졌다. 노동자 수용소에서 일 년 육 개월을 복역한 다음 그는 모범수로 석방되었다. 나중에야 그에 대한 혐의가 풀려 완전한 사면을 받게 되었다. 노동자 수용소에서 나온 이래로 그는 줄곧 벌목장에서 일했다. 그는 자기가 하는 일에 재미를 붙였을 뿐만 아니라 벌이도 괜찮았다. 재목을 실은 트럭을 끌고 비탈길을 따라 능선까지 올라갔다가 브레이크란 브레이크는 모두 걸어놓고서 다시 내려오는 것이 그가 하는 일의 전부였다. 일을 하지 않을 때는 독주를 마시거나 영화관에 드나들었다. 여름이 되면 통조림 공장에서 일하는 처녀들과 춤을 추러 다니곤 했다. 그는 합숙소 생활을 했는데, 따지고 보면 그는 일생을 합숙소, 군대 막사, 수용소에서 보낸 셈이었다. 이단 침대, 막사용 단층 침대나 이층 침대, 널판으로 짠 간이침대나 긴 의자……. 단지 이런 것들 위에 자신의 몸을 의지한 채 그는 이제까지 살아왔던 것이다. 그에겐 친구라고 할 만한 사람도 없었다. 다만 '알고 지내는 사람'만 잔뜩 있을 뿐이었다. 그는 경원의 대상이었고, 함부로 장난을 걸기 어려운 사람이었다. 수틀리면 그 자리에서 한 방 먹여 상대방의 눈이 시퍼렇게 멍들도록 만드는 그런 사람이었던 것이다. 그러나 그는 자기 일을 아주 훌륭하게 해내는 사람이기도 했다. 그는 기계를 좋아했으며, 다른 사람들이 친구를 기억하듯이 자기가 몰던 각종 차를 기억하곤 했다. 군대에서 몰던 '이반-윌리스'라는 이름의 지프, 트랙터, 1.5톤짜리 트럭, 체코제 승용차 타트라, 현재 몰고 있는 디젤 트럭을 그는 차례로 기억하고 있었던 것이다. 그는 또한 이따금씩 유즈노사할린스크, 포로나이스크 또는 코르사코프 등의 도시로 외출을 나가곤 했다. 그곳에 가게 되면 그는 때때로 길모퉁이에 서서 신축 아파트 단지 내에 있는 아파트 건물의 창문에 눈길을 주곤 했는데, 창문을 통해 보이는 그 모든 멋진 전기 스탠드와 커튼을 바라보고 있노라면 때때로 마음이 심란해지는 것이었다. 사실 그는 이제까지 나이를 의식하면서 살아온 적이 없었다. 그런데 몇 달만 있으면 서른을 넘기게 된다는 사실이 얼마 전부터 머리를 떠나지 않게 되었다. 마음을 느긋하게 먹자. 그리고 모스크바에 가면 양복 세 벌과 초록색 모자 하나를 사자. 그런 다음엔 거물급 기사나 기술자들처럼 여행용 가방을 들고 남쪽으로 가는 거다. 그는 자신의 전 재산에 해당하는 돈을 여행자 수표로 바꾸어 속바지 안쪽에 감춘 다음 꿰매어 이를 보관하고 있었다. 남쪽에 가면 재미있는 일이 많이 있을 것이다. 모든 일이 정상적으로 잘 진행되고 있었다. 정상적으로 잘 진행되고 있는데 무엇이 또 문제이겠는가!

9

그는 일어서서 그 아가씨를 찾으러 나섰다. 이 아가씨가 어디로 갔지? 승객들이 목이 말라 무언가를 마시고 싶어 하는데, 이 아가씨는 움직이지 않고 한자리에 서서 자본주의국가에서 온 어떤 녀석과 영어로 잡담을 나누고 있었다. 눈을 가늘게 뜨고 입가에 미소를 띤 채 어떤 녀석과 잡담을 나누고 있었던 것이다. 영어로 지껄이기를 즐기기라도 하는 것처럼 말이다. 자본주의국가에서 온 녀석이 그녀의 곁에 바짝 붙어 서 있었다. 키가 크고 말라빠진 체구의 사나이로, 상당히 젊은 친구인데도 짧게 깎은 그의 머리에는 흰머리가 섞여 있었다. 그의 상의 단추는 풀려 있었는데, 허리띠에서 주머니 안쪽까지 가느다란 금줄이 드리워져 있는 것이 보였다. 그는 우렁찬 목소리로 이야기를 하고 있었다. 말들이 마치 그의 이빨에 부딪혀서 소리라도 내는 양 우레 같은 소리를 내며 그의 입에서 튀어나왔다. 어떤 종류의 잡담을 하고 있는지, 듣지 않아도 뻔했다.

남자: 아가씨, 샌프란시스코에 가서 위스키나 한잔합시다.

여자: 공연히 사람 들뜨게 하지 마세요.

남자: 바나나 나무와 레몬 나무 우거진 싱가포르에서……. [*] 아
가씨, 무슨 말인지 알겠소?

여자: 진심이세요? 때는 바야흐로 바나나 나무가 바람에 흔들
릴 때 [**] 이겠지요?

남자: 그래서 우리는 102층으로 올라갔는데, 그곳에서 재즈 악
단이 부기우기를 신나게 연주하고 있었단 말이오.

키르피첸코가 다가가서 자본주의자의 어깨를 살짝 밀쳤다.
자본주의자가 움찔 놀라면서 말했다. "아이 엠 쏘리." 물론 그
의 말엔 전혀 다른 뜻이 담겨 있다고 봐야 옳을 것이다. "젊은
친구, 조심하라고. 잘못하다간 큰코다쳐."

"자, 자, 진정하시오." 키르피첸코가 말했다. "평화와 우정이
우리와 함께하길."

그도 나름대로 처세술을 터득하고 있었다.

키르피첸코의 머리 너머로 자본주의자가 그녀에게 무슨 말
을 던졌는데, 그가 듣기엔 이렇게 들렸다. "나요, 이 친구요? 두
사람 가운데 하나를 택하시오. 블라디보스토크냐 샌프란시스

[**] 러시아의 인기 가수 알렉산더 베르틴스키의 노래 〈목련나무 탱고〉에 나오는
구절들. 〈목련나무 탱고〉는 러시아 사람들에게 이국적인 정취를 불러일으키
던 노래다. -옮긴이

코냐, 하나를 선택하란 말이오."

이윽고 그녀가 웃는 얼굴로 이렇게 말했다. "전 이분이 누구인지 알고 있어요. 그러니 저에게 맡겨두세요. 이래 봬도 전 소비에트 공화국의 여성인걸요."

"동무, 뭘 원하시죠?" 그녀가 키르피첸코에게 물었다.

"목이 타서 죽을 지경이오." 그가 말했다. "뭐든 마실 것 좀 없소?"

"이리 오세요." 그녀가 이렇게 말하고서 한 마리의 새끼 양처럼 활기에 넘친 걸음으로 앞장서서 갔다. 앞서가는 그녀의 모습을 보고 있노라니, 마치 영화를 보는 것 같기도 하고 꿈속을 헤매고 있는 것 같기도 했다. 아, 기내 앞쪽에서 담배를 피우는 동안 내내 그가 얼마나 그녀를 보고 싶어 했던가.

그녀가 이 세상 사람이 아닌 듯한 자태로 앞장서서 걸어가더니, 키르피첸코를 간이식당처럼 보이는 곳으로 안내했다. 그녀가 그를 안내한 곳은 어쩌면 아무도 없는 그녀의 보금자리, 저 높은 곳의 태양이 작열하는 광선을 창문 안쪽으로 평화롭게 던져주고 있는 이곳이 키르피첸코에게는 신축 아파트 건물의 아홉 번째 층에 있는 그녀의 보금자리처럼 느껴지기도 했다. 그녀가 병을 하나 집어 들더니 방울방울 거품이 이는 액체를 유리잔에 따랐다. 그녀가 잔을 들어 올리자 그 잔이 햇빛에 반사되어 눈부신 빛을 발산했다. 그는 그녀를 바라보면서 이 여자를 통해 자신의 아기를 갖고 싶다는 충동을 느꼈다.

그러나 사람들이 아기를 갖고 싶어 할 때 하는 짓거리를 그녀에게 할 수 있으리라는 생각이 그에게는 좀처럼 들지 않았다. 그런 일은 상상조차 할 수 없었던 것이다. 이런 느낌이 들었던 적은 아직까지 한 번도 없었다. 예기치 않은 행복감에 그의 마음은 갑자기 뜨겁게 달아올랐다.

"아가씨, 이름이 뭐요?" 트럭을 몰고 산비탈을 내려올 때마다 느끼던 것과 똑같은 감정에 휩싸인 채 그가 물었다. 두려움과 이제는 가장 힘든 고비를 넘겼다는 안도감을 함께 느낄 때 갖던 묘한 감정이 그를 휩싸고 있었던 것이다.

"타티아나 빅토로프나예요." 그녀가 대답했다. "타냐라고들 해요."

"내 이름은 키르피첸코, 발레리 키르피첸코요." 이렇게 말하면서 그가 손을 내밀었다. 그녀가 그에게 손가락을 내맡긴 채 웃음을 지어 보였다.

"댁은 참 거리낌이 없는 분 같아요." 그녀가 말했다.

"약간은 그렇소." 기가 완전히 꺾인 채 그가 대답했다.

몇 초 동안 두 사람은 아무 말도 하지 않은 채 서로를 바라보기만 했다. 웃음이 터져 나올 것 같은 느낌이 들었지만, 그녀는 참았다. 그 역시 참았지만, 끝내 참을 수가 없어서 그의 생애에 단 한 번도 지어 보지 않았던 그런 종류의 미소를 그녀에게 보냈다. 이윽고 누군가가 그녀를 불렀고, 그러자 그녀는 비행기 기내의 아래쪽으로 통하는 계단을 향해 종종걸음으로 달려갔다.

10

키르피첸코도 몸을 돌렸다. 그러자 미소를 띤 그의 얼굴이
거울에 비쳤다. "참, 인상 한번 대단하군." 그는 이렇게 중얼거
렸다. "상당히 험악한 인상이군. 깡패 같은 인상이야. 하지만
그 아가씨가 무서워하는 것 같지는 않았어. 분명히 그 아가씨
는 눈곱만큼도 겁을 집어먹는 것 같지 않았거든."

그는 기내의 통로를 지나 제자리로 되돌아가는 도중에 자기
자리를 차지하려고 했던 안경잡이를 보았다. 그는 눈을 감고
몸을 의자에 기댄 채 앉아 있었다. 마치 대리석을 깎아 조각한
것처럼 잘생긴 그의 얼굴이 키르피첸코의 눈에 들어왔다.

"형씨, 나 좀 봅시다." 그의 어깨를 가볍게 찌르면서 키르피
첸코가 말했다. "생각 있으면 내 자리에 가서 앉아도 좋소."

그가 눈을 뜨고 보일 듯 말 듯한 미소를 지어 보였다. "감사
합니다만, 이 자리도 견딜 만하군요."

그는 아마도 이런 종류의 비행기를 처음 타본 건 아닌 것 같
았다. 그는 어쩌면 조종실로 통하는 문이 열리는 것에 눈길을
줄 수 있기 때문에 앞자리를 차지하려고 했는지도 모른다. 열
린 문을 통해 승무원들이 가려운 데를 긁기도 하고, 담배를 피
우거나 웃기도 하고, 신문을 읽거나 이따금씩 계기판을 들여다

보기도 하는 것을 지켜보기 위해 그랬는지도 모를 일이었다.

타냐가 식사를 가져다 사람들에게 나눠주기 시작했다. 발레리에게 음식이 담긴 쟁반을 전해 주면서 그녀는 가까운 친구라도 되는 양 키르피첸코에게 친근한 눈길을 보냈다.

"타냐, 집은 어디요?" 그가 물었다.

그러면서 그는 혼잣말로 이렇게 중얼거렸다. "타냐, 타-냐, 타-에이-엔-와이-에이."

"모스크바예요." 그녀는 이렇게 대답하고서 가버렸다.

키르피첸코는 식사를 했다. 식사하는 도중 자기의 고깃덩어리가 다른 사람의 것보다 더 두껍다는 생각이 그의 머리에서 떠나지 않았다. 또한 사과도 다른 사람보다 자기에게 더 큰 것을 주었을 뿐만 아니라 빵도 다른 사람보다 자기에게 더 많이 주었다는 생각도 머리에서 지울 수 없었다. 이윽고 타냐가 차를 가져다주었다.

"그럼, 모스크바 사람이란 말이오?" 그가 재차 물었다.

"네, 그래요." 그녀는 재빨리 대답하고는 가버렸다.

"여보게, 시골 양반, 자네 공연히 시간 낭비하고 있구먼." 선원이 이를 드러낸 채 씩 웃으며 말했다. "틀림없이 말쑥한 차림의 애인이 모스크바에서 저 아가씨를 기다리고 있을 걸세."

"걱정 말게나." 키르피첸코는 느긋한 평온감과 행복감에 도취되어 대답했다.

그러나 하늘을 나는 것과 같은 들뜬 기분이 영원히 지속될 수는 없는 법이다. 드높은 상공을 날던 비행기도 언젠가는 지상으로 내려오기 마련 아닌가. 그러면 스튜어디스들도 자신의 일과를 마감하게 되고, 직무에 수반되는 모든 자잘한 일들을 마무리짓지 않을 수 없게 된다. 당신이 안에 입던 외투를 그 아가씨가 당신에게 가져다주고, 연약해 보이는 작은 손으로 양가죽 외투를 가져다준다. 그때 이미 그녀의 눈길은 저 멀리 다른 곳을 향하고 있다. 그러고는 모든 것이 장난감의 태엽 장치처럼 천천히 느린 속도로 아래쪽을 향해 하강한다. 마침내는 '아에로플로트, 당신의 항공사'라는 광고문과 더불어 잡지의 한 면을 장식하고 있는 아가씨처럼 단조롭고 김빠진 것이 되고 만다. 다듬고 칠한 손톱, 굽이 높은 구두 위의 늘씬한 다리, 갖은 정성을 들여 손질한 머리는 비할 바 없는 경이로움을 선사했지만, 결국에는 단조롭고 김빠진 것처럼 보이기 마련인 것이다. 아니, 그렇게 되지는 않았다. 아래쪽을 향해 하강한 것은 아무것도 없었고, 단조롭고 김빠진 것이 되어버린 것도 없었다. 비록 모든 것이 지상을 향해 미끄러져 내려오긴 했지만…….

이제 소란스럽게 웅성거리는 사람들의 소리가 자리를 잡게 되었다. 그러나 푸른 모자를 쓰고 있던 아가씨는 이미 그 자리에 없었다.

"동무, 새치기 좀 하지 마시오…….."

"거기 계신 양반, 앞으로 좀 움직입시다…….."

"아이고 이런, 여기가 바로 모스크바 아냐……."

"드디어 모스크바에 도착했군……."

"자, 제발 앞으로 좀 나갑시다……."

아직 자신에게 어떤 일이 일어나고 있는지를 깨닫지 못한 채 키르피첸코는 선원을 따라 비행기에서 나왔다. 그러고는 계단을 밟고 내려와서 버스에 올라탔다. 버스는 공항 건물을 향해 움직이기 시작했고, '하늘의 거인, 소비에트 항공사 소속 TU-114호'는 재빨리 그의 시야에서 사라져갔다. 그의 꿈을 지켜주던 하늘을 나는 요새는 이제 더 이상 그의 눈에 보이지 않게 되었다.

11

택시는 좌우 각각 2차선으로 된 넓은 고속도로를 따라 빠르게 미끄러져갔다. 바깥쪽 차선을 따라 화물차, 소형 트럭, 덤프트럭들이 달리고 있었다. 안쪽 차선에서는 승용차들이 질주하고 있었는데, 아주 빠른 속도로 달려서 바깥쪽 차선의 차들이 정지해 있는 것처럼 보일 정도였다. 이윽고 수목지대가 끝나고, 남서부 교외 지역으로 들어서자 아파트 단지가 시작되었다. 진홍빛으로 물든 수천 개의 아파트 창문들이 키르피첸코와 선원의 시야에 들어왔다. 조바심을 치면서 자리에 앉아 있던 선원이 발레리의 어깨에 손을 올려놓았다.

"우리나라의 수도에 오게 되었단 말일세. 발레리, 자네 느낌은 어떤가?"

"여보게, 그 비행기는 이제 되돌아가나?" 키르피첸코가 물었다.

"물론이지. 내일 떠날 거야."

"승무원들은 바뀌지 않나?"

선원은 키르피첸코를 놀리는 듯한 음조로 휘파람을 불었다.

"제발 좀 잊어버리게나. 그 아가씨는 많고 많은 멋쟁이 현대 여성들 가운데 하나일 뿐일세. 모스크바에 들어가면 그런 아가씨들이 지천으로 깔려 있다네. 그 아가씨한테 얼이 빠져 있을 이유가 하나도 없단 말이야."

"그냥 궁금해서 물어본 거라네." 키르피첸코가 얼버무렸다.

"손님, 어디로 모실까요?" 운전기사가 물었다.

"붉은 광장에 있는 중앙 국영 백화점으로 갑시다." 키르피첸코가 불쑥 말했다. 그는 곧 비행기와 관련된 모든 일을 깡그리 잊게 되었다. 택시는 벌써 모스크바의 거리를 달리고 있었다.

백화점에 간 그는 내리 세 벌의 양복을 샀다. 감색, 회색, 갈색의 양복을 각각 한 벌씩 샀던 것이다. 그러고 나서 그는 갈색 양복을 입었다. 그가 이제까지 입고 다녔던 낡은 양복은 사 년 전 코르사코프에 있는 양복점에 가서 맞춰 입었던 것인데, 이 옷은 둘둘 말아서 화장실 칸막이 안에 놔두고 왔다. 선원도 방수복지 한 감을 끊었는데, 오데사에 가서 그 천으로 방수 외투를 한 벌 만들어 입을 생각이라고 말했다. 그러고 나서 식료품 가게에 갔다. 샴페인 두 병을 산 다음 한 병씩 마시고 나서, 크렘린 궁전을 한 바퀴 돌아보았다. 그런 다음 국영 호텔에 가서 점심을 먹었다. '줄리엔'인가 뭔가 하는 환상적인 이름의 요리를 먹고, 고급품으로 코냑도 한 병 마셨다. 그곳에는 타냐처럼 생긴 아가씨들이 수도 없이 많았는데, 어쩌면 타냐도 거기에 와 있는지도 모를 일이었다. 타냐가 지금 그들 곁에 앉아서 그에게 광천수를 한 잔 따라주는 장면을 머릿속에 그려보았다. 요리사들이 그가 먹을 고기를 잘 굽고 있는지 살펴보기 위해 그녀가 주방을 들락날락하는 장면도 상상해보았다. 그때 비행기 안에서 만났던 자본주의자가 거기에 있는 것이 눈에 띄었다. 키르피첸코가 그에게 손을 흔들어 아는 척을 하자, 그가 자리에서 일어섰다. 그러고는 몸을 굽혀 정중히 인사했다. 이윽고 키르피첸코와 선원은 다시 거리로 나와 샴페인 두 병을 산 다음 한 병씩 마셨다. 고리키 거리에 나가보니 천지에 온통 타냐가 널려 있었다. 그녀는 전차를 타거나 내리기도 하고, 상점에 들어가기도 했다. 그녀는 또한 길 건너편에서 불량 소년 차림의 젊은 아이와 어슬렁거리기도 하고, 심지어 상점의 진열장 창문 저쪽에서 미소를 던지기도 했다. 키르피첸코와 선원은 팔짱을 굳게 낀 채 미소 띤 얼굴로 고리키 거리를 따라 걸었다. 이윽고 선원이 노래를 흥얼거리기 시작했다.

"내 고향 마다가스카르……."

12

황혼은 이미 거리를 감싸고 있었으나, 가로등 불빛은 아직 켜지지 않았다. 그렇다, 거리 저쪽 끄트머리에서, 이 세상이 시작되는 저쪽 어딘가에서 작열하는 봄빛이 세상을 밝히고 있다. 그리고 이곳이야말로 꿈이 곧 현실로 바뀌는 별천지이다. 그들은 아가씨들이 왜 자신들을 피해 가는지 도저히 이해할 수가 없었다.

얼마 후 그들은 영업을 하는 곳마다 사람들이 줄을 지어 길게 늘어서 있다는 사실을 알게 되었다. 키르피첸코와 선원은 어디에도 들어갈 수가 없었다. 이윽고 그들은 오늘 밤을 어디에서 보낼 것인지 궁리하기 시작했다. 그래서 택시를 잡아타고 브누코보 공항까지 갔다. 공항 호텔에서 2층 침대가 있는 방을 하나 얻었다. 침대 위의 하얀 이불보를 보자 키르피첸코는 말할 수 없을 만큼의 피로가 엄습해오는 것을 느꼈다. 그는 곧 새로 산 옷을 벗어 던지고 침대 위에 몸을 던졌다.

한 시간쯤 지났을 때 선원이 그를 깨웠다. 선원은 '스푸트니크'라는 상표명의 전기면도기로 뺨을 문질러 대면서 방 안을 이리저리 왔다 갔다 하고 있었다. 그는 분주하게 움직이는 와중에 흥에 겨워 웃기도 하고 환성을 지르기도 하고 헐떡거리기도 했다.

"발레리, 어서 일어나게! 멋진 아가씨 몇 명을 낚았단 말씀

이야! 아, 정말 대단한 아가씨들이야. 어서 일어나서 빨리 만나러 가자고! 근처 합숙소에 살고 있는 아가씨들인데, 진짜 대단한 물건들이란 말일세. 식은 죽 먹기였지. 나야말로 여자 냄새 맡는 데는 타고난 천재란 말씀이야……. 자, 자, 어서 일어나게! 내 고향 마다가스카르……."

"거참, 알 낳은 암탉 모양 시끄럽긴 되게 시끄럽네." 키르피첸코는 머리맡 탁자에 있는 담배를 가져다가 피워 물면서 이렇게 말했다.

"자네, 갈 건가, 안 갈 건가?" 문을 나서려고 하면서 선원이 그에게 물었다.

"불이나 좀 꺼주게." 키르피첸코가 그에게 말했다.

불이 꺼지자마자 곧바로 달빛이 창문을 통해 들어와서는 맞은편 벽면 위에 네모난 창문의 모습을 그려놓았다. 벽면 위에 그려진 창문에는 창살의 격자무늬와 가볍게 흔들리는 앙상한 나뭇가지가 투영되어 있었다. 어딘가 멀리서 희미하게 들려오는 전축의 음악 소리 외에는 사위가 고요했다. 벽 저쪽 편에서 누군가가 이렇게 묻고 있었다. "누가 여섯 끗짜리 패를 가졌지?" 그러고는 도미노 패로 탁자를 치는 소리가 들려왔다. 이윽고 굉음을 울리면서 비행기가 착륙하는 소리도 들려왔다. 담배를 피우면서 키르피첸코는 그녀가 그의 옆에 누워 있는 장면을, 모든 일을 끝낸 다음 그녀가 손가락으로 자신의 목을 쓰다듬으면서 함께 누워 있는 장면을 머릿속에 그려보았다.

그에겐 그 모든 것이 단순히 상상 속의 사건이 아니라 실제로 있었던 일처럼 느껴졌다. 온몸에 소름이 돋던 그의 유년 시절에, 그리고 청년이 되었을 때 그에게 일어났던 그 모든 불가해한 일들과 타냐는 다를 바가 없는 하나였기 때문이다. 진홍빛의 여명을 배경으로 굽이치던 시베리아의 낮은 산들, 어둠 속의 바다, 녹아내리고 있는 눈, 일과 후의 피로감, 토요일과 일요일 아침, 이 모든 것이 그에겐 곧 타냐였기 때문이다.

"그렇다, 바로 그것이다." 이렇게 생각하는 순간 키르피첸코는 느긋한 평온감과 행복감에 다시금 도취될 수 있었다. 이런 일이 자신에게 일어났다는 사실에 그는 행복감을 느꼈다. 단 하나 그가 걱정하는 것이 있다면 언젠가 그가 그녀의 얼굴과 목소리를 잊을지도 모른다는 점이었다. 그러니까 한 백 년의 세월이 흘렀을 때 어쩌면 그녀의 얼굴과 목소리가 기억나지 않을지도 모른다는 생각에 그는 겁이 났다.

선원이 방으로 들어왔다. 그러고는 옷을 벗더니 자리에 누웠다. 누운 채로 머리맡 탁자에 있던 담배를 집어 들어 불을 붙인 다음 처량한 목소리로 노래를 부르기 시작했다.

"내 고향 마다가스카르, 온 세상에 봄이 오듯 그곳에도 봄은 온다네……. 에이, 빌어먹을." 화난 듯한 목소리로 이렇게 말했다. "산다는 게 다 뭐냐. 오늘은 여기로 내일은 저기로, 매일같이 떠돌아다니기만 하니……."

"선원 생활을 한 지는 얼마나 되나?" 키르피첸코가 그에게 물었다.

"1957년부터 쭉." 선원은 이렇게 대답하고 다시 노래를 부르기 시작했다.

바다 건너 마다가스카르
내 고향 마다가스카르
너를 찬미하노라, 마다가스카르
꽃피는 봄이 오는 마다가스카르
모든 사람이 그렇듯 우리도 인간
우리도 당신처럼 사랑할 수 있다네.
우리의 피부는 검고 검으나
우리의 피만은 붉고 참되다오.

"가사 좀 적어주게나." 키르피첸코가 그에게 부탁했다.

불을 켠 다음 선원이 키르피첸코에게 이 멋진 노래의 가사를 적어주었다. 키르피첸코는 그런 노래를 아주 좋아했던 것이다.

13

다음 날 그들은 표를 끊었다. 키르피첸코는 흑해 연안의 관광지인 아들레르로 가는 표를 끊었고, 선원은 오데사로 가는 표를 끊었다. 그러고 나서 그들은 함께 아침식사를 했다. 식사를 마친 다음 가판대에서 키르피첸코는 체호프의 책을 한 권 사고 선원은 잡지를 한 권 샀다.

"여보게." 선원이 키르피첸코에게 말을 걸었다. "내가 만난 아가씨가 그러는데 자기한테 정말로 멋진 친구가 하나 있다는 거야. 우리 함께 나가서 아가씨들과 시내나 한 바퀴 도는 게 어떨까? 어떤가, 자네 생각은?"

키르피첸코는 안락의자에 앉아 책을 펴 들었다. 그리고 이렇게 말했다.

"아니, 나는 괜찮네. 자네나 나가서 아가씨와 지내다 오게. 난 여기 앉아서 이놈이나 읽어야겠어."

해군 수병이 수기로 신호를 보내듯이 그가 손짓으로 이런 뜻의 신호를 보냈다. '신호 수령했음. 건투를 빔. 항해 계속.'

키르피첸코는 하루 종일 공항 주변을 빈둥거리며 돌아다녔지만 타냐를 볼 수는 없었다. 저녁때 그는 비행기를 타고 오데사로 떠나는 선원을 전송했다. 헤어지기 전에 그들은 또 한 번 샴페인 두 병을 사서 한 병씩 나눠 마셨다. 선원을 전송한 뒤 키르피첸코는 그의 여자 친구를 그녀가 살고 있는 합숙소까지 데려다주고 나서 공항으로 되돌아왔다. 항공권 매표소에 들러서 표를 다시 구입했다. 운항 번호 901번, 모스크바발 하바롭스크행 대형 항공기 TU-114호에 탑승하기 위한 표를 구입했던 것이다.

비행기에 타고 보니 2개 국어로 하는 안내 방송뿐만 아니라 모든 것이 전과 같았다. 그러나 타냐는 거기에 없었다. 승무원들이 교체되었던 것이다. 타냐만큼이나 젊고 예쁜 아가씨들이 있긴 했지만, 그럼에도 불구하고 그들은 타냐와 급이 달랐다. 최상급이었던 타냐에 비하면 그들 모두는 저 아래 급에 속했다.

다음 날 아침, 키르피첸코는 하바롭스크로 되돌아왔다. 한 시간 후에 그는 다른 비행기를 타고 모스크바로 떠났다. 그러나 타냐는 그 비행기에도 없었다. 이런 식으로 그는 여러 차례 반복하여 고도 9,000미터 상공에서 시속 750킬로미터로 운항하는 대형 항공기 TU-114호에 몸을 실었다. 바깥쪽의 대기 온도는 섭씨 영하 50도에서 60도 사이였고, 모든 계기는 정상으로 작동했다.

이제 그는 이 노선에서 근무하고 있는 거의 모든 스튜어디스 아가씨들의 얼굴을 익히게 되었고, 심지어 상당수 조종사들 얼굴까지도 알게 되었다. 그는 그들도 또한 자기를 기억하지나 않을까 걱정이 되었다. 그들이 자기를 간첩으로 오인할까봐 걱정했던 것이다.

그는 계속 옷을 갈아입었다. 처음엔 감색 양복, 다음엔 갈색 양복, 그다음엔 회색 양복을 입는 식으로 옷을 계속 바꿔 입었다. 그는 속바지 안쪽에 꿰맨 자리를 뜯어내고 여행자 수표를 꺼낸 다음 외투 주머니에 넣었다. 빠른 속도로 여행자 수표가 줄어들었다. 그러나 여전히 타냐는 그곳에 없었다. 저 하늘 높은 곳에 작열하는 태양이 걸려 있기도 했고, 구름에 가려진 눈 덮인 황야 위로 태양이 떴다가 지기도 했다. 그렇게 멀지 않다고 느껴지는 곳에 달이 떠 있기도 했다. 사실 달은 그렇게 멀지 않은 곳에 떠 있었다. 때때로 그는 시간 감각과 공간 감각을 상실하기도 했으며 시계의 시간을 다시 맞추는 일을 포기하기도 했다. 하바롭스크가 모스크바의 교외같이 느껴지기도 했고, 모스크바는 하바롭스크의 신시가지같이 느껴지기도 했다.

그는 책을 많이 읽었다. 그는 일찍이 이렇게 많은 책을 읽은 적이 없었다. 그는 일찍이 이렇게 자신의 삶에 대해 많은 생각을 해본 적이 없었다. 그는 일찍이 이번처럼 울어본 적이 없었다. 그는 일찍이 이번처럼 멋진 휴가를 즐긴 적이 없었다.

모스크바에는 봄기운이 감돌기 시작했다. 높고 깨끗한 폭포에서 흘러내린 것과 똑같은 물방울이 방울져 떨어져서 그의 옷깃을 적셨다. 그는 큼직한 바둑판무늬로 수놓은 회색빛 스카프를 한 장 샀다. 혹시 만날지도 모른다는 생각에 키르피첸코는 그녀에게 줄 선물을 준비했다. '오월의 첫날'이라는 이름의 향수 한 세트와 옷감 한 필을 준비했던 것이다.

14

내가 그와 만난 곳은 하바롭스크 공항의 건물 안이었다. 그는 안락의자에 다리를 꼬고 앉아서 스타나유코비치의 책을 읽고 있었다. 오렌지가 가득 담긴 그물 가방이 의자의 팔걸이에 걸려 있었고, 책의 표지를 보니 쾌속 범선이 폭풍 속에서 질주하듯 달리고 있었다.

"혹시 선원 아니시오?" 나의 가죽 상의에 눈길을 주던 그가 나에게 이렇게 물었다.

"아니요."

나는 어딘가 마음을 산란케 하는 그의 이국적인 얼굴을 쳐다보았다. 그는 책에 잠깐 눈길을 주더니 나에게 다시 한 번 질문을 던졌다.

"선원이 될걸 그랬다는 생각을 해본 적은 없소?"

"물론 그런 생각을 해본 적은 있소."

"나도 그런 생각을 해본 적이 있소이다." 나의 대답에 그가 웃으면서 말했다. "나한테 선원 생활을 하는 친구가 하나 있는데, 이게 바로 그가 바다에서 나에게 보낸 전보요."

그가 나에게 전보용지를 보여주었다.

"아, 그렇군요." 내가 응수했다.

그러자 그가 친근한 말투로 바꾸어 나에게 물었다.

"자넨 몇 년생인가?"

"1932년생." 내가 대답했다.

그의 얼굴이 미소로 환하게 밝아졌다.

"그럼 자넨 나하고 동갑내기로군."

이건 정말 굉장한 우연의 일치였다. 그와 나는 악수를 나누었다.

"혹시 자네 모스크바에 살고 있지 않은가?"

"제대로 짚었군." 내가 이렇게 되풀이해서 말했다. "모스크바에 살고 있다네."

"아마 자네 집은 아파트일 거야. 아내와 아이, 이것저것 살림도 있고, 안 그런가?"

"또 한 번 제대로 짚었군. 자네 말대로네."

"우리 어디 가서 식사라도 함께 하세."

그와 함께 일어서려고 하는 순간, 내가 탈 비행기의 탑승 시간이 되었다는 안내 방송이 흘러나왔다. 나는 페트로파블로프스크로 가던 참이었다. 그와 주소를 교환한 다음 나는 비행기를 타러 갔다. 비바람에 몸을 잔뜩 구부린 채 비행장으로 걸어가면서 이런 생각을 하지 않을 수 없었다.

"참으로 묘한 친구로군."

내가 비행기를 향해 가는 동안 그는 시계를 들여다보고 나서 그물 가방을 집어 든 다음 밖으로 나갔다. 그는 택시를 잡아타고 시내로 갔다. 그와 택시 운전기사는 울퉁불퉁한 시골길을 찾는 데 많은 애를 먹었다. 그가 길 이름을 기억하고 있지 못했기 때문이었다. 겨우 찾긴 했지만, 길가에 늘어선 집들은 구별이 되지 않을 정도로 모두 똑같아 보였고, 집집마다 똑같이 마당에서는 덩치 큰 개들이 짖어대고 있었다. 그는 약간 당황하고 말았다. 아무튼 그는 자기가 찾고자 했던 작은 오두막집을 찾아냈다. 그는 택시에서 내린 다음 오렌지가 가득 담긴 그물 가방을 담에 걸어놓았다. 그러고는 이웃 사람들이나 지나가는 사람들이 그의 보물에 손을 대지 않도록 신문지로 덮어놓았다. 곧이어 그는 다시 택시에 올라탔다.

"기사 양반, 좀 더 빨리 갑시다. 잘못하면 비행기를 놓치겠는데요."

"어디 가시는데요?" 운전기사가 그에게 물었다.

"모스크바, 우리나라의 수도인 모스크바에 갑니다."

이틀 후에 그는 하바롭스크 공항에서 타냐를 만났다. 그는 이미 벌목장이 있는 사할린으로 되돌아가는 중이었다. 그는 벌써 여행자 수표를 모두 다 써버렸고, 주머니에는 붉은색의 루블화 지폐 몇 장만이 남아 있을 뿐이었다. 그녀는 하얀색의 털 외투를 입고 있었으며, 허리에는 가죽띠를 두르고 있었다. 그녀는 웃고 있었으며, 봉지에서 사탕을 꺼내 먹기도 하고, 함께 웃고 있는 다른 아가씨들에게 사탕을 권하기도 했다. 그는 갑자기 무릎 관절에 힘이 빠지는 것을 느끼고는 여행 가방 위에 주저앉았다. 그리고 그는 타냐가 다른 아가씨들에게 사탕을 나눠주고 사탕을 싼 종이를 벗기는 모습을 지켜보았다. 타냐 주위의 모든 아가씨가 그녀와 마찬가지로 사탕을 싼 종이를 벗기고 있는 모습도 지켜보았다. 그들이 왜 아무 데도 가지 않고 한자리에 서서 웃고 있는지 그는 알 수 없었다. 이윽고 이제 봄이 왔다는 사실을, 그리고 지금 이 순간 밤이 되어 오렌지처럼 생긴 달이 비행장을 비춰주고 있다는 사실을 그는 깨달았다. 이젠 더 이상 춥지도 않을뿐더러 그처럼 한자리에 서서 달빛에 눈길을 주며 웃기도 하고 입에 사탕을 문 채 잠시 동안 꿈에 취할 수도 있다는 사실을 깨달았다.

"웬일인가, 키르피첸코?" 사할린에서 온 그의 동료 마네비치가 그의 어깨를 건드렸다. 그도 또한 휴가를 마치고 돌아오는 길이었다. "자, 가세! 비행기에 탑승하라는 안내 방송이 나오고 있지 않은가."

"마네비치, 자넨 달까지 거리가 얼마나 되는지 알고 있지?" 키르피첸코가 그에게 물었다.

"웬 뚱딴지같은 소리야! 자네, 휴가 기간에 어지간히 마셔댔군." 마네비치가 언짢은 표정으로 이렇게 말한 다음 걸음을 옮겼다.

키르피첸코가 그의 외투 자락을 잡았다.

"마네비치, 자넨 그 방면의 전문가 아닌가." 키르피첸코는 타냐 쪽으로 눈길을 돌린 채 그에게 사정했다. "자넨 알고 있지 않은가."

"거참, 대략 30만 킬로미터쯤 될 거야." 마네비치가 몸을 뒤로 빼며 말했다.

'그렇게 멀진 않은데.' 키르피첸코는 생각했다. '아무것도 아니군.' 그는 타냐에게 눈길을 주고는 잠시 이런 생각에 잠겼다. 트럭을 몰고 능선으로 올라가는 동안 그녀를 생각하게 될 것이다. 그러나 일단 능선에 올라가면 너무도 생각해야 할 일들이 많아서 그녀에 대한 생각은 하지 못하게 될 것이다. 그렇지만 산허리까지 내려오게 되면 다시금 그녀 생각이 나리라. 그러고는 저녁 내내 그리고 밤새도록 그녀 생각을 하게 되리라. 다음 날 아침에는 그녀를 생각하면서 잠에서 깨어나리라.

이윽고 그는 여행 가방에서 몸을 일으켰다. ●

옮긴이 장경렬

서울대학교 영문과 교수로 재직 중이다. 서울대학교 영문과를 졸업하고, 텍사스대학교에서 영문학으로 박사학위를 받았다. 지은 책으로 『미로에서 길찾기』, 『신비의 거울을 찾아서』, 『응시의 성찰』, 『코울리지 : 상상력과 언어』, 『매혹과 저항 : 현대 문학 비평 이론에 대한 비판적 이해를 위하여』 등이 있으며, 옮긴 책으로 『내 사랑하는 사람들의 잠든 모습을 보며』, 『야자열매술꾼』, 『아픔의 기록』, 『선과 모터사이클 관리술』, 『젊은 예술가의 초상』, 『라일라』, 『학제적 학문 연구』 등이 있다.

싱싱하게 형상화된 사랑의 양면성

—

여기서 시베리아 오지의 벌목꾼 키르피첸코는 한편으로는 거칠고 비정한 욕정의 사람이면서 한편으로는 한없이 순수한 열정의 사람이다. 유형과도 같은 격리된 노동으로 여러 해 축적된 욕정과 급료를 소비하기 위해 한 달간의 휴가를 떠나게 된 그는 출발 초두부터 쉽게 그것들을 소비할 대상을 만나게 된다. 바닌의 여동생도 객관적으로 봐서는 그와 그렇게 층진 대상은 아니며 모스크바에서도 마음만 먹으면 욕정을 풀 대상을 구하기는 어렵지 않았다. 그런데도 시답잖은 인연으로 얻게 된 여객기의 스튜어디스 타냐의 환상에 이끌려 남은 휴가와 돈을 비행기 위에서 허비하고 만다.

여객기의 승무원이 언제나 같은 노선, 같은 시각의 비행기에 오르지는 않는다는 것쯤은 그도 알 수 있었을 것이다. 또 설령 몰랐다 하더라도 첫 번째 허탕을 친 뒤쯤은 어떻게 타냐가 탈 비행기를 달리 알아볼 길도 있었을 것이다. 하지만 그런 손쉬운 추적은 제쳐놓고 그 먼 항공노선을 엄청난 시간과 비용을 쏟으며 미련스러울 만치 되풀이 오락가락하는 그에게서 어떤 순수의 절정 같은 것을 느끼게 된다. 그리고 그 순간 거칠고 비정하게만 느껴지던 그의 욕정도 건강하고 정직한 것으로 제자리를 찾아간다.

3인칭 소설에 느닷없이 1인칭의 작가가 끼어드는 뒷부분이 소설 기법상 문제가 없는 것은 아니지만, 한 벌목꾼을 통해 사랑의 양면성을 싱싱하게 형상화한 단편이다. 소설을 공부하는 이들도 기억해둘 만한 수작으로 보아 함께 묶는다.

작가 바실리 악쇼노프는 러시아 카잔에서 태어난 현대 작가로 우리에게는 그리 널리 알려지지 않았다. 1930년대에 태어났고, 의사이며 '작가는 도덕과 교훈 따위의 전염병을 피해야 한다'라는 그의 좌우명 정도가 그와 관련해 내가 기억하는 전부다.

순킨 이야기

春琴抄

다니자키 준이치로 지음

권희주 옮김

다니자키 준이치로

일본의 소설가. 1886~1965년. 일본 도쿄에서 태어났다. 메이지 말기부터 쇼와 중기까지 왕성한 작품 활동을 하며 다방면에 걸쳐 문학적 역량을 과시한 작가로, 노벨문학상 후보에 수차례 지명되는 등 일본뿐 아니라 국제적으로도 높은 평가를 받았다. 탐미주의적 색채를 드러내며 여성에 대한 에로티시즘, 마조히즘 등을 극도의 아름다운 문체로 탐구하였다. 한평생 작풍이나 제재, 문장, 표현 등을 실험하며 다채로운 변화를 추구하였고, 오늘날 미스터리, 서스펜스의 선구가 되는 작품이나 활극적 역사 소설, 구전, 설화 문학에 바탕을 둔 환상 소설, 그로테스크한 블랙 유머, 고전 문학 연구에 이르기까지 뚜렷한 족적을 남겼다. 주요 작품으로는 『치인의 사랑』, 『만지』, 『슌킨 이야기』, 『세설』, 『열쇠』, 『장님 이야기』, 『미친 노인의 일기』 등이 있으며, 무라사키 시키부의 『겐지 이야기』를 현대어로 번역하기도 했다.

슌킨春琴, 본명은 모즈야 고토鵙屋琴. 오사카 도쇼마치道修町
의 약재상 집안에서 태어나 메이지明治 19년(1886) 10월 14일
세상을 떠났다. 묘지는 시내 시타데라마치下寺町의 어느 정토
종淨土宗(대승불교의 일파 - 옮긴이) 절에 있다. 얼마 전에 그곳을 지
나는 길에 성묘할 요량으로 잠시 들러 안내를 청했다.

　"모즈야 가문의 묘소는 이쪽입니다."

　절에서 일하는 남자가 본당 뒤쪽으로 데리고 갔다. 도착해
보니 한 무더기의 동백나무 그늘에 모즈야 가문 대대로 내려
오는 묘소가 몇 기 늘어서 있었다. 그러나 그 주변에 슌킨의
묘 같은 것은 눈에 띄지 않았다. 옛날 모즈야 가문의 따님 중
에 이러이러한 사람이 있었을 텐데 혹시 그 사람의 묘가 어디
에 있는지 묻자, 남자는 잠시 생각하더니 "그렇다면 저쪽에
있는 묘가 그것일지도 모르겠습니다"라고 말하며, 동쪽에 가
파르게 경사진 계단 위로 데리고 갔다. 이곳 시타데라마치 동
쪽 뒤편은 이쿠타마生国魂 신사가 자리잡은 높은 고지대였다.
그가 안내한 가파른 언덕은 경내에서 바로 그 고지대로 이어
지는 비탈길이었는데, 오사카에서는 보기 드물게 수목이 우
거져 있었고 슌킨의 묘는 그 비탈길 중턱을 깎아 만든 작은
공터에 자리하고 있었다. 묘비 앞면에는 '광예춘금혜조선정
니光譽春琴惠照禪定尼'라는 법명이, 뒷면에는 '속명 모즈야 고토,

호 슌킨, 메이지 19년 10월 14일 타계, 향년 58세', 측면에는
'제자 누쿠이 사스케溫井佐助 이를 세움'이라고 새겨져 있었
다. 슌킨은 평생 '모즈야'라는 성을 사용했지만, 제자인 누쿠
이 겐교檢校(맹인에게 내려지는 관직 중 최고의 자리 - 옮긴이)와 사실상
부부나 다름없이 지냈기에 모즈야 가문의 묘지와는 약간 떨
어진 곳에 별도로 한자리를 마련한 것은 아니었을까.

절에서 일하는 남자의 이야기로는, 모즈야 가문은 이미 오
래전에 몰락해서 최근에는 드물게 그 일가의 사람이 성묘하러
올 뿐, 그나마도 슌킨의 묘를 찾는 일은 거의 없어서 이 묘의
주인이 모즈야 가문의 일가라고는 생각하지 않았다고 한다.

"그럼 이 묘는 연고자가 없습니까?" 하고 물으니 "아니요, 연
고자가 없는 것은 아닙니다. '싸리 요정萩の茶屋'에 사시는 일
흔쯤 돼 보이는 노부인이 일 년에 한두 번 찾아오십니다. 그
분은 이 묘에 성묘하시고 나서, '여기에 작은 묘가 하나 있지
요?' 하며 그 묘 왼쪽에 있는 다른 묘를 가리키시고, 그쪽 묘에
도 반드시 분향과 헌화를 하고 가십니다. 독경료 같은 것도 그
분이 부담하십니다"라고 말했다.

그가 가리키는 작은 묘비 앞에 가보니, 묘비의 크기는 슌킨의
절반 정도였다. 앞면에는 '진예금태정도신사真誉琴台正道信士'
라는 법명이, 뒷면에는 '속명 누쿠이 사스케, 호 긴다이, 모즈
야 슌킨 제자, 메이지 40년(1907) 10월 14일 타계, 향년 83세'
라고 새겨져 있었다. 이것이 바로 누쿠이 사스케 겐교의 묘였

다. 이 묘가 슌킨의 묘에 비해 작고, 그 묘비에 제자라는 점을 기록한 사실은 사후에도 사제의 예를 지키겠다는 사스케의 뜻을 기린 것이리라. '싸리 요정'의 노부인이라는 사람은 나중에 나오므로 여기에서는 설명하지 않겠다.

때마침 석양이 묘비 위로 발갛게 비치고 있는 언덕 위에 멈춰 서서 발아래 펼쳐진 거대한 오사카 시의 경관을 내려다보았다. 오사카를 '나니와즈難波津'라고 불렀던 그 옛날부터 존재했을 이곳 고지대는 서쪽을 향해 덴노지天王寺까지 죽 이어져 있었다. 지금은 매연으로 고통받아 생기가 없는 나뭇잎과 풀잎, 먼지를 뒤집어쓴 말라버린 거목은 살풍경한 분위기를 자아내고 있지만, 이들의 묘가 조성된 당시만 해도 수풀이 한창 울창했을 터였고, 지금도 시내 묘지로서는 이 주위가 가장 한적하고 전망이 좋은 곳이었다. 얄궂은 인연으로 얽힌 두 사제는 저녁 안개 속에 수많은 빌딩이 우뚝 솟은 동양 제일의 공업도시를 내려다보며 영원히 이곳에 잠들어 있는 것이다. 오늘날의 오사카는 사스케가 살던 지난날의 모습이라곤 흔적조차 찾아볼 수 없을 만큼 변해버렸지만, 이 두 묘비만은 지금도 여전히 깊은 사제의 인연을 전해주는 듯했다.

원래 사스케의 집안은 일련종日蓮宗을 믿었으므로 그를 제외한 일가의 묘는 고향인 고슈江州 히노초日野町의 어느 절에 있다. 그럼에도 사스케가 조상 대대로 내려오는 일련종을 버리고 정토종으로 개종한 것은 땅에 묻혀서도 슌킨의 곁을 떠나지 않겠다는 순정에서 비롯된 것이었다. 그는 슌킨이 살아 있을 때 이미 두 사람의 법명을 비롯하여 두 묘비의 위치, 간격까지 정해놓았다고 한다. 눈대중으로 가늠한 바로는 슌킨의 묘비는 높이가 대략 여섯 자(약 180센티미터), 겐교의 것은 네 자(약 120센티미터)에 못 미치는 듯했다. 두 묘비는 낮은 석단 위에 나란히 자리잡고 있었는데, 슌킨의 묘 오른쪽에 소나무 한 그루가 푸른 가지를 마치 지붕처럼 묘비 위로 드리웠고, 그 가지 끝이 닿지 않는 왼쪽으로 두세 자쯤(약 60~90센티미터) 떨어진 곳에 사스케의 묘가 황송해하며 모시듯이 대기하고 있었다. 그 광경을 보고 있자니 생전에 사스케가 충실하게 스승을 섬기고 그림자처럼 따라다니면서 수행했던 때를 떠올리게 하며 자못 묘비 속에 혼령으로 남아 오늘날도 여전히 그 행복을 즐기고 있는 것만 같았다. 슌킨의 묘 앞에 무릎을 꿇고 엎드려 공손하게 예를 올린 뒤, 사스케의 묘비에 잠시 손을 얹어 부드럽게 어루만졌다. 그러고는 도시 저편으로 석양이 내려앉을 때까지 언덕을 배회했다.

*　*　*

슌킨을 알게 된 것은 최근에 입수한 『모즈야 슌킨전鵙屋春琴伝』이라는 소책자를 통해서였다. 닥나무 겉껍질로 만든 종이에 4호 활자로 인쇄된 이 책은 서른 장 남짓 되었는데, 슌킨의

3주기에 제자 사스케가 누군가에게 의뢰해서 스승의 전기를 쓰게 한 후 배포한 것으로 추측된다. 이 책은 문어체로 서술되어 있고 사스케에 관한 것도 삼인칭으로 쓰여 있지만, 필시 그 자료는 사스케가 주었을 것이며 실제 저자는 역시 사스케라고 봐도 무방할 듯하다.

그 책에서는 다음과 같이 기록하고 있다.

"슌킨의 가문은 대대로 모즈야 야스자에몬鵙屋安左衛門이라 불렸으며 오사카 도쇼마치에 살면서 약재상을 운영했다. 슌킨의 아버지가 칠 대째이다. 어머니 시게는 교토 후야초麩屋町의 아토베跡部 집안에서 태어나 야스자에몬에게 시집와서 슬하에 2남 4녀를 두었다. 슌킨은 둘째 딸로, 분세이文政 12년 (1829) 5월 24일에 태어났다."

또 다음과 같이 이르고 있다.

"슌킨은 어릴 때부터 매우 영리하고 용모가 단정하여 그 우아함을 견줄 자가 없었다. 네 살 때부터 춤을 배웠는데, 춤사위를 스스로 터득하여 손을 뻗거나 당기는 자태의 우아함과 요염함은 무희조차 당해내지 못할 정도였다. 그 스승도 혀를 내두르며 '아, 이 아이가 이렇게 뛰어난 자질을 타고났으니 온 천하에 명성을 떨치리라 기대하지만, 양갓집 규수로 태어난 것을 행운이라 할지 불행이라 할지······' 하고 중얼거렸다고 한다. 또한 일찍부터 글을 익혔는데 그 속도가 대단히 빨라서 두 오빠를 능가했다."

이 기록들이 슌킨을 마치 신처럼 여겼던 사스케로부터 나왔다고 하니 어느 정도나 믿어야 할지 알 수 없지만, 그녀의 타고난 용모가 단아하고 우아했음은 여러 사실에서 확인되었다. 그 당시 여인들은 키가 대체로 작았다고는 하는데 슌킨은 다섯 자(약 150센티미터)가 채 안 되고 얼굴과 손발이 유달리 작고 매우 섬세했다고 한다. 오늘날 전해지고 있는 슌킨의 서른일곱 살 때 사진을 보면, 윤곽이 반듯하고 갸름한 얼굴에 귀여운 손가락으로 집어 올린 듯 자그맣고, 지금이라도 당장 사라질 듯한 이목구비가 오밀조밀 자리잡고 있었다. 메이지 초년이나 게이오慶応(1865~1868) 무렵 찍은 사진이다 보니 먼 옛날의 기억처럼 흐릿해 그렇게 보일지도 모른다. 그 흐릿한 사진으로 봐서는 오사카의 부유한 상인 집안의 여인다운 기품이 느껴지는 것 이외에는 아름답기는 하지만 이렇다 할 뚜렷한 개성은 없고 풍기는 인상도 그다지 강렬하지 않았다. 서른일곱 살이라고 하니 그렇게도 보이지만 또 어찌 보면 스물일고여덟 살처럼도 보였다. 이때 슌킨은 이미 두 눈의 시력을 잃고 나서 20여 년이 지난 후였지만, 맹인이라기보다는 마치 정상인이 눈을 감고 있는 것처럼 보였다.

일찍이 사토 하루오佐藤春夫(시인이자 소설가로 다니자키 준이치로의 친구. 준이치로가 자신의 아내를 사토 하루오에게 양도한다는 글을《아사히신문》에 게재하여 큰 파문을 일으킨 바 있다 - 옮긴이)가 이르길, 청력을 잃은 사람은 우인愚人처럼 보이고 시력을 잃은 사람은 현인賢人처럼 보인다고 했다. 왜냐하면 청력을 잃은 사람은 다른 사람의 말을 들으려고 눈살을 찌푸리며 눈과 입을 벌리고 고개를 들거나 기울이기 때문에 어쩐지 얼빠진 듯한 구석이 있다. 그런데 시력을 잃은 사람은 조용히 정좌하고 고개를 숙인 채, 눈을 감고 깊은 생각에 잠긴 듯한 모습이라 아무래도 사려가 깊은 듯 보인다는 것이다. 과연 일반적으로 들어맞는 말인지 어떤지는 모르겠으나, 한편으로 부처와 보살의 눈, 중생을 바라보고 있는 자비로운 눈이란 것이 반쯤 감은 눈이기 때문에, 그 모습에 익숙한 우리로서는 뜬 눈보다 감은 눈에서 자비와 감사함을 더 느끼며, 때로는 경외심마저 품는 것이 아닌가 싶다. 그런 까닭에 그녀가 유달리 우아한 여인이었기 때문인지는 모르겠지만, 슌킨의 감긴 두 눈에서도 오래된 그림의 관세음보살을 향해 합장 배례한 듯한 그윽한 자비가 느껴졌다.

들자 하니 슌킨이 생전에 남긴 사진은 이 한 장밖에 없다고 한다. 그녀가 어렸을 때만 해도 아직 사진 기술이 보급되지 않았고, 또 이 사진을 찍던 그해에 우연히 사고가 나서 그 후로는 결코 사진 같은 것을 찍지 않았을 것이다. 우리는 이 흐릿한 한 장의 사진에 의존해 그녀의 모습을 상상할 수밖에 없다. 독자는 이런 설명을 읽고 어떤 용모를 떠올렸을까? 아마도 어딘가 조금은 부족한 희미한 얼굴을 마음속에 그렸을 테지만, 설령 실제로 사진을 본다 해도 특별히 그 이상 확실하게 알 수 있는 것은 없을 것이다. 어쩌면 사진 쪽이 독자가 상상하는 것보다 훨씬 흐릿할지도 모른다. 생각해보면 그녀가 이 사진을 찍은 바로 그해, 즉 슌킨이 서른일곱 살이 되던 해에 사스케 또한 맹인이 되었으니, 그가 이 세상에서 마지막으로 본 그녀의 모습은 이 사진에 가까웠을 것이다. 그렇다면 만년에 사스케의 기억 속에 존재하는 슌킨의 모습도 이 사진처럼 흐릿한 것은 아니었을까. 혹은 점차 희미해져가는 기억을 상상으로 채워나가면서 사진과는 전혀 다른, 특별히 고귀한 한 여인을 만들어낸 것은 아닐까.

* * *

『슌킨전』에서는 계속해서 이렇게 전한다.

"그런 연유로 양친도 손바닥 안의 옥구슬처럼 다섯 형제를 제쳐놓고 오로지 슌킨만을 총애했다. 그러나 불행히도 슌킨은 아홉 살 때 안질에 걸렸고 얼마 지나지 않아 결국 양쪽 눈의 빛을 완전히 잃었으니, 부모의 비탄이 이만저만이 아니었다. 어머니는 슌킨을 너무도 딱하고 가여워한 나머지 하늘을 원망하고 사람들을 증오하여 한때 미친 사람처럼 보이기도 했다. 슌킨은 이때부터 춤 배우기를 단념하고 오로지 고토琴 (가야금과 비슷한 일본의 전통 현악기 - 옮긴이)와 샤미센三味線(일본의 3현 발현악기 - 옮긴이) 연습에 힘쓰며 관악기의 길에 뜻을 품기에 이르렀다."

슌킨의 안질이 무엇이었는지는 명확하지 않다. 『슌킨전』에
도 그 이상의 기록은 없는데, 훗날 사스케가 사람들에게 이야
기한 것으로는, "크고 곧은 나무는 바람의 시샘을 받는다고
했던가. 스승님은 다른 사람들보다 기량과 재능이 뛰어난 탓
에 평생에 두 번씩이나 시기를 샀다. 스승님의 불운은 전적으
로 그 두 번의 시련 때문이다"라고 하니, 짐작건대 그간에 어
떤 숨은 사정이 있는 것 같기도 하다. 사스케는 또 "스승님의
안질은 농루안膿漏眼(임균성 결막염 - 옮긴이)이었다"라고도 했다.

슌킨은 귀하게 자라서 교만한 면도 있었지만, 말과 행동에
애교가 넘치고 아랫사람에 대한 배려가 깊은 데다가 성격도
매우 활달했다. 형제간에 우애도 좋아 온 집안사람들에게 사
랑을 받았지만 막내 여동생을 돌보던 유모는 부모의 편애에
분노하여 은근히 슌킨을 미워했다고 한다. 농루안은 성병의
세균이 눈의 점막에 침투하여 생기는 병이므로, 사스케의 의
중은 아마도 이 유모가 뭔가 수를 써서 그녀를 실명하게 했다
는 사실을 에둘러 비난하고자 했을 것이다. 그러나 확실한 근
거가 있어서 그렇게 생각한 것인지, 아니면 사스케 혼자만의
상상에 의한 설說인지는 분명하지 않다.

훗날 슌킨의 드센 성격을 보면 혹시 그런 사건이 성격에 영
향을 미친 게 아니냐는 의심도 들게 된다. 하지만 비단 이 문
제뿐만 아니라 사스케의 설에는 슌킨의 불행에 분개한 나머
지 자신도 모르는 사이에 다른 사람을 헐뜯고 비난하는 경향

이 있어, 그의 말을 전적으로 다 믿을 수는 없다. 유모의 일화도 어쩌면 그의 짐작에 지나지 않을지도 모른다. 요컨대 여기서는 굳이 원인을 따져 물을 필요 없이, 단지 슌킨이 아홉 살 때 눈이 멀게 된 사실만 기록하는 것으로 충분하다. 그리고 "이때부터 춤 배우기를 단념하고 오로지 고토와 샤미센 연습에 매진하여 관악기의 길로 가고자 하는 뜻을 품기에 이르렀다"는 것이다. 다시 말하면 슌킨이 음악에 마음을 두게 된 것은 실명한 결과라고 할 수 있다. 그녀 자신도 "나의 진정한 천부적 재능은 춤에 있다네. 내 고토나 샤미센을 칭찬하는 사람은 나를 잘 모르기 때문이야. 앞만 볼 수 있었다면 나는 결코 음악을 하지 않았을 것이네"라고 노상 사스케에게 술회했다고 한다. 이 말은 반면에 자신이 잘 못하는 음악조차도 이 정도로 할 수 있다는 말로 들려 그녀의 교만한 일면을 엿볼 수 있지만, 이 역시 다소간 사스케의 수식이 보태진 말은 아닐지. 그녀가 순간적으로 감정에 치우쳐 내뱉은 말을 사스케가 거룩하게 가슴에 새겨듣고, 그녀를 치켜세우기 위해 더 크게 의미를 부여했다는 의심이 들지는 않는지.

앞서 언급한 '싸리 요정'에 사는 노부인은 '시기사와 데루'라고 하며, 이쿠타류生田流(이쿠타 겐교生田檢校(1656~1715)가 창시한 고토쭝로 연주하는 곡의 유파)의 고토勾당(맹인의 관직명으로 겐교 아래의 직위인데, 여성은 겐교가 될 수 없으므로 여성에게는 최고 직위이다-옮긴이)로서 만년의 슌킨과 사스케를 가까이서 모신 사람이다. 데루의 이야기를 빌리자면, "스승님(슌킨)은 춤 솜씨가 뛰어나셨던 듯하지만, 고토와 샤미센도 대여섯 살 때부터 슌쇼春松라는 겐교에게 배우셨고 그 후에도 계속 연습에 매진하셨지요. 그러니 시력을 잃고 나서 음악을 배우신 건 아닙니다. 양갓집 규수는 어려서부터 예술적인 교양을 몸에 익히는 것이 당시의 관습이었지요. 스승님은 열 살 때 그 어렵다는 〈잔월殘月〉이라는 곡을 오로지 귀로만 듣고 익혀 혼자서 샤미센을 타셨답니다. 그러고 보면 음악에도 천부적 재능을 가지고 계신 듯했어요. 평범한 사람은 도저히 흉내도 낼 수 없답니다. 다만 시력을 잃으신 뒤로는 달리 즐기시는 것이 없으셨기에 한층 더 깊이 음악에 몰입하셔서 심혈을 기울이셨던 것으로 압니다"라고 한다. 아마도 이 말이 진실에 더 가까울 것이므로 그녀의 진짜 재능은 사실 애초부터 음악에 있었을 것이다. 무용은 과연 어느 정도였을지 궁금하기도 하다.

* * *

슌킨이 음악에 심혈을 기울였다고는 하지만 생계를 걱정할 처지는 아니어서, 처음에는 그것을 직업으로 삼으려는 생각까지는 하지 않았을 것이다. 훗날 그녀가 고토의 스승으로서 일파를 이루게 된 것은 다른 사정이 있었기 때문이다. 일파를 이루고 나서도 음악으로 생계를 꾸린 것은 아니고 다달이 도쇼마치의 본가에서 음악 수입과는 비교도 되지 않을 정도로 큰돈을 받았다. 하지만 그 돈으로도 그녀의 호사와 사치를 감당할 수는 없었다. 그러므로 처음에는 장래에 대한 이렇다 할 계획 없이 단지 마음 가는 대로 열심히 기예技藝를 연마했는데, 타고난 재능에 부단한 노력이 더해졌으니 『슌킨전』에 '열다섯 살쯤에는 슌킨의 기예가 일취월장하여 동료를 압도하고 동문 제자 중 그녀에게 견줄 만한 실력을 갖춘 자는 단 한 사람도 없었다'라고 적혀 있는 것은 아마도 사실일 것이다.

데루의 말을 빌리자면, "스승님이 항상 자랑하시기를, '슌쇼 겐교는 매우 엄격한 분이셨지만 나는 뼈에 사무칠 정도로 혼난 적이 없었고 오히려 칭찬을 많이 받았지. 내가 가면 항상 당신이 직접, 그것도 정말 친절하고 상냥하게 가르쳐주셨기 때문에 스승님을 무서워하는 사람들의 마음을 이해할 수 없었어'라고 하셨습니다. 사정이 그러했으니 수행의 고통을 모르면서도 그 정도 경지에 오르실 수 있었던 것은 결국 하늘이 내리신 것입니다"라고 했다.

아마도 아무리 엄격한 스승이라도 모즈야 가문의 규수인 슌킨을 다른 예인藝人의 자식처럼 혹독하게 가르칠 수는 없었기에 어느 정도는 배려해주었을 것이다. 거기에는 부잣집에 태어났으나 불행히도 시력을 잃은 가련한 소녀를 감싸주려는 마음도 있었겠지만, 무엇보다도 스승 겐교는 그녀의 재능을 몹시 사랑했고 거기에 매료되었던 것이다. 그는 자기 자식 이상으로 슌킨을 염려하여 가벼운 병으로 결석이라도 하면 곧바로 도쇼마치에 심부름꾼을 보내거나 혹은 몸소 지팡이를 짚고 병문안을 갔다. 항상 슌킨이 제자인 것을 흡족해하며 사람들에게 자랑하거나 정통한 제자들이 잔뜩 모여 있는 자리에서는 "너희들은 모즈야 댁 고이상의 기예를 모범으로 본받아라. (주를 달자면 오사카에서는 남의 집 따님을 '이토상' 혹은 '도상'이라고 부르며 언니에 대해 동생을 '고이토상' 혹은 '고이상'으로 구분해 불렀는데 현재도 마찬가지이다. 슌쇼 겐교는 슌킨의 언니도 가르친 적이 있고 그 집안과도 친분이 있었기에 슌킨을 이렇게 불렀던 것이다.) 곧 이 재주 하나로 먹고살아야 하는 너희들이 배운 지 얼마 되지도 않은 고이상만도 못한 것 같아 걱정이구나"라고 말했다.

슌킨을 지나치게 감싼다는 비난이 있었을 때는 "그게 무슨 소리냐? 스승 된 자가 기예를 가르칠 때 엄하게 하는 것이야말로 친절한 게지. 내가 저 아이를 혼내지 않는 것은 그만큼 친절하지 않다는 것이다. 저 아이는 천성적으로 예도에 밝고 깨달음이 빠르기에 가만히 내버려두어도 실력이 늘 때까지는 계속 늘 게야. 본격적으로 제대로 가르치면 '후생後生이 가외可畏라'(후진의 발전을 예측하기 어려우므로 가히 두려워할 만하다는 뜻 – 옮긴이)라는 말처럼, 결국에는 이 일을 본업으로 삼은 제자들이 곤란해질 것이다. 대단한 가문에서 태어나 세상살이에 불편함이 없는 영애令愛를 혹독하게 가르치지 않고, 오히려 우둔한 자들을 제구실하도록 가르치려고 애쓰고 있는데 무슨 당치도 않은 오해들을 하는 게냐?"라고 말했다.

* * *

슌쇼 겐교의 집은 도쇼마치의 모즈야 본가에서 10정(약 1,090
미터) 정도 떨어진 우쓰보靱에 있었는데, 슌킨은 매일 수습생
의 손에 의지하여 고토와 샤미센을 배우러 다녔다. 그 수습생
이라는 자가 당시에는 사스케라는 소년으로 훗날의 누쿠이
겐교였다. 슌킨과의 인연은 이렇게 시작된 것이다. 사스케는
앞에서도 말했듯이 고슈 히노초 출신으로, 그의 본가 역시 약
방을 운영하며 아버지와 조부도 수습생 시절 모즈야 집안에
서 일을 배웠다고 한다. 모즈야 가문은 실로 사스케에게 있어
대를 이은 주인집이었다. 슌킨보다 네 살 많은 사스케는 열세
살 때 처음 이 집에서 일을 시작했는데 그때가 바로 슌킨이
아홉 살 된 해로, 슌킨의 아름다운 눈은 영원히 닫힌 뒤였다.
사스케는 말년에 이르기까지 슌킨의 눈빛을 한 번도 보지 못
한 것을 아쉬워하지 않았고, 오히려 다행으로 여겼다고 한다.
만일 슌킨의 실명 전 얼굴을 보았더라면 실명한 그녀의 얼굴
이 불완전하다고 느껴졌을 테지만, 다행히 그는 그녀의 용모
에서 무엇 하나 부족함을 느끼지 않았다. 처음부터 완벽한 얼
굴로 보였다.

오늘날 오사카의 상류가정은 앞다투어 저택을 교외로 옮기

고 그 따님들도 야외로 나가 바람과 햇빛 속에서 스포츠를 즐기니 예전처럼 규중에 갇혀 지내는 여인은 거의 없다. 그럼에도 현재 도시에서 사는 아이들은 일반적으로 체격이 가냘프고 얼굴색도 대체로 창백하다. 그 깨끗한 피부는 시골에서 자란 아이들과는 다르다. 좋게 말하면 세련되었고 나쁘게 말하면 아파 보인다. 이는 오사카만이 아니라 도회지마다 공통된 이야기인데, 에도江戶(도쿄의 옛 이름 - 옮긴이)에서는 여자도 까무잡잡한 얼굴을 자랑으로 삼을 정도여서 교토와 오사카만큼 피부색이 하얗지 않다. 오사카의 유서 깊은 가문에서 자란 아이들은 남자들조차도 연극에 나오는 젊은 도련님처럼 가냘프고 얼굴이 곱다. 서른 살 전후가 되어서야 비로소 얼굴에 화색이 돌고 지방이 붙어 몸이 불기 시작하여 제법 신사다운 관록을 겸비하게 된다. 그전까지는 부녀자와 마찬가지로 피부가 하얗고 옷도 선이 곱고 섬세한 것을 즐겨 입는다. 하물며 옛 막부시대(1603~1868)의 부유한 상인 집안에서 태어나 햇빛도 들지 않는 규방에 틀어박혀 자란 양갓집 규수의 투명하면서도 창백한 피부와 가녀린 몸은 과연 어느 정도였을까. 더군다나 시골 출신 소년 사스케의 눈에는 그 모습이 얼마나 요염하게 비쳤을까.

당시 슌킨의 언니가 열두 살, 바로 아래 여동생이 여섯 살이었는데 시골뜨기 사스케에게는 모두 시골에서 보기 힘든 소녀였겠지만, 특히 시력을 잃은 슌킨의 불가사의한 기운에 마음을 빼앗겼다. 슌킨의 닫힌 눈꺼풀이 자매들의 열린 눈동자보다 밝고 아름답게 느껴져서 '이 얼굴은 예전부터 이랬어야만 해. 이 모습이야말로 진정한 본래 슌킨의 얼굴이야'라는 생각마저 들었다. 네 자매 중 슌킨의 미모가 가장 뛰어나다고 평판이 자자했지만, 설령 그것이 사실이라 해도 그녀의 장애를 가련하고 애석하게 여긴 심리가 어느 정도는 영향을 미쳤을 것이다. 하지만 사스케는 그렇지 않았다. 훗날 사스케는 슌킨에 대한 자신의 사랑이 동정이나 연민으로 비치는 것을 극도로 싫어해서 그렇게 보는 사람이 있으면 천만의 이야기라고 부인했다. "나는 단 한 번도 스승님의 얼굴을 보고 가엾다거나 불쌍하다고 생각한 적이 없었네. 스승님에 비한다면 도리어 눈이 보이는 쪽이 더 비참하지. 스승님께서 저 기상과 용모로 무엇이 아쉬워 남의 동정을 구하시겠는가? 오히려 '사스케가 가여워'라고 하시며 나를 불쌍히 여겨주셨어. 나나 너희는 눈코가 있을 뿐, 다른 것은 무엇 하나 스승님께 미치지 못한다. 우리들이야말로 장애가 있는 것이 아닌가?"라고 말했다.

이 일화는 세월이 한참 흐른 뒤의 이야기로, 사스케는 처음엔 불타는 숭배심을 가슴속 깊이 숨긴 채 충실하게 슌킨을 모셨을 것이다. 아직 사랑이라는 자각이 없었을 테고, 설령 있었다 해도 상대는 철없는 소녀인 데다가 대대로 모셔온 주인댁 따님이었다. 사스케로서는 분부대로 슌킨을 모시는 임무, 즉 매일 함께 길을 걸을 수 있다는 사실이 그나마 위안이 되었을 것이다. 풋내기 주제에 귀한 아가씨의 안내인을 맡게 된 것이 이상하기도 하지만, 처음부터 사스케가 맡아서 한 것은 아니었다. 하녀가 따라가거나 다른 어린 사환이나 젊은 점원이 하는 등 여러 사람이 모셨는데, 어느 날 슌킨이 "사스케가 맡아 주었으면 좋겠어"라고 말해서 그 이후부터는 사스케의 임무로 정해졌다. 바로 사스케가 열네 살이 되었을 때의 일이었다. 그는 더할 나위 없는 영광에 감격하면서 항상 슌킨의 작은 손바닥을 자신의 손으로 감싸고 10정쯤 떨어진 슌쇼 겐교의 집으로 가서는 수업이 끝날 때까지 기다렸다가 다시 모시고 돌아왔다. 슌킨은 오가는 도중에도 좀처럼 입을 여는 법이 없었고, 사스케도 아가씨가 말을 걸어오지 않는 한 묵묵히 옆을 지키며 그저 실수하지 않으려고 신경을 썼다.

"왜 아가씨는 사스케가 했으면 좋겠다고 말씀하셨습니까?" 하고 묻자 슌킨은 "제일 얌전하고 무엇보다 필요 없는 말을 하지 않아서"라고 대답한 일이 있었다.

앞서 말한 대로 슌킨은 원래 애교가 많고 붙임성이 좋았지만, 실명한 이후로는 심기가 언짢고 우울해져서 명랑하게 말한다거나 밝게 웃는 일이 드물고 입이 무거워졌다. 그래서 사스케가 쓸데없는 수다를 떨지 않고 맡은 일을 성실히 처리하며 방해가 되지 않도록 신경 쓰는 것이 마음에 들었을지도 모른다. (사스케는 그녀의 웃는 얼굴을 보는 것을 싫어했다고 한다. 대체로 시력을 잃은 사람이 웃을 때는 얼빠지고 가련해 보이는데 사스케로서는 그것이 견딜 수 없었을 것이다.)

* * *

사스케가 수다스럽지 않아 방해되지 않는다는 말은 과연 슌킨의 진심이었을까. 슌킨을 향한 사스케의 한결같은 동경이 어렴풋하게나마 그녀에게 통해 기뻤던 것은 아니었을까. 열 살짜리 소녀에게 그런 일은 있을 수 없다고 생각되지만, 명석하고 조숙한 데다가 눈이 먼 결과 육감이 남다르게 발달했다는 점을 고려한다면 꼭 터무니없는 상상이라고 단언할 수는 없다. 자존심이 강한 슌킨은 좋아하는 감정을 의식하게 된 뒤에도 쉽사리 속마음을 털어놓지 않았고 오랫동안 사스케를 받아들이지 않았다.

그렇다면 이 부분에는 여전히 약간의 의문이 남지만, 어쨌든 슌킨은 처음부터 사스케라는 존재를 염두에 두진 않았던 것 같다. 적어도 사스케에게는 그렇게 보였다. 길을 안내할 때, 사스케는 왼손을 슌킨의 어깨높이로 올려 손바닥을 위로 향하게 하고 거기에 그녀의 오른손을 얹게 했는데, 슌킨에게 사스케의 존재는 그저 하나의 손바닥에 지나지 않는 듯했다. 이따금 일을 시킬 때도 몸짓으로 지시하거나, 얼굴을 찌푸려 보이거나, 수수께끼 같은 혼잣말을 할 뿐 이래라저래라 분명하게 제 뜻을 말하는 법이 없었다. 하지만 사스케가 그 뜻을 알아차리지 못하면 어김없이 그녀가 언짢아했기에 사스케는 슌킨의 표정이나 동작 하나 놓치지 않도록 늘 긴장해야만 했다. 마치 그가 얼마나 집중하고 있는지 시험하는 것 같았다. 호강만 하면서 자란 슌킨은 원래 제멋대로인 데다가 맹인 특유의 고집이 더해져 잠시도 방심할 틈을 주지 않았다.

어느 날 슌쇼 겐교의 집에서 연습 순번이 돌아오기를 기다리고 있을 때였다. 갑자기 슌킨의 모습이 보이지 않아 사스케가 놀라서 주위를 찾아보았더니 어느새 뒷간에 가 있는 것이었다. 평소에는 말없이 혼자 나가는 슌킨을 보면 사스케가 단박에 그것을 눈치채고 쫓아가서, 뒷간 문 앞까지 데려다주고 그 앞에서 기다리고 있다가 손 씻을 물을 부어주었는데, 그날은 깜빡하고 있는 사이에 슌킨이 혼자 손으로 더듬어 찾아간 것이었다. 슌킨이 뒷간에서 나와 바가지를 잡으려고 손을 뻗는 순간 사스케가 앞으로 달려가 떨리는 목소리로 말했다.

"죄송합니다."

"됐어."

슌킨은 고개를 내저으며 말했다. 그러나 이런 경우 "됐어"라고 해도 "그렇습니까?" 하고 순순히 물러나면 뒷일을 감당하기가 어려워지기 때문에 억지로라도 바가지를 빼앗아 물을 부어주는 것이 요령이었다.

또 어느 여름날 오후에는 연습 순번을 기다리며 뒤에서 무릎을 꿇고 앉아 기다리고 있는데 "아이, 더워" 슌킨이 혼잣말을 했다.

"덥네요"라고 사스케가 맞장구를 쳐보았지만 아무런 대답도 하지 않고 한동안 있더니, 다시 "아이, 더워"라고 말했다. 사스케가 그제야 눈치채고 마침 그 자리에 있던 부채를 집어 등 쪽에서 부채질을 해주었다. 그제야 만족한 듯하더니 조금이라도 부채질이 시원찮으면 곧바로 '아이, 더워'라는 말을 반복했다.

이처럼 슌킨은 고집도 세고 제멋대로였지만 다른 고용인들에게는 그러지 않았고 유독 사스케에게만 그랬다. 원래 그런 기질이 있는 데다 사스케가 애써 맞추려 했기 때문에 그에게만 그런 극단적인 행동이 나타났던 것이다. 그녀가 사스케를 가장 편하게 생각한 이유도 이것이었을 테고 사스케 또한 그것을 고역으로 생각하지 않고 오히려 기쁘게 받아들였다. 사스케는 그녀의 유별난 심술을 응석으로 여기며 일종의 은총처럼 생각했던 것이리라.

* * *

슌쇼 겐교가 제자를 가르치는 방은 안채 2층에 있었는데, 순번이 돌아오면 사스케는 슌킨을 이끌고 계단을 올라가 겐교와 마주 보는 자리에 앉히고서 고토며 샤미센을 그 앞에 가져다 놓은 뒤 대기실로 내려갔다. 그러고는 연습이 끝나기를 기다렸다가 다시 모시러 가곤 했는데, 기다리는 동안에도 방심하지 못하고 귀를 기울이고 있다가 곡이 끝나면 부르기도 전에 모시러 갔다. 그래서 슌킨이 배우는 곡을 자연스레 귀에 익히게 된 것은 물론, 음악에 대한 취향 또한 이렇게 길러졌던 것이다. 훗날 일류 대가가 된 사람이기에 타고난 재능도 있었겠지만, 만일 슌킨을 모시는 기회를 얻지 못했거나 무엇이든 그녀를 닮고자 하는 열정이 없었더라면, 아마도 사스케는 모즈야 가문의 사업 일부를 나눠 받아 일개 약재상으로 평범하게 생을 마쳤을 것이다. 훗날 맹인이 되어 겐교의 자리에 오르고 나서도 항상 자신의 재주는 슌킨에 거의 미치지 못한다며, 전적으로 스승님의 가르침 덕분에 여기까지 올 수 있었다고 했다. 슌킨을 하늘처럼 떠받들며 백 보이고 이백 보이고 자신을 낮추려 했던 사스케였기에 그 말을 곧이곧대로 받아들일 수는 없지만, 재주의 우열은 차치하고라도 슌킨이 좀 더 천재적인 자질이 있었고, 사스케는 온 힘과 정성을 쏟아부은 노력가였던 점은 틀림없었다.

사스케는 열네 살 되던 해 연말부터 남몰래 샤미센을 구입하기 위해 주인집에서 때때로 받은 수당이나 심부름 간 곳에서 받은 사례 같은 것을 모으기 시작했고, 이듬해 여름이 되어서야 겨우 조잡한 연습용 샤미센을 손에 넣을 수 있었다. 그는 총지배인에게 들키지 않으려고 샤미센의 길쭉한 지판指板 부분과 동체를 따로 떼어 지붕 밑 다락방에 가져다 놓고서, 밤마다 동료들이 모두 잠들기를 기다렸다가 홀로 연습을 하곤 했다. 그러나 처음에는 조부의 가업을 이을 목적으로 모즈야 약재상에 수습생으로 입주한 몸이었기에, 장차 샤미센을 본업으로 삼으려는 각오도, 자신도 없었다. 단지 슌킨에게 충실한 나머지 그녀가 좋아하는 것을 자신도 좋아하려는 마음이 깊어진 결과였다. 음악으로 슌킨의 사랑을 얻으려는 생각이 추호도 없었다는 것은 그녀에게조차 완벽하게 비밀로 했다는 사실만으로도 명확하게 알 수 있었다.

사스케는 대여섯 명의 종업원이나 수습생들과 일어서면 머리가 받힐 것처럼 천장이 낮고 좁은 방에서 함께 생활했다. 그들의 수면을 방해하지 않는다는 조건을 내걸고 비밀을 지켜 달라고 부탁했다. 자고 자도 늘 잠이 부족한 나이인지라 그들은 자리에 눕자마자 바로 곯아떨어졌기에 불평하는 사람은 없었다. 사스케는 동료들이 잠들기를 기다렸다가 슬그머니 일어나 벽장에서 이불을 꺼낸 뒤 그 안에 들어가 샤미센 연습을 했다. 그렇지 않아도 다락방은 가뜩이나 무더운데 여름밤의 벽장 안 더위는 틀림없이 대단했을 것이다. 하지만 이렇게 하면 소리가 밖으로 새어 나가지 않는 데다가 동료들의 코 고는 소리나 잠꼬대 같은 외부 소리를 차단하는 데도 아주 좋았다. 물론 손으로 현을 튕기며 술대는 쓰지 못했을 뿐만 아니라 일체의 불빛도 없는 컴컴한 곳에서 그저 손가락 끝으로 더듬어가며 연습을 한 것이다. 그러나 사스케는 그 어둠을 조금도 불편하게 여기지 않았다. 맹인은 늘 이런 어둠 속에 있고 아가씨 또한 어둠 속에서 샤미센을 켠다고 생각하니, 자신도 같은 암흑 세계에 있다는 사실이 더할 나위 없이 즐거웠다. 나중에 공공연하게 연습을 허락받은 뒤에도 아가씨와 똑같이 해야 한다며 악기를 손에 들 때는 버릇처럼 눈을 감았다.

요컨대 정상인이면서도 맹인인 슌킨과 같은 고난을 맛보려 했고 맹인의 불편한 처지를 어떻게든 몸소 체험하려 했으며, 때로는 맹인을 부러워하는 것 같았다. 훗날 그가 진짜 맹인이 된 것은 소년 시절부터 품었던 그런 마음가짐이 영향을 주었을 것이니 생각해보면 결코 우연은 아니었다.

* * *

어느 악기나 심오한 경지에 이르기가 어려운 것은 마찬가지겠지만, 특히 바이올린과 샤미센은 음을 나타내는 어떤 표시도 없는 데다가 연주할 때마다 현을 조율해야 하므로 어느 정도 켤 수 있게 되기까지가 그리 쉽지 않아서, 혼자 연습하기에는 몹시 어려운 악기다. 하물며 악보도 없던 시대라 보통 스승 밑에서 고토는 석 달, 샤미센은 삼 년이라고들 말했다.

사스케는 고토처럼 값비싼 악기를 살 돈도 없고, 무엇보다도 그렇게 부피가 큰 악기를 메고 다닐 수도 없어 샤미센부터 시작했는데, 처음부터 가락을 맞출 수 있었다고 한다. 그것은 음을 분간할 수 있는 타고난 감각이 보통 이상이었음을 보여 주거니와, 동시에 평소 겐교의 집에서 슌킨을 기다리는 동안 얼마나 주의 깊게 다른 사람들의 연주를 경청했는지를 증명해준다. 사스케는 가락의 구별도, 곡의 가사도, 음의 고저나 곡조도 모두 귀로 들어 기억하는 것에 의지해야 했다. 그 외에는 달리 기댈 것이 없었다. 이렇게 해서 열다섯 살이 되던 해 여름부터 약 반년 동안은 다행히 같은 방을 쓰는 동료 외에는 누구에게도 들키지 않았으나, 그해 겨울에 드디어 일이 터졌다.

어느 겨울날 새벽녘이었다. 새벽녘이라고 하지만 오전 네 시경 아직 깜깜한 한밤중 같은 시각에 모즈야의 마님, 즉 슌킨의 어머니가 뒷간에 가려고 일어났다가 문득 어디선가 새어 나오는 〈눈雪〉이라는 곡을 들었다. 옛날에는 동계 연습이라고해서 한겨울 밤 동틀 무렵 야외에서 몰아치는 찬바람을 맞으며 연습을 하는 관습이 있었다. 그러나 도쇼마치는 약방이 많은 지역으로 견고한 점포들이 줄줄이 늘어서 있는 데다가 기예를 가르치는 스승이나 그것을 업으로 삼는 이가 사는 곳도 아니어서 품위 있고 아름다워 보이는 집은 단 한 채도 없었다. 게다가 으슥한 한밤중, 동계 연습을 한다 해도 너무나 엉뚱한 시각이었다. 동계 연습이라면 열심히 술대로 켜는 소리가 드높이 울릴 텐데, 희미하게 손끝으로 뜯고 있었다. 그럼에도 불구하고 한 부분을 완벽하게 익힐 때까지 몇 번이고 반복해서 연습하는 듯했고 그 열정적인 모습이 저절로 상상되었다. 모즈야 마님은 의아해하면서도 당시에는 크게 개의치 않고 그냥 잠들어버렸는데, 그 후 두세 번 한밤중에 일어나 나갈 때마다 그 소리를 듣게 되었다.

"그러고 보니 저도 들었어요. 어디서 샤미센을 켜고 있는 듯해요. 너구리 배 두드리는 소리는 아닐 테고요"라고 말하는 사람도 있어서 점원들이 모르는 사이에 안채에서는 문제가 되고 있었다.

사스케가 연습을 시작했던 여름 이후에도 줄곧 벽장 안에서 연습을 했다면 좋았을 텐데, 아무도 눈치채지 못하자 스스로도 대담해진 데다가 졸음이 문제였다. 고된 업무에 잠자는 시간을 뺏겨가며 틈틈이 연습했기에 점차 수면 부족이 쌓였고, 조금이라도 따뜻한 곳이다 싶으면 어느새 졸음이 쏟아졌다. 그래서 늦가을 무렵부터는 밤마다 몰래 빨래 말리는 곳에 나가 샤미센을 켰다. 사스케는 매일 밤 열 시가 되면 점원들과 함께 잠자리에 들었다가 새벽 세 시경에 일어나 샤미센을 끌어안고 빨래 말리는 곳으로 나갔다. 차가운 밤바람을 쐬며 홀로 연습을 계속하다가 어렴풋이 동이 터 밝아오기 시작하면 다시 잠자리로 돌아가곤 했다. 슌킨의 어머니가 들었던 것은 바로 그때였다. 생각해보면 사스케가 연습했던 곳은 점포 옥상에 있었기에, 그 바로 아래에서 자고 있던 점원들보다 안뜰 너머 안채에서 바깥채와 이어진 복도의 덧문을 열면 가장 먼저 그 소리가 들렸을 것이다.

안채의 말씀으로 모든 점원이 조사를 받았고 결국 사스케의 소행임이 밝혀졌다. 총지배인에게 불려가 호되게 야단을 맞고 앞으로는 절대 그런 짓을 해서는 안 된다며 샤미센을 몰수당한 것은 당연한 귀결인 셈이었다. 그런데 이때 생각지도 못했던 곳에서 구원의 손길을 내밀어주었다. 안채에서 실력이 어떤지 들어보고 싶다는 의견을 낸 것이다. 더구나 그 말을 한 사람은 다름 아닌 슌킨이었다. 사스케는 이 일이 슌킨에게 알려지면 분명 기분 나빠할 것이라고 마음을 졸였다. 오로지 자신에게 맡겨진 안내자의 역할에만 충실하면 그만이지, 수습생 주제에 건방지게 흉내를 낸다며 놀리거나 비웃을 것만 같았다. 어차피 녹록지 않을 것이라고 겁을 먹고 있었기에, "어디 한번 들어나 보자"라는 말에 사스케는 오히려 꽁무니를 뺐다. 자신의 성의가 하늘에 닿아서 아가씨의 마음을 움직인다면 천만다행이겠지만 한바탕 웃음거리로 만들려는 위안 섞인 장난으로 여길 수밖에 없었고, 무엇보다 남들에게 연주를 들려줄 만한 자신감도 없었다. 그러나 일단 들어보겠다는 말이 나온 이상, 사스케가 아무리 사양해도 허락할 리가 없는 슌킨이었다. 더군다나 슌킨의 어머니와 자매들도 호기심에 가득 차 있었기에 결국 사스케는 안채로 불려가 그동안 혼자서 연습한 결과를 보여드리게 되었다. 어찌 보면 그에게는 참으로 영광스러운 순간이었다.

당시 사스케는 대여섯 곡 정도는 연주할 수 있는 수준이었지만, 익힌 곡을 전부 연주해보라는 슌킨의 말에 배짱 두둑하게 술대를 잡고 정성을 다해 연주해나갔다. 〈검은 머리黑髮〉처럼 쉬운 곡이나 〈자온도茶音頭〉(교토, 오사카 지방의 속요 - 옮긴이) 같은 어려운 곡도 순서도 없이 설듣고 배운 대로 연주했다. 사스케의 우려대로 모즈야 가문은 그를 웃음거리로 만들 심산이었을지도 모른다. 하지만 혼자 연습한 것치고는 현을 짚는 사스케의 손이 정확했고 가락도 잘 갖추어져 있기에 모두 들으며 감탄했다.

* * *

『슌킨전』에는 그 순간을 이렇게 기록하고 있다.

"바로 그때 슌킨은 사스케의 뜻을 갸륵하게 여겨, '너의 열정이 기특하니 앞으로는 내가 가르쳐주마. 틈이 나면 언제고 나를 스승으로 의지하여 연습에 힘쓰도록 하라'고 말했고, 슌킨의 아버지 야스자에몬도 마침내 이를 허락했다. 사스케는 하늘로 날아오를 듯한 마음으로 수습 업무를 보는 한편, 매일 일정한 시간을 내어 슌킨에게 가르침을 받게 되었다. 이렇게 해서 열한 살 소녀와 열다섯 살 소년은 주종 관계에 이어 이제 또 사제의 인연을 맺게 되었으니, 이 어찌 기쁘지 아니하랴."

가뜩이나 까다로운 슌킨이 갑자기 사스케에게 이토록 온정을 베푼 것은 무슨 까닭이었을까. 그것은 사실 슌킨의 뜻이 아니고 주위 사람들의 부추김 때문이라고 한다. 아무리 행복한 가정이라도 맹인 소녀는 자칫 고독에 빠지거나 우울해지기 십상이었기에 부모는 물론이거니와 밑에서 일하는 하녀들까지 그녀를 대하는 데 어려움을 겪었다. 어떻게든 마음을 위로하고 기분을 전환시킬 방법을 찾고 있던 차에, 때마침 사스케와 슌킨의 취미가 같다는 것을 알게 된 것이다.

안채 하녀들은 제멋대로 구는 아가씨에게 애를 먹던 참에 사스케에게 그녀를 상대하게 만들어 조금이라도 자신들의 짐을 덜어보려는 생각으로, "어쩜 사스케는 저렇게 기특할까요? 이번 기회에 아가씨께서 저 아이를 손수 가르쳐보시는 것이 어떨까요? 필경 본인도 분에 넘치는 행운이라며 기뻐할 것이웁니다"라며 유도했던 것은 아닐까. 하지만 섣불리 치켜세우면 도리어 심술궂게 나올 슌킨이기에 주위에서 부추긴다고 곧이곧대로 넘어가지는 않았을 것이다. 그녀 역시 이즈음에 이르러 사스케를 미워하지 않게 되었고, 마음 깊은 곳에서 봄기운이 샘솟았는지도 모른다.

아무튼 그녀가 스스로 사스케를 제자로 받아들이겠다고 말한 것은 부모 형제나 아랫사람들에게는 더없이 고마운 일이었다. 제아무리 신동이라 해도 열한 살 소녀가 과연 다른 사람을 가르칠 수 있느냐고 물을 때가 아니었다. 다만 그렇게라도 해서 슌킨의 따분함을 덜어주면 주위 사람들이 한결 편해지기에 이른바 '학교놀이'를 하면서 사스케에게 적당히 상대하게 시킨 것이었다. 그래서 사스케를 위한 것이라기보다는 슌킨을 위해 도모된 일이었지만, 결과적으로 보면 사스케가 훨씬 많은 혜택을 보았다.

『슌킨전』에 의하면, "수습 업무를 보는 한편 매일 일정한 시간을 내어서"라고 쓰여 있지만, 이제까지도 매일 길 안내를 하면서 하루에도 몇 시간씩 아가씨를 모시고 있었다. 게다가 슌킨의 방에 불려가서 음악 수업마저 받게 되면 가게 일을 볼 틈은 없을 터였다. 야스자에몬은 상인으로 키울 작정으로 데려온 아이에게 딸을 돌보는 일을 시키게 되어 사스케의 고향 부모에게 미안한 마음이 있었을 것이다. 그러나 수습생의 장래보다는 딸의 마음을 잡는 것이 더 중요했고, 사스케 본인도 원하는 이상 당분간은 그렇게 해도 괜찮을 것이라고 묵인했으리라 생각된다.

사스케가 슌킨을 '스승님'이라고 부르기 시작한 것은 이때부터였다. 슌킨이 평상시에는 '아가씨'라고 불러도 좋으나 수업하는 동안에는 반드시 '스승님'이라고 부르게 했다. 슌킨 역시 '사스케 군'이라 하지 않고 '사스케'라고 불렀는데, 이는 모두 슌쇼 겐교가 그 제자를 대하는 태도를 흉내 낸 것으로 엄격하게 사제의 예를 갖추게 했다. 이리하여 어른들이 기획한 대로 하잘것없는 '학교놀이'가 이어졌고 슌킨도 이 놀이에 정신이 팔려 외로움을 잊고 지냈다. 하지만 달이 지나고 해가 바뀌어도 두 사람은 변함이 없었고 그 놀이를 그만둘 기미가 보이지 않았다. 오히려 이삼 년 후에는 가르치는 사람도 배우는 사람도 모두 더욱 진지해져 놀이의 경지를 넘어섰다.

슌킨의 일과는 오후 두 시경에 시작되었다. 우쓰보의 겐교 집으로 가서 삼십 분에서 한 시간 동안 가르침을 받은 후 집으로 돌아와 해 질 무렵까지 배운 것을 연습했다. 저녁식사를 마친 후에는 가끔 마음 내킬 때마다 사스케를 2층 마루로 불러 가르쳤는데, 그것이 마침내는 하루도 거르지 않게 되었다. 아홉 시, 열 시가 되어도 여전히 사스케를 놓아주지 않고 "사스케! 내가 그렇게 가르쳤어?" "안 돼, 안 돼! 제대로 켤 때까지 밤을 새우더라도 해"라며 엄격하게 질타하는 목소리가 들려 아래층의 점원들을 놀라게 했다. 때로는 어린 여스승이 "바보야, 왜 못 외우는 거야?"라고 큰 소리로 혼을 내며 머리를 때리면 그 제자가 훌쩍거리며 우는 일도 드물지는 않았다.

* * *

옛날에는 취미 삼아 기예를 배우는 자에게도 눈에서 불꽃이 튀도록 호된 연습을 시켰고, 때때로 제자에게 체벌을 가하기도 했다는 사실은 잘 알려져 있다. 올해(쇼와昭和 8년, 1933년) 2월 12일, 《오사카아사히신문》 일요판에 실린 오구라 게이지小倉敬二가 쓴 「인형 조루리人形浄瑠璃(샤미센의 반주로 공연하는 일본 고유의 인형극. 우에무라 분라쿠겐植村文樂軒에 의해 크게 부흥하였고, 현재 분라쿠라는 말로 대표된다 - 옮긴이)의 피투성이 수업」이라는 기사를 보면, 셋쓰 다이조摂津大掾(1883년 분라쿠자 최고의 지위에 오른 다유 - 옮긴이) 사후 삼 대째 명인인 고시지越路 다유太夫(오사카 출신의 대표적인 다유로, 인형조루리에서 다유는 주로 노래를 읊는 사람이다 - 옮긴이)의 미간에는 초승달 모양의 커다란 흉터가 남아 있다고 한다. 그 흉터는 스승 도요자와 단시치豊沢団七가 "언제쯤 되면 외울 수 있나?"라고 술대로 찔러 넘어뜨리면서 생긴 훈장이라고 한다.

또 분라쿠자文楽座(오사카에 있던 인형 조루리 전용 극장을 말한다 - 옮긴이)의 인형술사 요시다 다마지로吉田玉次郎의 뒷머리에도 똑같은 흉터가 남아 있다. 요시다 다마지로가 젊었을 때 대명인이자 스승인 요시다 다마조吉田玉造와 〈아와 해협阿波の鳴門〉(역사물 조루리 - 옮긴이) 중 범인을 잡는 장면에서 스승이 주로베에十郎兵衛 인형을 조종했고 다마지로는 그 인형의 다리를 맡았다. 그때 완벽하게 맞아떨어져야 할 인형의 다리 연기가 스승의 마음에 썩 들지 않았다. 스승은 "이 바보 같은 놈!"이라며 급기야 난투 장면에서 사용하던 진짜 칼로 다마지로의 뒷머리를 쾅 내리쳤고, 그 칼자국이 사라지지 않고 지금도 남아 있는 것이다. 게다가 다마지로를 때린 다마조도 일찍이 자신의 스승 긴시金四에게 주로베에 인형으로 머리를 두들겨 맞은 적이 있다. 이때 부서진 인형이 그의 피로 빨갛게 물들었다고 한다. 그는 피범벅이 된 채 부러져나간 인형 다리를 스승에게 간청해 얻어다가 풀솜으로 싼 후 맨 나무 상자에 넣어두고 때때로 꺼내서는 어머니의 영전에 큰절하듯 예를 올리곤 했다. "이 인형으로 혼쭐이 나지 않았더라면 나는 평생 지극히 평범한 예인藝人으로 끝났을지도 모른다"라고 이따금 울면서 사람들에게 말하곤 했다.

그의 선대인 오스미大隅 다유는 수업을 받던 시절에 소처럼 둔감하여 '멍청이'라고 불렸다. 그의 스승은 그 유명한 도요자와 단페이豊沢団平, 흔히 '위대한 단페이'라고 칭송받는 근대 샤미센의 거장이다. 어느 무더운 여름밤의 일이었다. 이 오스미가 스승 집에서 〈고노시타카게하자마캇센木下蔭狭間合戦〉 (전국시대 무장 다케나카 한베에竹中半兵衛와 고노 도키치此下当吉의 그려진 전쟁 이야기 - 옮긴이) 중의 한 단락인 〈미부무라壬生村〉를 배우는데, 아무리 연습해도 "부적 주머니는 유품이니라"라는 구절이 잘 읊어지지 않았다. 모기장을 치고 들어가서 듣고 있는 스승은 몇 번이고 반복해도 되었다는 말 한마디 없이 잠자코 있을 뿐이었다. 오스미는 모기에 뜯기며 이백 번이고 삼백 번이고 끝도 없이 반복하고 있는 동안 어느덧 짧은 여름밤이 밝아오고 주위가 환해지기 시작했다. 스승도 어느새 지쳤는지 잠들어버린 듯했다. 그런데도 "그만하면 됐다"라고 말해줄 때까지 특유의 '멍청이' 기질을 발휘해 언제까지고 열심히 끈덕지게 반복했다. 이윽고 모기장 안에서 "그만하면 됐다"라는 스승 단페이의 목소리가 들렸다. 잠든 것처럼 보였던 스승은 한숨도 자지 않고 듣고 있어준 것이었다.

무릇 이와 같은 일화는 일일이 열거할 수 없을 정도로 많았으니 조루리 다유나 인형술사에 국한된 일은 아니다. 이쿠타 류의 고토나 샤미센의 전수도 마찬가지였다. 게다가 이 분야의 스승은 대부분 맹인 겐교였고, 장애가 있는 사람은 으레 옹고집인 사람이 많았기 때문에 수련이 가혹해지는 경향이 있었다. 앞서 말한 바와 같이 슌킨의 스승 슌쇼 겐교도 엄격하게 가르쳤기에 걸핏하면 불같이 화를 내고 손이 올라왔다. 가르치는 쪽이 맹인이면 배우는 쪽도 맹인인 경우가 많았으니, 스승에게 혼나거나 맞을 때마다 조금씩 뒷걸음질을 치다가 결국에는 샤미센을 껴안은 채 2층 계단에서 굴러떨어지는 소동도 일어났다.

훗날 슌킨이 고토 교습소 간판을 내걸고 제자를 들인 뒤 엄격한 가르침으로 이름을 알린 것 역시 선대 스승의 방법을 답습한 것으로서, 사스케를 가르쳤을 때부터 이미 그 징조가 보였다. 즉 처음에는 어린 소녀의 유희로 시작되었으나 점차 진정한 것으로 진화한 것이다. 어떤 사람은 "남자 스승이 제자를 엄하게 꾸짖는 예는 많지만, 슌킨처럼 여자가 남자 제자를 때리거나 야단치는 경우는 그 유례를 찾아보기 힘들다오. 어찌 보면 슌킨이 어느 정도 가학적 기질이 있었던 것은 아닐지, 교습을 빙자하여 일종의 변태스러운 성욕적 쾌락을 즐겼을지도 모른다"고 말했다. 오늘날 그것이 사실인지 단정하기는 어렵겠지만, 다만 한 가지 명백한 사실은 아이들은 소꿉놀이할 때 반드시 어른을 흉내 낸다는 점이다. 슌킨 자신도 슌쇼 겐교에게 사랑을 받았기에 일찍이 매를 맞아본 적이 없었지만, 평소 스승의 교수법을 잘 알고 있기에 어린 마음에 스승 된 자는 그렇게 하는 것이라고 이해했을 것이다. 놀이를 할 때 스승의 흉내를 내는 것은 지극히 자연스러운 일이었으니, 그런 성향이 심해져 습관이 되었고 마침내는 타고난 성격처럼 굳어졌을 것이다.

* * *

사스케는 울보였던지 아가씨에게 맞을 때마다 늘 울었다고 한다. 그게 또 사내답지 못하게 찔찔 소리까지 내며 우는 모습에 "또 아가씨의 혼쭐이 시작되었군" 하고 주위 사람들은 눈살을 찌푸렸다. 처음에는 아가씨에게 재미 삼아 가르치게 할 심산이었던 어른들도 일이 이렇게 되자 매우 당혹스러워했다. 매일 밤늦게까지 고토며 샤미센 소리가 들리는 것도 시끄러운데, 간간이 과격한 말투로 호되게 꾸짖는 슌킨의 목소리에 사스케의 울음소리가 밤이 깊을 때까지 들려오곤 했다. 사스케도 불쌍했지만, 무엇보다도 아가씨를 위해서 안 되겠다 싶어 보다 못한 하녀 하나가 연습하는 자리에 들어가 "아가씨, 이게 무슨 일인가요? 아가씨답지 않게 사내아이에게 심하게 대하시다니요?" 하고 말리기라도 하면, 슌킨은 도리어 숙연하게 자세를 가다듬고 "너희들이 참견할 일이 아니다. 그냥 내버려둬"라고 위압적으로 이야기했다. "나는 정성을 다해 가르치는 거지 장난치는 게 아니야. 사스케를 위하는 마음으로 열심히 가르치는 거야. 아무리 내가 화를 내고 야단을 치기로서니 가르침은 가르침이잖아. 너희들은 그걸 모르겠느냐?" 하는 것이었다.

『슌킨전』에는 이 일을 이렇게 기록하고 있다.

" '너희들은 나를 소녀라고 얕보고 감히 예도의 신성함을 모욕하려 드느냐? 비록 어릴망정 누군가를 가르치는 이상, 스승인 자에게는 스승의 도가 있느니라. 내가 사스케에게 기예를 가르치는 것은 애초부터 잠깐 하다 말 아이들 놀이가 아니었다. 사스케는 태생적으로 음악을 좋아하지만 수습생 신분으로 훌륭한 겐교에게 배울 수 없어 홀로 연습하는 것이 가여워, 미숙하나마 내가 대신 스승이 되어 어떻게든 그의 소망이 이루어지도록 도와주려는 거야. 이는 너희가 관여할 일이 아니니 어서 물러가거라!' 슌킨이 의연하게 하녀에게 말하니 듣는 사람도 그 위용에 떨고 말재간에 놀라 허둥지둥 그 자리에서 물러가기 일쑤였다."

이런 내용으로 보아 기세등등하게 노여워하는 슌킨의 모습을 상상할 수 있을 것이다. 사스케는 눈물을 보이기는 했지만 그녀의 말을 듣고 무한한 감사를 느꼈다. 그의 눈물은 고통을 견디는 것뿐만 아니라 주인으로도 스승으로도 의지하고 있는 소녀의 격려에 대한 감사의 의미도 담겨 있었다. 그런 까닭에 아무리 호되게 당해도 도망치지 않았고, 울면서 끝까지 인내하며 "좋아"라는 말을 들을 때까지 연습했다. 슌킨의 태도는 그날의 기분에 따라 좋을 때와 나쁠 때가 있었다. 소란스레 잔소리를 하는 날은 그나마 기분이 좋은 편에 속했다. 입을 꼭 다물고 눈살을 찌푸린 채 샤미센에서 현을 핑하고 강하게 튕긴다거나, 혹은 사스케 혼자 샤미센을 타게 하고는 좋다 싫다는 말도 없이 가만히 듣고 있을 때가 있는데 그런 날이야말로 사스케가 가장 많이 울게 되었다.

어느 날 밤 〈자온도〉의 간주 부분을 연습할 때의 일이었다. 사스케가 가르침을 이해하지 못했는지 좀처럼 익히지 못하고 계속 틀리자, 슌킨은 분통을 터뜨리며 여느 때처럼 샤미센을 내려놓았다. 이윽고 오른손으로 세차게 무릎을 내리치며 입으로 "자, 지리지리강, 지리지리강, 지리강지리강지리가치텡, 도충도충룽, 자, 루루퉁" 하고 샤미센 소리를 내어 가르쳤다. 그러다 갑자기 입을 굳게 다물고 가만히 있었다. 사스케는 말을 붙일 엄두도 안 나고, 그렇다고 그만둘 수도 없어서 홀로 고심을 거듭하며 간신히 연주를 이어갔지만 시간이 흘러도 슌킨은 "그만해도 좋아"라고 말해주지 않았다. 그러자 열중하여 점점 예민해지는 몸에서는 식은땀이 나고 뭐가 뭔지 엉터리로 연주를 이어갈 뿐이었다. 그러나 슌킨은 숙연한 모습으로 한층 더 입을 굳게 다문 채 미간에 깊이 새겨진 주름을 꿈쩍하지도 않고 있었다. 이렇게 두 시간가량 지났을 때, 슌킨의 어머니가 잠옷 바람으로 올라와 "열심히 하는 것도 정도가 있는 법이다. 도가 지나치면 오히려 몸에 해로운 거야" 하고 달래듯이 두 사람을 갈라놓았다.

다음 날 슌킨은 부모님 앞에 불려갔다.

"네가 사스케를 가르치는 친절은 가상하지만 제자를 꾸짖거나 때리는 것은 다른 사람들도 허용하고 본인도 용납하는 겐 교나 가능한 일이야. 네가 아무리 실력이 뛰어나고 잘한다고 해도 너도 아직은 스승에게 배우는 처지인데, 벌써부터 그런 흉내를 내다가는 필경 자만심의 토대가 될 것이다. 대개 기예 는 자만하면 실력이 늘 수가 없는 법. 더구나 여자의 몸으로 사 내에게 '멍청이' 따위의 입에 담기 힘든 말을 하는 것은 듣기 거북하구나. 그 점만은 아무쪼록 삼가렴. 이제부터는 시간을 정해서 밤이 깊어지기 전에 끝마치는 편이 좋겠다. 사스케의 찔찔 우는 소리에 모두들 잠을 잘 수가 없으니 곤란하구나."

이제까지 한 번도 잔소리를 한 적 없는 아버지 어머니가 간 곡히 설득하니, 슌킨이라도 더 이상 대꾸할 말이 없어 마지못 해 말씀을 따르는 모습이었다. 하지만 그것도 겉으로만 그랬 을 뿐 실제로는 그다지 효과가 없었다.

"사스케, 너는 그렇게도 패기가 없니? 사내 주제에 그만한 일을 가지고 참을성도 없이 소리 내어 우는 탓에 무슨 큰일이나 난 것처럼 보여서 내가 혼났잖아. 예도에 정진하려면 고통이 뼈에 사무치더라도 이를 악물고 참아야지. 그게 불가능하다면 나도 스승을 그만두겠어."

도리어 사스케에게 빈정거렸다. 그 후로 사스케는 아무리 괴로워도 절대로 소리 내어 울지 않았다.

* * *

모즈야 부부는 슌킨이 실명한 이후 갈수록 심술궂어지는 데다가 사스케를 가르치고 나서부터는 거친 행동마저 하자 적잖이 걱정했던 듯하다. 딸이 사스케라는 상대를 얻은 것은 조금 생각해볼 문제였다. 사스케가 딸의 기분을 맞춰주는 것은 감사한 일이지만, 무엇이든 억지를 써도 지당하다고 해주니 점점 딸의 행동이 심해져 장차 비뚤어진 여인이 될지 모른다고 남몰래 속앓이를 했다.

그 때문인지 사스케는 열여덟 살이 되던 해 겨울, 주인의 주선으로 슌쇼 겐교의 문하로 들어갔다. 즉 슌킨이 직접 가르치지 못하도록 막아버린 것이었다. 부모 생각에 딸이 스승 흉내를 내는 것이 가장 문제이고 무엇보다도 딸의 품성에 좋지 않은 영향을 미치리라 염려했기 때문이었는데, 바로 그때 사스케의 운명도 결정되었다. 이 이후로 사스케는 수습 업무에서 완전히 벗어나 명실공히 슌킨의 안내자로서, 또 같은 스승의 제자로서 겐교의 집에 다니게 되었다. 사스케 본인이 그것을 희망한 것은 말할 필요도 없었고, 야스자에몬이 고향에 있는 사스케의 부모를 애써 설득하여 양해를 구해낸 것이었다. 상인이 되려는 목표를 포기하는 대신 사스케의 장래를 보장하고 결코 저버리지 않겠다는 점을 꽤 강조했을 것으로 추측된다. 짐작건대, 야스자에몬 부부는 심사숙고한 끝에 슌킨을 위해 사스케를 사위로 삼았으면 하는 생각이 있었을 것이다. 불구의 딸이라 대등한 결혼은 어려우니, 사스케라면 더 바랄 것이 없는 좋은 연분이라 생각한 것도 무리는 아니었다.

다다음 해, 즉 슌킨이 열여섯, 사스케가 스무 살이 되던 해에 비로소 부모들은 결혼 이야기를 에둘러 건넸다. 하지만 뜻밖에도 슌킨은 쌀쌀맞은 어투로 단호하게 거절했다. 자신은 평생 남편을 맞이할 마음이 없고, 특히 사스케 따위는 생각조차 하지 않았다며 대단히 불쾌해했다. 상황이 이러니 어찌 혼사를 도모할 수 있겠는가.

그러나 그로부터 일 년이 지난 어느 날, 슌킨의 몸 상태가 심상치 않아 보이는 것을 어머니가 눈치챘다. 설마 하면서도 내심 조심스레 살펴보니 아무래도 수상했다. 사람들의 눈에 띄어 아랫사람들의 입방아에 오르면 시끄러워질 것이 뻔한 데다가 아직은 수습할 길이 있겠다 싶어 남편 몰래 당사자에게 슬쩍 물어보았다. 하지만 슌킨은 절대 그런 일은 없다고 하니 더 이상 추궁할 수도 없어 납득이 가지 않으면서도 모른

척 한 달 정도 내버려두었다. 그러다 더 이상 은폐할 수 없는 지경에 이르렀다. 이번에는 슌킨이 순순히 임신을 인정했지만 아무리 물어봐도 상대가 누구인지를 말하지 않았다. 계속 다그쳐 묻자 서로 밝히지 않기로 약속했다는 것이다. 사스케냐고 물으니 왜 그런 수습 따위와 그랬겠느냐며 전적으로 부인했다. 누구든 일단 사스케를 의심하게 되겠지만, 부모로서는 작년에 슌킨이 했던 말도 있고 해서 설마 하는 마음이 더 컸던 것이다. 게다가 그런 관계라면 좀처럼 사람들 앞에서 숨기기 어려웠을 테고, 경험이 없는 소년 소녀라 아무리 태연한 척해도 들키지 않을 수 없을 텐데 사스케가 동문 후배가 되고 나서는 이전처럼 밤늦게까지 슌킨과 마주 앉을 기회도 없었고, 이따금 선후배 자격으로 연습을 하는 정도였다. 그 외에 슌킨은 어디까지나 기품 있는 아가씨로서 사스케를 안내자 이상으로는 대하지 않았기에 아랫사람들은 두 사람의 관계 같은 것은 그 누구도 생각하지 않았다. 오히려 주종 관계로 지나치게 인정미가 없어 보일 정도였다.

그러나 사스케에게 물어보면 상황을 알 수 있겠다 싶었고, 어차피 상대는 겐교의 문하생일 거라 생각했는데 사스케는 모르쇠로 일관했다. 자신은 전혀 모르는 일이며 더군다나 누구인지 짐작도 가지 않는다는 말뿐이었다. 하지만 모즈야 마님은 자신 앞에 불려와 안절부절못하는 사스케의 태도가 어쩐지 수상쩍어 보였다. 의심스러움이 더해져 재차 추궁해보니 앞뒤가 맞지 않는 사실이 드러났다.

"사실은 그걸 말씀드리면 아가씨에게 혼나니까요."

마침내 사스케는 울음을 터뜨려버렸다.

"아니다, 아냐. 아가씨를 감싸는 것은 좋지만, 주인의 분부를 어찌 듣지 않고 감추려고만 하느냐? 오히려 아가씨를 위해서도 그리해서는 안 된다. 어서 상대의 이름을 말해보아라."

입에서 신물이 나도록 다그쳐보았지만 사스케는 입을 열지 않았다. 그러나 결국에 가서는 상대는 역시 사스케 본인이라는 사실을 짐작할 수 있었다. 절대로 말하지 않겠다고 아가씨와 약속했던 것이 두려워 명확히 말하지는 않았지만 그 속사정을 짐작해주셨으면 하는 말투였다. 모즈야 부부는 이미 벌어진 일은 어쩔 수 없지만, 그나마 상대가 사스케인 것은 다행이었다. 그들은 '이럴 거면 작년에 짝지어주겠다고 권했을 때, 왜 그렇게 마음에도 없는 소리를 했는지, 처자의 마음이란 사리 분별이 없는 법이니' 하고 걱정하면서도 가슴을 쓸어내리며 안도했다.

사람들 입에 오르내리기 전에 빨리 둘을 맺어주는 편이 좋겠다 싶어 슌킨에게 다시 이야기를 꺼내보았으나, 또다시 정색하며 대답했다.

"그런 이야기는 듣기도 싫어요. 작년에도 말씀드렸듯이 사스케 따위와는 생각조차 해본 적 없어요. 저를 딱하게 생각해주시는 것은 송구하지만, 제가 아무리 불편한 몸이라고 해도 아랫것을 남편으로 맞을 생각은 추호도 없습니다. 배 속의 아이 아버지에게도 미안한 일이에요."

"그럼 아이 아버지는 누구더냐?"

"그것만은 묻지 말아주세요. 어차피 그 사람을 따를 생각은 없습니다."

대답을 듣고 보니 사스케의 말이 긴가민가 싶고, 어느 쪽 말이 진실인지 도무지 알 수가 없어 난감했지만, 사스케 외에는 달리 상대가 있을 것 같지 않았다. '지금은 멋쩍어서 일부러 저리 말하는 것이겠지. 가까운 시일 안에 본심을 말할 게야' 하는 생각에 더 이상 추궁하지 않고 우선은 출산할 때까지 아리마有馬로 온천 요양을 보내기로 했다. 슌킨이 열일곱 살 되던 해 5월의 일이었다. 사스케는 오사카에 남아 있고 하녀 둘을 딸려 보내 10월까지 아리마에 머무르게 했는데, 감사하게도 사내아이를 낳았다. 아이의 얼굴이 사스케를 쏙 빼닮아서 간신히 수수께끼가 풀리는 듯했지만 그런데도 슌킨은 여전히 결혼 이야기에 귀를 기울이지 않았을 뿐만 아니라 사스케가 아이 아버지인 것을 부인했다. 어찌할 방도가 없어 두 사람을 대질시켜 물어보았다.

"사스케! 의심받을 이야기를 한 거야? 이러면 내가 곤란하잖아! 네 기억에 없는 일이면 없다고 명확하게 이야기를 해야지!"

슌킨이 못을 박듯 다그치자 사스케는 더욱 움츠러들며 "농으로라도 주인댁 아가씨와는 당치도 않은 일입니다. 어릴 때부터 자라면서 큰 은혜를 입었는데, 그같이 제 분수를 모르는 나쁜 생각은 하지 않았습니다. 생각지도 못할 누명입니다."

사스케는 슌킨과 말을 맞춰 철두철미하게 부인하니 더욱더 결말이 나지 않았다.

"너는 태어난 아이가 귀엽지 않으냐? 네가 그렇게 고집을 부린다면 아버지 없는 아이를 키울 수는 없다. 혼인이 결단코 싫다면 가엾지만 갓난아이는 어디든 보내버릴 수밖에 없구나" 하고 아이를 내걸고 다그쳐도 "아무쪼록 어디든 갖다주시지요. 평생 독신으로 살아갈 제게는 오히려 거치적거릴 뿐입니다."

슌킨은 싸늘한 표정으로 대답했다.

* * *

슌킨이 낳은 아이는 이웃에서 받아 갔다. 고카弘化 2년(1845)에 태어났으니 지금까지 살아 있으리라고는 생각되지 않지만, 간 곳도 알 수 없다. 어쨌든 슌킨의 부모가 좋게 처리했을 것이다. 결국 슌킨은 끝까지 고집을 부려 임신 사건을 유야무야 덮어버리고 어느새 아무렇지도 않은 얼굴로 사스케의 안내를 받으며 연습하러 다녔는데, 그 무렵 사스케와의 관계는 거의 공공연한 비밀이 되어버렸다. 둘 사이를 정식으로 인정해주려 하면 당사자들이 극구 부인했기에 딸의 성격을 잘 아는 부모로서는 어쩔 수 없이 묵인했던 모양이다.

이렇게 하여 주종 관계도, 동문도, 연인도 아닌 애매한 상태가 이삼 년 동안 계속되었다. 슌킨이 스무 살이 되던 해, 슌쇼 겐교가 타계하자 그녀는 독립하여 교습소 간판을 내걸고 부모 곁을 떠나 요도야바시淀屋橋 부근에 주택을 마련했는데 그때 사스케도 따라 나왔다. 그녀는 겐교 생전에 이미 실력을 인정받았고 언제라도 독립할 수 있도록 허락을 받았던 것으로 생각된다. 겐교는 자신의 이름 슌쇼에서 한 글자를 떼어 슌킨이라는 이름을 내려주었고, 공식적인 연주 자리에서 합주를 하거나 고음 부분을 맡기며 항상 격려해주었다. 겐교 사후에 슌킨이 교습소를 마련하게 된 것은 당연한 일인지도 모른다. 그녀의 나이나 경우를 비추어보았을 때 갑자기 독립할 필요는 없었지만, 이는 분명 사스케와의 관계를 고려한 것이리라. 이미 공공연한 비밀이 된 두 사람을 언제까지고 애매한 상태로 두었다가는 고용인들 보기에도 좋지 않으니, 한집에라도 살게 하는 방법을 취한 것으로 슌킨도 그 정도라면 별말 없이 따랐던 것 같다.

물론 독립한 후에도 사스케에 대한 대우는 이전과 전혀 다름이 없었다. 역시 어디까지나 안내자였다. 게다가 슌쇼 겐교가 타계하여 다시 슌킨에게 사사받게 되니 이제는 누구 앞에서나 거리낌 없이 "스승님", "사스케"라고 불렀다. 슌킨은 사스케와 부부처럼 보이는 것을 싫어해서 주종 간의 예의, 사제 간의 구별을 엄격하게 두었다. 또한 사소한 말씨에 이르기까지 세밀하게 정하여 때로 그에 어긋나는 일이 있으면 엎드려 머리를 조아리며 사죄해도 쉽게 용서해주지 않았고 집요하리만큼 그 무례함을 책망했다. 따라서 영문을 모르는 신참은 두 사람 사이를 의심하는 일도 없었다고 한다. 또한 모즈야 댁의 하인들은 아가씨가 어떤 얼굴을 하고 사스케를 혼내는지 살짝 숨어서 들여다보고 싶다며 뒤에서 험담을 했다고 한다.

어째서 슌킨은 사스케를 그런 식으로 대했을까. 오사카는 오늘날에도 혼례를 치를 때 자산이나 격식을 운운하는 것이 도쿄 이상인 곳이다. 더구나 예로부터 상인들의 식견이 높았던 지역이니 그 봉건적 풍습은 가히 상상 이상이리라. 따라서 오랜 전통이 있는 집안의 여식으로서 긍지를 버리지 않은 슌킨 같은 여인이 대대로 고용살이한 집안 출신인 사스케를 낮추어 보는 것은 당연한 일이었을 것이다. 또 맹인의 비뚤어진 마음도 있어 다른 사람에게 약하게 보이지 않고 무시당하지 않겠다는 투지마저 불타올랐을 것이리라. 그러니 사스케를 남편으로 맞이하는 것은 완전히 자신을 모욕하는 거라고 생각했을지도 모른다. 이런 사정을 살펴보았을 때 아랫사람과 육체적인 연을 맺는 것을 부끄럽게 생각하여 그 반동으로 더욱 쌀쌀맞게 대했을 것이리라. 그렇다면 슌킨은 사스케를 그저 생리적 필요품 이상으로는 생각하지 않았던 것일까? 아마도 의식적으로는 그랬으리라 생각된다.

* * *

『슌킨전』에서 이르길 "슌킨은 평소 결벽증이 심해서 조금이라도 때가 묻은 옷은 걸치지 않았고 속옷류는 매일 갈아입고 세탁을 명했다. 또한 아침저녁으로 방 청소를 대단히 엄격하게 시켰는데, 앉을 때마다 일일이 손가락 끝으로 방석이나 다다미 위를 문질러보고 티끌의 먼지도 용납하지 않았다. 일찍이 제자 중 위가 안 좋은 사람이 있었는데, 입에서 냄새가 나는 것을 미처 모르고 스승 앞에 나와 연습을 하던 중이었다. 슌킨은 여느 때처럼 3현을 튕겨 고음을 내고서는 그대로 샤미센을 내려둔 채 얼굴을 찌푸리며 한마디도 하지 않았다. 제자가 어찌할 바를 몰라 그 이유를 조심스럽게 물어보았더니, '나는 눈은 안 보이지만 코는 정확하네. 어서 나가서 양치질을 하고 오거라'라고 말했다"고 한다.

이토록 결벽증이 심한 것은 맹인인 탓도 있었겠지만, 또 이러한 사람이 맹인이라고 한다면 주위에서 시중드는 사람의 고충은 짐작되고도 남는 일이었다. 안내라는 역할은 손으로 이끌어주는 길 안내뿐만 아니라 식사, 잠자리, 목욕, 뒷간 등 일상생활의 세세한 일까지 보살펴주어야 했다. 사스케는 슌킨의 유년 시절부터 이런 일을 맡아 했기에 그녀의 버릇을 잘 알고 있었다. 슌킨은 그가 아닌 그 누구도 마음에 들어 하지 않았다. 그런 의미에서 사스케는 슌킨에게 빼놓을 수 없는 존재였다. 도쇼마치 시절에는 부모 형제들을 어려워하는 면이 있었는데 한 집안의 주인이 되고 나서는 그 결벽증과 방자함이 더욱 심해져서 사스케의 일은 더욱 많아졌다.

『슌킨전』에는 기록되어 있지 않지만 데루의 이야기에 의하면, 슌킨은 볼일을 보고 나서도 손을 씻는 일이 없었다고 한다. 볼일을 볼 때도 하나부터 열까지 사스케가 다 해주었기에 자신의 손을 전혀 쓰지 않았다. 고귀한 부인은 목욕할 때도 아무렇지 않게 남에게 몸을 맡기면서도 수치심이라는 것을 모른다고 하는데, 슌킨도 사스케에게는 그런 고귀한 부인과 다를 바 없었다. 이는 맹인인 탓도 있었겠지만, 어릴 때부터 그런 습관에 익숙해져 있었기 때문이다. 또 실명한 이후에는 거울을 본 적이 없어도 자신의 용모가 평범하지 않다는 자신감이 있어 옷이나 머리 장신구의 배합에 공들이는 것이 실명하기 전과 다를 바 없었다. 짐작건대, 기억력이 좋은 그녀는 아홉 살 때 자신의 얼굴을 오래도록 기억하고 있었을 것이다. 게다가 세간의 평판이나 사람들의 칭찬이 항상 귀에 들어왔으니 자신의 용모가 뛰어나다는 사실을 잘 알고 있었을 것이다. 그래서 화장에 보통 몰두하는 것이 아니었다. 항상 휘파람새를 기르면서 그 배설물을 쌀겨와 섞어 사용했고 또 수세미에서 짜낸 물을 아껴두고 바르며 얼굴과 손발에 윤기가 흐르지 않으면 언짢아했는데 피부가 거칠어지는 것을 무엇보다도 싫어했기 때문이다. 현악기를 다루는 사람은 현을 눌러야 하므로 왼손의 손톱 길이에 신경 쓰게 마련이었다. 슌킨은 반드시 사흘에 한 번씩 손톱을 자르고 줄로 다듬게 했는데, 왼손뿐만 아니라 양쪽 손발을 전부 다듬게 했다. 자른다고 해도 거의 눈에 띄지 않을 정도인 1리(0.3밀리미터 정도)나 2리에 불과한 손톱을 항상 같은 모양으로 정확히 자르게 한 후, 자른 자리를 일일이 손으로 더듬어 만져보고 조금이라도 착오가 있으면 용서하지 않았다. 그 모든 시중을 사스케 혼자 도맡아했고 짬이 날 때 제자로서 교습을 받다가 때로는 슌킨을 대신해 제자들을 가르치기까지 했던 것이다.

* * *

육체관계에도 여러 가지가 있겠지만 사스케는 슌킨의 몸을 남김없이 상세하게 알게 되어 보통의 부부 관계나 연인 관계에서는 꿈도 꿀 수 없는 밀접한 연을 맺었다. 훗날 그 자신 또한 맹인이 되었지만, 슌킨의 주변에서 시중을 들며 큰 실수 없이 지낼 수 있었던 것은 결코 우연이 아니다. 사스케는 평생 처첩을 두지 않았으며 수습 시절부터 여든세 살이 될 때까지 슌킨 외에는 단 한 사람의 이성도 모르고 살았다. 그런 사스케가 슌킨을 다른 여인과 비교하여 이렇다 저렇다 말할 자격은 없었겠지만, 만년에 홀아비 생활을 하면서도 언제나 슌킨의 피부가 각별히 매끄러웠고 팔다리는 부드러웠다며 주위 사람들에게 자랑해 마지않았다. 이것만이 노인이 반복하는 유일한 입버릇이었다. 가끔 손바닥을 펼쳐서는 "스승님의 발은 딱 이 손바닥 위에 올려놓을 정도였지"라고 말하는가 하면, 자기 뺨을 만지면서 "발뒤꿈치조차 내 여기보다 더 매끈거리고 부드러웠어"라고 했다.

슌킨의 몸집이 작다는 사실은 이미 말했지만, 옷을 입으면 야위어 보였으나 벗으면 의외로 살집이 풍만했고, 피부에서 색을 빼냈다고 할 정도로 하얀 피부는 나이가 들었어도 젊디 젊고 탄력이 있었다. 평소 생선과 닭 요리를 즐겼고, 특히 도미회를 좋아했는데 그 당시 여성치고는 대단한 미식가였다. 술도 조금은 즐겨서 반주로 한 홉 정도는 거르지 않았다고 하니, 그런 것들과 관계가 있을지도 모르겠다. (맹인이 음식을 먹는 모습은 왠지 비열해 보이고 불쌍한 느낌도 든다. 하물며 그 맹인이 묘령의 미인이라면야 말해 무엇하랴. 그 사실을 아는지 모르는지, 슌킨은 사스케 이외의 다른 사람에게 식사하는 모습을 보이기 싫어했다. 누군가에게 초대받았을 때에는 그저 형식적으로 젓가락질만 할 뿐이라 무척 품위 있어 보였지만 내실은 음식에 사치를 다했다. 대식가는 아니었지만 밥은 가볍게 두 공기 정도 먹고 반찬도 한 젓가락씩 여러 접시에 손을 댔기 때문에, 가짓수가 많아져서 식사 시중을 드는 사람의 수고가 이만저만이 아니었다. 마치 사스케를 괴롭히는 것이 목적으로 보일 정도였다. 덕분에 사스케는 도미찜의 살을 발라내는 일, 게와 새우의 껍질을 벗기는 일에 능숙해졌고 은어 정도는 모양을 망가뜨리지 않고 꼬리 쪽부터 뼈를 깨끗하게 발라냈다.)

슌킨은 머리숱이 남달리 많아 솜같이 풍성하고 부드러웠다. 손은 가냘프고 손바닥이 뒤로 잘 젖혀지며, 현을 다루는 탓인지 손가락 끝에 힘이 있었으니 그 손바닥으로 뺨이라도 맞으면 상당히 아팠다. 성격은 대단히 다혈질이면서도 매우 냉한 체질이라 한여름에도 땀이 나지 않았다. 발은 늘 얼음장처럼 차가워서 사계절 내내 두꺼운 솜을 넣은 비단 고소데小袖(통소매로 이루어진 일본의 전통의상-옮긴이)를 잠옷으로 삼아 소매를 길게 늘어뜨려 입으며 양발을 충분히 감싸고 잠자리에 들었는데 잠자는 모습이 조금도 흐트러지는 법이 없었다. 그녀는 얼굴이 발갛게 상기되는 것을 꺼려 고타쓰炬燵(화로 위에 이불을 덮은 난방기구-옮긴이)나 탕파湯婆(뜨거운 물을 넣어 몸을 따뜻하게 만드는 기구-옮긴이)는 되도록 사용하지 않았고, 몸이 차가워지면 사스케가 양발을 품 안에 넣어 따뜻하게 해주었는데 쉽사리 따뜻해지지 않고 오히려 사스케의 가슴이 차가워져버렸다. 목욕할 때는 욕실에 수증기가 꽉 차지 않도록 겨울에도 창문을 열어놓고 미지근한 물에 일이 분씩 나누어 여러 번 몸을 담갔다. 긴 시간 탕에 몸을 담그면 가슴이 두근거리고 현기증이 나기에 가능한 한 짧은 시간에 몸을 덥혀서 재빨리 씻어야만 했다.

이와 같은 사실을 알면 알수록 사스케의 노고를 실로 추측할 수 있을 것이다. 게다가 물질적으로 받는 보수는 대단히 적어 급료라고 해봐야 가끔 받는 수당에 불과해서 담뱃값도 궁할 때가 있었고, 옷도 백중과 연말에 받는 것이 전부였다. 스승을 대신해 가르치지만 특별한 지위를 인정해주지 않았고 문하생들이나 하녀들에게도 '사스케 군'이라고 부르게 했다. 그녀가 외부로 수업을 갈 때는 현관 앞에서 기다리게 했다.

어느 날 사스케가 충치로 오른쪽 뺨이 많이 부어오르더니 밤이 되자 통증이 참기 어려울 정도로 심해졌다. 그런데도 아픈 내색을 전혀 하지 않았다. 양치질을 하고 입김이 가지 않도록 조심하면서 슌킨의 시중을 들고 있었다. 이윽고 슌킨은 잠자리에 누워서 어깨를 주물러라 허리를 문질러라 했다. 시키는 대로 한참 동안 안마를 하고 있으니, 이번에는 발을 따뜻하게 덥히라고 했다. 그는 송구해하며 슌킨의 옷자락 쪽에 옆으로 누워 자신의 품을 헤치고 그녀의 발바닥을 가슴 위에 얹었다. 가슴은 얼음장처럼 차가워지는 것에 반해 얼굴은 이부자리의 훈기 때문에 화끈화끈 달아올라 치통이 더욱더 심해졌다. 더 이상 견딜 수 없었던 사스케는 가슴 대신 부어오른 뺨에 발바닥을 대고 간신히 참고 있었다. 그때 갑자기 슌킨이 힘껏 그의 뺨을 걷어차는 바람에 사스케는 자신도 모르게 "앗" 하고 소리를 질렀다. 그러자 슌킨이 "이제 됐다. 가슴으로 덥히라고 했지, 언제 얼굴로 데우라고 했느냐! 발바닥에 눈이 없는 것은 눈뜬 사람이나 맹인이나 마찬가지인데, 어째서 나를 기만하려고 드느냐? 네가 치통이 있다는 건 낮 동안의 낌

새로 알아차리고 있었다. 또 오른쪽 뺨과 왼쪽 뺨은 열기도 다르고 부어오른 정도가 다르다는 건 발바닥으로도 알 수 있어. 그렇게 괴로우면 정직하게 말하면 좋잖아. 나라고 해서 아랫사람을 배려하는 방법을 모르지 않아. 그토록 자못 충성스러운 척하더니 주인의 몸으로 제 뺨이나 식히려 하다니, 당찮은 뻔뻔한 놈이구나. 그 심보가 추하기 그지없구나"라고 말했다.

슌킨이 사스케를 대하는 태도는 대체로 이런 식이었다. 특히 그가 젊은 여제자를 친절히 대하거나 연습하는 걸 도와주는 것을 싫어했으며, 이따금 그런 의심이 들면 노골적으로 질투심을 드러내지는 않았지만 한층 심술궂게 굴었다. 그럴 때마다 사스케는 큰 괴롭힘을 당했다.

* * *

슌킨이 여자이고 맹인인 데다가 독신이라, 사치스럽다 해도 한계가 있고 호의호식을 한다고 해도 대수롭지 않을 것이다. 그러나 슌킨의 집에는 주인 한 사람에 고용인이 대여섯이나 되어 다달이 들어가는 생활비도 적지 않은 금액이었다. 왜 그렇게 돈과 일손이 필요했느냐 하면, 첫 번째 원인은 작은 새를 기르는 취미에 있었다. 특히 그녀는 휘파람새를 사랑했다.

울음소리가 아름다운 휘파람새는 요즘도 한 마리가 1만 엔을 호가하니 옛날이라고 해도 사정은 마찬가지였을 것이다.

무엇보다 예전과 지금은 울음소리를 분간하는 방법이나 감상법이 어느 정도 다르기에 요즘을 예로 들어 설명해보겠다. 휘파람새는 '겟쿄, 겟쿄, 겟쿄, 겟쿄' 하고 우는 소위 '골짜기를 날며 우는 소리', '호-키-베카콘' 하고 우는 소위 '고음', '호-호케쿄' 하고 우는 '타고난 본래의 목소리' 외에도 두 종류의 울음소리를 더 낼 수 있는 것이라야 값이 나간다. 그런데 야생 휘파람새는 이런 소리를 내지 못한다. 가끔 운다고 해도 '호-키-베카콘' 하고 우는 것이 아니라 '호-키-베챠' 하고 울기 때문에 소리가 좋지 못하다. '베카콘'의 '콘'이라는 소리에서 금속성의 청명한 여운을 오래가게 하려면 인위적인 양성법이 필요했다. 그것은 아직 꼬리가 나지 않은 덤불숲 휘파람새 새끼를 잡다 별도의 스승 휘파람새를 붙여 연습을 시키는 것이다. 꼬리가 자란 새끼 휘파람새는 덤불숲의 어미 휘파람새가 내는 아름답지 못한 목소리를 기억하기 때문에 이미 교정이 불가능하다. 스승으로 삼는 휘파람새도 이런 방식으로 인위적으로 길들인 새인데, 그중에서도 유명한 새는 '봉황'이나 '영원한 벗'처럼 각기 이름을 가지고 있었다. 그래서 휘파람새를 기르는 사람은 어느 집에 이러이러한 이름난 새가 있다는 이야기가 돌면 자신의 휘파람새를 위해 멀리 떨어져 있다 해도 그 명조가 있는 집을 찾아가 울음소리를 배우게 했다. 이 훈련을 '소리 붙이러 간다'고 하며 대개 이른 아침에 시작해 며칠간 계속되었다. 때로는 스승 휘파람새가 정해진 장소에 출장을 오기도 해 그 주위로 제자 휘파람새들이 모여들면 마치 그 모습이 음악교실처럼 보이기도 했다. 물론 휘파람새에 따라 소질의 우열과 소리의 미추가 있어, 골짜기를 날며 우는 소리나 고음이라 할지라도 가락의 우열이나 여운의 장단 등이 각양각색이었다. 좋은 휘파람새를 얻기란 좀처럼 쉬운 일이 아니었으며 그런 새를 잡으면 수업료를 벌 수 있어서 값이 나가는 것은 당연지사였다.

슌킨은 기르던 새 중 가장 우수한 휘파람새에게 '덴코天鼓'라는 이름을 붙여주고 아침저녁으로 지저귀는 소리를 듣는 것을 즐겼다. 덴코의 울음소리는 실로 훌륭했다. '콘' 하고 울리는 고음은 소리가 맑고 깨끗하며 그 여운은 인공의 극치를 다한 악기와 같았으니 도저히 새소리라고는 생각되지 않을 정도였다. 게다가 소리의 마디가 길고 활기가 있으며 윤기도 있었다. 슌킨은 덴코를 대단히 극진하게 다루었고 모이에도 주의에 주의를 기울이게 했다. 보통 휘파람새의 으깬 모이는 콩과 현미를 볶아 가루를 낸 것에 쌀겨를 섞어 하얀 가루를 만들고, 별도로 붕어와 피라미 말린 것을 가루로 빻은 어분을 준비한 뒤 이 두 가지를 반반씩 넣어 무청을 찧은 즙에 개어서 만들었는데 이게 보통 성가신 일이 아니었다. 그 외에도 좋은 소리를 내게 하려고 까마귀머루라는 덩굴줄기 속에 사는 곤충을 잡아다가 하루에 한두 마리씩 주었다. 이처럼 손이 많이 가는 새를 대여섯 마리나 길렀기 때문에 고용인 중 한두 사람은 언제나 이 일에 매달려야만 했다.

또 휘파람새는 사람이 보는 앞에서는 울지 않는다. 새장을 '고오케飼桶'라는 오동나무 상자에 넣고 종이로 바른 미닫이를 끼워 닫은 뒤 미닫이의 종이에 어렴풋하게 빛을 비춰주어야 했다. 이 고오케의 미닫이에는 자단紫檀(껍질이 자줏빛인 나무로 재목은 건축, 가구 따위의 재료로 쓴다 - 옮긴이)과 흑단黑檀(감나뭇과의 상록 활엽 교목으로, 재목은 가구, 악기, 지팡이 따위의 재료로 쓴다 - 옮긴이) 등을 이용하며 정교한 조각을 하거나 진주조개를 박아 넣고 금은 가루를 뿌려 무늬를 넣은 칠공예로 장식했다. 그중에는 골동품 같은 것도 있어서 요즘에도 100엔, 200엔, 500엔처럼 고가인 것이 드물지 않다. 덴코의 고오케에는 중국에서 배로 들여온 걸작 미닫이가 끼워져 있었다. 뼈대는 자단으로 제작되었고 중간쯤에 푸른색 비취판이 있는데 거기에는 산수 누각이 섬세하게 조각되어 있어 참으로 고상하고 우아했다.

슌킨은 늘 거실 도코노마床の間(일본식 방의 상좌에 바닥을 한층 높게 만든 곳. 도교의 영향으로 꽃이나 족자를 걸어 장식한다 - 옮긴이) 옆 창가에 이 상자를 두고 귀 기울여 들었는데, 덴코가 아름다운 목소리로 지저귈 때는 행복해했다. 그래서 고용인들은 새에게 물을 살짝 뿌려주며 울게 하려고 애썼다. 대체로 쾌청한 날에 잘 울었기 때문에 날씨가 나빠지면 그만큼 슌킨도 신경질적이 되었다. 덴코는 늦겨울부터 봄에 걸쳐 가장 자주 노래했고, 여름이 되면 점차 그 횟수가 줄어들어 슌킨도 우울해지는 날이

많았다. 대체로 휘파람새는 잘 기르면 수명이 긴 편이지만 경험이 없는 사람에게 맡기면 쉽게 죽어버려서 반드시 세심한 주의가 필요했다. 새가 죽으면 다시 사 왔는데 슌킨의 집에서 덴코는 팔 년을 살았고, 한동안 그 뒤를 이을 만한 이름난 새를 구할 수 없었다. 결국 수년이 지나서야 겨우 선대에 못지않은 휘파람새를 기르게 되었고, 그러자 다시 '덴코'라고 이름을 지어주고 무척 예뻐했다.

『슌킨전』에 이르길 '이 대째 덴코 또한 그 소리가 영묘하고 극락에 살고 있는 새로 착각할 정도였으니, 슌킨은 밤낮으로 새장을 곁에 두고 총애하는 것이 이만저만이 아니었다. 항상 제자들에게 새소리에 귀를 기울이게 하고 이르기를 "너희들, 덴코의 노래를 들어보거라. 원래는 이름도 없는 새끼 새였지만, 어릴 때부터 연마한 기교가 헛되지 않아 아름다운 목소리가 야생 휘파람새와는 완전히 다르다. 어쩌면 사람들은 그 소리를 가리켜 인공의 아름다움이지 천연의 아름다움은 아니라고 말할지도 모르지. 봄을 찾아 깊은 계곡의 산길에서 꽃을 살피며 걷고 있노라면 생각지도 않게 강물이 가로막는 안개 속 저 깊은 곳에서 들려오는 덤불숲 휘파람새의 풍아한 소리에는 미치지 못한다고 말이다. 하지만 나는 그렇게 생각하지 않는다. 덤불숲 휘파람새는 적당한 때와 장소가 있어야만 비로소 그 소리가 정취 있게 들리는 법이야. 그 소리만 두고 논한다면 아직 아름답다고 말할 수 없지만, 이에 반해 덴코처럼 이름난 새가 지저귀는 소리를 듣노라면 가만히 앉아 있어도 그 윽하고 한적한 산골짜기 풍취를 불러일으키고 계곡물이 흐르는 소리의 울림도, 산 정상에 걸쳐 있는 구름처럼 흐드러지게 핀 벚꽃도 모조리 마음속 눈과 귀에 그려지게 된단다. 그 소리 안에 꽃도 안개도 다 들어 있으니 한없이 구차한 속된 도회지에 육체가 있다는 것을 잊게 된단다. 이는 기교로서 자연의 풍경과 그 덕을 다투는 것이니 음악의 비결 역시 바로 여기에 있는 것이다"라고 했다. 또 아둔한 제자를 부끄럽게 하려고 "작은 짐승마저도 예도의 비결을 알고 있거늘 하물며 인간으로 태어난 너희가 한낱 새에게도 못 미치는구나" 하고 질타하는 일이 종종 있었다'고 한다.

물론 그 말이 이치에는 맞았으나 걸핏하면 휘파람새와 비교 당하는 사스케를 비롯한 제자들은 못해 먹을 노릇이었으리라.

* * *

슌킨이 그다음으로 좋아하는 새는 종달새였다. 이 새는 하늘을 향해 날아오르는 습성이 있어서 새장 안에서도 언제나 높이 비상하기 때문에 새장도 좁고 높게 만들어 그 높이가 석 자에서 다섯 자에 달했다. 하지만 종달새 소리를 제대로 감상하려면 새장에서 풀어주어 그 모습이 보이지 않을 때까지 높이 날아 올린 후 구름 깊숙이 헤집고 들어가 우는 소리를 지상에서 들어야 한다. 다시 말해서 구름을 가르는 기술을 즐기는 것이다. 종달새는 대개 일정시간 공중에 머무른 후에 다시 원래의 새장으로 돌아오는데 공중에 머물러 있는 시간은 십 분에서 이삼십 분이다. 오래 머물수록 우수한 종달새로 인정받기에 종달새 경기대회에서는 새장을 일렬로 늘어놓고 동시에 문을 열어 하늘로 날려 보낸 후, 가장 늦게 돌아오는 종달새에게 우승의 타이틀을 준다. 뒤처지는 종달새는 되돌아올 때 잘못해서 이웃 새장으로 들어가기도 하고 심한 경우 1정 (약 109미터)이나 2정 떨어진 곳으로 내려올 때도 있지만, 보통은 제대로 자신의 새장으로 돌아온다. 종달새는 수직으로 날아올라 공중에서 일정한 곳에 머물러 있다가 다시 수직으로 하강하기 때문에 자연스럽게 원래의 새장으로 돌아올 수 있다. 흔히 '구름을 가른다'라고 표현하는데 구름을 가르며 옆으로 나는 것이 아니라 구름이 종달새를 스치듯 흘러가기 때문에 그렇게 보이는 것이다.

화창한 봄날이면 요도야바시 슌킨의 집 주변 사람들은 여스승이 빨래 말리는 곳에 나와서 종달새를 하늘로 날려 보내는 모습을 드물지 않게 보았다. 그녀의 곁에는 항상 사스케가 시중을 들고 새장을 돌보는 하녀도 한 명 붙어 있었다. 스승이 지시하면 하녀가 새장 문을 열었다. 종달새는 기쁜 듯이 '츤츤' 지저귀며 하늘 높이 날아올라 봄 안개 속으로 그 모습을 감추었다. 스승은 보이지도 않는 눈으로 하늘을 올려다보며 새의 뒷모습을 좇았고, 이윽고 구름 사이에서 들려오는 지저귀는 새소리에 도취되었다. 이따금 동호인들이 자랑삼아 각자의 종달새를 가져와서는 경기하며 흥겨워하는 일도 있었다. 그럴 때면 이웃 사람들도 자기 집 빨래 말리는 곳에 올라가 종달새 소리를 들었다. 그중에는 종달새보다 빼어난 미모를 가진 스승의 얼굴을 보고 싶어 하는 무리도 있었다. 마을 젊은이들은 내내 보아와 익숙할 텐데도, 여자를 좋아하는 치한은 어디에나 늘 있는 법이어서 종달새 소리가 들리면 '그 여스승을 볼 수 있겠군' 하며 서둘러 지붕 위로 올라갔다. 그들이 그렇게 소란스러운 것은 슌킨이 맹인이라는 점에 특별한 매력과 심오함을 느껴 호기심을 불러일으켰기 때문이리라. 또한 평소 사스케의 손에 이끌려 외부 교습을 나갈 때는 묵묵히 못마땅한 표정을 짓는데, 종달새를 날려 보낼 때는 환하게 미소를 짓거나 이야기도 나누니 그녀의 미모가 싱그러워 보였기 때문일 것이다. 이 밖에도 슌킨은 울새, 앵무새, 동박새, 멧새도 기른 적이 있었는데 어떤 때는 여러 종류의 새를 대여섯 마리 키우기도 했으니 그 비용 또한 만만치가 않았다.

* * *

집안사람들을 대하는 슌킨의 태도는 나쁜 편이었다. 그러나 밖에 나가면 생각 외로 애교가 있고 손님으로 초대받거나 했을 때는 말투와 몸가짐이 지극히 단아하고 교태가 묻어나 집안에서 사스케를 괴롭히며 제자를 때리거나 욕을 퍼붓는 여인이라고는 도저히 생각할 수 없는 모습이었다. 또 사람과의 교제를 위해서는 외모를 치장하고 화려한 것을 즐겼는데 축하연, 장례, 백중이나 연말의 선사품 같은 것은 모즈야 가문의 격식에 어긋나지 않게끔 상당한 선심을 보여 하인과 하녀는 물론이고 차 시중드는 아이, 가마꾼, 인력거꾼에게도 과감한 금액을 선사했다. 그렇다고 분별없이 낭비하는 사람이냐 하면 꼭 그렇지는 않았던 듯하다.

예전에 작자는 『내가 본 오사카 및 오사카인』이라는 제목의 책에서 오사카 사람들의 검소한 생활 태도를 논하며 도쿄 사람들의 무분별한 사치는 앞뒤를 안 가리지만 오사카 사람들은 화려함을 추구하는 것처럼 보여도 정작 남들이 알아차리지 못하는 부분에서는 낭비를 줄이고 확실하게 결산을 한다고 설명하였는데, 슌킨 역시 도쇼마치의 상인 집안 출신이니 어찌 돈 쓰는 데 허술한 면이 있었겠는가. 극단적으로 사치를 즐겼지만 동시에 극단적으로 인색하고 욕심쟁이이기도 했다. 슌킨이 화려함을 경쟁하는 것은 천성적으로 지지 않으려는 투지에서 나온 것이라, 그 목적에 부합되지 않는 한 함부로 낭비하는 법이 없고 소위 헛돈을 쓰지 않았다. 일시적인 기분에 따라 돈을 마구 써댔던 것이 아니라 그 사용처를 생각하고 효과를 노렸던 것이다. 그런 점에서 보면 이성적이고 타산적이었다. 그런데 어떤 경우에는 남에게 지지 않으려는 천성이 오히려 탐욕적으로 변하여 제자들에게 받는 월사금이나 입문할 때 받는 사례금에 대해서는, 여자의 몸으로 대략 다른 스승들과의 형평성도 고려해야 할 터인데, 콧대 높은 자부심에 일류 남자 겐교와 동등한 금액을 요구하며 양보하지 않았다. 하지만 이 정도는 아직 봐줄 만한 것으로 제자들이 백중이나 연말에 가져오는 선물까지 간섭하며 조금이라도 더 받으려고 암암리에 그 속뜻을 집요하게 내비쳤다.

언젠가는 맹인 제자 하나가 집이 가난하여 다달이 내는 월사금을 밀리기 일쑤였다. 백중에 선물을 할 형편이 되지 않자 약간의 성의로 하쿠센코白仙羹(오사카 양갱의 일종 - 옮긴이) 한 상자를 사 갖고 와서 사스케에게 사정을 호소했다.

"아무쪼록 제 가난한 처지를 불쌍히 여기시고 너그럽게 양해해주십사 스승님께 잘 말씀드려주세요."

이를 가엾이 여긴 사스케가 조심스럽게 그 사정을 전하며 변명하니 슌킨의 안색이 돌변했다.

"월사금과 선물을 까다롭게 이야기하는 것이 욕심이라고 생각할지 모르겠지만 그렇지 않아. 돈은 아무래도 상관없지만 대강의 기준을 정해놓지 않으면 사제 간의 예가 성립되지 않는 법이야. 그 아이가 매달 내는 월사금조차 태만히 하고서는 이제 와서 또 하쿠센코 한 상자를 백중 선물이랍시고 들고 왔다니 무례하기 이를 데 없구나. 스승을 무시한다고 해도 할 말이 없을 것이다. 그렇게 가난하다니 애를 써도 예도가 향상될지 잘 모르겠구나. 물론 행동과 소질에 따라서 무보수로 가르쳐주지 못할 것도 없으나, 그건 미래에 전망이 있고 만인이 그 재능을 안타까워할 만한 기대주에 한정된 이야기이고. 가난을 극복하고 뛰어난 명인이 될 만한 인물은 천성부터 다른 법이니 끈기와 열정만으로 되지 않아. 기예 쪽에 전망이 있다고 생각되지 않는 데다가 장점이라곤 오로지 뻔뻔함뿐인데 가난을 가엽게 여겨달라니 자만심도 대단하구나. 어설프게 다른 사람에게 폐를 끼치고 수치를 당할 바에야 이 길에 들어서는 것은 아예 단념하는 것이 좋겠다. 그래도 정 배우고 싶다면 오사카에는 좋은 스승이 얼마든지 있으니 어디든 원하는 대로 제자로 들어가면 되겠어. 이곳은 오늘을 끝으로 그만두 어줬으면 좋겠어."

이쪽에서 그만두라는 말을 꺼낸 뒤로는 아무리 정중하게 사과를 해도 들어주지 않고 결국 그 제자를 그만두게 했다. 하지만 넉넉하게 선물을 가지고 가면 아무리 가르침에 엄격한 슌킨이라도 그날 하루만큼은 온화한 표정으로 대하거나 마음에도 없는 칭찬을 해 오히려 듣는 이가 기분 나빠 하니 스승님의 입에 발린 칭찬은 오히려 무서운 것이 되었다. 이러한 사정으로 여기저기서 들어오는 선물을 하나하나 직접 살펴보고 과자 상자까지도 열어 조사하는 식이었으며 사스케를 불러 주판을 놓게 하면서 다달이 들어오고 나가는 돈의 결산을 명확하게 했다. 특히 계산에 밝고 암산에 능한 슌킨은 한번 들은 숫자는 쉽게 잊는 법이 없어, 쌀집에 얼마를 냈고 술집에 얼마를 냈는지 두세 달 전의 일까지도 정확하게 기억하고 있었다. 그녀의 사치는 대단하고 이기적이었으며 자신이 사치에 탐닉한 만큼 어딘가에서 차감을 해야만 했다. 결국 그 피해는 고용인들에게 돌아갔다. 슌킨의 집에서는 그녀 한 사람만이 영주와 같은 생활을 할 뿐 사스케를 비롯한 하인들은 극도로 절약을 강요받았던 탓에 초 대신 손톱에 불을 켜야 할 정도로 궁색하게 생활했다. 그날그날의 밥이 줄어드는 것까지 많다, 적다 하는 탓에 식사조차 충분히 할 수 없을 지경이었다.

"스승님은 우리들보다 휘파람새나 종달새가 충성스럽다고 말씀하시는데, 충성스러운 것도 무리는 아니지. 우리들보다 새를 훨씬 소중하게 생각하시니 말이야" 하고 고용인들이 뒤에서 험담을 하였다.

* * *

모즈야 집안에서도 아버지 야스자에몬이 살아 있는 동안에는 다달이 슌킨이 말하는 대로 돈을 보내주었지만, 아버지가 죽고 오빠가 가계를 잇고 나서부터는 순순히 말하는 대로 되지는 않았다. 요즘에는 유한부인들의 사치가 그렇게 드문 일이 아니지만 옛날에는 남자라도 그렇게 하지 못했다. 유복한집안이라도 건실하고 오래된 집안일수록 의식주의 사치를 삼가며 주제넘다는 비난을 받지 않으려 하고 벼락부자의 대열에 끼는 것을 꺼려했다. 슌킨에게 사치를 허용한 것은 달리 즐거움이 없는 불구의 몸을 가엾게 여긴 아버지의 정이었지만, 오빠가 대를 잇게 되자 이런저런 비난이 일어 한 달에 일정 금액을 결정하여 그 이상의 청구에는 응해주지 않았다. 그녀가 인색해진 것도 그런 사정과 아마도 관련이 있을 것이다. 그러나 여전히 생활을 지탱할 여유로운 금액이었기에 교습 같은 것은 어찌 되든지 상관없음에 틀림이 없고 제자들에게 콧대가 높은 것 역시 당연했다. 사실 슌킨의 문하생이 되기를 청하는 자는 몇 명인지 셀 수 있을 정도여서 교습소는 늘 적적하고 고요했다. 그렇기 때문에 작은 새를 기르는 도락에 열중할 여유가 있었던 것이다.

다만 이쿠타류의 고토나 샤미센 연주에 있어서 슌킨이 오사카에서 일류 명인이었다는 것은 결코 그녀 혼자 자부하는 것이 아니라 공평한 사람이라면 누구나 인정하는 바였다. 슌킨의 오만을 미워하는 사람이라도 마음속으로는 은근히 그 기량을 질투하고 두려워하고 있었던 것이다. 내가 아는 나이 지긋한 예인 한 분도 청년 시절에 그녀의 샤미센 연주를 종종 들었다고 한다. 이 사람은 원래 조루리 샤미센을 연주하여 그 연주법이 자연히 달랐지만, 요즘에는 슌킨처럼 미묘한 연주의 지우타地歌(지방 속요 – 옮긴이)를 들어본 적이 없다고 했다. 또한 명인 도요자와 단페이가 젊은 시절 일찍이 슌킨의 연주를 듣고, "아! 이 사람이 남자로 태어나 후토자오太棹(자루 부분이 두꺼운 샤미센의 일종 – 옮긴이)로 켰더라면 눈부신 명인이 되었을 텐데"라고 한탄했다고 한다. 그 말인즉슨 후토자오는 삼현 예술의 극치이며 더군다나 남자가 아니라면 결국 그 심오함을 탐구할 수 없다는 의미이니, 슌킨이 뛰어난 재능을 가지고도 여자로 태어난 것을 애석하게 생각했기 때문일까, 아니면 슌킨의 샤미센이 남성적이라는 데 감탄했던 것일까. 앞서 언급했던 예인의 말을 빌리자면, 안 보이는 곳에서 슌킨의 샤미센 소리를 듣고 있노라면 음을 고르는 소리가 너무 맑고 아름다워 마치 남자가 켜고 있는 줄 안다는 것이었다. 음색도 단순히 아름답기만 한 것이 아니라 다채롭게 변화하면서도 때로는 침통하고 깊은 소리를 냈다고 한다. 정말 여자로서는 보기 드문 명인이었던 듯하다.

만일 슌킨이 좀 더 약게 자신을 낮출 줄 알았더라면 그 이름을 크게 떨쳤을 것이다. 하지만 부잣집에서 태어나 생계를 꾸리는 고난을 알지 못하고 제멋대로 방자하게 행동한 탓에 세상 사람들이 가까이하지 않았고 그 뛰어난 재능 때문에 오히려 사방에 적을 만들었다. 결국 허무하게도 완전히 묻혀버린 것은 자업자득이라 하겠지만 실로 불행하다고 해야 할 것이다. 그러나 슌킨의 문하에 들어온 사람들은 모두 그녀의 실력에 탄복하여 이 사람 말고는 스승으로 모실 만한 자가 없다고 골똘히 생각한 끝에 가르침을 받기 위해서라면 가혹한 편달도 받겠다, 성내며 욕을 퍼붓고 때리더라도 물러나지 않겠다는 각오로 찾아오지만, 오랜 시간 견디고 인내하는 사람은 드물었고 대부분 견디지 못하고 그만두었다. 초보자는 한 달을 넘기지 못했다. 짐작건대, 슌킨의 교습법이 편달의 영역을 넘어서 때때로 심술궂은 꾸짖음으로 이어지고 가학적인 색채마저 띠게 된 데는 스스로가 명인이라고 생각하는 의식도 어느 정도 거들었던 것이리라. 즉 그것을 세상도 용납하고 제자들도 각오하고 있어서 그러면 그럴수록 명인이 된 것 같은 기분이 들어 점점 우쭐해지다가 결국에는 자신을 제어할 수 없게 된 것이다.

* * *

시기사와 데루는 "제자분들은 매우 적었지만, 그중에는 스승님의 용모에 목적을 두고 배우러 오시는 분도 계셨지요. 초보자들은 대개 그런 면이 많았던 것 같습니다"라고 했다. 미혼이고 미모를 겸비한 데다 동시에 자산가의 딸이었으니 있을 법한 일이었다. 그녀가 제자에게 매우 엄격하게 대했던 것역시 이렇게 못된 무리를 퇴치하는 수단이기도 했다는데 역설적으로 오히려 그것이 인기를 불러온 듯했다. 억지로 추측을 해보자면, 성실한 문하생 중에도 정작 교습보다는 아리따운 맹인의 회초리에 야릇한 쾌감을 느끼는, 그런 성향에 이끌린 자가 전혀 없지는 않았을 것이다. 분명 장 자크 루소와 같은 이가 몇 명은 되었으리라(루소는 천재적인 작가이나, 여기서는 그의 마조히스트적인 성적 취향을 가리킨다 - 옮긴이).

이제 슌킨의 신변에 들이닥친 두 번째 수난을 이야기할 때다. 『슌킨전』에서도 명확한 기재를 피하고 있어 그 원인이나 가해자를 정확히 지적할 수 없는 것은 유감스럽지만 아마도 앞서 말한 바와 같은 이유로 문하생 중 누군가에게 깊은 원한을 사서 해코지를 당했다고 보는 것이 타당할 듯하다. 우선 짐작이 가는 자는 도사보리土佐堀의 잡곡상 미노야 규베에美濃屋九兵衛의 아들 리타로利太郎라는 도련님이다. 상당히 방탕한 자로서 일찍이 취미 삼아 하는 기예를 자만해왔는데, 언제부터인가 슌킨의 문하에 들어와 고토와 샤미셴을 배우고 있었다. 이 사람은 부모의 재산을 내세워 어디에 가나 도련님 소리를 듣는 것을 구실로 으스대는 버릇이 있었다. 동문의 제자들을 제 가게에서 부리는 지배인 혹은 중간 관리인 정도로 생각해 깔보는 경향이 있었다. 하여 슌킨도 내심 못마땅하게 생각했으나, 그가 여느 때처럼 충분한 선물을 가져와 약효가 있었기에 슌킨도 거절하지 않고 가능한 한 붙임성 있게 대해주고 있었다. 그런데 리타로는 스승님이 자신을 한 수 위로 생각한다는 둥 떠벌리고 다니며, 특히 사스케를 경멸해 슌킨 대신 교습하는 것을 싫어했다. 스승님의 교습이 아니면 만족하지 않았고 점점 거만해지는 모습에 슌킨도 화가 차오르고 있었다.

어느 날 리타로의 아버지 규베에가 노후 준비로 천하요정天下茶屋의 한적한 곳을 선택해 거처를 지었는데, 지붕에는 덩굴을 올리고 정원에는 오래된 매화나무 십여 그루를 옮겨 심었다. 어느 해 음력 2월에 그곳에서 매화꽃놀이 연회를 열고 슌킨을 초대한 적이 있었다. 연회는 리타로의 총괄 지휘 아래 열렸고 어릿광대와 기녀들도 불러들였다. 슌킨 곁에서 사스케가 수발드는 것은 말할 필요도 없다. 사스케는 그날 리타로를 비롯해 기녀들이 이따금 술을 권해 매우 당혹스러웠다. 요즘 들어 스승의 저녁 반주 상대를 하느라 술이 조금 늘었다고는 하지만, 원래 잘 마시는 편도 아니었고 밖에서는 스승의 허락 없이는 단 한 방울도 마시지 못하게 되어 있었다. 더구나 술에 취하면 중요한 안내자 역할에 소홀해지기에 사스케는 마시는 척하며 속이려 했는데 이것을 리타로가 재빠르게 알아채고서는 거친 목소리로 트집을 잡으며 귀찮게 했다.

"스승님! 스승님의 허락이 나지 않아서 사스케 군이 술을 못 마십니다. 오늘은 매화꽃놀이 아닙니까? 오늘 하루 정도는 느긋하게 쉬게 해주세요. 사스케 군이 늘어져도 안내해드리고 싶어 하는 사람이 이 자리에 두세 명은 있습니다."

슌킨은 쓴웃음을 지으며 적당히 응대했다.

"뭐, 조금은 괜찮습니다. 너무 취하지 않게 해주시지요."

"자, 허락이 떨어졌다"라며 여기저기서 사스케에게 술을 따라주었다. 그래도 사스케는 바짝 긴장하고 70퍼센트 정도는 술잔 씻는 그릇에 쏟아버렸다.

그날 한자리에 모였던 어릿광대와 기녀들조차 일찌감치 들어왔던 고명한 여스승을 눈앞에서 보고는 소문과 다름없이 아름다운 중년 여성의 요염한 자태와 기품에 놀라지 않는 사람이 없었고 저마다 입을 모아 칭찬의 말을 늘어놓았다. 리타로의 심중을 짐작하고 환심을 사려는 입에 발린 말이기도 했지만, 당시 서른일곱 살이었던 슌킨은 확실히 실제 나이보다 열 살은 젊어 보였다. 한없이 새하얀 피부에 그 목덜미 같은 데를 보고 있으면 으슬으슬 한기가 드는 것처럼 느껴졌다. 반지르르 윤이 나는 작은 손을 조신하게 무릎에 포개두고 살짝 고개를 숙인 맹인의 품위 있고 고운 얼굴은 그 자리에 있던 모든 사람의 시선을 끌며 황홀하게 했던 것이다.

우스운 것은 모두가 정원에 나가 산책을 하고 있을 때였다. 사스케가 슌킨을 매화꽃 사이로 데리고 가 살살 걷게 하면서 "아, 여기에도 매화가 있습니다" 하고 하나하나 노목 앞에 멈추어 서서 손을 잡고 직접 가지를 쓰다듬어보게 했다. 대개 맹인은 촉감으로 사물의 존재를 확인해야만 충분히 이해할 수 있었기 때문에 꽃나무 풍경을 감상하는 데도 그런 습관이 배어 있었던 것이다. 슌킨의 가냘픈 손이 구불구불한 늙은 매화나무 줄기를 몇 번이고 매만지는 모습에 "아, 매화나무가 부럽구나!" 하고 한 어릿광대가 탄성을 질렀다. 그러자 또 다른 어릿광대가 슌킨의 앞을 가로막으며 "내가 매화나무요" 하고 익살스러운 몸짓으로 성기게 뻗은 매화나무 흉내를 내자 모두가 몸을 가누지 못할 정도로 크게 웃어젖혔다. 이런 일들은 슌킨을 경시하는 것이 아니라 오히려 칭송하는 일종의 애교였지만, 유흥가의 짓궂은 농에 익숙지 않았던 슌킨은 기분이 썩 좋지 않았다. 언제나 눈 뜬 사람과 동등하게 대우받기를 바라며 차별받는 것을 싫어했기에 이런 농담이 더더욱 거슬렸다.

이윽고 밤이 되어 자리를 옮겨 연회가 시작될 무렵이었다. "사스케 군, 자네도 피곤하지? 스승님은 내가 맡을 테니 저쪽에 준비해놓은 술이나 한잔하고 오게"라는 말에, 막무가내로 술을 권해오기 전에 배를 채워두는 것이 상책이겠다 싶어 사스케는 별실로 물러나 먼저 저녁상을 받았다. 밥을 먹으려 했지만 나이 든 기녀 하나가 술병을 들고 옆에 찰싹 달라붙어 앉아서 "자, 한 잔, 한 잔 더" 하며 잇달아 권하는 탓에 생각지 못하게 시간을 허비했다. 식사를 다 마쳤는데도 한동안 아무도 부르러 오지 않기에 대기하고 있던 사이 그때 연회 자리에서 무슨 일이 벌어졌던 것인지 "사스케를 불러주세요"라고 말하는 슌킨을 리타로가 무리하게 가로막고서는 "용변이라면 제가 따라가지요" 하고 슌킨을 복도로 데리고 나가 손을 잡았거나 어쨌거나 한 모양이다.

"아니, 아니요, 역시 사스케를 불러야겠어요."

슌킨이 완강하게 손을 뿌리치며 그대로 선 채 움직이지 못하고 있었다. 사스케가 그리로 달려가 그녀의 안색을 살피고는 볼일이라는 것을 알아차렸다.

'이번 일을 계기로 이쪽에 출입을 안 해줬으면 좋겠다'고 생각했지만, 리타로는 호색꾼 체면이 말이 아니게 되어 순순히 포기할 수 없다고 생각한 것인지 다음 날부터 또 뻔뻔스럽게도 아무렇지 않게 교습을 받으러 왔다. 슌킨은 '그렇다면 제대로 가르쳐주지. 진짜 수업을 견딜 수 있으면 어디 견뎌봐라' 하고 갑자기 태도를 바꾸어 리타로를 호되게 가르쳤다. 그러자 리타로는 허둥대며 매일같이 땀을 서 말이나 흘리면서 헉헉거렸다. 원래 자기도취를 위한 기예로 그나마 치켜세워주었을 때는 괜찮았지만 심술궂게 파고들기 시작하니 결점이 여실히 드러났다. 더구나 거리낌 없이 욕설이 날아오니 연습을 핑계 삼아 틈만 나면 빠져나가려는 해이해진 마음으로는 버티기 어려워 점차 태만해지고 말았다. 그래서 아무리 호되게 가르쳐도 일부러 무심하게 연주했다. 참다못한 슌킨이 "바보야!" 하며 술대로 내리치는 바람에 술대가 튕기면서 그의 미간이 찢어졌다. 리타로는 "앗" 하고 비명을 지르더니 이마에서 뚝뚝 떨어지는 피를 눌러 닦으며 "절대 잊지 않겠다"라고 한마디 내뱉고서는 분연히 자리를 박차고 나간 뒤 그 후로 모습을 보이지 않았다.

* * *

일설에 의하면 슌킨에게 위해를 가한 사람은 오사카 북쪽 신개발지의 유곽 근처에 사는 어느 소녀의 아버지라고 한다. 이 소녀는 기녀가 되기 위해 기예를 배우는 아이였는데 착실하게 훈련을 받을 작정으로 괴로운 연습을 견뎌가며 슌킨의 가르침을 받았다. 어느 날, 슌킨에게 술대로 머리를 얻어맞은 소녀가 울면서 집으로 도망쳤다. 그 흉터가 머리털이 난 언저리에 남았기에 당사자보다도 아버지가 불같이 화를 내며 항의하러 쫓아왔다. 아마도 양아버지가 아니고 친아버지인 것 같았다.

"아무리 수행이라지만 나이도 얼마 안 되는 여자아이를 혼내는 것도 정도가 있지! 이 자랑할 만한 얼굴에 상처가 났으니 이대로는 못 지나가. 어떻게 할 거요?"

그 아버지가 몹시 과격하게 말했기에 슌킨 역시 타고난 외고집을 발휘하여 "여기는 예의범절을 엄격하게 가르치는 것으로 유명합니다. 그 정도밖에 안 되면 왜 제게 가르쳐달라고 보내셨소?" 하고 되받아쳤다. 그러자 그 아버지도 지지 않고 "때리든 쥐어박든 상관없지만 앞을 못 보는 사람이 그리하면 위험하지 않소! 어디에 어떤 상처를 입힐지 모른단 말이오.

장님이면 장님답게 각별히 신경을 써야지!"

　돌아가는 상황이 폭력이라도 휘두를 모양새라 사스케가 중간에 끼어들어 그 자리를 정리하고 간신히 돌려보냈다. 슌킨은 새파랗게 질린 얼굴로 부들부들 떨며 입을 꽉 다문 채 끝까지 사과하지 않았다. 이 아버지가 딸의 얼굴에 상처를 입힌 것에 대한 앙갚음으로 슌킨의 얼굴에 나쁜 짓을 했다고 한다. 그러나 머리카락이 난 언저리라고 해도 이마 한가운데나 귀 뒤인가 어딘가에 약간의 흉터가 남은 정도를 가지고 앙심을 품고 평생 다른 얼굴로 살아야 할 만큼 흉측한 위해를 가했다는 것은 아무리 자식 사랑에 눈이 먼 부모라 해도 그 복수가 지나치게 집요하다 싶다.

　우선 상대는 맹인이라 미모를 추악하게 바꾸어놓는다고 해도 당사자에게는 그다지 큰 타격을 주지 못할 것이고, 만일 슌킨만 목적으로 삼았다면 다른 더 통쾌한 방법도 있었을 것이다. 추측건대 복수하는 사람의 의도는 슌킨을 괴롭히는 데 그치지 않고 슌킨 이상으로 사스케도 비탄에 빠뜨리려 했던 것이 아니었을까. 결과적으로 그것이 슌킨을 가장 괴롭히는 방법이기도 했다. 이렇게 생각하면 앞서 말한 소녀의 아버지보다는 리타로를 의심하는 편이 합당한 것 같은데 어떠한가. 리타로의 연모가 얼마나 열렬했는지 알 수는 없지만, 젊은 시절에는 누구나 연하의 여자보다 아름다운 연상의 여인을 동경한다. 아마도 방탕한 짓을 다 해보고 이도 저도 아니라고 생각하던 차에 미모의 맹인에게 매혹당한 것이리라. 처음에는 일시적인 호기심으로 손을 내밀었다 해도 퇴짜를 맞은 데다가 남자의 미간에 상처까지 났으니 질 나쁜 앙갚음을 하지 않았으리란 법도 없다.

아무래도 적이 많은 슌킨이기에 어떤 인간이 무슨 이유로 원한을 품었는지 모르기 때문에, 무조건 리타로라고 단정 짓기는 어려웠다. 그리고 반드시 치정 사건이라고 할 수도 없었다. 금전 문제만 해도 앞서 언급했던 가난한 맹인 제자처럼 잔혹한 일을 당한 사람이 한두 명이 아니었기 때문이다. 또한 리타로만큼 뻔뻔스럽지 않았을 뿐, 사스케를 질투하던 사람들이 몇 사람 있었다고 한다. 사스케가 슌킨에게는 일종의 기묘한 위치에 있는 '안내자'였다는 것은 오랜 시간 감출 수 없었고 문하생들에게 알려지고 나서는 슌킨에게 마음을 품은 사람은 남몰래 사스케의 행복을 부러워했고 경우에 따라서는 그의 성실한 고용인 행세에 반감을 품었을 것이다. 정혼을 한 남편이었거나 하다못해 정부情夫 대접이라도 받았더라면 불만이 나올 정도는 아니었겠지만, 표면적으로는 어디까지나 안내자이며 고용인이었고 안마부터 목욕탕의 허드렛일까지 슌킨 신변의 잡무를 일체 도맡으며 충직한 하인으로 행세하는 사스케를 보면서 내막을 아는 자들은 뒤에서 딱하다 생각했을 것이다. 또 '저 정도 안내라면 일도 아니지. 힘은 조금 들겠지만 나도 할 수 있겠네. 그리 감탄할 일도 아니야'라고 비웃는 사람도 적지 않았다. 그렇게 사스케를 증오하는 마음으로 '슌킨의 미모가 갑자기 흉악하게 변해버린다면 저놈이 어떤 얼굴을 할까? 그래도 갸륵하게 저 힘든 시중을 완수해낼까? 그거 볼만하겠군' 하고 목적이 다른 데 있는 것처럼 가장하지만 실상은 사스케를 증오하는 마음으로 결행한 것이라 할 수 있다.

요컨대 억측이 분분하여 어느 것이 진실이라고 판정하기는 어렵다. 하지만 전혀 의외의 방면에서 의심할 만한 유력한 일설이 있는데 '아마도 가해자는 문하생이 아닐 것이다. 슌킨의 경쟁자인 모 겐교나 모 여스승일 것이다'라는 설이었다. 딱히 증거는 없었지만 어쩌면 이것이 가장 정확히 꿰뚫고 있는 지적일지도 모른다. 추측건대, 슌킨이 평소 거만하게 굴며 예도에서도 스스로 일인자임을 자처하고 세상 사람들도 그것을 인정하는 경향이 있었으니, 그 점이 동종 업계 스승들의 자존심에 상처를 주고 때로는 위협이 되기도 했을 것이다. '겐교'라고 하면 옛날 교토에서는 맹인 남자에게 하사하는 하나의 훌륭한 '직위'였기에 특별한 의복과 탈것이 허락되었으며 보통 예인의 무리와는 세상의 대우도 달랐다. 그런 사람이 슌킨의 솜씨에 미치지 못한다는 소문이 돈다면 같은 맹인으로서 뿌리 깊은 원한을 품었을 것이며, 어떻게든 그녀의 기술과 평판을 매장해버릴 음흉한 수단을 생각했을 것이다. 흔히 예인의 질투로 상대에게 수은을 먹게 했다는 이야기를 듣곤 하는

데 슌킨은 목소리만이 아닌 악기까지 다루었기에 그녀가 기예와 용모의 자랑으로 뜻밖의 재난을 당해 다시는 대중 앞에 설 수 없도록 얼굴을 흉측하게 바꾸어버린 것이라고 한다. 만일 가해자가 모 겐교가 아니라 모 여스승이었다면 슌킨의 아름다운 용모 자랑까지도 증오했음이 틀림없어, 그녀의 미모를 파괴하는 것에 한층 쾌감을 느꼈을 것이다.

이렇게 여러 가지로 의심할 만한 원인을 헤아려보면, 반드시 누군가가 조만간 슌킨에게 해코지를 할 수밖에 없는 상황이었음을 예견할 수 있다. 그녀는 자신도 모르게 재앙의 씨앗을 사방에 뿌리고 있었던 것이다.

* * *

앞서 말한 천하요정에서의 매화꽃놀이가 있고 한 달 반 정도 지난 3월 그믐날 밤 여덟째 시각 반, 즉 오전 세 시경, '사스케는 슌킨의 신음소리에 놀라 자리에서 일어나 옆방으로 뛰어들어갔다. 서둘러 등불을 켜보니 누군가가 덧문을 억지로 열어 슌킨의 침소에 침입하였는데 사스케가 재빨리 나오는 기색을 알아차리고서는 물건 하나 못 거두고 도망쳐 이미 주변에는 사람 그림자 하나 찾아볼 수 없었다. 그런데 도둑은 너무 당황한 나머지 마침 옆에 있던 쇠주전자를 슌킨의 머리 위로 내던지고 달아났다. 뜨거운 물방울이 사방에 흩날려 눈처럼 하얗고 통통한 그녀의 볼에 안타깝게도 한 점의 화상 흔적을 남기고 말았다. 물론 상처는 옥에 티에 지나지 않아 원래 꽃같이 아름답고 옥과 같은 그녀의 용모는 여전히 변함이 없었지만 그 이후로 슌킨은 자기 얼굴에 있는 작은 상처를 너무나도 수치스럽게 여겼다. 결국에는 항상 비단 두건으로 얼굴을 가리고 하루 종일 방에 칩거하며 도무지 사람 앞에 나서지 않으니 가까운 친척과 제자라 할지라도 그녀의 얼굴을 볼 수 없어 갖은 풍문과 억측이 생겨나기에 이르렀다는 이야기가 『슌킨전』에 기록되어 있다.

"부상은 가벼워서 하늘에서 타고난 미모는 거의 손상되지 않았다. 그처럼 사람과 얼굴을 마주하기 싫어했던 이유는 그녀의 결벽 탓이었으며, 대수롭지 않은 상처를 치욕으로 여긴 것은 맹인의 지나친 생각이라고 할 것이다"라고 연이어 언급하고 있다.

그런데 또 "어찌 된 인연인지, 그로부터 수십 일이 지나 사스케 또한 백내장을 앓았고, 갑자기 두 눈이 모두 보이지 않게 되었다. 사스케는 점차 눈앞이 희미해져 물건의 형태를 구분할 수 없게 되었을 때 갑작스레 장님이 된 사람의 괴상한 걸음걸이로 슌킨 앞에 가더니 미친 듯이 기뻐하며 '스승님! 사스케는 실명했습니다. 이제 평생 스승님의 얼굴에 있는 상처를 못 보게 되었습니다. 실로 적기에 실명했습니다. 이것은 분명 하늘의 뜻일 것입니다'라고 외쳤다. 슌킨이 이 말을 듣고 한참 동안 아연실색했다"라고 쓰여 있다.

사스케의 심정을 생각하면 사건의 진상을 차마 밝힐 수는 없었을 테지만 그 사건 전후의 서술은 고의로 왜곡하여 썼다 고밖에 볼 수 없다. 그가 우연히 백내장에 걸렸다는 것도 이해할 수 없고, 또 슌킨이 아무리 결벽증이 심하고 맹인의 자격지심이었다고 해도 타고난 미모가 손상되지 않은 정도의 화상이었다면 무엇 때문에 두건으로 얼굴을 감싸고 사람 만나기를 꺼려했을까? 사실은 꽃같이 아름답고 옥과 같은 용모가 비참할 정도로 변했기 때문이었다.

시기사와 데루 외에 두세 사람의 이야기에 의하면, 도둑은 우선 부엌에 잠입하여 불을 피워 물을 끓인 다음 그 쇠주전자를 들고 침실로 들어가 슌킨의 머리 위에서 정면으로 뜨거운 물을 쏟아부었다고 한다. 처음부터 그것이 목적이었으니 평범한 도둑도 아닐뿐더러 당황한 나머지 저지른 소행도 아니었다. 그날 밤 슌킨은 완전히 정신을 잃었다가 다음 날 아침이 되어서야 정신을 차렸는데, 화상으로 짓무른 피부가 완전히 가라앉을 때까지 두 달 이상이나 걸렸다고 한다. 상당한 중상이었던 것이다.

그래서 끔찍한 용모를 둘러싸고 갖가지 기괴한 소문이 나돌았다. 머리털이 모두 빠져서 왼쪽머리 절반이 대머리가 되었다는 풍문도 근거 없는 억측이라고 배제할 수만은 없다. 사스케는 그 직후에 실명했기 때문에 그 모습을 못 보았을 터이지만, "가까운 친척과 제자라 할지라도 그녀의 얼굴을 짐작하기 어려웠다"라고 한 것은 어째서일까? 그 누구에게도 절대 모습을 안 보이는 것은 불가능한 일일 테고, 실제로 가까이 모신 데루 같은 사람이 못 봤을 리가 없었다. 다만 데루도 사스케의 뜻을 존중하여 슌킨의 용모에 관한 비밀을 일절 다른 사람에게 발설하지 않았다. 직접 물어도 보았지만, "사스케 님은 스승님을 시종일관 아름다운 용모를 가진 분이라고 굳게 생각하고 계셨기 때문에 저도 그렇게 생각하기로 했습니다"라고 말할 뿐, 그 이상 자세히 가르쳐주지 않았다.

* * *

슌킨이 죽고 십여 년이 지난 후, 사스케는 자신이 실명했을 때의 정황을 측근에게 들려주었고 그로 인해 당시의 자세한 사정을 간신히 판명할 수 있게 되었다. 즉 슌킨이 괴한에게 피습되던 날 밤, 사스케는 여느 때처럼 슌킨의 침실 옆방에서 자고 있었는데 무슨 소리가 나서 눈을 떠보니 머리맡의 등불은 꺼져 있고 깜깜한 와중에 신음소리가 들렸다. 깜짝 놀란 사스케는 벌떡 일어나 등불을 켜 들고 병풍 너머에 깔려 있는 슌킨의 잠자리 쪽으로 달려갔다. 병풍의 금박무늬가 어스름한 등불에 반사되었고 그 아른거리는 불빛 속에서 방 안을 둘러보았지만 무엇 하나 흐트러진 흔적은 없었다. 다만 슌킨의 베갯머리에 주전자가 널브러져 있었고 슌킨은 이불 속에 가만히 누워 있었는데 무슨 영문인지 끙끙거리며 신음소리를 내고 있었다.

처음에는 슌킨이 꿈속에서 가위에 눌렸다고 생각하고 "스승님, 무슨 일 있으십니까? 스승님!" 하고 베갯머리로 다가가 그녀를 흔들어 깨우려던 순간, 사스케는 자신도 모르게 '악' 하고 소리를 지르며 두 눈을 감아버렸다.

"사스케, 사스케! 내가 이런 험한 몰골이 되어버렸어. 내 얼굴을 보지 마."

슌킨은 괴로움에 숨을 몰아쉬고서는 몸부림치며 두 손으로 얼굴을 가리려고 애썼다.

"안심하십시오. 얼굴은 보지 않겠습니다. 이대로 눈을 감고 있겠습니다."

사스케가 등불을 멀리하자 그 소리를 듣고서야 안심이 되었는지 슌킨은 그대로 의식을 잃었다. 하지만 그 후에도 줄곧 "누구에게도 내 얼굴을 보여서는 안 돼. 반드시 이 일은 비밀로 해야 해"라며 비몽사몽간에도 헛소리를 계속해 "무슨 그 정도로 걱정하실 일이 있겠습니까. 물집 자국만 아물면 머지않아 원래의 모습으로 돌아가실 겁니다" 하고 위로의 말을 건넸지만, "이 정도로 큰 화상을 입었으니 얼굴이 변하지 않을 리 없어. 그따위 위안의 말은 듣고 싶지도 않아. 그보다 얼굴을 보지 않도록 해" 하고 슌킨은 의식이 회복되자마자 한층 더 힘주어 말했다. 사스케에게조차 부상의 상태를 보이기 싫어했으니 고약이나 붕대를 교환할 때는 의사 외에는 모두 방에서 쫓겨났다. 사스케에게는 그날 밤 배겟머리에 달려간 순간, 화상으로 짓무른 얼굴을 잠깐 보기는 했지만 차마 자세히 볼 수 없어 바로 얼굴을 돌렸기에 흔들리는 등불에 뭔가 정체 모를 괴상한 환영을 본 듯한 인상만 남아 있었다. 그 후에는 붕대 속에서 콧구멍과 입만 내놓고 있는 것을 보았을 뿐이라고 했다. 생각건대, 슌킨이 자신의 얼굴을 남에게 보이는 것을 두려워했던 만큼 사스케 역시 슌킨의 모습을 보는 것이 두려웠다. 그는 병상에 다가갈 때는 애써 눈을 감거나 시선을 회피했다. 따라서 슌킨의 용모가 어느 정도로 변했는지 실제로 알지 못했고, 또한 스스로 알려고 하지도 않았다.

정성스럽게 요양한 효과가 있어서인지 부상도 차츰 차도를 보일 즈음의 어느 날, 사스케가 홀로 병상을 지키고 있는데, "사스케, 너는 이 얼굴을 봤겠지?" 하고 갑자기 슌킨이 견딜 수 없다는 듯이 물었다.

"아니, 아닙니다. 봐서는 안 된다고 말씀하신 것을, 어찌하여 그 말씀을 거스르겠습니까?" 하고 대답하자, "이제 조만간 상처가 아물면 붕대를 풀어야 할 테고 의사도 오지 않을 거야. 그렇게 되면 다른 사람은 차치하고 너에게만큼은 이 얼굴을 보여야 하겠지" 하고 그 억척스러운 슌킨도 고집이 꺾였는지, 여태까지 한 번도 보인 적이 없었던 눈물을 붕대 위로 흘리며 끊임없이 두 눈을 눌러 닦았다. 사스케도 슬프고 침울해져 말없이 함께 오열할 뿐이었다.

"좋습니다. 반드시 얼굴을 보지 않도록 하겠습니다. 안심하십시오" 하고 무엇인가 도모하는 바가 있는 듯이 말했다.

그로부터 며칠이 지나 슌킨도 자리를 털고 일어났는데, 언제 붕대를 풀어도 지장 없을 정도로 호전된 상태였다. 사스케는 하녀들의 방에 들어가 그녀들이 쓰는 경대와 바늘을 조용히 자신의 방으로 가져왔다. 그러고는 이부자리 위에 정좌한 채 거울을 보며 자기 눈의 중앙을 바늘로 찔렀다. 바늘로 찌르면 눈이 보이지 않게 된다는 지식이 있었던 것은 아니다. 가능한 한 고통이 적은 손쉬운 방법으로 맹인이 되겠다는 생각에 시험 삼아 바늘로 왼쪽 검은 눈동자를 찔러본 것이었다. 눈동자를 노려 제대로 찌르기는 쉽지 않았다. 흰자위 부분은 단단해서 바늘이 잘 들어가지 않았지만 눈동자는 부드러워 두세 번 찌르자 수월하게 푹 들어갔다. 2분分(약 6밀리미터) 정도 들어갔다고 생각했는데, 갑자기 안구가 온통 뿌옇게 흐려지며 시력을 잃어가는 것이 느껴졌다. 출혈도 없었으며 열도 나지 않았고 통증도 거의 느껴지지 않았다. 이는 수정체 조직을 파괴해서 외상성 백내장을 일으킨 것이었다. 사스케는 이어서 같은 방법으로 오른쪽 눈도 찔러 순식간에 두 눈을 못 쓰게 만들었다. 그 직후에는 흐릿하게나마 물체의 형상이 보였지만 열흘 정도 지나자 완전히 보이지 않게 되었다고 한다.

그 후 얼마 지나지 않아 슌킨이 완전히 병석에서 일어났을 때였다. 사스케는 손으로 더듬거리며 안방으로 가서는 "스승님! 저도 맹인이 되었습니다. 이제 평생 스승님의 얼굴을 볼 수가 없습니다" 하고 그녀 앞에 머리를 조아리며 말했다.

"사스케, 그게 정말이냐?" 하고 묻고서 슌킨은 긴 시간 동안 말없이 생각에 잠겼다. 사스케는 이 세상에 태어나서 평생 동안 이 침묵의 몇 분간만큼 즐거운 시간을 살아본 적이 없었다. 그 옛날에 아쿠시치뵤에 가게키요悪七兵衛景清(겐페이源平전쟁에서 활약한 무장-옮긴이)는 미나모토노 요리토모源頼朝(가마쿠라 막부를 연 정이대장군-옮긴이)의 기량에 감탄하여 복수의 뜻을 버리고 이제 다시는 그를 보지 않겠다고 맹세하며 두 눈을 도려냈다고 한다. 비록 동기는 다르지만 그 비장한 뜻은 같았다. 하지만 슌킨이 사스케에게 바란 것이 이런 것이었을까. 지난날 그녀가 눈물을 흘리며 호소했던 바가, '내가 이렇게 재난을 당했으니 사스케 너도 맹인이 되었으면 좋겠다'는 뜻이었을까. 슌킨의 심정을 거기까지 미루어 헤아리기는 어렵지만 "사스케, 그게 정말이냐?"라는 짧은 한마디가 사스케의 귀에는 기쁨에 전율하는 듯이 들렸다. 그리고 아무 말 없이 서로 마주하고 있는 동안 맹인만이 갖고 있는 육감의 작용이 사스케 안에서 관능으로 싹트게 했다. 오로지 감사하다는 생각으로 가득한 슌킨의 마음속을 저절로 알 수 있었다. 지금까지 육체적 관계는 있었지만 사제의 차별에 가로막혀 있던 서로의 마음이 이제야 비로소 강렬하게 하나로 어우러지며 함께 흘러가는 것처럼 느껴졌다. 사스케는 소년 시절 벽장 속 암흑의 세계에서 샤미센 연습을 했을 때의 기억이 되살아났지만 그때와는 전혀 다른 느낌이었다.

무릇 대부분의 맹인은 빛에 대한 방향 감각만 갖고 있어서 그 시야는 어렴풋하지만 깜깜한 암흑세계에 있는 것은 아니었다. 사스케는 이제 외부 세계를 보는 눈을 잃은 대신에 내부 세계의 눈을 떴다는 사실을 알게 되었다. '아, 이것이 진정 스승님이 살고 계신 세계이구나. 이제야 겨우 스승님과 같은 세계에서 살 수 있겠군' 하고 생각했다. 사스케의 쇠약해진 시력으로는 방 안의 모습도 슌킨의 모습도 확실하게 분간할 수 없었지만, 붕대로 감싼 그녀의 얼굴이 있는 곳만은 어렴풋이 희미하게 망막에 비쳤다. 사스케에게는 그것이 붕대라고 생각되지 않았다. 그저 두 달 전 슌킨의 둥글고 미묘한 하얀 얼굴이 희미한 빛 속에서 극락으로 인도하는 부처인 내영불來迎佛의 모습처럼 떠올랐다.

* * *

"사스케, 아프지 않았느냐?" 하고 슌킨이 말했다.

"아니요. 아픈 것은 없었습니다. 스승님이 당하신 그 험한 일에 비하면야 이까짓 일은 아무것도 아닙니다. 그날 밤 몰래 들어온 괴한에게 쓰라린 일을 당하시는 것도 모르고 자고 있었다니, 아무리 되새겨 생각해봐도 제 불찰입니다. 매일 밤 옆방에서 자게 해주셨던 것은 그런 때를 대비하신 것인데 그토록 큰 잘못을 저질렀으니, 스승님을 고통스럽게 하고서 제가 무사해서야 도무지 죄송한 마음을 금할 길이 없었습니다. 천벌을 받아 마땅하다는 생각에 '아무쪼록 저에게도 재난을 내려 주십시오. 이대로는 뭐라 드릴 말씀 없이 죄송합니다' 하고 신령님께 아침저녁으로 빈 효과가 있었는지 감사하게도 소원이 이루어졌습니다. 오늘 아침에 일어나보니 이렇게 두 눈이 멀어 있었습니다. 필시 신령님께서도 제 뜻을 가엾게 여기셔서 소원을 들어주신 것이겠지요. 스승님, 스승님, 제게는 스승님의 변한 모습이 보이지 않습니다. 보이는 것은 오로지 지난 삼십 년 동안 눈 저 밑바닥까지 베어든 그리운 얼굴뿐입니다. 아무쪼록 이제까지 해오셨던 대로 마음 놓으시고 저를 곁에서 부려주십시오. 다만 갑자기 눈이 멀어 슬프게도 거동이 마음대로 안 되어 시중드는 게 더듬더듬할 것입니다만, 적어도 스승님의 일상생활 시중은 다른 사람의 손을 빌리지 않도록 하겠습니다."

사스케는 슌킨의 얼굴이 있다고 생각되는, 희미한 후광이 비쳐오는 쪽으로 멀어버린 눈을 돌리며 대답했다.

"잘 결심해주었구나. 기쁘게 생각한다. 내가 누구의 원한을 사서 이런 험한 꼴을 당했는지 알 수 없지만, 진심을 털어놓자면 지금 이런 모습을 다른 사람에게는 보여줄지라도 너에게만 큼은 보이고 싶지 않았다. 그런 마음을 잘 알아차려주었구나."

"아, 정말 감사합니다. 그 말씀을 들으니 이 기쁨은 두 눈을 잃은 정도로는 바꿀 수가 없습니다. 스승님과 저를 비탄에 빠뜨리고 불행을 맛보게 한 놈이 어디 사는 누구인지는 모르겠지만, 스승님의 얼굴을 망가뜨려 저를 힘들게 하려고 한 짓이라면 그 모습을 제가 안 보면 그만입니다. 저만 눈이 멀면 스승님의 그 사고는 없었던 일과 다름없어서 모처럼의 간계가 수포가 되어 필시 그놈의 예상대로 되지는 않았을 겁니다. 저는 지금 불행하기는커녕 더할 나위 없이 행복합니다. 비겁한 놈의 허를 찌르고 깜짝 놀라게 해주었다고 생각하니 가슴이 후련해지는 것 같습니다."

"사스케! 이제 더 이상 아무 말도 하지 마라."

맹인 사제는 서로 끌어안고 울었다.

* * *

전화위복이 된 두 사람의 생활을 가장 잘 알고 있는 생존자는 오로지 시기사와 데루뿐이었다. 데루는 올해 일흔한 살로 슌킨의 집에 입주 제자로 들어간 것은 메이지 7년(1874), 열두 살 때였다. 그녀는 사스케에게 고토와 샤미센을 배우는 동시에 두 맹인의 사이를 알선하여 안내자라기에는 애매한 일종

166

의 연락책이었다. 한 사람은 갑자기 맹인이 되었고 다른 한 사람은 어릴 때부터 맹인이었다고는 해도 젓가락을 들고 내려놓는 것조차도 자신의 손을 사용하지 않는 사치에 익숙한 여인이라서, 반드시 그런 역할을 할 제삼자의 존재가 필요했다. 그래서 가능한 한 신경 쓰이지 않도록 소녀를 고용하기로 했는데, 그녀가 채용되고 나서는 실생활적인 부분이 마음에 들어 두 사람의 신임을 크게 얻음으로써 오랫동안 모시게 되었다. 그녀는 슌킨이 죽은 후에도 사스케를 모셨으며 그가 겐교의 지위를 얻은 메이지 23년(1890)까지 곁에 있었다고 한다.

데루가 메이지 7년 처음 슌킨의 집에 왔을 때, 슌킨은 이미 마흔여섯 살로 사고를 당한 지 구 년의 세월이 흘러 노부인이 되어 있었다. 얼굴은 사정이 있어서 다른 사람에게 보이지 않고 또 봐서도 안 된다고 들었다. 슌킨은 돋을무늬가 새겨진 순백색의 비단 히후被布(두루마기와 비슷한 겉옷-옮긴이)를 걸치고 두툼한 방석에 앉아 있었다. 그녀는 옅은 푸른빛이 감도는 비단 두건으로 코 일부만 보이게 얼굴을 덮어 두건 자락이 눈꺼풀 위까지 드리워져서 볼이나 입까지도 보이지 않도록 했다.

사스케는 자신의 눈을 찔렀을 당시 마흔한 살이었다. 초로에 이르러 실명을 했으니 대단히 불편했을 텐데 가려운 곳에 손이 닿듯 슌킨을 친절하게 돌보고 조금이라도 불편함이 없도록 애쓰는 모습은 옆에서 보기에도 애처로웠다. 슌킨 역시 다른 사람의 시중은 내켜하지 않았다.

"내 시중드는 일은 눈 뜬 사람이라고 할 수 있는 것이 아니야. 오랜 세월의 습관이기 때문에 사스케가 가장 잘 알지"라고 말하며 옷 입는 것부터 목욕, 안마, 용변까지 여전히 그를 번거롭게 했다.

사정이 이러하니 데루는 슌킨보다 오히려 사스케의 시중드는 역할을 주로 맡게 되었고 슌킨의 몸에 직접 손대는 일은 거의 없었다. 오로지 슌킨의 식사 시중을 들 때만 데루의 도움이 필요했고, 그 외에는 단지 필요한 물품을 나르거나 간접적으로 사스케의 시중을 돕는 정도였다. 예를 들어 목욕할 때는 목욕탕 문앞까지 두 사람을 데리고 가고, 거기서 일단 물러나 있다가 손뼉 치는 소리에 마중하러 가면, 슌킨은 이미 탕에서 나와 유카타를 입고 두건을 쓰고 있었다. 그동안의 시중은 사스케 혼자서 감당하는 것이었다. 맹인의 몸을 맹인이 씻겨줄 때는 어떤 식으로 하는 것일까. 일찍이 슌킨이 손가락 끝으로 오래된 매화나무 가지를 쓰다듬은 것처럼 했을 터이지만, 손이 많이 가는 것은 말할 필요도 없었다. 만사가 그런 식이라 대단히 까다로워서 보고 있을 수가 없을 지경이었다. '용케도 잘해나가고 있구나' 싶었지만, 당사자들은 이런 성가심을 즐기는 듯 말 한마디 없는 가운데 깊은 애정을 나누고 있었다.

짐작건대, 시력을 잃어버린 사랑하는 남녀가 촉감의 세계를 즐기는 정도는 우리의 상상을 불허하는 면이 있을 것이다. 그러므로 사스케가 헌신적으로 슌킨을 모시고 슌킨 또한 흔쾌히 그 봉사를 요구하니 서로 싫증 낼 줄 몰랐던 것도 이상하게 여길 일은 아니다. 더구나 사스케는 슌킨의 시중을 들면서 시간을 쪼개 많은 제자를 가르쳤다. 당시 슌킨은 방에 틀어박혀서만 생활하게 되어 사스케에게 '긴다이琴台'라는 호를 지어주고 문하생들의 교습을 전부 인계하였다. 교습소 간판에도 '모즈야 슌킨'의 이름 옆에 작게 '누쿠이 긴다이溫井琴台'라는 이름을 내걸게 했는데, 사스케의 충성스러운 마음과 온순함은 이웃의 동정심을 사 슌킨이 가르칠 때보다 오히려 문하생이 더 많았다. 재미있는 사실은 사스케가 제자들을 가르치는 동안 슌킨은 홀로 안방에서 휘파람새 우는 소리를 넋을 잃고 듣고 있다가, 때때로 사스케의 손을 빌리지 않으면 어찌할 방법이 없는 경우가 생기면 한참 교습을 하는 도중에도 "사스케, 사스케!" 하고 부른다는 것이다. 그러면 사스케는 만사를 제쳐두고 곧바로 안방으로 달려갔다. 그런 사정이 있어서 사스케는 슌킨의 신변을 걱정하여 외부 교습은 하지 않고 집에서만 제자를 가르쳤다.

여기서 한마디 덧붙이자면, 그 무렵 도쇼마치에 있는 슌킨의 본가 모즈야 가문은 점차 가세가 기울어 다달이 보내주던 돈마저 끊기기 일쑤였다. 만일 그런 사정이 아니었다면 무엇이 좋아 사스케가 문하생을 가르쳤겠는가. 바쁜 틈을 봐가며 틈틈이 슌킨 곁으로 날아간 몸이 불편한 새는 문하생을 가르치면서도 정신이 없었을 것이고, 슌킨 또한 같은 심정에 괴로

위했을 것이다.

* * *

스승의 일을 물려받아 부족한 실력으로나마 한 집안의 생계를 꾸려나간 사스케는 왜 정식으로 그녀와 결혼하지 않았을까. 슌킨의 자존심이 이때까지도 결혼을 거부한 것일까. 데루가 사스케 본인에게 직접 들은 이야기로는, 슌킨 쪽은 꽤 고집을 꺾었지만 사스케는 그런 그녀 보기를 서글퍼했다고 한다. 슌킨을 가련하고 불쌍한 여인으로 생각할 수 없었다는 것이다. 맹인인 사스케는 현실의 눈을 감아버리고 영원히 변하지 않는 관념의 경지로 비약했던 게 틀림없다. 그의 시야에는 과거 기억의 세계만 존재했다. 만일 슌킨이 사고로 성격이 변해버렸다면 그 사람은 이미 슌킨이 아니었다. 사스케는 어디까지나 과거의 교만한 슌킨만을 생각했다. 그렇지 않으면 지금 그가 바라보고 있는 미모의 슌킨은 파괴되어버린다. 그렇다면 결혼을 원하지 않았던 이유는 슌킨보다 사스케 쪽에 있었던 것으로 생각된다.

사스케는 현실의 슌킨을 관념의 슌킨을 불러내는 매개로 생각했기 때문에 대등한 관계가 되는 것을 피하고 주종의 예의를 지켰다. 더구나 예전보다 한층 더 자신을 낮추어 지극정성으로 섬김으로써 조금이라도 빨리 슌킨이 불행을 잊고 옛날의 자신감을 되찾도록 힘썼다. 또한 여전히 박봉에 만족하며 하인들과 마찬가지로 허름한 옷과 검소한 식사를 했고 버는 돈을 모두 슌킨을 위해 썼다. 이 밖에도 사스케는 경제적 비용을 줄이기 위해 고용인의 수를 줄이고 여러 방면에서 절약했지만 그녀를 위한 일이라면 무엇 하나 소홀함이 없도록 했다. 고로 맹인이 되고 나서 그의 노고는 이전에 비해 배가 되었다.

데루의 말에 의하면, 당시 문하생들이 사스케의 옷차림이 너무 볼품없어 딱하게 생각한 나머지 이제는 외관을 조금 갖추도록 에둘러 이야기하는 사람도 있었지만 귀담아듣지 않았다. 그리고 사스케는 문하생들이 자신을 '스승님'이라고 부르는 것을 금지하고 '사스케 님'이라고 부르게 했다. 이에 모두가 입을 닫고 가능한 한 부르지 않도록 신경을 썼는데 데루만은 맡은 일의 성격상 그렇게 할 수 없어서 항상 슌킨을 '스승님'이라 부르고 사스케를 '사스케 님'이라고 불렀다.

슌킨이 세상을 뜬 후에도 데루를 유일한 말상대로 삼아 돌아가신 스승의 추억에 잠기는 것도 그러한 관계가 있었기 때문이다. 만년에 그는 겐교가 되어 이제는 누구에게도 거리낌없이 '스승님' 혹은 '긴다이 선생님'이라고 불리는 몸이 되었지만, 여전히 데루에게는 '사스케 님'이라고 불리는 것을 좋아하여 경칭 사용을 허락하지 않았다.

일찍이 사스케가 데루에게 이런 말을 했다고 한다.

"누구든지 눈이 멀면 불행할 것이라고 생각하겠지만 나는 맹인이 되고 나서 그런 감정을 느껴본 적이 없구나. 오히려 반대로 이 세상이 극락정토極樂淨土라도 된 것 같은 생각이 들었어. 스승님과 단둘이 살아가면서 연화대蓮花臺 위에 사는 기분이었다. 눈이 멀고 나니 눈을 뜨고 있었을 때 보이지 않던 여러 가지가 보였기 때문이야. 스승님의 얼굴도 그 아름다움을 마음속 깊이 보게 된 것은 맹인이 되고 나서였어. 그 밖에 손발의 부드러움, 피부의 윤기, 목소리의 아름다움도 진정으로 잘 알게 되었단다. 눈이 밝았을 때는 어째서 이렇게까지 느끼지 못했을까 신기할 정도였다. 특히 나는 스승님이 켜는 샤미센의 형용할 수 없는 아름다운 소리를 실명한 후에 비로소 음미할 수 있었어. 언제나 스승님은 이 방면의 천재라고 입으로는 말하고 있었지만 그제야 간신히 그 진가를 알게 되었구나. 미숙한 내 기량과는 너무나도 큰 격차가 있음에 새삼 놀라 '이제까지 이것을 깨닫지 못했다니 이 얼마나 황송한 일인가' 하고 내 어리석음을 반성하게 되었지. 그래서 나는 신령님이 다시 앞을 보게 해주신다고 말씀하셔도 거절했을 것이야. 스승님도 나도 맹인이 되어서야 눈 뜬 자가 모르는 행복을 맛보게 되었단다."

사스케의 이야기는 오롯이 그의 주관을 설명한 것에 불과해 객관적으로 어디까지 일치할지 의문이지만, 다른 것은 차치하고 슌킨에게 닥친 사고가 하나의 전환점이 되어 그녀의 기예가 현저한 진보를 보인 것은 아닐까. 아무리 슌킨이 음악에 재능을 타고났다고 해도 인생의 쓴맛, 단맛을 보지 않았다면 예도의 절대 진리를 깨닫기는 어려웠을 터. 그녀는 이제까지 귀하게 자랐기에 다른 사람에게 요구하는 것은 가혹했지만 정작 본인은 고통도 굴욕도 몰랐다. 아무도 그녀의 거만한 콧대를 꺾지 못했다. 그러나 하늘이 통렬한 시련을 내려 생사의 절벽 위에서 방황하게 했고 으스대던 자만심을 산산조각 내버렸다.

생각해보면 그녀의 용모를 망가뜨린 재난은 여러 면에서 좋은 약이 되었으며, 연애와 예술의 길에도 일찍이 꿈도 꾸지 못했던 삼매경이 있다는 사실을 가르쳐주었던 것이다. 데루는 때때로 슌킨이 무료한 시간을 달래기 위해 홀로 샤미센을 켜는 소리를 듣곤 했다. 또 그 곁에서 사스케가 황홀한 듯 고개를 숙이고 집중하여 귀를 기울이고 있는 광경을 보았다. 그리고 많은 제자들이 안방에서 새어 나오는 깨끗하고 아름다운 소리를 의아해하며 "저 샤미센에는 어떤 장치가 되어 있는 겐가" 하고 중얼거렸다고 한다. 이 시기에 슌킨은 현악기 연주의 기교뿐만 아니라 작곡 방면에도 몰두하여, 한밤중에 남몰래 이건가 저건가 하며 손가락 끝으로 줄을 튕겨가며 음을 엮었다. 데루의 기억으로는 〈춘앵전春鶯囀〉과 〈여섯 송이의 꽃六の花〉 두 곡이라 하는데, 얼마 전에 들어보니 독창성이 풍부해서 작곡가로서의 타고난 재능을 엿볼 수 있었다.

슌킨은 메이지 19년(1886) 6월 초순부터 앓기 시작했다. 병이 나기 며칠 전 사스케와 단둘이서 화초를 심은 안뜰에 내려와 새장을 열어 종달새를 하늘로 날려 보냈다. 데루가 보고 있자니 맹인 사제는 손을 맞잡고 하늘을 올려다보며 아득히 멀어지는 종달새의 목소리가 내리는 것을 듣고 있었다. 종달새는 끊임없이 지저귀며 하늘 높이 구름 사이로 날아갔는데 아무리 기다려도 돌아오지 않았다. 그 시간이 너무 길어지자 두 사람은 애를 태우며 한 시간 이상 기다렸지만 결국 종달새는 돌아오지 않았다. 슌킨은 이때부터 불평만 하고 즐거워하지 않더니 얼마 지나지 않아 각기병에 걸렸고 가을이 되자 중태에 빠져 결국 10월 14일에 심장마비로 세상을 떠났다.

종달새 외에도 삼 대 덴코를 기르고 있었는데 이 새는 슌킨의 사후에도 살아 있었다. 사스케는 오랫동안 슬픔을 이기지 못해 덴코가 우는 소리를 들을 때마다 눈물을 흘렸다. 짬이 날 때마다 불전에 향을 피웠고 어떤 때는 고토로, 어떤 때는 샤미센으로 〈춘앵전〉을 켜곤 했다. "저 느긋하게 우는 황조가 언덕에 머무르니"라는 구절로 시작되는 이 곡은 슌킨의 대표작으로 그녀가 심혈을 기울인 곡이리라. 가사는 짧지만 간주가 매우 복잡했는데, 슌킨은 덴코가 우짖는 소리를 들으면서 이 곡을 구상했던 것이다. 간주의 선율은 '휘파람새의 얼어붙은 눈물이 이제는 녹아내리겠구나'라는 깊은 산중의 눈이 녹아드는 봄의 시작부터 불어난 시냇물의 졸졸 흐르는 소리, 솔바람의 울림, 찾아오는 봄바람, 야산의 봄 안개, 매화 향기와 꽃구름 등 각양각색의 풍경으로 사람을 초대해 이 골짜기에서 저 골짜기로, 이 가지에서 저 가지로 이리저리 옮겨 앉으며 우는 새의 마음을 은연중에 읊고 있었다. 생전에 그녀가 이 곡을 연주하면 덴코도 기쁜 듯이 목소리를 드높여 현의 음색과 기교를 겨루었다.

덴코는 이 곡을 듣고 태어난 고향 계곡을 상상하며 넓디넓은 천지의 햇살을 그리워했겠지만, 정작 〈춘앵전〉을 타는 사스케의 넋은 어디로 달려갔을까? 촉각의 세계를 매개로 관념의 슌킨을 바라보는 데 익숙해진 그는 청각으로 그 부족함을 채웠던 것일까. 사람은 기억을 잃지 않는 한 꿈속에서 죽은 사람을 볼 수 있지만 살아 있는 상대를 꿈에서만 보았던 사스케는 언제 죽음으로 이별하였다고 확실하게 그 시기를 말할 수 없을지 모르겠다.

덧붙이자면, 슌킨과 사스케 사이에는 앞서 말한 것 외에도 2남 1녀가 있었는데 딸은 태어난 지 얼마 안 되어 죽었고, 남자아이 둘은 모두 아기 때 가와치河內의 농가에 주었다. 슌킨이 죽은 이후에도 사스케는 아이들에게는 미련이 없었는지 데려오려 하지도 않았고, 아이들 또한 맹인인 친아버지의 곁으로 돌아오는 것을 꺼렸다. 이리하여 사스케는 만년에 이르러 대를 이을 아들도, 처첩도 없이 문하생들의 간호를 받으면서 메이지 40년(1907) 10월 14일, 광예춘금혜조선정니光譽春琴惠照禪定尼의 상월祥月(고인이 죽은 달과 같은 달-옮긴이) 슌킨의 기일에 여든셋이라는 고령의 나이로 세상을 떠났다. 추측건대, 이십일 년이나 고독하게 살아가는 동안 사스케는 생존할 때의 슌킨과는 완전히 다른 슌킨을 만들어냈고 더욱더 선명하게 그 모습을 보았을 것이다. 교토의 사찰 덴류지天竜時의 가잔오쇼峩山和尚(교토 출생의 승려로 덴류지 관장-옮긴이) 스님이 사스케가 스스로 눈을 찌른 이야기를 듣고는 눈 깜짝할 사이에 세상사를 판가름하고 추한 것을 아름다운 것으로 바꾸는 선기禪機(선의 수행으로 얻는 힘의 발현-옮긴이)를 칭찬하며 달인의 경지에 도달했다고 평했다고 한다. 독자께서는 수긍하실 수 있겠는가. ●

옮긴이 권희주

고려대학교 대학원에서 일어일문학 박사를 취득하고 건국대학교 KU중국연구원 동아시아문화연구센터 조교수로 재직 중이다. 저서로는 『읽는 만큼 보이는 일본-일본문학상 산책』, 『일본대중문화의 이해』, 『근대 국어 교과서를 읽는다』, 『근대 일본의 '조선 붐'』(이상 공저)이 있으며, 『후쿠자와 유키치의 젠더론』(공역), 『그린 투어리즘』 등을 번역했다.

애달프고 처절한 아가雅歌

「춘금초」를 다시 읽으며 나는 문득 사십여 년 전 어느 새벽, 그 작품을 처음 보듯 다시 정독하고 난 뒤 느꼈던 섬뜩함과 아뜩함, 속절없던 찬탄을 다시 떠올렸다. 1972년 초봄인가, 이미 가망 없는 법률 공부를 핑계로 안동 인근의 산골 어떤 유서 깊은 가문의 절간 같은 재사齋舍에 머물던 때의 일이다.

옛날 산지기 일을 보고 있던 나이 든 부부에게 붙어 밥을 먹으면서 세 번째 낙방으로 스산한 심사를 추스르고 있던 그해 5월 초순 어느 날, 산 아래 문중의 내 또래 청년 하나가 무슨 공무원 시험을 준비한다면서 몇 달 함께 지내겠다고 그 재사로 올라왔다. 명당 찾아 어우러진 선산이다 보니 제법 깊은 산중에 지어진 재사라 적적했던 나는 은근히 반겨하며 그를 받아들였다. 비슷한 수험생 처지인 만큼 서로 의지가 될 것 같아서였다.

하지만 그 청년이 재사 한쪽 모퉁이 방에 짐을 푼 지 한나절도 안 돼 나는 그 또한 나와 다를 바 없이 길을 잘못 든 속인俗人, 곧 가망 없는 문청文靑임을 알아볼 수 있었다. 인사차 그의 방을 들여다보니 풀어놓은 책 보퉁이에 학습서나 참고서는 4급 공무원시험(그때는 보통고시라고도 했다) 준비서와 무슨 전문직 수험서 한두 권이 전부였고, 나머지는 맨 번역소설이나 애매한 인문철학 교양서적에 수상쩍은 노트 더미와 뭔가 원고 뭉치 같은 것도 있었다.

은근히 반가운 기분으로 인사를 나눈 뒤 함께 받게 된 저녁상 머리에서 나눠 마신 막걸리 몇 사발에 그는 아주 순순히 정체를 드러냈다. 인근 지방대학 문과 졸업반이었던 그는 그 무렵까지도 엉성하기 짝이 없던 대학의 출결석 점검과 학점 관리를 틈타 기말시험을 한 달 일찍 어물쩍 때우고 곧바로 짐을 싸 그리로 온 길이라 했다. 뒤이은 여름방학 석 달에 느슨한 마지막 가을 학기에서 두어 달을 더 잘라내 그 연말에 있을 신춘문예를 준비할 요량이었다.

그때는 나도 속절없이 문학으로의 귀거래사歸去來辭를 속으로 되뇌며 법학보다는 잡학 책을 더 많이 뒤적거릴 때였는데, 내 어디서 그런 낌새를 알아차렸는지 스스럼없이 그런 자신의 처지를 드러낸 그는 느닷없이 나를 다시 자기 방으로 끌어갔다. 그리고 그새 정돈된 책 더미에서 일본 소설집을 한 권 찾아 접혀 있는 어떤 페이지를 펼치더니 내게 불쑥 내밀며 말했다.

"이 사람 뭐, 일본에서는 '소설의 신'이라고까지 떠받들었다는 작가라는데, 그리고 이게 그의 대표작일 거라고 서슴없이 우기는 사람도 많은데…… 공들여 읽어봤지만 나는 통 모르겠네요. 더구나 그가 몇 해만 더 살아 있었더라도 야스나리의 『설국』 같은 게 노벨상을 차지하지는 못했을 거라고 단언하는 사람까지 있다던데……."

내가 얼결에 받아 그가 펼쳐 보인 페이지를 살펴보니 바로 다니자키 준이치로의 소설「춘금초」첫머리였다. 중등교육 과정을 정규로 이수하지 못하고 고등학교까지 검정고시로 건성건성 지나쳐온 덕분에 마구잡이 책 읽기에는 또래보다 훨씬 풍성한 이력을 쌓은 나는 일본문학과도 약간의 면식은 있었다. 그러나 너무 일찍 읽었거나 한눈으로는 다른 쪽을 보며 대충 읽어서인지「춘금초」에 대해서는 나도 그리 깊은 감동을 받지는 못했던 듯했다. 그저 어떤 낯섦 또는 섬뜩한 비뚤어짐에 이어 왜색조倭色調, 가학 취향, 병든 탐미耽美 따위 탐탁지 않은 단상들만 언뜻언뜻 떠올랐다.

하지만 그때 다니자키 준이치로와 그의 소설에서 함께 느꼈던 어떤 기이한 끌림과 마냥 싫지만은 않은 어떤 치열함에 품게 된 호감 또한 기억 한편에 남아 있어, 나는 군말 없이 그 책을 받아들고 내 방으로 돌아왔다. 마침 그 무렵은 다니던 문과대학을 떠나 법학 책만 싸 짊어지고 이리저리 떠돈 지도 3년이 넘은 때라 그 이전의 목적 없는 책 읽기에 은근히 향수를 느끼고 있을 때이기도 했다.

그 책은 무슨 전집인가 선집選集 가운데 한 권이었는데, 전에 내가 건성으로 읽은 책과 달리 번역이 새롭고 장정과 제본이 그럴 듯해서인지 한번 읽어본 내용 같지 않게 쉬 빠져들 수 있었다. 봄밤 뻐꾸기 울음소리가 처량해질 무렵부터 책을 읽기 시작한 나는 자정을 훌쩍 넘긴 뒤에도 내쳐 읽었다. 중편이라도 긴 중편 길이인「춘금초」라 처음 본 듯 다시 차분히 읽고 나니 길지 않은 5월 하순의 밤이 어느새 다해 날이 희붐하게 밝아왔다.

나는 그제야 불을 끄고 잠자리에 들었으나 새로 받은 세찬 감동의 여진으로 잠들 수가 없었다. 그러다가 해가 솟고, 재촉하다시피 받은 아침상을 물리기 바쁘게 나는 그 엉성한 문청을 납치하듯 내 방으로 끌어들였다. 한 수사관으로서 밤새워 조서를 읽으면서 찾아낸 혐의를 추궁하듯 나는 전날 그가 말한 「춘금초」 작품 및 작가에 대한 어정쩡한 견해, 아니 혹평보다 더 못한 평가 유보를 마치 무식하고 성의 없이 둘러댄 피의자 진술처럼 조목조목 따져가며, 그야말로 개 몰듯 그를 몰아세웠다.

돌이켜보면 그때 나를 그토록 거칠 것 없게 만든 열정과 자신감의 근거가 스스로도 궁금할 정도로 준엄하게, 나는 전날 밤 그가 다니자키 준이치로를 두고 한 빈정거림 감춘 평가 유보나 「춘금초」에 대한 무시 또는 몰이해에 분개와 조소를 감추지 않았다. 그가 지나가듯 한 말의 부주의와 비논리를 지적한다기보다는 나도 주워들었거나 흘려 읽었을 뿐인 일본문학에 대한 이해와 다분히 정형화된 논리를 삼엄하게 얽어 준비 없는 그를 터무니없이 겁주고 나무라는 식이 되지 않았는가 싶다.

그는 처음에는 제법 자신의 주견을 내세우기도 하고 더러 뻗대보기도 했으나, 까닭 없이 맹렬한 내 기세에 눌린 탓일까, 오래지 않아 저항이 줄어드는 것 같더니 곧 추궁에 기죽은 피의자처럼 말수가 줄어들고 허둥대는 기색을 드러냈다. 그러다가 내가 난데없이 다이쇼大正시대 일본문학의 조류까지 들먹이고 다니자키 준이치로에 대한 단편적인 이해나 여기저기서 주워들은 찬탄을 한껏 부풀려 전날 그의 성의 없고 무책임한 단정이나 판단 유보를 터무니없이 엄중하게 추궁하자 그는 무언가 더욱 엉켜버린 듯 말을 더듬기 시작했다. 그러더니 차츰 아연해하면서도 흘금거리는 눈길로 듣기만 하다가 끝내는 무슨 헤어나기 힘든 수렁에 빠진 사람처럼 허우적대며 사정하듯 말했다.

"됐니더(됐습니다). 됐다 카이요(그러니까요). 참말로, 정(정히) 글타(그렇다) 카믄 내 그거, 그 소설, 다시 함 읽어보께요. 아이, 다시 읽어보고마고(말고), 인제(이제) 생각해보이 똑(꼭) 글네요(그러네요). 참말로 이형 말씀 같다꼬요. 맞니더. 비정하고 표독시러버(스러워) 때로는 가학성향까지 보이지마는 그래서 더 애절하게 느껴지는 순킨의 사랑 같은 거 말이래요(말입니다)……."

그때까지 쓰던 표준어 어휘는 모두 사라지고 말의 억양까지 순전한 그 지역의 안동 사투리였다. 그리고 그 뒤로도 한참이나 무슨 애절한 항복 같은 동의를 이어갔다.

"어예 보믄(어쩌 보면) 애치라븐(애처로운) 신분상승 욕구나 상위모방上位模倣의 열정에서 비롯된 것이겠지마는, 때로는 거룩해 비기(보이기)까지 하는 사스케의, 거 뭐로(그 무어라 하나), 순킨을 향한 숭앙과 헌신은, 그리고 그 사랑은, 거 뭐로, 피, 피학被虐의 열정이 빚어내는 아름다움의 꼭두배기(극치) 같기도 하다

카이요. 글니더(그렇습니다). 글코(그렇고)말고요. 글케 들쌀대다가(그렇게 난리치다가) 이 봉사(장님) 내외 한 쌍은 초월적이라 캐도 좋을 기이한 사랑으로 이승에서, 거 뭐라 캤노, 사, 사랑의 나, 난승지難勝地 하, 한 모팅이(모퉁이)를 살다 간 거라꼬요……. 거 뭐로, 화, 화엄華嚴 시, 십지十地라 캤나. 그 다섯 번째라 카등강(하던가) 그 난승지……."

꼬트머리의, 내가 억지로 끌어다 붙인 화엄십지를 그가 애써 기억해내 그렇게 숨까지 헉헉거리며 더듬거릴 때에야 나도 퍼뜩 걷잡을 수 없는 객기에서 깨어나며 머쓱해지기 시작했다. 내가 소중하게 여기고 아름답게 품는 것을 함부로 대할 때 내가 되쏘아내는 표독스러운 악의가 그 눈치 없이 순진하기만 한 시골 문청을 여지없이 짓씹어 얼을 빼놓은 것임에 틀림없었다. 그는 내가 「춘금초」에서 유일하게 비판적으로 이해한 부분조차 함부로 동조해주지 못했다. 슌킨과 사스케 사이에서 태어나 농가에 버림받은 뒤 자취를 찾을 수 없게 된 세 아이들 일을 그는 두 손까지 저어가며 말했다.

"그것도 글니더(그렇습니다). 아들이고 딸이고 둘이 어불래(어울려) 낳은 거는 서이 다(셋 모두) 야지미리(모조리) 싸말아 농가에 갖다 매삘어뿌고(내다버리고) 둘만의 천당에 요래조래 올미알미(옴니암니) 따지가며 살미(살면서)…… 두 번 다시 가아들은(그 아이들은) 딜따(드려다)보지 않았다는 것도 참혹한 비정이라꼬 칼(할) 수 있겠지마는, 아이씨더(아닙니다). 그러매이(그 같은) 비정의 꼭두배기도 어쩌믄 사람의 별난 성정이 비틀어 짜내는 무신(어떤) 아름다움이 될 수 있을지 어예(어떻게) 아니껴(알겠습니까)?"

　미안하다. 젊고 설익은 내가 어쩌다 헤매게 된 산모퉁이 길섶에서 잠시 옷깃 스쳐 지나간 뒤 두 번 다시 만나지 못하고, 사십 년이 지난 지금은 기억나는 이름조차 긴가민가해진 그 길동무. 그때 그는 무엇에 내몰리고 무엇에 질렸는지 말하는 동안 숨까지 헉헉거리는 듯했다. 그제야 그때 내가 무엇인가 제풀에 격해져 그 재수 없이 걸려든 문청에게 억지를 부리고 비뚤어진 화풀이를 하고 있다는 것을 깨닫고 서둘러 자리를 얼버무리고 물러났지만, 두 달 뒤 마침내 사법시험을 작파하고 산을 내려갈 때까지 끝내 변변한 사과조차 하지 못했다.

　그 뒤 이십여 년이 지나 난데없는 대학교수가 되어 『세계문학 명작백선』을 부교재 삼아 묶게 되면서 나는 1권 '사랑의 여러 빛깔'에서 당연히 「춘금초」를 먼저 떠올렸다. 그런데 그때는 이미 저작권 문제가 까다로워진 때라 끝내 선집選集 게재를 허락받지 못했다. 그러다가 다니자키 준이치로가 죽은 지 70년이 지난 이제 신판을 내게 되면서야 「춘금초」를 끼워 넣을 수 있게 되었다.

르네

René

프랑수아 샤토브리앙 지음

진형준 옮김

프랑수아 샤토브리앙

프랑스의 작가이자 정치가. 1768~1848년. 생 말로에서 출생. 루소
와 밀턴의 영향을 받아 가톨릭 왕당적 전통주의자로서 화려하고 섬
세한 정열의 문체를 가진 19세기 프랑스 낭만파 문학의 선구자였다.
대사로 각지에 부임하였으며 외무대신을 역임하기도 했다. 주요 작
품으로 『그리스도교의 정수』,『아탈라』,『순교자들』,『르네』,『파리에
서 예루살렘으로의 여행』 등이 있다.

나체즈족族이 사는 곳에 온 르네는 그 인디언들의 풍속에 따르기 위해 아내를 얻지 않을 수 없었다. 그러나 르네는 그 아내와 함께 지내지는 않았다.

우울한 성격 때문에 르네는 깊은 숲속으로 들어가 온종일 혼자서 보내곤 했다. 그래서 그는 미개인들 가운데서도 더 미개인처럼 보였다. 그는 양아버지인 샥타스와 로잘리 요새의 선교사 수엘 신부 이외에는 누구와도 만나지 않았다. 이 두 노인은 그의 마음속에 크게 자리 잡고 있었다. 샥타스는 자애로운 너그러움으로, 또 수엘 신부는 그와 반대로 가혹하리만큼의 엄격함으로 르네의 마음을 사로잡고 있었다. 눈먼 인디언 추장인 샥타스가 비버 사냥을 할 때 겪었던 자신의 모험담을 르네에게 이야기해주었지만, 르네는 자신의 이야기는 하려 들지 않았다. 샥타스와 선교사는 유복하게 태어난 이 유럽 청년이 무슨 불행한 사연이 있기에 이런 루이지애나 광야에 묻혀 살겠다는 이상한 결심을 하게 되었는지 무척 알고 싶어 했다. 그럴 때마다 르네는 순전히 자신의 개인적 생각이나 감정에 관한 이야기라서, 아무 재미도 없을 것이라며 거절했다. "저를 아메리카에서 살 수밖에 없게 한 그 사건, 그 사건을 저는 영원한 망각 속에다 묻어버려야 합니다."

그렇게 두 노인이 르네의 비밀을 캐내지 못한 채 몇 년이 흘러갔다. 그런데 외방전교회外邦傳敎會를 통해 유럽에서 온 편지를 한 통 받자 르네의 슬픔은 한층 더 심해졌고 그는 자기 친구들인 그 두 노인조차 기피하게 되었다. 두 노인은 자기들에게 마음을 털어놓으라고 더욱 르네를 졸라대는 한편 때로는 사근사근하고 은근하게, 때로는 점잖게 달래기도 해서 르네가 하는 수 없이 그들의 소원을 들어주지 않을 수 없게 만들었다. 그래서 르네는 자기 인생의 모험들이라기보다는―왜냐하면 그는 조금도 모험이라는 것을 겪어보지 않았으니까―그의 마음속에 감추어진 남모르는 감정들을 그들에게 들려줄 날짜를 정하고야 말았다.

인디언들이 '꽃의 달'이라고 부르는 그달 스무하룻날, 르네는 샥타스의 집으로 찾아갔다. 추장은 르네의 팔을 잡더니 그를 메샤스베 강가에 있는 사사프라스 나무 아래로 인도했다. 수엘 신부도 늦지 않고 약속 장소에 도착했다. 동이 터 오고 있었다. 얼마 떨어져 있지 않은 벌판에 벌통같이 널려 있는 인디언들의 오두막들과 뽕나무 숲이 있는 나체즈족의 동네가 보였고, 또 오른쪽 강 언덕으로는 프랑스인 정착지와 로잘리 요새가 보였다. 천막들이며 반쯤 지어진 집들이며, 또 이제 짓기 시작한 성채들과 흑인 노예들로 까맣게 덮인 개간지와 인디언과 백인의 무리들, 그 모두가 이런 좁은 공간에서도 미개인의 풍습과 사회적 풍습들을 잘 대조시키고 있었다. 동쪽 끝으로는 애팔래치아 산맥의 깨어진 듯한 산정들 사이로 해가 나타나기 시작했다. 그 산봉우리들은 황금빛으로 물든 하늘 높이 새겨진 푸른빛 글자들 같았다. 서쪽에는 메샤스베 강의 물결이 장엄하고 조용히 흐르고 있어서 한없이 넓은 한 폭 그림의 테두리와 같은 모양을 하고 있었다.

젊은 청년과 선교사는 한참이나 그 아름다운 경치에 경탄했다. 그들은 이처럼 아름다운 경치를 즐길 수 없는 샥타스를 동정하지 않을 수 없었다. 이윽고 샥타스와 수엘 신부는 나무 밑 잔디 위에 자리를 잡고 앉았다. 두 노인 사이에 자리잡은 르네는 한참이나 말없이 있다가 노인들에게 이렇게 이야기를 했다.

……제 이야기를 시작하려 하니, 부끄러운 감정을 억누를 수 없군요. 존경하는 두 분의 평온한 마음과 저를 둘러싸고 있는 대자연의 고요 앞에서 저는 제 마음의 동요와 혼란에 부끄러워 얼굴을 붉히지 않을 수 없습니다.

두 분은 저를 얼마나 가련하게 여기실지! 저의 이 한없는 불안이 두 분께는 얼마나 끔찍하게 보일 것인지, 인생의 온갖 슬픔 따위는 다 비워버리신 두 분께서, 기력도 없고 덕성조차도 갖지 못했으며 가슴속은 고통으로 가득 차 있고 또한 그 모든 것의 원인이 바로 자기 자신임을 인정할 수밖에 없는 젊은이를 어떻게 생각하실지? 아, 저를 비난하지 말아주십시오. 저는 너무나 많은 벌을 받았습니다!

저는 이 세상에 나오면서 어머니의 생명을 대가로 치렀지요. 말하자면 칼을 품고 어머니의 가슴을 헤치고 나온 셈입니다. 제게는 형님이 한 분 계셨습니다. 맏아들이었기에, 아버지의 귀여움을 독차지했지요. 저는 일찍부터 남의 손에 맡겨져 아버지의 보호를 받아보지 못했습니다.

제 성미는 급했고 변덕도 심했지요. 유쾌하게 떠드는가 하면 슬픈 듯 말 없기 일쑤였고, 친구들을 불러 함께 놀다가도 금방 그들을 버려둔 채 구석진 곳으로 가 앉아서 흘러가는 구름을 바라보거나 잎사귀에 떨어지는 빗소리를 듣곤 했으니까요.

가을이 되면 저는 외진 시골, 호수 가까이에 있는 숲 가운데 자리 잡은 아버지의 성으로 돌아오곤 했습니다. 아버지 앞에 서는 기를 펴지 못하고 겁을 먹었던 저는 누이인 아멜리 곁에 서만 마음이 편안하고 흐뭇해질 수 있었습니다. 우리 남매는 기질이나 취미가 서로 같았기 때문에 잘 어울릴 수 있었던 것입니다. 누이는 저보다 몇 살 더 위였습니다. 우리 둘은 함께 언덕을 기어오르고 호수에서 노 젓기를 하고, 또 낙엽 지는 숲에서 이리저리 거닐기를 좋아했지요. 그때의 산책들을 생각하노라면 지금도 제 마음은 기쁨으로 차오릅니다. 어린 시절의 꿈과 고향의 환영들, 그 감미로움은 영원한 것인가요?

어떤 때는 어딘가 묵직한 듯한 가을의 소리와 우리들 발밑에서 쓸쓸하게 바스락거리는 낙엽 소리에 귀를 기울이며 말없이 걷기도 했고 또 어떤 때는 장난삼아 들판의 제비들을 쫓기도 하고, 비가 내리는 언덕 위로 무지개를 좇아가기도 했습니다. 또 때로는 아름다운 경치에 흥이 나서 시를 읊기도 했습니다. 저는 어려서부터 시를 지었습니다. 열여섯 살 때의 마음, 가장 순수한 정열만으로 이루어진 그때의 마음만큼 시적인 것이 있을까요? 인생의 아침이란 꼭 하루의 아침과 같은 것이어서 순수함과 이미지와 조화로 가득 차 있는 것이지요.

　일요일과 축제일에는 큰 숲속에서 수목들 사이를 지나 들려오는 종소리를 듣곤 했습니다. 사람들을 교회로 부르는 종소리였죠. 그럴 때면 저는 느릅나무에 기대어 앉아서 경건하게 울려오는 그 소리를 조용히 듣고 있었습니다. 종이 울릴 때마다 그 순결한 전원생활, 고독이 가져다주는 평온, 종교가 지닌 매력, 어린 시절을 회상할 때 갖게 되는 달콤한 우수, 이런 것들이 내 마음에 떠올랐지요. 오! 제아무리 심술궂은 사람이라도 자기가 태어난 고장의 종소리를 들으면서 짜릿함을 느끼지 않을 수가 있을까요? 요람에서 듣던 그 희열에 부르르 떨던 종소리, 그가 세상에 왔노라 하고 처음으로 알려준 그 종소리, 심장의 고동을 처음으로 알려준 그 종소리, 아버지의 성스러운 즐거움과 그야말로 더 표현할 수 없는 어머니의 고통과 기쁨을 알려주었던 그 종소리! 고향의 종소리를 들을 때 우리는 홀린 듯한 꿈속에 잠겨버립니다. 그 환상 속에는 신앙과 가정과 조국, 요람과 죽음 그리고 과거와 미래가 다 함께 들어 있으니까요.

아멜리와 저는 이처럼 우울하면서도 감미로운 생각들을 그 누구보다도 즐겼지요. 우리 둘 모두 마음속 깊이 슬픔을 지니고 있었기 때문입니다. 그 슬픔은 신이거나 우리 어머니에게서 물려받은 것이지요.

그런데 아버지가 어떤 병에 걸리시더니, 그 병 때문에 며칠후 세상을 떠나셨습니다. 아버님은 제 팔에 안겨서 숨을 거두셨지요. 저는 제게 생명을 주신 아버지의 입술에서 죽음을 알게 되었습니다. 그 인상은 너무도 깊은 것이어서 지금도 눈앞에 선합니다. 저는 처음으로 영혼의 불멸이라는 것을 눈앞에서 똑똑히 본 셈이었어요. 그 생기 없는 육체가 사고의 주체가 된다고는 믿을 수 없었으니까요. 그래서 저는 사고할 수 있는 능력은 다른 어떤 곳에서 나온다고 느꼈습니다. 그러자 언젠가는 아버님의 영혼과 다시 만나게 되기를 기쁨과 경건함과 두려움이 뒤섞인 감정 속에서 바랄 수 있게 되었습니다. 이런 생각이 확신으로 바뀐 것은 다른 어떤 현상을 목격하고 나서였습니다. 아버지의 얼굴 모습에서는 죽음이 지닌 바의 그 어떤 숭고함도 찾아볼 수 없었던 것입니다. 이 놀라운 신비가 바로 우리들이 불멸이라고 부르는 것의 징조가 아닐까요? 모든 것을 다 알고 있는 죽음은 왜 저승의 온갖 비밀을 장차 그가 데리고 갈 사람의 이마에 그려놓지 않는 것일까요? 왜 무덤속에서 영원의 위대한 모습은 흔적도 볼 수 없는 것일까요?

슬픔이 복받친 아멜리는 그만 성탑 속으로 숨어버리고 말았습니다. 고딕식으로 된 그 성의 둥근 천장 아래로 행렬을 지어가는 신부들의 노랫소리와 조종 소리가 들려왔겠지요. 저는 아버지를 따라 그의 마지막 안식처까지 갔습니다. 그의 육신이라는 껍질은 다시 흙에 갇혔습니다. 영원과 망각이 온 힘을 다하여 그를 짓누르는 것이지요. 바로 그날 저녁, 아버지의 무덤 위를 무관심이라는 것이 스쳐 지나갔습니다. 그분의 딸과 아들을 제외하면 마치 그분은 이전에 결코 존재하지도 않았던 것 같았습니다.

아멜리와 저는, 이제는 형님의 소유가 된 아버지의 집을 떠나야 했습니다. 우리는 조부모님 댁으로 갔습니다. 이 기만적인 인생행로의 입구에 서서 저는 삶에 뛰어들 엄두를 못 내고 하나씩 하나씩 삶의 길을 따져보기만 했습니다. 아멜리는 때때로 저에게 신앙생활의 행복에 대해 이야기했고, 또 제가 바로 그녀를 이 세상에 붙들어놓는 단 하나의 혈육이라고 말하면서 쓸쓸하게 저를 바라보곤 했습니다.

그녀의 경건한 이야기에 깊이 감동받아, 저는 새로 살게 된 집에서 얼마 멀지 않은 곳에 있는 수도원으로 때때로 발길을 옮기기도 했지요. 한순간이기는 했지만, 저도 그 수도원에서 한평생 숨어 살아볼까 하는 유혹을 받았습니다. 항구를 떠나지 않고 항해를 끝마칠 수 있다면 얼마나 행복할 것이며, 또 저처럼 이 세상에서 무익한 나날을 보내지 않는 사람들은 얼마나 행복할 것이냐고 생각했었지요. 끊임없이 불안한 유럽 사람들은 스스로 고독을 쌓지 않을 수 없습니다. 우리들 마음이란 부산하고 수선스러울수록 안정과 적막에 끌리는 것인가 봅니다. 그래서 우리나라에는 불쌍하고 약한 사람들을 위한 구호소가 산골짜기 깊숙한 곳에 숨겨져 있습니다. 그곳에서 불행이라는 감정은 흐려지고 또 안식처에 대한 희망이 마음속에 심어지지요. 어떤 때는 지대가 높은 곳에도 그러한 구호소가 있어서 마치 고산식물처럼 경건한 신앙심이 하늘로 뻗어 올라 스스로 그 향기를 하늘께 바치는 듯합니다.

이 변덕스런 운명을 피해 평생을 의탁하려 했던 그 옛 수도원의 장엄한 숲과 개울의 모습이 아직도 눈에 선합니다. 저는 해가 질 무렵이면 쓸쓸하면서 깊은 울림을 주는 그 수도원 안을 이리저리 헤매기도 했습니다. 달빛이 홍예문 기둥을 반쯤 비추어 맞은편 벽에 그 그림자가 어릴 때면, 저는 걸음을 멈추고 묘지를 가리키는 십자가와 묘석 사이에서 자라고 있는 키 큰 풀들을 바라보았습니다. 세상을 등진 채 말없이 살다가 대지의 침묵으로부터 죽음의 침묵으로 옮겨간 사람들이여, 그대들의 무덤은 내 마음속에 대지에 대한 혐오감을 가득 채우는구나!

원래 변덕쟁이여서인지 혹은 수도원 생활에 대한 편견에서인지는 모르겠습니다만, 저는 계획을 바꾸어 여행을 떠나기로 작정했습니다. 누님께 작별을 고했지요. 누님은 저와 헤어지는 것이 오히려 기쁘다는 듯 즐거운 태도로 저를 안아주었습니다. 인간의 우애란 참으로 덧없는 것이라는 쓰디쓴 생각을 품었었지요. 하여튼 저는 불타는 마음으로 혼자서 이 험악한 인간 사회의 바다 위에 몸을 던졌던 것입니다. 어디에 항구가 있으며 어디에 암초가 있는지도 모르면서 말입니다.

저는 우선 이제는 사라져버린 옛 민족들을 찾아보았습니다. 강렬하게 그리고 아주 정교하게 옛것을 기억시키는 나라, 궁전은 먼지 속에 파묻히고 제왕의 무덤은 가시로 덮여버린 나라, 즉 로마와 그리스를 돌아다니며 그 폐허에 앉아보기도 했습니다. 자연의 그 힘이라니! 인간은 얼마나 나약한 것이겠습니까? 한 포기의 풀이 굳은 대리석 무덤을 뚫고 나오는 것을 보고, 저는 '제아무리 위세 있던 자라도 한번 죽으면 영원히 일어날 수 없다'는 것을 새삼스레 느꼈습니다.

어떤 때는 높다란 돌기둥 하나만이 홀로 광야에 서 있는 것을 보기도 했습니다. 마치 시간과 불행으로 말미암아 황폐해진 영혼 속에서 간간이 위대한 사상이 솟아오르는 것을 볼 수 있는 것처럼 말입니다.

이 기념물들을 보면서, 그것들이 겪었을 온갖 사건들을 그 시간적 흐름을 따라 반추해보기도 했습니다. 또 어떤 때는 그 도시의 주춧돌이 세워지는 것을 바라보았던 바로 그 태양이 장엄하게 그 폐허 위로 지는 것을 보기도 했습니다. 또 어떤 때는 맑은 하늘에 떠오르는 달이 제게 반쯤 부서진 두 개의 유골 단지 사이로 창백한 묘지들을 보여주기도 했지요. 꿈의 양식이라 할 그 달빛을 보면서 저는 종종 명상에 푹 빠져 있는 회상의 정령이 바로 제 곁에 앉아 있는 것처럼 느꼈습니다. 그러나 무덤들을 찾아다니는 데도 지치고 말았습니다. 저는 항상 죄짓고 죽어간 송장의 먼지만을 일으켰을 뿐이니까요.

저는 살아 있는 종족들을 보고 싶었습니다. 죽어간 종족들보다는 더 많은 힘을 줄 것이며, 불행감을 별로 주지 않을 것으로 생각했기 때문이지요. 어느 날 제가 어떤 큰 도시를 산책할 때, 한 궁전 뒤를 지나서 외지고 인적 없는 마당에 이르게 되었습니다. 그곳에 동상이 하나 있었는데 그 동상의 손가락은 어떤 희생 때문에 유명하게 된 한 장소를 가리키고 있었습니다. 저는 그 장소의 고요함에 충격을 받았습니다. 그 비극의 대리석상 주위에는 한 줄기 바람만이 구슬픈 소리를 내고 있었지요. 일꾼들은 무심코 그 대리석상 밑에 누워 있거나 휘파람을 불어대며 돌을 다듬고 있기도 했습니다. 저는 그들에게 그 기념물이 무엇을 의미하는 것인지 물어보았습니다. 그러나 그들 중의 몇몇만이 겨우 대답할 수 있었을 뿐, 다른 사람들은 자기들이 지금 새기고 있는 그 비극의 내용을 모르고 있었습니다. 하찮은 우리들의 존재와 인생에서 겪게 되는 여러 사건의 의미를 저에게 가르쳐주는 것은 아무것도 없었습니다. 돌을 쪼느라고 소란을 피우던 그 사람들은 지금은 모두 어떻게 되었을까요? 시간은 한 발짝 한 발짝 앞으로 걸어 나갔고, 대지는 하루하루 그 모습을 다시 했던 것입니다.

여행 중에 저는 특히 예술가와 성직자들을 두루 찾아보았습니다. 시인들은 리라의 줄 위에서 신들을 노래하고 성직자들은 법, 종교 그리고 무덤을 경배하는 경건한 사람들입니다. 시인들은 고결한 종족으로서 하늘이 지상에 내린 유일한 재주를 소유한 사람들이기도 합니다. 그들의 생활은 순진하고 또 숭고한 것으로, 그들은 황금처럼 귀한 입으로 신을 찬미하고 또 그들은 가장 순박한 사람들로서 마치 불멸의 인간인 양 서로 어린애처럼 이야기합니다. 그들은 우주의 법칙을 이야기하면서도 인생의 가장 사소한 일들은 이해할 줄 모릅니다. 그들은 죽음에 대하여 경탄할 만한 생각을 가졌으면서도 마치 갓난아기처럼, 죽는 줄도 모르면서 죽어가는 그런 사람들입니다.

스코틀랜드의 어느 산 위에서 어떤 시인이 시를 들려주었습니다. 그는 이 황량한 세계에서 제가 볼 수 있었던 마지막 음유시인이었는데, 그가 들려준 노래는 자신의 늙음을 위안하는 어떤 영웅의 시였습니다. 우리는 이끼 덮인 네 개의 돌 위에 앉아 있었습니다. 밑에는 여울이 흐르고 있었지요. 부서진 성 저쪽 폐허에서 사슴이 풀을 뜯고 있었으며 바닷바람이 코나의 황무지 위로 불어오고 있었습니다. 높은 산악지방에서 일어났던 기독교가 지금은 모르방의 여러 영웅 묘지에다 십자가를 꽂아놓았고, 또 오시앙(3세기경의 켈트족의 전설적인 시인이자 영웅-옮긴이)이 그의 하프를 뜯던 바로 그 여울 가에서 기독교는 다윗의 하프를 타고 있는 것이었습니다. 셀마의 신들이 전쟁을 좋아했던 만큼 평화를 수호하는 기독교는 그들을 보호해주었습니다. 기독교는 살인을 일삼는 유령들이 사는 구름 속에까지 평화의 천사들을 골고루 보내준 것입니다.

한편 수많은 걸작을 보여준 고대 이탈리아의 모습은 내게 미소를 보내는 듯했습니다. 종교에 바쳐진 그 거대한 예술적 건축물들을 두루 보며 저는 신성하면서 시적인 경외감에 얼마나 사로잡혔던지! 석주의 미로! 끝없이 늘어선 아치와 둥근 천장들! 둥근 천장 주위에서 들려오던 그 아름다운 소리들! 대양의 물결이 속삭이는 것 같은가 하면 숲속에서 바람이 웅얼대는 소리 같기도 하고, 그런가 하면 성전에 계시는 하나님의 음성 같기도 한 그 소리들! 말하자면 건축이란 시인의 사상을 짓고 또 그 뜻을 밝혀주는 것인가 봅니다.

그렇지만 그처럼 그때까지 제가 애써 배운 것은 무엇이었을까요? 죽은 사람들 사이에서 저는 확고한 어떤 것도 얻지 못했으며, 살아 있는 사람들 사이에서 아름다운 어떤 것도 얻지 못했습니다. 과거와 현재란 곧 두 개의 온전치 못한 조상彫像에 불과합니다. 과거는 시대 시대의 온갖 찌꺼기로 불구가 되어버렸고, 현재는 아직 완성된 미래에 도달하지 못하고 있는 것입니다. 그러나 여기 계시는 두 분께서는, 특히 광야에서 살고 계시는 여러분께서는 제가 여행에 관하여 이야기를 하는 도중, 한 번도 자연이 남긴 기념물에 관하여 언급하지 않는 것을 보시고 아마 대단히 놀라셨겠지요?

어느 날 저는 에트나 산 꼭대기에 올라가보았습니다. 그 화산은 섬 한가운데서 불타고 있었습니다. 저는 발아래, 무한히 넓은 수평선 위로 해가 떠오르는 것을 보았습니다. 시칠리아 섬은 발밑에 하나의 점처럼 작아 보였고 바다는 공간 속으로 멀리 펼쳐져 있었습니다. 수직으로 펼쳐진 그림 같은 그 광경 속에서 강들은 지도 위에 그려진 선처럼 보였습니다. 한쪽 시야에 그러한 광경이 들어왔고, 다른 한쪽으로는 검은 연기 사이로 불길을 내보이는 에트나 화산의 분화구에 눈길을 빼앗기기도 했습니다.

열정에 겨운 한 젊은이가 화산 어귀에 앉아서 그 밑으로 보일 듯 말 듯한 인간의 집들을 바라보며 인간을 애석히 여겨 울고 있는 것을 보게 된다면 어르신들께서도 동정할 만하다고 생각하시겠지요. 그러나 어르신들이 이 르네를 어떻게 생각하시든, 제가 말씀드리는 이 광경에서 저의 성격과 존재를 짐작하실 수 있을 것입니다. 저는 눈앞에 거대하면서 동시에 감지할 수 없는 삼라만상을 두고 살아왔으며, 곁에 입을 벌리고 있는 심연을 보며 살았던 것입니다. 한평생을 그렇게 살아온 것입니다……

이렇게 마지막 말을 하고 나서 르네는 입을 다물더니 곧이어 명상에 빠져들었다. 수엘 신부는 놀라서 르네를 바라보았고 눈이 먼 늙은 추장은 젊은이의 이야기가 들리지 않게 되자 그 침묵을 어떻게 이해해야 할지 알 수 없어 했다. 르네의 시선은 즐겁게 평원을 지나가는 인디언들에게서 떨어질 줄을 몰랐다. 그러다가 르네는 갑자기 감동받은 표정을 짓더니 그의 두 눈에서 눈물이 흘러내렸다. 그리고 이렇게 소리치는 것이었다.

"행복한 미개인들이여! 언제나 그대 곁을 떠나지 않는 그 평화를 나는 왜 즐길 수 없는 것인가? 나는 그렇게 많은 나라를 쏘다녔어도 얻은 것이라고는 조금밖에 되지 않는데, 그대들은 그대들의 떡갈나무 아래 가만히 앉아서 날이 가는 줄도 모르고 세월을 보내는구나. 그대들은 필요할 때만 머리를 쓸 뿐이다. 하지만 그대들은 나보다도 더욱더 많은 지혜를 얻게 된다. 마치 어린애가 장난만 치고 잠만 자면서도 지혜를 얻듯이 말이다. 복에 겨워 생기는 이런 식의 우울을 그대들이 느낄 때면 그대들은 금방 그 순간적인 슬픈 생각에서 벗어나서 하늘을 바라보며 이 가련한 미개인을 동정하는 무언지 모를 그 무엇을 감동적으로 찾겠지."

여기서 다시 르네의 음성이 꺼지더니 자기 가슴에 얼굴을 묻었다. 샥타스는 어둠 속으로 팔을 뻗어 양자의 팔을 잡더니 감동한 어조로 소리쳤다. "얘야! 사랑하는 내 아들아!" 이 격한 음성에 르네는 제정신으로 돌아와 자신이 혼란에 빠져 있던 것이 부끄러워 얼굴을 붉히며 샥타스에게 용서를 빌었다. 그러자 그 인디언 노인이 말했다.

"얘야, 너처럼 쉽게 감격하는 사람도 없겠다. 그처럼 너를 괴롭혀온 그 성격을 좀 가라앉혀보렴. 네가 세상일에 남달리 괴로워한다 해서 놀랄 필요는 없다. 위대한 영혼은 평범한 사람의 영혼보다 더 괴로움을 견뎌내야 하는 거다. 네 이야기를 계속하렴. 덕분에 우리는 유럽의 한 부분을 온통 훑어볼 수 있었지. 이제 네 조국을 좀 알려주거라. 너도 알지만 나도 프랑스라는 나라에 가보았고 그 나라와는 무언가 좀 맺어진 게 있다. 이제 이 세상에는 없지만 나는 그 대왕에 관한 이야기를 듣고 싶구나. 나는 그 대왕의 화려한 집도 가보았다. 얘야, 이제 나는 추억 속에서만 살고 있단다. 추억으로만 사는 늙은이란 숲속에 쓰러져 있는 떡갈나무와 비슷한 것이지. 그 떡갈나무는 이제 다시 새로운 잎사귀로 자신을 장식할 수는 없지만, 그 해묵은 가지 사이에서 자란 온갖 초목들이 그 벌거벗은 고목을 덮어주고 있지."

이 말에 마음이 가라앉은 르네는 다시 자기 마음속의 이야기를 이어나갔다.

……아버님, 슬프게도 저는 그 위대한 세기에 관해서는 이

야기해드릴 수가 없어요. 그 세기의 종말을 저는 유년 시절에 보았고, 제가 고국에 돌아갔을 때는 이미 그 세기가 끝나버렸으니까요. 한 민족에게 그보다 더 급작스럽고 놀랄 만한 변화가 일어난 일은 결코 없었을 것입니다. 뛰어난 재능과 종교에 대한 경의 그리고 풍속의 엄격함, 이 모든 것이 하루아침에 연약해졌고, 불경과 타락으로 떨어져버렸습니다.

저를 떠나지 않고 어디든지 따라다니던 그 극성맞은 욕망과 불안을 가라앉혀줄 그 무엇을 고국에서 찾아볼 수 있으리라고 기대했지만, 모두가 허사였습니다. 세상살이 공부를 해보아도 배운 것이라고는 없었으며, 그렇다고 무지한 자가 갖는 고요함도 가지지 못했습니다.

어떤 행동이라고 꼭 꼬집어 이야기할 수는 없지만, 누님은 오히려 저의 고통을 키우는 데서 즐거움을 느끼는 것 같았습니다. 누님은 제가 도착하기 며칠 전 파리를 떠나고 없었기에 제가 그녀가 있는 곳으로 만나러 가겠다고 편지를 보냈습니다. 누님은 일이 있어 어디서 머물지 알 수 없다는 핑계를 대면서, 제 계획을 바꾸는 게 나을 것이라고 대답해왔습니다. 저는 그때 우애라는 것이 얼마나 서글픈 것인가 하고 곰곰이 생각해보았습니다. 사랑이란 만나보면 미지근해지고 못 보면 아주 사라져버리며, 불행에는 견뎌내지도 못하고, 사랑이 한창 잘 진행되면 더욱더 견뎌내지 못하는 법이지요.

저는 타국 땅에 있었을 때보다도 고국에서 더욱 외로웠습니다. 그래서 저는 아무도 제게 이야기를 건네지 않고, 또 제 이야기를 듣지도 않을 세계에 파묻혀 얼마 동안이나마 지내보려고 마음먹었습니다. 아직 열정이 식지 않았던 제 영혼은 그 영혼을 불러줄 대상을 찾고 있었던 것입니다. 그러나 저는 받는 것보다 주는 것이 더 많음을 깨달았습니다. 사람들은 제게 고상한 말씨나 깊은 감정을 요구하지 않았습니다. 저는 다만 사회가 요구하는 수준에 맞게 제 삶을 초라하게 만들 뿐이었습니다. 저는 어디서나 낭만적인 기질을 가진 자로 취급당했고, 제가 하는 짓에 부끄러움을 느꼈으며 사람들과 세상만사에 갈수록 염증만 느꼈습니다. 저는 남과 완전히 인연을 끊고 혼자 살기로 작정하고 교외에 숨어버리기로 했습니다.

처음에는 이 어둡고 독립된 생활에 상당한 즐거움을 느꼈습니다. 가끔 아무도 모르게 군중에 섞이곤 했습니다. 그 광막한 인간의 사막에 말입니다.

때로는 사람이 별로 찾지 않는 성당에 들어가 앉아 몇 시간이고 생각에 잠겨보기도 했습니다. 주님 앞에 엎드리는 가련한 여인네며 참회의 심판대에 무릎을 꿇는 죄인들을 저는 보았습니다. 그곳을 나가는 사람들은 누구나 다 얼굴을 활짝 펴고 나갔습니다. 밖에서 떠들어대는 그 시끄러운 소리란, 주님의 성당 문턱에서 이내 사라져버릴 수밖에 없는 세상의 온갖 풍파이며 정열의 파동에 불과한 것 같았습니다. 그 성스러운 구석에서 저는 남몰래 눈물을 흘리며 빌었습니다. 아아, 그 눈물을 굽어살피신 주님 발아래 엎드려 제가 얼마나 여러 번 빌었는지 아시는지요? 저는 생존이라는 짐을 벗게 해주십사고 빌었고, 저를 늙은이로 만들어주십사고 빌었습니다. 아! 여울물에 몸을 씻어 다시 태어나고, 다시 젊어져, 자신의 영혼을 생명의 샘에 적실 필요성을 느껴보지 않은 사람이 있을까요? 때때로 자기 자신이 타락이라는 그 무거운 짐에 짓눌리고 있다고 생각지 않는 사람이 있을 것이며, 위대하고 고귀하며 올바른 일이란 아무것도 할 수 없다고 느껴보지 않은 사람이 있을까요?

저녁이 되면 저는 처소로 가다가 지는 해를 보려고 다리 위에 멈춰 서곤 했습니다. 태양은 도시를 벌겋게 물들이면서 마치 수 세기 묵은 괘종시계의 추처럼 황금 물결 속에서 천천히 흔들리는 것 같았습니다. 그런 후 저는 밤과 더불어 쓸쓸한 거리의 미로를 지나 귀가하곤 했습니다. 인간이 사는 처소에 밝혀진 불빛을 보면서 저의 생각은 그 불빛이 보여주는 괴로움과 즐거움의 여러 가지 장면 속으로 빠져드는 것이었습니다. 그리고 저는 생각했습니다. '나는 저 많은 지붕 아래에 단 한 명의 친구도 없구나'라고. 이런 생각을 하는 동안 고딕식 대성당의 종탑에서는 시간을 알리는 규칙적인 종소리가 들려왔고, 또 그 소리는 멀리까지 온갖 음색으로 되풀이되어 이곳저곳의 성당으로 번져나갔습니다. 슬프게도 매시간 이 사회는 무덤을 파고 또 눈물을 흘리는 것입니다.

처음에 저를 사로잡았던 그 생활도 오래지 않아 견디기 힘든 것으로 변했습니다. 똑같은 광경과 똑같은 생각이 자꾸 이어지는 바람에 지쳐버린 것이지요. 저는 스스로 마음을 달래보기도 하고 또 제가 무엇을 하길 원하는지 생각해보기도 했습니다. 그것이 무엇인지 정확히 알 수는 없었지만, 숲속 생활은 꽤 감미로우리라는 생각이 문득 들었습니다. 저는, 이제 겨우 시작한 인생행로, 하지만 이미 꽤 많이 허비해버린 인생행로를 전원의 유배지에서 끝내기로 결심했습니다. 모든 계획을 열심히 짜고 세운 다음, 전에 세상 구경을 떠날 때처럼 산간 오두막에 묻혀 살려고 서둘러 떠났습니다.

사람들은 제가 변덕스러운 취미를 가졌다느니, 한 가지 생각을 오래 지니지 못한다느니 하고 비난합니다. 그리고 쾌락의 밑바닥에 서둘러 도달하려는 그런 상상력에 사로잡혀 있다고 비난하기도 합니다. 그뿐 아니라 그들은 제가 붙잡을 수 있었는데도 언제나 그 목표를 지나쳐버린다고 이야기합니다. 하지만 저는 본능이 시키는 대로 미지의 행복을 찾고 있을 뿐입니다. 그 어디서나 한계만 느껴질 뿐이며, 이미 끝난 것은 제게 아무런 가치도 없는 것으로 여겨진다면 그것이 제 잘못일까요? 아무튼 저는 생활의 단조로운 감정을 좋아하는 모양입니다. 제가 미친 듯이 행복을 믿고 있다면야 그 행복이라는 것을 평상시의 생활에서 찾을 수도 있었겠지요.

절대의 고독과 대자연의 풍경. 글로는 묘사할 수 없는 그런 상태에 저는 빠지고 말았습니다. 친척이나 친구도 없이, 말하자면 이 대지 위에서 홀로, 이제껏 전혀 사랑을 해보지 못했으면서 저는 삶의 충만함에 압도당했습니다. 어느 때는 갑자기 얼굴이 달아오르기도 했고, 또 어느 때는 가슴속에서 용암이 끓어 넘치듯 저도 모르게 외마디 소리를 지르곤 했습니다. 뜬 눈으로 밤을 지새우면서 괴로워하기 일쑤요, 꿈에 쫓기어 말할 수 없는 고통을 받기도 했습니다. 저는 제 존재의 깊은 곳을 채울 그 무엇이 필요했습니다. 그래서 저는 계곡을 타고 내려가보기도 했고, 산으로 올라가보기도 했습니다. 미래의 불꽃으로 이루어진 이상적인 존재를, 내 욕망의 힘을 다해 찾으면서 말입니다. 저는 바람 속에서 그 대상을 끌어안았고, 강물의 소곤거리는 소리 속에서 그 대상을 들었다고 믿었습니다. 모든 것은 상상력에 의한 환상으로 변했고, 하늘에 있는 성좌였으며, 우주에 퍼져 있는 삶의 원리, 바로 그것이 되었습니다.

안정되어 있으면서도 불안하고 풍성하면서도 빈곤한 그러한 상태가 아무런 매력이 없는 것은 아니었습니다. 어느 날 저는 버들가지 잎사귀를 하나씩 뜯어 냇물에 띄워 보내면서, 냇물에 실려 가는 그 버들잎 하나하나에 한 가지 생각들을 실어주며 즐긴 일이 있습니다. 급작스러운 혁명으로 왕관을 잃을까 봐 조마조마해야 하는 왕의 조바심도 가지에서 떨어져 나간 그 버들잎이 위태롭게 될까 안타까워하는 마음보다 더할 수는 없었을 것입니다. 아, 인간의 나약함이란! 영원히 늙을 줄 모르는, 인간 마음의 유년 시절이여! 바로 그 때문에 우리의 고상한 이성은 얼마나 유치해지는 것인지! 또한 그 얼마나 많은 사람이 버들잎과 같이 보잘것없는 것에 자기의 운명을 걸고 있는 것인지!

하지만 제가 산책 도중에 느꼈던 그 많은 순간순간의 감정들을 어떻게 일일이 다 말씀드릴 수 있겠습니까? 텅 빈 제 마음속에 울리던 그 정열의 소리는 흡사 적막 속에서 들려오는 광야의 바람소리나 강물소리와도 같아서, 비록 그것을 즐길 수는 있다 해도 도저히 그것들을 그려놓을 수는 없습니다.

그러한 불안 상태 속에서 헤매는 동안 가을이 닥쳐왔습니다. 저는 기꺼이 폭풍의 계절에 발을 들여놓았습니다. 어느 때는 바람과 구름과 유령들 사이를 헤매는 무사가 되고 싶었고, 수풀 한구석 풀포기 위에 피운 보잘것없는 모닥불에 손을 녹이는 목자의 운명을 부러워해 보기도 했습니다. 그 목자들의 구성진 노랫소리를 듣고 이 세상 어느 곳에서건 인간이 내는 자연스러운 소리는 그것이 비록 행복을 표현하는 것이라 할지라도 슬플 수밖에 없다고 느꼈습니다. 우리들의 마음이란 완전하지 못한 악기와도 같은 것입니다. 줄이 몇 가닥 모자라는 리라 같은 것이어서 기쁨의 노래를 나타내려 해도 어쩔 수 없이 한숨을 나타내는 데 쓰이는 소리로 표현할 수밖에 없습니다.

그날 저는 저쪽 끝으로 수풀이 보이는 넓은 황무지를 헤매고 있었습니다. 제가 명상에 잠기는 데는 별로 많은 것이 필요하지 않았습니다. 바람에 날리는 낙엽이라든가 헐벗은 나무 꼭대기 위로 피어오르는 오두막집의 연기라든가 또는 북풍에 흔들리고 있는 이끼나 외로이 놓인 바위며, 시든 등심초가 속삭이는 쓸쓸한 연못으로도 충분했습니다. 계곡 한가운데서 멀찌감치 홀로 우뚝 서 있는 종탑도 간간이 눈길을 끄는 것이었고, 머리 위로 날아가는 철새도 시선을 끌었습니다. 철새들이 날아가는 먼 곳의 기후와 아직도 알려지지 않은 해변들을 머릿속에 그리면서 저도 그 날개 위에 타고 가보았으면, 하고 생각해보기도 했습니다. 그 어떤 비밀스러운 본능이 저를 괴롭혔습니다. 저는 한낱 나그네에 지나지 않는다고 느꼈습니다. 그런데 하늘로부터 이런 소리가 들려오는 것이었습니다.

"여보게, 자네가 방랑할 때는 아직 오지 않았어. 죽음의 바람이 불면 그제야 자네가 원하는 그 미지의 곳을 향하여 날개를 펼 수 있을 걸세. 그때를 기다리게나."

"이 르네를 다른 삶으로 데려다줄 폭풍이여, 어서 빨리 일어나라!" 이렇게 외치며 저는 성큼성큼 걸어갔습니다. 얼굴은 달아올랐고 머리카락은 바람에 흩날렸으며, 빗방울도 오한도 느끼지 못했습니다. 저는 무언가에 홀린 듯했고, 고통스러웠으며, 마치 악마의 마음에 사로잡힌 듯했습니다.

그날 밤 폭풍이 오두막을 흔들고 빗줄기는 지붕으로 억수

같이 쏟아질 때, 바다 위에서 떠도는 흐릿한 배처럼 첩첩이 덮인 구름 사이로 달이 이리저리 떠다니고 있던 그날 밤, 제 가슴은 생명에 벅차올랐고 천지라도 창조해낼 듯한 힘이 솟아올랐습니다. 아! 제가 그때 겪은 기쁨을 한 여인과 함께할 수 있었더라면! 주여! 당신이 제 욕심에 따라 한 여인을 제게 주시었더라면, 우리의 첫 선조에게 그리하셨던 것처럼 내 몸의 일부로 빚어낸 이브를 주셨다면⋯⋯. 아름다운 천생의 여인이여! 나는 그대 앞에 꿇어 엎드렸을 텐데! 그대를 품에 안고 내 남은 생명을 그대에게 바치리라고 영원하신 주님께 기도할 수 있었으련만.

아아, 그러나 나는 혼자였을 뿐이니, 이 세상에 다만 나 혼자였을 뿐이었으니, 제 몸은 남모르게 초췌해져갔고 어린 시절부터 느껴오던 삶에 대한 혐오가 다시 새롭게 엄습해왔습니다. 이윽고 제 마음은 제 사고에 아무런 자양도 되지 못했고, 저는 오로지 권태라는 감정 속에서만 존재를 느낄 수 있을 뿐이었습니다.

한동안 저는 병과 싸워보았습니다만, 곧 그 병에 무관심하게 되어버렸고, 또 그 병을 이겨낼 확고한 마음도 없었습니다. 어디에나 있으면서 또 아무 곳에도 없는 이런 괴상한 마음의 상처를 치유할 방법을 찾지 못한 채, 마침내 저는 세상을 등지기로 작정했습니다.

천주님의 목자이신 신부님! 제 이야기를 듣고, 거의 이성을 잃어버렸던 그 불행한 자를 용서하시겠지요. 저는 신앙심에 가득 차 있었으면서도 불경스러운 것을 생각하고 있었으며, 가슴속으로는 주님을 사랑하고 있었으면서도 머리는 주님을 몰라뵈었던 것입니다. 제 행동, 제가 하던 말, 제 감정들, 이 모든 것이 모순이며 암흑이고 거짓이었을 뿐입니다. 그러나 인간은 자신이 무엇을 원하는지 알 수 있을까요? 자기가 무엇을 생각하고 있는지 확신할 수 있을까요?

모든 것이 저로부터 빠져나갔습니다. 우애와 세상과 은둔처가 한꺼번에 저를 버린 것이었습니다. 저는 별의별 짓을 다 해보았습니다만, 그 모두가 저를 파멸로 이끌 뿐이었습니다. 사회로부터 배척을 받고 아멜리로부터도 버림을 받은 채, 고독조차도 아쉽게 여겨지는 상태에서 제게 남은 것은 무엇이었겠습니까? 제가 마지막 도피의 도구로 삼은 것은 바로 그 고독이었습니다. 그런데 그 고독이라는 널빤지는 심연 속으로 빠져드는 것을 저는 느꼈습니다.

삶의 무거운 짐으로부터 벗어나야 한다고 마음먹고 나서, 저는 그 미친 짓에 온 정신을 다 쏟아야 한다고 결심했습니다. 이제 저를 재촉하는 것은 아무것도 없었습니다. 출발 시간을 정하지도 않았습니다. 저는 생존의 마지막 순간들을 느릿느릿 맛보고 싶었고, 온 힘을 다해 영혼이 빠져나가는 것을 느끼고 싶었기 때문입니다.

어쨌든 저는 재산에 관한 모든 것을 정리해야 할 필요를 느졌습니다. 그래서 아멜리에게 편지를 보내지 않을 수 없었습니다. 그러자 그녀가 나를 잊고 있는 데 대하여 몇 마디 원망이 나오고 말았으며, 제 마음속에서 슬며시 고개를 들고 일어나던 그 어떤 감동을 나도 모르게 드러내 보이고 말았습니다. 저는 비밀을 잘 감쌌다고 생각했지만 제 마음을 속속들이 잘알고 있는 누님은 쉽게 그것을 알아차릴 수 있었던 모양입니다. 그녀는 제 편지를 감싸고 있던 그 무서운 어조에 놀라 또 제가 지금까지 관심을 가지지 않았던 일에 대하여 묻는 것을 보고는 몹시 놀라서, 답장을 써 보내는 대신 불쑥 달려왔고, 이번에는 제가 적지 않게 놀랐습니다.

아멜리를 다시 보았을 때 제가 얼마나 고통스러웠으며 얼마나 흥분했었던가를 느끼시려면, 아멜리는 제가 이 세상에서 유일하게 사랑하는 사람이라는 것, 저의 유년 시절의 달콤한 기억들은 모두 그녀와 얽혀 있다는 것을 아셔야 할 것입니다. 저는 일종의 황홀한 마음으로 그녀를 맞이하였습니다. 제 이야기를 들어줄 수 있고, 또 그 앞에서 마음을 열어 보여줄 수 있는 사람을 만나게 된 것은 정말로 오랜만의 일이었습니다.

아멜리는 제 팔에 몸을 던지면서 이렇게 말했습니다.

"무정하구나. 너는 죽으려는데 누이는 살아 있다니! 너는 네 누이의 마음을 의심하고 있구나! 설명하지도 말고 변명하려고도 하지 마. 나는 다 알고 있으니까. 나는 늘 너와 함께 지냈던 것처럼 모두 다 알 수 있어. 네 감정의 움직임을 샅샅이 알고 있는 나를 속일 셈이니? 그게 바로 너의 불행한 성격이고 너의 나쁜 점이고 네가 틀린 점이야. 약속하렴. 내가 너를 이렇게 껴안고 있는 동안 약속하렴. 이제 다시는 그따위 어리석은 짓을 하지 않겠다고 말이야. 다시는 죽으려고 하지 않겠다고 제발 맹세해다오."

이렇게 말하더니, 아멜리는 동정과 연민이 가득 찬 눈으로 저를 바라보고는 이마에 키스를 퍼부었습니다. 흡사 어머니 같기도 했고 혹은 그 이상으로 정다운 그 무엇이기도 했습니다. 다시 제 마음은 기쁨으로 활짝 열렸습니다. 어린애처럼 위로를 받고만 싶었습니다. 저는 아멜리의 힘에 굴복하고 말았습니다. 아멜리는 엄숙히 맹세하기를 요구했습니다. 저는 주저하지 않고 그렇게 했습니다. 맹세하면서 제가 장차 더욱 불행해지리라는 것은 의심조차 해보지도 못했습니다. 함께 있다는 희열을 즐기면서 우리는 한 달 이상을 함께 지냈습니다. 아침이 돼서 일어나보면 전처럼 저 혼자가 아니었고, 누님의 목소리가 들려왔습니다. 저는 행복에 겨웠고 기뻐서 어쩔 줄을 몰랐습니다. 아멜리는 날 때부터 성스러운 무엇을 지니고 있었던 듯합니다. 그녀의 마음도 그녀의 몸과 마찬가지로 순진한 아름다움 바로 그것이었습니다. 그녀의 부드러운 감정은 끝이 없어서 그보다 더 아름답고 그보다 더 꿈꾸는 듯한 마음은 찾아보려 해도 찾아볼 수 없었습니다. 그녀의 마음씨와 생각, 그녀의 음성들은 합창처럼 새어 나왔습니다. 누님은 여인들이 갖는 수줍음과 사랑을 가졌고 또 천사들의 순결과 선율을 지니고 있었습니다.

드디어 제 분별없는 모든 행동을 속죄할 때가 되었습니다. 몽환 속에서 저는 적어도 고통의 실체를 얻어보려고 불행이라도 겪어보았으면 하고 바라는 일까지 생겼습니다. 아! 주님은 노한 가운데도 그런 무서운 소원도 들어주시는 것이었으니!

제가 무슨 이야기를 하려는 건가요? 오, 제 눈에서 흘러내리는 이 눈물을 보십시오. 제가 그럴 수가……. 요 며칠 전만 하더라도 그 어느 것도 제게서 그 비밀을 캐낼 수가 없었겠지만 이제 모든 것은 다 끝났습니다!

그러나 오! 이 이야기는 언제까지나 침묵 속에 파묻혀야 합니다. 오직 광야의 나무 아래에서만 이야기되었다는 것을 기억해주십시오.

겨울이 다 지나갔을 때였습니다. 저는 아멜리가 건강과 휴식을 잃고 있다는 것을 알게 되었고, 반대로 저는 그녀로부터 건강과 휴식을 얻기 시작했다는 것을 깨닫게 되었습니다. 그녀는 메말라갔습니다. 눈은 움푹 패어 들어갔고, 거동은 지친 듯했으며, 또 목소리는 점점 흐려졌습니다. 어떤 날은 그녀가 십자가 밑에서 울고 있는 모습을 보기도 했습니다. 기도했습니다. 이 세상, 고독, 밤, 낮, 저의 존재 혹은 부재, 이 모든 것이 아멜리를 불안하게 했던 것입니다. 그녀의 입술에서는 자기도 모르게 뜻하지 않은 한숨 소리가 새어 나오기도 했습니다.

어떤 때는 아주 활기찬 모습을 보이다가도 어떤 때는 기력이 다한 모습이었습니다. 그녀는 일손을 잡았다가도 이내 일감을 밀쳐버렸고 책을 펴 들기는 했지만 읽을 수 없을 때도 있었습니다. 한 줄을 읽어내려가기는 하지만 그 한 줄조차 끝까지 읽어내지 못했습니다. 그러다가 그녀는 갑자기 울음을 터뜨리며 물러가서 기도하는 것이었습니다.

저는 그녀의 비밀을 캐내려고 애써보았지만 헛일이었습니다. 제 품에 그녀를 껴안은 채 그녀에게 물어보면, 그녀 역시 저처럼 뭐가 뭔지 모르겠다면서 웃음 지으며 대답하는 것이었습니다.

그럭저럭 석 달이 흘러갔습니다. 그녀의 몸은 나날이 쇠약해져 갔습니다. 그녀가 우는 까닭은 그 이상한 서신 왕래 때문인 것 같았습니다. 그녀가 받는 편지에 따라서 그녀는 차분히 가라앉기도 하고 마음이 들뜨기도 하는 것 같았기 때문입니다. 어느 날 아침, 함께 앉아서 식사할 시간이 지났기 때문에 저는 그녀의 방으로 가서 문을 두드렸습니다. 방 안에서는 아무 기척이 없었습니다. 저는 문을 빠끔히 열어보았습니다. 방안에는 아무도 없었고 다만 벽난로 위에 제 앞으로 된 편지한 통이 놓여 있었습니다. 저는 떨면서 그 편지를 뜯어 읽어보았습니다. 제가 지금도 간직하고 있는 이 편지로 말미암아 저의 미래에는 기쁨이라는 것이 사라져버리게 된 것입니다.

르네에게

르네야, 한순간만이라도 네게서 고통을 덜어주기 위해서라면 나는 목숨을 몇 천 번이라도 내던질 수 있단다. 이건 하늘이 증인이 되어주실 거야.

하지만 박명한 나로서는 너의 행복을 위해 아무것도 할 수가 없구나. 죄인처럼 몰래 집에서 빠져 달아나는 나를 너도 용서해주겠지. 네가 붙잡으면 뿌리칠 용기도 없거니와 이제는 떠나야 할 시간도 되었기 때문에……. 주여, 저를 가엾게 여기소서!

르네야, 너는 내가 언제나 신앙생활에 열심이었던 것을 알지. 이제야 하늘의 가르침에 따라야 할 때가 되었나 봐. 왜 내가 이처럼 늦도록 기다렸는지……. 주님은 나를 벌하셨어.

나는 너 때문에 이 세상에 남아 있었단다. 용서해다오, 나는 너를 떠나야 할 그 슬픔 때문에 몹시 괴로워하고 있단다.

바로 지금이, 네가 그토록 반대하고 나섰던 안식처로 떠나야 할 때인 것 같아. 우리가 언제나 사람들에게서 멀리 떨어져 살아야 하는 것은 아마도 우리가 불행한 탓이겠지. 아아, 그 불행한 자는 과연 어떻게 될까? ……나는 너 자신도 오직 그 신앙의 안식처에서만 휴식을 얻을 수 있으리라고 확신해. 이 속세는 네게 알맞은 것이라고는 아무것도 주지 않을 테니까.

네가 했던 그 맹세, 그것을 네게 다시 말하지는 않겠어. 나는 네가 약속을 꼭 지킬 줄 알고 있으니까. 너는 맹세했어. 나를 위해서라도 너는 살아야 해. 인생을 하직하겠다고 끊임없이 생각하는 것보다 더 비참한 것이 또 무엇이 있겠니? 하지만 이 누나를 믿어다오. 산다는 것은 더욱 힘든 일이야.

여하튼 나의 르네야, 하루속히 그 고독에서 빠져나오길 바란다. 고독이란 너에게는 좋지 않아. 무슨 일자리든 구하도록 하여라. 프랑스에서는 누구나 '직위를 가져야 한다'는 필요성을 너는 아마도 쓴웃음으로 대할 테지만, 그래도 우리 선조들의 경험이나 지혜를 우습게 보지는 말아야 해. 인간들의 평범한 생활을 좀 더 닮아보려고 애쓰면서 조금이라도 불행을 덜어보는 것이 훨씬 나을 거야.

아마 결혼이라도 한다면 너는 슬픔에서 벗어나 안정을 얻게 되는지도 몰라. 어느 한 여인이, 또 네 자식들이 너의 삶을 채우게 될 거야. 너를 행복하게 해주려고 하지 않을 부인이 있겠니? 너의 열성적인 마음과 그 재주, 정열적이며 고귀한 태도, 부드러우면서도 늠름한 그 눈길, 그 모두가 아내의 극진한 사랑을 너에게 보장해줄 거야. 그러면 너의 아내는 그 얼마나 벅찬 기쁨으로 너를 품 안에 안아주겠니? 그녀는 언제나 너를 응시하고 너를 생각하며 조금이라도 너의 괴로움을 덜어주려고 애를 쓸 것이고, 네 앞에서는 아내야말로 사랑과 순진, 바로 그 자체일 거야. 그리고 그녀에게서 너의 누이를 다시 발견할 것이고……

나는 어느 수도원으로 떠난다. 바닷가에 있는 이 수도원은 내 영혼 상태에 꼭 알맞은 곳이야. 밤이면 내 방에서도 수도원의 벽을 보듬어주는 파도의 속삭임을 들을 수 있겠지. 흔들리는 소나무 꼭대기에서도 파도 소리를 들을 수 있다고 믿으면서 수풀 속을 너와 함께 거닐던 그 시절을 생각할 거야. 어린 시절부터 정다운 친구였던 너를 이제 아주 볼 수 없게 되었구나. 나이는 몇 살밖에 더 먹지 않았지만 나는 너의 오람도 흔들어주었고 어떤 때는 같이 잠이 들기도 했지. 언젠가 한 무덤 안에서 다시 만날 수 있다면! 아니야, 사랑을 모르는 이 여인들이 영원히 쉬게 될 그 성역의 싸늘한 대리석 밑에서 나는 혼자 잠들어야 해.

눈물 때문에 거의 반이나 지워진 이 글을 네가 알아보는지 모르겠구나. 여하튼 우리는 조만간에 떠나야 하는 것 아니겠니? 삶이 불확실하고 가치가 없다는 생각에 너무 사로잡혀 있을 필요가 어디 있겠니? 릴르 드 프랑스에서 난파당한 청년 M 씨를 생각해보렴. 그가 죽은 지 몇 달 후 그의 마지막 편지를 받을 때쯤에 그의 시체는 이미 다 썩어 없어진 뒤였잖아. 유럽에서 그의 장례를 치를 때 인도에서는 이미 모든 것이 끝난 뒤가 아니겠니? 그처럼 잊어버리기 쉬운 사람이란 존재는 도대체 무엇이겠니? 어느 친구들은 벌써 위로까지 받았는데 어느 친구들은 그의 죽음조차 알 길이 없다니!

사랑하는 르네야, 나에 대한 기억이 네 마음속에서 그렇게 빨리 사라질 수 있을까? 르네야, 나는 지금 이 시간 속에서 너를 떠나가기는 하지만, 그것은 영원한 저세상에서 너와 다시는 헤어지지 않기 위해서란다.

아멜리

추신. 여기에 내 재산의 증여증서를 동봉한다. 내 우애의 표시이니 제발 거절하지 않기를 바란다.

……아마 발밑에 벼락이 떨어진다 해도 이 편지보다는 더 나를 놀라게 하지는 못했을 것입니다. 아멜리는 제게 무슨 비밀을 감추고 있었던 걸까요? 누가 그녀에게 갑작스레 신앙생활을 강요한 걸까요? 사랑이라는 매혹으로 저를 살려놓고서는 다시 그 매혹을 걷어차버린 것이었습니다. 아, 왜 그녀는 나타나서 제 계획을 바꾸게 한 걸까요! 자비심이 발동해서 그녀는 제 곁으로 왔던 것이었습니다만, 곧 괴로운 의무감에 지쳐서 이 세상에서 오직 자기만을 의지하고 있던 불행한 저를 버려두고 서둘러 떠나고 말았던 것입니다. 사람을 죽지만 않게 해놓으면 할 일은 다 했다고 생각하는 것이 사람입니다. 저는 원망하지 않을 수 없었습니다. 저는 다시 저 자신에게로 되돌아왔습니다.

'오, 아멜리, 너무하군. 만약 누나가 내 처지라면……. 나처럼 허무한 나날을 보내도록 버림을 받았다면……. 아! 결코 누나는 동생한테서 버림을 받지 않았을 거야'라고 저는 아멜리를 원망했습니다.

그런데 그 편지를 다시 읽어보니 그 편지에는 무언지 알 수 없는 슬프고도 애정에 찬 그 무엇이 있어, 마음을 움직이게 했습니다. 언뜻 어떤 희망이 떠올랐습니다. 아멜리가 아마도 감히 고백하지는 못하지만 어떤 남자에게 마음을 준 것이라 생각했던 것입니다. 이렇게 생각하자, 그녀의 우울과 이상스러운 서신 왕래며 그 편지 속에 풍기는 열정적인 어조를 비로소 어렴풋이나마 짐작할 수 있었습니다. 저도 곧 그녀에게 그녀의 마음을 열어 보여달라는 편지를 띄웠습니다.

얼마 있지 않아서 답장이 왔습니다. 그러나 끝내 그녀의 비밀을 알아낼 수가 없었습니다. 그녀는 다만 자기가 수련 기간을 면제받았다고, 또 주님께 대한 서약을 곧 할 것이라고만 알려왔을 뿐이었습니다.

저는 아멜리의 고집, 나의 애정을 별로 신뢰하지 않는 듯한 그녀의 어투에 화가 나고 말았습니다. 잠시 주저하다가 저는 누님을 직접 만나서 마지막으로 한번 졸라보기 위하여 B로 가보기로 마음먹었습니다. 그곳에 가려면 제가 자라났던 곳을 지나야 했습니다. 제 생애에 있어서 유일하게 행복한 시절을 보냈던 그곳의 숲을 보는 순간, 저는 저도 모르게 눈물이 났고, 그 숲에 마지막 작별을 고하고 싶은 충동을 이길 수 없었습니다.

큰 형님은 아버지가 물려준 집을 팔아버렸지만, 아직 새 주인이 들어와서 살고 있지는 않았습니다. 전나무 길을 한참이나 가서야 그 성관城館에 다다랐습니다. 저는 황폐한 뜰을 걸어서 지났습니다. 걸음을 멈추고 굳게 닫힌 창문이며 반쯤 부서진 창들을 바라보았습니다. 벽 밑에서 자라고 있는 엉겅퀴와 문턱에 흩어진 잎사귀들 그리고 아버님과 하인들이 늘 살다시피 하던 황량한 현관들을 저는 서서 바라보았습니다. 계단들은 이미 이끼에 덮여버렸고 틈이 벌어져서 흔들거리는 그 돌들 밑으로는 노란 달갈꽃들이 자라고 있었습니다. 웬 낯선 집지기가 나를 보더니 갑자기 문을 열어주었습니다. 제가 들어갈까 말까 주저하고 있는데, 그 사람이 소리치는 것이었습니다.

"여보시오, 며칠 전에 여기 왔던 그 낯선 여인처럼 하려는 거요? 그 여자도 들어가려다 말고 그만 정신을 잃었다오. 그래서 할 수 없이 내가 마차에다 태워주었는데……."

저는 그 '낯선 여인'이 누구인지 금방 알 수 있었습니다. 저처럼 그곳에 와서 과거를 되씹으며 눈물을 흘린 이가 누구였겠습니까?

잠시 수건으로 눈물을 가린 후 저는 선조 할아버지들이 사시던 그 지붕 밑으로 발을 들여놓았습니다. 저는 제 발걸음 소리만 웅웅 울리는 방들을 하나하나 찾아다녔습니다. 닫혀 있는 덧창 사이로 희미한 햇빛만 스며들고 있어 방들은 모두 침침했습니다. 저를 낳으시면서 세상을 뜨신 어머님의 방과 아버님이 쓰시던 방, 또 제가 요람에서 잠자던 방과 주님과 함께 우리의 우애가 처음으로 맺어졌던 방들을 두루 살펴보았습니다. 객실에는 군데군데 휘장이 없어졌고, 버려둔 침상에는 온통 거미줄 천지였습니다. 저는 그곳을 얼른 빠져나와 감히 되돌아보지도 못하고 성큼성큼 멀어져버렸습니다. 젊은 남매가 늙은 부모님의 그늘에서 다시 모이는 그 순간, 그 순간은 비록 아늑하긴 했지만 또한 얼마나 빨리 지나쳐버리는 것인지! 사람의 감정이란 꼭 하루살이 같습니다. 주님이 한번 불어버리면 연기처럼 흩어지는 것입니다. 아들은 자기 아버지를 겨우 알아볼 뿐! 떡갈나무는 그의 둘레에서 열매가 싹트는 것도 볼 수 있지만, 인간은 그렇게 할 수 없는 것입니다.

B에 도착한 저는 수도원으로 찾아가서 누님에게 면회를 청했습니다. 그러나 누님은 아무와도 만나지 않는다고 누가 일러주었습니다. 저는 그녀에게 편지를 써서 보냈습니다. 주님께 몸을 바치는 순간에는 세상일은 조금도 생각할 수가 없으며, 또 제가 그녀를 진정 사랑한다면 저의 고통 때문에 괴로움을 받지 않도록 피해주면 좋겠노라는 아멜리의 대답이 돌아왔습니다. 그녀는 또 이렇게 덧붙였습니다.

'어쨌든 내가 서원을 하는 날, 네가 제단에 올 수 있으면 와서 아버님 대신에 일을 봐다오. 정말 너의 용기에 꼭 합당한

일이 될 테니. 또 우리의 사랑이나 나의 안정에도 좋은 것이 될 테니.'

저의 열렬한 애정에 비하여 그토록 쌀쌀맞게 나오는 그녀의 완강함을 보고 저는 몹시 격분하고 말았습니다. 저는 그 길로 바로 돌아와버리려 했습니다만, 그 미사성제를 방해하고 싶은 마음에 그냥 눌러앉아 있었습니다. 얼마나 지독한 마음이 들었던지 성당 안에서 자살을 해서 저로부터 아멜리를 빼앗아가는 그 맹세 소리에 원망 소리가 함께 울려 나오도록 할까 하는 생각까지 해보았습니다. 수도원장은 지성소 안에 자리를 하나 마련해놓았다고 제게 미리 알려주면서, 그 이튿날부터 있을 예정인 의식에 참석해달라고 했습니다.

동이 트자 첫 종소리가 들려왔습니다. 저는 열 시 가까이 되어서야 최후의 고통이라도 치르는 듯 겨우 수도원으로 몸을 이끌고 갔습니다. 그런 광경을 보아야 한다는 것보다 더 비극적인 것이 어디 있으며, 거기서 죽지 않고 살아남아야 한다는 것보다 더 고통스러운 일이 또 어디 있겠습니까?

성당은 사람들로 꽉 차 있었습니다. 누가 저를 그 지성소 안에 있는 의자에 데려다 놓았을 때 저는 제가 어디에 있는지, 또 무엇을 하려고 하는지도 모르면서 얼른 무릎을 꿇고 말았습니다. 제단에는 이미 신부님이 기다리고 있었고, 이어서 곧 신비로운 창살 문이 열리면서 화사하게 차려입은 아멜리가 앞으로 나왔습니다.

그녀는 너무도 아름다웠습니다. 그녀의 얼굴에 너무도 성스러운 뭔가가 있는 듯하여 모두들 놀라움과 찬탄을 마지않았습니다. 성녀의 거룩한 고뇌와 신앙의 위대함에 눌리고 기가 꺾여버린 저는 폭력을 쓰려던 계획을 집어치우지 않을 수 없었습니다. 맥이 탁 풀어지고 말았습니다. 전능한 손에 붙잡힌 제 마음은 욕설과 위협은커녕 오히려 깊은 탄복으로 가득 찼고, 보잘것없는 자신을 생각하면서 신음하는 것이었습니다.

아멜리는 제단 밑에 자리를 잡았습니다. 촛불을 켜놓고 미사성제가 시작되었습니다. 꽃과 향기가 사방으로 풍겨 제단에 있는 희생물을 더욱 아름답게 보이도록 했습니다. 찬미가가 울려오자 신부는 아마로 지은 사제복만 빼놓고 제복을 전부 벗었습니다. 신부는 단 위로 올라가더니 주님에게 바치는 그 동정녀의 복됨을 간단하고도 비장한 말로써 이야기하였습니다. 신부가 "그는 불꽃 속에서 타고 있는 향기인 양 나타났습니다"라고 말했을 때, 듣고 있던 우리들은 몹시도 조용하여 신비로운 비둘기의 날개 밑에 몸을 감추고 있는 것같이 느껴졌고, 천사들이 제단 위로 내려왔다가 다시 관과 향내에 싸인 채 하늘로 올라가는 것을 본 것 같았습니다.

신부는 말을 마치고 옷을 입은 다음 다시 미사성제를 계속했습니다. 아멜리가 젊은 수녀 두 사람에게 부축되어 제단의 맨 아래 층계에 무릎을 꿇었을 때, 아버지 노릇을 해야 할 저를 누가 찾아왔습니다. 제단으로 비틀거리면서 나아가는 제

발걸음 소리에 아멜리는 그만 기절이라도 할 것 같았습니다. 신부에게 가위를 주기 위하여 곁에 자리를 잡자, 저는 피가 거꾸로 흐르는 것 같았습니다. 분노는 곧 폭발할 것 같았습니다. 하지만 용기를 낸 아멜리가 비난과 고뇌에 찬 눈초리로 노려보았을 때, 저는 그만 주저앉아버리고 말았습니다. 끝내 신앙이 이기고 만 것이었지요. 누님은 제가 괴로워하고 있는 틈을 이용해 자신의 머리를 의젓이 내밀었습니다. 아름다운 머리타래가 성스러운 칼 밑에서 사방으로 흩어졌습니다. 가는 베로 만든 기다란 겉옷이 온갖 장식물을 대신하여 입혀졌습니다만, 아멜리는 조금도 애잔함을 잃지 않았습니다. 이마에 그려진 슬픔도 아마포로 된 띠 밑으로 감추어지고, 신앙과 동정녀의 상징인 베일은 깎아버린 아멜리의 머리에 꼭 어울렸습니다. 아멜리가 그때보다 더 아름다웠던 적은 결코 없었다고 저는 생각했습니다. 속죄하는 그녀의 눈길은 이 세상의 티끌에 두고 있는 것이겠지만, 그녀의 넋은 이미 하늘에 있는 것이었습니다.

그렇지만 아직 아멜리가 맹세의 말씀을 할 때가 되지는 않았습니다. 이 세상에서 죽어 없어지자면 무덤을 거쳐서 와야 하니까요. 그녀가 대리석 위에 눕자 관 위에 덮는 새까만 천이 그녀의 몸 위에 펼쳐졌습니다. 사면에서 촛불이 켜졌고, 목에 스톨라를 찬 신부는 한 손에 성경을 든 채로 기도를 시작했습니다. 그러자 젊은 수녀들이 그 뒤를 이어갔습니다. 신앙의 기뿜이란 그 얼마나 위대한 것입니까? 하지만 또한 너무 호된 것이기도 했습니다. 제가 억지로 끌려가서 그 곁에 무릎을 꿇게 되었을 때, 갑자기 죽음의 베일 밑에서부터 알지 못할 속삭임이 솟아 나왔습니다. 저는 앞으로 몸을 굽혔습니다. 그러자 무서운 말이 들려왔습니다. 그 말은 저 혼자만 들을 수 있었습니다.

"자비로우신 주여, 제가 이 무덤에서 다시는 일어나지 못하게 하여주시옵소서! 저처럼 죄악의 욕정을 품지 않았던 동생에게는 행복을 주시옵소서."

관에서부터 새어 나오는 이 소리를 듣자 비로소 저는 무서운 사실에 눈을 뜨게 되었습니다. 저는 이성을 잃고, 죽음의 천 위에 쓰러지고 말았습니다. 저는 누님을 껴안고 이렇게 소리쳤습니다.

"예수 그리스도의 정숙한 아내여, 내 이 마지막 포옹을 받아주오. 당신을 당신의 동생으로부터 갈라놓은 죽음의 냉혹함과 영원의 심연을 통하여 보내는 이 서약을."

이 동작, 이 외침, 이 눈물 때문에 식은 그만 엉망이 되고 말았습니다. 놀란 신부와 창살 문을 닫아버린 수녀들. 사람들은 웅성거리면서 제단으로 몰려왔고, 저는 정신을 잃은 채 다른 곳으로 옮겨져 나왔습니다. 아, 다시 깨어나지 않았더라면 얼마나 좋았을까요. 제가 다시 깨어났을 때, 식은 이미 끝나 있었습니다. 저는 정신을 잃은 채 다른 곳으로 옮겨져 있었고,

누님은 다시는 자신을 찾지 말라는 부탁을 남겨놓았습니다. 아, 내 삶이란 그 얼마나 비참한 것인지. 누이는 동생에게 얘기하기를 겁내고, 동생을 그 누이에게 자기의 목소리가 들릴까 봐 두려워하다니! 저는 속죄의 장소를 나오듯이 그 수도원을 빠져나왔습니다. 그 수도원은 천생의 삶을 예비하여주는 정열이 있는 곳, 또한 지옥에서처럼 희망을 제외하고는 모든 것을 잃게 되는 그런 곳으로 제게는 보였습니다.

우리는 자신의 영혼 속에서 자신의 불행을 이겨낼 힘을 찾아낼 수 있습니다. 그러나 우리는 뜻하지 않게 남의 불행의 씨가 되는 수도 있으며, 그렇게 되면 정말 견디기 어렵게 됩니다. 누님의 병이 무엇이었는지 환히 알게 되자 저는 아멜리가 얼마나 고통을 겪었을지 가히 상상해볼 수 있었습니다. 그럴 때면 제가 이제까지 이해할 수 없었던 갖가지 의혹들이 저절로 풀렸습니다. 제가 여행을 떠날 무렵, 아멜리가 가졌던 그 기쁨과 슬픔의 뒤얽힘, 제가 올 때쯤 해서 조심스레 피하곤 했던 일들, 하지만 그러한 것들 때문에 아멜리는 그렇게도 오랫동안 수도원으로 들어가버리지 못한 것이었겠지요. 아아, 불행하게도 그녀는 그 병이 나을 수 있다고 자신했던 것이니! 그녀의 은둔 계획과 수련 면제 이야기, 또 자기 재산을 제게 주도록 해둔 그 편지의 내용들, 나를 어리둥절하게 만들었던 그 편지의 비밀이 밝혀진 것입니다.

결코 환상이 아니었던 그 병 때문에 누이가 흘렸던 눈물이 무엇인지를 그제야 저는 깨달았습니다. 그토록 오랫동안이나 망설여왔던 정열은 맹렬하게 그녀에게로 쏠렸습니다. 심지어 저는 슬픔 가운데서 생각지도 못했던 만족감 같은 것을 찾아볼 수 있었고, 고통이란 것은 쾌락과 마찬가지로 결국은 식어버리고 마는 감정이라는 것을 깨닫고 은밀한 즐거움을 느끼기도 했습니다.

저는 전능하신 주님이 명하시기 전에 세상을 하직하려 했습니다. 그러나 그것은 커다란 죄악이었습니다. 주님은 아멜리를 제게 보내셔서 저를 구하셨고, 또 벌주셨던 것입니다. 그처럼 모든 못된 생각과 죄스러운 행동 때문에 혼란과 불행이 찾아왔던 것이지요. 아멜리는 저에게 제발 죽지 말아달라고 간청했던 것이며, 그녀를 더 큰 고통에 빠뜨리지 않게 할 책임이 제게는 있었던 것입니다. 그런데 (정말 이상한 일입니다만!) 진정으로 불행한 상태에 빠지게 되면서 제게는 죽겠다는 생각이 사라지고 만 것입니다. 저는 온통 슬픔에만 잠길 수밖에 없었으며, 마음은 그야말로 권태롭고 비참해지고 말았습니다.

저는 한 가지 결심을 하게 되었습니다. 유럽을 떠나 아메리카로 가기로 한 것입니다. 바로 그때, 루이지애나로 갈 일단의 배들이 B항구에서 준비하고 있었습니다. 저는 그 배의 선장한 분과 얘기가 되어서 제 계획을 아멜리에게 알린 다음, 떠날 채비를 차리느라고 분주했습니다.

누님은 그때 죽을 고비에 놓여 있었습니다. 그러나 주님, 그녀에게 동정녀의 첫 종려나무 가지를 주기로 약속한 주님은 그처럼 빨리 아멜리를 그분의 곁으로 부르려고 하시지는 않았던지, 이 세상에서의 그녀의 시련은 더욱 가혹했습니다. 두 번씩이나 이 고통스러운 삶의 역정으로 내려온 그 여주인공은, 십자가를 지고 용감히 고통에 맞서 나아갔던 것입니다. 그 싸움 속에서 승리만을, 극심한 고통 속에서 넘쳐흐르는 영광만을 보면서 말입니다.

제게 남아 있던 약간의 재산을 팔아서 형님에게 전해드리는 일, 함대의 준비 등이 더디게 진행되었고 바람도 역풍이었기 때문에 저는 그 항구에서 오래 머물러 있었습니다. 아침마다 저는 아멜리의 소식을 듣기 위해 찾아갔고, 돌아올 때는 여러 가지 새로운 소식들을 알게 되어 그때마다 찬탄과 눈물을 지었습니다.

해변에 세워진 그 수도원 주위를 저는 끊임없이 헤매고 다녔습니다. 가끔 쓸쓸한 해안으로 난 창살문에 기대어 무엇을 생각하는 듯이 앉아 있는 수녀를 보았습니다. 그녀는 지구 저쪽 끝에서 전진해 오는 배가 바라다보이는 대양의 모습을 꿈꾸고 있었습니다. 몇 번인가 저는 바로 그 수녀가 달빛을 받으면서 창가에 앉아 있는 것을 목격할 수 있었지요. 그 수녀는 황량한 바닷가에서 달빛이 환히 비친 바다를 바라보며 처량하게 부서지는 파도 소리에 귀를 기울이는 것처럼 보였습니다.

저녁이면 수녀들을 밤샘과 기도로 불러들이는 종소리가 지금도 들리는 것 같습니다. 종소리가 느릿느릿 들려오고, 또 수녀들이 주님의 제단으로 묵묵히 발을 옮기는 동안 저는 수도원으로 달려갔습니다. 그 담벼락 밑에서, 홀로, 찬미가의 끝 구절에, 경건한 환희에 싸여 귀를 기울이는 것이었습니다. 파도의 가냘픈 소리와 함께 그 마지막 찬미가의 구절들은 성당의 둥근 천장 밑에서 섞여 나왔습니다.

제 고통을 더욱 무겁게만 해줄 것 같던 그런 일들이 어떻게 해서 오히려 고통을 무디게 할 수 있었는지 잘 알 수 없었습니다. 제 눈물을 바위 위로, 바람 사이로 흩뿌리면 그 눈물의 쓰라림은 줄어들었으며, 슬픔조차도 그 슬픔이 지닌 이상한 성질 때문에 조금씩 치유가 되었습니다. 비록 그것이 불행이라 할지라도 평범한 것이 아니면 즐길 수가 있는 법입니다. 그래서 저는 누님도 덜 불행하게 될 것이라는 희망을 품게 되었습니다.

제가 떠나기 전에 누님에게서 받은 편지가 이러한 생각을 더욱 굳게 해주었습니다. 아멜리는 정답게 저의 고통을 걱정해주었고, 시간이 가면 자신의 고통도 사라질 것이라고 나를 안심시켰습니다. 아멜리는 내게 이렇게 썼습니다.

"내 행복에 대해서 절망하지 않아. 미사성제가 끝난 지금에 와서는 도리어 좀 가혹했던 그 성제가 안정을 주고 있나 봐. 친구들은 모두 순진하며 그들의 맹세는 거짓이 없고, 생활은 규칙적이어서 향유를 뿌린 듯 나는 하루하루가 행복하단다. 폭풍이 으르렁거리고 바닷새들이 창에 날개를 부딪칠 때면 천국의 불쌍한 비둘기인 나는 폭풍 피할 곳을 미리부터 찾았다는 행복에 잠긴단다. 세상에서 들려오는 시끄러움도 여기서는 그쳐버리고, 하늘의 아름다운 화음을 처음으로 들을 수 있는 높은 꼭대기 바로 이곳이 성산聖山 아니겠니? 바로 이곳에서 신앙심은 다정다감한 사람들을 부드럽게 달래고 있는 거야. 신앙은 가장 열렬한 사랑일지라도 타는 듯한 순결로 바꾸어놓을 수 있단다. 그 순결이야말로 사랑하는 여인이 자기의 처녀성과 결합될 때 생기는 것이야. 신앙은 한숨을 정화하고 순간의 정열을 영원히 변치 않는 정열로 바꾸어놓을 뿐만 아니라 또 숨을 곳과 쉴 곳을 찾는 사람들의 쾌락과 고통, 비록 그것의 찌꺼기일지라도 거기에 안정과 순결을 불어넣어주는 것이란다."

하늘이, 아직도 내게 주려고 남겨놓은 것이 무엇인지, 또 어디를 가나 내가 가는 곳마다 폭풍이 따라다닐 것이라고 하늘이 귀띔해주려는 것인가, 저는 도무지 알 수 없었습니다.

함대가 출발한다는 지시가 떨어졌습니다. 해 질 무렵이 되자 벌써 몇몇 배는 준비도 끝내고 있었습니다. 저는 아멜리에게 작별의 편지를 쓰기 위해 마지막 밤을 뭍에서 보내기로 미리 얘기해놓았지요. 한밤중 제가 편지 쓰기에 몰입해서 종이까지 눈물로 적시고 있을 때, 어디선가 바람 소리가 들려왔습니다. 귀를 기울이자 폭풍 소리를 뚫고 수도원의 종소리에 섞인 경적 대포 소리가 들려왔습니다. 저는 바닷가로 뛰어가보 았습니다. 사방에는 사람 하나 없고, 오직 파도의 울음뿐이었 습니다. 저는 바위 위에 앉았습니다. 한쪽에는 파도가 번쩍이 면서 펼쳐져 있었고, 한쪽으로는 컴컴한 수도원 담벼락이 끝 도 없이 하늘에 닿을 듯 아득히 보였습니다. 창살이 붙은 어느 조그마한 창에 불이 켜졌습니다. 아! 아멜리, 십자가 아래 엎 드려서 당신의 불행한 동생에게 폭풍이 일지 않도록 주님에 게 기도드리는 것이 바로 당신인가요? 바다에서는 폭풍이 일 고, 당신이 숨어 있는 곳에는 안정이 서려 있군요. 암초에 부 딪힌 인간이 무엇이 와도 꿈쩍 않는 당신의 피난처 발밑에 쓰 러져 있어요. 방의 다른 쪽 벽으로는 무한이 있고, 흔들리는 비의 신호등과 꿈쩍 않는 수도원의 불빛, 항해하도록 운명 지 어진 자의 불안과 단 하루 속에서 삶의 앞날을 모두 알아볼 수 있는 순결한 여인! 하지만 다른 한편에서는 아멜리, 당신 의 영혼도 대양처럼 폭풍이 일고 있을 거예요. 선원들의 것보 다 무서운 조난을 겪고 있을 거예요. 이러한 모든 광경이 지금 도 그림같이 기억 속에서 선합니다. 제 비통한 눈물의 증인인 새로운 하늘의 태양, 그녀의 음성을 되받아 외쳤던 아메리카 해안의 메아리들.

처참했던 밤이 지나고, 이튿날이 되자 저는 갑판 끝에 기대 어 서서 영원히 떠나가는 조국을 바라보는 몸이 되었습니다. 흔들리는 조국의 나무들과 지평선 밑으로 내려가버린 수도원의 지붕 꼭대기들을 저는 한참이나 바라보고 있었습니다…….

르네는 이야기를 마치자 종이 한 장을 꺼내 수엘 신부에게 주더니 그만 샥타스의 팔에 안겨서 울음을 터뜨리고 말았다. 르네가 흐느끼고 있는 동안 선교사는 그가 건네준 편지를 이리저리 대충 읽어보았다.

편지는 원장 수녀에게서 온 것이었다. 거기에는 전염병에 걸린 동료들을 사랑과 열성으로 극진하게 간호하다가 희생된 미제리코르드 파 아멜리 수녀의 최후에 대한 이야기가 적혀 있었다. 그녀의 모든 동료들이 더할 수 없이 애통해했고, 심지어는 아멜리를 성녀로 생각하기까지 한다는 것이었다. 원장은 덧붙이기를, 그가 책임자로 있은 지 삼십 년이 넘었지만, 속세의 고뇌를 떠나서 그처럼 흡족해하는 수녀를 보지 못했다는 것이었다.

샥타스는 르네를 끌어안았다. 그 늙은이는 울고 있었다. "아들아." 그는 르네에게 이렇게 말문을 열었다. "오브리 신부님이 지금 여기 계시면 얼마나 좋으랴……. 신부님은 그의 깊은 가슴속에서 우리에게 알 수 없는 평화를 꺼내어 보여주실 텐데. 폭풍우를 잠재우면서도, 폭풍우와 꼭 닮은 그런 평화를 말이다. 폭풍우 부는 밤의 달과 같은 것이지. 이리저리 떠도는 구름이라도 그 달을 앗아가지는 못하리라. 한결같이 깨끗하기만 한 달님은 그 위로 고요히 나아가고. 아! 나에게는 모두가 고통스럽고 모두가 나를 괴롭히는구나!"

수엘 신부는 그때까지 한마디의 말도 없이 근엄하게 르네의 이야기를 듣고 있었다. 마음속으로는 연민의 정이 솟아올랐으나 겉으로는 조금도 내색을 하지 않아서 아무런 변함이 없었다. 그러나 추장의 감정이 그에게 침묵에서 입을 떼게 했다.

"그 어느 것도……." 수엘 신부는 르네에게 말했다. "자네 이야기 중의 그 어느 것도 지금 자네를 향해 일고 있는 이 동정심과는 맞설 수 없을 것이네. 나는 지금, 그 어느 것도 마음에 들어하지 않는 젊은이, 머릿속에는 공상이 그득 찬 젊은이 앞에 있는 셈이지. 모든 사회적 짐을 벗어던지고 무용한 몽상에 빠진 젊은이 말일세. 여보게, 세상이 추악하다는 것을 알았다고 해서 뛰어난 사람이 될 수는 없는 노릇일세. 오히려 보다 멀리 보지 못하기에 사람들과 삶을 증오하게 되는 것이지. 이보게, 시야를 넓히도록 애를 써보게. 자네가 한탄하던 그 모든 죄악이란 것은, 사실상 아무것도 아니란 것을 알게 될 거야. 자신의 삶이 불행할 뿐이라고 말하면서 부끄러움에 얼굴을 붉히지도 않는다면 그거야말로 정말 수치스러운 일이라네. 순수함, 미덕과 신앙 그리고 성녀의 그 모든 영광 전체가 겨우 자네의 슬픔 한 가지를 견딜 수 있게 할 뿐일세.

자네 누이는 자신의 잘못을 뉘우쳤네. 하지만 내가 보기에 무덤에서 나온 고백으로 인해 이번에는 자네의 영혼이 괴로

위하고 있겠지. 자네는 도대체 이 삶이라는 숲에서 자신의 의무를 저버린 채 하루하루를 그냥 소비하면서, 무엇을 하는 건가? 성자들은 황야에 묻혀 있다고 말할 참인가? 그 성자들은 그들의 눈물과 함께 있는 것이야. 성자들은 자네가 자네의 정열에 불을 붙이는 데 쓰는 시간을 그 정열을 죽이는 데 쓰고 있네. 인간이란 저 자신만으로 충족될 수 있다고 믿고 있는 주제넘은 젊은이 같으니! 고독이란, 그 속에서 주님이 함께하지 않고 있는 자에게는 좋지 못한 거야. 고독이란 영혼의 힘을 배가시키기도 하지만 동시에 그 영혼이 행해질 대상을 앗아가 버릴 수도 있는 거라네. 누구든 힘을 얻은 자는 그 힘을 민족을 위한 일에 써야 하지, 쓸데없는 데 쓴다면 비참하게도 남모르는 벌을 받는 것이고, 조만간에 하늘은 무서운 책망을 그에게 내리고 마는 법이야."

이 말을 듣고 당황한 르네는 샥타스의 품에 숙이고 있던 머리를 쳐들었다. 앞을 못 보는 추장은 미소를 띠었다. 눈웃음과 어울리지 않는 그 입 언저리의 미소는 무언가 신비롭고 거룩한 것을 지닌 듯했다. "애야." 아탈라의 옛 애인인 샥타스가 말했다. "신부님은 우리에게 가혹한 말씀을 하시는구나. 하지만 신부님은 늙은이나 젊은이나 모두를 고쳐주시지. 신부님의 말씀이 옳다. 평범한 길에서만 행복은 있는 거지. 어느 날, 메샤스베 강은 그의 수원지 가까운 곳에서 자신이 낡은 시내에 지나지 않는 것을 보고 자신에게 싫증이 났었단다. 메샤스

234

베 강은 산에게는 구름을 빌고, 여울에는 물을, 폭풍에게는 비를 빌었다. 이윽고 둑을 넘친 강물은 아름다운 양쪽 기슭을 헝클어놓으면서 거만하게도 자신의 힘을 자랑했지. 하지만 그가 지나는 곳마다 황폐해지고 뒤에 홀로 버려진 채 흘러가는 제 모습을 보게 된 후, 그제야 그는 그 옛날 고요히 흘러내리던 때의 그 보잘것없던 자기 친구들—자연과 새들과 꽃들이며 나무와 개울들, 이 모든 그의 친구들이 마련해주었던 그 볼품없는 강바닥을 아쉬워하게 되었단다."

샤타스가 말을 끝맺자, 메샤스베 강의 깊숙한 갈대밭 속에서는 한낮이 되면 폭풍이 온다고 알리는 듯 홍학의 울음소리가 들려왔다. 세 사람은 집으로 가는 길로 접어들었다. 아마 두 노인의 권유에 못 이겨 르네는 그의 아내 곁으로 가겠지만, 거기서 그는 결코 행복을 발견치 못하리라. 르네는 그 얼마 후에 루이지애나에서 벌어졌던 프랑스인과 나체즈족의 학살 때문에 샤타스와 수엘 신부와 함께 종적을 감추었다. 르네가 황혼이면 앉아 있곤 하던 그 바위를 우리는 지금도 볼 수 있다. ●

옮긴이 진형준

서울대학교 불어불문학과를 졸업하고 동 대학원에서 문학 석사, 박사학위를 받았다. 한국문학번역원 원장, 홍익대 문과대학장, 세계상상력센터 한국지회장, 한국상상학회 회장 등을 역임했다. 주요 저서로는 『상상력이란 무엇인가』, 옮긴 책으로 『상상계의 인류학적 구조들』 등이 있다.

초월로 가는 길목으로서의 사랑

___

프랑수와 샤토브리앙은 대혁명으로 처절하게 무너져 내린 앙시앵 레짐의 찬연한 노을이다. 어떤 경우에도 꿈을 삶의 일부로 간주할 수 없는 사람들은 그를 존재하지도 않은 완전한 세계의 환상에 빠져 끝내 세계를 바르게 이해할 수 없었던 몽상가로 제쳐놓는다.

한때는 반혁명군으로 싸우기도 했고, 그 싸움에서 패배한 뒤에는 오랜 망명객으로 신대륙을 떠돌았던 그에게 그토록 집착했으나 끝내 잃어버린 세계는 환상적이 될 수밖에 없었다. 거기다가 그 비극적인 몰락이 자아낸 뒷사람들의 연민은 이제 전설로만 남은 옛 영광의 잔영에 더욱 휘황한 덧칠을 했을 것이다.

하지만 제도든 체제든 인류사에 일정한 수명을 가지고 존재한 것이라면 그것이 무너지는 그 아침으로 온전히 무용해지는 일은 없다. 또 우리에게 새로운 것에 열광할 권리가 있다면 사라진 것에 연연할 권리도 있다. 하물며 그 새로움의 내용이란 게 기껏 그로부터 백 년도 안 돼 간교한 부르주아들의 허구로 판명되고 사람들은 다시 피 흘리며 새로운 혁명을 준비해야 했음에랴.

이 작품 「르네」는 그런 샤토브리앙의 세계 해석에는 조금 벗어나 있으나 사랑을 주제로 한 프랑스 낭만주의 단편의 한 정화로 꼽을 만하다. 잘난 이론가들은 이 작품에서 근친상간의 모티브를 끌어내 원형 분석을 시도할지도 모르고, 남매 콤플렉스를 들며 심리학적 분석을 하려 들 수도 있겠으나 그런 것은 내 이해 밖이다.

젊은 날 이 작품이 내게 감동을 주었던 것은 그 사랑의 철저한 관념성에도 불구하고 그것이 그들의 삶에 베푸는 엄청난 효용이 아니었던가 싶다. 이들 두 불행한 연인들에게는 육신을 가진 인간의 삶이 없다. 오늘날의 관점으로 봐서는 사랑이라는 이름을 붙이기조차 어려울 만큼 육체와 성은 철저하게 배제되어 있다.

사랑을 표현하는 행위로서는 가벼운 살갗의 스침조차 없는 사랑도 사랑일 수 있는가. 그런데도 그들은 그 사랑으로 우리 존재가 직면하고 있는 거대한 고독의 심연을 헤쳐가는 유일한 수단으로 삼고, 그 사랑과 삶의 나머지 부분들을 기꺼이 맞바꾼다. 그리고 궁극으로는 그 사랑을 통해 초월의 길목으로 접어든다. 아멜리가 죽은 뒤 르네의 삶은 냉정하게 보면 방기이고 일탈이지만, 젊은 내게는 그것조차도 초월의 한 양상으로 이해되었다.

그 밖에 나를 감동시켰던 것은 샤토브리앙의 문장도 있다. 비록 불완전한 번역본을 통한 것이기는 하나 젊은 시절 한동안 나는 애절함과 격정을, 회한과 고독을, 지성과 교양을 두루

드러내면서도 격조를 잃지 않은 문장이란 바로 샤토브리앙의 문장, 특히 「르네」에서 보여주고 있는 문장 같은 것이라 믿었다. 토머스 울프의 「그대 다시는 고향에 가지 못하리」와 더불어 내 초기 문장 수업에 가장 많은 흔적을 남긴 것이 이 「르네」가 아닐까 한다.

물론 이제 그때로부터 이십 년이 훨씬 넘어 다시 읽어보는 느낌이 옛날과 같을 수는 없다. 액자 형식의 이야기들은 낡고 느슨해 보이며, 세계는 일방적인 관념으로 이해되어 있고 감정은 너무 과장된 듯 느껴진다. 문장의 화려함에서도 어떤 전형성이 보여 젊은 날의 감동은 많이 줄었다.

하지만 나의 지난 이십 년간이란 게 또한 어떠했던가. 단편의 재능이 없는 탓에 구성의 무게에 과도하게 짓눌려온 세월이었으며, 구조니 총체니 하는 용어들로 고전적인 문장론을 깔아 뭉개버린 강단 이론가들에게 주눅 들어 지낸 세월이었다. 내용도 모호하고 설사 유행적으로 확정된 내용이 있다 해도 결코 전폭적인 동의에는 이르지 못했던 리얼리즘의 주문에 가위눌려 지낸 이십 년이었다. 그런 세월이 과연 내 안목의 발전에만 기여할 수 있었을까. 순수한 감동을 잃어버린 대신 쓸데없는 눈치만 늘게 하지는 않았을까.

거기다가 샤토브리앙이 산 시대와 연관 지어 생각한다면 이제 와서 눈에 띄는 흠들에는 얼마든지 관대할 수도 있다. 따라서 이 「르네」는 사랑을 다룬 단편의 한 전범 가운데 하나로 아직 유효할 수 있다고 보아 주저 없이 골랐다.

임멘 호수

Immensee

테오도어 슈토름 지음

정서웅 옮김

테오도어 슈토름

독일의 작가. 1817~1888년. 독일 북부 슐레스비히의 작은 항구도시 후줌에서 태어났고, 킬 대학과 베를린 대학에서 법률을 공부했다. 대학시절 하이네, 아이헨도르프, 뫼리케 등 독일 낭만주의 문학의 거장들과 교류했으며 몸젠 형제와 함께 서정시집『세 친구의 노래책』을 출판했다. 1843년 고향에서 변호사 개업을 했으며, 당시 덴마크의 지배하에 있던 슐레스비히-홀슈타인의 해방을 위한 항쟁에 가담하면서 변호사 자격을 잃고 십여 년간 객지를 떠돌았다. 1864년 독일군이 승리하자 후줌의 지사로 당선되어 고향으로 돌아갔다. 이즈음 작품 활동에 위기가 왔으나 곧 극복하고 상급법원과 지방법원의 판사를 하면서 작가로서도 활발히 활동했다. 1880년 은퇴한 후에 창작에 전념했다.『벽난롯가에서』,「임멘 호수」,「백마의 기사」등의 작품이 있다.

—

노인

늦가을의 어느 날, 단정한 옷차림의 한 노인이 느릿느릿 길을 내려가고 있었다. 유행이 지난 버클 달린 구두가 먼지투성이인 것으로 보아 산책을 끝내고 집으로 돌아가는 중인 듯했다. 그는 금빛 손잡이 장식이 달린 긴 등나무 지팡이를 옆구리에 끼고 있었다. 완전히 잃어버린 청춘이 되살아난 듯한 검은 두 눈동자는 눈처럼 새하얀 머리카락과 묘한 대조를 이루었다. 그는 조용히 주위를 둘러보거나 저녁노을에 싸인 채 눈앞에 놓여 있는 도시를 내려다보았다. 그는 이방인처럼 보였다. 행인 중에 그에게 인사를 보내는 사람이 거의 없었기 때문이다. 그러나 자기도 모르게 노인의 진지한 눈빛에 이끌리는 이들이 적지 않았다. 그는 합각지붕(위 절반은 박공지붕으로 되어 있고 아래 절반은 네모꼴로 된 지붕 - 옮긴이)이 높다란 어느 집 앞에서 걸음을 멈추고 다시 한 번 거리 쪽을 내다본 다음 현관 안으로 들어섰다. 문에 달린 방울을 흔들자 현관 쪽으로 나 있는 조그만 창의 초록색 커튼이 걷히며 그 뒤에서 한 노부인의 얼굴이 나타났다. 노인은 그녀에게 등나무 지팡이를 들어 자신임을 알렸다.

"아직 불을 켜지 말아요!"

그의 말투에는 남부지방의 억양이 조금 섞여 있었다. 가정부는 다시 커튼을 내렸다. 이제 노인은 넓은 현관을 지나 복도 뒤편에 있는 거실을 지나갔다. 거기엔 도자기 꽃병들이 놓여 있는 커다란 떡갈나무 장들이 벽에 기대어 서 있었다. 그는 맞은편에 나 있는 문을 통해 작은 복도로 걸어 나갔다. 뒤채의 2층 방들로 이어지는 좁은 계단이 그곳에 있었다. 그는 천천히 그 계단을 올라가 문 하나를 열고 제법 큰 방으로 들어갔다. 이곳은 은밀하고 조용했다. 한쪽 벽은 거의 서류장과 책장들이 차지하고 있었고, 다른 쪽 벽면에는 인물화와 풍경화가 걸려 있었다. 초록색 보를 씌운 책상 위에는 서너 권의 책이 펼쳐져 있었고, 그 앞에는 붉은색의 벨벳 방석을 깔아 놓은 묵직한 안락의자가 놓여 있었다. 노인은 모자와 지팡이를 구석에 놓았다. 그러고는 산책의 피로를 풀려는 듯 안락의자에 앉아 손깍지를 끼었다. 그렇게 앉아 있는 동안 주위는 점차 어두워져갔다. 이윽고 유리창을 통해 들어온 달빛이 벽에 걸려 있는 그림들을 비추었다. 밝은 빛줄기가 서서히 움직이자 노인의 두 눈도 무의식중에 그것을 따라갔다. 그러자 빛줄기가 검은색의 수수한 액자 속에 끼워 넣은 작은 사진으로 옮겨갔다.

"엘리자베트!"

노인은 나지막이 중얼거렸다. 그러자 그 말을 하는 순간 시간이 바뀌었다. 그는 자신의 어린 시절로 되돌아갔다.

아이들

곧 얌전한 자태를 지닌 소녀가 그에게 다가왔다. 소녀의 이름은 엘리자베트였고 나이는 다섯 살쯤 되어 보였다. 그 자신은 소녀 나이의 두 배였다. 소녀는 목에 빨간색의 비단 머플러를 두르고 있었는데, 그것은 갈색 눈과 기막히게 어울렸다.

"라인하르트." 소녀가 외쳤다. "우리 해방이야! 해방! 하루 종일 수업이 없어. 내일도 마찬가지야."

라인하르트는 옆구리에 끼고 있던 석판을 재빨리 현관문 뒤쪽에 세워놓았다. 그러고 나서 두 아이는 집을 나와 정원으로 달렸고 사립문을 지나 풀밭으로 달려나갔다. 뜻밖의 휴가는 그들에게 아주 유익한 기회가 되었다. 라인하르트는 엘리자베트의 도움을 받아 여기 풀밭 위에 잔디로 오두막을 지었었다. 그 안에서 여름 저녁을 보낼 생각이었지만 아직 벤치가 완성되지 않았다. 라인하르트는 곧 벤치 만드는 일에 착수했다. 못과 망치 그리고 필요한 널빤지는 이미 마련되어 있었다.

그러는 동안 엘리자베트는 울타리를 따라 걸으며 고리 모양의 야생 아욱 씨를 앞치마에 주워 담았다. 그것을 사슬 모양으로 엮어 목걸이를 만들 생각이었다. 잘못 박아 몇 차례 못이 휘기도 했지만, 라인하르트는 마침내 벤치를 만들어냈다. 그가 다시금 햇빛이 밝은 곳으로 나왔을 때, 엘리자베트는 어느새 멀리 떨어진 풀밭의 끝 쪽을 걷고 있었다.

"엘리자베트!" 그는 큰 소리로 불렀다. "엘리자베트!"

그러자 소녀가 왔다. 그녀의 곱슬머리가 바람에 흩날리고 있었다.

"이리 와봐. 이제 우리 오두막이 완성됐어. 더웠지? 이리 들어와. 새로 만든 벤치에 앉자. 내가 재미있는 이야기를 해줄게."

둘은 안으로 들어가 새 벤치에 앉았다. 엘리자베트는 앞치마에서 고리 모양의 작은 씨들을 꺼내 기다란 실에 꿰었다. 라인하르트는 이야기를 시작했다.

"옛날 옛적에 실을 잣는 세 여자가 있었는데……."

엘리자베트가 말했다.

"아이, 그 얘긴 다 외울 정도야. 늘 똑같은 얘기만 할 거야?"

라인하르트는 별수 없이 실 잣는 세 여자 얘기를 멈추고 대신 사자 굴에 던져진 불쌍한 남자 이야기를 해주었다.

"때는 밤이었어. 알겠니? 칠흑같이 깜깜한 밤이었다고. 사자들은 잠들어 있었어. 하지만 이따금 자면서도 하품을 하거나 새빨간 혀를 내밀곤 하는 거야. 그럴 때마다 그 사내는 소스라치게 놀라며 아침이 왔나 보다 생각했지. 그런데 갑자기 사방이 밝아졌고 고개를 들어 올려다보니 앞에 천사가 서 있는 거야. 천사는 그에게 손짓하고 곧바로 그 사자 굴 안으로 들어갔어."

엘리자베트는 주의 깊게 귀를 기울였다.

"천사라고?" 그녀가 말했다. "그럼 날개도 있었어?"

"이건 그냥 이야기일 뿐이야." 라인하르트가 대답했다. "세상에 천사가 어디 있어."

"에이 피, 라인하르트!" 소녀는 말하면서 그의 얼굴을 빤히 쳐다보았다. 라인하르트가 애매한 듯 시선을 보내자 소녀는 미심쩍은 듯 물었다. "그럼 왜 사람들은 늘 천사에 대해 이야기를 하는 걸까? 엄마도 아줌마도 그리고 학교에서도?"

"그건 나도 몰라." 그가 대답했다.

"그러면 말이야." 엘리자베트가 말했다. "그럼 사자도 없는 거야?"

"사자? 사자는 있지. 인도에 가면 있어. 거기선 스님들이 사자를 마차에 매고 사막을 달린다는 거야. 거긴 우리가 사는 여기보다 수천 배는 더 아름다워. 겨울도 없다는군. 너도 같이 가야 해. 그럴 거지?"

"응." 엘리자베트가 대답했다. "하지만 엄마도 함께 가야 해. 네 어머니도."

"그건 안 돼." 라인하르트가 말했다. "그때가 되면 엄마들은 나이가 너무 많아서 함께 갈 수가 없어."

"하지만 나 혼자 가는 건 허락하지 않으실 거야."

"너는 갈 수 있어. 그땐 네가 내 아내가 될 거고, 그러면 아무도 너에게 명령할 수 없어."

"그래도 엄마가 슬피 우실 텐데……."

"우린 다시 돌아올 거야." 라인하르트는 큰 소리로 말했다.

"당장 솔직하게 말해봐. 나랑 여행 갈 거야? 싫다면 나 혼자 가겠어. 그리고 다시는 돌아오지 않을 거야."

소녀는 금방이라도 울음을 터뜨릴 것만 같았다.

"그렇게 무서운 눈으로 보지 마. 나도 인도에 함께 갈게."

라인하르트는 기뻐서 어쩔 줄을 몰라하며 소녀의 손을 잡고 풀밭으로 나갔다.

"인도로 가자! 인도로 가자!"

그는 노래를 부르면서 소녀와 원을 그리며 빙글빙글 돌았다. 빨간색의 작은 머플러가 소녀의 목에서 나풀거렸다. 하지만 라인하르트는 갑자기 소녀의 손을 놓고는 진지하게 말했다.

"함께 인도에 가는 일은 어차피 이루어지지 않을 거야. 넌 용기가 없으니까."

"엘리자베트! 라인하르트!"

때마침 사립문 쪽에서 부르는 소리가 들려왔다.

"네, 가요!" 아이들은 대답하면서 손을 맞잡고 집 쪽으로 뛰어갔다.

숲속에서

이렇게 아이들은 늘 함께 지냈다. 엘리자베트는 너무 조용할 때가 많았고, 라인하르트는 엘리자베트에게 이따금 너무 격렬했다. 그러나 그것 때문에 멀어지는 일은 없었다. 겨울에는 어머니들의 방, 즉 제한된 공간에서, 여름에는 숲과 들에서 모든 자유 시간을 거의 함께 보냈다. 한번은 엘리자베트가 라인하르트의 면전에서 선생님께 꾸중을 들은 적이 있었다. 그는 선생님의 주의를 끌려고 석판으로 화가 난 듯 책상 위를 내리쳤다. 그러나 선생님은 그것을 알아채지 못했다. 그 바람에 라인하르트는 지리 수업에 대한 집중력을 모두 잃고 말았다. 대신 긴 시 한 편을 지었다. 시에서 그는 자신을 어린 독수리로, 선생님을 회색 까마귀로 비유했다. 엘리자베트는 하얀 비둘기였다. 독수리는 자신의 날개가 자라는 대로 회색 까마귀에게 복수할 것을 맹세했다. 어린 시인의 눈에는 눈물이 고였다. 그는 자신이 매우 숭고하게 여겨졌다. 집에 돌아오자 흰 종이를 여러 장 묶은, 양피지 표지의 조그만 공책을 하나 꺼냈다. 그러고는 첫 페이지에 자신의 첫 번째 시를 정성을 다해 적어 넣었다.

그 후 얼마 지나지 않아 그는 다른 학교로 전학 갔다. 그곳에서 또래의 남자애들을 많이 사귀었다. 그러나 그것이 엘리자베트와의 교제에 방해가 되지는 않았다. 그는 평소 엘리자베트에게 반복해서 들려주었던 이야기 중 그녀가 마음에 가장 들어했던 것들을 기록하기 시작했다. 그러는 중에 자기 생각도 써넣고 싶다는 생각이 들었다. 그러나 무슨 까닭에서인지 한 번도 그렇게 하지는 못했다. 자신이 들었던 이야기들을 똑같이 적어놓기만 했다. 그러고는 이야기가 적힌 종이들을 엘리자베트에게 주었다. 그녀는 그 종이들을 자신의 보석함 서랍 속에 소중히 보관했다. 그리고 이따금 저녁에 라인하르트가 보는 앞에서 공책에 적어준 이야기들을 그녀의 어머니에게 읽어 드렸다. 그걸 들을 때마다 그는 은밀한 기쁨에 휩싸였다.

칠 년의 세월이 흘렀다. 라인하르트는 학업을 계속하기 위해 고향 마을을 떠나야 했다. 엘리자베트는 라인하르트 없이 보낼 시간을 생각하니 견딜 수가 없었다. 어느 날 라인하르트는 그녀에게 자신은 평소처럼 그녀를 위해 이야기를 쓸 것이고, 그것을 자신의 어머니에게 보내는 편지에 동봉하겠으니 그 이야기가 마음에 들었는지 답장을 해야 한다고 말했다. 그 말을 듣고 엘리자베트는 기뻤다. 떠나야 할 날이 다가왔다. 라인하르트는 꽤 여러 편의 시를 양피지 표지의 공책에 적어두었다. 그러나 그것만은 엘리자베트에게 비밀이었다. 차츰 공책의 절반을 채우게 된 시들이 대부분 그녀를 소재로 하고 있었지만.

6월이었다. 내일이면 라인하르트가 떠나야 했다. 마을 사람들은 다시 한 번 즐거운 시간을 함께 보내고자 가까운 숲속에서 비교적 큰 모임의 소풍을 계획했다. 숲 가장자리까지는 몇 시간 동안 마차로 달렸다. 그다음엔 음식이 든 바구니들을 들고 계속 걸어갔다. 우선 전나무 숲을 지나야 했다. 그곳은 서늘하고 어두컴컴했으며 바닥에는 온통 가느다란 침엽이 깔려 있었다. 반 시간쯤 걷고 난 뒤 어두운 전나무 숲에서 벗어나 싱그러운 너도밤나무 숲에 도착했다. 이곳은 온통 밝고 푸르렀고 이따금 잎이 무성한 나뭇가지 사이로 햇빛이 새어들어 왔다. 작은 다람쥐 한 마리가 머리 위쪽 나뭇가지 사이를 뛰어다녔다. 일행은, 오래된 너도밤나무들의 수관樹冠이 돔 모양을 이루고 그 틈새로 하늘이 바라다보이는 장소에서 걸음을 멈추었다. 엘리자베트의 어머니가 바구니 중 하나를 열었다. 한 노신사가 음식 공급자를 자처하며 나섰다.

"모두 내 주위로 모여요, 젊은이들!" 그가 소리쳤다. "내가 여러분에게 하는 말을 명심하세요. 각자 아침식사로 아무것도 바르지 않은 빵 두 개씩을 받게 됩니다. 버터는 집에 두고 왔으니 잼이 될 만한 것을 스스로 찾아야 해요. 숲속에는 산딸기가 지천이에요. 물론 그것을 찾을 수 있는 사람 것이겠죠. 능력이 없는 사람은 맨 빵을 먹어야 할 겁니다. 인생이 다 그런 거예요. 모두 내 말을 이해했나요?"

"네!" 젊은이들이 큰 소리로 외쳤다.

"자, 주목해요." 노신사가 말했다. "내 말이 아직 끝나지 않았어요. 우리 나이 든 사람들은 사는 동안 이미 충분할 만큼 돌아다녔어요. 그래서 우리는 집에, 즉 이 넓은 나무 아래 남아서 감자를 깎고 불을 피우며 식사 준비를 할 겁니다. 열두 시가 되면 달걀도 삶아져 있을 거예요. 대신 여러분들은 우리가 후식을 제공할 수 있도록 찾아낸 딸기의 반을 내놓아야 합니다. 그럼 이제 동서로 나뉘어 열심히 찾아보세요!"

젊은이들은 갖가지 장난기 어린 표정을 지었다.

"잠깐!" 노신사가 다시 한 번 외쳤다. "이런 말을 할 필요는 없겠지만, 딸기를 찾지 못하는 사람은 내놓지 않아도 됩니다. 하지만 이 말은 꼭 명심해두세요. 그 사람은 우리 늙은이들에게서 아무것도 받지 못하리라는 것을. 이것으로 여러분은 오늘 훌륭한 가르침을 받았을 겁니다. 여기에 딸기까지 찾는다면, 오늘 여러분의 삶은 성공적입니다."

젊은이들은 그 말에 공감하면서 짝을 지어 떠나기 시작했다.

"이리 와, 엘리자베트." 라인하르트가 말했다. "내가 딸기 많은 데를 알고 있어. 절대로 맨 빵을 먹게 하지는 않을 거야."

엘리자베트는 자신의 밀짚모자에 달린 초록색 리본을 묶어 팔에 걸었다.

"그럼 가자." 그녀가 말했다. "바구니도 준비됐어."

그들은 축축하고 앞을 내다보기 힘든 나무 그늘을 지나 숲의 안쪽으로 점점 더 깊이 들어갔다. 사방은 온통 고요했고, 보이지는 않지만 그들의 머리 위 허공을 맴도는 매들의 울음소리만이 정적을 깨뜨리고 있었다. 그들은 다시 덤불이 우거진 숲속으로 들어갔다. 그곳은 덤불이 너무 빽빽하여 라인하르트가 앞장서서 여기저기 뻗어 있는 가지를 꺾어버리거나 덩굴을 옆으로 구부리면서 길을 만들어야 했다. 그러나 곧 뒤에서 엘리자베트가 그의 이름을 부르는 소리가 들려왔다. 그는 뒤를 돌아보았다.

"라인하르트, 잠깐만 기다려줘!" 그녀가 큰 소리로 외쳤다.

그러나 엘리자베트의 모습이 보이지 않았다. 잠시 후 약간 떨어진 곳에서 덤불과 싸우고 있는 그녀를 발견했다. 그녀의 귀여운 머리가 양치 풀 위로 빠끔히 내민 채 헤엄치듯 흔들거리고 있었다. 그는 되돌아가 마구 엉켜 있는 풀과 관목을 헤치고 그녀를 공터로 데리고 나왔다. 그곳에는 파란 나비들이 외롭게 피어 있는 들꽃 사이를 훨훨 날아다니고 있었다. 라인하르트는 상기된 얼굴 위로 흘러내린 그녀의 젖은 머리카락을 쓸어 올려주었다. 그러고는 밀짚모자를 씌워주려 했으나 그녀가 원치 않았다. 그러나 그가 다시 청하자 더는 거절하지 않았다.

"그런데 네가 말한 딸기는 대체 어디 있는 거야?" 그녀는 걸음을 멈추고 서서 깊은숨을 들이쉬며 말했다.

"여기 있었는데." 그가 말했다. "아마 두꺼비들이 우리보다 먼저 왔다 갔나 봐. 아니면 담비나 요정일 수도 있고."

"그래." 엘리자베트가 말했다. "잎은 아직 남아 있네. 하지만 지금 요정 얘기는 듣고 싶지 않아. 어서 와. 난 아직 조금도 피곤하지 않아. 우리 계속 찾아보자."

그들 앞에는 작은 개울이 흐르고 있었고, 건너편에는 또 다른 숲이 기다리고 있었다. 라인하르트는 엘리자베트를 두 팔로 안아 개울을 건네주었다. 잠시 후 그들은 숲 그늘에서 벗어나 다시금 넓은 공터로 나왔다.

"여기 분명 딸기가 있을 거야." 소녀가 말했다. "아주 달콤한 냄새가 나잖아."

그들은 햇빛 밝은 곳으로 가 이리저리 살펴보았다. 그러나 딸기는 어디에서도 보이지 않았다.

"없구나." 라인하르트가 말했다. "그건 그냥 에리카꽃 향기야."

뱀딸기 덩굴과 호랑가시나무들이 여기저기에 뒤엉켜 있었다. 짧게 자란 잔디와 뒤섞여 빈터를 메우고 있는 에리카꽃의 진한 향기가 진동했다.

"여긴 너무 호젓하네." 엘리자베트가 말했다. "다른 사람들은 어디에 있을까?"

라인하르트는 돌아갈 생각이 없었다.

"기다려봐. 바람이 어디서 불어오고 있지?" 그는 말하면서 한 손을 높이 들어 올렸지만 바람은 불지 않았다.

"잠깐만." 엘리자베트가 말했다. "사람들이 말하는 소리를 들은 것 같아. 저 아래쪽으로 한번 소리쳐 봐."

라인하르트는 두 손을 동그랗게 모아 입에 대고 외쳤다. "이리로 와요!"

"이리로 와요!" 말이 되돌아왔다.

"대답하고 있어!" 엘리자베트가 손뼉을 치며 말했다.

"아니야. 아무도 대답하지 않았어. 그냥 메아리일 뿐이야."

엘리자베트는 라인하르트의 손을 잡았다. "난 무서워!"

"괜찮아." 라인하르트가 말했다. "무서워할 것 없어. 여긴 멋진 장소잖아? 거기 수풀 사이의 그늘에 앉아봐. 우리 여기서 잠시 쉬기로 하자. 곧 다른 사람들을 찾게 될 거야."

엘리자베트는 가지를 낮게 드리운 너도밤나무 아래에 앉아서 주의 깊게 사방으로 귀를 기울였다. 라인하르트는 몇 걸음 떨어진 나무 그루터기에 앉아 말없이 그녀 쪽을 바라보았다. 해는 바로 그들의 머리 위에 떠 있었다. 한낮의 무더위가 이글거렸다. 금빛으로 반짝이는 검푸른색의 파리들이 붕붕거리며 그들 주위를 날아다녔다. 이따금 숲속 깊은 곳에서 딱따구리의 나무 찍는 소리와 다른 산새들의 날카로운 울음소리도 들려왔다.

"잘 들어봐!" 엘리자베트가 말했다. "종이 울리고 있어."

"어디서?" 라인하르트가 물었다.

"우리 뒤쪽에서. 들리지? 정오가 되었나 봐."

"그렇다면 우리 뒤쪽에 마을이 있는 거구나. 이 방향으로만 똑바로 따라가면 틀림없이 사람들을 만날 수 있을 거야."

그들은 돌아가기 시작했다. 엘리자베트가 지쳐버렸기 때문에 딸기 찾는 일은 포기했다. 이윽고 나무들 사이로 사람들의 웃음소리가 들려왔다. 바닥에 깔아놓은 하얀 천이 어렴풋하게 보였다. 그것은 식탁이었다. 그 위에는 딸기가 수북하게 쌓여 있었다. 단춧구멍에 냅킨을 꽂은 채 노신사는 구운 고기를 열심히 자르며 젊은이들에게 교훈적인 이야기를 계속 늘어놓고 있었다.

"저기 낙오자들이 오네요." 라인하르트와 엘리자베트가 나무 사이로 걸어 나오는 것을 보고 젊은이들이 소리쳤다.

"이리 오너라!" 노신사가 큰 소리로 말했다. "손수건을 털고 모자는 뒤집어봐. 이제 너희들의 수확물을 보여다오."

"배고픔과 갈증이에요!" 라인하르트가 말했다.

"그게 전부라면 음식은 먹지 말아야 한다." 노인은 음식이 가득 담긴 접시를 그들 앞에 들어 올렸다. "우리의 약속을 알고 있겠지? 여기선 게으름뱅이까지 먹이진 않는단다."

그러나 결국 간청을 받아들여 식사가 시작되었다. 노간주나무 숲에서 지빠귀 우는 소리가 들려왔다.

그렇게 그날은 지나갔다. 그날 라인하르트에게는 무언가 다른 소득이 있었다. 딸기는 아니었지만, 그 역시 숲에서 자란 것이었다. 그는 집에 돌아오자 오래된 양피지 공책에 시 한 편을 적어놓았다.

바람 한 점 없는
여기 산허리
휘늘어진 나뭇가지 아래
한 소녀가 앉아 있네.

사방에 가득한
백리향의 향기
윙윙대는 푸른 파리들이
허공에서 반짝이네.

숲은 조용한데
소녀의 영리한 눈 그 안을 들여다보네.
갈색 곱슬머리를 감싸는
눈부신 햇살.

뻐꾸기 멀리서 울 때
내 마음에 떠오른 생각
소녀는 황금빛 눈을 가진
숲속의 여왕.

이렇듯 그녀는 그가 보호해야 할 존재만이 아니었다. 피어
나는 그의 인생에 있어 모든 사랑스럽고 경이로운 것에 대한
표현이기도 했다.

길가에 선 아이

크리스마스이브가 다가왔다. 아직 오후였는데, 라인하르트

는 다른 학생들과 시청 지하 술집의 오래된 떡갈나무 식탁에 모여 앉아 있었다. 지하는 벌써 어두워졌기 때문에 벽에 걸린 램프에는 모두 불이 켜져 있었다. 손님들이 얼마 되지 않아 종업원들은 한가로이 벽기둥에 몸을 기대고 있었다. 구석진 곳에는 바이올린 연주자 한 명과 치터(고대 그리스의 현악기 - 옮긴이)를 연주하는 집시 모습의 젊은 여자가 앉아 있었다. 두 사람은 악기를 무릎 위에 올려놓은 채 무심한 표정으로 앞쪽을 바라보고 있는 듯했다.

학생들의 식탁에서 샴페인 마개 뽑는 소리가 펑 하고 났다.

"마셔요. 내 아름다운 집시 여인!" 귀공자풍 외모의 젊은이 하나가 가득 찬 술잔을 그녀에게 건넸다.

"마시고 싶지 않아요." 그녀는 자세를 흐트러뜨리지 않은 채 말했다.

"그럼 노래를 불러요!" 귀공자풍의 젊은이는 이렇게 말하며 은화 한 닢을 그녀의 무릎에 던졌다. 바이올린 연주자가 그녀에게 뭐라고 귓속말을 했다. 그녀는 천천히 검은 머리카락을 쓸어내리고는 머리를 뒤로 젖히고 치터에 턱을 괴었다.

"저 남자를 위해선 연주 안 해요." 그녀가 말했다.

라인하르트는 술잔을 들고 벌떡 일어나 그녀 앞에 섰다.

"원하는 게 뭐죠?" 그녀가 퉁명스럽게 물었다.

"그대의 눈을 보는 것."

"내 눈이 당신과 무슨 상관이 있는데?"

라인하르트는 이글거리는 눈으로 여인을 내려다보았다.

"나는 잘 알아. 당신의 눈이 거짓말을 하고 있다는 걸."

그녀는 자신의 뺨을 활짝 편 손바닥에 대고 엿보듯 그를 바라보았다. 라인하르트는 술잔을 들어 입으로 가져갔다.

"아름답고 죄 많은 그대의 두 눈을 위해!" 그렇게 말한 뒤 샴페인을 마셨다.

그녀는 웃으며 고개를 돌렸다. "이리 줘요!" 그러고는 자신의 검은 눈으로 그의 눈을 응시한 채 천천히 남은 샴페인을 마셨다. 그런 다음 화음을 조절한 뒤 낮고 정열적인 목소리로 노래를 불렀다.

오늘, 오늘만은
정말 아름다워요.
내일, 내일이면
모든 게 사라지리라.
오직 이 순간에만
당신은 나의 것.
죽음, 아 죽음은
나 혼자 맞이하리라.

바이올린 연주자가 빠른 템포로 후렴구를 연주하는 동안 새로 도착한 친구가 그룹에 합류했다.

"자넬 데리러 갔는데, 라인하르트." 그가 말했다. "이미 나가고 없더군. 하지만 아기 예수가 크리스마스 선물을 가지고 다녀갔던걸."

"아기 예수라고? 아기 예수는 더 이상 내게 오지 않는데."

"에이, 무슨 소리야! 자네 방이 온통 크리스마스트리와 케이크 냄새로 가득하던데."

라인하르트는 손에서 술잔을 내려놓고 모자를 집어 들었다.

"뭐 하려고요?" 치터를 연주하는 여자가 물었다.

"금방 돌아올게요."

그녀는 이마를 찌푸렸다. "가지 말아요!" 나지막하게 외치면서 다정한 눈으로 그를 바라보았다.

라인하르트는 망설이다가 말했다. "그럴 수 없어요."

그녀는 웃으면서 발끝으로 그를 찼다. "가버려요! 당신은 아무 쓸모도 없어. 당신들 모두 다 똑같아."

그녀가 몸을 돌리는 사이 라인하르트는 천천히 지하실 충계를 올라갔다.

바깥 거리에는 짙은 어둠이 깔려 있었다. 그는 달아오른 이마에 시원한 겨울 공기를 느꼈다. 크리스마스트리의 밝은 불빛이 창밖으로 흘러나와 곳곳을 비추었다. 이따금 창 안에서 작은 피리와 트럼펫 소리 그리고 거기에 섞여 아이들의 환호성이 들려왔다. 거지 아이들은 무리를 지어 이 집 저 집을 기웃거리거나 충계의 난간에 올라가 창문을 통해 그들에게는 주어지지 않은 호화로운 광경을 들여다보려 했다. 때로는 현관문이 벌컥 열리면서 꾸짖는 목소리가 어린 방문객 무리를 밝은 집으로부터 어두운 골목길로 내몰았다. 어떤 집의 현관에서는 옛 크리스마스캐럴을 부르는 소리가 들려왔다. 노래 중에는 소녀들의 청아한 음성이 섞여 있었다.

라인하르트는 노랫소리를 듣지 않고 서둘러 모든 것을 지나 이 거리에서 다음 거리로 걸어갔다. 집에 도착했을 때는 완전히 어두워져 있었다. 그는 비틀거리며 계단을 올라 자기 방으로 들어갔다. 순간 달콤한 내음이 그에게로 밀려왔다. 마치 크리스마스 때 주방에서 나는 냄새 같았다. 그는 고향에 온 듯한 안온함에 젖었다. 떨리는 손으로 불을 켜보니 책상 위에 커다란 소포가 놓여 있었다. 소포를 열자 눈에 익은 갈색의 크리스마스 케이크가 나왔다. 그중 몇 개에는 그의 이름 첫 글자들이 설탕으로 뿌려져 있었다. 그렇게 할 수 있는 사람은 엘리자베트밖에 없으리라. 그 밖에 예쁘게 수놓은 속옷이 든 작은 꾸러미, 손수건, 커프스 장식 그리고 마지막으로 어머니와 엘리자베트의 편지가 나왔다. 라인하르트는 엘리자베트의 편지를 먼저 뜯어보았다.

그 예쁜 설탕 글씨들이 케이크를 구울 때 누가 도왔는지를 말해줄 거예요. 당신을 위해 커프스에 수를 놓은 것도 바로 그 사람이랍니다. 여기서는 크리스마스이브가 아주 조용할 것 같아요. 우리 어머니는 늘 아홉 시 반만 되어도 물레를 구석으로 밀어놓으세요. 당신이 없는 이곳의 겨울은 너무나 쓸쓸해요. 지난 일요일에는 당신이 선물했던 붉은 방울새도 죽어버렸어요. 난 정말이지 많이 울었어요. 언제나 잘 보살펴주었는데도 말이에요. 오후가 되어 새장 위쪽으로 해가 비치면 항상 노래했어요. 당신도 알다시피 새가 너무 힘차게 노래하면 어머니는 자주 새장 위에다 수건을 걸쳐놓으셨어요. 조용히 시키려고요.

이제는 이 방 안도 너무 조용해졌네요. 당신의 친구 에리히만이 가끔 찾아올 뿐이에요. 언젠가 당신이 에리히를 자신의 갈색 외투와 닮았다고 한 적이 있지요? 그가 들어올 때마다 그 말이 생각나요. 그러면 정말 웃음을 참을 수가 없죠. 하지만 어머니한테는 말하지 마세요. 자칫하면 언짢아하실지도 몰라요. 내가 크리스마스에 당신 어머니께 무슨 선물을 할 건지 알아맞혀봐요. 못 맞히겠지요? 바로 나 자신이에요. 에리히가 검은 목탄으로 나를 그리고 있어요. 이미 세 번이나 그의 모델로 앉아 있어야 했어요. 매번 한 시간 내내 말이에요. 다른 사람이 내 얼굴을 그런 식으로 관찰한다는 게 정말 싫어요. 난 원치 않았지만, 어머니가 날 설득하시는 거예요. 이 선물이 당신 어머니께 아주 큰 기쁨을 드리게 될 거라고요.

그런데 라인하르트, 당신은 약속을 지키지 않고 있어요. 이야기를 하나도 보내지 않았잖아요. 난 가끔 당신 어머니께 불평을 늘어놓는답니다. 그때마다 당신은 이제 그런 유치한 짓보다 해야 할 일이 많다고 하세요. 하지만 난 그렇게 생각지 않아요. 뭔가 다른 사정이 있는 것 같아요.

라인하르트는 어머니의 편지도 읽었다. 두 통의 편지를 다 읽고 난 후 천천히 접어 옆으로 치워놓았다. 그러자 견딜 수 없는 향수가 밀려왔다. 그는 한동안 방 안을 왔다 갔다 하다가 낮은 목소리로 혼잣말을 웅얼거렸다.

내가 길을 잃고
나아갈 길을 찾지 못할 때,
저기 길가에 선 아이
집으로 가는 길을 알려주었네.

그는 책상으로 가 약간의 돈을 꺼내 들고 다시 거리로 내려갔다. 거리는 그사이 조용해져 있었다. 크리스마스트리는 꺼졌고 몰려다니던 아이들도 보이지 않았다. 바람이 쓸쓸한 거리를 쓸고 지나갔다. 노인도 젊은이도 모두 각자의 집에 모여 가족과 함께 식사하고 있으리라. 크리스마스이브의 제2장이 시작된 것이다.

라인하르트가 시청 지하 술집 근처에 왔을 때, 아래쪽에서 바이올린 연주와 치타 켜는 여자의 노랫소리가 들려왔다. 그

때 술집의 문 열리는 소리가 나면서 검은 형체 하나가 불빛이 희미한 계단을 비틀거리며 올라왔다. 라인하르트는 건물의 그늘에 숨었다가 재빨리 그곳을 지나쳤다. 잠시 후 그는 불빛이 휘황찬란한 어느 보석 가게에 이르렀다. 그곳에서 빨간 산호석이 달린 조그만 십자가를 구입한 뒤 왔던 길로 다시 돌아갔다. 하숙집 근처에서 그는 누더기를 걸친 한 소녀가 높은 대문 앞에 서 있는 것을 보았다. 소녀는 문을 열려고 애썼지만 헛수고였다.

"도와줄까?" 그가 말했다.

아이는 아무 대답도 하지 않고, 무거운 문의 손잡이를 내려놓았다. 라인하르트는 문을 열려고 했다.

"아니다. 저들이 널 쫓아낼지도 몰라. 나와 함께 가자! 내가 크리스마스 케이크를 줄게." 그는 문을 다시 닫고 어린 소녀의 손을 잡았다. 소녀는 말없이 그의 하숙집으로 함께 갔다.

불을 켜놓은 채 외출했기 때문에 그의 방은 환했다.

"여기 있는 케이크들을 가져가거라." 그는 자신의 보물 중 절반을 소녀의 앞치마에 담아주었다. 그러나 설탕 글자가 있는 케이크만은 주지 않았다.

"이제 집으로 가서 어머니께 드리렴."

아이는 수줍어하는 시선으로 그를 올려다보았다. 그런 친절에 익숙지 않아 아무 대답도 못하는 것 같았다. 라인하르트는 문을 열고 소녀에게 불을 비춰주었다. 아이는 케이크를 가지고 날듯이 계단을 내려가 집으로 향했다.

라인하르트는 난롯불을 휘저어 일으키고는 먼지로 뒤덮인 잉크병을 책상 위에 올려놓았다. 그리고 자리에 앉아 어머니와 엘리자베트에게 밤새도록 편지를 쓰고 또 썼다. 남은 크리스마스 케이크는 손도 대지 않은 채 그의 옆에 놓여 있었다. 그러나 엘리자베트가 수놓은 커프스단추를 끼워보았다. 그것은 성긴 모직의 흰 상의와 멋지게 어울렸다. 겨울 해가 얼어붙은 유리창 위를 비추었다. 맞은편 거울 속에 비친 그의 얼굴이 창백하고 심각해 보일 때까지 그는 그렇게 앉아 있었다.

고향에서

부활절이 되었을 때 라인하르트는 고향을 찾았다. 도착한 다음 날 아침 엘리자베트에게 갔다. 아름답고 날씬한 아가씨가 생글거리며 다가오자 그가 말했다.

"많이 컸네, 엘리자베트!"

그녀는 얼굴을 붉히며 아무런 대답도 하지 않았다. 환영 인사를 할 때 그가 잡았던 손을 살며시 빼내려 했다. 그는 의아한 표정으로 그녀를 바라보았다. 예전에는 하지 않았던 행동이었다. 그들 사이에 뭔가 서먹한 게 생긴 것 같았다. 꽤 오래전에 이곳에 왔고 날마다 그녀를 찾아갔음에도 서먹함은 여전했다. 둘이서만 함께 있어도 대화가 중단되는 일이 생겼다.

그것이 그의 마음을 아프게 했다. 그는 조바심을 내며 대화가 중단되는 것을 막으려 애썼다. 휴가를 즐겁게 보내려고 대학 생활 중 처음 몇 달간 몰두했던 식물학을 엘리자베트에게 가르치기 시작했다. 무엇이든 그를 따르는 데 익숙하고 게다가 학구적이었던 엘리자베트는 그 일에는 기꺼이 응했다. 그들은 일주일에 몇 번씩 들이나 숲으로 식물을 채집하러 갔다. 점심때가 되면 풀과 꽃이 가득한 녹색의 식물 채집 상자를 집으로 가지고 왔다. 라인하르트는 함께 채집한 식물들을 나누기 위해 몇 시간 뒤 다시 그녀의 집으로 가곤 했다.

어느 날 오후, 여느 때와 마찬가지로 그는 엘리자베트의 방으로 들어갔다. 그녀는 창가에 서서 전에 보지 못한 금빛 새장에 갓 꺾어온 별꽃풀을 넣어주고 있었다. 새장 안에는 날개를 파닥이는 카나리아 한 마리가 앉아서 날카로운 소리를 내며 엘리자베트의 손가락을 쪼아댔다. 전에는 라인하르트의 새가 걸려 있던 자리였다.

"불쌍한 방울새가 죽은 뒤 황금빛 카나리아로 환생한 건가?" 그가 명랑하게 물었다.

"방울새가 환생했을 리 없지." 안락의자에 앉아 물레를 돌리던 엘리자베트의 어머니가 말했다. "자네 친구 에리히가 엘리자베트를 위해 오늘 점심 무렵 그의 농장에서 보내왔네."

"농장에서라니요?"

"농장에 대해 모르고 있었나?"

"네."

"에리히가 한 달 전부터 임멘 호숫가에 있는 아버지의 농장을 맡고 있다네."

"하지만 저한테 그 일에 대해서 한마디도 하지 않으셨잖아요?"

"에이." 그녀의 어머니가 말했다. "자네도 그 친구에 대해 한마디도 묻지 않았잖아. 그는 아주 사랑스럽고 사려 깊은 청년이야."

그녀의 어머니는 커피를 준비하기 위해 밖으로 나갔다. 엘리자베트는 라인하르트에게 등을 돌린 채 여전히 카나리아 시중들기에 열중하고 있었다.

"잠깐만 기다려줘요." 그녀가 말했다. "곧 끝나니까."

라인하르트가 평소와 달리 아무런 대답을 하지 않자 그녀는 뒤를 돌아보았다. 그의 두 눈에는 갑자기 그녀가 한 번도 보지 못했던 고뇌의 표정이 어려 있었다.

"무슨 일이에요, 라인하르트?" 그녀는 가까이 다가가며 물었다.

"내가?" 그는 무심하게 묻고는 몽상에 잠긴 듯 그녀의 눈을 응시했다.

"아주 슬퍼 보여요."

"엘리자베트." 그가 말했다. "난 저 노란 새가 참을 수 없이 싫어."

그녀는 놀라서 그를 바라보았다. 그리고 이해할 수 없다는 듯 말했다. "정말 이상하네요."

그는 그녀의 두 손을 잡았고, 그녀는 자신의 손을 가만히 그의 손에 맡겨두었다. 곧 그녀의 어머니가 방 안으로 들어왔다. 커피를 마신 뒤 그녀의 어머니는 물레 앞에 앉았고, 라인하르트와 엘리자베트는 식물들을 정리하기 위해 옆방으로 갔다. 그곳에서 꽃술을 세고 잎과 꽃을 조심스럽게 펼쳐놓았으며 종류마다 표본을 두 개씩 골라 잘 마르도록 커다란 책의 갈피에 넣었다. 화창하고 고요한 오후였다. 옆방에서는 달가닥거리며 물레가 돌아가는 소리 그리고 식물을 분류하며 명칭을 말하거나 엘리자베트의 서투른 라틴어 발음을 바로잡아주는 라인하르트의 낮은 목소리만이 이따금 들릴 뿐이었다.

"내겐 요즘 피는 은방울꽃이 없네." 채집한 식물의 분류와 정리가 모두 끝나자 그녀가 말했다. 라인하르트는 주머니에서 흰색의 작은 양피지 공책을 꺼냈다.

"여기 네게 줄 은방울꽃 줄기가 들어 있어." 그는 반쯤 마른 식물을 꺼내 보이며 말했다. "다시 이야기를 쓰고 있었던 거예요?" 글이 가득 씌어 있는 노트를 보고 엘리자베트가 물었다.

"이건 이야기가 아니야." 그는 노트를 그녀에게 내밀었다. 노트는 모두 시로 가득했다. 대부분 한 페이지를 채우는 시였다. 엘리자베트는 한 장씩 한 장씩 넘겨보았다. 제목만 읽는 듯했다. '그녀가 선생님께 꾸중을 들었을 때' '그들이 숲속에서 길을 잃었을 때' '부활절 이야기에 부쳐' '그녀가 처음 내게 편지를 썼을 때' 시의 제목이 모두 이런 식이었다. 라인하르트는 그녀를 살피듯 바라보았다. 책장을 계속 넘기는 동안 마침내 그녀의 맑은 얼굴에 부드러운 홍조가 떠올라 점점 번져갔다. 그는 그녀의 눈을 보고 싶었다. 그러나 엘리자베트는 올려다보지 않았고 끝내는 말없이 노트를 그의 앞으로 내밀었다.

"내게 돌려주지 않아도 되는데!" 그가 말했다.

그녀는 양철 채집통 안에서 갈색의 작은 에리카 줄기 하나를 꺼냈다.

"당신이 가장 좋아하는 풀을 이 안에 넣고 싶어요." 그녀는 말하면서 노트를 그의 손에 쥐여주었다.

마침내 휴가가 끝나 떠나야 하는 날 아침이 되었다. 엘리자베트는 어머니에게 간청해 친구를 역마차 역까지 배웅해도 좋다는 허락을 받았다. 그녀의 집에서 마차 역까지는 거리 몇 개를 지나야 했다. 집 밖으로 나왔을 때 그는 그녀에게 팔을 내밀었다. 그러고는 말없이 날씬한 그녀와 나란히 걸어갔다. 목적지에 가까워질수록 오랫동안 헤어지기 전에 그녀에게 뭔가를 고백해야겠다는 생각이 더욱 간절해졌다. 그것이 앞으로 삶의 모든 가치와 사랑을 좌우할 무엇이 될 것 같았다. 그러나 자신의 심경을 전해줄 적당한 말이 떠오르지 않았다. 그것이 마음에 걸려 점점 걸음을 늦추었다.

"이러다 늦겠네." 그녀가 말했다. "성 마리아 성당의 종이 벌써 열 시를 쳤단 말이에요."

그런데도 그는 걸음을 재촉하지 않았다. 마침내 그는 더듬 거리듯 말했다.

"엘리자베트, 앞으로 이 년 동안 나를 볼 수 없을 거야. 내가 다시 돌아오면 그때도 지금처럼 날 좋아할 수 있겠어?"

그녀는 고개를 끄덕이며 다정하게 그의 얼굴을 바라보았다. 그리고 잠시 뜸을 들인 후 말했다. "난 당신을 위해 변명까지 해주었는걸."

"나를 변호해? 누구 때문에 그래야 했는데?"

"우리 어머니한테. 어제저녁 당신이 돌아간 뒤에도 한동안 당신에 대해 이야기했거든요. 어머니는 이제 당신이 예전처럼 좋은 사람이 아닌 것 같다고 말씀하셨어요."

라인하르트는 순간 침묵했다. 그러고 나서 그녀의 손을 자신의 손에 포개어 잡고 아이같이 천진난만한 눈을 바라보며 진지하게 말했다.

"난 여전히 예전과 똑같아. 너만은 그걸 굳게 믿어줘! 믿어 줄 거지, 엘리자베트?"

"물론이에요." 그녀가 말했다. 그는 그녀의 손을 놓고 그녀 와 함께 마지막 거리를 서둘러 걸어갔다. 작별의 시간이 다가 올수록 그의 얼굴은 점점 기쁨으로 빛났다. 그는 그녀가 따라 오기 힘들 정도로 빨리 걸었다.

"무슨 일이에요, 라인하르트?" 그녀가 물었다.

"네가 모르는 비밀이 하나 있어. 아름다운 비밀이야." 그는 말하며 반짝이는 눈으로 그녀를 바라보았다. "내가 이 년 뒤에 돌아오면 그때 알게 될 거야."

그러는 사이 그들은 역마차가 있는 곳에 다다랐다. 아직 시간은 충분했다. 다시 한 번 라인하르트는 그녀의 손을 잡았다. "잘 있어, 엘리자베트. 그거 잊으면 안 돼."

그녀는 고개를 끄덕이며 말했다. "안녕!"

라인하르트가 올라타자 마차가 움직이기 시작했다. 마차가 길모퉁이를 돌아갈 때 그는 다시 한 번 천천히 집으로 돌아가는 그녀의 사랑스러운 모습을 바라보았다.

한 통의 편지

이 년 가까이 지나갔다. 어느 날 라인하르트는 책과 문서들 사이에 파묻힌 채 램프 앞에 앉아 공동연구를 함께 하는 친구를 기다리고 있었다. 그때 누군가 계단을 올라왔다.

"들어오세요!" 그것은 하숙집 주인아주머니였다. "편지 왔어요, 베르너 씨!" 그녀는 다시 내려갔다.

라인하르트는 고향을 다녀온 후 엘리자베트에게 편지를 쓰지 않았고, 그녀에게서도 더 이상 편지를 받지 못했다. 이 편지 역시 그녀에게서 온 것이 아니었다. 봉투에 적힌 것은 어머니의 필체였다. 라인하르트는 편지를 뜯어 읽었다. 내용은 다음과 같았다.

"사랑하는 아들아, 네 나이에는 거의 매해 자기 고유의 얼굴을 갖게 마련이다. 그래서 젊음이 더 가련해질 수 없는 거란다. 이곳에도 많은 것이 달라졌다. 내가 평소, 네 마음을 제대로 파악하고 있었다면, 이 일이 너에게는 아마 고통스러운 일이 될지도 모르겠다. 에리히가 마침내 그 애의 승낙을 받았다는구나. 지난 삼 개월 동안 두 번이나 청혼했고 번번이 거절당했지만 말이다. 그 애는 줄곧 마음을 정하지 못했는데 결국 그렇게 하기로 했단다. 아직 많이 어린데도 말이다. 결혼식은 곧 치를 예정이고, 그러고 나면 그 애의 어머니 역시 그들과 함께 떠날 거란다."

임멘 호수

또다시 몇 해가 지나갔다. 어느 따뜻한 봄날 오후 햇볕에 갈색으로 그을린 건장한 외모의 청년이 그늘진 숲의 내리막길을 걸어가고 있었다. 그는 진지한 회색 눈으로 긴장한 표정을 지으며 먼 곳을 응시했다. 마치 단조로운 그 길의 변화를 기대하는 듯했지만 그러한 변화는 일어날 것 같지 않았다. 이윽고 마차 한 대가 아래쪽에서 천천히 올라오고 있었다.

"여보세요! 실례합니다." 나그네가 지나가는 농부에게 외쳤다. "이 길이 임멘 호수로 가는 길 맞습니까?"

"네, 똑바로 가시면 됩니다." 그 남자는 대답하며 자신의 밀 짚모자를 밀어 올렸다.

"거기까지는 아직 멀었나요?"

"웬걸요, 바로 코앞인데요. 담배를 절반도 채 피우기 전에 호수에 도착할 겁니다. 저택은 바로 그 옆에 있지요."

농부는 마차를 타고 지나갔다. 청년은 걸음을 재촉하며 나무 밑 길을 따라갔다. 십오 분쯤 지나자 왼편 그늘이 갑자기 끝나고 언덕을 끼고 길이 나 있었다. 거기에는 백 년 묵은 떡 갈나무들의 수관이 손에 닿을 듯 낮게 솟아 있었다. 그 너머로 저 멀리 햇빛이 비치는 광활한 풍경이 펼쳐졌고 아래쪽 깊 숙한 곳에는 검푸른 빛의 잔잔한 호수가 자리하고 있었다. 호 수는 햇빛을 받아 눈부신 숲으로 둘러싸여 있었다. 오직 한 곳 만은 숲의 나무들 사이가 떨어져서 그 틈으로 멀리 원경을 볼 수 있었다. 그러나 이것 역시 먼 곳에선 푸른 산으로 가로막혔 다. 맞은편 숲의 푸른 잎에는 어느 부분이 눈처럼 하얀 것들로 덮여 있었다. 꽃이 만발한 과일나무들이었다. 그 바깥쪽 호숫 가에 붉은 기와를 인 하얀 저택이 솟아 있었다. 황새 한 마리 가 저택의 굴뚝에서 날아올라가 물 위에서 천천히 맴돌았다.

"임멘 호수구나!" 나그네가 외쳤다. 이제 여행의 목적지에 도착한 것 같았다. 그는 꼼짝 않고 서서 발아래 수관들을 넘어 저 건너편의 호반을 바라보았다. 물 위에는 저택의 그림자가 잔잔하게 흔들리고 있었다. 그는 불쑥 발길을 내디뎠다.

길은 이제 산 아래로 가파르게 이어졌다. 밑에 늘어선 나무들이 다시 그늘을 드리웠다. 동시에 전망이 가려져 나뭇가지들 틈새로 이따금 반짝이는 호수가 보일 뿐이었다. 곧 길은 다시 위쪽으로 완만한 경사를 이루었고 이제는 왼쪽에도 오른쪽에도 수풀이 보이지 않았다. 대신 잎이 무성한 포도밭 언덕이 길을 따라 뻗어 있었다. 길의 양편에는 꽃이 만발한 과일나무들이 서 있었고, 나뭇가지마다 벌들이 윙윙대며 날아다녔다. 그때 갈색 외투를 입은 건장한 남자가 나그네를 향해 걸어왔다. 나그네가 가까이 다가오자 그는 자신의 모자를 흔들며 밝은 목소리로 외쳤다.

"어서 오게, 어서 와. 나의 친구 라인하르트! 임멘 호수 농장에 온 걸 환영하네."

"잘 있었나, 에리히. 환영해줘서 고맙네."

그들은 서로에게 다가가 악수를 했다.

"그런데 정말 자네가 맞는 건가?" 옛 학우의 근엄한 얼굴을 지척에서 보았을 때 에리히가 말했다.

"물론 나지, 에리히. 자네 역시 자네가 맞는 거지? 예전보다 더 명랑해 보이는군."

이 말을 듣고 기뻐하며 지어 보인 에리히의 미소는 그의 순박한 얼굴을 훨씬 더 밝게 해주었다.

"그래, 라인하르트." 그는 다시 한 번 친구의 손을 잡았다. "나는 그 이후로 운이 아주 좋았어. 자네도 잘 알고 있겠지만." 그는 두 손을 비비면서 만족한 듯 외쳤다. "이건 깜짝 놀랄 일이 될 거야. 자네가 오는 걸 그녀는 상상도 못하고 있다네. 절대로 모를걸!"

"놀랄 일이라니?" 라인하르트가 물었다. "대체 누구한테 놀랄 일이라는 건가?"

"엘리자베트 말일세."

"엘리자베트라고! 그녀에게 내가 온다는 말을 하지 않았다는 말인가?"

"한마디도 안 했네, 라인하르트. 그녀는 자네 생각을 못하고 있어. 그녀의 어머니도 그렇고. 편지를 보내 아주 은밀하게 자네를 부른 걸세. 그만큼 기쁨이 더 커지지 않겠나? 자네도 알잖아, 내가 그런 식으로 비밀 계획을 잘 세운다는 거."

라인하르트는 생각에 잠겼다. 농장이 점점 가까워질수록 가슴이 더욱 두근거리는 듯했다. 길의 왼쪽엔 포도밭이 끝나고 넓은 채소밭이 펼쳐지기 시작했다. 그 밭은 거의 호숫가 아래까지 이어져 있었다. 어느새 황새가 내려앉아 채소밭 이랑을 활기차게 이리저리 거닐고 있었다.

"워워!" 에리히가 손뼉을 치며 소리를 질렀다. "저 다리 긴 이집트 녀석이 또 어린 완두콩 줄기를 훔쳐가네!"

새는 천천히 솟아올라 신축 건물의 지붕 위로 날아갔다. 채소밭 끝자락에 있는 그 건물의 담장은 복숭아나무와 살구나무 가지로 뒤덮여 있었다.

"저건 주정酒精(에탄올을 말한다 - 옮긴이) 공장일세." 에리히가 말했다. "나는 저 공장을 이 년 전에야 겨우 완공했네. 부속 건물은 돌아가신 아버지께서 증축하신 거고, 본채는 할아버지 대에 지은 거라네. 항상 그렇게 조금씩 발전하는 게 아닐까?"

그들은 이야기를 나누면서 넓은 마당으로 나왔다. 마당 양 옆에는 농촌형의 부속 건물들이 서 있었고, 그 뒤쪽에 저택의 본채가 자리 잡고 있었다. 저택 양쪽으로 높은 담장이 이어졌다. 그 뒤에는 검은 주목들이 늘어섰고, 여기저기 꽃이 만발한 라일락 가지들이 뜰 아래쪽까지 드리워져 있었다. 햇빛과 노동으로 구릿빛이 된 얼굴의 사람들이 마당을 가로질러 와 두 친구에게 인사를 했다. 에리히는 이 사람 저 사람에게 하루 일과에 대한 지시나 질문을 했고, 그사이 그들은 저택에 도착했다. 높고 서늘한 현관이 그들을 맞아주었고, 현관의 끝에서 그들은 약간 어두운 복도로 접어들었다. 이곳에서 에리히가 문을 열자 정원을 향해 나 있는 넓은 마루가 나타났다. 마루의 맞은편 창문들이 무성한 나뭇잎에 뒤덮여 양 측면이 푸르스레한 어둠에 싸여 있었다. 그러나 그 사이에 있는 높고 넓은 미닫이문 두 개가 열려 있어서 밝은 봄 햇살이 한가득 마루 안으로 들어왔다. 그곳에선 잘 정돈된 화단과 키 큰 활엽수가 늘어선 정원의 경치도 볼 수 있었다. 이 나무 울타리는 일직선으로 넓게 뻗은 통로로 나뉘었고, 이 통로를 통해 호수뿐 아니라 맞은편 숲도 내다보였다. 두 사람이 마루 안으로 들어서자

샛바람이 은은한 향기를 실어다 주었다.

정원으로 통하는 문 앞의 테라스에 흰옷을 입은, 소녀 같은 자태를 지닌 여자가 앉아 있었다. 그녀는 자리에서 일어나 들어오는 사람들에게로 걸어갔다. 그러나 걸어오던 도중 못 박힌 듯 멈춰 서서 이방인을 꼼짝 않고 응시했다. 그는 미소를 지으며 손을 내밀어 악수를 청했다.

"라인하르트!" 그녀가 큰 소리로 외쳤다. "라인하르트! 세상에, 당신이군요. 정말 오랜만이에요."

"오랜만이야." 이 말을 한 후 그는 아무 말도 이어갈 수가 없었다. 그녀의 목소리를 듣는 순간 가슴에 희미한 고통을 느꼈기 때문이었다. 그녀는 몇 해 전 고향에서 작별인사를 나누었던 경쾌하고 부드러운 모습 그대로 그의 앞에 서 있었다. 에리히는 희색이 만면한 얼굴로 문 옆으로 물러나 있었다.

"어때, 엘리자베트." 그가 말했다. "라인하르트가 올 거라곤 상상도 못했지, 그렇지?"

엘리자베트는 그를 누이 같은 시선으로 바라보았다. "당신은 정말 좋은 사람이에요, 에리히!"

그는 그녀의 가녀린 손을 잡고 어루만졌다. "이제 그가 왔으니 빨리 보내주지는 말자. 너무 오랫동안 타지에 있었으니까 다시 고향 사람으로 만들어줘야겠어. 좀 보라고. 얼마나 낯설고 고상한 사람이 되었는지."

엘리자베트의 수줍은 듯한 시선이 라인하르트의 얼굴을 힐

끗 스치고 지나갔다.

"그건 우리가 함께 지내지 않은 시간 때문이겠지." 라인하르트가 말했다.

그 순간 엘리자베트의 어머니가 팔에 열쇠 꾸러미를 걸고 들어왔다.

"베르너 씨!" 그녀가 라인하르트를 알아보고 말했다. "이런, 뜻밖에 귀한 손님이 오셨네."

이제 묻고 답하는 즐거운 대화가 순조롭게 진행되었다. 여자들은 각자 자기 일을 시작했다. 라인하르트가 자신을 위해 준비한 다과를 즐기는 동안 에리히는 해포석으로 만든 단단한 담뱃대에 불을 붙이고 그의 옆에 앉아 연기를 내뿜으며 대화에 열중했다.

다음 날 라인하르트는 에리히와 함께 밖으로 나가 경작지와 포도밭, 맥주보리 재배원과 주정 공장을 둘러보았다. 모든 것이 잘 정돈되어 있었다. 들에서 일하는 사람이나 보일러 옆에서 일하는 사람이나 모두가 건강하고 만족스러운 얼굴을 하고 있었다.

한낮에는 농장의 가족이 정원으로 향해 있는 마루에 모두 모였다. 농장주에게 시간적 여유가 생겨 얼마간 함께 시간을 보내게 된 것이었다. 오전의 이른 시간처럼 저녁식사 전 몇 시간 동안도 라인하르트는 자신의 방에 홀로 남아 작업을 하고 있었다. 그는 몇 년 전부터 민중 속에 살아 있는 시와 노래를 수집해왔다. 이제는 그 귀중한 보물을 정리하고 가능하면 인근의 새로운 기록을 찾아 증보하는 일에 착수했다. 엘리자베트는 어떤 경우에도 다정하고 상냥했다. 늘 한결같은 에리히의 친절을 그녀는 매우 감사한 마음으로 받아들였다. 라인하르트는 때때로 예전의 명랑하던 아이가 약간 수다스러운 여인이 될 수도 있겠다고 생각했다.

그는 이곳에 온 둘째 날부터 저녁마다 호숫가를 산책하곤 했다. 그 길은 정원 바로 아래를 지나갔다. 길 끝의 튀어나온 벼랑 위에 벤치 하나가 자작나무 아래 놓여 있었다. 엘리자베트의 어머니는 그것을 저녁놀 의자라고 불렀다. 그 자리가 서향이어서 일몰을 바라보는 데 애용되었기 때문이다.

어느 날 저녁 이 길을 산책하고 돌아오던 중 라인하르트는 갑작스레 비를 만났다. 그는 호숫가에 서 있는 보리수 아래에서 비를 피했다. 그러나 무게를 이기지 못한 빗방울들이 곧 나뭇잎 사이로 떨어졌다. 온몸이 비에 흠뻑 젖게 되자 그는 빗속에 몸을 던지고는 돌아가는 길로 천천히 발걸음을 옮겼다. 주위는 칠흑처럼 어두웠고 빗줄기는 점점 더 거세졌다. 저녁놀 의자 근처에 다다랐을 때 희미한 자작나무 줄기 사이로 흰옷을 입은 여인의 모습이 보이는 것 같았다. 그녀는 꼼짝도 하지 않은 채 서 있었다. 가까이 다가가 알아보려 하자, 마치 기다리고 있었던 것처럼 그에게로 몸을 돌렸다. 그는 엘리자베트일 거라 생각했다. 그러나 그녀와 함께 정원을 지나 집으로 돌아갈 생각으로 서둘러 그쪽을 향해 다가갔을 때, 그녀는 천천히 몸을 돌려 어두운 옆길로 사라져버렸다. 그는 그 행동을 이해할 수 없었다. 엘리자베트에게 언짢은 마음이 들기도 했다. 그녀가 거기에 있었는지 확실치 않다는 의문도 생겼지만, 그 일에 대해 묻기가 두려웠다. 결국 그는 돌아오는 길에 혹시나 정원 문을 통해 들어오는 엘리자베트와 마주칠까 봐 마루 안으로 들어가지 않았다.

어머니가 원하셨지

며칠 뒤 해 질 무렵이었다. 이 시간쯤이면 늘 그랬듯이 가족이 함께 마루에 앉아 있었다. 문이 열려 있었고 해는 이미 호수 저편으로 사라져버렸다. 라인하르트는 오후에 시골에 사는 친구로부터 민요 몇 편을 받았다. 사람들은 민요 중 몇 곡을 소개해달라고 청했다. 그는 자신의 방으로 가서 두루마리로 된 종이뭉치 하나를 가지고 나왔다. 그 한 장 한 장에 민요들이 깨끗하게 또박또박 바르게 쓰여 있는 것 같았다.

모두가 테이블 주변에 둘러앉았다. 엘리자베트는 라인하르트의 옆자리에 앉았다.

"손에 잡히는 대로 읽어볼게요." 라인하르트가 말했다. "저도 아직 제대로 다 읽어보지 못했거든요."

엘리자베트가 원고를 펼쳤다. "악보가 있네요." 그녀가 말했다. "노래도 불러줘야 해요, 라인하르트."

라인하르트는 우선 티롤 지방(오스트리아 서부 및 이탈리아 북부의 산악 지대 - 옮긴이)의 요들송 몇 편을 읽었다. 읽는 동안 이따금씩 경쾌한 멜로디를 낮은 목소리로 흥얼거리기도 했다. 순식간에 이 조그만 모임은 흥겨운 분위기에 휩싸였다.

"그런데 대체 누가 이 아름다운 노래를 만들었을까요?" 엘리자베트가 물었다.

"그야 이 노래들을 들으면 바로 알 수 있어요. 재단사들이나 이발사, 아니면 유쾌한 한량들이 만들었을 겁니다." 에리히가 말했다.

라인하르트가 말했다. "이 노래들은 누가 만든 게 아닙니다. 저절로 생겨났다고 할까요. 거미가 대기 중에서 내려와 거미줄을 치듯 땅 위를 이리저리 떠다니다가 수많은 지역에서 동시에 불리게 된 거지요. 우리 자신의 행동과 고뇌도 이들 노래 속에서 찾을 수 있어요. 말하자면 우리 모두가 이 노래들이 생겨나도록 도움을 준 셈이지요."

그는 다른 종이를 집어 들었다. "나 높은 산 위에 서서……."

"그 노래는 나도 알아요." 엘리자베트가 소리쳤다. "먼저 시작해봐요, 라인하르트. 내가 도와줄게요."

그들은 수수께끼같이 난해해 도저히 사람이 만든 것이라고는 믿기 어려울 만큼 기이한 멜로디를 노래했다. 엘리자베트는 은은한 알토 음으로 라인하르트의 테너 음을 받쳐주었다.

그동안 그녀의 어머니는 열심히 바느질을 하면서 앉아 있었다. 에리히는 두 손을 맞잡고 경건한 자세로 귀를 기울였다. 노래가 끝나자 라인하르트는 말없이 종이를 옆으로 치웠다. 호숫가 위쪽으로부터 저녁의 적막을 깨뜨리며 가축의 방울 소리가 들려왔다. 그들은 모두 그 소리에 귀를 기울였다. 그때 목동의 맑은 노랫소리가 들려왔다.

나 높은 산 위에 서서
깊은 골짜기를 내려다보았네.

라인하르트는 미소를 지었다. "잘 듣고 있지요? 저렇게 입에서 입으로 전해지는 거랍니다."

"이곳에선 곧잘 저 노래를 불러요." 엘리자베트가 말했다.

"맞아요." 에리히가 말했다. "저건 가축을 치는 목동이에요. 어린 송아지들을 몰고 집으로 돌아가는 중이지요."

그들은 방울 소리가 위쪽 농가 뒤편으로 사라질 때까지 한동안 귀를 기울였다.

"저게 바로 뿌리가 되는 가락들이죠." 라인하르트가 말했다. "그 소리가 숲에서 잠자고 있는 거예요. 그것을 누가 찾아냈는지는 하느님만이 아시겠지요." 라인하르트는 다른 종이를 꺼냈다. 날은 벌써 어두워졌다. 저녁노을이 호수 건너편 숲 위를 붉게 물들이고 있었다. 라인하르트가 두루마리 종이를 펼치자, 엘리자베트가 종이의 한쪽 끝을 손으로 누르며 함께 들여다보았다. 라인하르트가 그것을 읽었다.

어머니가 원하셨지
다른 사람을 택하라고.
예전에 내 마음 사로잡은 이를
마음속에서 지워야 하네,
그걸 원하지 않더라도.

어머니에게 하소연했지만
날 도와주지 않았네.
예전에는 명예롭던 것이
이제는 죄가 되어버렸네.
나 어쩌면 좋단 말인가!

내 모든 자부심과 기쁨 대신
얻게 된 건 고통일 뿐.
아, 그 일이 일어나지 않았더라면
아, 저 갈색의 황무지를 헤매며
애걸이라도 하고 다닐 수 있다면!

민요를 읽어내려가는 동안 라인하르트는 종이가 눈에 띄지 않게 파르르 떨리는 것을 느꼈다. 그가 낭독을 마치자 엘리자베트는 조용히 의자를 뒤로 밀쳐놓고 말없이 정원으로 나갔다. 어머니의 시선이 그녀를 따라갔다. 에리히가 뒤따라 가려 하자 어머니가 말했다.

"엘리자베트는 밖에서 할 일이 있네." 그는 자리에 앉았다.

바깥에는 저녁의 어둠이 정원과 호수 위에 점점 짙게 드리워져갔다. 나방들이 윙윙대며 열린 문 위로 쏜살같이 지나갔다. 그 문을 통해 꽃과 관목들의 향기가 점점 더 짙게 풍겨왔다. 호수 쪽에서는 개구리 울음소리가 들려왔고, 창문 아래쪽에서는 밤꾀꼬리가 울고 있었다. 정원 깊은 곳에서는 또 다른 꾀꼬리도 울어댔다. 달이 나무 위로 보였다. 라인하르트는 엘리자베트의 우아한 자태가 사라진 나무 사잇길을 잠시 바라보았다. 그리고 원고를 둥글게 만 다음 모인 사람들에게 인사를 하고 집을 나와 호숫가로 내려갔다.

숲은 말없이 서서 호수 멀리까지 그림자를 드리우고 호수 한가운데에는 뿌연 달빛이 어렴풋이 빛났다. 이따금씩 나무들 사이로 잎사귀 흔들리는 소리가 솨솨 하고 들렸다. 그러나 그것은 바람이 아니라 여름밤이 숨 쉬는 소리였다. 라인하르트는 계속해서 호숫가를 따라 걸었다. 돌을 던지면 닿을 만한 거리에 하얀 수련 꽃 한 송이가 피어 있는 것이 보였다. 문득 그 꽃을 가까이에서 보고 싶다는 생각이 들었다. 그는 옷을 벗어 던지고 물속으로 뛰어들었다. 물이 깊지는 않았지만 날카로운 식물과 돌들이 그의 두 발을 찔렀다. 그는 늘 수영을 할 만큼 깊은 곳으로 들어가지는 않았었다. 그러나 그때 갑자기 발아래 쪽에서 바닥이 사라지고 물이 소용돌이치며 머리 위로 밀려왔다. 그가 다시 수면 위로 올라올 때까지 잠시 시간이 걸렸다. 그는 자신이 빠진 곳이 어디였는지 알아낼 때까지 손발을 움직여 헤엄을 치며 주위를 선회했다. 곧 수련 꽃도 다시 눈에 들어왔다. 그 꽃은 반짝이는 커다란 잎들 사이에 외로이 피어 있었다. 그는 천천히 헤엄쳐 나갔다. 가끔 두 팔이 물 밖으로 올라올 때면, 흘러내리는 물방울이 달빛에 반짝였다. 그러나 그와 꽃 사이의 거리는 그대로인 듯했다. 뒤돌아볼 때마다 호숫가는 그의 뒤에서 점점 짙어가는 아지랑이 속에 어렴풋이 보일 뿐이었다. 그럼에도 불구하고 그는 수련 꽃 찾는 일을 포기하지 않고 같은 방향으로 힘차게 헤엄쳐 나아갔다. 마침내 은빛의 꽃잎이 달빛 속에서도 알아볼 수 있을 만큼 가까워졌다. 그러나 동시에 그는 그물 같은 것에 걸린 듯한 느낌이 들었다. 미끌미끌한 줄기들이 바닥에서 뻗어 올라와 그의 벗은 사지를 휘감았다. 이 낯선 호수가 검은빛을 띠며 주위에 펼쳐져 있었다. 뒤쪽에선 물고기 뛰어오르는 소리가 들렸다. 그는 이 낯선 자연 속에서 갑자기 너무나도 으스스한 기분이 들었다. 마구 들러붙는 식물을 힘껏 뜯어내고는 단숨에 뭍을 향해 헤엄쳐갔다. 뭍에 올라 호수를 뒤돌아보니 수련 꽃은 전과 같이 멀리 짙은 어둠 속에 외로이 피어 있었다. 그는 옷을 입고 천천히 집으로 돌아갔다. 그가 정원에서 마루로 들어섰을 때, 에리히와 엘리자베트의 어머니가 다음 날 장사하러 떠나는 여행을 준비하고 있었다.

"대체 이렇게 늦은 밤에 어디 갔었나?" 어머니가 그를 향해 물었다.

"저요?" 그가 대답했다. "수련 꽃을 찾고 싶었거든요. 그런데 그게 쉽지 않더군요."

"정말이지 누구도 이해 못할 행동일세!" 에리히가 말했다. "자네가 수련 꽃이랑 무슨 상관이 있단 말인가?"

"전에 한 번 그 꽃을 본 적이 있었네." 라인하르트가 말했다. "이미 오래전 일이지만 말일세."

엘리자베트

다음 날 오후 라인하르트와 엘리자베트는 호수 건너편을 산책했다. 숲을 지나고 튀어나온 벼랑의 가장자리를 걸었다. 엘리자베트는 에리히의 지시로 그와 그녀의 어머니가 없는 동안 라인하르트에게 아름다운 주변 경관, 특히 농장이 바라다보이는 건너편 호숫가를 소개해주려 했다. 그들은 이곳저곳을 거닐었다. 마침내 엘리자베트가 피곤하다며 나뭇가지가 늘어진 그늘에 앉았다. 라인하르트는 맞은편 나무에 기대어 섰다. 그때 숲속 깊은 곳에서 뻐꾸기의 울음소리가 들려왔다.

라인하르트에겐 문득 이 모든 일이 예전에 한 번 있었던 것 같았다. 그는 기이한 미소를 지으면서 그녀를 바라보았다.

"우리 딸기 찾으러 갈까?" 그가 물었다.

"지금은 딸기 철이 아닌데." 그녀가 대답했다.

"하지만 곧 그 시기가 올 거야."

엘리자베트는 말없이 고개를 저었다. 그녀가 자리에서 일어 나자 두 사람은 산책을 계속했다. 그녀와 나란히 걸으면서 그 의 시선은 몇 번이고 그녀에게로 향했다. 마치 옷이 그녀를 이 끌고 가기라도 하듯 우아하게 걷고 있었기 때문이다. 그는 자 신도 모르게 자주 한 걸음씩 뒤처져선 그녀의 모습 전체를 한 눈에 보려 했다. 그렇게 그들은 멀리 경작지까지 내다보이는, 수풀이 무성한 공터에 다다랐다. 라인하르트는 허리를 굽혀 땅에서 자라는 풀을 조금 뜯었다. 다시 고개를 들었을 때, 그 의 얼굴엔 견딜 수 없을 만큼 고통스러운 표정이 어렸다.

"이 꽃 생각나지?" 그가 물었다.

그녀는 의아한 눈으로 그를 바라보았다. "그건 에리카꽃이 잖아요. 난 그 꽃을 숲속에서 자주 꺾었는데."

"집에 오래된 노트가 한 권 있는데." 그가 말했다. "나는 전 에 다양한 노래와 시들을 그 노트에 적어 넣곤 했지. 그 뒤 오 랫동안 더는 쓰지 않았지만. 그 노트 사이에는 에리카꽃 한 송 이도 끼워져 있었어. 시든 꽃이긴 했지만 말이야. 그런데 그 꽃을 누가 줬는지 알아?"

그녀는 말없이 고개를 끄덕였다. 시선을 아래로 떨군 채 그의 손에 쥐어 있는 에리카꽃을 바라볼 뿐이었다. 그렇게 그들은 오랫동안 서 있었다. 그녀가 그를 올려다보았을 때, 그녀의 두 눈엔 눈물이 가득 고여 있었다.

"엘리자베트." 그가 말했다. "저 푸른 산 뒤에는 우리의 어린 시절이 있어. 그 시절이 어디로 사라진 걸까?"

그들은 더 이상 아무런 대화도 나누지 않았다. 말없이 호수 쪽으로 나란히 걸어내려갔다. 대기는 후덥지근했고, 서쪽 하늘엔 검은 구름이 피어올랐다.

"소나기가 올 것 같아요." 엘리자베트가 발걸음을 재촉하면서 말했다. 라인하르트는 말없이 고개를 끄덕였다. 두 사람은 서둘러 걸어 거룻배에 도착했다.

배를 타고 호수를 건너는 동안 엘리자베트는 한 손을 뱃전 위에 얹고 있었다. 라인하르트는 노를 저으면서도 그녀에게서 눈을 떼지 않았다. 그러나 그녀의 시선은 그의 옆을 지나 먼 곳을 향하고 있었다. 그의 시선은 미끄러지듯 아래로 내려가 그녀의 손 위에 머물렀다. 그 하얀 손은 그녀의 얼굴이 무엇을 숨기고 있는지 보여주었다. 그는 그녀의 고운 손에서 감춰진 고통을 보았다. 밤마다 괴로워하는 가슴 위에 놓인 아름다운 여자의 손에 흔적을 남기는 그런 고통을. 그의 시선이 자신의 손 위에 머물러 있다는 것을 느끼고 엘리자베트는 손을 천천히 뱃전 너머 물속으로 미끄러뜨렸다.

농장에 도착했을 때 그들은 저택 앞에서 가위 가는 사람의 수레와 마주쳤다. 검은 곱슬머리를 늘어뜨린 남자가 부지런히 숫돌바퀴를 밟아 돌리면서 저음으로 집시풍의 멜로디를 흥얼거리고 있었다. 그 옆에는 목 띠를 한 개 한 마리가 숨을 헐떡이며 누워 있었다. 문 앞에는 예쁘장한 얼굴의 한 여인이 허름한 옷을 걸치고 서서 구걸하듯 엘리자베트에게 손을 내밀었다.

라인하르트는 주머니에 손을 넣었다. 그러나 엘리자베트가 먼저 지갑에 들어 있던 걸 모두 거지 여인의 펼쳐진 손에 쏟아주었다. 그러고는 재빨리 몸을 돌렸다. 라인하르트는 엘리자베트가 계단을 올라가며 흐느끼는 소리를 들었다. 그녀를 달래고 싶었지만, 뭔가 곰곰이 생각한 라인하르트는 계단 옆에 그대로 서 있었다. 거지 여인은 받은 돈을 손에 쥐고 꼼짝도 하지 않은 채 문 앞에 서 있었다.

"더 원하는 게 있나요?" 라인하르트가 물었다.

여자는 놀라 움찔하면서 말했다. "더 바라는 건 없어요." 그러고 나서 머리를 돌려 그를 멍한 눈으로 바라보고는 천천히 수레 쪽으로 걸어갔다. 그는 이름 하나를 외쳤다. 그러나 그녀는 더 이상 듣지 않고 고개를 숙인 채 두 손을 가슴에 모으고 농장을 지나 아래쪽으로 내려갔다.

죽음, 아 죽음은

나 혼자서 맞이하리라!

옛 노래 하나가 그의 귓전에 울렸다. 잠시 숨이 멎는 듯했다. 그는 몸을 돌려 자신의 방으로 올라갔다. 일을 하기 위해 자리에 앉았지만, 아무런 생각도 할 수 없었다. 한 시간이나 애를 쓰다가 소용이 없자 그는 마루로 내려갔다. 아무도 없는 그곳은 서늘한 초록빛 어스름에 싸여 있었다. 엘리자베트의 재봉틀 위에는 오후에 목에 둘렀던 빨간색 리본이 놓여 있었다. 그는 그것을 손에 쥐었지만 마음이 아파 다시 제자리에 내려놓았다. 여전히 마음이 진정되지 않아 호수로 내려가 묶여 있던 거룻배를 풀었다. 건너편으로 노를 저어 가서는 조금 전 엘리자베트와 거닐었던 모든 길을 다시 한 번 걸었다. 그가 집으로 돌아왔을 땐 날이 어두워져 있었다. 농장에서 그는 마차 끄는 말들을 풀밭으로 몰고 가는 마부와 마주쳤다. 장삿길에 나섰던 에리히와 엘리자베트의 어머니가 돌아온 것이다. 그가 문 안으로 들어섰을 때 에리히는 마루에서 이리저리 왔다 갔다 하고 있었다. 그는 에리히가 있는 쪽으로 가지 않았다. 잠시 서 있다가 조용히 계단을 올라 자신의 방으로 향했다.

방 안에 들어선 그는 창가에 놓여 있는 안락의자에 앉았다. 마치 아래쪽 주목나무 울타리에서 울고 있는 밤꾀꼬리 소리를 들으려는 듯. 그러나 들리는 건 쿵쿵거리며 뛰는 자신의 심장 소리뿐이었다. 아래층에서는 모두가 잠자리에 든 것 같았다. 밤이 깊어가고 있었지만, 그는 그것을 느끼지 못했다. 그렇게 몇 시간 동안 앉아 있었다. 마침내 그는 자리에서 일어나 열려 있는 창문 위로 몸을 내밀었다. 밤이슬이 나뭇잎 사이로 사뿐히 내려앉고 밤꾀꼬리는 울음을 그쳤다. 밤하늘의 짙은 어둠이 동쪽부터 엷은 황색의 여명에 밀려나고 있었다. 상쾌한 바람이 일면서 라인하르트의 달아오른 이마를 가볍게 스쳐 갔다. 가장 먼저 잠에서 깬 종달새 한 마리가 큰 소리로 지저귀며 공중으로 날아올랐다. 라인하르트는 갑자기 몸을 돌려 책상으로 걸어갔다. 손으로 더듬어 펜을 찾았다. 그러고는 자리에 앉아서 흰 종이 위에 몇 줄을 써놓았다. 그 일을 마친 후 그는 모자와 지팡이를 들고 조심스레 방문을 열고 현관으로 내려갔다. 아침의 여명이 아직 구석구석에 깃들어 있었다. 커다란 집고양이가 멍석 위에서 기지개를 켜다가 그가 별 뜻 없이 내민 손에 등줄기를 곤두세웠다. 바깥 정원에서는 벌써 참새들이 나무에 앉아 쩍쩍거리며 모두에게 밤이 지났음을 알리고 있었다. 그때 위층에서 문이 열리는 소리가 들렸다. 누군가 계단을 내려왔다. 그가 올려다보았을 때 그의 앞에는 엘리자베트가 서 있었다. 그녀는 손을 그의 팔 위에 얹은 채 입술을 움직였다. 그러나 한마디도 알아들을 수가 없었다.

"다시는 오지 않겠지요?" 마침내 그녀가 말했다. "나는 다 알아요. 거짓말은 하지 마세요. 당신은 절대로 다시 오지 않을 거예요."

"그래, 절대로 돌아오지 않을 거야." 그가 말했다.

엘리자베트는 손을 아래로 떨어뜨리며 더 이상 아무 말도 하지 않았다. 그는 현관을 지나 문 쪽으로 향했다. 그녀는 꼼짝 않고 서서 공허한 눈으로 그를 바라보았다. 그는 앞으로 한 걸음 나아가 그녀를 향해 두 팔을 내밀었다. 그러나 곧 팔을 거두고 등을 돌려서는 문을 열고 나갔다. 바깥세상은 싱그러운 아침 햇살 속에 펼쳐져 있었다. 거미줄에 매달려 있는 이슬방울들은 이른 아침 햇빛을 받아 반짝거렸다. 그는 뒤돌아보지 않고 서둘러 밖으로 걸어 나갔다. 고요한 농장이 그의 등 뒤에서 점점 흐릿해져갔다. 그의 앞에는 크고 넓은 세상이 떠오르고 있었다.

노인

달빛은 더 이상 유리창 안으로 들어오지 않았고, 날은 점점 어두워졌다. 그러나 노인은 여전히 손깍지를 낀 채 안락의자에 앉아 방 안을 둘러보았다. 그를 둘러싸고 있는 어둠이 눈앞에서 차츰 어두운 빛의 넓은 호수로 변해갔다. 호수의 검은 물결은 또 다른 물결에 밀려 더욱 깊고 멀리 퍼져갔다. 너무 멀어져서 노인의 시선이 닿기 어려운 곳에 하얀 수련 한 송이가 넓은 잎들 가운데 외로이 떠 있었다.

그때 방문이 열리고 밝은 불빛이 방 안으로 비쳐들었다.

"마침 잘 왔소, 브리기테." 노인이 말했다. "등불은 그냥 책상 위에 놓아요."

그는 의자를 책상 쪽으로 당기고 펼쳐진 책 중 한 권을 집어 들었다. 그러고는 한때 청춘의 열정을 쏟아부었던 연구에 몰두하기 시작했다. ●

옮긴이 정서웅

서울대학교 독어독문학과를 졸업하고 고려대학교 대학원에서 문학박사 학위를 취득했다. 독일학술교류처(ADDA) 초청으로 독일 브레멘대학 교환교수, 숙명여대 독어독문학과 교수를 지냈다. 옮긴 책으로『독일어 시간』,『콜린』,『크눌프 로스할데』,『환상소설집』,『스퀴데리 양』,『베네치아와 시인들』등이 있다.

아프면서도 아름다운 영혼의 낙인

___

같은 샘물이라도 뱀이 마시면 독이 되고 벌이 마시면 꿀이 된다. 같은 나무라도 강남(양자강 남쪽)에 심으면 귤이 되고 강북에 심으면 탱자가 된다. 이루어지지 못한 사랑도 그러하다. 어떤 사람에게는 남은 삶을 황폐하게 만드는 독이 되고 일생 가슴을 찌르는 고통이 된다. 그러나 어떤 사람에게는 그 추억의 달콤함과 향기로움이 영원과 절대 앞에서는 어차피 헐벗고 쓸쓸할 수밖에 없는 이 세상에서의 한 살이生를 견딜 만하게 달래준다.

젊은 라인하르트의 사랑이 슬프게 끝난 원인은 어쩌면 그 연인 엘리자베트 쪽에 더 큰 책임을 물어야 할지도 모른다. 라인하르트가 믿음을 가지고 학업에 전념하는 사이에 그녀가 다른 남자와 결혼했기 때문이다. 그 시절 어머니의 강요란 것이 지닌 힘을 고려한다 해도 그것은 틀림없이 변심이며, 거기에 대한 상대의 반응은 달라질 수도 있다. 곧 사랑을 격렬한 분노와 증오로 바꿔 일생 자신과 상대를 괴롭히는 독과 가시를 품고 가는 경우이다.

그런데도 젊은 라인하르트에게는 분노나 증오의 감정을 읽을 수가 없다. 오히려 아름다운 시를 빌려 연인을 변명하고 확인할 길이 없는 그녀의 수궁을 무슨 축복처럼 간직하며 외롭게 자신의 길을 떠난다. 그 뒤 라인하르트의 청춘은 구름처럼 허망하게 흘러갔으나, 독신으로 학문 탐구에 바친 그 일생을 반드시 불행했다고 단정할 수만은 없으리라. 그의 가슴에는 영원히 지워지지 않을, 아프면서도 아름다운 상처—품고 있는 그리움만큼이나 깊고 넓은 호수 한가운데에 청초한 수련처럼 떠 있는 엘리자베트의 영상이 있었기 때문이다.

작가 테오도어 슈토름은 원래 서정 시인으로 출발해 요제프 폰 아이헨도르프, 에두아르트 뫼리케 등과 나란히 이름을 떨쳤다. 나중에 소설을 쓰기 시작해 고트프리트 켈러 등과 함께 19세기 독일 리얼리즘 문학을 대표하는 작가가 되었다. 슈토름은 대략 50편이 넘는 중단편을 남겼는데,「임멘 호수」는 그의 출세작으로 사실적이라기보다는 낭만적이라는 느낌이 강하다.

슈토름은 서른 살에 도로테아 옌센이라는 소녀를 만나 사랑에 빠졌다. 하지만 당시 그는 이미 사촌누이 콘스탄체 에스마르크와 약혼 중이어서 그녀와 헤어질 수밖에 없었는데 이 일이「임멘 호수」를 쓴 동기가 되었다. 처음에는 자신이 받은 마음의 상처를 달래기 위해 글을 쓰기 시작했으나 작품이 완성되었을 무렵에는 상당한 자부심을 품게 된 듯 부모에게 이런 글을 남겼다.

"이 작품은 시와 청춘의 매력 때문에 오랫동안 읽는 이의 마음을 사로잡을 것입니다."

참고로 슈토름은 아내 콘스탄체가 산욕열로 죽은 이듬해인 마흔아홉 살에 옌센과 재혼했다.

사랑스러운 여인

Душечка

안톤 체호프 지음

이동현 옮김

안톤 체호프

러시아의 대문호이자 사실주의 희곡의 대가. 1860~1904년. 러시 아 남부의 흑해 연안 항구 도시인 타간로크에서 태어났다. 어려서부터 스스로 학비를 벌며 공부하던 그는 고학으로 중등학교를 마친 뒤 1879년 모스크바대학 의학부에 입학했다. 재학 중에 가족을 부양하기 위하여 단편소설을 쓰기 시작했고, 졸업 후 의사로 근무하면서 본격적인 문학 활동에 나섰다. 1884년 의사 자격을 얻은 후 결핵을 앓는 와중에도 의료 봉사와 글쓰기를 병행하며 풍자와 유머가 담긴 뛰어난 작품을 많이 남겼다. 이 무렵 당대 최고의 작가 그리고로비치로부터 천재적인 재능을 낭비하지 말고 문학에 집중하라는 조언의 편지를 받고 본격적인 창작 활동을 펼친다. 한편으로 농민들을 무료로 진료하고, 톨스토이, 코롤렌코와 함께 기근과 콜레라 퇴치 자선사업을 펼쳤으며, 학교와 병원 건립 등 사회사업에도 참여했다. 주요 작품으로 「황야」, 「지루한 이야기」, 「등불」, 「6호실」, 「대학생」, 「갈매기」, 「농군들」, 「개를 데리고 다니는 부인」, 「바냐 외삼촌」, 「약혼녀」 등 다수가 있다.

＿

그녀는 자기 집 현관 층계에 앉아 생각에 잠겨 있었다. 퇴직한 팔등관八等官 플레먀니코프의 딸인 그녀는 무더운 날씨에 파리까지 짓궂게 덤벼들자 날이 빨리 저물기만을 바랐다. 비를 머금은 먹장구름이 때때로 생각난 듯이 습기 찬 미풍을 일으키며 동쪽에서 몰려왔다.

뜰 안에는 건넌방에 세 들어 사는 치볼리 야외극장 지배인 쿠우킨이 하늘을 쳐다보고 서 있었다.

"제기랄!" 그는 울상이 되어 투덜거렸다. "또 비야! 일부러 사람을 골탕 먹이나 보군! 허구한 날 비만 쏟아지니, 이건 내 목을 졸라매자는 건가! 날마다 손해가 이만저만이 아니야! 이러다간 파산이야, 파산!"

그는 올렌카에게 두 손을 쳐들어 보이며 계속해서 불평을 늘어놓았다.

"우리네 생활은 언제나 이 모양 이 꼴이랍니다. 울어도 시원찮아요! 별의별 고생을 다 하며 죽도록 기를 쓰며 일해봐야 무슨 소용이 있어요. 어떻게 하면 좀 더 나아질까 하고 밤잠도 설치며 무슨 궁리든 하지 않겠어요. 그러나 결국은 허사랍니다. 첫째로 관중이 미개인이나 별반 다름없이 무지막지하거든요. 나는 그들에게 언제나 일류 가수들을 내세워 고상한 오페라나 무언극을 공연해주지만, 그들이 과연 이런 걸 바라고 있을까요? 설사 구경한다 해도 그들이 무엇을 이해할 수 있겠어요? 관중이 요구하는 건 광대예요. 아무튼 저속한 것을 상연해야 좋아한다니까요. 게다가 날씨까지 이 모양이니 탈이군요. 거의 매일 밤, 비가 쏟아지잖아요? 5월 10일부터 시작해 6월 내내 장마가 계속되니, 이런 기막힐 데가 어디 있겠어요! 관중은 얼씬도 하지 않는데 자릿세는 물어야 하고, 배우들에겐 월급을 줘야 하잖아요."

이튿날도 저물녘이 되자 먹장구름이 몰려왔다. 쿠우킨은 미친 사람처럼 너털웃음을 치며 말하는 것이었다.

"글쎄 어쩌자는 거야? 마음대로 퍼부어대라! 극장이 몽땅 물에 잠기고 나도 물속에서 헤어나오지 못하도록 마냥 퍼부어라! 이 세상에만 아니라 저승에 가서까지 나를 못살게 굴겠다는 거냐! 배우들이 날 고소해도 무방하다! 재판도 무섭지 않다! 시베리아로 유형을 보내도 좋고, 단두대에 올려놔도 겁날 것 없다! 핫, 핫, 핫, 핫!"

다음 날에도 날씨는 여전했다.

올렌카는 쿠우킨의 넋두리를 가슴 아프게 생각하며 들었고, 그런 그녀의 눈에는 때때로 눈물이 글썽거리기도 했다. 기어이 쿠우킨의 불행은 그녀의 마음을 흔들어놓고 말았다. 그녀가 그를 사랑하기 시작한 것이다. 쿠우킨은 곱슬머리에 얼굴빛이 누렇고 빼빼 마른 몸집에 키가 작달막한 사내였다. 목소리는 가느다란 테너였으며, 이야기할 적마다 입을 씰룩거렸고 얼굴에는 언제나 절망의 빛이 가시지 않았다. 그런데 그가 올렌카의 마음속에 순결하고도 깊은 애정을 불러일으킨 것이다.

올렌카는 언제나 누군가를 사랑하고 있었고, 또 그러지 않고는 살아갈 수 없는 여자였다. 어릴 적에는 아버지를 무척 따랐다. 그 아버지는 지금 어두운 방 안에서 숨을 몰아쉬며 안락의자에 앉아 앓고 있었다. 또 그녀는 브란스크에서 2년마다 한 번씩 다니러 오는 숙모도 사랑했다. 여학교 때는 프랑스어 선생님을 사랑했다. 올렌카는 고운 마음씨를 가진 착하고 동정심이 많은 여자였다. 눈길은 조용하고 부드러웠으나 몸은 매우 건강한 편이었다. 그 통통하고 불그레한 뺨이며, 부드럽고 흰 살결에 까만 점이 박힌 목덜미, 재미있는 이야기를 들을 때의 티 없고 상냥한 미소 같은 것을 보며 남자들은 으레 "꽤 예쁜걸……" 하며 자기들도 어느새 빙그레 미소를 짓는 것이었다. 여자 손님들은 서로 이야기를 나누다가도 "어쩌면 저렇게 사랑스럽게 생겼을까!" 하며 그녀의 손을 한번 잡아보지 않고는 못 견디는 것이었다.

올렌카가 살고 있는 이 집은 도심에서 약간 떨어진 츠이간스카야 슬로보드카에 자리 잡고 있었다. 그녀가 태어나면서부터 줄곧 살아왔으며, 또 아버지의 유언에 따라 이미 그녀의 명의로 되어 있는 집이었다. 이 집에서 멀지 않은 거리에 치볼리 야외극장이 있었는데, 저녁마다 늦도록 음악 소리와 폭죽

터지는 소리가 들려오곤 했다. 그런 소리를 들을 때마다 그녀는 자기의 운명과 싸우며 가장 큰 적인 무관심한 관중을 탓하며 비난하고 있는 쿠우킨의 모습이 머릿속에 떠올랐고, 그러면 달콤한 감동에 젖어 가슴이 뿌듯해오는 것이었다. 그녀는 잠을 청할 생각은 아예 하지도 않았다. 새벽녘에 그가 집으로 돌아오면, 침실 창문을 가볍게 두드리고 커튼 사이로 얼굴과 한쪽 어깨만 살짝 내밀고 방긋 웃어 보이곤 했다.

마침내 쿠우킨은 올렌카에게 청혼을 했고 두 사람은 결혼하게 되었다. 그는 아내의 목덜미며, 그 포동포동한 어깨를 볼 적마다 두 손을 번쩍 쳐들고 이렇게 말했다.

"당신은 정말 아름답구려."

그는 행복했다. 그러나 결혼식 날에도 종일 비가 쏟아진 것처럼 그의 얼굴에서도 항상 절망의 빛이 가시지 않았다.

결혼하고 나서 두 내외는 사이좋게 살아갔다. 올렌카는 극장 안의 여러 가지 일을 거들었다. 입장권을 팔기도 하고, 계산서를 작성하기도 하고, 월급을 지급하기도 했다. 그리하여 그녀의 불그레한 두 볼과 그 맑고 귀여운 눈웃음을 매표구에서도, 무대 뒤나 구내식당에서도 찾아볼 수 있었다. 그녀는 어느덧 자기 친지들에게 연극이야말로 인간의 생활에서 가장 가치 있는 중요한 것이며, 인간은 연극을 통해야만 비로소 참된 위안을 느낄 수 있고, 교양 있는 인도주의적 인간이 될 수 있다고 말하게 되었다.

"그렇지만 관중들이 과연 그것을 이해할 수 있을까 모르겠어요" 하고 그녀는 말을 이었다.

"그들이 원하는 건 광대니까요. 어제 〈파우스트〉를 개작하여 공연했더니, 관람석이 텅 비어 있지 않겠어요. 만일 우리 남편이나 제가 저속한 극을 공연했더라면 대성황을 이뤘을 거예요. 내일 남편과 저는 〈지옥에서의 오르페우스〉를 상연하기로 했어요. 꼭 구경하러 오세요."

그녀는 이어서 연극이나 배우들에 대해 남편 쿠우킨이 하던 말을 그대로 반복하는 것이었다. 남편과 마찬가지로 예술에 대한 관중의 냉담과 무지를 탓하는가 하면, 무대연습을 할 때 배우들의 포즈를 고쳐주기도 하고, 악사들의 태도를 살피기도 했다. 혹시 지방신문에 연극에 대한 악평이라도 실리면, 그녀는 눈물을 흘리며 해명하기 위해 직접 신문사에 찾아가기도 했다. 배우들도 올렌카를 좋아하여 그녀를 '바니치카와 나'라고 하거나 '사랑스러운 여인'이라고 불렀다. 올렌카 역시 배우들을 동정하여 별로 많지도 않은 돈이면 곧잘 꾸어주기도 했다. 설사 배우들이 갚기로 약속한 날짜를 어기더라도 남편에게 일러바치지 않고 혼자서 눈물을 찔끔거릴 뿐이었다.

두 내외는 한겨울에도 행복하게 지냈다. 이 야외극장은 시내에 있는 극단들이 공연하지 않는 대신에 소아시아에서 흘러들어온 소규모 극단이나 마술사, 또는 시골 아마추어 연극 동호회 같은 데에 짧은 기간 동안 빌려주곤 했다. 올렌카는 점점 몸도 좋아지고 얼굴도 환해졌다. 그러나 쿠우킨은 얼굴이 노랗게 말라가면서 겨우내 경기가 나쁘지 않았는데도 손해가 크다고 투덜거렸다. 그는 밤마다 콜록콜록 기침을 했다. 올렌카는 남편에게 딸기나 라임을 짜서 달여 먹이기도 하고, 오드 콜로뉴(향수의 일종 - 옮긴이)로 찜질도 해주었으며, 때로는 자기의 따뜻한 숄을 덮어주기도 했다.

"난 당신이 얼마나 좋은지 몰라요!" 그녀는 남편의 머리를 쓰다듬으며 정답게 말했다. "당신은 정말 좋은 분이세요!"

쿠우킨은 사순제가 되어 극단을 부르러 모스크바로 떠났다. 올렌카는 남편이 없어 잠을 이루지 못했고, 들창가에 앉아서 별들만 바라보며 밤을 지새우기 일쑤였다. 그럴 때면 그녀는 자기 자신을 닭장에 수탉이 없으면 괜히 불안해 밤새 잠을 이루지 못하는 암탉에 견주어보기도 했다. 쿠우킨은 모스크바에 한동안 머물러 있었는데, 부활절까지는 돌아갈 테니 극장 일은 이러저러하게 하라는 편지를 보내왔다. 그런데 부활절을 한 주일 남긴 월요일, 밤늦게 불길한 노크 소리가 들려왔다. 대문 밖에서 누군가 커다란 나무통을 쿵쿵 두드리는 것 같은 소리였다. 가정부가 눈을 비비며 신발도 신지 않고 물이 질 펙한 뜰을 지나 대문으로 달려 나갔다.

"문 좀 열어주세요!" 밖에서 굵직하고 거친 목소리가 들려왔다. "댁에 온 전보요!"

올렌카는 전에도 남편에게서 전보를 받은 일이 있었지만,

이번에는 어쩐지 정신이 아찔해지는 것 같았다. 그녀는 부들부들 떨리는 손으로 전보를 펼쳤다. 거기에는 이렇게 적혀 있었다.

'이반 페트로비치, 오늘 돌연 사망. 화요일 장례식. *** 지시를 바람'

장례식 다음에 적힌 글자는 전혀 뜻을 알 수 없는 말이었다. 발신인은 가극단의 무대감독이었다.

"여보, 이게 무슨 일이에요!" 올렌카는 흐느껴 울었다. "오, 나의 비니치카! 이게 어찌 된 영문이냐고요. 왜 나는 당신을 알게 되었을까요? 왜 나는 당신을 사랑했을까! 이 가엾은 당신의 올렌카를 남겨두고, 이 불쌍하고 불행한 올렌카를 남겨두고, 당신만 혼자 어디로 가버렸어요⋯⋯."

올렌카는 화요일에 모스크바에서 장례식을 치르고 이튿날 집으로 돌아왔다. 그녀는 방에 들어서자마자 침대에 몸을 던지고, 큰길에서나 이웃집에서도 들릴 정도로 통곡했다.

"가엾어라!"

이웃 사람들은 가슴에 성호를 그으면서 말했다.

"저 귀여운 올렌카가 저렇게 상심하다가는 몸을 망치고야 말겠어!"

그 후 석 달이 지난 어느 날, 수심에 찬 올렌카는 상복을 입고 미사에서 돌아오는 길이었다. 마침 이웃에 사는 바실리 안드레이치 푸스토발로프를 만났다. 그도 역시 교회에서 돌아오는 길이었고, 두 사람은 나란히 걷게 되었다. 사내는 바바카예프라는 목재상 주인이었다. 머리에 밀짚모자를 쓰고 금시계 줄을 드리운 흰 조끼를 입은 품이 상인이라기보다는 차라리 시골 지주라는 편이 어울릴 것 같은 사람이었다.

"이 세상의 모든 일은 하느님께서 마련해주시는 데 따라서 결정되는 겁니다." 그는 동정 어린 목소리로 침착하게 타이르듯이 말했다. "우리가 의지하고 소중히 생각하는 사람 가운데 설사 누가 죽는다고 하더라도 그것은 하느님의 뜻입니다. 그러므로 우리는 슬픔을 참고 그 뜻에 순종해야 하지 않겠습니까?"

그는 대문까지 올렌카를 바래다주며 작별인사를 하고 돌아갔다. 이 일이 있은 뒤로 그녀의 귓전에는 그의 침착하고 위엄 있는 음성이 좀처럼 사라지지 않았다. 그녀가 눈을 감을 때마다 그의 검은 수염이 눈앞에 떠오르는 것이었다. 그녀는 그를 몹시 좋아하게 되었다. 상대편에서도 그녀에게 호감을 느끼고 있음이 틀림없었다. 며칠 후 안면 있는 어떤 중년 부인이 커피를 마시러 그녀의 집에 찾아와서는 식탁에 앉기가 무섭게 푸스토발로프의 이야기를 꺼내는 것이었다. 부인은 그가 매우 착실하고 믿음직스러운 신랑감이기 때문에 그 사람한테 시집가면 뉘 집 아가씨든지 혹할 거라는 말을 장황하게 늘어놓고 갔는데, 이 일만 보더라도 충분히 짐작할 수 있었다.

그 후 사흘이 지나 푸스토발로프가 그녀를 찾아왔다. 그는 한 십 분쯤 앉아 있었을까. 그동안 말 몇 마디 하지 않고 돌아 갔으나 올렌카는 벌써 그를 사랑하게 되었다. 얼마나 그에게 반했던지 그날은 밤새도록 잠을 이루지 못하고 열병에 걸린 사람처럼 들떠 있었다. 그리하여 날이 밝기가 무섭게 그 중년 부인을 불러들였다. 곧 혼담이 성사되었고 결혼식을 올렸다.

결혼하고 나서 두 내외는 사이좋게 지냈다. 남편은 보통 점 심때까지만 상점을 지키다가 일을 보러 밖으로 나가곤 했다. 그러면 올렌카가 남편을 대신하여 저녁때까지 앉아서 계산서 를 작성하기도 하고, 목재를 팔기도 했다.

"나무 값은 해마다 1할씩 오르고 있어요." 그녀는 목재를 사 러 오는 손님이나 안면이 있는 사람에게 이렇게 말하는 것이 었다. "그럴 수밖에 없는 것이, 전에는 이 고장에서 나는 목재 만 가지고도 뒤를 댈 수 있었는데, 지금은 우리 주인이 목재를 사러 해마다 모길레프 현까지 다녀와야 할 형편이에요. 그 운 임만 해도……."

이렇게 말하면서 그녀는 두 손으로 얼굴을 감싸고는 깜짝 놀라는 표정을 지어 보이는 것이었다.

"아주 어마어마하다니까요?"

올렌카는 어느새 오래전부터 자기가 직접 목재상을 경험해 온 것처럼 느끼고, 목재야말로 인간 생활에서 가장 중요한 구 실을 하는 것으로 생각하게 되었다. 그리하여 대들보, 통나무, 서까래, 판자, 각재, 창재, 기둥이니 톱밥이니 하는 말들이 어릴 때부터 귀에 익은 것처럼 정답게 들리는 것이었다. 심지어 잠을 잘 때도 차곡차곡 쌓아놓은 두텁고 얇은 판자 더미나, 시외로 나무를 싣고 가는 마차의 긴 행렬이나, 길이가 서른 척이 넘는 일곱 치 들보 각재가 곤두서서 마치 군대처럼 재목 저장고를 향하여 행군하는 꿈을 꾸었다. 통나무, 들보, 판자와 같은 마른 나무가 큰 소리를 내고 서로 맞부딪치며 일시에 무너졌다가, 다시 제바람에 쌓아 올려지는 꿈을 꾸다가 소스라치게 놀라 깨어난 적도 있었다. 그러면 푸스토발로프가 옆에서 어린애를 달래듯이 이렇게 말하는 것이었다.

"올렌카! 왜 그래? 어서 성호를 그어요……."

남편의 생각은 곧 아내의 생각이기도 했다. 가령 남편이 방 안이 너무 넓다거나 장사가 잘 안 된다고 생각하면, 자연히 그녀도 그렇게 생각하게 되는 것이었다. 남편은 어떤 오락도 좋아하지 않았다. 그는 공휴일에도 집에만 틀어박혀 있었고, 아내 역시 마찬가지였다.

"날마다 집 안이나 사무실에만 틀어박혀 있지 말고, 더러 극장 구경이라도 가지 그래?" 그녀와 가까운 사람들은 때때로 이렇게 권하기도 했다.

그러면 번번이 "우리 바시치카와 나는 그런 데는 안 가기로 했어요" 하고 그녀는 의젓한 어투로 답하는 것이었다. "우리 상인들에게 그런 우스꽝스러운 구경을 하고 다닐 여가가 어디 있어요. 극장엘 가봐야 하나 이로울 게 없어요."

이들 내외는 토요일마다 저녁 기도에 참석하고, 주일에는 아침 예배에 나갔다. 교회에서 돌아올 때면, 정다운 얼굴을 하고 나란히 걸었다. 그녀의 비단옷은 사락사락 유쾌한 소리를 냈고, 남들 눈에도 두 사람은 행복해 보였다. 집에 돌아오면 버터빵에 여러 가지 잼을 발라서 차를 마시고, 과자를 먹었다. 날마다 점심때가 되면 이 집에서는 수프며, 양고기, 오리고기 등을 볶는 냄새가 대문 밖 큰길에까지 풍겨 나왔고, 금육재(가톨릭 신자들이 사순절이 시작되는 수요일과 사순절의 매 금요일에 육식을 끊고 재계하는 일 - 옮긴이) 날에는 생선으로 요리를 만들어 먹었다. 그리하여 이 집 앞을 지나가는 사람들은 다들 반드시 군침을 삼키는 것이었다. 사무실에는 언제나 사모바르(러시아의 가정에서 물을 끓이는 데 사용하는 주전자 - 옮긴이)가 끓고 있었고, 손님들에게는 반드시 차와 도넛을 대접했다. 이들 내외는 일주일에 한 번씩 목욕탕에 갔다가 불그레하게 상기된 얼굴로 나란히 집으로 돌아오곤 했다.

"덕분에 잘 지내고 있어요." 올렌카는 아는 사람을 만날 때마다 으레 이렇게 말하곤 했다. "남들도 모두 우리 부부처럼 행복하게 살 수 있게 해달라고 하느님께 기도를 드리지요."

남편이 목재를 사러 모길레프 현으로 떠나면, 그녀는 그가 돌아올 때까지 몹시 적적해하며 밤잠도 못 자고 눈물만 흘리고 있었다. 저녁이면 그녀의 집 건넌방에 세 들어 사는 젊은 군수의관인 스미르닌이 가끔 놀러 왔다. 그는 올렌카에게 여러 가지 이야기도 들려주고 트럼프 놀이를 함께 하기도 했는데, 그것이 그녀에게는 상당한 위로가 되었다. 특히 스미르닌의 가정 이야기는 그녀의 관심을 끌었다. 그에게는 아내와 아들 하나가 있었는데, 아내의 행실이 고약하여 헤어졌다는 것이다. 그는 지금도 아내를 원망하고 있었지만, 아들의 양육비로 매달 사십 루블씩 보내준다고 했다. 그녀는 그런 이야기를 들으며 한숨을 쉬고 머리를 흔들었다. 그가 측은하게 여겨졌던 것이다.

"하느님께서 당신을 구해주시도록 빌겠어요." 그녀는 층계까지 촛불을 들고 나와 그를 배웅하면서 말했다. "심심한데 와주셔서 고마워요. 하느님께서 당신에게 건강을 허락하시고 또 성모마리아께서도……."

그녀의 말투는 남편을 닮아 침착하고 위엄이 있었다. 그녀는 아래층 문을 열고 나가려는 수의관을 불러 세우고 다시 이렇게 말했다.

"부인과 화해하셔야 합니다. 아드님을 봐서라도 부인을 용서해주셔야지요! 어린 자식의 마음에 그늘이 지게 하셔야 되겠어요."

남편이 돌아오자 그녀는 수의관의 불행한 가정 이야기를 들려주었다. 부부는 한숨을 쉬고 고개를 저으면서, 그 어린 것이 얼마나 아버지를 보고 싶어 하겠느냐고 남의 일 같지 않게 동정하는 것이었다. 그리고 어느 날, 이 부부는 어떤 기이한 생각에서 성상聖像 앞에 무릎을 꿇고 자기들에게도 자식을 주십사 하고 기도를 드리는 것이었다.

아무튼 이들 부부는 깊은 사랑 속에서 육 년이라는 세월을 말다툼 한 번 하지 않고 조용히 사이좋게 보냈다. 그러던 어느 해 겨울, 푸스토발로프는 상점에서 뜨거운 차를 한 잔 마신 뒤, 목재가 운반되는 것을 살피러 모자도 쓰지 않은 채 밖으로 나갔다가 감기에 걸려 자리에 눕게 되었다. 유명한 의사들을 불러서 보였지만, 조금도 차도가 없더니 넉 달을 앓던 끝에 죽고 말았다. 올렌카는 다시 외톨이가 된 것이었다.

"나만 남겨두고 당신은 혼자 어디로 갔단 말이에요." 그녀는 남편의 장례식을 마치고 이렇게 통곡했다. "당신 없이 앞으로 나 혼자 어떻게 살아가란 말이에요. 당신은 내가 불쌍하지도 않으세요? 이웃 사람들이 나를 보살펴주지만, 나는 이제 고아나 다름없어요."

올렌카는 상장喪章이 달린 검은 옷을 입고 모자를 쓰거나 장갑을 끼는 일이 없었으며, 교회나 남편의 묘지에 가는 일 이외에는 밖에 나가지 않았다. 마치 수도원의 수녀와 같은 생활을 하는 것이었다. 그러나 남편이 죽은 지 육 개월이 지나자 그녀는 상복을 벗어버리고 무겁게 닫혀 있던 들창 덧문을 열어놓았다. 주위 사람들은 아침이면 때때로 가정부를 데리고 장 보러 가는 그녀의 모습을 볼 수 있었다. 그러나 그녀가 집 안에서 어떻게 지내는지, 또는 무슨 일이 일어나는지 그런 것은 그

저 제멋대로 추측을 해보는 수밖에 다른 도리가 없었다. 그녀가 뜰 안에서 수의관과 차를 마시고 있었다느니, 수의관이 그녀에게 신문을 읽어주는 것을 누가 보았다느니, 또 그녀가 우체국에서 어떤 친구를 만나 이런 말을 했다느니 하는 소문이 그런 추측의 근거가 되었다.

"이 고장에서는 가축 관리가 제대로 되어 있지 않아요. 여러 가지 병이 잘 생기는 것도 그 때문이지요. 우리는 우유에서 병을 얻기도 하고, 무서운 병이 말이나 소에게서 사람에게 옮겨진다는 것을 알아야 해요. 그러므로 사람의 건강에 못지않게 가축의 건강도 잘 돌봐야 해요."

그녀는 수의관의 견해를 그대로 남에게 이야기하는 것이었다. 그뿐 아니라 그녀는 벌써 무슨 일에 대해서나 수의관과 똑같은 의견을 가지게 되었다. 그녀는 실로 사랑하지 않고서는 단 일 년도 배겨내지 못하는 여자임이 분명했다. 그리하여 그녀는 자기 집 건넌방에서 새로운 행복을 찾아낸 것이었다. 만일 다른 여자라면 남들에게 손가락질을 받았을 테지만, 올렌카에 대해서만은 아무도 나쁘게 해석하려 들지 않았다. 그것은 그녀에게는 너무나 당연한 일이라고 생각되었기 때문이다. 그녀와 수의관은 자기들의 관계를 아무에게도 알리지 않으려고 했지만, 그것은 불가능한 일이었다. 올렌카는 비밀을 가질 수 없는 여자였다. 간혹 연대에 함께 근무하는 수의관의 친구들이 놀러 오면 그녀는 차를 대접하기도 하고, 때로는 밤

참을 차려내기도 했다. 그런 자리에서 그녀는 페스트와 결핵과 같은 가축의 질병이나, 도시의 도살장 문제에 대하여 곧잘 이야기를 꺼내 수의관의 입장을 난처하게 만들곤 했다. 손님들이 돌아가면 수의관은 그녀의 손을 붙잡고 나무라는 것이었다.

"잘 알지도 못하는 그런 이야기는 입 밖에 내지 말라고 하지 않았소! 우리끼리 이야기를 할 때는 제발 말참견을 하지 말아요. 내 꼴이 어떻게 되겠소!"

올렌카는 한편 놀랍고 한편으로는 불안한 얼굴을 하고 그를 쳐다보며 이렇게 반문하는 것이었다.

"그럼 난 무슨 말을 해야 해요?"

그녀는 눈물을 글썽이며 수의관을 껴안고는 화내지 말라고 애원하는 것이었다. 두 사람은 행복했다. 그러나 그 행복도 오래가지는 못했다. 연대가 다른 곳으로 이동하게 되었던 것이다. 시베리아와 같은 먼 곳은 아니지만, 아무튼 상당히 먼 곳으로 이동하게 되어 수의관도 그녀의 곁을 떠나가버린 것이다. 그리하여 올렌카는 다시 혼자 남게 되었다.

이제 그녀는 그야말로 외톨이가 되고 말았다. 아버지는 이미 오래전에 세상을 떠났고, 그가 앉아 있던 의자는 다리가 부러져 지붕 밑 창고에 들어가 먼지를 뒤집어쓰고 있었다. 이제는 복스러웠던 그녀의 얼굴도 상당히 야위어 매력이 없어졌다. 거리에서 만나는 사람들도 전과 같이 그녀에게 반색하지 않았다. 그녀의 젊고 아름답던 시절은 이미 지나가버린 것이다. 이제 행복이란 꿈도 꿀 수 없는 울적한 생활이 시작된 것이다. 해 질 무렵이면 그녀는 현관 층계에 나가 우두커니 앉아 있었다. 야외극장에서 음악 소리와 폭죽이 터지는 소리가 옛날이나 다름없이 들려왔지만 아무런 감흥도 일어나지 않았다. 그녀는 아무 생각도 없이 그리고 아무 욕망도 없이 텅 빈 정원을 우두커니 바라보고 있을 뿐이었다. 이윽고 밤이 깊어지면 잠자리에 누워 폐허나 다름없는 자기 집 정원을 꿈속에서 다시 보는 것이었다. 음식도 먹는 둥 마는 둥 했다.

그런데 그녀에게 가장 큰 불행은 무슨 일에 대해서나 자기 의견을 가질 수 없게 된 것이었다. 물론 주위에 있는 사물이 그녀의 눈에 띄었고, 또 주위에서 일어나는 일들을 알고 있지만, 그런 일들에 대하여 아무런 견해도 가질 수 없었으며, 따라서 무슨 이야기를 해야 할지 알 수 없었다. 이처럼 자기 의견을 가질 수 없다는 것이 그녀로서는 얼마나 무서운 일이었는지 모른다. 예컨대 병이 놓여 있거나, 비가 오거나, 농부가 달구지를 타고 가거나 하는 것을 보더라도 대체 무엇 때문에 있는 병이고, 무엇 때문에 오는 비며, 또 무엇 하러 가는 농부인지 그녀로서는 화제에 올릴 수 없었다. 아마 천 루블을 줄테니 말해보라고 해도 그녀는 입을 열지 못했을 것이다. 일찍이 쿠우킨이나 푸스토발노프나 수의관과 함께 지낼 때는 그렇지 않았다. 그때는 모든 일에 대하여 그럴싸한 자기 의견을 말할 수 있었다. 그러나 지금 그녀의 머릿속이나 가슴속은 자기 집 정원처럼 공허하기만 했다. 그것은 소름 끼치도록 무섭고 괴로운 일이었다.

시가지는 점점 사방으로 뻗어 나가 츠이간스카야 슬로보드카도 이제는 큰 거리가 되었다. 치볼리 극장과 목재상이 있던 자리에는 큰 집들이 즐비하게 늘어서고, 골목길이 이리저리 뚫려 있었다. 빠른 것은 세월이었다. 올렌카의 집은 연기에 그을고, 지붕은 녹이 슬며, 창고는 한쪽이 기울어지고, 정원에는 잡초와 가시나무가 무성했다. 올렌카의 얼굴에도 주름이 늘어갔다. 여름이면 그녀는 허전한 마음을 달랠 길이 없어 층계에 나와 멍하니 앉아 있고, 겨울이면 들창가에 앉아 눈이 내리는 광경을 바라보고 있었다. 이윽고 교회의 종소리가 훈훈한 봄바람을 타고 들려오면, 그녀는 별안간 지난날의 추억이 일시에 되살아나 가슴이 찢어지는 것 같았다. 그리하여 어느새 눈물이 주르르 흘러내리는 것이었다. 그러나 그 눈물도 오래가지는 않았다. 무엇 때문에 사는지 알 수 없는 공허감이 눈물 자국을 지우기 때문이었다. 브리스카라는 검은 고양이가 때때로 그녀의 곁에 와서 야옹거리며 재롱을 부렸으나, 결코 그녀의 마음을 움직일 수는 없었다. 그녀에게 고양이의 재롱 따위가 무슨 소용이 있겠는가? 그녀에게 필요한 것은 사랑이었다. 즉 자기의 모든 존재, 자기 이성과 영혼을 독점하고, 생각할 수 있는 힘과 생활의 의미를 제시해주며, 식어가는 피를 다시금 끓어오르게 해주는 사랑이 있어야 했던 것이다. 그녀는 옷깃에 매달리는 고양이를 떠밀어버리며 짜증을 냈다.

"저리 가! 귀찮아!"

그녀는 날마다 아무 기쁨도 느끼지 못하고, 아무런 주장도 없이 세월만 헛되이 보내고 있었다. 살림은 가정부에게 맡겨버렸다.

무더운 6월의 어느 날 저물녘이었다. 교외로 나간 가축들이 집 안에 온통 먼지를 날리며 들어올 무렵, 뜻밖에도 대문을 두드리는 사람이 있었다. 그녀는 나가서 문을 열고 밖을 내다보았는데, 하마터면 기절할 뻔했다. 문밖에는 머리가 희끗희끗한 수의관이 평복 차림을 하고 서 있었던 것이다. 순간 그녀에게 잊어버린 모든 지난날이 불현듯 되살아났다. 그녀는 어쩔 줄 몰라 한마디도 입 밖에 내지 못하고, 그의 가슴에 머리를 파묻은 채 흐느껴 울었다. 그녀는 너무나 흥분한 나머지 두 사람이 어떻게 집 안에 들어오고, 또 어떻게 차를 마시러 식탁에 마주 앉았는지조차 기억나지 않았다.

"아, 당신이 오셨군요!" 그녀는 기쁨에 떨리는 목소리로 속삭이듯 말했다. "어디 계시다가 이제야 찾아오셨어요?"

"이제 아주 이 고장에서 살기로 했어요." 수의관이 말했다. "군대에서 나와, 이제 내 마음껏 일해서 생활의 토대를 잡아야겠소. 아들놈도 학교에 입학시킬 때가 되었구려. 이제 그 녀석도 꽤 자랐어요. 나는…… 알고 있는지 모르겠지만, 아내와 화해를 했어요."

"그럼 부인은 어디 계셔요?" 올렌카가 물었다.

"아이와 함께 여관에 있어요. 지금 셋방을 구하러 다니는 길이지요."

"셋방이라니, 그게 무슨 말씀이세요. 우리 집에 와 함께 계시면 되지 않아요. 왜 마음에 안 드세요?" 올렌카는 다시 흥분하여 눈물을 흘렸다. "이 방을 쓰도록 하세요. 내가 건넌방을 쓸 테니까요. 그렇게 하세요, 네?"

이튿날 지붕에는 페인트를 칠하고 벽도 희게 새로 칠했다. 올렌카는 가슴을 펴고 두 손을 허리에 얹고서, 집 안을 돌아다니며 일을 감독했다. 얼굴에는 전과 같은 미소가 다시금 떠오르고 마치 오랜 잠에서 깨어난 것처럼 온몸에 활기가 넘쳤다.

수의관의 부인이 아들을 데리고 이사를 왔다. 좀 못생긴 얼굴에 머리를 짧게 자르고, 몸집이 야위었으며, 성미가 까다로워 보였다. 아들 사샤는 열 살 난 아이치고는 키가 작고 똥똥한 편이며, 파란 눈동자에 오목 파인 보조개를 달고 있었다. 아이는 뜰 안에 들어서자 고양이를 쫓아가더니, 곧 명랑한 웃음이 섞인 말로 물었다.

"이거 아주머니네 고양이죠? 새끼 낳으면 우리 하나 주세요, 네? 어머니는 쥐를 제일 싫어하니까요."

올렌카는 사샤에게 차를 따라주며 이야기를 하고 있으면 가슴이 훈훈해졌다. 그리하여 아이가 친자식처럼 귀엽게 보이는 것이었다. 저녁에 사샤가 책상에 앉아 공부하고 있으면, 그녀는 흐뭇한 얼굴로 그윽하게 바라보면서 이렇게 중얼거렸다.

"귀엽기도 하지……. 어쩌면 어린것이 저렇게 영리하고 얌전하담!"

"섬은 사면이 바다로 둘러싸인 육지의 한 부분입니다." 사샤가 소리를 내어 읽었다. 그러면 "섬은 바다로 사면이 둘러싸인……" 하고 올렌카도 받아 읽었다.

이것이 과거 여러 해 동안 자기 의견이라고는 통 모르고 살아오다가, 그녀가 처음으로 입 밖에 낸 생각이었다. 이제야 비로소 그녀는 자기 의견을 갖게 된 것이다. 그녀는 사샤의 부모들과 밤참을 먹으며 이야기했다. 그녀는 중학교 과목은 아이들에게 어렵기는 하지만 기초적인 고전들을 가르치므로 실업 교육을 받게 하는 것보다는 장래를 위해 더 낫다고 말했다. 다시 말해 중학교를 마치면 의사나 기사, 그 밖에 자기 뜻대로 앞길을 개척할 수 있는 길이 트인다는 것이었다.

사샤는 중학교에 입학했다. 그의 어머니는 하리코프의 언니네 집에 가서 아직 돌아오지 않았고, 아버지는 날마다 가축을 검사하러 출장을 갔다가 어떤 때는 이삼 일씩 묵고 오기도 했다. 그러다 보니 그녀는 사샤가 굶어 죽지나 않을까 적잖이 걱정되었다. 그리하여 그녀는 아이를 데려다가 자기가 거처하는 건넌방에 딸린 조그마한 방 하나를 내주었다.

사샤가 올렌카에게 와서 얹혀산 지도 벌써 반년이 더 되었다. 그녀는 아침마다 아이 방에 들어가보았다. 사샤는 한쪽 뺨 밑에 손바닥을 받치고 깊이 잠들어 있었다. 그녀는 아이를 깨우는 것이 가엾어서 언제나 망설였다.

"얘, 사샤야!" 그녀는 애처로운 듯이 아이를 불렀다.

"이제 그만 일어나거라. 학교에 갈 시간이 되었다!"

사샤는 자리에서 일어나 옷을 갈아입고 아침 기도를 드리고 나서, 차 석 잔과 커다란 도넛 두 개와 버터를 바른 빵을 아침으로 먹었다. 대개 잠이 덜 깬 채로 시큰둥한 표정을 지으며 먹기 일쑤였다.

"사샤야, 너 학교에서 배운 그 우화를 잘 외우지 못했구나!" 그녀는 마치 아이를 어디 먼 곳으로 떠나보내기라도 하는 것처럼 조심스레 타일렀다. "나는 언제나 네 공부가 걱정된다. 공부 잘하고…… 선생님 말씀도 잘 들어야 해. 알겠지?"

"그 실없는 소리 그만해요!" 사샤는 이렇게 쏘아붙이는 것이었다.

이윽고 아이가 자기 머리보다 더 큰 모자를 쓰고 책가방을 둘러메고 큰길로 나와 학교 쪽으로 향하면, 그녀도 뒤따라 나서는 것이었다.

"사샤야!"

그녀는 뒤에서 아이를 불러 세워놓고는 대추나 캐러멜 같은 것을 손에 쥐여주기도 했다. 학교가 가까이 보이는 골목길로 접어들면, 사샤는 커다란 여자가 뒤쫓아오는 것이 창피하여 뒤를 돌아보고 말했다.

"아주머니, 이제 그만 돌아가세요. 혼자도 갈 수 있어요."

그러면 그녀는 그 자리에 멈춰 서서 아이가 학교 문에 들어설 때까지 물끄러미 바라보는 것이었다. 소년에 대한 그녀의 사랑은 끔찍했다. 그러나 그것을 아는 사람은 없었다. 그녀는 전에 사랑한 어느 사람에게도 그처럼 깊은 사랑을 쏟은 적이 없었다. 모성애는 날이 갈수록 뜨겁게 불타올라 헌신적이고 순결하며, 자기에게 희열을 안겨주는 동시에 자기 영혼을 완전히 독점해버리는 것이었다. 자기와는 전혀 핏줄이 닿지 않은 이 소년에게―두 볼의 오목한 보조개에, 그 커다란 학생 모자에 눈물과 기쁨으로써 자기 평생을 능히 바칠 수 있었다. 그 까닭을 누가 밝힐 수 있으랴!

그녀는 사샤를 학교에 바래다주고 나서 흐뭇하고 평화로운 마음으로 천천히 집으로 돌아왔다. 그녀는 이 반년 동안 한결 젊어 보였고 얼굴에는 밝은 미소가 떠나지 않았다. 길에서 만나는 사람마다 그녀에게 옛날처럼 친밀감을 느끼며, 다시 말을 걸어오기 시작했다.

"안녕하세요, 올렌카! 요즘은 어떻게 지내세요?"

"요즘 중학교 교과서가 꽤 어려워졌더군요." 그녀는 시장에서 이렇게 이야기를 꺼냈다. "아, 글쎄 어제는 일 학년 아이들에게 '우화를 암송해 오너라', '라틴어를 번역해 오너라', '수학 문제를 풀어가지고 오너라' 하고 숙제를 잔뜩 안겨놓으니,

그게 어디 가당키나 한 일인가요? 아직 어린아이들에게 부담이 너무 과하지 뭐예요. 그렇지 않아요?"

이어서 그녀는 교사들과 학과와 교과 내용에 대하여 사샤에게서 들은 이야기를 그대로 늘어놓기 시작했다.

그녀는 오후 세 시에 점심을 먹고, 저녁에는 사샤와 함께 예습을 하느라 진땀을 뺐다. 사샤가 잠자리에 들면 그녀는 몇 번이나 성호를 긋고 입안으로 조용히 기도를 올렸다. 그런 연후에야 비로소 그녀도 잠자리에 누워 사샤가 대학을 마치고, 의사나 기사가 되어 마구간과 마차까지 있는 커다란 저택을 갖게 되고, 또 결혼하여 자식을 낳고⋯⋯ 이렇게 먼 미래에 대한 환상에 잠기는 것이었다. 두 눈을 지그시 감고 그런 공상을 하고 있노라면, 뺨에서는 눈물이 하염없이 흘러내렸다. 겨드랑 밑에선 고양이가 쿨쿨 자고 있었다.

하루는 밤중에 별안간 누군가 대문을 두드리는 소리가 났다. 그녀는 겁을 먹고 벌떡 자리에서 일어났다. 숨이 콱 막히면서 심장이 두근거렸다. 한참 있다가 또 대문을 두드리는 소리가 들려왔다.

'하리코프에서 전보가 왔나 보다.' 그녀는 온몸을 후들후들 떨면서 이렇게 생각했다. '사샤의 어머니가 아이를 하리코프로 보내라고 전보를 쳤나 봐. 아⋯⋯ 이 일을 어쩌면 좋아!'

그녀는 크게 실망한 나머지 머리와 사지가 얼음장처럼 얼어붙는 것 같았다. 그리고 이 세상에서 자기보다 더 불행한 여자는 없을 거라고 생각했다. 이윽고 사람의 목소리가 들려왔다. 수의사가 클럽에서 돌아온 거였다.

"아이, 고마워라!" 그녀는 길게 한숨을 내쉬었다.

가슴속에 엉켜 있던 무거운 쇠뭉치 같은 것이 차차 풀리기 시작하면서 다시 후련해졌다. 그녀는 옆방에서 깊이 잠든 사샤를 생각하면서 잠자리에 누웠다. 가끔 아이의 잠꼬대 소리가 들려왔다.

"싫어! 그만 저리 가. 날 때리지 마!" ●

옮긴이 이동현

육군사관학교 노어과 교수, 한국외국어대학교 러시아어과 교수 등을 역임하고, 『카라마조프네 형제들』로 1970년 국제펜클럽 한국번역문학상을 수상했다. 옮긴 책으로는 『대위의 딸』, 『검찰관』, 『외투』, 『코』, 『카라마조프네 형제들』, 『백치』, 『죄와 벌』, 『크로이처 소나타』, 『결혼의 행복』, 『의사 지바고』 등이 있다.

세상을 이해하는 눈 혹은 삶의 방식

사랑은 어떤 사람들에게는 삶의 기본 조건이며 방식이 된다. 그들에게는 누군가를 사랑하지 않는 삶은 아무런 의미가 없다. 안톤 체호프가 「사랑스러운 여인」에서 그려내고 있는 올렌카는 바로 그 전형이다.

올렌카의 삶에 사랑이 그토록 중요한 의미가 있는 까닭은 무엇보다도 그것이 세상을 해석하고 설명하는 척도로 기능하기 때문일 것이다. 그녀가 극장 지배인을 사랑할 때 세상은 오직 극장과 연극을 통해서만 이해되고 설명된다. 또 목재상을 사랑할 때는 세상에서 가장 중요한 것은 목재이고 그녀는 그 목재를 통해서만 세상을 이해하며, 수의사를 사랑할 때는 가축의 위생과 질병이 목재를 대신한다. 사랑의 성질은 달리하지만, 수의사의 아들 사샤를 사랑할 때도 마찬가지다. 이제 그녀의 세계는 중학생의 교내 생활과 과제물을 중심으로 이해된다.

과거는 올렌카에 아무런 힘을 갖지 못한다. 그녀도 남편의 죽음을 애통해하고 애인과의 이별을 괴로워하지만, 그것은 과거에의 미련이나 집착을 뜻하는 것은 아니다. 곧 새로운 사랑을 찾고 사랑받게 되는 것을 보면 그것은 홀로 남은, 사랑받고 사랑할 수 없게 된 그녀 자신을 위한 슬픔과 눈물에 지나지 않아 보인다.

올렌카의 사랑이 변천하는 과정도 여자의 사랑이 지니는 어떤 보편성을 시사한다. 어렸을 적에는 아버지를 따랐고 숙모를 사랑했으며 여학교 시절에는 불어 선생을 사랑했다. 그리고 두 번의 결혼과 한 번의 연애를 거친 뒤 마침내 그녀의 사랑은 모성적인 것으로 마감한다. 사랑받는 여자의 특성으로 귀여움과 단순함과 솔직성을 강조하는 것 외에 여자의 사랑이 걷게 되는 보편적인 길을 암시하는 것도 체호프의 의도에 있었던 것일까.

오늘날의 페미니즘 문학은 이「사랑스러운 여인」을 다른 견해로 대할 수도 있을 것이다. 홀로 서지 못하는 영혼, 철저한 타인 지향의 정신을 여성 해방의 전사들은 가장 못 견뎌한다. 그런 이들에게 올렌카는 전혀 가망 없는 여인이다. 하지만 그럼에도 불구하고 올렌카는 틀림없이 사랑받는 여인의 전형이다. 미래야 어떠하건 체호프의 시대까지, 아니 지금까지도 남자들의 다수는 그녀 같은 여인들과 행복했다. 톨스토이 같은 거장이 네 번이나 읽은 것도 상큼하게 형상화된 그 전형성이 준 감동은 아니었을까.

안톤 체호프는 돈벌이를 위한 유머작가에서 출발한 작가다. 그러나 곧 문학의 본령으로 진입하여 단편과 희곡으로 러시아뿐만 아니라 세계문학사에서도 길이 잊히지 않을 중요한 작가가 되었다. 내가 체호프를 남다르게 기억하는 이유는 세 가지이다.

첫째는 이미 말했듯이, 내 단편 습작의 스승 중 하나였다는 것과 그의 희곡 「갈매기」는 아직도 계속되고 있는 내 희곡 습작의 전범 가운데 하나라는 점이다. 「갈매기」는 초연에서 실패했고 현대 연극 이론가들도 그리 높이 쳐주지 않는 듯하나, 나는 할 수만 있다면 그런 부류의 작품을 한 편쯤은 꼭 내 희곡 목록에 가지고 싶다.

둘째로 체호프가 특별하게 기억되는 것은 그와 동시대 평론가들의 불화이다. 예나 지금이나 이념 지향적인 평론가들은 그의 무경향성 내지 무이념성을 못 견뎌했다. 그 바람에 그의 재능은 인정하면서도 혹독한 비판을 서슴지 않았는데, 내게는 왠지 그게 남의 일로 보이지 않았다. 그래도 위로가 되는 것은 체호프가 이렇게 빛나게 살아남았지만 그를 못살게 헐뜯었던 그 평론가들은 대부분 역사의 어둠 속으로 사라져버렸다는 사실이다.

마지막으로 인상적인 것은 체호프의 만년이다. 그는 사십사 년의 짧은 생애를 찬연한 불꽃처럼 타다 갔다. 특히 죽기 전의 삼 년은 여배우 올리가 크니페르와의 연애와 결혼으로 삶의 마지막 장에 처절한 아름다움을 더했는데, 그것이 쓸쓸한 문학청년 시절을 보내던 내게 깊은 인상을 남긴 듯하다.

에밀리를 위한 장미

A Rose for Emily

윌리엄 포크너 지음

장경렬 옮김

윌리엄 포크너

미국의 대문호. 1897~1962년. 미국 미시시피 주 뉴올버니에서 태어나 그 근처 옥스퍼드에서 평생 살면서 작품 활동을 했다. 그의 작품은 대부분 옥스퍼드와 그 주변 지역을 모델로 창안한 상상의 공간, '요크너퍼토퍼 카운티'와 '제퍼슨'을 배경으로 전개된다. 포크너는 유럽의 모더니즘을 미국 문학에 본격적으로 도입한 작가로 평가받는다. 대담한 실험적 기법과 깊은 인간통찰을 통해 자신만의 우주를 창조하였고 현대인이 안고 있는 고뇌와 그 극복의 과정을 진실하게 추구하여 세계 여러 나라 문학에 영향을 끼쳤다. 그의 작품에는 20세기 전반에 걸쳐 서구를 휩쓴 비극적 시대정신이 짙게 배어 있어 그의 세계관은 본질적으로 비극적이라는 평가를 받고 있다. 주요 작품으로 『음향과 분노』, 『내가 죽어 누워 있을 때』, 『팔월의 빛』, 『압살롬, 압살롬!』 등이 있다. 1949년 노벨문학상을 받았다.

1

에밀리 그리어슨 양이 세상을 떴을 때, 우리 마을 사람들 모두가 그녀의 장례식에 참석했다. 남자들은 무너져버린 기념비에 대한 애정 어린 존경심 때문에, 여자들은 대부분 그녀의 집 안을 들여다보려는 호기심 때문에 참석했다. 지난 십 년 동안 정원사이자 요리사였던 늙은 하인을 빼놓고는 누구도 그 집을 들어가본 적이 없었다.

에밀리 양이 살던 집은 한때 흰색으로 칠해져 있던 커다랗고 네모난 목조 건물이었는데, 이 건물은 1870년대 특유의 대단히 우아한 양식을 살려 지은 것이다. 작고 둥근 지붕들, 첨탑들, 소용돌이무늬로 장식한 발코니들이 이를 보여주고 있었다. 위치도 한때 우리 마을에서 가장 좋았던 곳에 자리잡고 있었다. 그러나 자동차 수리 공장이라든가 면화에서 면섬유를 분리해내는 공장이 들어서기 시작하면서 인근의 건물은 물론 존엄한 명사들의 이름까지도 사라지게 되었다. 다만, 에밀리 양의 집만이 남아서, 완고하면서도 교태를 부리는 듯한 자태로 자신의 쇠락한 모습을 면화 운반용 짐수레나 주유소의 주유기들 위쪽으로 드러내고 있었던 것이다. 그야말로 눈에 거슬리는 것들 가운데에서도 가장 눈에 거슬리는 것이었다고 할 수 있었다. 그리고 이제 에밀리 양도 그 장엄한 이름들을 대표하던 사람들과 자리를 함께하게 되었다. 그들은 향나무가 생각에 잠긴 듯 가지를 늘어뜨리고 있는 공동묘지에 제퍼슨 전투에서 산화한 북군과 남군의 유명, 무명용사들의 틈에 끼여 잠들어 있었다.

살아 있을 당시 에밀리 양은 일종의 전통이자 의무였고 또한 관심을 보여야 할 존재였다. 말하자면 마을 사람들이 대대로 짊어져야 했던 세습적인 짐이었던 것이다. 1894년 어느날, 사토리스 대령은 에밀리 양의 아버지가 세상을 뜬 날부터 영구히 그녀에게 세금 면제의 혜택을 부여했는데, 바로 그날부터 에밀리 양은 마을 사람들에게 일종의 짐이 되었던 것이다(사토리스 대령으로 말하자면, 흑인 여자는 누구도 앞치마를 두르지 않은 채 거리 바깥으로 나올 수 없다는 포고령을 내린 사람이었다). 에밀리 양이 그러한 자선을 순순히 받아들일 리 없었다. 그래서 사토리스 대령은 이와 관련하여 이야기를 하나 꾸며냈다. 즉 일찍이 에밀리 양의 아버지가 마을에 돈을 꿔준 적이 있는데 마을로서는 사무 절차상 이런 식으로 돈을 면제해주는 방식을 택하지 않을 수 없게 되었다는 취지로 이야기를 꾸며냈다. 아마도 사토리스 대령 세대의 사람들이나 그 세대의 생각에 동조하는 사람들만이 이런 식의 이야기를 꾸며낼 수 있을 것이다. 또한 에밀리 양과 같은 여자만이 그런 이야기를 믿을 것이다.

보다 더 근대적인 사상을 지닌 다음 세대의 사람이 시장과 시의원이 되자, 이런 조처에 불만을 표시하는 목소리가 크지는 않지만 어느 정도 새어 나오게 되었다. 그래서 그들은 정초에 세금고지서를 그녀에게 우송했다. 2월이 되었으나 답이 없었다. 그들은 아무 때고 편리한 시간에 보안관 사무실로 방문해달라고 요청하는 공문을 그녀에게 발송했다. 일주일이 지난 다음 시장이 몸소 그녀에게 편지를 써서, 직접 모시러 가든가 아니면 차를 보내겠다는 뜻을 전했다. 답장으로 시장은 아주 고풍스러운 모양의 종이 위에 사연을 써놓은 쪽지 하나를 받게 되었다. 색이 바랜 잉크를 사용하여 흐르는 듯한 필체로 가늘게 써놓은 사연에 의하면, 그녀는 더 이상 외출을 하지 않는다는 것이었다. 또한 아무런 언급도 없이 세금고지서도 함께 반송되었다.

그들은 시의원들을 소집하여 회의했다. 그녀의 문제를 담당할 대표자가 선정되었고, 그는 사람들과 함께 그녀의 집을 찾아가 문을 두드렸다. 그 문은 팔 년 전인가 십 년 전 그녀가 하던 도예 그림 강습을 그만두고 난 이래 아무도 통과해본 적이 없던 문이었다. 늙은 흑인이 그들을 맞이하여 어둠침침한 현관으로 안내했는데, 현관 쪽에서 하나의 계단이 더욱 어둠에 싸여 있는 곳으로 통하고 있었다. 집 안에서는 오랫동안 사용하지 않은 집에서 나는 먼지 냄새가 났고, 밀폐된 공간에서 나는 축축함이 묻어났다. 흑인이 그들을 응접실로 안내했다. 그곳에는 가죽으로 덮인 육중한 가구들이 갖추어져 있었다. 흑인이 덧문 하나를 열자 가죽에 금이 가서 터져 있는 것을 볼 수 있었다. 이윽고 그들이 자리를 잡고 앉자 그들의 허벅지 근처에서 희미한 먼지가 굼뜨게 일어나서는 한 줄기 햇살 속을 천천히 움직이던 티끌들과 합쳐져 함께 맴도는 것이 보였다. 벽난로 앞에는 변색된 금빛 이젤이 세워져 있었는데, 그 위에는 크레용으로 그린 에밀리 양 아버지의 초상화가 얹혀 있었다.

 자그마한 체구에 살찐 여자 하나가 검은 옷을 입은 채 들어서자 그들은 자리에서 일어섰다. 그녀는 허리께까지 드리워진 가느다란 금줄을 두르고 있었는데, 그 줄의 끄트머리는 허리띠 안쪽으로 감추어져 있었다. 그녀는 또한 변색된 금빛 손잡이가 달린 흑단 지팡이에 몸을 의지하고 있었다. 그녀의 골격은 작고 빈약했다. 다른 여자의 경우라면 통통해 보인다고 할 정도의 살집을 갖고 있는데도 그녀가 그렇게 뚱뚱해 보였던 것은 아마도 그 때문이었을 것이다. 그녀는 마치 고인 물속에 오랫동안 몸이 잠겨 있었던 것처럼 얼굴이 부어 있었으며, 피부는 창백한 빛을 띠고 있었다. 퉁퉁 부은 것처럼 살이 찌고 움푹 들어가 잘 보이지 않는 그녀의 눈은 밀가루 반죽 덩어리에다 석탄 두 조각을 눌러 박은 듯한 모양을 하고 있었다. 방문객들이 용건을 말하는 동안 그 눈은 이 사람의 얼굴에서 저 사람의 얼굴을 향해 움직이고 있었다.

 그녀는 그들에게 자리에 앉도록 권유하지 않았다. 대변자가 더듬거리며 겨우 말을 마칠 때까지 그녀는 그저 조용히 서서 듣고 있을 뿐이었다. 이윽고 그들은 금줄 끄트머리에서 보이지 않는 시계가 째깍째깍 움직이는 소리를 들을 수 있었다.

그녀의 목소리는 메마르고 차가웠다. "제퍼슨 마을에서는 저에게 세금을 부과하지 않도록 되어 있습니다. 사토리스 대령이 그것에 대해 저에게 설명해주셨습니다. 아마도 여러분 가운데 누구든 마을의 기록 문서를 살펴보면 그걸 알 수 있을 겁니다."

"물론 그렇게 했었습니다. 우리들이 바로 마을의 행정 담당자들이니까요. 보안관이 서명해서 보낸 고지서를 받으셨지요?"

"예, 물론 뭔가 종이쪽지 한 장을 받았어요." 에밀리 양이 대답했다. "아마도 그 사람은 자기가 보안관이라고 생각하나 본데……. 제퍼슨 마을에서는 저에게 세금을 부과하지 않는 걸로 되어 있습니다."

"하지만 어떤 문서에도 그런 내용은 적혀 있지 않았습니다. 우리가 따라야 할 것은 그저……."

상대의 말을 끊고 에밀리 양이 말했다. "사토리스 대령을 만나보세요. 제퍼슨 마을에서는 저에게 세금을 부과하지 않도록 되어 있습니다."

"그렇지만, 에밀리 양……."

다시 한 번 상대의 말을 끊고 에밀리 양이 말했다. "사토리스 대령을 만나보세요." 사토리스 대령은 세상을 뜬 지 벌써

십 년이 다 되어간다. "제퍼슨 마을에서는 저에게 세금을 부과하지 않도록 되어 있습니다. 토비!" 흑인이 나타났다. "이분들을 밖으로 안내해드려요."

2

이렇게 해서 그녀는 이들 전부를 내쫓게 되었다. 마치 삼십 년 전에 그들의 부친을 악취 때문에 주변에서 쫓아냈던 것과 마찬가지로. 그것은 그녀의 아버지가 세상을 뜨고 난 이 년 후였고, 그녀와 결혼할 것이라고 우리 모두가 믿었던 그녀의 애인이 그녀를 버리고 떠난 지 얼마 되지 않았을 때의 일이었다. 아버지가 세상을 뜬 다음 그녀는 별로 외출을 하지 않았다. 그녀의 애인이 떠난 다음 사람들은 그녀를 거의 볼 수가 없었다. 몇몇 부인네들이 무모하게도 에밀리 양을 찾아가 만나려 했으나 문밖에서 거절당했다. 그 집에 사람이 산다는 유일한 증거는 한 흑인 남자가—그 당시에는 젊은이였던—시장바구니를 들고 드나든다는 것뿐이었다.

"어떤 남자든 남자 하나만으로 부엌일을 다 할 수 있는 것처럼 생각하나 보네요." 부인네들은 이렇게 말하곤 했다. 그래서 그 집에서 냄새가 나기 시작했을 때 사람들은 놀라지 않았다. 그 냄새야말로 비천하고 사람들이 들끓는 이 세상과 고귀하고 막강한 그리어슨 가를 이어주는 또 하나의 연결고리와도 같았다.

이웃에 사는 여인 하나가 시장 일을 맡아 하던 여든 살 나이의 스티븐스 판사에게 불만을 호소했다.

"그렇지만 부인, 그 문제를 놓고 제가 어떤 조처를 할 수 있겠습니까?" 그가 물었다.

"아, 그거야 냄새 좀 그만 피우라는 명령을 내릴 수 없을까요?" 여인이 반문했다. "그런 걸 다스리는 법 같은 게 없나요?"

"그럴 필요가 있겠습니까?" 스티븐스 판사가 말을 이었다. "아마 그녀가 데리고 있는 검둥이 녀석이 마당에서 잡은 뱀이나 쥐 때문이겠지요. 그 녀석한테 내가 한번 따끔하게 말하지요."

이튿날 두 건의 불평이 더 접수되었다. 그 가운데 하나는 어떤 남자한테서 나온 것인데, 그는 자신 없는 어투로 진정을 냈다. "판사님, 이 일과 관련해서 정말 무언가 조처를 취하지 않으면 안 됩니다. 저야 추호도 에밀리 양을 귀찮게 하고 싶지는 않습니다만, 이번엔 뭔가 조처를 해야 해요." 그날 밤 시의원 모임이 있었다. 흰 수염을 기른 세 명의 노인과 신세대의 일원이라고 할 수 있는 젊은이가 모여 숙의했다.

"간단해요." 젊은이가 말을 이었다. "집 안을 대청소하라는 명령을 내리면 되지요. 얼마 동안 시간을 주고 기다리다가 그래도 청소를 하지 않는다면……."

"당치도 않은 말이에요." 스티븐스 판사가 말했다. "숙녀를 앞에 놓고 냄새가 난다고 책망할 수 있겠소?”

결국 그다음 날 밤 자정이 지난 시각, 네 명의 남자가 에밀리 양의 집 잔디밭을 가로질러 가서 마치 도둑처럼 집 주위를 돌아다녔다. 그들은 벽돌담 아래쪽이나 지하실 입구를 따라 쿵쿵 냄새를 맡으며 돌아다녔는데, 그들 가운데 한 명은 계속 씨를 뿌리는 사람처럼 어깨에 짊어진 자루에 손을 넣었다 뺐다 하는 동작을 취했다. 그들은 지하실 문을 강제로 열고 석회를 뿌렸으며, 그 모든 부속 건물 안을 석회로 소독했다. 그들이 다시 잔디밭을 가로질러 나오려고 할 때 지금까지 어두웠던 창문 하나가 밝아졌다. 그들은 창문을 통해 에밀리 양이 등불을 뒤쪽으로 하고 마치 조상彫像처럼 상체를 꼼짝도 하지 않은 채 앉아 있는 것을 볼 수 있었다. 그들은 숨을 죽인 채 기어서 잔디를 가로질러 나온 다음 거리에 줄지어 서 있는 아카시아나무 그늘에 몸을 숨겼다. 이 주일쯤 더 지난 다음 냄새는 사라졌다.

그 일이 있고 나서 사람들은 그녀에게 정말로 미안한 마음을 갖기 시작했다. 마을 사람들은 그녀의 대고모였던 와이엇 노부인이 끝내는 완전히 미쳐버렸다는 점을 기억하고는, 그리어슨 가의 사람들은 별것도 아니면서 좀 대단한 체한다고 생각하게 되었다. 젊은 청년들 가운데 누구도 에밀리 양과 같은 처녀에게는 어울리지 않는다는 투였던 것이다. 우리는 오랫동안 그들을 그림 속의 인물들로 생각했다. 말하자면 에밀리 양이 흰옷을 입고 배경을 장식하는 호리호리한 인물이라면, 그녀의 아버지는 그녀에게 등을 돌린 채 말채찍을 움켜쥐고 다리를 벌린 상태로 전경에 서 있는 실루엣에 해당했다. 이들 두 사람은 뒤쪽으로 문을 열어놓고는 문틀을 액자 삼아 서 있는 형상이었다. 그래서 그녀가 서른 살이 되어서도 아직 미혼이었을 때, 우리는 기분이 꼭 유쾌했다고 말할 수는 없지만 우리의 판단이 옳았다고 생각하게 되었다. 아무리 가문에 정신병이 유전된다고 하더라도 기회가 실제로 주어지기만 했다면 에밀리 양이 모든 기회를 다 뿌리치지는 않았을 것이다.

그녀의 아버지가 세상을 떠났을 때, 그녀에게 남겨진 유산이라고는 그 집이 전부라는 이야기가 떠돌았다. 그리고 어떤 의미에서 사람들은 그 점을 기쁘게 생각했다. 거지와 같은 처지로 혼자 남게 되었다면 인간다운 모습을 보이게 되지 않겠냐는 것이 사람들의 생각이었다. 이제 한 푼이라도 돈이 더 많고 적음에 황홀해하거나 절망하는 그 오랜 인간의 습성을 그녀 또한 체득하게 될 것이 아닌가.

부친이 세상을 떠난 다음 날, 우리의 관습이 그러하듯이 모든 부인네가 그녀의 집을 방문하여 위로의 말과 도움을 건넬 준비를 했다. 에밀리 양은 평소와 같은 차림에 얼굴에는 아무런 슬픈 표정도 없이 그녀들을 문간에서 만났다. 그녀는 사람들에게 아버지가 돌아가시지 않았다고 말했다. 목사님들과 의사들이 그녀를 방문하여 시신을 처리하자고 설득했으나,

그녀는 그런 식으로 사흘을 버텼다. 마침내 법률상의 강제 수단을 동원하자 그녀는 굴복했고, 사람들은 재빨리 시신을 처리했다.

그 당시 우리는 누구도 그녀가 미쳤다고 말하지는 않았다. 그녀로서는 그렇게 하지 않을 수 없었을 것이라고 이해했을 뿐이었다. 우리는 그녀의 아버지가 그 많은 젊은 청년들을 쫓아 보냈던 것을 기억하고 있었고 또한 그녀에게 남은 것이라고는 아무것도 없다는 것을 알고 있었기 때문에, 그녀는 자신한테서 모든 것을 빼앗아간 그 무엇에 매달리지 않을 수 없었을 거라고 생각했다. 누구라도 그녀와 같은 처지가 되면 그렇게 할 거라고 생각했다.

3

오랫동안 그녀는 병석에 누워 있었다. 우리가 다시 그녀를 보았을 때, 그녀는 머리를 짧게 잘라 마치 소녀와 같은 모습을 하고 있었다. 교회의 창문을 장식하고 있는 채색 유리로 된 천사들과 어딘가 닮은 모습을 하고 있어서, 일종의 비극적인 고요함 같은 것이 느껴졌다.

마을은 막 보도를 포장하기 위한 계약을 체결한 참이었고, 그녀의 아버지가 세상을 뜬 그해 여름, 일에 착수하게 되었다. 건설 회사가 검둥이들과 노새들과 기계들을 끌고 왔다. 그리고 호머 배런이라는 이름의 현장감독도 마을에 오게 되었다. 북부 출신의 그는 키가 크고 피부가 검고 행동에 주저함이 없는 사람으로, 커다란 목소리에 얼굴빛보다 더 밝은 눈빛을 하고 있었다. 어린아이들이 떼를 지어 그의 뒤를 따라다니면서, 그가 검둥이들에게 퍼붓는 욕설을 듣거나 검둥이들이 곡괭이의 오르내림에 맞추어 부르는 노랫소리에 귀를 기울이기도 했다. 얼마 지나지 않아 그는 마을 사람들을 모두 알게 되었다. 광장 어디에선가 커다란 웃음소리가 들리면, 거기에는 반드시 호머 배런이 사람들에게 둘러싸여 있기 마련이었다. 이윽고 그와 에밀리 양이 일요일 오후 노란 바퀴의 사륜마차를 타고 다니는 것이 우리의 눈에 띄기 시작했다. 그 마차는 마차 대여소에서 빌린 것으로 이에 잘 어울리는 갈색 말들이 끌고 있었다.

처음에 우리들은 에밀리 양이 무언가에 흥미를 갖게 되었다는 사실만으로도 즐거워했다. 부인네들 모두가 이렇게 말할 정도였으니 말이다. "물론 그리어슨 가문의 사람이라면 북부 사람, 그것도 일용직 노동자를 심각하게 생각하진 않을 거예요." 그러나 할머니들 가운데에는 아무리 비통하더라도 진정한 숙녀라면 '대갓집 사람의 의무'를 저버려서는 안 된다고 말하는 이들도 있었다. 물론 '대갓집 사람의 의무'라는 표현을 직접 사용한 것은 아니다. 그네들은 다만 이렇게 말했을 뿐이었다. "에밀리가 참 안됐어. 그녀의 친척들이 와서 돌보아주어야 할 텐데." 앨라배마주에 그녀의 친척이 몇 있었지만, 미친 여자였던 와이엇 노부인이 상속한 재산 문제를 놓고 수 년 전에 의가 상하게 되어 두 가족 사이에 연락이 끊기고 말 았다. 그들은 심지어 장례식에도 나타나지 않았을 정도였다.

"에밀리가 참 안됐어"라는 표현을 할머니들이 쓰게 되자 곧 사람들은 수군대기 시작했다. "정말 그렇다고 생각해요?" 그들은 서로 말을 주고받았다. "물론이지요. 그렇지 않다면……." 손으로 입을 가리고서 하는 말이었다. 짝을 잘 이룬 두 필의 말이 가늘게 딸깍딸깍 소리를 내며 재빠르게 지나갈 때면, 일요일 오후의 햇빛을 막기 위해 내려놓은 덧문 위에서 목을 길게 뺀 사람들의 비단옷이나 공단옷 스치는 소리에 섞여 들리는 말이 있었으니 그것은 바로 "에밀리가 참 안됐어"라는 말이었다.

우리가 에밀리 양의 타락을 믿고 있었을 때조차도 그녀는 고개를 아주 빳빳하게 들고 다녔다. 마치 그녀는 그리어슨 가문의 마지막 사람으로서 그녀의 위엄을 인정하는 것 이상의 것을 우리에게 요구하는 것처럼 보였다. 그녀는 감히 이러쿵저러쿵할 수 없는 사람이라는 점을 사람들에게 재확인시켜 주기 위해 그 정도의 타락을 감수하는 것처럼 행동했다. 그녀가 쥐약으로 사용하는 비소를 사려고 했을 때도 사람들은 비슷한 감정을 느꼈다. 그러니까 사람들이 "에밀리가 참 안됐어"라고 말하기 시작하고 일 년이 지났을 무렵이었다. 당시

에밀리 양에게 사촌이 되는 두 여자가 그녀의 집에 방문했을 때였다.

"독약이 좀 필요한데요." 그녀가 약제사에게 말을 건넸다. 그녀는 당시 서른 살이 넘었으며, 보통 때보다 더 야위어 날씬한 몸매를 하고 있었다. 그녀의 얼굴에서는 검은 눈이 차갑고 거만한 빛을 띠고 있었으며, 등대지기의 얼굴처럼 관자놀이와 눈 주변의 근육이 부자연스럽게 긴장되어 있었다. "독약이 좀 필요한데요." 그녀는 이렇게 말했다.

"예, 아가씨. 어떤 종류 말씀이시죠? 쥐를 잡을 때 쓰는 그런 것 말씀하시나요? 제가 추천하고 싶은 게 있다면……."

약제사의 말을 끊고 에밀리 양이 말했다. "댁이 가지고 있는 것 가운데 효력이 제일 센 것으로 주세요. 종류는 아무래도 좋아요."

약제사는 몇 가지 독극물의 이름을 열거했다. "이놈들로는 코끼리까지 죽일 수 있습니다. 그렇지만 아가씨가 원하는 것은……."

다시 상대의 말을 끊고 에밀리 양이 말했다. "비소예요. 그 정도면 괜찮은 거겠죠?"

"비소…… 라고요? 예, 알겠습니다. 그렇지만 아가씨가 원하는 것은……."

다시 한 번 말을 끊고 그녀가 말했다. "저한테는 비소가 필요해요."

약제사가 그녀를 내려다보았다. 그녀는 팽팽하게 당겨진 깃발과도 같은 얼굴을 빳빳이 들고는 그를 마주 바라보았다. "아, 예, 알겠습니다." 약제사가 말했다. "그걸 원하신다면 드리지요. 그렇지만 어디에다 쓰실 건지 법률상 밝히게 되어 있습니다."

에밀리 양은 눈과 눈이 마주치도록 고개를 뒤로 젖히고 그를 빤히 쳐다볼 뿐이었다. 결국 그는 눈싸움에서 밀린 채 시선을 돌리고 말았다. 그러고는 안으로 들어가서 비소를 꺼내 포장했다. 점원으로 일하는 검둥이 소년이 그녀에게 포장물을 가져다주었다. 약제사는 다시 나오지 않았다. 그녀가 집에 가서 포장을 풀어보니, 극약물임을 표시하는 해골과 뼈 그림이 상자 위에 그려져 있었고 그 아래에 '쥐잡이용'이라고 쓰여 있었다.

4

그리하여 이튿날 우리는 "그녀가 자살하려나 봐"라고 수군거렸다. 그게 아마 최선책일 거라고 말하기도 했다. 그녀가 호머 배런과 같이 있는 것이 처음 우리의 눈에 띄었을 때, 우리는 이렇게 말했었다. "결혼하려나 봐." 얼마간 시간이 지난 다음엔 이렇게 말하곤 했다. "아직 그를 설득 중인가 봐." 왜냐하면 호머 배런 스스로 자신을 결혼할 타입의 남자가 아니라고 공언했기 때문이다. 그는 사실 남자들끼리 어울리는 것을 좋아했고, 그가 자선 및 사교 모임인 엘크스 클럽에서 젊은이들과 어울려 술을 마시곤 한다는 사실은 우리 모두가 알고 있었다. 그래서 우리는 일요일 오후 고개를 높이 쳐든 에밀리 양과 모자를 삐딱하게 쓴 채 엽궐련(담뱃잎을 썰지 않고 통째로 말아서 만든 담배 - 옮긴이)을 이빨 사이에 물고 노란 장갑을 낀 손에 말고 삐와 채찍을 쥔 호머 배런이 함께 번쩍이는 마차를 타고 지나갈 때, 덧문 뒤에서 "에밀리가 참 안됐어"라고 말하게 되었다.

그러고 나서 몇몇 부인네들이 에밀리 양과 호머 배런의 결혼은 마을의 수치이고 젊은이들한테 좋지 않은 본보기가 될 것이라는 투의 비판을 하기 시작했다. 남자들은 끼어들고 싶어 하지 않았으나, 결국에는 부인네들의 성화에 못 이겨 침례교 목사가 에밀리 양을 방문하게 되었다(에밀리 양의 가족들은 성공회 소속이었다). 그는 그녀와 만나서 이야기하는 동안 어떤 일이 일어났는지에 대해 일체 발설하려고 하지 않았지만, 어쨌든 재방문을 완강히 거부했다. 다음 일요일에도 그들은 여전히 마차를 탄 채 거리를 지나갔다. 결국 그다음 날 목사님의 부인이 앨러배마주에 있는 에밀리 양의 친척에게 편지를 띄우게 되었다.

그리하여 그녀는 핏줄이 같은 사람들과 다시 한 지붕 아래 기거하게 되었고, 우리는 느긋이 뒤로 물러앉아서 일이 어떻게 진전되는지를 지켜보았다. 처음에는 아무 일도 일어나지 않았다. 그래서 우리는 그들이 틀림없이 결혼할 것이라고 확신하게 되었다. 우리는 에밀리 양이 보석 가게에 들렀다는 사실과 은으로 된 남성용 화장도구 한 세트를 주문했다는 사실도 알게 되었다. 그런데 남성용 화장도구 하나하나에는 모두 호머 배런의 머리글자가 새겨져 있었다고 한다. 이틀이 더 지난 다음, 우리는 그녀가 잠옷을 포함하여 남성용 의복을 하나도 빠짐없이 사들였다는 사실도 알게 되었다. 그리하여 우리는 "결혼을 한 거로군"이라고 말하며 그 사실을 정말로 반겼다. 그 이유는 에밀리 양의 사촌이었던 두 여인이 에밀리 양 본인보다도 한결 더 그리어슨 가문 사람이라는 티를 냈기 때문이었다.

우리는 호머 배런이 마을을 떠난 것에 별로 놀라지 않았다. 보도 포장 공사가 얼마 후에 끝났던 것이다. 시끌벅적한 행사가 없었던 것에 우리가 다소 실망했던 것은 사실이다. 그러나 우리는 에밀리 양을 맞이할 준비를 하기 위해서든, 그 지겨운 사촌들을 쫓아 보낼 기회를 그녀에게 주기 위해서든 그가 잠시 떠난 것이라고 믿었다(그때쯤에는 에밀리 양의 사촌들을 따돌리는 일이 비밀 음모 같은 것으로 바뀌었고, 우리 모두가 에밀리 양의 편이 되어 이 일에 가담하고 있었다). 아니나 다를까 일주일이 더 지난 다음 그들은 떠났다. 그리고 우리가 처음부터 예상했던 것처럼 사흘도 채 되지 않아서 호머 배런이 다시 마을로 돌아왔다. 어느 날 저녁, 해가 지고 어둑어둑해졌을 무렵 검둥이 하인이 부엌문으

342

로 그를 맞아들이는 것을 누군가가 보았다고 했다.

그것이 우리가 호머 배런의 모습을 볼 수 있었던 마지막 기회였다. 에밀리 양의 모습도 그 후 얼마 동안 볼 수 없었다. 검둥이 하인이 장바구니를 들고 드나들었지만, 집 현관문은 굳게 닫힌 채였다. 이따금씩 창가에 모습을 드러낸 그녀의 모습을 얼핏 볼 수는 있었다. 어느 날 밤엔가 사람들이 그녀의 집에 가서 석회를 뿌릴 때 보았던 것과 같은 그녀의 모습을 볼수 있었다. 그러나 거의 육 개월 동안 그녀는 거리에 모습을 드러내지 않았다. 이윽고 우리는 이것 또한 예상했던 일이었음을 깨닫게 되었다. 여자로서의 에밀리 양의 삶을 그렇게도 수없이 좌절하게 했던 그녀의 아버지 성품이 너무도 독기에 차 있고 강렬한 것이어서, 아직 죽지 않은 채로 집 안에 떠돌고 있는 양 여기게 되었다.

우리가 다음에 에밀리 양을 보았을 때, 그녀는 부쩍 뚱뚱해져 있었고 머리는 잿빛으로 변해가는 중이었다. 그리고 다음 몇 년 동안 머리는 점점 더 잿빛으로 변하더니 마침내 희끗희끗한 청회색을 띠게 된 다음 변색을 멈추었다. 일흔네 살의 나이로 그녀가 세상을 뜨던 날까지 그녀의 머리는 활동적인 남자의 머리색이 그러하듯 여전히 힘에 넘치는 청회색이었다.

그 무렵부터 줄곧 그녀의 집 현관문은 닫힌 채였다. 그녀가 마흔 살이었을 무렵 약 오륙 년 동안 현관문이 열려 있었는데, 그때가 바로 도예 그림 강습을 하던 시기였다. 아래층에 있는 방 하나에 화실을 만들어놓았는데, 사토리스 대령과 같은 연배의 사람들이 딸이나 손녀딸들을 그녀에게 보냈다. 마치 일요일 날 헌금함에 넣을 이십오 센트짜리 동전을 쥐여주고 교회에 보내듯이 아주 규칙적으로, 또한 교회를 보낼 때와 비슷한 마음으로 아이들을 그녀에게 보냈다. 그동안 내내 그녀는 세금 면제의 혜택을 받고 있었다.

이윽고 새로운 세대의 사람들이 마을의 중추 세력이 되어, 시대의 조류를 이끌어 가게 되었다. 그림 강습을 받던 아이들이 자라서 그림 강습을 그만두게 되었지만, 자기 아이들에게까지 물감 통과 지겨운 붓들, 여성 잡지에서 오려낸 그림들을 들고서 그녀를 찾아가게 하지는 않았다. 마지막 학생이 떠나자 현관문은 다시 굳게 닫힌 채 그 후로는 영원히 열리지 않았다. 마을이 무료 우편배달 제도를 시행하게 되었을 때, 현관문 위쪽에 금속으로 된 번호판을 부착하는 일과 문짝에 우편함을 다는 일에 거부 의사를 밝힌 것은 유일하게 그녀뿐이었다. 그녀는 도대체 사람들의 말에 귀를 기울이려 하지 않았다.

날이 가고 달이 가고 해가 가는 동안, 우리는 내내 장바구니를 들고 드나들던 검둥이 하인의 머리가 점점 더 희어지고 허리가 굽어가는 것을 지켜보았다. 매년 12월이 되면 우리는 그녀에게 세금고지서를 보냈고, 일주일 후에는 이따금씩 아래층 창문 안쪽에 있는 그녀의 모습을 볼 수 있었는데, 명백히 집의 2층은 폐쇄해버린 것 같았다. 창문을 통해 보이는 그녀의 모습은 마치 벽면을 움푹 파놓고 그곳에다 세워둔 상반신의 조각품과도 같았다. 그런데 창밖을 향해 있는 그녀가 우리에게 눈길을 주고 있는지 그렇지 않은지조차 알 수 없었다. 이리하여 그녀는 한 세대를 지내고 또 한 세대를 지내게 되었다. 모두에게 소중한 동시에 피할 수도 어쩔 수도 없는 여인으로, 또한 냉정하고도 고집 센 여인으로 에밀리 양은 세월을 비껴가며 살았다.

그런데 이제 그녀가 세상을 떠났다. 거들어주는 이라곤 비틀거리는 늙은 검둥이 하인 하나밖에 없는 집에서, 먼지와 그림자로 가득 찬 바로 그 집에서 그녀는 병이 들었던 것이다. 우리는 심지어 그녀가 아프다는 사실조차 알지 못했다. 검둥이 하인에게 무언가 정보를 얻으려는 시도조차 포기한 지 오래되었기 때문이었다. 그는 아무하고도 말을 하지 않았다. 그의 목소리가 오랫동안 사용하지 않은 것처럼 녹슬어 있었던 것을 보면, 심지어 에밀리 양과도 말을 하지 않았을 것이라는 추측도 해볼 수 있다.

그녀는 아래층에 있는 어느 방에서, 커튼이 드리워진 육중한 호두나무 침대 위에 누워 숨을 거두었다. 세월과 햇빛의 부족으로 누렇게 곰팡이가 낀 베개 위에 그녀의 잿빛 머리를 얹은 채.

5

검둥이 하인이 첫 번째로 찾아온 부인네들을 현관에서 맞이하여 안으로 들어오게 했다. 목소리를 죽인 채 수군거리면서 호기심 어린 시선을 여기저기로 던지는 부인네들을 남겨놓고 하인은 사라졌다. 그는 집 안을 가로질러 뒷문을 통해 나가서는 다시금 모습을 보이지 않았다.

에밀리 양의 사촌인 두 여인이 소식을 듣고 바로 왔다. 그들은 이틀째 되던 날에 장례식을 거행했는데, 마을 사람들은 가게에서 사온 한 아름의 꽃 속에 파묻혀 있는 에밀리 양에게 작별인사를 하러 찾아왔다. 크레용으로 그린 그녀 아버지의 얼굴이 관 위쪽에서 깊고 깊은 명상에 잠겨 있었고, 부인네들은 으스스한 표정으로 수군거렸다. 그리고 아주 많이 늙은 사람들이 베란다와 잔디에서 마치 에밀리 양이 그들과 같은 또래의 사람인 양 그녀에 관해 이야기를 나누고 있었는데, 그 가운데 몇몇은 남군의 군복을 손질해서 차려입고 있었다. 그들은 한때 그녀와 춤을 추기도 했고 어쩌면 구혼을 했는지도 모른다고 믿고 있는 것 같았다. 그들은 노인네들이 흔히 그러하듯 시간은 수학적으로 정확히 진행되는 것이라는 사실을 모르고 있는 것 같았다. 대부분의 노인네들은 모든 과거는 사라져가는 희미한 것이 아니라, 겨울의 손길이 전혀 닿은 적 없는 광활한 초원으로 생각하고, 그 초원에 이르지 못하는 이유는 최근 십여 년이라는 세월이 병목처럼 그사이를 죄고 있기 때문이라고 믿고 있었다.

이미 우리들은 지난 사십여 년 동안 아무도 보지 못한 구역이 위층에 있으며 그곳에 방이 하나 있다는 사실을 알고 있었고, 또한 그 방을 열려면 힘을 써야 할지 모른다는 사실도 알고 있었다. 사람들은 격식을 갖추어 에밀리 양을 땅에 묻을 때까지 기다렸다가 마침내 그 방을 열게 되었다.

문을 거칠게 부수어 여는 바람에 먼지가 일어 방 안을 가득 채웠다. 무덤의 관 덮개와도 같은 엷고 매캐한 먼지가 신혼 첫날밤을 위해 꾸미고 장식한 이 방 곳곳에 덮여 있었다. 침대를 장식한 희미하게 퇴색된 장밋빛 커튼 위에도, 장밋빛 전등 갓위에도, 화장대 위에도 온통 먼지가 뒤덮여 있었다. 심지어 일련의 섬세한 크리스털 그릇과 변색된 은으로 감싼 남성용 화장도구의 은은 너무도 심하게 변색되어 그 위에 새겨진 글자가 보이지 않을 정도였다. 그런 물건들 사이에 장식용 옷깃과 타이가 마치 방금 벗어놓은 것 같은 상태로 놓여 있었다. 그것을 들자 가구의 표면 위에 희미한 초승달과도 같은 자국이 먼지 한가운데에서 드러났다. 의자에는 정성 들여 개어놓은 양복 한 벌이 놓여 있었으며, 의자 밑에는 벗어 던진 양말과 함께 한 켤레의 구두가 말없이 차지하고 있었다.

남자 자신도 침대 위에 누워 있었다.

육탈肉脫이 되어 심오한 웃음을 짓는 듯한 해골을 뚫어지게 바라보면서 우리는 오랫동안 그곳에 그저 서 있었을 뿐이었다. 분명히 남자는 한때 포옹의 자세를 취한 채 누워 있는 것처럼 보였다. 그러나 이제 사랑보다 오래 계속되는 길고 긴 잠이, 고통에 일그러진 사랑까지도 정복해버린 잠이 그를 능멸하고 있었다. 잠옷이었던 천 조각 아래에 그가 남긴 육체의 흔적이 보였는데, 그것은 그가 누워 있는 침대와 뗄 수 없을 만큼 뒤엉켜 붙어 있었다. 그의 몸 위에 그리고 옆에 놓여 있는 베개 위에도 끈질긴 먼지가 고르게 덮여 있었다. 우리는 또 다른 베개 위에 누군가 누워 있었던 것처럼 움푹 들어가 있는 자국에 주목하게 되었다. 우리들 가운데 누군가가 거기에서 무언가를 들어 올렸다. 그 희미하고 눈에 잘 띄지 않는 마르고 매캐한 먼지를 콧구멍으로 느끼면서 우리는 몸을 굽힌 채 들여다보았다. 그것은 청회색을 띤 기다란 머리카락이었다. ●

옮긴이 장경렬

서울대학교 영문과 교수로 재직 중이다. 서울대학교 영문과를 졸업하고, 텍사스대학교에서 영문학으로 박사학위를 받았다. 지은 책으로 『미로에서 길찾기』, 『신비의 거울을 찾아서』, 『응시의 성찰』, 『코울리지 : 상상력과 언어』, 『매혹과 저항 : 현대 문학 비평 이론에 대한 비판적 이해를 위하여』 등이 있으며, 옮긴 책으로 『내 사랑하는 사람들의 잠든 모습을 보며』, 『야자열매술꾼』, 『아픔의 기록』, 『선과 모터사이클 관리술』, 『젊은 예술가의 초상』, 『라일라』, 『학제적 학문 연구』 등이 있다.

세월과 죽음을 뛰어넘는 사랑의 전율스러움

침대와 구분조차 할 수 없게 썩어 있는 호머 배런의 시체 옆 베갯머리에서 한 가닥의 기다란 청회색 머리칼을 발견할 수 있었다—아주 오래전 이 작품의 마지막 구절을 읽었을 때, 나는 감동보다는 기괴한 전율에 빠져들었다. 그것은 무엇보다도 세월과 죽음을 뛰어넘은 에밀리의 한 서린 사랑 때문이었을 것이다. 하지만 그 같은 결말의 극적인 효과를 위한 작가의 안배도 아직 소설의 기교에 대해 별로 아는 바가 없던 젊은 내게는 적잖이 충격적이었다. 작가가 에밀리의 신체에 나타나는 세월의 변화를 느끼면서 반드시 머리칼의 색깔을 함께 묘사한 까닭은 바로 거기에 있었다.

사랑과 증오는 함께 간다고 한다. 또 단순한 독법으로는 에밀리의 사랑을 동성연애자인 애인을 독살함으로써 독점하려한 변태 심리로 이해할 수도 있다. 하지만 그렇게 이해하기에는 짧지만 효율적인 묘사의 장치들을 작가는 너무 많이 숨겨두고 있다.

한때는 그 번성이 눈부셨으나 지금은 마을 사람들에게 하나의 전통, 하나의 의무, 하나의 걱정거리로 남겨진 몰락한 남부의 명문 거족 그리어슨 가의 마지막 후예—작가의 이 같은 설정은 이미 에밀리의 사랑이 단순하고 속되게 해석되는 것을 거부한다. 그녀에게 뜨내기 양키인 호머 배런은 아무런 흠이 없어도 결혼의 상대로는 애초부터 맞지 않았다. 마을 사람들도 그녀가 젊은 열정을 이기지 못해 그와 어울려 다니는 것을 보고 서슴없이 말한다. "에밀리가 참 안됐어!"라고.

호머 배런이 동성연애자였다거나 에밀리와의 결혼을 거부했다는 것도 풍문으로만 기술되어 있을 뿐 명확한 진상은 아니다. 다시 말해 에밀리가 그를 독살한 표면적인 동기는 불확실한 풍문으로만 처리되어 있다. 거기다가 더욱 그 동기를 의심스럽게 하는 것은 그 비극적인 결말 뒤로도 이어지는 에밀리의 사랑이다.

만약 호머 배런에 관한 풍문이 진실이라면 그는 에밀리와의 사랑에서는 배신자가 된다. 아무리 그녀가 변태라고 하더라도 그런 배신자에게 전율스럽도록 길고 치열한 사랑이 가능할 것인가. 오십 년이 넘는 세월과 죽음의 파괴력을 뛰어넘어, 이미 형태조차 없어져버린 연인의 시체와 죽기 며칠 전까지도 베갯머리를 나란히 할 수 있었을까.

에밀리로 하여금 그같이 끔찍한 방법으로 자신의 사랑을 지키게 한 것은 아마도 몰락하기는 해도 아직 온전히 스러지지는 않은 남부 귀족의 전통 혹은 아직 마을 사람들에게 존경의 의무감까지 느끼게 하는 그리어슨 가문의 무게였을 것이다. 호머 배런을 독살한 뒤 홀로 늙어간 긴 세월의 처절한 외로움과 이웃의 천박한 호기심과 변하는 세태에 꿋꿋이 맞서가는 그녀에게서 나는 스산하면서도 장엄한 노을을 보는 듯한 느낌을 받는다.

썩고 삭아가는 시체에서 건장하고 쾌활했던 연인을 느끼며 오십 년이나 곁에 누울 수 있었던 소름 끼치는 정신력도 수백 년 축적된 남부의 자존심과 어떤 연관이 있는 것은 아닐는지. 그리하여 그것을 위해 희생된 이 세상에서의 사랑은 오히려 더 단단한 이념미理念美로 되살아나 그녀의 남은 삶을 인도했던 것이나 아닐는지.

지난 1980년대 중반 미 국방부의 초청으로 미국 전역을 돌게 되었을 때, 그 방문일정표에 내 개인적인 관심이 반영된 작가는 허먼 멜빌과 윌리엄 포크너 두 사람이었다. 나는 포크너가 그 생애 대부분을 보낸 미시시피주 옥스퍼드를 어렵게 찾아가 그가 살았던 집을 둘러본 적이 있다. 그런데 그에 대한 유별난 관심이 다소 지리하지만 문학적으로는 상당한 참고가 된 그의 대표적 장편 『음향과 분노』 때문이었는지 혹은 젊은 나를 전율시켰던 단편 「에밀리를 위한 장미」 때문이었는지는 지금도 대답할 자신이 없다.

작가 윌리엄 포크너는 20세기 전반 미국 문학을 대표하는 작가로 1947년에는 노벨문학상을 받았다. 세기말적 탐미주의의 영향 아래 출발한 그의 문학은 만년으로 갈수록 예술적 깊이와 폭을 더해가 『음향의 분노』에 이르러서는 이른바 '의식의 흐름'에 합류하게 된다. 미국 문학에서는 역시 한 산맥 같은 작가로 깊이 있는 작가 연구를 위해서는 따로 시간을 내기를 권한다.

환상을 좇는 여인

An Imaginative Woman

토머스 하디 지음

장경렬 옮김

토머스 하디

영국의 소설가이자 시인. 1840~1928년. 영국 도셋 주에서 석공의 아들로 태어났다. 아버지를 따라 교회건축가의 제자로 일함과 동시에 독학으로 문학을 공부하면서 틈틈이 습작에 몰두하였다. 스물한 살에 런던에 정착하여 견문을 넓혀나갔고, 스물다섯 살 때부터 시와 소설을 쓰기 시작하였다. 1874년 『광란의 무리에서 멀리 떨어져』를 발표하여 작가로 이름을 알리기 시작했으며, 1891년에 『더버빌 가의 테스』를 출간해 소설가로서 명성을 얻었으나 내용이 사회적 통념에 어긋난다는 이유로 신랄한 공격을 받기도 했다. 1895년 『무명의 주드』를 출간하고 비평가들로부터 혹평을 받자 소설 집필을 완전히 접고 이후 시 쓰기에만 몰두했다. 1910년에 공로훈장을, 1920년에 옥스퍼드 대학에서 명예 문학박사 학위를 받았으며, 사망 후 심장은 도체스터에 있는 아내의 무덤 곁에, 유골은 웨스트민스터 사원에 묻혔다. 주요 작품으로 『귀향』, 『무명의 주드』, 『더버빌 가의 테스』, 『광란의 무리에서 멀리 떨어져』 등이 있다.

웨섹스 상부 지방에 있는 유명한 해변 도시 솔렌트 시에서 윌리엄 마치밀은 기거할 집을 구한 다음 아내가 있는 호텔로 돌아왔다. 아내는 마침 아이들과 함께 바닷가로 산책하러 나가고 없었다. 군인 복장의 호텔 급사가 가르쳐준 방향으로 마치밀은 가족들을 찾아 나섰다.

"세상에, 멀리도 나왔군! 아이고, 숨차라." 마치밀은 아내 곁에 도착하자 짜증을 냈다. 그녀는 걸으면서 책을 읽고 있었고, 세 아이들은 유모와 함께 훨씬 앞서가고 있었다.

마치밀 부인은 책을 읽으며 생각에 잠겼다가 깜짝 놀라면서 대답했다. "네, 당신이 너무 오래 안 오셔서요. 적막한 호텔 방에 남아 있기가 지겨웠어요. 이렇게 찾으시게 해서 미안해요, 여보."

"집을 구하느라 아주 고생했어. 공기 좋고 쾌적한 방이라고 해도 들어가보면 답답하고 불편한 집이더라고. 간신히 하나 정했는데 그 정도면 괜찮을지 한번 가보지 않겠소? 그 집엔 방이 별로 많지는 않지만 더 이상 좋은 집을 찾을 수가 있어야지. 모두 사람들이 살더군."

부부는 아이들과 유모는 그대로 산책하게 놔두고 돌아왔다. 나이도 그렇고, 용모도 빠지지 않을 만큼 서로에게 잘 어울리고, 집안 형편도 괜찮았지만, 이들은 성격이 달랐다. 남편은 둔하다고까지는 할 수 없지만 차분한 편이었고 아내는 예민하고 활발했다. 그러나 그렇게 자주 충돌하는 것은 아니었다. 그들에게 무엇보다도 공통되지 않는 점이 있다면, 취미나 기호처럼 아주 사소하지만 특색이 확실히 드러나는 면에서였다. 마치밀은 아내의 기호와 습성을 다소 유치하다고 생각했다. 그녀의 남편은 북부 지방의 번화한 도시에서 총기 제조업을 하고 있었는데, 그는 정신적으로 언제나 이 사업에 몰두해 있었다. 반면 그의 아내는 '시신詩神의 숭배자'라는, 우아하지만 시대에는 뒤떨어진 명칭이 잘 어울리는 여인이었다. 감수성이 매우 예민하고 소심한 이 여인은 엘라라는 이름으로 불렸다. 그녀는 남편이 만들어내는 물건들이 생명을 빼앗기 위한 도구라는 것에 생각이 미칠 때마다 남편의 직업에 대해 더 이상 상세히 알고 싶지 않았다. 머지않아 그 무기 중 적어도 일부는, 인간이 동물에게 그러하듯이 자기보다 힘이 약한 동물에게 잔인하게 구는 무서운 해충이나 야수를 없애는 데 사용되리라 생각함으로써 겨우 마음의 평온을 되찾을 수 있었다.

결혼하기 전에는 그의 직업이 그를 남편으로 맞아들이는 데 장애라고 생각하지 않았다. 어떻게 해서든지 생활을 꾸릴 능력이 필요했으며 그것이 어머니들이 늘 강조하는 첫째 덕목이었다. 그 때문에 결혼에 이르렀고, 신혼 기간을 거쳐 뒤를 돌아다볼 정도의 시기가 되기 전까지는 남편의 직업에 대해 깊이 생각해보지 않았다. 이제야 그녀는 마치 어두운 곳에서 발이 무언가에 걸려 넘어진 사람처럼 그것이 도대체 무엇인지 궁금해졌다. 그래서 생각으로만 그 주위를 맴돌면서 그것이 어떤 것일까 가늠해보았다. 희귀한 것인가, 평범한 것인가, 금이 들어 있나, 은이나 납이 들어 있나, 장애물인가 주춧돌인가, 그녀에게 중요한 것인가 별것이 아닌가를 생각해보았던 것이다.

그녀는 막연한 결론을 내리게 되었고, 그 이후로 그녀는 자신을 소유한 사람의 우둔함과 고상하지 못함을 측은히 여겼다. 스스로도 가엾게 여기면서, 상상적인 일이나 공상 혹은 탄식을 통해 자신의 섬세하고 우아한 감정을 발산시킴으로써 겨우 생기를 유지할 수 있었다. 그녀가 빠져 있는 상상의 세계는 남편이 알게 되더라도 크게 당황하지는 않을 그런 것이었다.

그녀는 작고 우아하고 날씬했으며 매우 경쾌하고 생기가 넘쳤다. 그녀의 검은 눈동자에서 신비롭게 빛나는 영롱한 광채는 엘라와 같은 영혼을 소유한 사람들의 특징을 잘 나타내주었다. 그녀의 눈동자는 남자 친구들의 마음에 고통의 원인이 되었으며 결국 어떤 때는 자신을 상심케 하는 원인이 되기도 했다. 남편은 키가 훤칠하고 얼굴이 길며, 갈색 수염과 함께 생각에 잠긴 듯한 시선을 하고 있었다. 그리고 언제나 아내에게 친절하고 관대했다. 그는 딱딱한 말투로 이야기했으며, 무기를 필수품으로 여기는 이 세상에 대해 대단히 만족하고 있었다.

그들 부부는 그들이 찾는 집까지 걸어갔다. 그 집은 바다를 향해 테라스가 나 있었고, 집 앞에는 작지만 바람과 바닷물을 막는 상록수 정원이 있었으며, 현관까지 돌층계가 이어져 있었다.

그 집은 옆에 늘어선 이웃집들과 마찬가지로 번지가 있었는데 모두들 '뉴 퍼레이드 13번지'라고 불렀다. 그러나 다른 집들보다 약간 컸기에 집주인 여자만은 굳이 코버그 저택이라는 이름을 고집했다. 그곳은 때마침 여름철이라 햇볕이 들고 생기가 돌았다. 그러나 겨울에는 비와 바람 때문에 문 앞에 모래 포대를 쌓고 열쇠 구멍까지 틀어막아야 했다. 비바람에 페인트칠이 거의 다 벗겨져 초벌칠과 이음새를 매운 칠 자국이 드러나 보였다.

그가 돌아오기를 기다리고 있던 집주인 여자는 길가에서 그들을 맞이하여 방을 보여주었다. 미망인인 그녀는 전문직에 종사하던 남편의 갑작스러운 죽음으로 어려운 처지에 놓이게 되었다고 했다. 아울러 그 집의 편리한 점을 근심 어린 말투로 얘기했다.

마치밀 부인은 위치와 집이 마음에 든다고 했다. 그러나 집이 작아서 방을 다 쓰지 않으면 불편하겠다고 말했다. 집주인은 실망한 표정으로 생각에 잠겼다.

그녀는 매우 솔직하게 손님들이 꼭 자기 집에 머무시기를 바란다고 말했다. 그러나 안타깝게도 방 둘은 어느 독신 신사가 영구 임대 중이었다. 해수욕 철의 특별 방세를 내는 것은 아니었지만, 일 년 내내 방을 빌리고 있으며 별문제를 일으키지 않는 아주 훌륭하고 흥미로운 젊은이기 때문에 비싼 세를 받더라도 한 달 '임대'를 위해 그를 내보내고 싶지는 않다는 것이었다. "그러나 혹시 그분이 잠시 동안 나가 있겠다고 하실지는 모르겠군요." 집주인은 이렇게 덧붙였다.

그들은 그녀의 의견을 받아들이지 않고 중개업자에게 더 문의해볼 생각으로 호텔로 돌아왔다. 그들이 호텔로 돌아와 차를 마시려고 앉자마자 그 집주인에게서 전화가 걸려 왔다. 그 신사분이 친절하게도 서너 주일 자기 방을 내줄 테니 새로 오신 손님들을 내보내지 말라고 제안했다는 것이었다.

"매우 친절하신 분이군요. 그렇지만 그분에게 그런 불편을 끼쳐 드리고 싶지 않아요." 마치밀 부인이 이렇게 대답했다.

"천만에요, 불편을 끼쳐 드리는 것이 아닙니다." 집주인이 웅변조로 말했다. "그분은 말이에요, 보통 젊은이와는 전혀 다른 분입니다. 마치 꿈을 꾸는 듯하고 고독하며 약간 우울한 분이지요. 제철인 지금보다는 남서풍이 문 앞으로 몰려들고 바닷물이 이곳 큰길가까지 덮쳐서 시름의 그림자가 전혀 보이지 않을 때를 더 좋아하십니다. 기분전환도 할 겸 가끔 찾아가는 건너편 섬의 어느 작은 별장으로 가시겠답니다." 그러니까 그들이 왔으면 한다고 그녀는 말했다.

그래서 마치밀 일가는 이튿날 그 집에 짐을 풀었다. 집은 매우 만족스러웠다. 점심식사를 마친 후에 마치밀 씨는 부두로 산책을 나갔으며, 마치밀 부인은 아이들을 모래사장으로 놀러 보낸 다음 이것저것 살펴보기도 하고, 옷장 문에 달린 거울을 들여다보기도 하면서 편안하게 자리를 잡았다.

그녀는 그 젊은 신사가 쓰던 뒤쪽의 작은 거실에서 다른 방에서는 볼 수 없었던, 그래서 그의 사적인 면모를 눈치챌 수 있는 다른 가구들을 찾아냈다. 해수욕 철의 손님들이라면 그런 책들에 흥미가 없으리라 생각했는지 이 방의 전 주인은 눈에 잘 안 띄도록 구석에 책을 쌓아놓았다. 희귀본이라기보다는 정본이라고 할 수 있는 낡은 책들이었다. 아마도 그 신사는 저술가인 모양이었다. 집주인은 마치밀 부인이 못마땅한 점을 발견하면 바로잡을 생각으로 문 앞에서 기다리고 있었다.

"책들이 있으니, 이 방을 제 방으로 썼으면 좋겠네요." 마치밀 부인이 말했다. "그런데 방을 내주신 신사분은 책이 무척 많으시네요. 제가 좀 읽어도 괜찮을까요, 후퍼 부인."

"아무렴요. 괜찮고말고요. 그분은 책이 참 많으시죠. 그분은 문학 방면에 어느 정도 명성이 있으신 분이에요. 사실 그분은 시인이랍니다. 예, 시인이지요. 그리고 대단한 부자는 아니지만 시를 쓰며 살 정도의 자기 수입도 있답니다."

"시인이요? 그래요! 그런 줄은 전혀 몰랐군요."

마치밀 부인은 책 한 권을 펼쳐 들고 첫 장에 있는 책 주인의 이름을 살펴보았다. "어머나!" 그녀는 환성을 지르고 말을 계속했다. "저도 잘 아는 이름이에요. 로버트 트리위. 잘 알고 말고요. 그분의 시도 알고 있지요. 우리가 빌린 방이 바로 그분의 방이라니, 우리가 그분을 쫓아낸 셈이군요."

잠시 후 엘라 마치밀은 혼자 앉아서 호기심과 놀라움을 느끼며 로버트 트리위를 생각하고 있었다. 그녀 자신의 최근 생활을 보면 그런 호기심은 당연했다. 나름대로 두각을 나타내기 위해 애쓰는 문인의 외동딸인 엘라 역시 지난 일 이 년간은 직접 시를 쓰고 있었다. 그녀는 시를 통해 고통스럽게 자신을 감싸고 있는 감정들을 쏟아놓을 수 있는 적절한 통로를 찾으려 했던 것이다. 살림살이를 꾸려가고 평범한 남편에게 아기를 낳아주는 우울한 생활을 하는 가운데 그녀의 정신은 침체 상태에 빠지게 되었고, 결국에는 맑고 반짝이던 지난날의 생기가 떠나버렸기 때문이었다. 그녀는 남자 이름으로 시를 기고해서 여러 무명잡지에 실었으며, 상당히 이름 있는 잡지에 두 차례나 발표되기도 했다. 그녀의 시가 이름 있는 잡지에 두 번째로 실렸을 때, 공교롭게도 트리위의 시와 함께 실렸었다. 그녀의 시가 작은 활자로 실리고 바로 그 위에 트리위가 같은 주제로 쓴 시 두세 편이 큰 활자체로 실렸던 것이다. 사실 이들 두 사람은 신문에 보도된 비극적인 사건에 놀라 동시에 그것에 관한 시를 지었던 것이고, 편집자는 이 두 사람의 시가 우연히도 일치함에 대해 언급하고 두 시가 모두 탁월하여 함께 발표한다고 주석을 달았다.

이런 일이 있은 후, '존 아이비'라는 필명으로 시를 발표하던 엘라는 어디에 나오든 로버트 트리위라는 이름으로 실린 작품에 깊은 관심을 기울여왔다. 반면 트리위는 남성으로서는 당연한 일이지만, 성별 차이라는 문제에 대해 별 관심이 없었으며 여성으로 행세하려는 생각은 꿈에도 해본 일이 없었다. 마치밀 부인은 그 반대의 경우였다. 즉 남성으로 행세하는 일에 만족을 느끼고 있었다. 만약 시에 표현한 그녀의 정서가 수완 좋은 사업가의 부인, 무미건조한 총기 제조업자의 부인이자 세 아이의 어머니에게서 나왔다는 것을 사람들이 알게 된다면, 그녀의 영감은 신뢰성을 잃게 될지도 모르기 때문이었다.

트리위의 시는 기발하기보다는 정열적이고, 세련되기보다는 풍요롭다는 면에서 최근의 여러 시인의 작품들과는 격이 달랐다. 그는 상징주의자도 퇴폐주의자도 아니었다. 그는 인간 생활에는 행운이 있는 것처럼 최악의 우연도 있음을 관조할 줄 안다는 의미에서 비관주의자였다. 내용과 상관없는 형식과 운율의 우수성에 대하여는 전혀 애착을 느끼지 않기 때문에 가끔 그의 감정이 예술적인 형식을 능가할 때는 운을 제대로 안 맞춘 채로 엘리자베트 양식의 소네트를 써낼 때도 있었다. 그때마다 엄격한 비평가들로부터 그런 실수를 저질러서는 안 된다는 지적을 받곤 했다.

엘라 마치밀은 슬프지만, 가망 없는 시기심에 사로잡혀 이 경쟁자의 작품을 수없이 읽어보고 운율을 살펴보았다. 미약한 자신의 시와 비교하면 할수록 그의 시가 강력한 힘을 지니고 있음을 언제나 느낄 수 있었다. 그녀는 그의 경향을 모방해보기도 했지만, 도저히 그의 수준을 따르지 못했기 때문에 깊은 비탄에 빠질 때도 있었다. 몇 달 후 그녀는 출판사의 목록에서 트리위가 시편들을 모아 한 권의 시집을 낸다는 광고를 보게 되었다. 얼마 뒤 실제로 시집이 출판되었으며 다소간의 칭찬도 받았다. 뿐만 아니라 그 시집은 출판 비용을 충당할 만큼 팔렸다.

이와 같은 사태 진전에 자극을 받은 존 아이비는 자신도 시편을 모아, 지금까지 발표를 많이 못했기에 공표된 몇 편의 시와 미발표 원고들을 덧붙여 한 권의 시집을 만들어볼 생각을 품게 되었다. 그녀는 출판 비용 때문에 막대한 손해를 보았다. 소수의 서평이 그녀의 빈약한 시집에 대해 언급했지만, 아무도 그것에 대해 이야기하는 사람이 없었다. 그리고 아무도 사는 사람이 없었다. 그리하여 그 시집은 세상의 빛을 본 지 이주일 뒤에 영영 묻혀버리고 말았다.

이 시인은 바로 그 무렵 자신이 셋째 아이를 임신한 것을 알게 되었고 그로 인해 관심을 딴 곳으로 돌릴 수 있었다. 그녀에게 집안일이 없었더라면 시집 출판의 실패는 더 큰 타격이 되었을지도 모른다. 남편은 병원 치료비와 출판사 경비까지

지불했고 그로써 당분간은 아무것도 못하게 되었다. 그녀는 비록 한 세기를 풍미하는 시인은 되지 못했지만 그렇다고 흔해빠진 엉터리는 아니었다. 엘라는 최근 들어 과거의 시적 영감이 다시 한 번 살아나는 것을 느끼고 있었다. 그런데 때마침 우연하게도 그녀는 자신이 로버트 트리위의 방에 있음을 알게 된 것이다.

그녀는 생각에 잠긴 채 의자에서 일어나 동료 시인으로서의 흥미를 가지고 방 안을 두루 살펴보았다. 다른 책들 틈엔 그의 시집도 끼어 있었다. 내용은 이미 익히 알고 있었지만, 그녀는 마치 그것이 말을 걸기라도 한 것처럼 다시 읽어보았다. 그리고 사소한 용무를 구실로 집주인 후퍼 부인을 부른 뒤 젊은 시인에 대해 물어보았다.

"한번 만나보시면 그분에게 흥미를 갖게 될 겁니다. 그렇지만 그분은 너무 수줍어하시기 때문에 만나실 수 있을지 모르겠습니다." 후퍼 부인은 그 방의 이전 거주자에 대한 호기심을 풀어주는 것을 전혀 꺼리지 않는 것 같았다. "여기 산 지 오래되었냐고요? 예, 이 년 가까이 되었지요. 여기서 묵지 않을 때도 언제나 방은 그냥 두고 있었으니까요. 그분은 이 지방의 온화한 공기를 좋아하기 때문에 언제든지 돌아올 수 있도록 해두고 싶어 하시죠. 그분은 대부분의 시간을 글을 쓰거나 책을 읽으며 보내고, 별로 사람들을 많이 만나지는 않아요. 그렇지만 사실은 매우 선량하고 친절한 분이어서 누구든지 그를 사귀기만 하면 가까이 지내려고 한답니다. 그렇게 다정한 사람은 흔치 않으니까요."

"아, 그분은 친절하고 착하시군요."

"그렇고말고요. 제가 부탁만 하면 무엇이든지 들어준답니다. 가끔 저는 이런 말을 하지요. '트리위 씨, 기운이 없어 보이시네요.' 그러면 그분은 '어떻게 아셨는지 모르겠습니다만 사실 그렇습니다, 후퍼 부인' 하고 대답한답니다. 그래서 저는 그분에게 권하지요. '기분 전환을 해보시면 어떨까요!' 그러면 그분은 하루나 이틀 후에는 파리나 노르웨이 혹은 그 밖의 지방으로 여행을 가겠다고 하지요. 그리고 훨씬 생기가 넘쳐흐르는 모습으로 돌아온답니다."

"아, 그래요. 그분은 정말 감수성이 예민하신 분이시군요."

"그렇지요. 하지만 어떤 점에서는 이상하실 때도 있습니다. 한번은 밤이 늦었는데 시 한 편을 완성하시고는 밤새 그것을 낭송하면서 방 안을 걸어 다닌 적이 있었지요. 그런데 마룻바닥이 얇아서, 말씀드렸지만, 사실 너무 급하게 지은 집이거든요. 그래서 제가 결국 그분께 잠 좀 자게 해달라고 부탁을 드리게 되었죠……. 그래도 그분과는 매우 사이가 좋답니다."

이것은 이들이 기회 있을 때마다 그 유망한 시인에 대하여 나눈 대화의 시초에 지나지 않았다. 한번은 후퍼 부인 때문에 전에는 알아보지 못했던 것에 엘라는 관심을 갖게 되었다. 그것은 침대 머리 커튼 뒤 벽지에 연필로 자디잘게 끄적거린 글

씌였다.

"아, 어디 좀 볼까요." 마치밀 부인은 애정 어린 호기심이 일어나는 것을 감출 수 없었다. 그녀는 허리를 굽혀 아름다운 얼굴을 벽 가까이 갖다 댔다.

"이것이 바로 그분 시의 출발이고 최초의 착상이에요." 후퍼 부인은 사정을 잘 알고 있는 듯한 어조로 말을 계속했다. "그분은 이걸 대부분 지워버리려 했지만 아직은 읽을 수 있지요. 제 생각으로는 그분이 밤중에 잠에서 깨어났다가 머리에 떠오른 구절을 아침에 잊어버릴까 봐 벽지에 적어둔 걸 거예요. 여기 쓰인 것 중에서 일부는 나중에 잡지에 발표된 것을 제 눈으로 확인했어요. 어떤 것은 최근에 새로 쓴 거지요. 이건 저도 전에는 보지 못한 건데요. 요 며칠 전에 써둔 모양이에요."

"아, 그렇군요!"

엘라 마치밀은 까닭 없이 얼굴을 붉혔다. 그리고 불현듯 집주인이 이런 정보를 제공해주었으므로 이제 그만 나가주었으면 하는 생각이 들었다. 그녀는 문학적이라기보다는 형언할 수 없는 개인적인 호기심에서 그 글을 혼자 읽고 싶었던 것이다. 그녀는 거기에서 얻을 수 있는 큰 즐거움을 기대하며 혼자 읽을 수 있을 때까지 기다렸다.

한편 엘라의 남편은 밖에 풍랑이 거칠게 일었기 때문에, 별로 좋은 선원이 못 되는 아내와 함께 나가기보다 혼자서 배를 타는 것이 훨씬 더 즐거울 거라고 생각했다. 그는 관광용 기선에 이처럼 혼자 타는 것을 조금도 싫어하지 않았다. 그 배에서는 달밤에 남녀가 춤을 추기도 하고 갑자기 껴안기도 했다. 그는 배에 별의별 사람들이 다 있어서 그런 곳에 아내를 데리고 가고 싶지 않다고 돌려서 이야기했다. 이 부유한 제조업자가 숙소를 떠나 이렇게 바닷바람을 쐬며 기분을 전환하고 있는 동안, 엘라의 생활은 적어도 외관상으로는 무척 단조로워 날마다 몇 시간씩 해수욕하고 바닷가를 산책하는 것이 전부였다. 그러나 시에 대한 충동이 다시 강하게 일어나자 그녀는 열정에 휩싸였으며, 주변에서 무슨 일이 일어나고 있는지 거의 의식하지 못했다.

그녀는 최근에 나온 트리위의 시집을 외울 정도로 반복해 읽었고 그의 시를 능가하는 시를 한번 써보려고 많은 시간을 허비했다. 그러나 결국 실패한 채 울음을 터뜨렸다. 주변을 둘러싸고 있으면서도 접근할 수 없는 스승의 자석과 같은 매력은 지적이고 추상적인 요소보다는 개인적인 요소가 더 강했기에, 그녀는 이를 이해할 수 없었다. 그녀는 분명히 밤이나 낮이나 똑같은 환경에 둘러싸여 있었으며 그 환경은 늘 그녀에게 그의 존재를 문자 그대로 속삭임을 통해 전해주었다. 그러나 그는 아직 한 번도 보지 못한 사람이었다. 그리고 그녀의 마음을 사로잡고 있는 것이 그녀가 가까이 할 수 있는 첫 번째의 적절한 대상에 자신의 벅찬 감정을 쏟아부으려는 충동일 뿐이라는 것을 엘라 자신은 이해하지 못했다.

문명이 결실을 위해 고안해낸 결혼이라는 실용적 조건에서 나온 애정이 흔히 그렇듯 부인에 대한 남편의 사랑은 우정 정도에 그칠 뿐 부인의 사랑보다, 아니 그만큼도 오래가지 않았다. 그런데 그녀는 매우 정열적인 여성이었기에 어떻게든 자신의 정열을 충족시켜야 했으며, 이 우연한 기회를 이용하기 시작했다. 더구나 이번 기회는 우연이 제공해주는 것치고는 너무나 고상한 것이었다.

하루는 아이들이 벽장에서 숨바꼭질을 하다가 신이 나서 옷장 속의 옷을 꺼냈다. 후퍼 부인은 그것은 트리위의 것이라고 말하며 다시 벽장 못에 걸어두었다. 환상에 사로잡힌 엘라는 그날 오후 늦게 주위에 아무도 없는 틈을 타서 그 벽장문을 열고 거기 걸려 있는 옷 중 하나인 레인코트를 꺼내 입어보았다.

"엘리야의 외투여!" 그녀는 중얼거렸다. "나에게 영감을 불어넣어 영광스러운 천재인 그와 한번 겨룰 수 있게 하소서!"

이런 생각에 잠길 때면 그녀는 언제나 눈물에 젖었다. 그녀는 거울에 비친 자신의 모습을 바라보았다. 그의 심장이 이 외투 속에서 고동쳤으며, 그의 뇌가 이 모자 밑에서 그녀로서는 도저히 미치지 못할 고상한 사유를 전개했으리라. 그와 비교해볼 때 그녀는 미약함을 느끼지 않을 수 없었으며, 이러한 의식이 몹시 가슴을 아프게 했다. 옷을 벗기도 전에 문이 열리더니 남편이 방 안에 들어왔다.

"도대체 뭐 하는 거요?"

그녀는 얼굴을 붉히며 얼른 옷을 벗었다.

"이 벽장 속에 걸려 있더군요." 그녀가 대답했다. "그래서 장난삼아 입어본 거예요. 이런 장난이라도 해야지, 너무 심심해요. 당신은 늘 집을 비우니까요."

"늘 집을 비운다고? 그야⋯⋯."

그녀는 그날 저녁에 집주인과 더 많은 이야기를 주고받았다. 그 시인에게 애정 비슷한 것을 품어온 집주인은 그에 대해 이야기하기를 무척 좋아했다.

"트리위 씨에게 꽤 흥미를 갖고 계신 모양이군요." 집주인이 말했다. "방금 전갈이 왔는데, 내일 오후에 들러서 제가 집에 있으면 이 방에서 필요하신 책을 좀 찾아가시겠답니다. 그래도 괜찮겠지요?"

"아, 그럼요!"

"만나보실 의향만 있다면 트리위 씨를 만나실 수 있을 거예요."

그녀는 남모르는 즐거움을 느끼며 약속을 하고 그 사람을 생각하면서 잠자리에 들었다.

이튿날 아침 남편은 이렇게 말했다.

"엘! 난 당신이 한 말을 곰곰이 생각해봤소. 바로 내가 밤낮 혼자 나다니면서 당신에게는 아무런 즐거움도 주지 못한 채 내버려둔다는 말 말이오. 당신 말이 맞는 것 같소. 오늘은 바다가 조용하니 당신과 함께 요트나 타러 가고 싶소."

엘라가 남편의 그런 제안에 기쁘지 않은 것은 이번이 처음이었다. 그러나 그 자리에서는 남편의 제안에 동의하지 않을 수 없었다. 출발 시각이 다가오자 그녀는 준비하기 시작했다. 그러나 곧 그녀는 생각에 잠겨 우두커니 서 있었다. 이제는 분명 사랑을 느끼는 그 시인을 보고 싶다는 열망이 다른 모든 생각을 압도했다.

"가고 싶지 않아. 그냥 갈 수는 없어. 안 갈 거야." 그녀는 중얼거렸다.

그녀는 남편에게 뱃놀이를 하고 싶은 생각이 없어졌다고 말했다. 그러자 남편은 별 상관을 하지 않고 나가버렸다.

그날은 아이들이 모두 해변에 나가고 없었으므로 집 안이 조용했다. 햇살이 비치는 가운데 창문 덮개가 담 너머 바다의 부드럽고 끊임없는 파도에 맞춰 흔들렸다. 여름 한철 고용된 외국인으로 이루어진 '그린 사일지언'이라는 악단의 연주가 마을 대부분의 주민들과 산책하는 사람들을 모두 끌어가버려 코버그 저택 근처에는 아무도 없었다. 문에서 노크 소리가 들려왔다.

마치밀 부인은 하녀가 나가보는 것 같지 않아 몸이 달았다. 책들은 지금 그녀가 앉아 있는 방에 있는데 아무도 나타나지 않았다. 마지못한 그녀가 벨을 눌렀다.

"누군가 문 앞에서 기다리고 있어요." 그녀가 말했다.

"아니에요, 부인. 벌써 간 지 오래돼요. 제가 나가봤는걸요."

하녀가 대답하자 곧 후퍼 부인이 방 안으로 들어섰다.

"실망스럽네요." 그녀가 말을 이었다. "트리위 씨는 결국 안 오신답니다."

"그렇지만 전 노크 소리를 들은 것 같은데요."

"그건 어떤 분이 집을 잘못 알고 방을 빌리러 왔던 겁니다. 깜빡 잊고 말씀 안 드렸는데 트리위 씨는 점심 조금 전에 쪽지를 보내셨어요. 책이 필요 없게 되어 오지 않겠으니 차 준비는 필요 없다고요."

엘라는 크게 실망했다. 한동안 「이별의 삶」이란 그의 슬픈 시조차도 읽을 수 없었다. 그토록 그녀의 들뜬 가슴은 아팠고 눈에는 눈물이 고였다. 아이들이 양말을 적신 채 엄마 앞으로 달려와서 놀고 온 이야기를 조잘대도 보통 때의 반도 관심이 가지 않았다.

"후퍼 부인, 저…… 여기 계시던 그분의 사진이 혹시 있나요?" 그녀는 그의 이름을 대는 것이 이상하게도 부끄럽게 생각되었다.

"예, 있어요. 부인의 침실 난로 선반 위에 있는 사진틀에 있지요."

"거기에는 공작 부처의 사진이 있던데요?"

"예, 그렇죠. 그러나 그분 사진은 그 속에 있습니다. 원래는 그분 사진틀이에요. 제가 일부러 사 온 거죠. 그런데 그분이 가시면서 제게 부탁했답니다. '제발 이 방에 드는 분에게 제 사진이 눈에 띄지 않도록 가려주세요. 전 그들이 저를 바라보는 게 싫을 뿐 아니라, 그들도 제가 쳐다보는 것을 원치 않을 테니까요.' 그래서 제가 그분의 사진 앞에다 임시로 공작 부처의 사진을 끼워놓았답니다. 마침 사진을 넣을 틀도 없었고 장식용으로는 왕족 사진이 더 어울릴 것 같아서요. 그 사진만 꺼내면 그분 사진이 나올 거예요. 아마 그분이 아시더라도 상관없을 겁니다. 그분께서는 이 방에 드는 분이 이렇게 아름다운 귀부인인 줄 미처 몰랐을 테니까요. 그렇지 않다면 아마 숨을 생각은 하지 않았을 거예요."

"그분은 잘생기셨나요?" 그녀는 수줍어하며 물었다.

"글쎄요, 다른 사람은 어떨지 모르지만 저는 그렇게 생각하는데요."

"저도 그렇게 생각할까요?" 그녀는 진지하게 물었다.

"부인께서도 그러실 겁니다. 어떤 사람들은 그분이 잘생겼다기보다는 매우 강한 인상을 준다고도 하지요. 큰 눈에 늘 생각에 잠긴 듯한 모습을 하고 있거든요. 한데 주위를 빨리 살필 때면 시 쓰는 것으로는 생계를 유지하지 못하는 시인에게서 기대할 만한 날카로운 눈빛을 보게 됩니다."

"나이가 얼마나 되었지요?"

"아마 부인보다는 몇 살 위일 겁니다. 서른한두 살쯤 되셨을 거예요."

실은 엘라도 서른을 넘긴 나이였다. 그렇지만 그렇게 나이들어 보이지 않았다. 비록 그녀의 천성은 어리고 감정적이었지만, 이미 그녀의 나이는 첫사랑보다는 마지막 사랑이 더 강렬할지도 모른다고 생각할 만한 때에 이르고 있었다. 그리고 안됐지만, 이제 머지않아 적어도 허영심이 많은 여자라면 창문에 등을 돌리거나 덧문을 반쯤 내리지 않고서는 찾아온 남자 방문객을 맞아들이려고 하지 않게 될 만큼 나이를 먹고, 그리하여 한결 더 우울한 인생을 맞이하게 될 것이다. 그녀는 후퍼 부인이 한 말을 생각해보고는 더 이상 나이에 대해서는 얘기하지 않았다.

그때 전보가 한 장 왔다. 남편에게서 온 것이었는데, 남편은 친구들과 함께 요트로 해협을 따라 버드머스까지 가게 되었으며 다음 날에야 돌아오겠다는 내용이었다. 그녀는 가벼운 식사를 마치고 바닷가에 나가 아이들과 함께 해 질 무렵까지 머물렀다. 그곳에서 그녀는 무슨 격정적인 일이 일어날 것을 조용히 기대하는 심정으로 방에 아직 가려져 있는 사진을 생각했다. 이 젊은 여인은 공상이라고 하는 미묘한 사치를 즐기는 데 능숙했으므로, 남편이 그날 밤에 돌아오지 않을 것을 안다고 해서 참을성 없이 2층으로 뛰어올라가 그 사진을 꺼내보는 것은 삼갔다. 그녀는 훤한 오후의 햇살이 비출 때보다는 고요, 촛불, 엄숙한 바다, 별들이 빚어내는 낭만적인 분위기에서 혼자 사진을 살펴보기를 바랐다.

그녀는 아이들을 잠자리에 들게 했다. 그리고 아직 열 시도 되지 않았는데 바로 침실에 들어가서 강한 호기심을 충족시키기 위한 준비를 했다. 우선 거추장스러운 옷을 벗어버리고 실내복으로 갈아입은 다음, 책상 앞에 의자를 갖다 놓고 걸터앉아서 트리위의 가장 달콤한 시 몇 편을 읽었다. 그리고 사진틀을 불 앞으로 들고 와서 뒤를 열고 사진을 꺼내 눈앞에 놓았다.

그의 얼굴은 매우 인상적이었다. 멋진 콧수염과 턱수염을 길렀으며 깊숙이 눌러쓴 모자가 이마를 가리고 있었다. 아까 집주인이 말해준 크고 검은 눈은 무한한 슬픔의 가능성을 보여주는 듯했다. 잘생긴 이마 밑의 눈은 상대편 얼굴에서 온 우주를 읽어내는 듯했고, 상대 얼굴에 떠오르는 미래상에 대해 별로 즐거워하지 않는 눈빛이었다.

엘라는 나지막하고 풍부하고 부드러운 목소리로 중얼거렸다. "지금까지 그토록 잔인하게 몇 번이나 저의 빛을 가린 사람이 바로 당신이군요."

그녀는 오랫동안 그 사진을 바라보면서 깊은 생각에 잠겼다. 그녀의 두 눈에는 마침내 눈물이 고였다. 그녀는 사진에 입술을 댔다. 그러다가 갑작스레 웃어대고는 눈물을 닦았다. 남편과 세 아이를 가진 여인이 낯모르는 사내에게 이렇게 터무니없이 마음이 끌린다는 것이 얼마나 사악한 일인가 하고 그녀는 생각했다. 아니다. 그는 모르는 사내가 아니다. 그녀는 그의 감정과 생각을 자기 것처럼 이해할 수 있었다. 그의 생각과 감정은 그녀의 생각과 감정과 똑같은 것으로 남편에게서는 찾아볼 수 없는 것이었다. 남편이야 가족을 부양해야 하므로 그런 감정이 없는 것이 잘된 일인지도 모른다.

"사실, 이 사람이 진정한 나와 더 가깝다고 할 수 있어. 비록 한 번도 만나보지는 못했지만, 월보다는 이 사람이 진정한 나와 훨씬 더 가깝다고 할 수 있을 거야." 그녀는 중얼거렸다.

그녀는 침대 옆 탁자 위에 그의 책과 사진을 놓았다. 그러고는 베개에 몸을 기댄 채 전에 종종 로버트 트리위의 시를 읽으면서 감동적이고 진실하다고 표시해두었던 부분을 다시 읽었다. 그녀는 시집을 치우고 그의 사진을 침대 한쪽 끝에 세워놓고는 누워서 생각에 잠겼다. 그러고는 다시 머리 위의 벽지에 희미하게 남아 있는 연필 자국을 촛불을 들고 살펴보았다. 거기에 그대로 적혀 있었다. 셸리의 단편처럼 어구와 화운이, 시행의 첫 구절 혹은 중간 구절이 그리고 머릿속에 떠오른 단상들이 적혀 있었다. 그중 제일 짧은 것조차 너무도 강렬하고 달콤하며 생생해서, 그를 둘러싸고 있었듯이 지금 그녀를 둘러싸고 있는 벽으로부터 시인의 따뜻하고 사랑스러운 숨결이 스며 나와 그녀의 볼을 어루만지는 것 같았다. 그는 수없이 이렇게 손을 들었을 것이다. 손에 연필을 들고, 이렇게 팔을 뻗었으니까 글이 비스듬히 쓰인 게 틀림없었다.

시인의 세계가 어떤 형상을 이루고 있는지는 이렇게 묘사되어 있었다.

　　살아 있는 인간보다 더 진실한 형상들
　　불멸이 키우는 아기들

　　이렇게 묘사되어 있는 이 시인의 세계는 틀림없이 비평가들의 구설수도 두려워하지 않고 자연스럽게 자신을 표출할 수 있는, 깊은 밤의 사색과 정신의 모색을 통해 얻은 것이리라. 아마 이것들은 달빛에서나 등불 아래서, 희미하게 먼동이 트는 새벽녘에 급하게 쓴 것이지, 환한 대낮에 쓴 것일 리가 없다. 사라지려는 영감을 붙들었을 때 그의 팔이 놓여 있던 곳에는 지금 그녀의 머리카락이 스치고 있다. 그녀는 시인의 정신에 깊이 잠기고, 마치 천상의 영기를 들이켜듯 시인의 정신에 흠뻑 취해 그의 속삭임을 들으며 잠들어버렸다.

　　그녀가 이처럼 꿈속에 있을 때, 계단을 올라오는 발소리가 들렸다. 곧 그녀는 바로 문밖에서 들리는 남편의 무거운 발소리를 알아챘다.

　　"엘, 어디 있어?"

　　그녀가 자신이 빠져 있던 환상을 남편에게 설명해주려 애썼더라도 그는 무슨 뜻인지 알아채지 못했을 것이다. 그러나 그녀는 자기가 하고 있던 일을 남편에게 알려서는 안 된다는 본능적인 생각에 그 사진을 베개 밑에 슬쩍 감추었다. 남편은 저녁을 잘 먹은 사람처럼 문을 활짝 열어젖혔다.

"이거 실례했군. 머리가 아파? 내가 방해했나?" 윌리엄 마치밀이 말했다.

"아니에요. 머리가 아픈 게 아니에요." 그녀는 대답했다. "어떻게 돌아오셨어요?"

"오늘 안에 돌아올 수 있는 방법이 있더군. 내일은 또 갈 곳이 있으니 거기서 하루를 더 허비하고 싶지 않았소."

"식당으로 내려갈까요?"

"아니, 나도 몹시 피곤하오. 저녁은 잘 먹었소. 나도 곧 자야겠소. 내일 아침에는 여섯 시에 일어나야 하거든. 아마 당신이 일어나기 훨씬 전일 테니까 방해가 되지는 않을 거요."

그는 그렇게 말하고 방으로 들어왔다. 그녀는 그의 동작을 주시하면서 사진을 가만히 더 안으로 밀어 넣었다.

"정말 몸이 불편한 것 아니오?" 아내 위로 몸을 구부리며 물었다.

"아니에요. 단지 기분이 좀 언짢을 뿐이에요."

"그렇다면 다행이지만." 그는 몸을 굽혀 그녀에게 키스했다. "오늘 밤 당신하고 같이 지내고 싶소."

이튿날 아침 마치밀은 여섯 시에 눈을 떴다. 그녀는 남편이 깨어나 하품을 하면서 중얼거리는 소리를 들었다.

"밑에서 소리 나는 게 도대체 뭐야, 이거?"

그녀는 반쯤 뜬 눈을 통해 주변을 뒤져서 무엇인가 꺼냈다.

"제기랄, 이게 뭐야!" 남편이 소리쳤다.

"왜 그러세요?" 아내가 물었다.

"오오, 당신도 깼소? 하하하!"

"왜 그렇게 웃으세요?"

"웬 녀석의 사진이야. 집주인의 친구 같은데. 그런데 이 사진이 어떻게 여기 와 있을까? 자리를 펼 때 선반을 건드려서 떨어졌나 보군!"

"어제 내가 보던 사진인데, 그렇다면 떨어진 게 틀림없군요."

"오오, 그럼 이 작자가 당신의 친구요? 하느님, 맙소사!"

엘라는 존경의 대상에 대한 충성심 때문에 남편의 조소를 잠자코 듣고만 있을 수 없었다.

"그는 똑똑한 사람이에요." 그녀의 부드러운 목소리는 떨렸으며 그녀 자신이 생각하기에도 상황에 맞지 않는 말처럼 느껴졌다. "그는 유망한 시인이에요. 나는 아직 한 번도 만나본 적이 없지만, 우리가 들기 전에 이 방 두 개를 쓰고 있던 사람이에요."

"그걸 어떻게 아나? 한번 만나보지도 못했다면서 어떻게 그걸 알지?"

"후퍼 부인이 사진을 저한테 보여주면서 말했어요."

"아, 그래. 난 이제 그만 가야겠군. 오늘은 일찍 돌아오게 될 거요. 함께 가지 못해서 미안하오. 아이들이 물에 빠지지 않도록 조심해야 하오."

그날 마치밀 부인은 후퍼 부인에게 트리위가 언제 올 것 같으냐고 물었다.

그녀는 대답했다. "손님들이 떠나시기 전 다음 주쯤에 이 근처에 있는 친구 집에 며칠 묵으실 거예요. 그땐 꼭 오실 거예요."

마치밀은 오후 일찍 돌아왔다. 그는 자기가 없는 동안에 도착한 편지들을 뜯어보고는 갑자기 가족들과 함께 당초 계획보다 일주일 앞당겨서, 사흘 후에 떠나야겠다고 말했다.

"일주일쯤 더 있으면 안 될까요?" 그녀는 남편에게 애원했다. "전 여기가 좋아요."

"그렇지만 난 안 좋은걸. 점점 싱거워지는 것 같소."

"그럼 나하고 아이들은 남겨두고 혼자 가세요."

"엘라, 당신도 고집이 어지간하구려. 무엇 때문에 그렇게 한단 말이오? 그럼 또 당신을 데리러 와야 하지 않소. 그러지 말고 함께 돌아갑시다. 얼마 후에 노스 웨일즈나 브라이튼에 가서 지내기로 합시다. 그리고 여기서도 아직 사흘은 더 남아 있잖소!"

따를 수 없는 시적 재능에 경탄을 보내며 이제는 완전히 애정을 느끼게 된 그 남자를 만나지 못할 운명인 것처럼 느껴졌다. 그러나 그녀는 마지막 노력을 해보기로 결심했다. 그녀는 트리위가 맞은편 섬의 번화한 도시에서 별로 멀지 않은 조용한 곳에 머물고 있다는 사실을 집주인으로부터 알아내고, 다음 날 오후 근처의 부두에서 배를 타고 그리로 건너가보았다. 그것은 얼마나 허황된 여행이었던가! 엘라는 그 집 위치를 어렴풋이 알고 있을 뿐이었다. 그의 집인 듯싶은 것을 찾아낸 다음 그녀는 길 가는 사람에게 저 집에 시인이 살고 있느냐고 물었다. 하지만 대답은 모른다는 것이었다. 그런데 설사 그가 산다고 하더라도 어떻게 감히 방문할 수 있겠는가? 물론 세상에는 그럴 만한 배짱이 있는 여자도 있겠지만 그녀는 그렇지 못했다. 불쑥 찾아가면 미친 여자라고 생각하지 않겠는가? 혹시 한번 방문해달라고 청할 수는 있었겠지만, 그럴 용기도 없었다. 그녀는 안타까운 심정으로 그림처럼 아름다운 바닷가의 언덕을 서성거리다가 시간이 되자 배를 타고 저녁 시간에 늦지 않게 돌아왔다.

남편은 뜻밖에도 마지막 순간에 이렇게 원하니 나중에 자기가 데리러 오지 않아도 집에 돌아올 수만 있다면 주말까지 아이들과 함께 머물러 있어도 좋다고 말했다. 그녀는 무척 기뻤으나 내색을 하지는 않았다. 이튿날 아침 마치밀은 혼자서 떠났다.

그러나 트리위는 그 주가 다 지나가도록 찾아오지 않았다.

토요일 아침, 마치밀 가의 나머지 가족들은 그 고장을 떠났다. 그녀에게 뜨거운 정열을 불태우게 하던 마을을 말이다. 쓸쓸하고 황량하기 짝이 없는 기차, 뜨거워진 좌석에 내리쬐는 먼지를 가득 머금은 햇볕, 길게 뻗은 더러운 철로, 낮게 드리운 전선들, 이런 것들이 그녀의 길동무였다. 그녀가 머물던 시인의 집도 사라져버렸다. 축 처진 기분으로 책을 읽으려고 했지만, 눈물이 났다. 마치밀 씨의 사업은 번창 일로에 있었으며 그의 가족은 커다란 새집에 살고 있었다. 집은 그가 사업을 경영하는 중부 도시에서 몇 마일 떨어진 곳에 있었으며 대지가 꽤 넓었다. 교외의 생활이 으레 그렇듯이 어떤 계절에는 몹시 쓸쓸했다. 따라서 엘라는 그녀의 취미인 서정시나 비가를 쓰며 지낼 시간을 충분히 가질 수 있었다. 그녀는 집에 돌아오자 애독하던 잡지 최신호에서 트리위의 시를 발견했다. 그것은 그녀가 솔렌트 시로 피서 가기 직전에 쓴 것이 분명했다. 후퍼 부인이 최근의 것이라고 말했던 벽지의 시구가 들어 있었던 것이다. 엘라는 더 이상 참지 못하고 충동적으로 펜을 들어 존 아이비라는 이름으로 동료 시인의 한 사람으로서 보내는 축하 편지를 썼다. 동일한 정서적 일에 바친 자신의 노력은 결실을 거두지 못한 데 비해, 그는 자기 영혼을 움직이는 사상을 성공적으로 운율에 담아낸 것에 대해 축하의 편지를 썼던 것이다.

감히 답장을 기대하진 않았는데 이삼 일 후 축하 편지에 대한 회신이 왔다. 예의 바르면서도 간결한 문구로 자기는 아이비 씨의 시를 잘은 모르지만 언젠가 아주 촉망되는 시가 발표된 것을 기억한다고 했다. 또 아이비 씨와 편지로 사귀게 된 것이 매우 기쁘다면서 앞으로 쓰는 시에 대해 큰 관심을 갖고 보겠다는 내용이 적혀 있었다.

그녀의 시선은 남자가 쓴 편지로 본다면 좀 어리고 소심한 면이 있었던 것 같다. 트리위의 답장은 선배이며 한 수 위라는 듯한 어조였기 때문이다. 그렇지만 그것이 무슨 상관이란 말인가? 그가 답장을 보내오지 않았는가! 그녀가 잘 아는 바로 그 방에서 그의 손으로 직접 써 보낸 편지인 것이다.

이렇게 시작된 그들의 편지 왕래는 두 달 남짓 계속되었다. 엘라 마치밀은 가끔 자기가 쓴 시 가운데서 가장 잘되었다고 생각되는 것을 몇 편 보냈다. 그는 매우 감사히 받았다는 이야기는 했지만, 자세히 읽었다는 말은 없었으며 회신에 자기 시를 보내는 법도 없었다. 트리위 씨가 자신이 남자인 줄 알고 답하고 있다고 생각했으니 망정이지 그렇지 않았다면 그녀는 훨씬 더 상처를 받았을 것이다.

그러나 그와 같은 상황으로는 만족스럽지가 않았다. 그가 자신을 한번 보기만 하면 사태는 전혀 달라질 것이라는 허황된 목소리가 그녀의 마음 한구석에서 흘러나왔다. 기쁘게도 우연한 기회로 그럴 필요가 없게 되었지만, 그렇지 않았다면 그녀는 주저하지 않고 자기가 여자라는 것을 상대방에게 밝혀서라도 상황을 바꾸었을 것이다. 그 지방과 도시에서 가장 지명도 있는 신문의 편집인인 남편의 친구가 어느 날 저녁 그들 부부와 식사를 같이하게 되었다. 그들의 화제가 시인에 관한 것으로 바뀌자 그 친구는 풍경 화가인 자기 동생이 트리위

씨의 친구라는 말을 하며, 그 둘이 지금은 웨일즈에 함께 머물고 있다고 말했다.

엘라는 이 편집인의 동생도 알고 있었다. 이튿날 아침 그녀는 편지를 써서 화가에게 돌아가는 길에 자기 집에 들러서 며칠 동안 묵어가라는 내용의 초대를 하고, 친구인 트리위 씨와도 친교를 나누고 싶으므로 가능하면 함께 와달라고 요청했다. 며칠 후에 답장이 왔다. 자기와 친구인 트리위는 남부 지방으로 가는 길에 기꺼이 그녀의 초청에 응하겠으며 다음 주 이러이러한 날에 방문하겠다고 했다.

엘라는 즐겁고 힘이 났다. 계획이 성공한 것이다. 사모하면서도 아직까지 만나보지 못한 사람이 오게 된 것이다. '보라, 그는 우리 집 담 너머에 서 있다. 그는 창을 바라본다. 창살 사이로 모습을 드러냈다.' 이렇게 그녀는 열광적으로 읊었다. '또 보라, 겨울은 가고 비가 그쳤다. 이 땅에도 꽃이 만발하고 새들이 찾아와 노래할 때가 되었다. 이 땅 위에서는 산비둘기의 노랫소리가 들려온다.'

그런데 그가 오면 묵고 식사할 여러 가지 준비를 해야 했다. 그녀는 몹시 신경을 써 준비를 갖추고 그날이 오기만을 고대했다.

오후 다섯 시쯤 초인종 소리와 함께 편집인의 동생 목소리가 현관에서 들려왔다. 그녀는 여류 시인이었지만, 아니 스스로 그렇게 생각하고 있었지만, 엘리는 비싼 유행 옷을 공들여 입는 것을 피할 만큼 숭고한 여자는 아니었다. 그 옷은 최근 런던에 갔을 때 본드 가에 있는 양장점에서 산 것이었다. 예술적이고 낭만적인 기질의 여인들에게 유행하는 스타일로, 그리스의 카이톤이란 옷과 비슷한 종류의 것이었다. 손님은 응접실로 들어왔다. 그녀는 손님의 뒤를 넘겨다보았다. 그러나 뒤에 따라 들어오는 사람은 없었다. 도대체 로버트 트리위는 어디 있단 말인가?

"아, 정말 미안합니다." 화가는 인사를 나눈 다음에 이렇게 말을 이었다. "트리위는 정말 묘한 친구입니다, 마치밀 부인. 처음에는 오겠다고 하더니, 이제는 못 오겠다고 하는군요. 배낭을 메고 여러 마일을 걸어와서 먼지를 잔뜩 뒤집어썼거든요. 그래서 그대로 집으로 가겠다고 했습니다."

"그럼, 그분은 안 오시는 건가요?"

"예, 안 옵니다. 저더러 대신 사과해달라고 부탁하더군요."

"언제 그, 그분과 헤어지셨나요?" 그녀는 아랫입술이 몹시 떨리기 시작하여 마치 트레몰로와 같은 목소리가 나왔다. 그녀는 이 지겨운 상황에서 벗어나 어디서 엉엉 울고 싶은 기분이 들었다.

"지금 막 저 건너 큰길에서 헤어졌답니다."

"예? 그렇다면 우리 집 문 앞을 지나갔단 말씀인가요?"

"네, 우리가 문 앞까지 왔을 때…… 정말 훌륭한 문이더군요. 제가 봤던 현대식 철문 중에서 가장 훌륭한 것이었습니다.

거기까지 와서 걸음을 멈추기에 잠깐 이야기를 나누었지요. 그 친구는 작별을 하고 돌아가고 싶다고 고집을 부렸어요. 사실 그는 지금 기분이 우울해서 어떤 사람도 만나기 싫다더군요. 참 좋은 친구고 다정한 친구입니다만, 때로 안정을 잃고 우울해질 때가 있습니다. 너무 심각하게 생각하는 경향이 많아요. 그 사람의 시는 취향에 따라서는 너무 에로틱하고 정열적이거든요. 그는 어제 발간된 잡지에서 굉장한 혹평을 받았답니다. 정거장에서 우연히 그걸 읽게 된 거죠. 아마 부인도 읽으셨겠지요?"

"아니요."

"읽지 않기를 잘하셨습니다. 생각할 값어치도 없는 글이죠. 그 잡지를 팔아주는 편협한 구독자들을 즐겁게 해주려고 쓴 글에 지나지 않으니까요. 그렇지만 그는 그 글을 보고 화를 냈습니다. 그의 기분을 상하게 한 것은 말도 안 되는 엉뚱한 비난 때문이었습니다. 정당한 공격이야 참을 수 있지만, 반박할수도 없고 퍼지는 것을 막을 수도 없는 거짓말은 견디기 힘들다고 하더군요. 트리위의 약점은 바로 이런 데 있어요. 그는 혼자서 살기 때문에 사교계나 상업계의 번잡한 세계에 살았다면 아무렇지 않았을 것에도 마음의 큰 상처를 입곤 합니다. 그래서 이곳에 오고 싶지 않다는 것이었어요. 너무 최신식이고, 이거 실례가 될지 모르겠습니다만, 돈을 많이 쓴 것처럼 보인다고 하면서……."

"하지만 여기에는 공감하는 사람이 있다는 것을 아마 아셨을 텐데요! 혹시 이 주소로 띄운 편지를 받았다는 이야기는 못 들으셨어요?"

"예, 예, 그 말은 들었습니다. 존 아이비라고요. 아마 그때 여기 와 있던 부인의 친척일 거라고 생각하더군요."

"그분께서 아이비를 좋아하신다는 말은 없으셨어요?"

"글쎄요, 아이비라는 사람에게 흥미를 갖고 있는지는 모르겠습니다."

"그의 시에 관해서는요?"

"제가 알기로는 그의 시에도 별 흥미는 없는 것 같더군요."

로버트 트리위는 그녀의 집이나 시나 그것을 쓴 사람에게 전혀 흥미를 갖지 않았다는 것이다. 그녀는 이 자리를 벗어날 수 있게 되자마자 아이들에게로 달려가서 그들에게 마구 키스를 퍼부음으로써 상한 감정을 씻어버리려고 애를 썼다. 하지만 아이들마저 그녀의 남편처럼 평범해 보인다는 데 생각이 미치자 갑자기 혐오감이 치솟았다.

우둔하고 순진한 풍경 화가는 그녀가 기다리던 사람은 그가 아니고 트리위뿐이라는 것을 그녀와 이야기를 나누면서도 깨닫지 못했다. 그는 이 방문을 매우 즐겁게 생각했으며 엘라의 남편과 어울려 다니기를 매우 좋아했다. 엘라의 남편도 그를 매우 좋아했다. 그리하여 그 근처를 모조리 구경시켜주었지만, 그들 모두 엘라의 상한 기분은 알아차리지 못했다.

화가가 떠난 지 하루나 이틀밖에 되지 않은 어느 날 아침, 그녀는 2층에 혼자 앉아 방금 배달된 런던 신문을 넘기고 있었다. 그녀는 거기에서 다음과 같은 기사를 발견했다.

시인의 자살

장래가 촉망되는 서정시인으로서 최근 몇 년간 활발히 활동하고 있던 로버트 트리위 씨가 지난 토요일 밤, 솔렌트에 있는 그의 숙소에서 권총으로 오른편 관자놀이를 쏘아 자살했다. 잘 알려진 바와 같이 그는 최근 새로운 시집을 내어 지금보다 훨씬 광범위한 독자들의 주의를 끌고 있었다. 『미지의 여성에게 드리는 서정시』라는 제목으로 엮은 이 시집은 대개 정열적인 시편으로서 그것이 전달하는 감정의 폭넓음 때문에 이미 칭송받은 바 있지만, 한 잡지에서 신랄한 비평의 대상이 되었다. 확실한 것은 아니지만 문제의 잡지가 그의 책상 위에 놓여 있었으며 그와 같은 비평이 지상에 실린 후로 그가 매우 침울했다는 사실로 미루어보아, 그 글 때문에 이런 슬픈 사건이 발생하지 않았나 추측하고 있다.

수사 결과에 대해서도 보도되어 있었으며, 멀리 있는 친구에게 남긴 다음과 같은 편지 내용도 실려 있었다.

친애하는 벗에게

이 편지가 미처 자네 손에 들어가기 전에 나는 이미 내 주위의 것을 더 이상 보고 듣고 알게 되는 괴로움을 면하고 있을 걸세. 나는 나의 이 처사가 타당하고 논리적이라고 생각하네만, 구태여 자네에게 구구한 설명을 늘어놓아 번거롭게 하고 싶지는 않네. 만일 하느님께서 내게 어머니나, 누이나, 그 밖에 날 몹시 아껴주는 여성을 보내주셨더라면 나는 내 생명을 더 연장해야 할 필요를 느꼈을지도 모르겠네. 그러나 자네도 알다시피 나는 오랫동안 이와 같은, 찾을 수 없는 여인을 동경했다네. 알다시피 그녀가, 발견할 수도 없고 손에 잡히지 않는 그 여인이 내 마지막 시집에 영감을 불어넣었네. 세상에는 구구한 말들이 떠돌지만, 그건 어디까지나 내 환상의 여인에 불과했으며 실재하는 여인은 아니네. 그녀는 나타나지 않았으며 만날 수 없었고, 끝내 얻을 수 없었다네. 어느 여인이든 나를 가혹하고 거만하게 취급했기에 내 자살을 빚었다고 비난받게 하고 싶지 않으므로 이 점을 분명히 밝혀두는 것이 좋으리라고 생각하네. 하숙집 주인에게 이런 불미스러운 일을 저질러 죄송하다고 전해주게. 그렇지만 내가 그 방에 묵었다는 것은 아마 곧 잊힐 걸세. 비용을 치를 만한 돈은 내 이름으로 은행에 예금되어 있네.

R. 트리워

엘라는 얻어맞은 듯 멍청하게 앉아 있다가 옆방으로 달려가서 침대에 얼굴을 묻고 쓰러졌다. 그녀의 슬픔과 괴로움은 그녀를 갈기갈기 조각내 수천 조각으로 부숴버리는 것 같았

다. 그녀는 한 시간 이상이나 격한 슬픔에 휩싸여 있었다. 그
녀는 떨리는 입술로 간신히 중얼거렸다.

"오, 만일 그가 나를 알기만 했더라면…… 나를, 나를 알
기만 했다면! 내가 그를 만나기만 했다면. 단 한 번이라도,
그래서 그의 뜨거운 이마에 내 손을 얹고…… 키스를 했더
라면…… 내가 그를 얼마나 사랑하는지 알려줄 수 있었다
면…… 그를 위해 어떤 수치나 비방도 달게 받고 그를 위해
살고 그를 위해 죽겠다는 것을 알려줄 수만 있었다면! 그랬더
라면 그 귀중한 목숨은 건질 수 있었을 것인데…… 그렇지만
아냐…… 그건 허용될 리 없어. 하느님은 질투가 심하거든. 그
이와 나에게 그런 행복이 허용될 리가 없지."

모든 가능성은 사라져버렸다. 이제는 영영 만날 가망이 없
어져버렸다. 그런 시간은 결코 실현될 수 없었지만, 그녀의 환
상에는 지금까지도 만남의 순간이 보이는 듯했다.

존재할 수도 있었지만 이젠 영원히 사라진 시간
남자와 여자의 마음이 잉태해 낳았건만
그러나 그런 시간이 불가능한 삭막한 삶

그녀는 가능한 한 억제된 문체로 솔렌트 시에 있는 숙소 집
주인에게 제삼자의 입장에서 편지를 썼다. 후퍼 부인에게, 마
치밀 부인이 신문에서 그 시인의 죽음에 관한 기사를 읽었으

며, 후퍼 부인께서도 알다시피 코버그 저택에 머물던 동안에 트리위 씨에게 커다란 흥미를 갖고 있었으므로 그의 관 뚜껑이 덮이기 전에 그의 머리카락을 조금 얻어서 보내주면 기념으로 삼겠다고 했다. 그리고 사진틀에 있던 사진도 함께 보내주었으면 고맙겠다고 부탁한 다음 일 파운드의 우편환을 동봉했다.

회신 우편으로 요청한 물건이 든 편지가 왔다. 엘라는 사진을 받아 들자 눈물을 흘리며 그것을 비밀 서랍 속에 넣어두었다. 그리고 머리카락을 흰 리본으로 묶어 고이 품속에 간직하고 아무도 보지 않는 곳에서 가끔씩 꺼내 입을 맞추었다.

"대체 그게 뭐요?"

한번은 그녀가 머리카락을 꺼내 보고 있을 때 신문을 보던 남편이 쳐다보며 물었다. "뭘 보고 우는 거요? 머리카락? 대체 누구의 머리칼이오?"

"죽었어요!" 그녀가 중얼거렸다.

"누가?"

"당신이 굳이 요구하지 않으시면 지금은 대답하고 싶지 않아요!" 그녀의 목소리에는 침통한 느낌이 서려 있었다.

"그래, 알겠소."

"대답하지 않아도 괜찮겠죠? 나중에 알려드릴게요."

"그럼, 그렇게 해요."

그는 특별한 곡조도 없는 휘파람을 불면서 나가버렸다. 그렇지만 그는 시내에 있는 공장에 도착하자 다시 그 일이 머릿속에 떠올랐다. 그도 솔렌트 시에 묵었던 집에서 자살극이 벌어진 사실을 알고 있었다. 그리고 최근 아내가 그의 시집을 보고 있던 것을 기억했으며 그들이 솔렌트 시에서 머물 때 집주인이 트리위에 대해 이야기하던 것도 기억났다. 그는 갑자기 외쳤다.

"물론 그 녀석일 거야. 대체 그 녀석을 무슨 재주로 알게 되었담. 여자란 참으로 교활한 동물이란 말이야!"

그는 그 문제를 잊어버리기로 하고 차분히 사무를 처리했다. 이때쯤 집에 있는 엘라는 결심을 했다. 후퍼 부인은 머리카락과 사진을 보내면서 장례식 날짜도 알려주었다. 시간이 지나 점심 무렵이 되자 그의 묘지가 어딘지 알고 싶은 마음이 이 동정심 많은 여인의 온 신경을 사로잡았다. 이제 그녀는 남편이나 다른 사람들이 자신의 기괴한 행동을 어떻게 생각할지 거의 개의치 않고, 내일 아침에 돌아오겠다는 간단한 쪽지를 마치밀 앞으로 적어놓았다. 그녀는 책상 위에 쪽지를 남겨두고 하인들에게도 같은 말을 하고는 걸어서 집을 나섰다.

마치밀 씨가 오후 일찍 집으로 돌아왔을 때 하인들은 근심스러운 표정을 지었다. 유모는 그를 조용한 방으로 데려가, 지난 며칠 동안의 부인의 태도로 보아 부인은 너무나 큰 슬픔에 잠겨 있으므로 혹시 투신자살이라도 하러 나선 것이 아닌지 걱정이라고 말했다. 마치밀은 곰곰이 생각해보았다. 그러나 아내가 그랬으리라고는 생각되지 않았다. 그는 집안 사람들에게 행방은 밝히지 않았지만 자기를 기다리지 말라고 당부한 뒤 집을 나섰다. 그는 정거장으로 달려가 솔렌트 시행 열차를 탔다.

그는 급행을 타고 나섰지만, 그곳에 도착했을 때는 이미 주위가 컴컴했다. 그는 아내가 자기보다 먼저 떠났다면 완행열차밖에 없으므로 그녀가 자기보다 그다지 빨리 도착하지는 못했으리라는 것을 알고 있었다. 솔렌트 시는 이제 제철이 지났기에 길거리는 몹시 쓸쓸하고 마차도 드물고 요금이 쌌다. 그는 묘지로 가는 길을 물어 곧 그곳에 다다랐다. 문은 잠겨 있었다. 묘지 관리인은 경내에 아무도 없다고 말하면서도 문은 열어주었다. 그는 관리인의 설명을 따라 그날 매장한 묘지가 있다는 구획을 향해 꾸불꾸불한 길을 더듬어 갔다. 그는 풀뿌리에 발끝을 차이기도 하고 말뚝에 걸리기도 하면서 가끔 몸을 구부리고 사람의 모양이 보이지 않나 두루 살폈다. 아무도 눈에 띄지 않았다. 그러나 사람들이 지나간 흔적이 있는 지역에 이르게 되었는데, 거기 새로 묻은 무덤 곁에 웅크리고 있는 사람의 모습을 발견했다. 그녀도 그의 발소리를 듣고 땅에서 벌떡 일어섰다.

"엘! 이게 무슨 바보짓이오?" 그는 격분한 어조로 입을 열었다. "집에서 뛰쳐나오다니, 나는 그런 일은 상상도 못했소! 그렇다고 이 가엾은 사나이를 질투하는 게 아니오. 그러나 결혼해서 아이를 셋이나 낳고 머지않아 넷째가 탄생할 당신 같은 여인이 죽은 옛 애인에게 정신을 잃는다는 것은 얼마나 어리석은 짓이오! 당신이 여기 갇혀 있다는 것을 알고 있소? 아마 밤새도록 이곳에서 벗어나지 못했을 거요."

그녀는 아무 말도 하지 않았다.

"당신을 위해서 하는 말인데 그 사람과는 깊은 관계를 맺지 않았길 바라오."

"그런 모욕적인 말은 입에 담지 마세요, 윌."

"명심해요. 난 이런 일은 더 이상 용납 못하겠소. 알겠소?"

"알았어요." 그녀가 말했다.

그는 그녀의 팔을 끼고 묘지 밖으로 나갔다. 그렇지만 그날 밤으로 돌아갈 수는 없었다. 그리고 초라한 모습을 남의 눈에 띄고 싶지도 않아서 그는 아내를 정거장 근처에 있는 허술한 다방으로 데리고 갔다. 그리하여 이튿날 이른 아침에 그곳을 떠났다.

말로는 해결할 수 없는, 결혼 생활에서 흔히 일어나는 불협화음의 일종이라는 생각에 돌아오는 내내 그들은 한마디의 말도 나누지 않았다. 그리고 정오가 되어서야 집에 도착했다.

여러 달이 지나갔다. 두 사람은 아무도 감히 이 일에 대해 입을 열려고 하지 않았다. 엘라는 너무 자주 슬프고 무력한 기분에 사로잡히는 것 같았으며, 시름시름 앓는다는 표현이 어울릴 듯했다. 그녀에게는 네 번째 해산의 괴로움을 겪어야 할 날이 점점 다가왔다. 그러나 그것이 그녀로 하여금 기운이 나게 하지는 못했다.

"아무래도 이번에는 이겨낼 것 같지 않아요." 어느 날 그녀는 이렇게 말했다.

"원, 그런 소리가 어디 있소? 지금까지 잘 견뎌왔는데, 이번이라고 못할 게 뭐 있소?"

그러나 그녀는 고개를 가로저었다. "전 꼭 죽을 것 같아요. 넬리와 프랭크와 티니만 아니라면 차라리 그쪽이 나을 것 같아요."

"나는 어떡하고?"

"당신이야 저를 대신할 사람을 곧 찾을 수 있을 거예요." 그녀는 서글픈 미소를 지으며 중얼거렸다. "그리고 당신은 마땅히 그럴 권리가 있어요. 정말이에요."

"엘, 당신은 아직도 그…… 시인 친구를 못 잊는 게 아니오?"

그녀는 남편의 이와 같은 비난에 긍정도 부정도 하지 않았다.

"저는 아무래도 이번에는 병을 이기지 못할 것 같아요." 그녀는 되풀이했다. "틀림없이 그럴 거라는 예감이 들어요."

이와 같은 생각은 흔히 그렇듯이 나쁜 일의 시작이 되는 법이다. 그래서 여섯 주가 지난 5월 어느 날, 맥도 없고 핏기도 없는 그녀는 숨을 쉬는 것조차도 힘겨워하며 누워 있었다. 별로 필요로 하지 않는 아이를 낳기 위해 그녀는 살찌고 건강한 육체와 서서히 작별하고 있었던 것이다. 그녀는 임종하기 전에 마치밀에게 조용히 입을 열었다.

"윌, 저는 당신에게 그 일, 당신도 아시겠지만, 우리가 솔렌트 시에 갔을 때 일어난 일을 숨김없이 고백하고 싶어요. 제가 무엇에 사로잡혔는지 모르겠어요. 어떻게 당신, 남편인 당신을 그렇게 잊어버릴 수 있었는지 저도 도무지 알 수 없어요. 저는 병적인 상태였고, 당신이 친절하지 않을 뿐 아니라 저를 무시한다고 생각했어요. 당신은 제 지식 수준에 미치지 못한다고 느끼고, 반면 그 사람은 저와 같은 수준이거나 훨씬 우월하다고 생각했어요. 아마 또 다른 애인을 필요로 했다기보다는 좀 더 저를 이해해주는 사람을 원하고 있었나 봐요."

그녀는 기진맥진하여 더 이상 남편에게 이야기하지 못한 채 몇 시간 후에 갑자기 숨을 거두고 말았다. 윌리엄 마치밀은 여러 해 동안 참아온 남편들이 그러하듯이 지난날의 질투로 말미암아 마음이 심란해지지는 않았다. 그리고 이미 죽어 자기에게 아무런 불편도 끼칠 수 없는 사내에 대한 애정 고백을 아내에게 강요하지도 않았다.

그런데 아내가 죽은 여러 해 후에 재혼할 여인을 집안에 맞아들이기 전에 없애버릴 생각으로 잊었던 편지들을 뒤적이다가 우연히 봉투 속에서 한 줌의 머리카락과 시인의 사진을 발견했다. 사진 뒤에는 날짜가 적혀 있었는데 죽은 부인의 필체였다. 그것은 바로 그들이 솔렌트 시에 머물던 때였다.

마치밀은 무언가 마음에 걸리는 게 있어 어머니의 죽음을 초

래한 막내 아이를 데리고 왔다. 그 아이는 벌써 걸어 다니며 수선을 떨 나이가 되었다. 그는 아이를 무릎 위에 앉히고 아이의 얼굴과 자세히 비교했다. 잘 알려져 있으면서도 설명하기는 곤란한 자연의 술책으로 그 아이의 모습에는 분명히 엘라는 한 번도 만나보지 못한 남자와 닮은 흔적이 발견되었다. 그 시인의 꿈꾸는 듯한 독특한 표정이 마치 생각을 물려받았다는 듯 아이의 표정에 서려 있었으며 머리카락도 같은 색이었다.

"어쩐지 그럴 것 같더라니까." 마치밀은 혼자서 중얼거렸다. "그러니까 그놈하고 하숙집에서 놀아났었군! 어디 보자! 날짜가 8월 둘째 주고 태어난 것이 5월 셋째 주니…… 그래…… 그랬었군. 저리 가라, 이 못된 놈아! 넌 나와는 상관없는 놈이다!" ●

옮긴이 장경렬

서울대학교 영문과 교수로 재직 중이다. 서울대학교 영문과를 졸업하고, 텍사스대학교에서 영문학으로 박사학위를 받았다. 지은 책으로『미로에서 길찾기』,『신비의 거울을 찾아서』,『응시의 성찰』,『코울리지 : 상상력과 언어』,『매혹과 저항 : 현대 문학 비평 이론에 대한 비판적 이해를 위하여』 등이 있으며, 옮긴 책으로『내 사랑하는 사람들의 잠든 모습을 보며』,『야자열매술꾼』,『아픔의 기록』,『선과 모터사이클 관리술』,『젊은 예술가의 초상』,『라일라』,『학제적 학문 연구』 등이 있다.

외날개의 새

사랑은 그 자체와 지극히 혼동하기 쉬운 두 개의 유사물을 가지고 있다. 육욕과 환상이 그러하다. 하지만 어쩌면 그것은 또한 사랑의 두 날개일지도 모른다. 인간의 사랑은 그 두 날개 중 어느 것이 없어도 온전하게 날지 못한다.

「환상을 좇는 여인」은 바로 그런 불구한 사랑과 그것이 집어내는 엉뚱한 비극을 그린 작품이다. 여주인공 엘라는 겉보기에는 유복하면서도 별 특징 없는 유부녀지만, 내면으로는 엄청난 열정과 욕구를 지닌 여인이다. 남편은 현실적으로는 유능하고 합리적인 사람일지 몰라도 시신詩神을 숭앙하는 엘라에게는 다만 물질적이고 둔감한 속인으로만 느껴진다. 요컨대 육욕은 채워줄 수 있어도 환상을 품게 할 수는 없는 인간이었다.

한 번도 만난 적이 없는 시인 트리위를 향한 엘라의 사랑은 어쩌면 남편과의 사랑이 달아주지 못한 환상의 날개를 달기 위한 엘라 나름의 절실한 노력이었는지도 모른다. 그러나 대상을 달리하다 보니 결국 두 사랑은 모두 불구가 될 수밖에 없었다. 오직 환상만으로 사랑을 꿈꾸다 절망한 트리위가 끝내 엘라의 사랑을 알아채지 못하고 자살하자 비극은 차례로 전염된다.

먼저 비탄으로 쇠약해진 엘라가 아이를 낳다 죽고 육체 없는 사랑이었기에 오히려 과장되어 남겨진 그 살의 유물들은 남편까지 불행으로 몰아넣는다. 뒤늦은 배신감과 분노로 정신을 잃은 남편은 멀쩡한 제 자식을 죽은 아내의 부정不貞이 끌어들인 남의 핏줄로 단정하는 지경에 이른다.

토머스 하디는 19세기 후반의 영국을 대표하는 작가로 원래는 건축을 공부하다가 당시의 인기 소설가인 조지 메러디스(1828~1909년)에게 인정받아 문단에 나왔다. 우리에게는 그의 대표작인 『테스』와 『귀향』으로 잘 알려져 있고 그 밖에 『캐스터브리지의 시장』,『무명의 주드』그리고 만년에 쓴 3부작『패왕』 등이 있다.

하디는 비극주의적 정명론定命論을 자신의 철학으로 신봉했는데 그 흔적은 「환상을 좇는 여인」에서도 엿보인다. 엘라와 그 남편 그리고 시인 트리위가 겪게 되는 불행은 개인의 능동적 선택이라기보다는 그가 말한 '내재의지immanent will'에 의해 결정된 불변의 인간형을 바탕으로 설명되고 있다.

별

Les étoiles

알퐁스 도데 지음

진형준 옮김

알퐁스 도데

프랑스의 작가. 1840~1897년. 남프랑스 님므에서 태어났다. 리옹의
고등중학교에 들어갔으나 가업이 파산하여 중퇴하고, 알레스에 있
는 중학교 조교사로 일하면서 청소년 시절을 보냈다. 열세 살 때부
터 시를 쓰기 시작하여 생애 유일한 시집『사랑하는 여인들』을 발표
하면서 작품 활동을 시작했다. 주로 사랑의 시각으로 자연을 바라보
는 감성적인 문학성을 기초로, 연민과 미소, 눈물과 풍자, 유머를 가
미한 소재들을 작품 속에 담아왔다. 자연주의의 일파에 속했으나, 선
천적으로 민감한 감수성, 섬세한 시인 기질 때문에 시정詩情이 넘치
는 유연한 문체로 불행한 사람들에 대한 연민과 고향 프로방스 지방
에 대한 애착심을 담아내며 인상주의적인 매력 있는 작품을 세웠다.
주요 작품으로는 소설「별」이 실린 단편집『풍차방앗간에서 온 편
지』를 비롯해『조그만 것』,『타라스콩의 타르타랭』,『월요일의 이야
기』,『자크』,『타라스콩 항구』,『마지막 수업』등이 있고, 수상집으로
는『파리의 삼십 년』,『회상록』등이 있다. 희곡으로는『아를의 여인』
이 있는데, 비제가 작곡해 더 유명해졌다.

—

　뤼브롱 산에서 양들을 지키고 있을 무렵, 나는 초원에서 혼
자 사냥개 라브리와 양들을 데리고 몇 주일 내내 사람의 그림
자 하나 구경하지 못한 채 지내고 있었습니다. 가끔 몽드뤼르
의 수도자들이 약초를 찾아 이곳을 지나가기도 하고, 피에몽
주변 숯장수의 시커먼 얼굴이 눈에 띄기도 했지만, 이들은 사
람들과의 접촉이 없는 소박한 생활을 해왔기 때문에 별로 말
이 없었고, 이야기하는 흥미조차 잃고 있었습니다. 그리고 이
들은 저 아래 도시나 마을에서 일어나고 있는 일들에 대해서
는 전혀 아는 것이 없었습니다. 그래서 보름마다 반달치의 식
량을 가지고 산길을 올라오는 농장 노새의 방울 소리가 들리
고, 어린 하인 아이의 쾌활한 얼굴이나 늙은 노라드 아주머니
의 붉은 두건이 차츰 언덕 위로 나타날 때면 나는 정말 한없
이 기뻤습니다. 나는 저 아래 마을 소식, 영세 받은 일, 시집가
고 장가간 일들에 대한 이야기를 듣게 되는 것이었습니다. 그
러나 무엇보다도 나를 기쁘게 한 것은 우리 주인집 따님인 스
테파네트 아가씨의 소식을 듣는 일이었습니다. 인근에 아가
씨보다 더 예쁜 처녀는 없었습니다. 나는 관심 없는 척하면서
아가씨가 파티에 자주 초대받으며 야외에도 많이 나가는지,
여전히 새로운 남자 친구들이 아가씨를 찾아오는지 알아보는
것이었습니다. 불쌍한 목동인 주제에 그런 일들이 무슨 소용

이 있느냐고 묻는다면 나는 이렇게 대답할 것입니다. 내 나이 스무 살이었고, 스테파네트 아가씨는 이제껏 내가 본 여성 중 가장 아름다웠노라고.

그런데 어느 일요일, 기다리고 있던 보름치의 식량이 아주 늦게까지 도착하지 않았습니다. 아침나절에는 '대미사 때문일 거라고' 생각하고 있었고, 점심때는 세찬 소나기가 내렸으므로 길이 나빠 노새가 떠나지 못했을 것이라고 나는 생각했습니다. 그런데 세 시경이 되어 마침내 하늘은 씻은 듯이 개고 산은 물기와 햇빛으로 반짝일 때, 나뭇잎에서 떨어지는 물방울 소리와 물이 불어난 시냇물이 넘치는 소리에 섞여 노새의 방울 소리가 들리는 것이었습니다. 그것은 부활절에 울리는 교회 종소리만큼이나 맑고 경쾌했습니다. 그런데 노새를 끌고 온 것은 하인 아이도 노라드 아주머니도 아니었습니다. 그건, 그건…… 누구였을까요? …… 오오, 바로 우리 아가씨였습니다. 아가씨가, 소나기가 지나간 후의 시원한 산바람을 맞아 뺨이 온통 장밋빛으로 물든 아가씨가, 버들가지로 엮은 바구니 사이에 몸을 똑바로 세운 채 직접 나타난 것입니다.

하인 아이는 앓아누웠고 노라드 아주머니는 휴가를 얻어 자식들 집에 가 있다는 것이었습니다. 예쁜 스테파네트 아가씨가 노새에서 내리며 나에게 그런 소식을 알려주었습니다. 그리고 오는 도중 길을 잃어서 늦어졌다는 것도 말입니다. 그러나 꽃 모양의 리본과 화려한 치마와 레이스로 단장한 아가씨는 숲속에서 길을 찾아 헤맸다기보다는 오히려 무도회라도 들렀다 오느라 늦은 것처럼 보였습니다. 오, 귀여운 아가씨! 그녀를 아무리 쳐다봐도 싫증이 나지 않았습니다. 내가 이렇게 가까이에서 그녀를 본 적은 정말 아직까지 없었습니다. 겨울에 양 떼를 데리고 들판으로 내려가면 나는 농장에 가서 저녁식사를 했는데, 그때 언제나 화려한 옷차림을 한 아가씨가 하인들에게 말을 건네지도 않은 채 약간 으스대며 지나가는 것을 본 적은 가끔 있었습니다만……. 그런데 지금 그 아가씨가 이렇게 내 앞에 있는 것입니다. 오직 나 하나를 위해서. 그러니 내가 정신을 잃지 않을 수가 있겠습니까?

스테파네트는 바구니에서 식량을 다 꺼낸 후 신기하다는 듯 주위를 둘러보기 시작했습니다. 아가씨는 금방 망가져버릴 것만 같은 나들이옷의 고운 치맛자락을 들어 올리고는 양 우리 안으로 들어오더니, 내 잠자리며, 양피를 깐 짚방석이며, 벽에 걸린 커다란 외투며, 지팡이며, 수석총(부싯돌로 불을 붙이는 구식 장총 - 옮긴이)을 보고 싶어 했습니다. 모든 게 아가씨에게는 재미가 있었습니다.

"그러니까 당신은 이런 데서 살고 있군요? 가엾어라! 항상 혼자 있으니 얼마나 따분할까! 뭘 하며 지내요? 무슨 생각을 하죠?"

나는 '아가씨, 당신을'이라고 대답하고 싶었습니다. 그렇게 말했더라도 거짓말은 아니었을 것입니다. 그러나 나는 너무나 당황해서 단 한마디의 말도 생각해낼 수가 없었습니다. 아가씨는 분명히 그것을 눈치챘을 것입니다. 그러니 심술궂은 아가씨는 이런 장난스러운 질문으로 나를 더 당황하게 만들고 좋아했던 것이지요.

"애인이 가끔 당신을 만나러 오죠?…… 그녀는 틀림없이 황금 양이 아니면, 산꼭대기만 뛰어다니는 선녀 에스테렐일 거야……."

그런데 이런 말을 하는 아가씨 자신이야말로 머리를 뒤로 젖히고 예쁘게 웃는 모습이나 유령처럼 왔다가 급히 가버리는 것이 마치 선녀 에스테렐인 것 같았습니다.

"잘 있어요."

"아가씨, 안녕히 가세요."

아가씨는 빈 바구니를 가지고 떠났습니다.

그녀가 비탈길을 따라 사라져갔을 때, 노새 발굽에 채여 구르는 조약돌 하나하나가 나의 가슴 위에 떨어지는 것 같았습니다. 나는 그 소리를 언제까지고, 언제까지고 듣고 있었습니다. 그리고 해 질 무렵까지 잠에 취한 듯 꿈이 깰까 봐 몸도 움직이지 못하고 있었습니다. 저녁이 되어 깊은 골짜기에 푸른 빛이 감돌기 시작하고, 양들이 소리 내어 울며 서로 밀치고 우리로 돌아올 무렵이었습니다. 비탈길에서 나를 부르는 소리가 들리더니 우리 아가씨의 모습이 눈앞에 나타났습니다.

조금 전의 명랑하던 모습은 찾아볼 수 없고, 옷이 물에 젖은 채 추위와 두려움에 떨고 있었습니다. 아가씨가 산 아래 이르렀을 때, 소나기 때문에 소르그 냇물이 불어 있었는데, 무리하게 건너려다 잘못해서 물에 빠졌던 모양입니다. 딱하게도 밤이 된 지금, 농장으로 돌아간다는 것은 생각조차 할 수 없게 되었습니다. 아가씨 혼자 지름길을 찾아 나선다는 것은 도저히 있을 수 없는 일이었으며, 내가 양 떼를 떠날 수도 없었습니다. 산에서 밤을 보낸다면 무엇보다도 집안 식구들이 걱정하리라는 생각에 아가씨는 몹시 괴로워했습니다. 나는 최선을 다해 아가씨의 마음을 안심시키려고 했습니다.

"아가씨, 7월의 밤은 짧으니…… 잠깐만 고생하시면 돼요."

그리고 나는 아가씨가 소르그 냇물에 흠뻑 젖은 발과 옷을 말리도록 급히 불을 피웠습니다. 그러고 나서 우유와 양젖 치즈를 아가씨 앞에 갖다 놓았습니다. 그러나 가엾게도 아가씨는 불을 쬐려 하지도 않고, 음식을 먹으려 하지도 않았습니다. 아가씨의 눈에 굵은 눈물방울이 맺히는 것을 보았을 때는 나도 울고 싶었습니다.

그러는 사이 어느덧 완전히 밤이 되었습니다. 뿌연 햇살과 희미한 석양빛이 산정 위에 남아 있을 뿐이었습니다. 나는 아가씨가 우리 안에 들어가 쉬도록 했습니다. 깨끗한 짚 위에 고운 새 모피를 깔아놓고, 아가씨에게 잘 자라고 이른 다음 밖으로 나와 문 앞에 앉았습니다. 사랑의 불길에 혈관이 타오르는 것 같았지만, 티끌만큼의 나쁜 생각도 나의 머릿속에 떠오르지 않았다는 것을 하느님은 믿어주실 것입니다. 우리 안 한구석에서 잠든 아가씨의 모습을 신기한 듯 바라보고 있는 양들 곁에서 다른 어느 양보다도 더 소중하고 순결한 양인 것처럼 주인집 따님이 나의 보호 아래 마음 놓고 잠들어 있다는 자랑스러운 생각밖에는 없었습니다. 하늘이 그처럼 아득하고 별들이 그처럼 빛나 보인 적은 없었습니다. …… 그런데 홀연 양 우리의 빗장이 열리더니 스테파네트 아가씨가 나타났습니다. 아가씨는 잠을 이룰 수가 없었던 것입니다. 양들이 움직여서 짚더미가 부스럭거리는 소리를 내는가 하면, 꿈을 꾸며 울어대기도 했던 것입니다. 아가씨는 불 곁으로 나오는 것이 더 좋겠다고 생각했습니다. 그녀가 오는 것을 보고, 나는 내 양 모피로 아가씨의 어깨를 덮어주고 불꽃을 더 강하게 지폈습니다. 그리고 우리는 말없이 나란히 앉아 있었습니다. 만약 당신이 별빛을 바라보며 밤을 보낸 적이 있다면, 우리가 잠드는 시각에 또 하나의 신비스런 세계가 고독과 정적 속에서 눈을 뜬다는 사실을 알고 있을 것입니다. 그때 샘물은 더욱 맑게 노래하며, 연못에서는 작은 불꽃들이 빛나게 되는 것입니다. 모든 산의 정령들이 자유롭게 오고 가며, 대기 속에서는 잘 분간할 수조차 없는 음향과 가볍게 스쳐 가는 듯한 소리가 들립니다. 그러한 음향들은 마치 나뭇가지가 자라고 풀잎이 돋아나는 소리처럼 들립니다. 낮이 생물들의 세상이라면 밤은 사물들의 세상인 것입니다. 그러나 그러한 밤과 친숙하지 못한 사람들은 밤을 무서워하게 됩니다. 그래서 우리 아가씨는 몸을 후들후들 떨며 아주 작은 소리만 나도 나에게 몸을 바싹 붙이는 것이었습니다. 한번은 길고 구슬픈 음향이 저 아래 반짝이고 있는 연못으로부터 우리들이 있는 곳을 향해 메아리쳐 왔습니다. 바로 그 순간 아름다운 유성 하나가 우리들의 머리 위에서 소리 나는 쪽으로 떨어져 내렸습니다. 마치 방금 들은 저 구슬픈 음향이 빛을 이끌고 가는 것만 같았습니다.

"저게 뭐죠?"

스테파네트가 낮은 목소리로 나에게 물었습니다.

"천국으로 들어가는 영혼이랍니다, 아가씨."

그리고 나는 성호를 그었습니다. 아가씨도 성호를 그었습니다. 그러고는 잠시 깊은 생각에 잠겨 하늘을 쳐다보고 있더니 나에게 이렇게 말했습니다.

"당신네 목동들은 마법사라는 게 정말인가요?"

"천만에요, 아가씨. 하지만 우리는 별들과 더 가까이 살고 있으니, 들에 있는 사람들보다 별에서 일어나고 있는 일을 더 잘 알고 있죠."

아가씨는 여전히 하늘을 쳐다보고 있었습니다. 양가죽에 싸인 채 양손으로 턱을 괴고 앉아 있는 아가씨의 모습은 마치 하늘나라의 귀여운 목동과도 같았습니다.

"참 많기도 해라! 어쩌면 저렇게 아름다울까! 이렇게 많은 별을 보는 건 처음이에요! 저 별들의 이름을 알아요?"

"알고말고요. 자, 보세요! 바로 우리 머리 위에 있는 것이 '성 야곱의 길(은하수)'이죠. 프랑스에서 스페인으로 곧장 뻗어 있어요. 용감한 샤를마뉴 대왕이 사라센과 싸울 때, 갈리스의 성 야곱이 길을 가르쳐주기 위해 그려놓았다는 거죠. 더 멀리 있는 저것이 '영혼의 수레(큰곰자리)'예요. 네 개의 바퀴가 반짝이고 있죠. 그 앞에 있는 세 개의 별이 '세 마리의 야수', 그 세 번째 맞은편에 있는 아주 작은 별이 '마차꾼'이라는 거예요. 그 주위에 비 오듯 흩어져 있는 별들이 보이시죠? 저것들은 하느님이 집에 두고 싶어 하지 않는 영혼들이랍니다…….그보다 조금 아래 있는 것이 '쇠스랑' 혹은 '세 명의 왕(오리온)'이고요. 저것들은 우리네 목동들에게 시계 역할을 한답니다. 저 별들을 보는 것만으로도 지금 자정이 지났다는 것을 알수 있어요. 그보다 조금 아래 언제나 남쪽에서 빛나고 있는 것이 '쟝 드 밀랑', 즉 '별들의 횃불(천랑성)'이에요. 저 별에 대해서 목동들이 하는 이야기가 있죠. 어느 날 밤 쟝 드 밀랑이 '세명의 왕'과 '병아리 집(묘성, 昴星)'과 함께 그들의 친구 별의 결혼식에 초대받았더랍니다. 병아리 집은 성질이 아주 급해 제일 먼저 길을 떠나 윗길로 갔다는군요. 저것 보세요. 저 위, 높은 곳 말이에요. 세 명의 왕은 아랫길로 질러가서 병아리 집을 따라갔답니다. 그러나 느림보인 쟝 드 밀랑은 너무 늦게까지 자고 있다가 아주 뒤에 처지고 말았지요. 그래서 화가 난 그는 두 친구를 멈춰 서게 하려고 지팡이를 던졌답니다. 그래서 세 명의 왕을 쟝 드 밀랑의 지팡이라고도 부르지요……. 그러나 모든 별 중에 가장 아름다운 것은 우리들의 별인 '목동의 별'이랍니다. 새벽에 우리들이 양 떼를 몰고 나갈 때, 또 저녁이 되어 양 떼를 몰고 돌아올 때, 저 별은 우리 앞에서 빛나고 있습니다. 우리는 이것을 '마글론느'라고도 부르죠. 예쁜 마글론느는 '프로방스의 베드로(토성)'의 뒤를 쫓아가서 칠 년에 한 번씩 그와 결혼을 한답니다."

"뭐라고요! 별들도 결혼을 하나요?"

"그럼요."

그리고 별들의 결혼에 대해서 설명하려고 했을 때, 나는 무엇인가 신선하고 보드라운 것이 어깨 위에 가볍게 얹히는 것을 느꼈습니다. 나에게 살포시 기댄 것은, 잠이 들어 묵직해진 아가씨의 머리였으며, 리본과 레이스 그리고 물결치는 머리카락이 함께 부드럽게 스쳤습니다.

아가씨는 날이 밝아 하늘의 별들이 희미하게 사라질 때까지 꼼짝하지 않고 그렇게 있었습니다. 가슴이 약간 두근거렸지만, 아름다운 생각만을 보내준 청명한 밤의 신성한 보호를 받으며 나는 잠들어 있는 아가씨의 모습을 바라보고 있었습니다. 우리 주위에는 별들이 양 떼처럼 말없이 조용한 운행을 계속하고 있었습니다. 나는 몇 번이나 별들 가운데서 가장 곱고 가장 빛나는 별이 길을 잃고 내려와 내 어깨 위에서 잠들어 있는 것이라고 생각해보았습니다. ●

옮긴이 진형준

서울대학교 불어불문학과를 졸업하고 동 대학원에서 문학 석사, 박사학위를 받았다. 한국문학번역원 원장, 홍익대 문과대학장, 세계상상력센터 한국지회장, 한국상상학회 회장 등을 역임했다. 주요 저서로는 『상상력이란 무엇인가』, 옮긴 책으로 『상상계의 인류학적 구조들』 등이 있다.

멀고 잡을 수 없는 것의 아름다움

—

이 짧고 아름다운 소설이 준 감동은 지금에 와서 되돌아보기조차 가슴 서늘한 시절의 추억 속에 자리하고 있다. 1966년 가을, 다급한 마음으로 대입 검정고시를 준비하게 된 나는 고등학교 2, 3학년 교과서를 한꺼번에 사들이게 되었다. 그리고 나흘을 기한으로 국어 교과서부터 통독해나가기 시작했는데 「별」은 바로 3학년 교과서에 실려 있었다.

아직도 기억에 생생하다. 내가 「별」을 읽은 날은 햇볕 쨍쨍한 가을날 아침이었다. 여름내 나를 괴롭힌 질병에서 완전히 놓여나지 못한 몸으로 2학년 교과서를 정성 들여 통독하느라 한 이틀 무리한 탓에 미열까지 느끼며 3학년 교과서를 펴든 나는 이내 「별」과 만났다. 실제로 그 단편소설이 교과서 맨 앞에 실려 있었는지 아니면 그 무렵의 독서 습관대로 재미있는 것부터 읽어나가다 보니 그렇게 되었는지는 정확히 기억나지 않는다.

다 읽고 난 나는 조금 전까지의 미열과는 다른 새로운 종류의 신열을 느끼며 내 골방 창문을 굳게 닫았다. 바깥의 쨍쨍한 햇볕이 방금 내가 받은 형언할 수 없는 감동을 해칠까 두려워서였다. 그리고 중요한 시험을 두 달 앞둔 내 다급한 처지도 잊은 채 하루 종일 어두운 골방에서 몽롱한 감상에 젖어 보내다가 해가 진 뒤에야 겨우 바깥으로 나올 수 있었다. 고백하자면 나는 결국 그해 시험에서 수학이 낙제를 받는 바람에 이듬해 봄에야 대학에 진학할 자격을 얻게 되었는데, 그해의 실패에는 몽롱한 감상에 젖어 보낸 그 하루도 한몫했을 것이다.

그때 내가 그토록 큰 감동을 받게 된 것은 무엇보다도 내 나이가 그 목동과 같았기 때문일지도 모른다. 나도 한창 보이지 않는 것을 향한 그리움, 이를 수 없는 곳에의 동경에 빠져 있었다. 열정은 대상이 추상화될수록 오히려 치열해지고, 맑고 깨끗함이 아름다움의 가장 중요한 조건이던 시절이었다. 그런 내게 별처럼 멀고 잡을 수 없는 대상에 대한 사랑을 그토록 맑고 깨끗하게 그려낸 소설은 감동 그 자체가 아닐 수 없었다.

이제 나이 들고 세상일에 닳아빠진 심성으로 「별」을 다시 읽고 느끼는 감동이 옛날과 같을 수는 없다. 이 목동의 사랑이 성숙한 사랑으로 가기 전의 어떤 원형적 감정인지, 아니면 사랑이 지향해야 할 어떤 승화된 단계인지조차 구분이 되지 않는다. 그러나 한 가지 육욕과 타산에서 유리되고 어리석은 독점욕이나 복수심과도 같은 공격성을 수반하지 않는 이러한 종류의 감정도 사랑의 한 중요한 양태라는 것은 분명하며, 그런 뜻에서 이 「별」은 사랑을 주제로 한 단편의 한 전범이 될 수 있다고 믿는다.

작가 알퐁스 도데는 단편들로 우리에게 널리 알려진 작가다. 그는 이 「별」이 들어 있는 『풍차방앗간에서 온 편지』라는 단편집으로 유명해졌고 우리 국어 교과서에 실린 또 다른 작품 「마

412

지막 수업」이 들어 있는『월요일의 이야기』란 작품집으로 탁
월한 단편 작가로서의 명성을 굳혔다. 사실주의 계열의 장편도
여럿 썼으나 단편에서처럼 큰 성공을 거두지는 못한 듯하다.

라이젠보그 남작의 운명

Das Schicksal des Freiherrn von Leisenbohg

아르투어 슈니츨러 지음

송전 옮김

아르투어 슈니츨러

오스트리아 작가. 1862~1931년. 오스트리아-헝가리 제국의 수도 빈에서 부유한 유태인 의학교수의 아들로 태어났으며, 부친과 마찬가지로 그 역시 의학을 공부해서 의사가 되었다. 1893년에는 자신의 병원을 개업했으나, 생의 대부분을 작가로 활동했다. 1895년 단편 「죽음」을 발표하면서 작가로서 이름을 알리기 시작했고 같은 해 빈 부르크테아터에서 초연된 「연애유희」를 통해 극작가로서도 기반을 다지게 되었다. 수련의 시절부터 히스테리와 최면 등 인간의 무의식과 심리를 다루는 정신의학 분야에 관심을 가졌는데, 이러한 관심은 그의 문학에서도 드러난다. 작가 슈니츨러는 '내적 독백'과 같은 혁신적인 서사기법을 통해 인간의 은밀한 내면과 무의식을 여과 없이 표면으로 끌어냈다. 주요 작품으로는 소설 『카사노바의 귀향』, 『엘제 양』, 『꿈의 노벨레』, 『트인 데로 가는 길』 등과 희곡 『아나톨』, 『연애유희』, 『윤무』 등이 있다.

—

덥지도 춥지도 않은 5월 어느 날 밤, 클래레 헬은 '밤의 여왕'(모차르트와 에마누엘 쉬카네더의 공동창작 오페라 〈마적〉에 나오는 여가수 역할 – 옮긴이) 역으로 오랜만에 다시 무대 위에 나타났다. 이 여가수는 거의 두 달 가까이 오페라에 출연하지 않았었는데, 그 이유는 이미 널리 알려져 있었다. 그러니까 3월 15일, 리하르트 베덴브루크 대공이 말에서 떨어져 수 시간 병상에 누워 있다가 그만 세상을 뜬 사건이 있었는데, 이때 그 수 시간 동안 줄곧 클래레가 곁에 있어 주었고, 결국 그는 그녀의 품 안에서 죽음을 맞았던 것이다. 클래레는 크게 상심했다. 그래서 사람들은 처음에는 그녀의 생명을, 그다음에는 그녀의 이성을 그리고 최근까지는 그녀의 목소리를 심히 걱정스러워했다. 그러나 마지막 걱정도 처음 두 가지 걱정처럼 전혀 쓸데없는 것이었다는 게 곧 드러났다.

그녀가 다시 관객 앞에 섰을 때, 사람들은 친절하고도 기대 어린 마음으로 그녀를 환영해주었다. 그리고 첫 번째 긴 아리아가 끝난 후, 그녀와 절친한 벗들은 이미 그녀와 그렇게 가깝지 않은 다른 벗들로부터 축하 인사를 받을 수 있었다. 5층 관람석에 있던 패니 링아이저 양의 동안童顏은 기쁨의 빛을 발했고, 상위 열에 앉은 고정 팬들도 이 패니 양의 동료에게 이해심 깊은 소리 없는 웃음을 보내고 있었다. 이들은 패니 양이 그저 마리아힐프 가(비엔나의 제6구역으로 서쪽 근교 - 옮긴이)의 장식 레이스 상인의 딸에 불과하지만, 이 인기 여가수의 몇 안 되는 가까운 친구이며 가끔 오후 간식 시간에 그녀의 초대를 받았을 테고, 작고한 대공을 남몰래 사랑해왔다는 사실을 모두 알고 있었다. 중간 휴식 시간에 패니 양은 주위 남녀 친구들에게 이 '밤의 여왕' 역으로 클래레가 다시 등장한 것은 라이젠보그 남작의 아이디어이며, 이는 이 역할의 의상이 그녀의 기분 상태와 일치한다는 걸 감안한 것이었다고 말해주었다.

남작 자신은 오케스트라에 인접한 좌석, 그러니까 항상 그런 것처럼 중앙 통로 제1열 귀퉁이 좌석에 자리 잡고 앉아서 인사를 건네오는 친구들에게 매력적이지만 거의 고통스러운 웃음으로 응답하고 있었다. 오늘은 갖가지 기억들이 그의 머릿속을 스쳐 갔다. 남작은 십 년 전부터 클래레를 알고 있었다. 원래 그는 빨강 머리에 늘씬한 어떤 젊은 여인이 예술가 수업을 쌓는 것을 도와주고 있었다. 그런데 아이젠슈타인 음악학교의 연극의 밤에 이 여인이 미뇽 역으로 데뷔하는 자리에 남작이 참석했다가, 이 여인이 출연한 장면에서 필리네 역을 맡아 노래하는 클래레를 보았던 것이다. 당시 남작은 스물다섯의 나이에 독신이었고 물불 가리지 않을 때였다. 그는 미뇽 역 여인과의 관계에 개의치 않고, 공연 후 나탈리에 아이젠슈타인 부인을 통해 자신을 클래레에게 알리고는 자신의 마음, 재산 그리고 총감독과의 인간관계 등을 모두 그녀에게 맡기겠노라고 선언했다. 클래레는 당시 체신부 중간 간부의 미망인인 어머니와 함께 살면서 어떤 의대생한테 빠져 있었다. 그녀는 가끔씩 시 외곽의 알저포어슈타트 구역에 있는 이 의대생 방에서 차를 마시며 잡담을 나누곤 했다.

그녀는 남작의 열화와 같은 구애를 거절했지만, 이런 찬사 때문에 마음이 온화해져서 이 의대생의 애인이 되었다. 클래레가 자신의 애정 관계를 남작에게 숨김없이 털어놓자, 그는 다시 빨강 머리 여자에게 돌아섰으나 클래레와 친분 관계는 계속 유지해나갔다. 그는 핑곗거리를 만들어주는 축제일마다 그녀에게 꽃과 봉봉과자를 보냈고, 가끔씩 이 체신부 간부 미망인의 집을 인사차 방문하기도 했다.

가을에 클래레는 데트몰트 극장과 최초의 계약을 맺었다. 당시 중앙청 관리였던 라이겐보그 남작은 첫 번째 성탄절 휴가를 이용하여 클래레가 새롭게 체류하게 된 그곳을 방문했다. 그는 의대생이 의사가 되어 지난 9월에 결혼했다는 사실을 알고 있었기 때문에 새로운 희망으로 부풀어 있었다. 그러나 클래레는 여전히 도도한 태도로, 남작이 도착하자 그에게 자신이 궁정 극장의 테너 가수와 사랑하는 사이임을 밝혔다. 그 때문에 남작은 클래레와 시내 숲에서 플라토닉한 산책을 한 후 그녀의 동료들과 어울려 극장 안의 레스토랑에서 저녁식사를 한 것 외에는 데트몰트에서 특별한 추억을 만들 수 없었다. 그럼에도 그는 데트몰트를 자주 왕래했고, 예술 감각적인 호감에서 클래레의 괄목할 만한 발전에 큰 기쁨을 느꼈다. 그리고 문제의 테너 가수가 계약상 함부르크로 가게 된 다음 해 시즌에 대해 기대를 품고 있었다. 그러나 그는 그다음 해에도 실망할 수밖에 없었다. 클래레가 폴란드 출신의 루이스 베르하옌이라는 거상의 구애를 받아들일 수밖에 없다고 생각했기 때문이다.

클래레는 세 번째 시즌에 드레스덴 궁정 극장의 초빙을 받았다. 이때 남작은 아직 젊은 나이임에도 전도가 양양한 국가 관리로서의 출셋길을 포기하고 거주지를 드레스덴으로 옮겨 갔다. 이제 그는 매일 저녁 클래레와 그녀의 모친과 함께 시간을 보낼 수 있게 되었는데, 이 모친은 딸의 모든 애정 관계에 대해서 짐짓 전혀 모른 척해줄 만큼 영리했다. 그는 새롭게 꿈을 꾸고 있었다. 그러나 유감스럽게도 그 폴란드 상인에게는 고약한 습관이 있었다. 매번 편지에다 다음 날 자기가 올 것이라 예고했고 애인을 일단의 자기 첩자들이 둘러싸고 있다는 것을 암시했다. 더욱이 그녀가 자신에게 충실하지 않을 경우, 그녀를 극히 고통스러운 방법으로 살해하겠다고 위협하기까지 했다. 그러나 이 상인은 한 번도 찾아온 적 없이 클래레를 점차 극도의 신경과민 상태에 빠뜨렸다. 그 때문에 라이젠보그 남작은 어떤 대가를 치르더라도 이 문제를 종결시키기로 결심하고 그 사람과 개인적으로 담판 짓기 위해 데트몰트를 향해 떠났다. 그러나 놀랍게도 그 상인은 클래레에게 보낸 자신의 사랑 편지나 위협 편지가 단지 기사도적인 견지에서 쓴 것일 뿐이라고 설명하면서, 앞으로 그런 의무감에서 벗어난다면 자신에게 그보다 더 환영할 일이 없으리라고 남작에게 천명했다.

라이젠보그는 행복한 마음으로 드레스덴으로 돌아와, 클래레에게 이번 담판이 아주 원만하게 마무리되었다고 알려주었다. 그녀는 감사해하면서도 자신과의 관계를 진척시키려는 남작의 시도를 단호히 거절함으로써 그에게 이상한 생각이 들게 했다. 간략하지만 절박한 남작의 물음이 있는 다음에야 그녀가 고백하기를, 남작이 떠나 있는 동안 다른 사람이 아닌 바로 카예탄 왕태자가 자신에게 격렬한 연모의 정을 느끼고, 자신의 청을 받아들여주지 않으면 자살하겠다고 맹세했다는 것이었다. 왕실과 나라 전체를 슬픔에 빠뜨리지 않기 위해 그녀가 왕태자의 요구에 응할 수밖에 없었음은 당연한 일이었다.

엄청나게 상처 입은 마음을 부여안고 라이젠보그는 드레스덴을 떠나 비엔나로 돌아왔다. 여기에서 그는 자신의 인간관계를 가동하기 시작했다. 클래레가 그 이듬해 비엔나 오페라와 계약을 맺게 된 것에는 그의 부단한 노력이 적지 않게 작용했다. 성공적인 초청 공연이 있은 다음 클래레는 10월에 정식으로 계약을 체결했다. 비엔나에서의 최초 공연 날 저녁, 그녀는 의상 보관실에서 라이젠보그가 보낸 화려한 꽃바구니를 받았다. 이 꽃바구니는 청원과 희망을 동시에 드러내고 있었다. 남작은 공연 후에 그녀를 만날 수 있으리라 기대했으나, 또다시 선수를 빼앗긴 것을 알게 되었다. 지난주에 그녀는 상당히 비중이 있는 작곡가이자 조감독이기도 한 금발의 남성과 공부를 했는데, 이 남자는 클래레로부터 권리를 인정받았고 그녀는 그의 권리를 어떤 일이 있더라도 손상하지 않으려 했다.

그 후 칠 년의 세월이 지났다. 이 조감독의 뒤를 이어 여러 남자가 클래레를 거쳐갔다. 대담한 명기수 클레멘스 폰 로데빌, 가끔 자신이 지휘하는 오페라와 함께 큰 소리로 노래를 불러 가수의 노랫소리를 들을 수 없게 한 악장 빈센트 클라우디, 트럼프로 오스트리아의 영지를 날리고 나중에 저지低地 오스트리아에 있는 성 하나를 땄다는 호남자이며 악장인 알반 라토니 백작, 자기가 쓴 발레 대본에 붙일 음악을 작곡하기 위해 거금을 쓰기도 하고 자작 비극 공연을 위해 얀츠 극장을 임대하기도 했으며 자작시를 영지에서 가장 얇은 고급지에 가장 아름다운 글씨체로 인쇄하게 했다는 에드가 빌헬름. 불과 열아홉밖에 안 되는 예쁘장한 아마두스 마이어는 거꾸로 설 줄 아는 애완견 폭스테리어 말고는 가진 게 없었다. 이 마이어 군의 뒤를 이은 인물이 바로 제국에서 가장 멋쟁이 신사라는 리하르트 베덴브루크 대공이었다.

클래레는 자신의 애정 관계를 숨기는 법이 없었다. 그녀는 언제나 중류층의 가옥을 지니고 있었고 가끔씩 남편이 바뀌었을 뿐이다. 그녀의 대중적인 인기는 엄청난 것이었다. 그녀가 일요일마다 미사에 참석하고, 한 달에 두 번씩 고해성사하며, 교황께서 축성한 마돈나 상을 자신의 수호신으로 항상 가슴에 달고 다니고, 또 기도를 드리지 않고는 결코 잠을 청하는 법이 없다는 사실 등은 상류층 사람들을 크게 감격하게 했다. 가끔 자선 바자회가 개최되었는데, 그때 그녀는 직접 물건을 파는 일 따위는 하지 않았다. 그러나 가문 좋은 귀부인들이나 돈 많은 유대계 부인들은 너나 할 것 없이 클래레와 함께 자신들의 물건을 내놓을 수 있다는 사실만으로도 행복감을 느꼈다. 열광적인 젊은 남녀 팬들은 무대로 통하는 문 곁에서 그녀를 오매불망 기다리며 서 있곤 했는데, 그녀는 이들을 향해 사람 넋을 빼놓는 웃음으로 화답하곤 했다. 그녀는 선물받은 꽃들을 그 인내심 많은 팬들에게 나누어주곤 했다. 한번은 의상실에 깜빡하고 꽃을 두고 왔는데 자신의 얼굴에 지극히 잘 어울리고 사람의 생기를 불러일으키는 비엔나 말씨로 이렇게 말하는 것이었다. "내 정신 좀 봐, 내가 방금 살라트(꽃을 팬을 먹이는 '살라트(샐러드)'로 나타낸 것임 - 옮긴이)를 내 방에 둔 걸 잊어버리고 나왔네! 이봐요, 뭘 좀 더 먹고 싶은 분들은 내일 오후에 저한테 오세요." 그런 연후 마차에 올라타서 막 떠나는 순간 창밖으로 머리를 내밀고 소리치는 것이었다. "커피도 한 잔 드릴게요!"

이런 초대에 선뜻 응할 만큼의 용기가 있었던 팬은 소수에 불과했는데 이 소수의 젊은 열성 팬 중의 하나가 바로 패니 링아이저였다. 클래레는 패니 양과 농담 섞인 환담을 나누는 참에 마치 태공비처럼 상냥하게 그녀의 가족 사항을 물어보았고, 황홀해하는 이 싱싱한 처녀 아이의 수다가 마음에 들어 조만간 다시 한 번 오라고 요청했으며 패니 양은 이에 응했다. 패니 양은 곧 이 여가수 집안에서 주목할 만한 위치에 도달하는 데 성공했다. 그녀가 이렇게 된 것은 클래레가 그녀에게 아무리 친밀하게 대하더라도, 자신은 클래레에게 결코 진정한 친숙함으로 응대하지 않았기 때문이었다. 해가 거듭되면서 패니 양도 여러 번에 걸쳐 청혼을 받았는데, 청혼자들은 대부분 그녀가 무도장에 함께 춤추러 다니곤 했던 마리아힐프 가 공장주들의 아들이었다. 그러나 그녀는 이 청혼들을 모두 퇴짜놓았다. 그녀는 이제 어쩔 수 없이 정기적으로 클래레의 연인들에게 마음을 빼앗겼기 때문이었다.

클래레는 베덴브루크 대공을 삼 년 이상 줄곧 그리고 그 이전의 어떤 남성보다 더 깊은 열정으로 성실하게 대했던 터였다. 수없이 실망을 맛보았지만 결코 소망을 포기하지 않았던 라이젠보그도 이제는 십 년 전부터 갈구해오던 행복이 영원히 꽃피지 못할지도 모른다는 걱정을 진지하게 하기 시작했다. 그는 어떤 남성에 대한 클래레의 호의가 흔들리는 기미만 있으면 언제든지, 어떤 경우 어느 순간에서라도 만반의 준비를 갖추기 위해 아무리 사랑하던 사람에게라도 이별을 고해 온 터였다. 이번에 베덴브루크 대공이 급사한 경우에도 마찬가지였다. 그러나 이번 경우는 정말 처음으로 어떤 확신 때문이 아니라 그저 습관적으로 그러한 것이었다. 왜냐하면 클래레가 너무나 고통스러워서, 사람들은 모두 그녀가 인생의 모든 즐거움을 영원히 마감할지도 모르겠다고 생각했기 때문이다. 그녀는 매일 묘지를 찾아가서 세상을 떠난 대공의 묘소에 꽃을 놓았고, 화사한 옷들은 모두 벗어버리고 액세서리들은 책상의 가장 깊숙한 서랍 속에 처박아버렸다. 영원히 무대를 떠나겠다는 그녀의 생각을 지우기 위해 그야말로 진지한 설득이 필요했다.

대단한 성공으로 마무리된 복귀 무대 뒤에 그녀의 삶은 적어도 외면적으로는 통상의 궤도로 가고 있었다. 약간 소원해졌던 예전의 벗들이 다시 모여들었다. 음악 비평가 베른하르트 포이어슈타인은 점심식사 메뉴가 무엇이었건 간에 재킷에 시금치나 토마토 자국을 묻힌 채 나타나 클래레가 확실하게 재미를 느낄 수 있도록 남녀 동료들과 무대감독에 대해 욕설을 늘어놓았으며, 리하르트 대공의 두 조카이자 베덴브루크 가문의 루치우스와 크리스티안은 예전처럼 클래레에게 부담을 주지 않으면서도 지극히 공손한 태도로 그녀의 비위를 맞추려 애썼다. 또 프랑스 대사관에 근무하는 한 신사와 체코의 피아노 명인이 새로이 그녀에게 소개되었다. 6월 10일, 그녀는 처음으로 경마를 하러 나갔다. 그러나 문학적 재능이 없지 않은 루치우스 대공이 '그녀의 영혼만이 깨어났고 마음은 여전히 살포시 잠 속에 빠져 있어'라고 표현한 바 있었는데, 사실 그 말 그대로였다. 젊은 친구이든 나이든 친구이든 누군 가가 이 세상에는 부드러운 사랑과 격정 같은 것이 있다는 걸 아무리 넌지시 암시하더라도, 그녀에게서는 곧 미소가 사라지고 눈은 어두운 빛을 발했으며 때로는 이상야릇한 거부 동작으로 손을 가볍게 쳐들기도 했다. 이런 거동은 그 누구에게나 그리고 그 언제까지나 영향을 끼칠 것처럼 보였다.

6월 하순에 북구 출신의 가수 지그루트 윌세가 오페라에서 트리스탄 역을 맡아 노래를 부르게 되었다. 그의 목소리는 완벽하게 고상하지는 않았지만, 맑고 힘이 넘쳤다. 그는 대단히 키가 컸지만 비만한 편이었고, 쉴 때 그의 표정에는 특별한 표현이 담겨 있지 않았다. 그러나 노래를 시작하면 곧 그의 금속성 잿빛 눈은 마치 신비하게 타오르는 내부의 불길에서 나오는 것처럼 반짝였다. 그는 목소리와 눈빛으로 모든 사람을, 특히 부인네들을 도취 상태로 끌어들였다.

클래레는 공연이 없는 동료들과 함께 특별 객석에 앉아 있었다. 그녀는 노래에 감동하지 않은 유일한 사람이었다. 그다음 날 오전에 그녀는 극장 사무국에서 지그루트를 소개받았다. 그녀는 어제 공연에 대해서 그에게 친절하지만 한편으로는 차가운 말 몇 마디를 건넸다. 그날 오후 지그루트는 청하지 않았는데도 클래레를 찾아왔다. 그 자리에는 라이젠보그 남작과 패니 양이 동석했다. 그들과 차를 마시며 그는 노르웨이의 작은 소도시에서 어부 일을 하며 살아가는 자기 부모에 대한 이야기, 여행을 하던 한 영국 사람이 어느 외딴 피오르해안에 하얀 요트를 타고 와 정박했다가 자신의 노래 소질을 기적처럼 발견하게 된 이야기, 이탈리아 사람이었던 자기 아내가 대서양 위에서 신혼여행을 하다가 사망하여 수장되었던 이야기 등을 늘어놓았다. 그가 떠난 뒤에 남아 있던 사람들은 오랫동안 침묵에 빠져 있었다. 패니 양은 가끔씩 빈 테라스를 건너다보았고, 클래레는 피아노 앞에서 덮여 있는 뚜껑 위에 팔을 괴고 앉아 있었다. 반면 남작은 말없이 걱정스러워하며 의문에 빠져들었다. 대공이 죽은 후 이 세상에 부드럽거나 격정적인 애정 관계 등 살아가는 모습이 있을 수 있다는 모든 암시에 대해서 클래레는 예의 진기한 거부 동작을 취하곤 했었는데, 그녀가 지그루트가 이야기하는 동안에는 왜 그 동작을 취하지 않았는지 의문스러웠다.

지그루트 월세는 그 밖의 다른 초청공연 배역으로 지그프리트와 로헨그린 역을 맡아 노래를 불렀다. 클래레는 별 감동 없이 특별 객석에 앉아 있었다. 그러나 지금껏 노르웨이 파견단원 말고는 누구와도 교류하지 않던 이 북구의 가수는 매일 오후가 되면 클래레의 집을 찾아왔고, 그때마다 라이젠보그 남작을 만났으며 특별한 경우를 빼놓고는 패니 링아이저도 만날 수 있었다.

7월 27일, 지그루트는 트리스탄 배역을 마지막으로 연기했다. 이번에도 클래레는 별 감동 없이 관람석에 앉아 있었다. 다음 날 아침, 그녀는 패니 양과 함께 대공의 묘소를 찾아가 엄청나게 큰 화환을 놓고 돌아왔고 그날 저녁, 내일이면 비엔나를 떠나는 이 초청 가수의 환송 연회를 열었다.

벗들이 헤아릴 수 없을 정도로 많이 모여들었다. 지그루트가 그녀에 대한 열정에 사로잡혀 있다는 것은 누구나 알고 있는 사실이었다. 늘상 그런 것처럼 그는 흥분하여 많은 이야기를 늘어놓았다. 그러면서 그는 배를 타고 이곳으로 오는 도중에 러시아 대공과 결혼한 한 아라비아 여자가 자기 손금을 보고는, 곧 그에게 가장 숙명적인 시기가 다가올 거라고 예언했었노라고 말했다. 그는 그 예언을 단순한 흥밋거리 이상의 무엇인 것처럼 확고히 믿고 있었다. 그는 또 이미 잘 알려진 사실에 대해서도 이야기했다. 그러니까 지난해 초청 공연을 하기로 되어 있던 뉴욕에 착륙한 후 바로 그날, 아니 바로 그 시간에 많은 벌과금을 물어야 하는 데도 선박의 상륙용 브리지 위에서 검은 고양이가 자신의 다리 사이로 빠르게 지나갔다는 이유로 유럽으로 돌아가버린 적이 있었다. 그런데 그는 이해할 수 없는 징표와 인간의 숙명 사이의 비밀스러운 관계를 믿을 만한 충분한 근거를 갖고 있었다. 런던의 코벤트가든 극장에서 공연하기로 되어 있던 어느 날 저녁, 그는 무대 위에

서기 전에 할머니로부터 전수받은 주문呪文을 암송하는 것을 잊어버리는 바람에 갑자기 음성이 나오지 않는 체험을 한 적이 있었다. 또 어느 날 밤, 꿈속에서 핑크빛 타이츠를 입은 날개 달린 정령이 나타나 그가 좋아하는 면도사의 죽음을 알려준 적이 있었는데, 그다음 날 실제로 그 면도사가 목을 매단 시체로 발견되었던 것이다. 게다가 지그루트는 짧지만 내용이 풍부한 편지 한 장을 지참하고 있었는데, 그 편지는 브뤼셀에서 열렸던 심령술사 회의에서 이미 사망한 여가수 코르넬리아 루얀의 혼령으로부터 건네받은 편지로, 지그루트가 유럽과 아메리카를 통틀어 가장 훌륭한 가수가 될 것이라는 능숙한 포르투갈어로 쓰인 예언을 담고 있었다. 오늘 그는 이 모든 것을 이야기했다. 그린우드 회사 제품의 분홍색 편지지 위에 쓰인 심령술사의 편지가 손에서 손으로 옮겨 다니자 모임 안에 깊고 넓은 술렁임이 일어났다.

클래레는 거의 표정의 변화가 없었고, 다만 가끔 무덤덤하게 고개를 끄덕일 뿐이었다. 그럼에도 라이젠보그의 불안은 최고조에 다다랐다. 그의 날카로워진 눈에 위험한 징조가 점점 다가오는 게 분명하게 포착되었다. 특히 지그루트는 예전에 클래레의 연인들이 모두 그러했듯이 저녁식사 시간 동안 내내 남작에게 호의를 보이며 그를 몰데 해안에 있는 자기 저택으로 초청했고, 나중에는 친밀하게 '너'라고 부르며 말을 트기까지 했다. 게다가 패니 링아이저는 지그루트가 말을 건넬 때마다 몸 전체를 부르르 떨었으며, 그가 커다랗고 차가운 잿빛 눈으로 그녀를 쳐다볼 때면 얼굴이 창백해졌다가 발그스레해졌다 오락가락했다. 그가 이제 떠날 시간이 임박했다고 말하자 그녀는 큰 소리로 울기 시작했다. 그러나 클래레는 여전히 침착하고 진지했다. 그녀는 지그루트의 타오르는 눈길에 거의 응수하지 않았고, 그에게 던지는 말도 다른 사람들에게 하는 것보다 특별히 생기가 있는 것은 아니었다. 마침내 그가 클래레의 손에 키스한 후 간청하고 약속하고 절망하는 듯한 눈길로 그녀를 올려다보았지만, 그녀의 눈길은 베일에 싸여 있는 듯했고 표정 변화가 전혀 없었다. 라이젠보그 남작은 이 모든 것을 불안한 마음으로 유심히 관찰했다. 이윽고 연회가 모두 끝나고 서로 작별인사를 나눌 때, 남작은 전혀 예기치 않았던 일을 당했다. 남작이 맨 마지막으로 다른 사람들처럼 클래레 손에 키스하고 자리를 뜨려는 순간, 그녀는 그의 손을 꽉 잡고는 속삭였다. "다시 오세요." 그는 귀를 의심하지 않을 수 없었다. 그러나 그녀는 다시 한 번 그의 손을 꽉 잡더니 그의 귓가 가까이에 입술을 대며 다시 반복했다. "다시 오세요. 한 시간 안에 다시 오실 것으로 알고 기다릴게요."

비틀거리다시피 하며 그는 다른 사람들과 함께 나왔다. 그는 패니 양과 함께 지그루트를 호텔까지 바래다주었고 마치 먼 곳에서 들려오는 것 같은, 지그루트가 클래레에 대해 꿈꾸는 듯이 주절거리는 소리를 들었다. 이어서 그는 부드러운 밤의 서늘함을 느끼며 조용한 도로를 통과해 마리아힐프 가로 패니 링아이저를 데려다주었다. 그는 안개에 휩싸인 듯 희미하게 어린애처럼 발그스레한 패니 양의 볼 위로 멍청히 눈물이 흘러내리는 것을 보았다. 그 후 그는 마차에 몸을 싣고 클래레의 집 앞으로 달려갔다. 그녀 침실의 커튼 사이로 불빛이 어른거렸다. 그는 그녀의 그림자가 스쳐 지나가는 것을 보았다. 커튼 틈 사이로 그녀의 머리가 언뜻 보였고 그를 향해 끄덕이고 있었다. 결코 꿈을 꾸고 있는 것이 아니었다. 그녀가 그를 기다리고 있었던 것이다.

다음 날 아침 라이젠보그 남작은 프라터 공원으로 말을 타고 산책을 나갔다. 그는 행복감과 젊은 기운을 느꼈다. 오랜 바람이 뒤늦게 이루어진 데는 보다 깊은 의미가 있는 듯이 생각되었다. 그가 지난밤 체험했던 것은 비할 데 없는 진기한 놀라움이었다. 그러나 그것은 지금까지 그가 클래레와 맺어온 관계의 상승이자 필연적인 귀결에 불과할 뿐이었다. 그는 이제 다른 어떤 일도 일어날 수 없다고 느꼈으며, 바로 다음 순간 거기에 이어지는 미래를 설계했다. '그녀가 얼마 동안이나 더 무대 위에 있을까?' 그는 생각했다……. '아마 사 년이나 오 년 정도겠지. 더 일찍은 안 되겠지만, 그렇게 되면 난 그녀와 결혼을 하겠지. 우리는 함께 시골에서 살게 될 거야. 비엔나에서 가까운 시골에. 아마 생 바이트나 라인츠(비엔나 서쪽 근교에 있는 당시의 고급 주택가 - 옮긴이)가 되겠지. 거기다 집을 한 채 사야겠어. 아니면 그녀의 취향대로 집을 짓든지. 우린 아주 조용히 살아가 겠지만, 긴 여행도 하게 될 거야……. 스페인이나 이집트, 인 도로…….' 그는 말을 타고 호이슈타들 목초지를 빠른 속도로 달리면서 이렇게 꿈을 꿨다.

그는 다시 빠른 속도로 큰길로 접어들어 프라터 로타리에 서 마차로 옮겨탔다. 그는 포사티 화원에서 마차를 멈추고 클 래레에게 화려한 흑장미 부케를 보냈다. 그는 여느 때처럼 슈 바르첸베르크플라츠 광장 변의 자기 집에서 혼자 아침식사 를 했다. 식사 후 그는 긴 안락의자에 몸을 맡겼다. 클래레를 보고 싶은 마음이 그의 몸 전체를 휘감았다. 다른 여인들은 도 대체 그에게 어떤 의미를 지닐 수 있었을까? …… 그들은 다 만 그의 소일거리 대상이었으며, 그 이상은 전혀 아니었다. 그 리고 그는 클래레가 자신에게 '다른 남자들이 나에게 무엇이 었느냐고요? 당신이 내가 사랑한 유일한 남자예요…….'라고 말하게 될 날이 오리라 예감하고 있었다……. 그는 눈을 감은 채 긴 안락의자에 누워서 클래레를 거쳐간 남자들을 떠올렸 다……. '확실해, 그녀는 나 이전에 그 누구도 사랑하지 않았 던 거야. 항상 나만을 사랑한 거지. 그리고 모든 사람 안에서 나를 보았던 거야!'

남작은 옷을 챙겨 입었다. 그리고 최초의 재회를 마음에 새 기며 몇 초 동안이라도 더 기쁨을 만끽하기 위해서인 듯 그녀 의 집으로 향하는 익숙한 길을 천천히 걸어갔다. 원형광장에는 산책하는 사람들이 많았지만, 계절이 끝나가고 있었다. 라이젠보그는 이제 여름이 온 것과 클래레와 여행 가는 것, 그녀와 함께 바다와 산을 즐기게 될 것을 생각하며 마음이 들떠 있었다. 그는 황홀한 나머지 큰 소리로 환호성을 지르게 될까 봐 자신을 억눌렀다.

그녀의 집 앞에 서서 창문을 올려다보았다. 오후의 햇살이 창문에 반사되어 눈부셨다. 대문 쪽으로 두 계단을 올라가서 초인종을 눌렀다. 문은 열리지 않았다. 다시 한 번 초인종을 눌렀다. 라이젠보그는 그제야 문에 저금통 모양의 자물쇠가 채워져 있는 것을 알아차렸다. '무슨 뜻이지? 내가 잘못 찾았나?' 그녀는 문패를 걸어놓지 않았으나, 맞은편 집에서 언제나처럼 '폰 엘레스코비츠 중위'라는 문패를 읽을 수 있었다. 의심의 여지가 없었다. 그는 그녀의 집 앞에 서 있고, 그녀의 집은 문이 닫혀 있는 것이었……. 그는 서둘러 계단을 내려와서 관리인 집의 문을 열었다. 여자 관리인은 어두운 공간 안의 침대 위에 앉아 있었고, 한 아이가 지하층의 작은 창문을 통해 거리를 내다보고 있었으며, 또 다른 아이는 빗으로 장난을 치고 있었다.

"헬 양은 집에 안 계시오?" 남작이 묻자 여인이 일어섰다.

"안 계십니다, 남작님. 헬 양은 여행을 떠나셨습니다."

"뭐요?" 남작은 소리를 질렀다.

"아, 맞아." 그는 곧바로 덧붙였다. "세 시에, 맞지요?"

"아니요, 남작님. 아침 여덟 시에 떠나셨습니다."

"어디로 떠났소? 내 생각으로는 곧장……." 그는 제멋대로 말했다. "아가씨는 드레스덴으로 가셨소?"

"아닙니다, 남작님. 아가씨는 아무 주소도 남기지 않으셨습니다. 아가씨는 곧 어디에 있는지 편지하겠다고 말씀하셨습니다."

"그렇소? 음, 그렇군요. 고맙소." 그는 몸을 돌려 거리로 나왔다.

자신도 모르게 집 쪽을 돌아보았다. 석양 무렵의 해가 창문으로부터 되비치는 모습이 이전과 비교해 얼마나 딴판인지! 둔중하고 서글픈 여름날 저녁의 후텁지근함이 도시 전체를 뒤덮고 있었다. '클래레가 떠나?…… 왜지?…… 나를 피해 떠난 건가?…… 이게 뭘 뜻하지?' 처음에 그는 오페라 극장으로 갈 생각이었다. 그러나 휴가가 내일모레 시작되며 클래레는 그 이틀 전에 공연이 없다는 생각이 떠올랐다. 그는 마차를 타고 패니 양이 살고 있는 마리아힐프 가 76번지로 갔다. 나이 든 요리사가 문을 열어주며 말쑥하게 차려입은 방문객을 미심쩍다는 듯이 살펴보았다. 그는 링아이저 부인을 찾았다. "패니 양은 집에 있습니까?" 그는 이제 더 이상 억제할 수 없게 된 흥분 상태에서 물었다.

"왜 그러시죠?" 링아이저 부인이 날카롭게 반문했고, 남작은 자신을 소개했다.

"아 그러시군요. 잠시 안으로 들어오시겠어요?" 링아이저 부인이 말했다.

남작은 현관에 서서 다시 한 번 물었다. "패니 양은 집에 없습니까?"

"남작님, 잠시 들어오세요."

라이젠보그는 그녀를 따라갈 수밖에 없었고 푸른 벨벳 빛 가구와 같은 색깔의 커튼이 드리워진 높이가 낮은 어둠침침한 방에 자리를 잡았다. "예, 패니는 집에 없답니다. 헬 양이 그 애를 데리고 휴가를 떠났습니다."

"어디로요?" 남작은 이렇게 물으면서 피아노 위에 놓인 금빛 테두리 액자 안에 담긴 클래레의 사진을 유심히 쳐다보았다.

"어딘지는 저도 모릅니다." 링아이저 부인이 말했다. "아침 여덟 시에 헬 양이 직접 와서 저에게 패니를 보내달라고 간청했습니다. 글쎄, 그녀가 하도 간절히 부탁해서 거절할 수가 없었지요."

"어디로 갔습니까…… 어디예요?" 라이젠보그는 절박하게 물었다.

"그건 저도 말씀드릴 수 없습니다. 패니는 헬 양이 어디에 머물 것인지 결심하게 되면 곧 전보를 보내겠다고 했습니다. 아마 내일 아니면 모레쯤 연락이 오겠지요."

"그렇군요." 라이젠보그는 피아노 앞에 놓인 자그마한 갈대 의자에 앉았다. 그는 잠시 침묵에 잠겨 있다가 갑자기 일어서서 링아이저 부인에게 악수를 청하며, 번거롭게 해서 미안하다는 말을 남기고 이 오래된 집의 어두운 계단을 천천히 걸어 내려갔다.

그는 고개를 저었다. '그녀는 매우 조심스러웠어. 정말이야! 필요 이상으로 조심스러웠어…… 내가 추근거리지 않는다는 걸 알 수 있었을 텐데.'

"어디로 모실까요, 남작님?" 마부가 물었다. 그는 자신이 이미 지붕 없는 마차에 올라 한동안 앞을 응시하고 있었음을 깨달았다. 퍼뜩 떠오르는 영감을 좇아 "브리스톨 호텔(케른트너링 구역 오페라 극장 맞은편에 있는 고급 호텔 – 옮긴이)로 갑시다"라고 대답했다.

지그루트 윌세는 아직 떠나지 않고 있었다. 그는 남작을 방으로 올라오도록 청하고는 정성을 다해 맞이하면서 비엔나의 마지막 밤을 함께 지내달라고 간청했다. 라이젠보그는 지그루트가 여태껏 비엔나에 머물러 있는 것이 불안했지만, 그의 호의적인 태도는 눈물을 흘릴 만큼 감격스러웠다. 이윽고 지그루트는 클래레에 대해 말하기 시작했다. 그는 라이젠보그에게 클래레에 대해 알고 있는 모든 이야기를 해달라고 부탁했다. 그는 남작이 클래레에게 가장 오래되고 성실한 친구라고 알고 있다고 말했다. 라이젠보그는 트렁크 위에 앉아 클래레에 대해 이야기했다. 그녀에 대해 이야기를 하자 그의 마음이 편해졌다. 그는 이 가수에게 거의 모든 걸 이야기해주었다.

품위 있는 기사로서 말하지 않아야 할 일들만은 빼놓고. 지그루트는 열심히 귀를 기울이며 황홀해하는 것 같았다.

지그루트는 저녁식사를 하면서 당장 오늘 저녁에 비엔나를 떠나 몰데에 있는 자기 저택으로 함께 가자고 제의했다. 남작은 자신이 놀라우리만치 침착해졌다고 느꼈다. 그는 오늘 당장 그럴 수는 없다고 거절하면서, 여름에 방문하겠다고 약속했다.

그들은 역까지 함께 마차를 타고 갔다. "당신은 나를 바보 취급하시겠지만, 한 번만 더 그녀의 창문 곁을 지나고 싶군요"라고 지그루트는 말했다. 라이젠보그는 곁눈질로 그를 쳐다보았다. '이게 혹시 나를 속여 넘기려는 수작일까? 아니면 이 가수 녀석이 일에 전혀 관계없다는 증거일까?' 클래레 집의 창가에 도착했을 때, 지그루트는 닫혀 있는 창문을 향해 키스를 보냈다. 이어 그는 "그녀에게 다시 한 번 제 인사를 전해주십시오"라고 말했다.

라이젠보그는 고개를 끄덕였다. "그녀가 돌아오면 전하겠소."

지그루트는 놀라서 그를 쳐다보았다. "그녀는 이미 여기에 없소이다." 라이젠보그는 덧붙였다.

"오늘 그녀는 여행을 떠났다오. 인사도 없이…… 늘 그런 식이오." 그는 거짓말을 덧붙였다.

"여행을 갔군요." 지그루트는 이 말을 반복하며 생각에 빠졌다. 두 사람 다 말이 없었다. 기차가 출발하기 전 두 사람은 다정한 친구처럼 포옹했다.

남작은 그날 밤 침대에서 한없이 울었다. 어릴 때를 빼놓고 그렇게 운 적은 처음이었다. 그가 클래레와 함께했던 그 쾌락의 한 시간이 어두운 전율로 그를 에워쌌다. 어젯밤 클래레의 눈은 마치 광기로 반짝였던 것 같았다. 그는 이제야 이해할 수 있었다. 그가 그녀의 부름에 너무 일찍 응한 것이었다. 베덴브루크 대공의 그림자가 아직도 그녀를 덮고 있었다. 라이젠보그는 그가 클래레를 소유함으로써 그녀를 영원히 잃게 되었다고 느꼈다.

며칠 동안 남작은 낮과 밤을 어떻게 처리해야 할지 모른 채로 비엔나를 헤매고 다녔다. 예전에 그가 시간을 할애했던 모든 일, 신문 읽기, 카드놀이, 승마 산책이 이제는 그와 전혀 상관없는 일이 되었다. 그는 자신의 모든 존재가 오직 클래레에 의해서만 의미를 얻게 되며, 더하여 다른 여인들과의 관계조차도 실상은 그녀에 대한 열정의 환한 빛 안에서 살아나는 것이라고 느꼈다. 도시 위로 영원히 지속될 것만 같은 잿빛 먼지가 뒤덮여 있었다. 그가 이야기를 나눈 사람들은 뭔가 감추는 듯한 목소리였고 그를 이상스럽게, 아니 배신을 꿈꾸는 듯 쳐다보았다. 어느 날 저녁에는 문득 역으로 나가 아무 생각 없이 바트이슐(바트이슐 온천. 오스트리아에 있는 휴양지로 프란츠 요제프 황제의 여름 궁정이 있는 곳 - 옮긴이)로 가는 표를 끊었다. 거기서 만난 한 지인이 별 뜻 없이 그에게 클래레 소식을 물었을 때, 그가 신경질적이고 무례하게 응수하는 바람에 전혀 상관없는 그 사람과 싸움을 벌여야 했다. 그는 전혀 흥분하지 않은 상태로 발걸음을 옮겼고, 귓전으로 총알이 휭 소리를 내며 스쳐 가는 소리를 들었다. 그리고 그 역시 허공에다 총을 쏘았다. 그는 이 결투 후 삼십 분 만에 바트이슐을 떠났다. 그는 티롤, 엥가딘, 베르너 오버란트 그리고 제네바 호반 등을 여행했고, 보트를 젓고, 산길을 걷고, 산을 올랐다. 한번은 알프스 오두막에서 잠을 자기도 했다. 그는 하루하루를 어제는 무엇을 했고 내일은 무엇을 할지 도통 모르는 상태로 지냈다.

어느 날 그는 비엔나를 거쳐 온 전보를 받았다. 그는 달아오른 손길로 전보를 펼쳤다. "당신이 만약 내 친구라면, 이 연락을 받은 즉시 나에게 와주시오. 난 지금 한 명의 진정한 친구가 필요하오. 지그루트 월세"라고 적혀 있었다. 그는 이 전보 내용이 클래레와 모종의 연관 관계가 있음을 의심치 않았다. 그는 신속하게 짐을 꾸려, 가장 가까운 교통수단을 이용하여 그가 머물고 있던 아익스를 떠났다. 중간에 지체하는 일 없이 뮌헨을 거쳐 함부르크로 갔고, 거기서 배를 타고 슈타방어를 거쳐 몰데로 갔다. 화창한 여름의 저녁 무렵에야 그곳에 도착했다. 그에겐 여행이 가도 가도 끝이 없는 것처럼 느껴졌다. 아름다운 경치의 자극 따위에는 전혀 영향받지 않았다. 그리고 최근에 그는 클래레의 노래나 용모를 더 이상 기억해낼 수 없었다. 비엔나에서 수년 전에, 아니 수십 년 전에 떠나온 것 같았다. 그러나 하얀 플란넬 옷을 입고 짧은 차양의 하얀 모자를 쓴 지그루트가 바닷가에 서 있는 모습을 보았을 때, 마치 마지막으로 그를 만난 게 어제저녁인 듯한 느낌을 받았다. 그는 갑판에서 지그루트의 영접을 미소로 응답하고 여유 있는 태도로 하선 계단을 내려갔다.

"저의 부름에 응해주셔서 정말 정말 고맙습니다." 지그루트가 말했다. 그러고는 "난 끝장났습니다"라고 짧게 덧붙이는 것이었다.

남작은 그를 유심히 살폈다. 지그루트는 매우 창백해 보였고, 관자놀이 부근의 머리카락이 유난스레 잿빛으로 변해 있었다. 팔에는 흐릿한 녹색 빛깔의 숄을 두르고 있었다.

"무슨 일이오? 무슨 일이 일어난 거요?" 라이젠보그는 굳은 얼굴로 웃음을 머금으며 물었다. "모두 말씀드리겠습니다." 지그루트 월세가 말했다. 남작은 지그루트의 목소리가 예전 같지 않음을 감지했다. 그들은 자그맣고 좁은 마차를 타고 푸른 바다를 낀 예쁜 오솔길을 달려갔다. 두 사람 모두 말이 없었다. 라이젠보그는 감히 물을 수가 없었다. 그의 눈길은 거의 움직임이 없는 바다를 응시하고 있었다. 그는 파도 숫자를 세겠다는 듯 이상스럽고도 이룰 수 없을 것이 분명한 생각을 하고 있었다. 이어 그는 허공을 쳐다보았다. 별들이 방울져 천천히 떨어져 내린다고 생각했다. 마지막으로 떠오른 생각은 클래레 헬이라는 이름의 여가수가 실존하고 있으며, 이 세상 어디에선가 배회하고 있으리라는 생각이었다. 그러나 그것은 그렇게 중요하지 않았다. 마침내 고삐를 당기는 느낌이 왔고, 마차는 녹음에 싸여 있는 소박하게 지은 하얀 집 앞에 멈춰 섰다. 바다가 내려다보이는 베란다에서 그들은 저녁식사를 했다. 하인 한 명이 시중을 들었는데, 이 하인은 표정이 엄격했고 포도주를 따를 때는 위협하는 듯한 표정을 지었다. 청명한 북유럽의 밤이 먼 곳으로 조용히 내려앉았다.

"자, 이제?" 마치 조급함의 물결이 그에게 갑자기 덮쳐오듯이 라이젠보그가 불쑥 물었다.

"난 끝장난 인간입니다!" 지그루트 욀세는 이렇게 말하며 자기 앞쪽을 바라보았다.

"왜 그런 생각을 하시오?" 라이젠보그는 억양 없이 물었다. "내가 당신을 위해 어떻게 해드리면 좋겠소?" 기계적으로 덧붙였다.

"그럴 일이 별로 없습니다. 나도 아직 모르겠습니다." 그는 테이블 덮개, 회랑, 정원, 창살, 도로 그리고 바다 너머 저 멀리 시선을 보냈다.

라이젠보그는 마음속으로 굳어 있었다……. 갖가지 생각이 동시에 번쩍 스쳐 지나갔다……. 무슨 일이 있었을까? 클래레가 죽었나? 지그루트가 그녀를 살해했나? 바다에 던졌을까?

아니면 지그루트가 죽었나? 아니지, 그건 불가능하지. 이 친구는 지금 내 앞에 앉아 있으니. 왜 말을 안 하지. 갑자기 엄청난 두려움에 사로잡혀 라이젠보그가 말을 내뱉었다. "클래레는 어디 있소?"

그러자 이 가수는 천천히 남작 쪽으로 얼굴을 돌렸다. 그의 약간 두꺼운 얼굴이 안에서부터 빛을 발하기 시작하고, 웃음을 머금은 것 같았다. 그것이 만약 그의 얼굴에 어른거리는 달빛이 아니라면. 지그루트는 흐릿한 눈길로 등을 뒤로 젖힌 채 두 손은 주머니에 푹 쑤셔 넣고 발을 테이블 아래에서 쭉 뻗은 상태로 남작 곁에 앉아 있었다. 남작은 그 순간 지그루트가 이 세상에서 그 어떤 것보다 피에로와 닮았다고 생각했다. 녹색 숄이 베란다 난간에 걸려 있었는데 남작에게는 그것이 오래되고 친숙한 숄처럼 보였다. '이 우스꽝스러운 숄이 나와 무슨 상관이란 말인가? 내가 혹시 꿈을 꾸고 있는 걸까?……나는 몰데에 와 있어. 충분히 특별한 일이야……. 그가 맑은 정신이었다면, 이 가수 녀석에게 〈무슨 일이야? 어이 피에로, 나한테 바라는 게 뭐야?〉라고 전보를 칠 수 있지 않았을까?' 그는 문득 앞의 질문을 다시 던졌다. 이전보다 훨씬 상냥하고 침착하게. "클래레는 어디 있는 거요?"

이번에는 이 가수가 고개를 서너 번 끄덕였다. "클래레가 문제지요. 당신은 정말 내 친구지요?"

라이젠보그는 고개를 끄덕였다. 그는 가벼운 한기를 느꼈다.

미지근한 바람이 바다 쪽에서 불어왔다. "난 당신의 친구요. 나에게서 뭘 바라오?"

"남작님, 우리가 헤어지던 그날 저녁을 기억하십니까? 브리스톨 호텔에서 함께 저녁식사를 하고 당신이 날 역까지 배웅해주었지요?" 라이젠보그는 다시 고개를 끄덕였다.

"당신은 바로 그 기차로 클래레 헬이 나와 함께 비엔나를 떠난 걸 모르시겠지요." 라이젠보그는 머리를 가슴 쪽으로 무겁게 숙였다.

"나 역시 당신 못지않게 전혀 예기치 못한 일이었습니다." 지그루트는 말을 이어갔다. "다음 날, 아침식사를 하는 역에서 클래레를 보았습니다. 그녀는 패니 링아이저와 식당칸에서 커피를 마시고 있었습니다. 그녀의 거동에서 내가 그녀를 만난 것은 우연이라고 추측했습니다. 그러나 우연이 아니었습니다."

"계속하시오." 남작은 그렇게 말하며 유심히 바라보았다.

"그러니까 그녀는 나중에 그것이 우연이 아니었다고 고백했습니다. 그날 아침부터 우리는 함께 있게 되었습니다. 클래레, 패니 그리고 내가요. 우리는 오스트리아의 어떤 매혹적인 호반 곁에 머물게 되었습니다. 물과 숲 사이에 있는 단아한 집에 거처를 마련했습니다, 외딴곳에. 우리는 대단히 행복했지요."

그는 미칠 것 같은 느낌이 들 정도로 느릿느릿 말했다. '저자가 날 무엇 때문에 이곳으로 불렀지?' 라이젠보그는 생각했다. '내게서 뭘 원하지? 그녀가 저자한테 고백했을까? 무엇 때문에 난 여기 몰데의 베란다에 저 피에로와 앉아 있지? 결국 이게 꿈이 아닌가? 혹시 내가 클래레 품 안에서 쉬고 있는 걸까? 아직도 여전히 그 밤이 계속되고 있는 걸까?' 그리고 그는 자기도 모르게 눈을 크게 떴다.

"나한테 복수를 하실 겁니까?"

"복수? 아니, 왜요? 무슨 일이 있었던 거요?" 남작은 되물으면서 자신의 목소리가 멀리서부터 들려오는 것처럼 느꼈다.

"그녀가 나를 파멸시켰으니까요. 난 이제 끝났습니다."

"이제 이야기를 해주시오." 라이젠보그는 딱딱하고 메마른 목소리로 말했다.

"패니 링아이저가 우리와 함께 있었어요. 그녀는 착한 아가씨죠, 그렇죠?"

"내 생각으로는." 남작이 대답했다.

"압니다." 지그루트가 말했다. "그녀는 우리가 얼마나 행복한지 몰랐지요." 한동안 침묵이 이어졌다.

"계속하시오." 라이젠보그가 말하고 기다렸다.

"어느 날 아침, 클래레가 아직 잠을 자고 있었을 때였지요." 지그루트가 다시 말하기 시작했다. "그녀는 항상 아침 늦게까지 잠을 잤지요. 난 숲으로 산책을 나갔습니다. 그때 갑자기 패니가 나를 뒤쫓아 달려왔습니다. '윌세 씨, 늦기 전에 어서 피하세요. 당신은 지금 아주 위험한 상태에 있어요. 당장 떠나세요!' 그러나 그 이상 그녀는 다른 이야기는 하지 않았습니다. 나는 그녀에게 요구했고, 결국 패니의 입을 통해 나에게 닥쳐올 위험이 어떤 것인지 알게 되었습니다. 아, 그녀는 나를 구해낼 수 있다고 생각했던 겁니다. 그러지 않았더라면 그녀는 나에게 말하지 않았을 겁니다!"

난간에 걸린 녹색 숄이 돛처럼 바람에 부풀어 올랐고, 테이블 위의 램프 불이 약간 퍼덕거렸다.

"패니 양이 어떤 이야기를 했소?" 라이젠보그는 엄숙한 목소리로 물었다. "기억하십니까?" 지그루트가 물었다. "우리가 클래레의 집에 손님으로 갔던 그날 저녁을? 이날 아침 클래레는 패니 양과 함께 대공의 묘소에 갔었습니다. 그리고 거기에서 클래레는 이 여자 친구에게 아주 무서운 이야기를 털어놓았습니다." 남작은 몸이 떨려왔다.

"당신은 대공이 어떻게 죽었는지 아십니까? 그는 낙마한 뒤 몇 시간을 더 살았습니다."

"알고 있소."

"그 곁에는 클래레밖에 없었습니다."

"알고 있소."

"그는 그녀 외에는 아무도 만나려 하지 않았습니다. 그리고 죽어가면서 그녀에게 저주를 내렸습니다."

"저주를?"

"저주를요. '클래레, 나를 잊지 말아주시오. 당신이 날 잊는

다면, 난 무덤 속에서도 편안하지 않을 거요'라고 대공은 말했습니다. 그러자 클래레는 '난 안 잊을 거예요'라고 대답했어요. '날 잊지 않는다고 맹세할 수 있소?' '맹세할게요.' '클래레, 당신을 사랑하오. 난 죽을 수밖에 없구려!'"

"누구의 말이오?" 남작은 소리를 질렀다.

"내 말입니다." 지그루트는 말했다. "난 패니 양에게 들었고, 패니는 클래레에게서 들었고, 클래레는 대공으로부터 들은 겁니다. 내 말 이해하시겠지요?"

라이젠보그는 열심히 귀를 기울였다. 그에게는 죽은 대공의 목소리가 세 겹으로 닫힌 관으로부터 흘러나오는 느낌이 들었다.

"'클래레, 당신을 사랑하오, 그런데 난 죽을 수밖에 없군! 당신이 이렇게 젊은데, 내가 죽다니……. 다른 남자가 나를 대신하겠지. 그렇게 되리라는 걸 난 알아……. 딴 남자가 당신을 품에 안고 당신과 행복해하겠지……. 그렇게 하게 할 수는 없어……. 그놈을 그렇게 못하게 하겠어! 그놈을 저주해. 듣고 있어, 클래레? 그놈을 난 저주한다고! 나 다음에 이 입술에 키스하고, 이 몸을 껴안은 첫 번째 남자를 지옥에 떨어뜨리고 말 거야! 클래레, 하늘은 죽어가는 자의 저주를 들어준다더군……. 조심해. 그자를 조심시켜……. 그놈에게 지옥을! 미쳐버려라! 참혹함과 죽음을! 화가 있으라! 화가 있으라! 화가 있으라!'"

죽은 대공의 목소리를 흉내 내던 지그루트가 몸을 일으켰다. 크고 살찐 몸을 하얀 플란넬 옷으로 감싸고 서서 맑은 밤하늘을 올려다보았다. 녹색 숄이 난간에서 정원으로 떨어졌다. 남작은 경악하며 몸을 부들부들 떨었다. 그는 몸 전체가 굳어오는 것 같았다. 소리를 지르고 싶었지만, 입만 크게 벌릴 수 있을 뿐이었다……. 이 순간 그는 클래레를 처음 보았던 아이젠슈타인 음악학교의 작은 홀에 있었다. 무대에는 피에로가 서서 낭송을 하고 있었다. "입술 위에 저주를 머금고 대공은 세상을 떴습니다. 그리고 들어보세요. 그녀가 품에 안겼던 그 불행한 자, 그 저주를 실현시키게 되어 있는 그 불쌍한 인간, 그 사람이 바로 납니다! 나예요! 나!"

이 순간 무대는 우지끈 크게 소리를 내며 무너져 라이젠보그 앞에서 바다로 가라앉았다. 그러나 그는 마치 꼭두각시 인형처럼 힘없이 의자와 함께 뒤로 넘어졌다.

지그루트는 벌떡 일어나 사람들에게 도와달라고 소리를 질렀다. 하인 두 명이 달려와 기절한 남작을 들어 식탁 곁에 있는 긴 안락의자에 눕혔다. 한 사람이 의사를 부르러 뛰어나갔고, 다른 한 사람은 물과 식초를 가져왔다. 지그루트는 남작의 이마와 관자놀이를 문질렀으나, 남작은 꼼짝도 하지 않았다. 그때 의사가 들어와서 진찰을 했다. 진찰은 오래 걸리지 않았다. 마침내 의사가 말했다. "이분은 죽었습니다."

지그루트 욀세는 마음이 매우 격앙되었고, 의사에게 필요한 조치를 취하도록 부탁하고는 베란다에서 나갔다. 살롱을 지나 위층으로 올라가 침실로 들어가서 불을 켰다. 그리고 다급하게 다음과 같이 글을 썼다. "클래레, 난 지체 없이 몰데로 왔는데, 이곳에서 당신의 전보를 받았소. 난 실상 당신 말을 믿지 않았었다는 걸 고백하겠소. 난 당신이 거짓말로 나를 안심시키려 한다고 생각했소. 날 용서하시오. 난 이제 더 이상 의심하지 않는다오. 라이젠보그 남작이 여기에 왔었소. 내가 불렀던 거요. 그러나 그에게는 아무것도 묻지 않았소. 명예를 아는 남자로서 그는 거짓말을 했을 테니까. 난 기발한 생각을 해냈소. 내가 남작에게 대공의 저주 이야기를 전해주었던 거요. 그 효과는 놀라운 것이었소. 남작은 의자 뒤로 넘어져서 그 자리에서 죽고 말았소."

지그루트는 편지 쓰기를 멈췄다. 그리고 매우 진지해졌고 깊이 생각하는 눈치였다. 이어서 그는 방 한가운데로 가서 목소리를 가다듬기 시작했다. 바로 노래를 부르기 위해서였다. 처음에는 두려워하는 듯하고 어설펐으나, 점차 소리가 맑게 울리기 시작했고 밤하늘에 크고 힘차게 울려 퍼졌다. 나중에는 마치 파도에 부딪혀 울리는 듯이 광포하게 터져 나왔다. 침착한 웃음이 그의 얼굴에 흐르고 있었다. 그는 숨을 깊이 내쉬었다. 다시 책상으로 다가가 전보에 덧붙였다. "사랑하는 클래레! 모든 게 다시 좋아졌소. 사흘 안에 당신 곁으로 가겠소." ●

옮긴이 송전

서울대학교 독어독문학과를 졸업하고 독일 보훔루르대학에서 수학했다. 서울대학교 대학원에서 독문학 문학박사 학위를 받았고, 한남대학교 문과대학장, 사회문화대학원장을 역임했다. 현재 한남대학교 인문학부 교수로 재직 중이다. 연극 〈어느 혁명가의 죽음〉, 〈갈릴레오 갈릴레이〉 등을 연출했다. 지은 책으로는 『하우푸트만의 사회극 연구』, 옮긴 책으로는 『게르만 신화 연구』, 『드라마 분석론』, 『오디세우스의 귀향』과 희곡 『에밀리아 갈로티』, 『녹색의 앵무새』, 『갈릴레이의 생애』 등이 있다.

치정 혹은 흉기 같은 사랑

이 작품이 처음 내게 충격을 준 까닭은 굳이 이름을 붙이자면 기괴미奇怪美 또는 추악미醜惡美 같은 것이었다. 기괴미는 결국 대공의 저주가 현실로 이루어지는 데서 받은 느낌이며, 추악미는 모골이 송연할 만큼 철저한 배신을 미적으로 표현한 조어이다. 그러나 여기서는 사랑의 한 양태로서 「라이젠보그 남작의 운명」을 말해보고 싶다.

모든 순교殉敎에는 많건 적건 타의가 섞여들기 마련이다. 그리스도조차도 십자가 위에서 빌지 않았던가. "거둘 수 있다면 이 잔을 제게서 거두어주옵소서"라고. 하지만 그래도 순교의 특질은 아무래도 자발적인 죽음의 선택에 있다. 신앙이 빌미가 되었다고 해서 모든 죽음이 순교가 되는 것은 아니다.

순애殉愛도 그렇다. 사랑을 위해 죽는다고 하지만, 대개는 그 선택이 아니고서는 사랑을 지킬 수 없게 하는 상황의 강요가 있기 마련이다. 하지만 그래도 마지막 순간에는 기꺼이 죽음을 껴안는 절차가 있어야 한다. 라이젠보그 남작의 불행한 사랑과 죽음은 얼른 보아 칙칙한 대로 한 편의 순애보를 읽는 듯한 느낌을 준다. 하지만 그는 사랑에서도 죽음에서도 순애의 조건을 충족시키지 못하고 있다. 특히, 죽음은 거의 타의로 부여된 것이고, 따라서 순애라기보다는 치정사癡情死란 말이 더 온당할 것이다.

사랑은 여러 빛깔로 우리 앞에 나타나고 여러 형태로 우리 삶에 기능한다. 높게는 우리 영혼을 천상과 초월로 인도하고 낮게는 타락과 파멸로 이끈다. 삶에 눈뜨게 하고, 열정과 야망을 불 지피며, 분노와 질투로 미치게 하고 때로는 자기부정에까지 이르게 한다. 다른 가치에 패배하기도 하지만 또한 다른 가치를 짓밟기도 하고, 더러는 자기희생으로 결합하여 더욱 높은 단계로 승화하기도 한다.

클래레 헬에 대한 라이젠보그 남작의 사랑은 환상과 희망으로, 그의 삶에 유익하게 기능한 적도 있었을 것이다. 그러나 환상은 거짓이었고 기대는 가망이 없었음이 드러나는 순간, 그 사랑은 그의 삶에 치명적인 흉기가 되고 말았다. 실은 대공의 저주가 그를 죽인 게 아니라 처참하게 드러난 사랑의 실상이 그를 죽였다.

하지만 우리가 소설을 읽는 목적이 교훈을 얻거나 도덕성을 함양하기 위해서만은 아니다. 이 단편을 사랑을 주제로 한 열 개의 전범 중 하나로 넣는 것은 그냥 들었으면 시시했을 치정담을 섬뜩하면서도 인상 깊은 예술작품으로 빚어낸 아르투어 슈니츨러에 대한 경의의 표시이다.

아르투어 슈니츨러는 1862년 오스트리아 빈에서 태어났다. 의학자였던 부친의 영향을 받아 의대를 졸업한 슈니츨러는 청년 시절 우연한 기회에 귀스타브 플로베르와 기 드 모파상을 읽은 후 창작에 눈을 돌리게 된다. 부친의 조수 노릇을 하며 집필한 희곡 『아나톨』이 평단의 반응을 일으키고, 뒤이어 발표한 작품 『연애유희』가 사람들의 관심을 얻자 그는 아예 전업 작가의 길로 들어서버린다. 사랑과 죽음을 주요 테마로 하는 슈니츨러의 작품에는 꿈과 낮, 환상과 현실이 엇갈리며 그려진다. 이것은 그가 자신의 전공인 의학적 지식을 소설 창작에 도입, 주인공의 섬세한 내면이나 복잡한 연애심리를 적나라하게 해부한 데 힘입은 바 크다.

문필가로서 어느 정도의 명성을 얻자 슈니츨러는 당시 베를린을 중심으로 전성하던 자연주의 문학운동에 대항, 우미하고 섬세한 유미적 경향의 신낭만파 문학을 선도하기도 했다. 물론 여기에는 프랑스 상징주의 문학의 영향이 컸던 게 사실이다. 슈니츨러를 가리켜 빈 상징주의 문학의 전형적인 작가라고 부르는 것도 이 때문이다.

워낙 활동력이 강했던 그는 한때 『베른하르디 교수』 같은 사회극을 쓰기도 했으나 이 분야에서 주목받는 작품을 남기지는 못했다. 하지만 '사랑과 죽음'의 문학에 관한 한 슈니츨러는 독특한 세계를 일구어놓았으며 희곡과 소설 양 분야에서 두루 비중을 차지하고 있는 흔치 않은 작가이다.

바니나 바니니

Vanina Vanini

스탕달 지음

진형준 옮김

스탕달

프랑스의 작가. 1783~1842년. 발자크와 함께 프랑스 근대소설의 창시자로 불린다. 1783년 프랑스 그르노블의 유복한 가정에서 태어났다. 본명은 마리 앙리 베일이다. 어머니를 일찍 여의고 자신과는 성향이 매우 달랐던 가족과의 불화 속에서 우울한 어린 시절을 보냈다. 1814년 나폴레옹 몰락과 함께 이탈리아 밀라노에 머물면서 본격적인 문필 생활을 시작했다. 이 시기에 『이탈리아 회화사』, 『아르망스』 등을 집필했다. 1819년 메칠드라는 여인과 생애 최고의 연애를 하지만, 그들의 사랑은 이루어지지 않았다. 이 경험은 뒷날에 평론 『연애론』을 탄생시킨다. 1921년 파리로 돌아와 문필 활동을 계속하며 1825년 『라신과 셰익스피어』를 발표하여 낭만주의 운동의 대변자가 된다. 7월혁명 이후 대표작 『적과 흑』을 출간하며 처음으로 '스탕달'이라는 필명을 사용했다. 그 밖에 미완성 장편소설 『뤼시앙 뢰방』, 『라미엘』, 사후에 '이탈리아 연대기'로 간행되는 『카스트로의 수녀원장』 등 중·단편들을 모은 『한 만유자의 메모』를 발표했다. '이탈리아 연대기'의 연장인 『파르마의 수도원』은 그의 생애를 매듭짓는 걸작이 되었다.

182X년 봄날 저녁이었다. 로마는 온통 야단법석이었다. 유명한 은행가이기도 한 B공이 베네치아 광장에 새로 지은 궁에서 무도회를 연 것이었다. 이탈리아의 예술, 파리와 런던의 호사스러움이 총동원되어 꾸며진 궁전은 아름답기 그지없었다. 엄청난 사람들이 모여들었다. 금발의 영국 귀족 미녀들은 이 무도회에 참가하려고 온갖 수를 다 썼다. 그녀들은 무리를 지어 무도회장에 나타났다. 로마의 최고 미녀들이 그녀들과 아름다움을 겨루게 된 것이다. 그때 그 반짝이는 눈이나 칠흑 같은 머릿결로 보아 로마인이 틀림없는 젊은 처녀가 아버지에게 이끌려 무도회장에 들어왔다. 그러자 모든 시선들이 그녀 쪽으로 향했다. 그녀의 행동 하나하나에서 야릇하게 뽐내는 듯한 기색이 느껴졌다.

무도회장에 들어서는 외국인들은 하나같이 무도회의 화려함에 아연해했다. "유럽의 그 어떤 왕이 베푸는 축제도 여기에 비하면 어림없겠군" 하고 그들은 말했다.

유럽 왕들의 궁전은 로마 양식이 아니었으며, 그들은 자기 궁내의 귀족 부인들밖에는 초대할 수 없게 되어 있었다. 그런데 B공은 예쁜 여자들만 초대했던 것이다. 그날 저녁 그는 자신이 초대한 사람들을 보며 흡족해하고 있었다. 남자들이 모두 넋이 나간 듯한 모습을 보였던 것이다. 한결같이 빼어난 미녀 중에서 가장 아름다운 미녀를 뽑을 차례가 되었다. 얼마 동안 논란이 있었지만 결국은 바니나 바니니 공녀, 검은 머리에 불타는 눈을 가진 그 미녀가 무도회의 여왕으로 발표되었다. 그러자 곧이어 모든 외국인과 로마의 젊은이들이 다른 방들은 모두 제쳐두고 그녀가 있는 방으로 몰려와 법석을 떨었다.

그녀의 아버지인 돈 아스드루발레 바니니 공은 그녀가 우선 두세 명의 독일 제후들과 춤을 추도록 했다. 이어서 그녀는 매우 잘생겼으며 지체가 높은 몇몇 영국인들의 권유에 순순히 응했다. 그러나 그들의 뻣뻣한 표정에 그녀는 금방 싫증이 났다. 그녀에게 홀딱 반한 것 같은 청년 돈 리비오 사벨리는 바니나가 춤 상대를 바꿀 때마다 그녀가 일부러 자기를 괴롭히고 있다고 느꼈다. 그는 로마에서 가장 훤칠한 청년이었으며 게다가 그 역시 왕족이었다. 하지만 누군가 그에게 소설책 한 권 읽기를 권한다면 스무 페이지도 넘기지 못하고 골치가 아프다며 책을 던져버릴 그럴 위인이었다. 바니나로서는 그 점이 영 못마땅했다.

자정 무렵 무도회장에 한 가지 소식이 날아들어와 분위기를 바꾸어놓았다. 국사범을 가두는 감옥인 생 앙쥬 성에 갇혀 있던 한 젊은 카르보나리(19세기 초 오스트리아 압제하의 이탈리아 해방과 통일을 기도한 비밀결사. 숯불 당원이라는 뜻 - 옮긴이) 당원이 바로 그날 저녁 감옥에서 탈출했다는 것이다. 그는 변장을 한 채 감시초소까지 가서 대담무쌍하게도 단도로 군인들을 찔렀다고 한다. 하지만 그도 부상을 당했기 때문에 경관들이 핏자국을 좇아 추적하고 있으며 머지않아 잡힐 것이라는 이야기였다.

사람들이 그 이야기를 하고 있을 때, 바니나와 방금 춤을 추고 난 돈 리비오 사벨리는 그녀를 자리로 인도하면서 사랑에 들뜬 목소리로 속삭였다.

"그렇다면 도대체 그대의 마음에 들 만한 것은 무엇이란 말이오?"

"조금 전에 탈출했다는 그 젊은 카르보나리 당원 같은 사람이지요. 최소한 그 사람은 세상에 태어난 대가로 뭔가를 해보려고 했잖아요."

그때 돈 아스드루발레 공이 딸에게 다가왔다. 그는 부자였다. 하지만 그는 자기가 부리고 있는 집사의 급료를, 높은 이자를 쳐서 나중에 주겠다고 하고는 이십 년 전부터 셈을 치르지 않고 있었다. 만약 당신이 길에서 그를 만난다면 그는 나이든 연극배우처럼 보였을 것이다. 커다란 다이아몬드가 박힌 큰 반지를 대여섯 개나 끼고 있는 그의 손이 눈에도 들어오지 않을 정도로 온몸을 요란하게 치장했기 때문이었다.

그의 두 아들은 제수이트(예수회 사람 – 옮긴이)가 되었다가 미쳐서 죽었다. 그는 그 아들들 일은 이미 잊었다. 하지만 그는 자기의 하나 남은 딸인 바니나가 결혼을 하지 않으려 해서 화가 나 있었다. 벌써 열아홉이 되었으면서도 훌륭한 혼처들을 모두 마다하는 것이었다. 그는 당최 이유를 몰랐다.

무도회 다음 날 바나나는 그토록 부주의한 데다가 평생 열쇠를 손에 쥐어볼 생각조차 해본 적이 없던 아버지가, 궁의 3층에 위치한 방으로 이어지는 작은 계단 문을 아주 조심스럽게 잠그는 것을 보았다. 그 방에는 오렌지 나무가 심어진 테라스 쪽으로 창문이 나 있었다. 그날 바나나는 로마로 외출했다가 이곳저곳에 들른 후 귀가했다. 집으로 돌아오는 길에 정문 쪽이 장식 조명 부품들로 어수선해져 있기에 마차를 뒤뜰 쪽으로 몰 수밖에 없었다. 바나나는 무심코 고개를 들다가 아버지가 그렇게 조심스럽게 문단속을 한 방의 창문 하나가 열려 있는 것을 보고 깜짝 놀랐다. 그녀는 시녀를 보내버린 후 궁의 꼭대기 층으로 올라갔다. 그러고는 여기저기 돌아다닌 끝에, 오렌지 나무가 심어진 테라스 쪽을 향하고 있는 작은 창문을 하나 찾아냈다. 그녀가 밑에서 보았던 그 열린 창문이 바로 코앞에 있었다. '저 방에 누군가 있는 게 틀림없어. 도대체 누구일까?'

다음 날 바나나는 오렌지 나무가 있는 테라스로 향하는 작은 문의 열쇠를 손에 넣을 수 있었다. 그녀는 아직 열려 있는 창문 쪽으로 살금살금 다가갔다. 그리고 덧창 뒤로 살짝 몸을 숨겼다. 방 안에는 침대가 있었고 침대 위에 누군가가 있었다. 처음에는 흠칫 놀라 그녀는 몸을 뒤로 뺐다. 그런데 의자 위에 던져놓은 여자 옷이 눈에 띄었다. 침대에 누워 있는 사람을 좀 더 자세히 보니, 금발에 아주 젊은 여성이었다. 그녀는 그 사람이 여성임이 틀림없다고 믿었다. 의자 위에 던져놓은 옷에는 피가 묻어 있었다. 그리고 탁자 위에 놓인 여자 신발에도 핏자국이 있었다. 그 사람이 몸을 뒤척였다. 바니나는 그가 상처를 입은 것임을 알아차렸다. 피가 밴 큰 헝겊이 가슴을 덮고 있었으며 가는 끈으로 그 헝겊을 겨우 묶어놓고 있었다. 헝겊을 그런 식으로 묶어놓은 것은 절대로 의사의 솜씨가 아니었다.

바니나는 매일 네 시경 아버지가 자기 방을 걸어 잠근 후, 그 미지의 사람에게로 가곤 한다는 것을 알아차렸다. 그런 후 아버지는 금세 그 방에서 나와서, 곧바로 계단을 내려와 마차를 타고 비텔레쉬 공작부인에게 가는 것이었다. 아버지가 떠나면 바니나는 그 미지의 사람을 살펴볼 수 있는 작은 테라스로 올라갔다. 그녀는 그토록 불행한 젊은 여인을 향해 연민을 느꼈다. 도대체 무슨 일을 겪었을까 알고 싶었다. 의자 위에 던져놓은 피 묻은 옷은 단도에 찔린 것 같았다. 바니나는 칼에 찔린 자국의 수를 헤아릴 수 있었다. 어느 날 그녀는 그 미지의 사람을 좀 더 똑똑하게 볼 수 있었다. 그 푸른 눈이 위쪽을 향하고 있었는데 아마도 기도하는 것 같았다. 곧이어 눈물이 아름다운 눈을 가득 채웠다. 젊은 공녀는 그 사람에게 말을 걸고 싶어서 견딜 수 없었다.

다음 날, 바니나는 용기를 내어 아버지가 그 방에 들르기 전에 작은 테라스로 가서 몸을 숨겼다. 얼마 후 아버지가 그 미지의 사람의 방에 들어오는 것이 보였다. 아버지는 음식물이 담긴 작은 바구니를 들고 있었다. 아버지의 얼굴엔 표정 변화가 별로 없었고, 특별한 이야기도 하지 않았다. 게다가 아주 낮은 목소리로 속삭였기 때문에 창문이 열려 있는데도 무슨 소리인지 알아들을 수가 없었다. 잠시 후 아버지가 밖으로 나갔다.

'이 가엾은 여자에게는 무서운 적들이 있는 게 틀림없어. 그러니 그렇게 게으른 아버지가 그녀를 다른 사람에게 맡기지 않고, 매일 그 높은 곳으로 손수 올라가 돌보곤 하는 거지' 하고 그녀는 생각했다.

어느 날 저녁이었다. 바니나는 천천히 그 미지인의 방 창문 쪽으로 다가가다가 그만 눈이 마주쳐버리고 말았다. 들켜버린 것이다. 바니나는 곧바로 무릎을 꿇고 외쳤다.

"저는 당신을 좋아해요. 정말로 당신을 좋아해요."

그 미지인이 들어오라는 손짓을 했다.

"어떻게 용서를 빌어야 하죠? 제 어리석은 호기심 때문에 이렇게 무례한 짓을 하다니! 비밀을 지킬게요. 그리고 당신이 원하신다면 다시는 이곳에 오지 않겠어요" 하고 바니나는 큰 소리로 말했다.

"그 누가 당신을 보고 행복해하지 않을 수 있을까요? 당신은 이 궁에 사시나요?"라고 미지인이 말했다.

"물론이지요. 당신은 저를 잘 모르실 거예요. 전 바니나예요.

돈 아스드루발레의 딸이지요."

미지인은 놀란 눈으로 그녀를 바라보았다. 그리고 얼굴을 붉히면서 덧붙였다.

"감히 이런 청을 해도 좋을지 모르겠지만, 오, 제발 당신이 매일 나를 만나러 와주신다면……. 하지만 제발 아버지께서는 모르시게 해주시길……."

바니나의 심장이 크게 두근거렸다. 그 미지인의 태도가 더 없이 기품 있어 보였던 것이다. '이 가엾은 젊은 여인은 어떤 유력인사에게 거슬리는 행동을 한 게 틀림없어. 어쩌면 질투심에 사로잡혀 자기 애인을 죽였는지도 몰라.' 바니나로서는 그 미지인이 그런 이유로 불행에 빠진 것이라고만 생각되었지 다른 속된 이유는 떠올릴 수가 없었다. 미지인은 바니나에게, 자기는 어깨에 상처를 입었으며 그 상처가 가슴 깊은 데까지 이어져 아주 고통스럽다고 말했다. 때로는 입안에까지 피가 가득 찬다는 것이었다.

"그런데도 의사를 안 부르세요?"라고 바니나가 외쳤다.

"알다시피 로마에서는 자기가 상처 입은 사람을 돌보게 되면 모두 경찰에 신고해야 하잖아요. 그래서 각하께서 손수 이렇게 상처를 싸매주신 겁니다."

미지인은 아주 우아하게, 바니나가 결코 자신을 동정하지 않게 만들었다. 바니나는 그녀가 좋아 미칠 지경이었다. 그런데 바니나가 이상하게 생각한 것은 대단히 심각한 대화를 나누는 중인데도 그 미지인이 갑자기 터지려는 웃음을 억지로 참으려는 태도를 가끔 보인다는 점이었다.

"당신의 이름을 알 수 있을까요?" 바니나가 물었다.

"클레망틴느예요."

"아, 그래요! 자, 클레망틴느, 내일 저녁 다섯 시에 다시 올게요."

다음 날, 바니나는 새로운 친구의 몸 상태가 매우 악화된 것을 발견했다. 그녀는 친구를 껴안으며, "제가 당신을 의사에게 데려가겠어요"라고 말했다.

"그러느니 차라리 죽고 말겠어요. 어떻게 은인들에게 해가 되는 일을 할 수 있겠어요."

"로마 총독 사벨리 카탄자라의 주치의는 바로 우리 집 하녀의 아들이에요. 그는 우리들에게 충실할뿐더러, 지위도 지위인 만큼 누구도 겁내지 않아요. 아버지는 그 사람이 얼마나 충실한 사람인지 인정하지 않나 본데, 제가 직접 그에게 얘기할게요."

"안 돼요! 의사는 필요 없어요." 미지인이 너무 강하게 외치는 바람에 바니나는 놀라고 말았다.

미지인이 이어서 말했다. "당신 혼자 저를 만나러 오세요. 만일 신께서 저를 부르신다면, 당신의 품에서 행복하게 죽을 수 있을 거예요."

다음 날, 미지인의 상태는 더욱 악화되어 있었다. 바니나는 그녀의 곁을 떠나면서 말했다.

"당신이 저를 좋아하신다면 제발 의사를 만나세요."

"의사가 온다면 제 행복은 사라질 겁니다."

"의사를 부르겠어요."

그러자 미지인은 아무 말 없이 그녀의 손을 잡더니 그 손에 입을 맞추었다. 오랫동안 침묵이 흘렀고, 미지인은 그저 눈물만 흘리고 있었다. 이윽고 그는 바나나의 손을 놓더니 마치 죽음을 눈앞에 둔 사람 같은 표정을 지으며 그녀에게 말했다.

"당신에게 고백할 것이 하나 있어요. 이틀 전 제 이름이 클레망틴느라고 한 것은 거짓입니다. 저는 카르보나리 당원입니다."

놀란 바나나는 의자를 뒤로 밀치며 자리에서 일어났다. 그가 이어서 말했다.

"이런 고백을 하면, 저를 이 세상에 붙잡아놓고 있는 단 한 가지 행복을 잃게 되리라는 것을 저는 잘 알아요. 하지만 당신을 속일 수는 없어요. 제 이름은 피에트로 미시릴리입니다. 열아홉 살이고요. 아버지는 셍-앙젤로-인-바도의 가난한 의사이고 저는 카르보나리 당원이지요. 저희 모임이 습격을 받았고, 저는 손발이 묶인 채 로마니아에서 로마로 끌려왔어요. 그러고는 밤낮으로 불을 밝혀놓은 감옥에 갇힌 채 열세 달을 지냈습니다. 그런데 어떤 자비로운 분이 저를 구해줄 생각을 하셨답니다. 그가 제게 여자 옷을 입혔죠. 감옥을 거의 빠져나가 마지막 문의 초소를 지나갈 때, 보초 중 한 명이 카르보나리당에 대해 심한 욕설을 하더군요. 그래서 따귀를 때렸죠. 맹세컨대 허세는 아니었어요. 하지만 경거망동인 것은 틀림없었죠. 밤새 로마 거리를 쫓겨 다니다가—물론 창검으로 부상을 입은 상태였죠—기진맥진한 채 문이 열려 있는 어떤 집으로 들어가게 되었어요. 뒤에서 병사들이 쫓아오는 소리가 들리자 저는 정원으로 뛰어들었습니다. 가까운 곳에서 산책 중이던 부인을 만나게 되었고요."

"비텔레쉬 공작부인이군요! 우리 아버지 친구예요." 바니나가 말했다.

"아니, 어떻게! 그녀가 당신에게 그 이야기를 했나요?" 그가 고함을 질렀다. "그 부인 이름이 절대로 알려지면 안 되는데……. 부인이 제 목숨을 구해주었거든요. 군인들이 저를 잡으려고 부인의 집으로 들어왔을 때, 당신 아버지가 저를 자신의 마차에 태워 밖으로 나가게 해주었습니다. 아, 지금 너무 아파요. 며칠 전부터 이 어깨의 총검 상처 때문에 숨쉬기조차 힘들어요. 저는 곧 죽을 겁니다. 그것도 불행에 빠져서…… 당신을 더 이상 볼 수 없을 테니……."

바니나는 참을성 있게 이야기를 들었다. 그러더니 빠른 걸음으로 밖으로 나갔다. 피에트로는 그토록 아름다운 그녀의 눈에서 그 어떤 동정의 빛도 찾아낼 수 없었다. 단지 오만한 자존심에 상처를 입은 듯한 그런 표정만을 볼 수 있을 뿐이었다.

밤이 되자 의사가 나타났다. 그는 혼자였다. 미시릴리는 절망했다. 그는 다시는 바니나를 볼 수 없게 될까 봐 두려웠다. 그가 의사에게 질문을 던졌지만, 그 의사는 묵묵히 사혈을 할 뿐 대답이 없었다. 그로부터 며칠 동안 바니나에게서는 아무런 소식이 없었다. 피에트로의 눈은 바니나가 드나들곤 하던 테라스의 창문에 고정된 채 꼼짝도 하지 않았다. 그는 비탄에 빠졌다. 한번은 자정쯤 되었는데 테라스의 어둠 속에 누군가가 있는 것같이 느껴졌다. 바니나인가?

사실상 바니나는 매일 밤 그곳에 와서 젊은 카르보나리 당원이 있는 방의 창문에 뺨을 갖다 댄 채 방 안을 보곤 했던 것이다. 그러면서 그녀는 '내가 그에게 말을 건다면, 나는 끝장이야! 안 돼. 다시 그를 만나서는 안 돼'라고 속으로 다짐하곤 했다.

그러나 결심이 약해지면 그녀는, 이 젊은 사내를 어리석게도 여자로 생각했을 때 느꼈던 애정이 자신도 모르게 되새겨지곤 했다. 그렇게 친근한 마음을 가졌었는데 그를 잊어야 한다니! 그녀가 제정신을 차렸을 때는 자기 마음이 자꾸 바뀌는 것에 대해 두려운 생각까지 들었다. 피에트로가 본명을 이야기한 이래로, 그녀에게 이전에 익숙해 있던 생각들은 마치 베일에 가려졌거나 혹은 아주 멀어진 듯했다.

일주일이 채 지나지 않아 바니나는 겁먹은 얼굴로 약간 떨면서, 의사와 함께 젊은 카르보나리 당원의 방으로 들어왔다.

그녀는 아버지 대신 하인이 그를 돌보게끔 아버지에게 권하겠다고 말하러 왔던 것이었다. 그녀는 몇 초 동안만 방에 머물렀다. 그러나 며칠 후 그녀는 인정에 끌려 의사와 함께 그의 방으로 다시 왔다. 어느 날 저녁, 피에트로의 상태가 아주 좋아졌을 때 이제는 그의 목숨이 걱정된다는 핑곗거리가 없는데도 불구하고 그녀는 겁 없이 그의 방으로 혼자 들어왔다. 그녀를 보자 피에트로의 행복은 절정에 달했지만, 그는 사랑의 감정을 숨기려 애썼다. 그는 무엇보다 한 남자에게 걸맞은 위엄을 잃어버릴까 봐 두려웠던 것이다. 사랑에 대한 이야기가 나올까 봐 지레 겁을 먹고 얼굴에 홍조를 띤 채 그의 방에 들어온 바니나는, 그가 고상하고 헌신적이긴 했지만 부드러운 것과는 거리가 먼 애정으로 그녀를 맞이하는 모습을 보고는 당황했다. 그녀가 방을 떠날 때도 그는 그녀를 붙잡지 않았다.

며칠 후 그녀가 다시 찾아왔을 때도, 전과 같은 공손한 행동과 영원한 감사의 말들만 그에게서 나올 뿐이었다. 바니나는 젊은 카르보나리 당원의 정열에 제동을 거는 데 몰두하기는커녕 자기 혼자 짝사랑을 하고 있는 것은 아닌가, 스스로 의아할 정도였다. 그때까지 그토록 자신감에 차 있던 이 처녀는 자신의 정열이 끝없이 커져가고 있다는 것을 씁쓸하게 느낄 뿐이었다. 그녀는 짐짓 명랑한 척도 해보고 심지어는 냉정한 태도도 보였으며 그의 방에 들르는 횟수도 줄였지만, 그 젊은 환자를 보지 않고는 못 견딜 지경이 되었다.

한편 피에트로는 내심 사랑에 불타오르면서도 자신의 어두운 출생과 의무에 대해 생각하고는, 바니나가 일주일 이상 모습을 나타내지 않는 한 고개 숙여 사랑을 고백하지는 않으리라고 결심했다. 반면 젊은 바니나의 자존심은 힘든 싸움을 계속하고 있었다. '그래! 내가 그를 보러 가는 것은 나를 위해서일 뿐이야. 내가 즐기려고 그러는 거지. 그에게 호기심이 있다든지 하는 건 절대로 고백하지 않을 거야'라고, 마침내 그녀는 결론을 맺었다.

바니나의 방문 횟수와 시간이 차츰 늘어났다. 그러나 피에트로는 그녀와 단둘이 있으면서도 마치 많은 사람과 함께 있는 듯한 말투를 쓸 뿐이었다. 어느 날 저녁, 하루 종일 그를 증오하면서 '오늘은 평상시보다 그를 한결 차갑게 대해야지, 더욱 혹독하게 대해야지'라고 결심한 바로 그날 저녁, 그녀는 그에게 사랑을 고백하고 말았다. 그리고 그의 모든 것을 아낌없이 받아들였다.

그때 바니나는 거의 제정신이 아니었지만, 완벽한 행복감을 느꼈다. 피에트로도 이제 더 이상 사내에게 걸맞은 위엄 따위에 대해서는 생각하지 않았다. 그는 이탈리아에서 열아홉 살짜리 청년이 생애 처음으로 누군가를 사랑하게 될 때와 똑같이 그녀를 사랑했다. 그는 사랑이라는 정열이 불러일으킬 수 있는 한없는 솔직함을 가지고 그녀를 대했으며, 드디어 그토록 자존심이 강한 아가씨의 사랑을 얻어내기 위해 자신이 사용한 책략까지도 고백하게 되었다. 그는 스스로도 놀랄 정도로 너무 행복했다.

넉 달이 빠르게 흘러갔다. 어느 날, 의사는 이제 그의 병이 완치되었음을 알렸다. 피에트로는 생각했다.

'이제 난 어떻게 하지? 로마에서 가장 아름다운 미녀의 집에 그냥 몸을 숨기고 있어? 그러면 내게서 햇빛을 차단한 채 열세 달 동안 감옥에 가두어놓았던 그 비열한 독재자는 내 기를 꺾어놓았다고 생각하겠지? 이탈리아여! 너의 자랑스러운 자식들이, 이런 하찮은 일 때문에 너를 포기한다면, 너는 진정으로 불행할지니라!'

바니나는 피에트로가 지금의 행복, 그가 보이는 그 행복감에서 스스로 빠져나가리라고는 상상도 하지 못했다. 그는 정말 너무나 행복해했던 것이다. 하지만 보나파르트 장군의 한마디 말, 단 한 마디 말이 이 청년의 영혼에 비통하게 울림을 주었으며, 여인에 대한 그의 행동에 영향을 주고 말았다. 1796년 보나파르트 장군이 브레시아를 떠날 때, 도시 어귀까지 그를 전송한 경찰 대원들이 브레시아 시민들은 그 어떤 이탈리아인들보다도 자유를 사랑한다고 그에게 말했고 그는 이렇게 대답했다.

"그렇지. 당신들은 당신들의 연인에게까지 자유를 사랑한다고 말하지."

피에트로는 바니나에게 아주 난처한 표정을 지으며 말했다.

"밤이 되자마자 떠나야겠소."

"날이 밝기 전까지는 궁으로 돌아올 수 있도록 조심하세요. 기다리고 있을게요."

"날이 밝을 때면 나는 로마로부터 아주 멀리 떨어진 곳에 있을 거요."

"흥, 좋을 대로." 바니나가 차갑게 말했다. "그런데 도대체 어디로 간다는 거죠?"

"로마니아로 가겠소. 복수하러."

"내가 무기와 돈을 대줄 수 있을 거예요. 우린 부자니까요. 거절하진 않겠지요?" 바니나는 가능한 한 차분하게 말했다.

피에트로는 눈썹 하나 까딱하지 않고 그녀를 잠시 바라보았다. 그러더니 그녀의 품에 몸을 던지며 말했다.

"오, 내 생의 영혼이여! 당신은 내게 모든 것을 잊게 했소. 나의 의무까지도. 하지만 고귀하고 진귀한 당신의 영혼은— 그 영혼이 고귀할수록 나를 이해할 수 있어야 하오."

바니나는 평평 울었으며, 결국 하루 더 로마에 머물겠다는 약속을 그에게서 얻어냈다.

다음 날, 그녀가 그에게 말했다.

"피에트로, 당신은 종종 이렇게 말했지요. 어떤 유명한 사람, 예컨대 로마의 군주 같은 사람이 많은 돈을 내놓는다면,

자유를 위해서는 아주 큰 도움이 될 거라고요. 멀리서 오스트리아가 지원해서 전쟁을 벌이게 되면……."

"그랬지요." 피에트로가 놀라서 말했다.

"좋아요. 당신은 용기가 있어요. 당신에게는 높은 지위가 없을 뿐이에요. 내가 당신에게 힘이 되겠어요. 그리고 이십만 리브르의 연금을 당신께 드리겠어요. 아버지의 동의는 내가 얻어내고 말 거예요."

피에트로는 그녀의 발아래 무릎을 꿇었다. 바니나는 기쁨으로 얼굴이 환해졌다. 그가 그녀에게 말했다.

"나는 당신을 열정적으로 사랑합니다. 하지만 나는 내 조국의 가난한 종일 뿐이에요. 이탈리아가 불행하면 할수록 나는 조국에 충실해야 해요. 돈 아스드루발레 공의 승낙을 얻어내려면, 내가 그의 앞에서 슬픈 연기를 몇 년이나 해야 할까요. 그러니 바니나, 당신의 제의는 받아들일 수가 없어요."

이어서 피에트로는 서둘러 이야기를 이어나갔다. 말을 마칠 용기가 사라질까 두려워서였다.

"당신을 목숨보다 사랑한다는 것, 로마를 떠난다는 것은 내게 가혹하기 그지없는 형벌이라는 것, 그게 바로 나의 불행이오. 아! 이탈리아는 어찌하여 야만으로부터 해방되지 않는 것일까! 그렇다면 나는 기꺼이 당신과 함께 미국행 배에 몸을 실을 수 있을 텐데."

바니나는 얼어붙은 듯 서 있었다. 자신의 도움을 이런 식으로 거절하다니, 그녀의 자존심은 상처를 입었다. 하지만 그녀는 금방 피에트로의 품으로 뛰어들었다. 그러고는 큰 소리로 말했다.

"당신이 지금처럼 사랑스럽게 느껴진 적은 없었어요. 그래요, 나의 귀여운 시골뜨기 총각, 나는 영원히 당신 거예요. 당신은 우리의 옛 로마인들처럼 위대한 사람이에요."

미래에 대한 생각, 상식에 입각한 슬픈 생각 따위는 모두 사라졌다. 그 순간만은 완전한 사랑의 순간이었다. 제정신이 들자 바니나가 말했다.

"당신이 로마니아에 도착한 즉시 나도 바로 그리로 가겠어요. 포레타Poretta의 욕조들을 정리해놓으라고 해야지. 저는 포를리 근처에 있는 산 니콜로 성에—그건 우리 성이거든요—머물겠어요."

"그래요, 거기서 함께 평생을 지냅시다." 피에트로가 말했다.

"이제부터 내 운명은…… 아, 모든 것을 감수해야지." 그녀가 한숨을 지으며 말을 이었다. "나는 당신을 위해 나 자신을 버리겠어요. 하지만 상관없어요. 당신은, 이 가문으로부터 쫓겨난 여자를 사랑할 수 있을까요?"

"당신은 나의 여인이오. 영원히 숭배를 받을…… 나는 당신을 사랑할 것이며 당신을 보호할 것이오."

하지만 어쨌든 바니나는 자신이 속한 세계의 사람이었으며, 결국 그리로 돌아가야 했다. 바니나가 피에트로를 떠나자마자, 그는 자신의 행동이 얼마나 분별없었는지를 깨달았다. 그는 생각했다.

 '조국이란 무엇인가? 그것은 우리에게 그 어떤 혜택을 주었다고 해서 우리가 감사해야 할 그런 존재가 아니다. 그리고 우리가 조국에 잘못을 저지른다고 해서 불행에 빠뜨리거나 우리를 저주할 그런 존재도 아니다. 조국이나 자유라는 것, 그것은 내 외투 같은 것이다. 그렇다. 그게 사실이다. 조국은 내게 유용한 것이며, 만일 내가 부모로부터 물려받지 못했다면, 내가 사야만 하는 것이기도 하다. 하지만 어쨌든 나는 조국과 자유를 사랑한다. 그 둘 모두 내게 유용하니까. 내게 그것들이 필요 없다면, 만일 그것이 내게 8월 복중의 외투 같은 것이라면, 그것을 사봤자, 그것도 그렇게 큰 값을 치르고 사봤자 무슨 소용이 있으리?

 바니나는 정말 아름답다. 그리고 재능도 있다. 누구든 그녀의 마음에 들려고 애쓸 것이다. 그리고 그녀는 나를 잊을 것이다. 도대체 단 한 명의 남자만을 사랑하는 여자가 어디 있단 말인가! 로마의 군주들은, 비록 나는 그들을 멸시하지만, 나보다 훨씬 많은 것을 갖고 있다. 아! 내가 떠난다면 그녀는 나를 잊을 것이다. 그리고 나는 그녀를 영원히 잃게 될 것이고……'

 한밤중에 바니나가 그를 보러 왔다. 그는 그녀에게 자신이 조금 전에 빠져 있던 번민에 대해 이야기했으며, '조국'이라는 거대한 단어에 대해, 자기 마음속의 갈등에 대해 그녀에게 이야기했다. 바나나는 너무 행복했다. 그녀는 생각했다.

'조국과 나 가운데 하나를 꼭 선택해야 한다면, 그는 나를 택할 거야.'

가까운 곳의 교회 종소리가 세 시를 알렸다. 마지막 작별의 순간이 다가온 것이다. 피에트로는 연인의 품에서 빠져나왔다. 그가 계단을 내려섰을 때, 바나나가 눈물을 감추면서 웃는 얼굴로 그에게 말했다.

"당신을 돌봐준 사람이 만일 시골의 가난한 여인이었다면, 당신은 그녀에게 감사의 표시로 무엇을 해주겠어요? 그녀에게 무언가 보답하려 하겠지요? 우리의 미래는 불확실해요. 당신은 적들 한가운데를 여행해야 하죠. 제게 감사의 표시로 사흘만 주지 않겠어요? 저를 시골의 불쌍한 여인으로 여기고, 제가 돌봐드린 것에 대한 보답을 해주세요."

피에트로는 사흘을 더 머문 후 로마를 떠났다. 외국 대사관에서 구입한 여권 덕분에 그는 무사히 가족 곁으로 돌아갈 수 있었다. 모두들 크게 기뻐했다. 그가 죽은 것으로 생각하고 있었던 것이다. 그의 친구들은 환영의 표시로 한두 명의 헌병을 처치했다. 그러자 피에트로가 말했다.

"무기를 다룰 줄 아는 이탈리아인을 쓸데없이 죽이지 말자. 우리의 조국은 영국처럼 평온한 섬이 아니야. 유럽의 왕들이 우리나라에 개입해 들어올 때, 우리에게는 그들에게 저항할 수 있는 군인이 필요해."

얼마 후 헌병에게 포위당하는 상황에 처하자, 피에트로는 바니나가 준 권총으로 그들 두 명을 죽였다. 그의 목에는 현상금이 붙게 되었다.

바니나는 로마니아에 나타나지 않았다. 피에트로는 그녀가 그를 잊었다고 생각했다. 그의 자부심은 충격을 받았다. 그는 자신과 자신의 연인을 가르고 있는 신분의 차이에 대해 곰곰이 생각했다. 감동에 젖거나 지난날의 행복했던 순간이 못내 그리워지면, 그는 바니나가 어떻게 지내는지 보기 위해 로마로 돌아가볼 생각까지 했다.

이런 분별없는 생각에 그가 자신의 의무로 여기고 있는 것조차 소홀히 하게 된 어느 날 저녁, 산 중턱의 교회 종소리가 평상시와는 다르게 울렸다. 마치 종지기가 심심풀이로 종을 치고 있는 것 같았다. 그것은 피에트로가 로마니아에 돌아오자마자 가입한 카르보나리당의 집회를 알리는 종소리였다. 그날 밤, 모든 당원이 숲속에 있는 어느 오두막집에 모였다. 슬픈 마음으로 그곳에 도착한 피에트로는 당의 우두머리가 체포되었으며, 바로 자신이, 이제 겨우 스무 살을 갓 넘긴 젊은 그가 오십 줄을 훨씬 넘긴, 1815년 이래로 그 음모에 가담해온 그런 사람들의 우두머리로 선출되었음을 알게 되었다. 이런 기대치 않던 영예를 받아들이면서 피에트로의 가슴은 크게 두근거렸다. 홀로 있게 되자 그는 더 이상 이미 자신을 잊었을 로마 처녀에 대한 생각은 하지 않으리라 결심했다. 그리고 '이탈리아를 야만에서 해방시킨다'는 의무에 전념하기로 결심했다.

이틀 후였다. 피에트로는 당의 우두머리에게 올라오는 보고서에서 바니나가 산 니콜로 성에 도착했다는 소식을 접했다. 그곳을 떠나고 도착하는 모든 사람의 동정이 그에게 보고되게끔 되어 있었던 것이다. 그 이름을 읽는 순간 그가 느낀 것은 기쁨이라기보다는 차라리 크나큰 동요였다. 그날 밤 안으로 산 니콜로 성으로 달려가고 싶은 마음을 억누르며, 조국을 향한 충성심을 아무리 다짐하고 다짐해도 소용이 없었다. 그가 잊고 있었다고 믿었던 바니나를 향한 생각 때문에 아무리 사려 깊게 자신의 의무를 다짐하려 해도 헛일이었다.

다음 날, 그는 그녀를 만났고 그녀는 로마에서처럼 그를 사랑했다. 그녀가 결혼하길 원하는 아버지 때문에 출발이 늦었던 것이었다. 그녀는 이십만 리브르의 돈을 가지고 왔다. 예상치 못했던 이 막대한 돈 때문에 당에서의 피에트로의 권위와 당원들의 신뢰는 더없이 커졌다. 코르푸에서 무기를 제조케 했고 카르보나리당의 추적 임무를 맡고 있는 총독의 개인 비서를 매수할 수 있었다. 또한 정부의 끄나풀 노릇을 하고 있는 신부의 명단도 얻을 수 있었다.

바로 이 시기가 불행한 이탈리아에서 있었던 수많은 모반 중에서 비교적 덜 광적인 움직임인 카르보나리 운동 조직이 끝나가던 때였다. 그에 대한 자세한 이야기는 이 글의 방향에서 빗나가는 것이므로 삼가겠다. 단지 피에트로의 계획이 끝까지 성공을 거두었다면, 그에게 상당한 영광이 돌아갈 수 있었으리라는 것만은 말할 수 있다. 그의 손짓 하나로도 수천 명이 들고일어날 수 있었다. 수많은 사람이 무기를 든 채 지도자들이 나타나기만을 기다리고 있는 상황이었던 것이다. 언제나 그러한 것처럼 우두머리들이 체포되는 바람에 모반 조직이 와해되는 시기는, 결정적인 성공의 순간이 코앞에 다가온 그러한 시기와 일치하는 법이다.

로마니아에 도착하자마자 바니나는 자신의 연인이 조국을 향한 사랑 때문에 다른 모든 사랑은 잊고 있다고 믿게 되었다. 젊은 로마 처녀의 자존심은 크게 흔들렸다. 그녀는 애써 생각을 가다듬어보려 했지만 소용없었다. 깊은 슬픔이 그녀를 사로잡았다. 그녀는 자신도 모르게 자유를 저주하고 있는 스스로의 모습을 깨닫곤 했다. 어느 날 피에트로를 보러 포를리로 온 그녀는, 이제까지 자존심으로 겨우 억누르고 있던 자신의 고통을 더 이상 억제할 수 없게 되자 그에게 말했다.

"정말로 당신은 남편처럼 저를 사랑하시는군요. 그건 제가 바라는 게 아니에요."

그녀는 눈물을 흘렸다. 하지만 그 눈물은 피에트로를 비난할 정도로 자신이 품위를 잃은 데 대한 부끄러움의 눈물이었다. 피에트로는 그 눈물에 대해, 일에 열중한 한 사내로서 대답했다. 바니나는 그를 떠나 로마로 돌아가야겠다는 생각이 홀연 들었다. 그녀는 그런 식으로 비굴한 말을 던진 자기 자신의 나약함을 스스로 벌함으로써 일종의 잔인한 기쁨을 맛보고 싶었던 것이었다. 잠깐의 침묵이 흐른 뒤 그녀는 결심을 굳혔다. 그녀가 피에트로의 곁을 떠나지 않는 한 자신은 그에게 어울리는 사람이 될 수 없다고 생각한 것이다. 그녀는 만약 자신이 떠난다면, 그때 그가 느낄 고통과 놀라움을 상상하며 즐기고 있었다. 그러나 곧이어 자신이 그를 위하여 그토록 수많은 터무니없는 짓을 했음에도 불구하고 그 사내의 사랑을 얻을 수 없었다는 생각에, 그녀는 깊은 상처를 받았다. 그녀는 침묵을 깨고 그에게서 사랑한다는 말을 끌어내기 위해 온갖 노력을 다했다. 그는 부드러운 말을 속삭였지만, 표정은 무심하기만 했다. 그것은 그가 정치적인 일에 대해 말할 때와는 전혀 다른 어조였다. 그는 정치에 대해 말하면서 고통스러운 듯 내뱉었다.

"아! 이 일이 성공하지 못한다면, 정부가 그것을 또 발각해 낸다면, 나는 조국을 떠나야 하리!"

바니나는 꼼짝 않고 있었다. 벌써 한 시간 전부터 그녀는 이제 자신의 연인과 마지막 만남을 갖고 있다고 느끼고 있었다. 그런데 그가 던진 그 말이 그녀에게 어떤 운명적인 빛을 던져주었다. 그녀는 생각했다.

'카르보나리당에 나는 수천 리브르의 돈을 제공했어. 아무

도 카르보나리당에 대한 나의 충심을 의심하지 않을 거야.'

바나는 줄곧 생각에 잠겨 있다가 이윽고 피에트로에게 말했다.

"저와 함께 스물네 시간 동안 산 니콜로 성에서 함께 지내지 않으시겠어요? 오늘 저녁 모임에는 당신이 없어도 되잖아요. 내일 아침에 산 니콜로에서 산책을 할 수도 있을 거예요. 그러면 당신도 진정이 될 것이고, 이런 큰일을 하는 데 필요한 냉정도 되찾을 수 있을 거예요."

피에트로가 동의했다.

바나는 여행 준비를 하러 간다며 그의 곁을 떠나면서, 언제나처럼 그를 숨겨놓은 작은 방의 문을 열쇠로 잠갔다.

그녀는 이전에 그녀의 하녀였다가 이제는 결혼하여 포를리에서 작은 가게를 꾸려나가고 있는 한 여자에게 달려갔다. 그여자 집에 도착하자 바나는 그녀의 집에 있는 일일기도서 가장자리에, 바로 그날 밤 카르보나리 집회가 열리는 장소를 정확하게 썼다. 그리고 그 밀고장 끝에 이렇게 적었다.

'이 당의 당원은 열아홉 명입니다. 여기에 그들의 이름과 주소가 있습니다.'

피에트로의 이름을 제외하고는 전부 다 정확하게 써 넣은후, 그녀는 자기가 신임하고 있는 여인에게 말했다.

"이 책을 추기경 총독님께 갖다 드려. 이 책을 읽으시라고한 후 돌려받아야 해. 자, 여기 십 리브르가 있어. 총독 입에서 내 이름이 나오게 되는 날, 네 목숨도 끝인 줄 알아. 내가 여기 적은 부분을 총독이 읽게만 해준다면, 너는 내 목숨을 구해주는 셈이야."

모든 일이 기막히게 잘 진행되었다. 겁이 많은 총독은 총독의 위엄에 걸맞지 않은 태도로 여인을 만났다. 그는 가면을 쓴 채 자신을 뵙기를 간청하는 한 평민 아낙네에게, 손발을 묶은 채라면 괜찮다며 알현을 허락했던 것이다. 그런 상태에서 그 여자 상인은 지체 높은 분에게 인도되었다. 총독은 녹색 양탄자가 덮인 거대한 탁자 뒤쪽에, 방어 진지 뒤에 자리 잡고 있듯이 앉아 있었다.

총독은 혹시 정교한 독이라도 들어 있지 않나 겁내는 듯 가능한 한 일일기도서와 멀리 떨어져서 읽었다. 그는 그것을 여인에게 돌려준 후 아무런 명령도 하지 않았다. 자신의 옛 하녀가 돌아온 것을 본 바니나는 애인 곁을 떠난 지 정확히 사십 분 만에, 이제 그는 완전히 자신의 것이 되었다고 믿으면서 피에트로 앞에 다시 나타났다. 그녀는 마을의 움직임이 무언가 심상치 않다고 그에게 말했다. 한 떼의 헌병들이 전에는 나타나지 않던 마을 거리에 나타났다는 것이었다. 그리고 그녀는 이렇게 덧붙였다.

"저를 믿으신다면, 지금 당장 산 니콜로로 떠나야 해요."

피에트로가 동의했다. 바니나는 마을에서 반 마일 떨어진 곳에서 하녀, 입도 무거운 데다 두둑한 돈으로 매수한 하녀와 함께 그를 기다렸고, 그는 그곳까지 혼자서 걸어갔다.

그가 산 니콜로 성에 도착하자 바니나는 자신의 이상한 행동거지가 탄로 날까 두려워, 애인에게 평시보다 훨씬 상냥하게 대했다. 하지만 사랑을 속삭이는 그녀의 모습이 그에게는 무슨 연극이라도 하고 있는 듯이 보였다. 전날 배반을 하면서 그녀는 양심의 가책 같은 것은 잊었었다. 두 팔로 연인을 껴안고 있으면서 그녀는 생각했다.

'누군가 그에게 말을 하게 될지도 몰라. 그렇게 되면 그때부터 그는 영원히 나를 싫어하게 될 거야.'

한밤중이었다. 바니나의 하인 한 명이 갑자기 그들이 있던 방으로 들어왔다. 그녀는 모르고 있었지만, 그는 카르보나리 당원이었다. 피에트로도 그녀에게 비밀이 있었으며, 소상한 부분은 더욱이 그러했던 것이었다. 그녀는 몸을 떨었다. 그 사내는 피에트로에게 그날 밤 열아홉 명의 당원의 집이 포위되었으며, 그들이 집회에서 돌아오자마자 체포되었다고 보고했다. 전혀 예상치 못했던 습격이었지만, 아홉 명은 도망치는 데 성공했으며 열 명은 헌병들에 의해 요새로 끌려갔다는 것이었다. 요새로 끌려가는 도중에 한 명이 우물에 몸을 던져 그만 죽고 말았다는 이야기도 덧붙였다. 바니나는 어쩔 줄 몰라했다. 하지만 다행스럽게도 피에트로는 그녀를 주의 깊게 바라보지 않았다. 만일 그러했다면, 그녀의 눈에서 배신의 범죄를 읽어낼 수도 있었을 것이다.

하인은 지금 포를리의 수비대가 모든 길을 지키고 있다고 덧붙였다. 옆의 동료에게 말을 건넬 수 있을 정도로 빽빽하게 진을 치고 있다는 것이었다. 모든 시민은 거리를 이쪽에서 저쪽으로 건널 때마다 장교가 있는 곳에 가서 취조를 받아야만 했다.

그 사내가 밖으로 나가자 피에트로는 아주 잠깐 동안 생각에 잠기더니, 이윽고 이렇게 말했다.

"지금으로서는 할 수 있는 일이 아무것도 없군."

바나나는 거의 빈사 상태에 있었다. 그녀는 연인의 시선 앞에서 사시나무처럼 떨고 있었다.

"당신 조금 이상하군. 어디 안 좋아?"라고 그가 그녀에게 말했다. 그러나 그는 곧 다른 생각에 잠겨 그녀를 바라보지 않았다.

한낮이 되자 그녀는 용기를 내어 그에게 감히 말을 걸었다.

"다시 당을 조직할 수 있을 거예요. 당분간은 조용히 계시는 게 좋겠어요."

"아주 조용히……"라고 피에트로가 웃음을 띠며 대답했는데, 그녀는 그 웃음에 몸이 떨려왔다. 그녀는 산 니콜로 마을 신부를 방문해야 할 피치 못할 사정이 있어 외출했다. 그는 제수이트의 스파이임이 분명했다. 일곱 시쯤 저녁을 먹으러 집으로 돌아온 그녀는 애인이 숨어 있던 방이 텅 비어 있는 것을 발견했다. 그녀는 그를 찾아 온 집 안을 헤맸지만 헛수고였다. 낙담한 채 그의 방으로 다시 돌아왔을 때, 그녀는 쪽지 한장을 발견하고는 허둥지둥 읽었다.

나는 총독에게 자수하러 가오. 우리들의 과업에 대해 절망했소. 하늘도 우리 편이 아니잖소. 누가 우리를 배반했을까? 틀림없이 우물에 몸을 던져 자살한 그자일 거요. 내 목숨이 이 가엾은 이탈리아에 아무 소용이 없는 한, 동료들 가운데서 혼자 살아남은 내가 바로 그들을 팔아먹었다는 그런 의심을 받으며 살아갈 수는 없소. 안녕. 만일 당신이 나를 사랑한다면, 나의 복수를 해주오. 우리를 배반한 그 비열한 자를, 비록 그가 나의 아버지일지라도 그를 없애버리고 죽여버리길 바라오.

바니나는 반쯤 넋이 나간 채 혹독하기 그지없는 슬픔에 빠져 의자에 쓰러졌다. 그녀는 한마디 말도 할 수 없었다. 그녀의 눈은 타는 듯이 빛나고 있었다. 마침내 그녀는 허둥지둥 무릎을 꿇고 소리쳤다.

"아, 신이시여! 제 맹세를 받아주세요. 그래요, 배반한 비열한 자를 내 손으로 벌할 거예요. 하지만 그전에 피에트로를 자유롭게 해줘야 해요."

한 시간 후 그녀는 로마로 향하고 있었다. 오래전부터 그녀의 아버지는 그녀에게 돌아오라고 재촉하고 있었다. 그녀가 없는 동안 그는 돈 리비오 사벨리 공작과의 결혼을 서두르고 있었다. 바니나가 로마에 도착하자마자 그는 그녀에게 그 사실을 약간 떨리는 마음으로 전했다. 그런데 아주 놀랍게도 그녀는 아버지가 그 말을 하자마자 순순히 승낙했다. 바로 그날 저녁, 비텔레쉬 공작부인의 집에서 그녀의 아버지는 그녀에게 거의 공식적으로, 돈 리비오를 소개했다. 그녀는 그와 많은 말을 주고받았다. 그는 우아한 청년으로 아름다운 머리카락을 가지고 있었다. 하지만 그의 재치는 인정할 수 있을지 몰라도, 성격은 아주 경솔한 것으로 평판이 나 있었다. 따라서 그가 무슨 큰일이라도 저지를 만한 인물이라고 정부로부터 의심받을 염려는 전혀 없었다. 바니나는 우선 그의 환심을 사놓은 후에 그를 아주 편리한 앞잡이로 이용할 생각이었다. 그가 로마 총독이면서 경찰장관인 사벨리 카탄자라의 조카였으므로, 스파이들도 감히 그의 뒤를 쫓지는 않으리라고 생각했다.

사랑스런 돈 리비오를 며칠 동안 환대한 후 바니나는 그에게 결코 당신과는 결혼할 수 없다고 말했다. 그의 머리가 너무 경박하다고 했다. 그녀는 이어서 이렇게 덧붙였다.

"만일 당신이 어린아이가 아니라면, 당신 숙부의 부하들은 당신에게 모든 것을 다 이야기해주겠지요? 예컨대 최근 포를리에서 발각된 카르보나리 당원들을 어떻게 할 것이라든지……."

이틀 후 돈 리비오는 포를리에서 붙잡힌 카르보나리 당원들이 모두 탈출했다고 그녀에게 말했다. 그녀는 깊은 경멸을 담은 쓰디쓴 미소를 띤 채 크고 검은 눈길을 보내면서, 저녁 내내 그에게 한마디 말도 건네지 않았다. 다음 날, 돈 리비오는 얼굴이 벌겋게 된 채 그녀에게 와서 녀석들이 자기를 속였다고 말했다.

"하지만 내가 숙부의 사무실 열쇠를 하나 손에 넣었지요. 거기 있는 서류에서 추기경들과 고위 성직자들로 이루어진 회합이 곧 있으리라는 것, 아주 극비리에 열리는 그 회의에서 카르보나리 당원들을 로마에서 재판할지 혹은 라벤나에서 재판할지 토의하게 되리라는 것을 알아냈습니다. 포를리에서 체포한 아홉 명의 카르보나리 당원과 피에트로 미시릴리라는 그들의 두목은—그 친구는 멍청하게도 제 발로 걸어들어왔는데요—지금 산 레오의 성에 갇혀 있답니다."

'멍청하게도'라고 말하는 순간, 바니나는 온 힘을 다해 돈 리비오를 꼬집었다. 그녀가 말했다.

"내가 직접 당신 숙부의 방으로 가서 그 서류를 읽어야겠어요. 당신이 잘못 읽었을 거예요."

그 말에 돈 리비오는 몸이 떨렸다. 바니나는 거의 불가능한 일을 요구하고 있었다. 하지만 이 처녀의 비상한 재능은 그의 사랑을 한없이 증폭시키는 데 성공했다. 며칠 후 남장을 하고 돈 리비오 사벨리의 정복을 입은 채, 바니나는 경찰장관의 일급비밀 문서를 반 시간 동안 볼 수 있게 되었다. 피고 피에트로 미시릴리에 대한 매일 보고서를 발견했을 때, 그녀는 커다란 기쁨과 행복감에 젖었다. 그 서류를 든 그녀의 손이 몹시 떨렸다. 그리고 그의 이름을 다시 읽으면서 그녀는 심한 고통을 느낄 지경이었다. 로마 총독의 궁을 나서면서, 바니나는 돈 리비오에게 포옹을 허락했다. 그리고 그에게 말했다.

"정말 어려운 일을 부탁했는데 잘해내셨어요."

그 말을 듣는 순간, 젊은 공작은 바니나의 마음에 들기 위해서라면 바티칸 궁에 불이라도 지를 것 같은 기분이 되었다. 그날 저녁 프랑스 대사의 집에서 무도회가 열렸다. 그녀는 돈 리비오와 여러 번, 아니 그만을 상대로 춤을 추었다. 행복감에 취한 그가 곰곰이 생각해볼 틈을 주어서는 안 되었다.

어느 날, 바니나가 그에게 말했다.

"우리 아버지는 가끔 이상하세요. 오늘 아침에는 갑자기 하인 두 명을 해고하셨지 뭐예요. 그러자 그들이 내게 와서 울며 하소연하는 거예요. 그중 한 명이 로마 총독인 당신 숙부네 집에 자리를 얻을 수 없냐고 해요. 다른 한 명은 프랑스 포병대의 군인이었는데 생 앙주 성에서 일했으면 하고요."

"그 둘 다 내가 거두리다." 젊은 공작이 씩씩하게 말했다.

"내가 언제 당신보고 거두랬어요? 나는 그 가엾은 사람들이 요구하던 바를 한 글자도 틀리지 않고 당신에게 전달한 것뿐이에요. 그들이 요구한 바로 그 자리가 필요하지, 다른 것은 필요 없어요." 바니나가 거만스럽게 그의 말을 잘랐다.

세상에, 그보다 어려운 일이 있을까. 사벨리 카탄자라 각하는 결코 경솔하지 않은 사람이어서 그가 잘 알고 있는 사람 외에는 누구도 집에 들이지 않았던 것이다.

겉보기에는 온갖 즐거움에 둘러싸인 것 같은 생활 속에서도 양심의 가책을 느끼며 괴로워하는 바니나는 더없이 불행했다. 일이 더디게 진행되는 것이 그녀를 초조하게 만들었다. 아버지의 사업대리인은 돈을 잘 벌어들이고 있었다. 부모의 집에서 도망쳐, 로마니아로 애인과 함께 탈주해야 하나? 참으로 터무니없는 생각이었지만, 그녀는 그 생각을 거의 실행할 참이었다. 그런데 그 어떤 우연찮은 일이 그녀의 운명을 동정했다.

어느 날, 돈 리비오가 그녀에게 말했다.

"피에트로 도당의 열 명의 당원들이 선고를 받은 후 로마로 이송될 거랍니다. 로마니아에서 처형될 가능성이 없는 건 아니지만……. 어쨌든 우리 숙부가 오늘 저녁 교황에게 들은 바로는 그렇습니다. 로마에서 이 비밀을 아는 사람은 당신하고 나 둘뿐입니다. 이제 만족하시나요?"

"당신은 이제 훌륭한 남자가 되었어요. 내게 당신 초상화를 선물로 주세요"라고 바니나가 대답했다.

피에트로가 로마에 도착하기로 예정된 전날 저녁, 바니나는 시타 카스텔라나로 갈 구실을 마련했다. 바로 그 마을 감옥에서 로마니아에서 로마로 이송되는 카르보나리 당원 죄수들이 하룻밤을 보내게끔 되어 있었다. 그녀는 아침에 감옥에서 나오는 피에트로를 보았다. 그는 사슬에 묶인 채 호송 마차에 홀로 갇혀 있었다. 얼굴이 매우 창백해 보였지만 기가 꺾인 것 같지는 않았다. 어떤 노파가 그에게 제비꽃 한 다발을 건네주자 그가 미소로 답례했다.

자신의 연인을 한번 보자 바니나의 모든 생각은 새로워진 것 같았다. 그녀는 새롭게 용기를 얻었다. 오래전부터 그녀는 자신의 연인이 갇히게 될 생 앙주 성의 카리 신부와 친분을 맺어놓았었다. 그녀는 그를 고해신부로 삼았다. 로마에서 그녀의 고해신부로 선택된다는 것은 대단한 일이었다.

카르보나리 당원의 재판은 오래 걸리지 않았다. 어쩔 수 없는 결정에 따라 그 귀찮은 놈들이 로마로 오게 된 데 격분한 극우 과격 당은 그들을 심판하게 될 위원회를 가장 야망에 찬 성직자들로 구성했다. 그 위원회는 경찰장관이 주도하게끔 되어 있었다. 카르보나리 당원들에게 적용되는 법은 명백했다. 포를리의 카르보나리 당원들에게는 아무런 희망도 없었다. 그래도 그들은 온갖 수를 짜내 목숨을 구하려고 애썼다. 판관들 중에는 그들을 사형에 처하는 것에 그치지 말고, 손목을 자른다거나 그보다 잔혹한 형벌을 더해야 한다고 말하는 사람도 있었다. 앞길이 훤하게 뚫린 경찰장관으로서는—그 자리를 떠나게 되면 추기경이 되는 것이 보장되어 있었다— 그들의 손목을 자를 이유가 전혀 없었다. 그는 교황에게 선고

문을 가져가 모든 죄수의 형을 몇 년간의 징역으로 감하는 동의를 얻어내는 데 성공했다. 하지만 피에트로만은 예외였다. 경찰장관에게는 그가 아주 위험한 광신도로 보였으며, 게다가 그는 두 명의 헌병을 죽인 죄로 이미 사형을 언도받은 몸이었기 때문이다. 바니나는 경찰장관이 교황을 만난 지 얼마되지 않아 선고의 내막과 감형 소식을 알게 되었다.

다음 날, 카탄자라 경이 자정쯤 되어 자신의 궁으로 돌아왔을 때 하인이 한 명도 눈에 띄지 않았다. 놀란 그는 여러 번 벨을 눌렀는데, 결국 나타난 사람이 늙고 멍청한 하인이었다. 경찰장관은 답답함을 참지 못하고 손수 옷을 벗으리라 마음먹었다. 그는 문을 잠갔다. 날씨가 무척 더웠다. 그는 벗은 옷들을 하나로 뭉쳐 의자 위로 내던졌다. 그런데 너무 세게 던졌는지 그 옷들이 의자를 넘어 창문의 모슬린 커튼을 건드렸고, 그 바람에 커튼 뒤에 있던 사람의 모습이 드러났다. 그는 재빨리 자신의 침대로 몸을 던지고는 권총을 집어 들었다. 그가 창문쪽으로 다시 다가가자 제복을 입은 젊은 청년이 권총을 손에들고 그에게 다가왔다. 그것을 본 장관은 권총을 눈으로 가져가 겨누었다. 막 총을 발사하려던 참이었다. 청년이 웃으면서 그에게 말했다.

"각하, 바니나 바니니도 못 알아보시나요?"

"아니, 도대체 이 무슨 어처구니없는 짓이야?" 화가 난 경찰장관은 꾸짖듯이 말했다.

"자, 침착하세요. 우선 각하의 총에는 총알이 없습니다."

놀란 경찰장관은 사실을 확인하려 했다. 뒤이어 그는 조끼에서 단도를 꺼내 손에 쥐었다.

바니나는 아주 매력적이면서도 침착한 표정을 지으며 말했다. "각하, 앉으실까요?" 그리고 그녀는 소파 위에 조용히 앉았다.

"어쨌든 너 혼자겠지?"

"물론이지요. 맹세할게요." 바니나가 큰 소리로 말했다.

장관은 확실하게 확인해두고 싶었다. 그는 방을 돌면서 구석구석을 살펴보았다. 그런 후 그는 바니나로부터 약간 떨어진 자리에 있는 의자에 앉았다. 바니나가 부드럽고 조용하게 말했다.

"안심하세요. 제가 각하와 같이 온건한 분을 해쳐서 얻는 게 뭐가 있겠어요. 그래 봤자 성미 급하고 나약한 사람이 그 자리를 이어받아, 자기는 물론 남들까지 파멸에 이르게 할 텐데요."

"그렇다면 아가씨, 도대체 원하는 게 뭐지? 이런 행동은 내 마음에 안 들어. 빨리 끝냈으면 좋겠군." 각하가 언짢은 투로 말했다. 그러자 바니나가 갑자기 우아한 표정을 싹 감추면서 목소리를 높여 대답했다.

"제가 드릴 말씀은 저보다도 당신에게 더 중요한 일이에요. 제가 원하는 건 카르보나리 당원인 피에트로의 목숨을 살려 달라는 거예요. 만일 그가 처형된다면 각하의 목숨도 일주일 이상 붙어 있기 힘들 거예요. 사실은 이 모든 게 저 자신에게는 아무 소득도 없는 일이에요. 각하가 지금 언짢아하고 계신 이 일은 재미 삼아 해보는 면도 있고 또 한편으로는 제 여자 친구를 위해서랍니다."

바니나는 친근한 표정을 되찾으며 이야기를 이어나갔다.

"저는 곧 제 남편이 되실 분 그리고 모든 면으로 볼 때 앞으로 집안의 명예를 훨씬 더 드높이실 분에게 도움을 주기 위해 이러는 거예요."

경찰장관의 얼굴에 화난 표정이 사라졌다. 이런 빠른 표정 변화에는 바니나의 미모가 단단히 한몫했음이 틀림없었다. 로마에서는 카탄자라 각하가 예쁜 여성을 좋아한다는 사실을 모르는 사람이 없었다. 게다가 몸종처럼 변장하고, 비단 양말을 꽉 졸라맨 채 붉은 조끼에 은빛 장식을 한 푸른 옷을 입은 바니나의 모습은 더없이 매력적이었다. 각하는 거의 웃음을 머금은 듯한 표정으로 말했다.

"이것 봐, 미래의 조카며느리. 참으로 어처구니없는 짓을 하고 계시는데, 앞으로도 계속 그럴 건가?"

"각하처럼 현명하신 분은 비밀을 지켜주시리라 믿어요. 특히 리비오에게요. 사랑하는 숙부님, 제 친구 애인의 생명을 구해주신다면 숙부님께 입맞춤해드리겠어요. 그러면 숙부님도 이 일의 공범이 되는 거겠죠?"

반쯤 농담 섞인 듯한 어투로 대화를 계속해나가면서—로마 여인들은 아주 심각한 문제를 그런 식으로 다룰 줄 알았다—바니나는 처음에는 손에 권총을 들고 시작한 이 면담을 젊은 사뻴리 공주가 그의 시숙인 로마 총독을 방문한 것으로 꾸며놓을 수 있었다. 얼마 지나지 않아 카탄자라 각하는 그녀의 위협에 굴복해 그런 것이라는 생각을 오만하게 떨쳐버리고, 미래의 조카며느리에게 피에트로의 목숨을 구하는 일이 얼마나 어려운지 이야기하기 시작했다. 이야기하면서 각하는 바니나와 함께 방 안을 거닐었다. 그는 벽난로 위에 있는 레모네이드를 크리스털 잔에 가득 채웠다. 그가 잔을 입술에 가져가려는 순간, 바니나가 그것을 빼앗더니 잠시 가지고 있다가 장난이라도 하는 듯이 정원으로 던졌다. 잠시 후 각하가 과자통에서 초콜릿 봉봉을 집자 바니나는 그것도 빼앗으면서 큰 소리로 말했다.

"조심하세요. 각하 집에 있는 건 전부 독에 오염되었어요. 사람들이 당신의 죽음을 원하니까요. 이게 제가 미래의 시숙님께 용서를 빌기 위해 할 수 있는 일이에요. 사뻴리 집안에 주는 것 하나 없이 빈손으로 들어올 수는 없잖아요."

매우 놀란 카탄자라 각하는 미래의 조카며느리에게 감사했고, 피에트로의 목숨을 구하는 일에 대해 희망적인 언질을 주었다.

"이제 우리의 거래는 이루어졌어요. 그 증거로 보상을 해드리겠어요." 그녀는 각하를 포옹하면서 말했다. 각하는 그 보상을 기꺼이 받아들면서 이렇게 덧붙였다.

"바니나, 내가 피를 좋아하지 않는다는 걸 알아야 해. 또한 네 눈엔 내가 나이 들어 보일지 모르지만, 오늘 흐른 피가 얼룩으로 변할 때까지 오랫동안 살아 있을 만큼 젊다는 걸 기억하라고."

카탄자라 각하가 정원의 작은 문까지 바니나를 배웅해줄 때, 이미 두 시를 알리는 종이 울렸다.

다음다음 날, 각하는 이제부터 교황에게 전하려고 마음먹고 있는 말 때문에 당혹스러워하면서 교황을 알현했다. 교황 성하께서 그에게 말씀하셨다.

"무엇보다 당신께 은혜를 베풀라고 요구하고 싶구려. 포를리의 카르보나리 당원 중 사형을 기다리고 있는 자가 있다면서요. 내 그 생각 때문에 잠을 이룰 수가 없구려. 그 사내 목숨을 구해야겠소."

교황께서 오히려 제 몫의 일을 처리해주는 것을 본 경찰장관은 여러 차례 반대하다가 마침내 사면장을 쓰기에 이르렀고, 이어서 예외적으로 교황이 그것에 서명했다.

바니나는 자기 애인이 사면을 받게 되리라고 확신하고 있었지만 누군가가 그를 독살할까 봐 겁이 났다. 전날부터 피에트로는 고해 사제인 카리 신부로부터 전해 받은 건빵을 먹고 있었다. 그리고 나라에서 주는 음식물에는 손도 대지 말라는 신부의 주의도 들었다.

뒤이어 바니나는 포를리의 카르보나리 당원들이 산 레오 성으로 이송된다는 소식을 듣게 되었다. 그녀는 그들이 시타 카스텔라나를 지날 때 어떻게 해서든 피에트로를 보고자 했다. 그녀는 죄수들이 도착하기 하루 전날 그 마을에 당도했다. 그곳에서 그녀는 며칠 전에 도착한 카리 신부를 만났다. 그는 간수를 매수해 피에트로가 자정에 감옥 예배당으로 미사를 보러 오게 하는 데 성공했다. 그뿐 아니었다. 손발을 쇠사슬로 묶은 상태에서라면, 간수가 예배당 문 쪽으로 멀찌감치 물러나 있겠다는 약속까지 얻어내는 데 성공했다. 그 말인즉슨 간수는 죄수의 모습만 살펴볼 뿐 그들이 나누는 이야기는 듣지 못한다는 뜻이었다.

드디어 바니나의 운명을 결정할 날이 왔다. 아침부터 그녀는 감옥 예배당 안에 몸을 숨기고 있었다. 그 긴긴 하루 동안 그녀 안에서 소용돌이쳤던 수많은 생각을 누가 감히 표현할 수 있겠는가? 피에트로는 과연 자기를 용서할 만큼 사랑하고 있을까? 그녀는 그의 조직을 밀고했지만 그의 목숨은 구했다. 혼란스러운 마음이 어느 정도 안정되자 그녀는 함께 이탈리아를 떠나자는 자신의 제의를 그가 받아들일 수도 있으리라고 생각했다.

그녀가 죄를 범한 것은 사실이었지만 그것은 너무나 그를 사랑했기 때문이었다. 네 시가 되자 그녀는 멀리서 헌병들이 탄 말발굽 소리를 들을 수 있었다. 그 말발굽 소리 하나하나가 그녀의 가슴을 울리는 듯했다. 곧이어 그녀는 죄수를 호송하는 마차 소리를 들을 수 있었다. 마차는 감옥 앞에 있는 작은 광장에 멈추었다. 그녀는 두 명의 헌병이 마차 안에 혼자 있던 피에트로를 부축하는 것을 보았다. 그는 너무나 무거운 쇠사슬에 묶여 있어서 혼자서는 움직일 수도 없었다. 그의 모습을 보고 그녀는 눈물을 흘렸다.

"그래, 최소한 살아 있기는 해. 그들이 아직 독살하지는 않았어."

잔인한 저녁이었다. 높이 걸려 있는 데다 간수가 기름을 아끼려고 심지를 낮추어놓은 희미한 제단의 램프 불만이 홀로 어두운 예배당을 밝히고 있었다. 바니나의 눈에는 이웃 감옥에서 죽은 중세 귀족들이 무덤 위에 아른거리고 있는 듯했다. 그들의 조상彫像은 잔인한 모습을 하고 있었다.

이미 오래전부터 모든 소리가 사라지고 없었다. 바니나는 홀로 불길한 생각에 빠져 있었다. 자정을 알리는 종소리가 울리고 얼마 지나지 않아 그녀는 박쥐가 날아다니는 소리를 희미하게 들었다고 느꼈다. 그녀는 걸어보려고 했지만 반쯤 넋이 나간 채 제단의 난간에 쓰러졌다. 그 순간, 언제 다가왔는지 소리도 없이 두 명의 유령이 그녀 곁에 나타났다. 간수와 마치 쇠사슬을 뒤집어쓴 것 같은 모습의 피에트로였다. 간수가 램프의 불을 켜더니 바니나 곁의 제단 난간에 놓았다. 죄수의 모습을 똑똑히 감시하기 위해서였다. 그런 다음 그는 문 옆

안쪽으로 물러갔다. 간수가 멀어지자마자 바나나는 피에트로의 목을 껴안았다. 그를 두 팔로 감싸면서 그녀는 쇠사슬의 차갑고 날카로운 감촉 외에는 아무것도 느낄 수 없었다. 그녀는 생각했다.

'도대체 그를 이 사슬로 묶은 자는 누구란 말인가?'

애인을 품에 안으면서도 그녀는 아무런 즐거움을 느낄 수 없었다. 그 고통에다가 이번에는 다른 두려움이 그녀의 가슴을 찌르듯이 엄습해왔다. 그녀는 한순간 피에트로가 자신의 범죄를 알고 있는 게 아닌가 생각했다. 그만큼 그의 반응이 차가웠던 것이다. 이윽고 그가 입을 열었다.

"사랑하는 친구여, 나는 그대가 나를 향해 베풀었던 사랑을 회한 속에서 바라보고 있다오. 내게 그 무엇이 있어 당신의 사랑을 받을 자격이 있는지 아무리 찾아보려 해도 소용이 없었소. 자, 이제 기독교인다운 마음으로 돌아가 우리를 길 잃게 했던 환상에서 벗어납시다. 나는 이제 더 이상 당신의 소유가 아니오. 나의 일들이 계속해서 실패했던 것은, 아마도 나 스스로 끊임없이 정신적 죄를 범한 상태에 있었기 때문일 것이오. 포를리의 그 운명적인 밤에도 나는 왜 친구들과 함께 체포되지 않았던가? 인간적으로 조심하라는 충고에만 귀를 기울인 탓이 아닐까? 왜 그 위험한 순간에 나는 내 자리를 지키지 않았던 걸까? 왜 그 자리에 없어서, 정말 견디기 어려운 잔인한 의심까지 받게 되었던 걸까? 그건 바로 내게 이탈리아를 해방시킨다는 정열 외에 다른 정열이 섞여 있었기 때문이었소."

바나나는 피에트로의 변화를 보고 놀란 나머지 한동안 멍하니 서 있었다. 그는 눈에 띄게 야위어 보이지는 않았지만, 족히 서른 살은 되어 보였다. 바나나는 그가 감옥에서 받은 학대 때문에 그렇게 되었다고 생각하고 눈물을 펑펑 쏟았다. 그녀가 그에게 말했다.

"아, 당신을 잘 대접하겠다고 간수들이 그토록 약속했는데……."

사실은 죽음을 앞두게 되자, 이탈리아의 자유와 결합되어 있던 모든 종교적 원칙들이 이 젊은 카르보나리 당원의 가슴속에 되살아난 것뿐이었다. 차츰 바나나는 그의 애인에게서 확연히 드러나 보이는 그 변화가 사실은 오로지 정신적인 것일 뿐, 육체적으로 학대를 받아서 그렇게 된 것은 아님을 알게 되었다. 절정에 달해 있다고 믿었던 그녀의 고통이 한층 가중되었다.

피에트로는 입을 다물고 있었고, 바나나는 질식할 지경에 이를 정도로 흐느끼고 있었다. 그는 스스로 약간 감동에 찬 표정으로 덧붙였다.

"내가 이 지상에서 단 하나 사랑한 것이 있다면, 그것은 바나나 당신일 것이오. 하지만 하느님 덕분에 나는 내 생애 단 하나의 목표만 갖게 되었소. 나는 감옥에서 죽을 것이오. 이탈리아의 자유를 위해."

다시 침묵이 흘렀다. 정말로 바니나는 아무 말도 할 수 없었다. 말을 하려고 애썼지만 헛일이었다. 피에트로가 덧붙였다.

"친구여, 의무는 혹독한 것이오. 하지만 의무를 완수하려는 얼마간의 노력이 없다면, 영웅적 행위는 도대체 어디서 찾을 수 있겠소? 나를 이제 더 이상 찾지 않겠다고 약속해주겠소?"

자신을 꽉 조이고 있는 쇠사슬이 허락하는 한 그는 억지로 손목을 움직여 바니나의 손가락까지 손을 뻗쳤다.

"당신에게 소중한 한 사내의 충고를 허락한다면, 당신 아버지께서 정해주신 당신에게 걸맞은 상대와 결혼하기를 권하고 싶소. 그에게 절대 나와의 일은 털어놓지 마시오. 그리고 나를 더 이상 찾지 말아요. 이제부터 서로 남남이 됩시다. 당신은 조국을 위해 상당한 금액의 돈을 내놓았소. 조국이 압제자의 손아귀에서 벗어나는 날, 그 돈은 국가의 이름으로 당신에게 되돌려질 수 있을 거요."

바니나는 너무 놀라 얼굴이 하얗게 질려버렸다. 피에트로는 그녀에게 말하고 있었지만, 그의 눈이 빛났던 때는 '조국'이라는 말을 할 때뿐이었다. 마침내 젊은 아가씨에게 자존심이 되살아났다. 그녀는 다이아몬드와 작은 줄을 준비해왔었다. 그녀가 아무 말 없이 그것들을 내밀자 그는 말했다.

"나는 하나의 의무로서 그것을 받아들이겠소. 탈출할 방법을 찾는 것도 내 의무니까. 하지만 결코 당신을 다시 만나지는 않을 것이오. 당신이 새롭게 베푼 이 은혜 앞에서 내 맹세하오. 안녕, 바니나. 다시는 내게 글을 쓰지도, 나를 보려고 애를 쓰지도 않겠다고 약속해주오. 나를 조국의 편에 남겨놓아주오. 나는 조국을 위해 죽을 테니. 안녕."

"안 돼, 당신은 당신을 향한 사랑 때문에 내가 무슨 일을 했는지 알아야 해요."

바니나가 격노해서 외쳤다. 그녀는 피에트로가 총독에게 자수하러 산 니콜로의 성을 떠난 순간부터 그녀가 했던 모든 일을 이야기했다. 그 이야기가 끝나자 바니나는 덧붙였다.

"그뿐 아니에요. 나는 그 이상의 일도 했어요. 당신을 향한 사랑 때문에."

그리고 그녀는 자신의 배반에 대해 말했다.

"뭐라고, 이런, 개 같은……." 피에트로는 격노해서 소리쳤다. 그러고는 그녀를 향해 몸을 던지면서 쇠사슬로 그녀를 때리려 했다.

비명 소리를 듣고 간수가 달려오지 않았더라면 아마 그는 그녀를 죽였을 것이다. 간수가 피에트로를 붙잡았다.

"이런, 천하에…… 난 네게 빚진 게 하나도 없어." 피에트로는 가능한 한 힘껏 줄과 다이아몬드를 바니나 쪽으로 던지면서 소리쳤다. 그런 후 그는 총총히 사라졌다.

바니나는 넋이 나간 채 서 있을 뿐이었다.

그녀는 로마로 돌아왔다. 그리고 신문은 그녀가 돈 리비오 사벨리 공작과 결혼했다는 소식을 전했다. ●

옮긴이 진형준

서울대학교 불어불문학과를 졸업하고 동 대학원에서 문학 석사, 박사학
위를 받았다. 한국문학번역원 원장, 홍익대 문과대학장, 세계상상력센터
한국지회장, 한국상상학회 회장 등을 역임했다. 주요 저서로는『상상력
이란 무엇인가』, 옮긴 책으로『상상계의 인류학적 구조들』등이 있다.

작품 해설

다른 가치와의 충돌

—

사랑의 힘을 말할 때 우리는 흔히 '사랑은 죽음보다 강하다'라고 한 『아가서』의 한 구절을 인용한다. 그러나 사랑은 만능이 아니며 때로는 다른 가치와의 충돌에서 패배하기도 한다. 사랑이 다른 가치와 충돌할 때 우리는 질타하거나 한탄한다. '사랑의 이름으로 얼마나 많은 죄악이 용서되었는가'라고.

「바니나 바니니」는 다른 가치와의 충돌로 비극이 되고 만 사랑의 이야기다. 맹목적인 사랑의 논리를 따르면 여주인공 바니나의 사랑은 열정과 순진함에서 아무런 흠이 없다. 그녀는 자신이 가진 힘과 지혜를 모두 동원해 사랑을 지키려 했을 뿐이었다. 그러나 카르보나리('숯쟁이'라는 뜻의 이탈리아어)인 피에트로에게는 사랑에 우선하는 가치체계가 있다. 그것은 조국 이탈리아의 해방과 통일 그리고 독립이다.

그런 두 사람의 만남은 처음부터 비극이 예정된 것이었다. 하기야 그럴 때도 소설가들이 곧잘 쓰는 해법이 있기는 하다. 그것은 우월한 가치를 위해 사랑을 희생함으로써 결과로는 그 가치의 무게까지 껴안은 보다 큰 사랑으로 자신들의 사랑을 승화시키는 길이다. 하지만 바니나는 끝내 피에트로의 가치를 자신의 것으로 껴안을 수 없었고, 그들의 사랑은 참혹한 결말

500

을 맺게 된다.

그 같은 결말은 일생 열정적으로 사랑을 추구했으면서도 사랑에 대해 다분히 냉소적이었던 스탕달식 사실주의의 당연한 선택이었다. 그러나 오늘날의 세련된 사실주의의 눈으로 보면, 그가 채택한 이른바 충격적 반전Striking End이 꼭 필요했던가 의문이 든다. 그것은 오래지 않아 바니나가 돈 리비오 사벨리 공작과 결혼을 했다는 후문을 전하는 구절이다. 그 구절로 그녀의 사랑은 다른 가치 앞에 더욱 참담하게 패배하게 되고 그녀는 사랑의 화신에서 영혼 없는 세속의 여자로 전락하고 만다.

스탕달은 오노레 드 발자크와 함께 19세기 프랑스문학의 큰 봉우리로 손꼽히는 작가이다. 1800년 나폴레옹의 원정군을 따라 이탈리아로 간 경험이 그의 문학에 많은 영향을 미쳤으며 「바니나 바니니」도 그중 하나라고 할 수 있다. 대표작으로는 『적과 흑』, 『파르마의 수도원』 등이 있고 그 밖에도 유명한 『연애론』이 있다.

잊힌 결혼식

The Romance of a Busy Broker

오 헨리 지음

오국근 옮김

오 헨리

미국의 단편소설 작가. 1862~1910년. 본명은 윌리엄 시드니 포터
이다. 보통 사람들, 특히 뉴욕 시민들의 생활을 낭만적으로 묘사했
다. 그의 단편소설들은 우연의 일치가 작중인물에 미치는 영향을 우
울하고 냉소적인 유머를 통해 표현하고 있으며, 또한 갑작스런 결말
로 인해 극적 효과를 높이고 있다. 1882년 텍사스로 가서 농장, 국유
지 관리국을 거쳐 오스틴에 있는 제1국립은행의 은행원으로 일했다.
1887년 아솔 에스테스와 결혼했으며, 이 무렵부터 습작을 시작했다.
이후 《휴스턴 포스트》에서 기자, 칼럼니스트로 활동했고 가끔 만화
도 기고했다. 1896년 2월 은행 공금횡령 혐의로 기소되었다가 친구
들의 도움으로 온두라스로 도피했다. 그러나 아내가 위독하다는 소
식을 듣고 오스틴으로 돌아왔고, 당국의 배려로 재판은 아내가 죽을
때까지 연기되었다. 그는 최소한의 형을 받고 1898년 오하이오의 컬
럼버스에 있는 교도소에 수감되었으며 모범적인 복역으로 형기는 3
년 3개월로 줄어들었다. 그는 교도소의 병원에서 야간에 약제사로
일하면서 딸 마거릿의 부양비를 벌기 위해 글을 썼다. 미국 남서부와
중남미를 무대로 한 그의 모험소설은 즉각 잡지 독자들로부터 인기
를 얻었으며 그는 출감하면서 이름을 O. 헨리로 바꾸었다. 주요 작품
으로는『현자의 선물』,「경찰관과 찬송가」,「마지막 잎새」,『캐비지와
왕』,「크리스마스 선물」,「이십 년 후에」,「운명의 길」등이 있다.

증권 중개인인 하비 맥스웰이 그의 젊은 부인인 속기사와 함께 아홉 시 반경 사무실로 급히 들어섰을 때, 비서인 핏쳐는 여느 때처럼 무표정한 얼굴에 은근한 호기심과 놀라운 빛을 함께 보였다. "핏쳐, 상쾌한 아침이군!" 하는 우렁찬 목소리와 함께 맥스웰은 자기 책상에, 마치 그것을 뛰어넘기라도 할 듯이 달려가 그를 기다리던 편지며 전보 더미에 파묻혔다.

예의 젊은 부인은 지난 일 년 동안, 맥스웰의 속기사 노릇을 해왔다. 그녀는 속기사라는 직업이 어울리지 않게 느껴질 정도로 빼어난 미인이었다. 그렇지만 매혹적인 퐁파두르 pompadour(앞머리를 높게 한 부인들의 헤어 스타일 - 옮긴이) 머리도 하지 않은 수수한 스타일이었고, 목걸이며 팔찌, 로켓locket(사진이나 기념품을 넣어 목걸이에 다는 펜던트 - 옮긴이) 따위의 장식 역시 하지 않았다. 일부러 점심 초대를 받으려는 기색조차 보인 적이 없었다. 입고 있는 옷도 회색의 수수한 차림새였지만 그녀와 썩 잘 어울렸다. 산뜻한 검은 터번 스타일 모자에는 마코(남미 열대 지방에 사는 예쁘고 긴 꼬리를 가진 새 - 옮긴이)의 황금빛이 감도는 초록색 깃털이 꽂혀 있었다. 오늘 아침 그녀는 유난히 수줍은 듯 우아한 기쁨에 빛나고 있었다. 두 눈은 꿈결처럼 반짝였고 볼은 뽀얀 복숭앗빛으로 젖었으며, 표정은 추억에 물든 행복 감으로 넘치고 있었다.

아직 호기심에 싸인 핏쳐는 오늘 아침 그녀가 어제까지의 거동과는 다르다는 것을 알아차렸다. 그녀는 여느 때처럼 자기 책상이 있는 옆방으로 곧장 가지 않고, 무언가 망설이는 듯이 사무실 앞을 서성이고 있었다. 한번은 맥스웰이 그녀의 존재를 알아차릴 만큼 그의 책상머리로 가까이 다가섰다.

하지만 책상에 있는 것은 기계일 뿐 이미 사람이 아니었다. 그는 분주하게 돌아가는 톱니바퀴와 풀려나가는 태엽으로 움직이는 분주한 뉴욕 증권가의 주식 중개인이 되어 있었다.

"음, 왜? 볼일 있나?"

맥스웰은 빠르게 물었다. 겉봉을 뜯은 편지들과 여러 물건이 책상 위에 마치 연극 무대의 눈처럼 쌓여 있었다. 인간미가 사라진 무뚝뚝한, 그의 날카로운 회색 눈은 그녀를 향해 좀 매정하게 빛났다.

"아무것도 아니에요."

속기사는 이렇게 대답하고는 방긋 웃음을 흘리며 곁에서 물러섰다.

"핏쳐 씨."

그녀는 비서에게 말했다.

"어제 맥스웰 씨가 속기사 한 명을 새로 쓴다고 하시지 않던가요?"

"말씀하셨죠."

핏쳐가 대답했다.

"한 사람 새로 쓴다고 하셨어요. 어제 오후 직업소개소에 부탁하니 오늘 오전 중으로 후보자 두세 명을 보내준다고 했어요. 벌써 아홉 시 사십오 분인데도 아직 핏처 해트(타조의 깃털 따위로 장식한 차양이 넓은 부인용 모자 - 옮긴이)도, 파인애플 껌도 도대체 아무도 나타나질 않네요."

"그렇다면 누구든 새 사람이 올 때까지는……."

젊은 부인은 입을 열었다.

"제가 평소처럼 일을 계속할게요."

그녀는 곧 자기 책상으로 가서 황금빛 감도는 마코 깃털이 달린 검은 터번 스타일 모자를 여느 때나 다름없는 곳에 걸었다.

분주한 맨해튼의 증권 브로커가 일에 몰두하는 광경을 목격하지 못한 사람이라면 인류학을 전공할 자격이 없으리라. '영광스런 생애를 누리던 한때'라고 읊은 시인도 있지만, 증권 중개인의 한때야말로 바쁘기로는 일분일초가 손잡이를 잡고 움직일 수 없는 만원 전철과도 같았다.

더구나 오늘은 하비 맥스웰에겐 특별히 바쁜 날이었다. 주식 시세 표시기는 발작하듯 감긴 테이프를 삑삑 소리 내며 돌리기 시작했고, 책상의 전화는 따르릉따르릉 하고 만성병처럼 발작했기 때문이었다. 사람들이 떼 지어 사무실로 밀려들기 시작했다. 칸막이 너머에서 그를 향해 익살을 떠는 녀석, 깽깽거리는 녀석, 투덜대는 녀석, 화를 버럭버럭 내는 녀석 등이었다. 급사 아이는 전갈이며 전보를 들고 뛰어들어오기도 하고 달려나가기도 했다. 사무원들은 폭풍우가 한창인 배에 탄 선원들처럼 뛰어다녔다. 핏쳐의 얼굴조차도 무언가 이것과 흡사하게 활기를 띠기 시작했다.

증권 거래소에서는 태풍이며 재난, 눈보라, 빙하, 화산 폭발 같은 천재지변의 소란스러움이 축소판처럼 재현되고 있었다. 맥스웰은 의자를 벽에다 밀어붙이고는 발끝으로 서서 춤추는 무용가처럼 일을 처리해나갔다. 능수능란한 광대처럼 날쌔게 주식 시세 표시기에서 전화로, 책상에서 문 쪽으로 뛰어다녔다.

그렇게 점점 긴장이 더해가 중대한 고비에 이르렀을 때였다. 맥스웰은 그때 타조 깃털 장식이 달린 벨벳의 지붕 같은 모자가 너울대고 그 아래로 높이 말아 올린 금발 머리, 그리고 하트 모양의 은메달을 붙인 데다가 호두알만 한 큰 유리구슬이 달린 긴 목걸이며, 모조품 물개 가죽 윗도리에 퍼뜩 정신이 들었다. 이런 액세서리에 둘러싸인 침착하고 젊은 아가씨가 서 있지 않은가. 핏쳐도 그 아가씨를 소개하려고 그곳에 함께 서 있었다.

"일자리 때문에 속기사 소개소에서 보내온 분입니다."

이렇게 핏쳐가 입을 열었다.

맥스웰은 두 손 모두 서류며 주식 시세 표시기의 테이프를 쥔 채 반쯤 얼굴을 돌렸다.

"일자리? 어디의?"

그는 미간을 찌푸리며 물었다.

"속기사 자리가 비어서요."

핏쳐가 말을 이었다.

"어제, 오늘 오전 중으로 후보자 한 사람을 보내도록 전화하라고 하셨어요."

"무슨 얼빠진 소리야, 핏쳐?"

맥스웰이 말했다.

"내가 자네한테 그런 일을 지시할 리가 있나. 레슬리 양이 여기 온 지 일 년인 데다 일을 잘하고 있잖나. 레슬리 스스로 그만두지 않는 한 속기 일은 그녀만 하게 돼 있어. 지금은 빈자리가 없어요, 핏쳐 군. 소개소에다 이번 일을 취소해주게. 그런 일은 아예 부탁할 것 없어."

'하트' 은메달은 사무실을 빠져나갔다. 그녀는 화가 난 나머지 사무실 비품에 스스로 부딪치기도 하고, 비틀대기도 하며 나갔다. 핏쳐는 잠시 틈을 타서 장부계원에게 '우리 사장님은 날로 머리가 돌아 세상일을 잊어버리나 봐' 하고 덧붙였다.

일거리는 더욱더 바삐 불어나 가속도가 붙었다. 사무실에는 맥스웰의 단골손님들이 손 크게 투자한 여섯 회사의 주권이 쏟아져 나왔다. 사고파는 고함이 제비가 날듯 빠르게 교차했다. 자신이 소유한 주권이 몇 가지 위기를 맞게 되자 그는 단연 고속 기어를 걸어, 정교하고 강력한 기계처럼 움직이기 시작했다―극도로 긴장해서, 최고 속력으로 운전하지만 비길

데 없이 정확하고 용감하게, 적절한 말과 시계처럼 민첩한 결단과 행동을 취했다. 주식과 채권, 대출과 모기지, 이윤과 유가증권—이곳에는 금융 세계는 있어도 인간 세계나 자연 세계는 끼어들 자리가 없었다.

점심시간이 가까워지자 북새를 떨던 흥분도 차츰 가라앉았다.

맥스웰은 양손에 전보며 메모 쪽지 따위를 움켜쥐고, 오른쪽 귓등에는 만년필을 꽂았으며, 머리칼은 어수선하게 몇 가닥이 이마에 흘러내린 채 책상 곁에 서 있었다. 그의 곁 창문은 열려 있었다. 눈을 뜬 대지의 통풍 장치에서는 아름다운 여성 문지기인 '봄'이 따사로운 미풍을 보내주었기 때문이다.

그리고 그 창으로부터는 지금 은은히—뒤섞여 들어오긴 했지만—라일락의 부드럽고 달콤한 향기가 흘러들어왔다. 증권 브로커도 그것에 잠시 사로잡혀 일손을 쉬었다. 왜냐하면 그 향기는 레슬리 양이 지닌 것이었기에. 그렇지, 이건 그녀의 향기야. 그녀만이 지니고 있는 거지.

이 향기로 인해 그녀는 그의 눈앞에 생생히 떠올랐다. 거의 손에 잡힐 정도로. 금융의 세계는 갑자기 보잘것없는 좀벌레처럼 되어버렸다. 지금 그녀는 옆방에 있다—스무 발짝 거리다.

"그렇지. 가봐야 해."

맥스웰은 중얼거렸다.

"당장 그 여자에게 청혼해야겠어. 왜 진작에 그렇게 하지 않았을까."

그는 공을 잡으려는 유격수처럼 허둥거리며 사무실 구석방으로 달려 들어갔다. 그는 속기사의 책상으로 돌진했다.

그녀는 미소를 흘리며 그를 쳐다보았다. 그녀의 뺨이 발그레하게 물들었다. 눈은 부드럽고 유순하게 빛났다. 맥스웰은 한쪽 팔꿈치를 그녀의 책상에다 기댔다. 양손에는 아직도 너울대는 서류들을 쥐고, 귓등에는 만년필을 꽂은 채로.

"레슬리 양."

그는 다급히 말문을 열었다.

"겨우 좀 틈을 냈는데 그동안 빨리 매듭짓고 싶어요. 내 아내가 돼줄 수 있겠소? 솔직히 말해서 당신에게 청혼할 시간적 여유라곤 없기 때문이라오. 하지만 정말 나는 당신을 사랑하고 있어요. 빨리 대답해줘요. 부탁이에요. 저 사람들은 지금 시세가 떨어진 유니언 퍼시픽 회사의 주권을 팔아 치우려고 들 하고 있소."

"그런데 당신 무슨 말씀을 하시는 거죠?"

젊은 부인이 외쳤다. 그녀는 자리에서 일어나 눈이 휘둥그레진 채 그를 쳐다보았다.

"내 말을 알아듣지 못하는 거요?"

맥스웰은 큰 소리로 말했다.

"부탁이오. 나와 결혼합시다. 나는 당신을 사랑해요, 레슬리 양. 이 말을 하려고 일손을 잠깐 쉬고 틈을 내서 왔어요. 저렇게 자주 전화가 걸려와요. 이봐, 핏처 군, 좀 기다리라고 해. 레슬리 양, 부탁하겠소!"

속기사는 매우 야릇하게 거동했다. 처음에는 깜짝 놀라서 어리둥절해했다. 그러더니 그 놀란 눈에서는 눈물이 흘러내렸다. 이윽고 그 눈에서는 맑은 미소가 어리면서 증권 브로커의 목을 그녀의 한쪽 팔이 부드럽게 껴안았다.

"이제 알았어요."

그녀의 목소리는 다정했다.

"원인은 이 사업 때문이에요. 이 일 때문에 당신은 다른 건 모두 잊어버린 거예요. 처음엔 저도 놀랐어요. 하비, 당신 생각 안 나요? 우리가 어제저녁 여덟 시에 저 모퉁이에 있는 자그만 교회에서 결혼식을 올린 것 말이에요." ●

옮긴이 오국근

동국대학교 부총장, 문과대학장 등을 역임하고, 영어영문학과 교수로 재직했다. 옮긴 책으로는 『누구를 위하여 종은 울리나』, 『달과 6펜스』, 『무기여 잘있거라』, 『아들과 연인』, 『제인 에어』, 『폭풍의 언덕』, 『동물농장』, 『노인과 바다』, 『첫 무도회』, 『젊은 사자들』, 『백경』, 『서머셋 모옴 전집』 등이 있다. 2016년 별세하였다.

불같은 자본시장 한가운데서의 사랑과 결혼

——

예전에 무엇이든 순서를 매겨 '세계 5대 산맥'이니 '세계 3대 미항美港'이니 하는 식으로 묶어서 외우기 좋아하던 시절이 있었다. 그때 '세계 3대 단편작가'로는 당연히 체호프, 모파상, 오 헨리를 외웠는데, 이제 『세계명작산책』을 다 묶고 보니 오 헨리의 작품이 빠져 있는 게 마음에 걸렸다. 3대니 5대니 하며 순서 매기고 묶기를 그리 좋아하지는 않으나, 이번에 다시 작품을 첨가할 기회가 있어, 1권 '사랑의 여러 빛깔' 편에 오 헨리의 단편 「잊힌 결혼식」를 한 편 보태기로 했다.

오 헨리의 단편 중에는 「마지막 잎새」나 「크리스마스 선물」 같은 명품들도 있지만, '사랑의 여러 빛깔'이란 주제를 살피는 데는 이 짧은 단편도 별난 효용이 있을 것 같다. 자본주의 발흥기의 증권은 작은 투자의 통합집중으로 거대자본을 형성하고 그 효용 또는 생산인 이윤을 다시 투자의 크기에 따라 나누는 방식으로 당대 자본시장의 중심이 된다. 그리고 증권거래소는 그 시장의 요염하면서도 치명적인 꽃이다. 거기서는 정보의 크기나 무게보다 수신과 활용의 속도가 더 강조되고, 그래서 자본주의 그 어느 시장보다 시간이 곧 돈으로 치환되는 치열한 시장이 된다.

잡다하게 쏟아지는 정보를 시간에 맞춰 수신 전달 혹은 직접 대응해야 하는 자본시장의 심장부에서 사랑도 상시적인 감각으로만 남고 결혼식의 기억도 그 대책 없는 분주함에 이내 의식 밑바닥으로 잠재해버리는 그런 상황을 이 작품은 그저 웃으면서 볼 수만은 없는 희비극으로 섬뜩하게 연출해내고 있다.

이문열

1948년 서울에서 태어나 고향인 경북 영양, 밀양, 부산 등지에서 자랐다. 서울대학교 사범대학에서 수학했으며 1979년 《동아일보》 신춘문예에 중편 「새하곡」이 당선되어 등단했다. 이후 「그해 겨울」, 「황제를 위하여」, 「우리들의 일그러진 영웅」 등 여러 작품을 잇따라 발표하면서 다양한 소재와 주제를 독보적인 문체로 풀어내어 폭넓은 대중적 호응을 얻었다. 특히, 장편소설 『사람의 아들』은 문단의 주목을 이끈 초기 대표작이다.

작품으로 장편소설 『젊은 날의 초상』, 『영웅시대』, 『금시조』, 『시인』, 『오디세이아 서울』, 『선택』, 『호모 엑세쿠탄스』 등 다수가 있고, 『이문열 중단편 전집』(전 6권), 산문집 『사색』, 『시대와의 불화』, 『신들메를 고쳐매며』, 대하소설 『변경』(전 12권), 『대륙의 한』(전 5권) 등이 있으며, 평역소설로 『삼국지』, 『수호지』, 『초한지』가 있다.

오늘의 작가상, 동인문학상, 이상문학상, 현대문학상, 호암예술상 등을 수상했으며, 2015년 은관문화훈장을 받았다. 그의 작품은 현재 미국, 프랑스, 독일 등 전 세계 20여 개국 15개 언어로 번역, 출간되고 있다.

이문열 세계명작산책 1

사랑의 여러 빛깔

1판 1쇄 발행 2020년 10월 15일
1판 2쇄 발행 2023년 5월 1일

지은이	바실리 악쇼노프 외
옮긴이	장경렬 외
엮은이	이문열
펴낸이	이재유
디자인	오필민디자인

펴낸곳	무블출판사
출판등록	제2020-000047호(2020년 2월 20일)
주소	서울시 강남구 언주로 647, 402호 (우 06105)
전화	02-514-0301
팩스	02-6499-8301
이메일	0301@hanmail.net

ISBN   979-11-971489-1-0 03800   979-11-971489-0-3 (세트)